Albert Cohen
Belle du Seigneur

·

주군의 여인 1

창비세계문학

60

주군의 여인 1

알베르 꼬엔

윤진 옮김

창비

차례

•

일러두기

1. 이 책은 Albert Cohen, *Belle du Seigneur*(Editions Gallimard 2013)를 번역 저본으로
   삼았다.
2. 본문 중의 각주는 옮긴이의 것이다.
3. 외국어는 되도록 현지 발음에 가깝게 표기하되, 우리말 표기가 굳어진 것은 관용을
   따랐다.

나의 아내에게

제1부

1

그는 말에서 내려, 시종에게 말 두마리의 고삐를 쥐고 개암나무
와 들장미나무가 늘어선 길을 따라오게 하면서 걸었고, 정오의 태
양 아래 상반신을 드러낸 채, 기이하고 위엄 있는 모습으로, 승리를
확신하며, 적막함이 바스락거리는 곳을 걸어가며 미소 지었다. 두
번, 어제와 그제, 그는 비겁했고 용기를 내지 못했다. 오늘, 이 5월
의 첫날에 그는 용기를 낼 것이고, 그녀는 그를 사랑하게 될 것이다.

눈부신 햇살이 흩어진 숲, 태고의 공포를 간직한 채 변함없이 버
티고 선 숲속에서 아름다운 그는, 자신의 선조, 모세의 형제인 아
론[1] 못지않게 고귀한 그는 미로처럼 얽힌 길을 따라갔고, 걷다가 문
득 인간의 자손 중 가장 정신 나간 자의 모습으로 웃었고, 터무니
없는 젊음과 사랑을 생각하며 웃었고, 그러다가 갑자기 꽃 한송이

---

1 동생 모세와 함께 이스라엘 민족을 이집트에서 인도해 나왔다. 아론과 그 후손들
은 제사장의 직분을 부여받았다.

를 따서 입에 물었고, 긴 장화를 신은 지체 높은 그는 나뭇가지 사이로 쏟아지는, 눈을 못 뜰 정도로 강렬한 햇빛 아래서 웃으며 춤을 추었고, 우아하게 춤을 추었고, 유순한 두마리 짐승이 뒤를 따라왔고, 그가 사랑과 승리에 취해 춤추는 동안 그의 신하인 숲의 생명들, 양산을 층층이 포개놓은 듯한 커다란 버섯 아래서 살아가는 자그마한 도마뱀들, 기하학적 도형을 그리며 날아다니는 황금색 파리들, 장밋빛 히스 덤불에서 기어나와 선사시대의 흡관을 가진 딱정벌레들을 살피는 거미들, 서로 탐색하면서 암호를 주고받다가 이내 혼자 열심히 일하는 개미들, 먹이를 찾아 나무줄기 위를 거니는 딱따구리들, 외톨이가 되어 그리움을 토해내는 두꺼비들, 수줍은 듯 작은 소리로 울어대는 귀뚜라미들, 갑자기 잠에서 깨어나 소리치는 올빼미들, 모두가 정신없이 분주했다.

그는 걸음을 멈추고는 시종의 어깨에 입을 맞춘 뒤 위업을 달성하는 데 필요한 가방을 건네받았고, 여기 이 가지에 말고삐를 매어두고 기다리라고, 언제가 될지 모르니 저녁까지라도, 혹은 더 늦더라도 자기가 휘파람을 불 때까지 계속 기다리라고 명했다. 휘파람 소리를 듣자마자 말을 끌고 달려오면, 내 이름을 걸고 말하노니, 원하는 대로 돈을 받을 것이다! 이제부터 내가 하려는 일은 이 세상이 시작된 이후 그 어떤 남자도 해본 적이 없는 일이니! 그렇다, 형제여, 원하는 대로 주겠다! 그렇게 말한 다음 그는 기쁨에 젖어 말채찍으로 장화를 때렸고, 자신의 운명을 향해, 그 여인이 사는 집을 향해 걸어갔다.

마호가니로 보일 정도로 윤을 낸 스위스 별장풍의 화려한 저택 앞에 서서 그는 청석돌 지붕 위에서 느릿느릿 돌아가는 풍속계의 컵 모양 날개를 바라보았고, 드디어 결심을 했다. 가방을 손에 든 그가 조심스레 정원의 철문을 밀고 안으로 들어섰다. 타는 듯한 머리채를 늘어뜨린 자작나무에서 어린 새들이 매혹적인 세상을 찬미하느라 어리석게 재재거리며 법석을 떨었다. 밟으면 소리가 나는 자갈길을 피해 그는 조약돌로 테두리를 두른 수국 화단으로 껑충 뛰었다. 창문 앞의 트인 공간까지 간 다음 담쟁이덩굴에 몸을 숨긴 채로 집 안을 들여다보았다. 그녀는 붉은 벨벳과 황금빛 목재로 장식된 거실에서 피아노 앞에 앉아 연주를 하고 있었다. 연주하라, 아름다운 나의 여인이여, 어떤 일이 기다리고 있는지 알지 못하는 그대여. 그가 중얼거렸다.

그는 자두나무를 타고 2층의 발코니까지 올라간 다음 한쪽 다리를 모서리의 귓돌에 얹고 한 손으로 목재 돌출부를 잡아 몸의 균형을 유지하면서 3층 창문 난간으로 갔고, 반쯤 닫혀 있는 덧창을 열어젖히며 순식간에 방으로 들어섰다. 됐다, 그녀의 방이다. 어제도 그제도 왔었지만, 오늘은 모습을 드러내고 용기를 낼 것이다. 빨리, 위업을 이룰 준비를 해야 한다.

웃옷을 벗고 몸을 숙여 가방을 연 그는 낡은 누더기 같은 외투와 좀먹은 모피 모자를 꺼냈다. 놀랍게도 꼬망되르 훈장[2]의 끈이 손에 잡혔다. 기왕에 들어 있으니 붉고 아름다운 끈을 걸쳐야겠군. 그는 훈장의 끈을 목에 묶고 전신 거울 앞에 섰다. 그래, 구역질 나게 아름답다. 혼돈의 어둠을 왕관처럼 머리에 쓴 무표정한 얼굴. 날씬한 허리, 홀쭉한 배, 넓은 가슴 그리고 그을린 피부 아래 뱀들이 엉켜 있는 듯한 근육. 이 모든 아름다움이 나중에는, 한쪽은 퍼레지고 한

---

2 프랑스의 훈장인 레지옹 도뇌르는 5등급으로 나뉘는데, 그중 꼬망되르는 3등 훈장이다.

쪽은 누르스름해져서, 무덤 속에, 축축한 관 속에 홀로 눕게 되리라. 관 속에 말없이 뻣뻣하게 누운 그 모습을 여자들이 본다면 모두 새파랗게 질릴 테지. 그는 살짝 행복감을 느끼며 빙그레 웃고는 다시 이리저리 방 안을 돌아다녔고, 이따금 손에 든 자동 권총의 무게를 가늠해보았다.

그는 걸음을 멈추고, 언제든 그를 위해 일할 준비가 되어 있는 작고 단단한 동반자를 바라보았다. 총알은 이미 들어 있으니 잠시 후에, 그래, 잠시 후에. 아니, 관자놀이는 안된다, 괜히 죽지는 않고 장님이 될 수 있다. 심장이다, 그렇다, 하지만 너무 낮게 쏘면 안된다. 흉골과 세번째 늑간이 만나는 지점이 좋은 자리다. 그는 작은 원탁 위 화장수 병 옆에 놓여 있는 펜을 주워 적절한 자리에 표시를 하고는 빙그레 웃음을 지었다. 이 자리, 수많은 요정이 입을 맞춘 유두에서 몇센티 옆으로 검은 먼지를 일으키며 별 모양의 구멍이 파일 것이다. 그 성가신 일을 아예 지금 해치울까? 증오를 퍼붓고 중상모략을 일삼는 것밖에 모르는 지긋지긋한 인간들과 이제 그만 갈라설까? 산뜻하게 목욕과 면도를 했으니 시체는 그런대로 봐줄 만할 것이고, 더구나 꼬망되르 훈장까지 목에 건 시체가 아닌가. 아니다, 우선 아무도 못한 일을 한번 해봐야 한다. 그대가 내가 생각하는 그대로라면, 그대여, 축복받으리라. 그가 나지막하게 말했고, 아래층에서는 여전히 감미로운 피아노 선율이 이어졌다. 그는 자기 손에 입을 맞춘 다음 다시 걸음을 옮겼다. 웃통을 벗은 채로, 괴상한 훈장까지 목에 묶고, 화장수 병을 코에 댄 채 향내를 들이마시면서, 그렇게 돌아다녔다. 그러다 침대 옆 작은 탁자 앞에서 걸음을 멈췄다. 대리석 위에는 베르그송의 책 한권과 퐁당 오 쇼콜라[3]가 놓여 있었다. 별로, 생각 없어. 침대 위에 공책 한권이 있었다. 그는 공책을 펼쳐 입술에 가져다 댔고, 읽기 시작했다.

　나는 꼭 훌륭한 소설가가 될 것이다. 하지만 작가로 첫발을 내딛자면 습작이 필요하다. 내 가족에 대해 그리고 나 자신에 대해 떠오르는 것을 모두 이 공책에 기록하는 것이 좋은 방법이 될 것이다. 그런 다음에, 그러니까 진짜 겪은 일을 써나간 것이 100페이지 정도 될 때쯤 다시 다듬고 등장인물들의 이름을 바꿔서 소설의 첫 부분을 만들어내는 거다.
　시작하려니 가슴이 벅차다. 내 생각에 나는 고귀한 창작 재능을 지녔다. 적어도 나의 희망은 그렇다. 그러므로 매일 최소한 10페이지를 쓸 것. 문장을 제대로 끝맺기 어렵거나 엉켜버려서 마무리가 잘 안될 때는 전보 문체를 사용할 것. 하지만 소설은 당연히 제대로 된 문장으로만 쓸 것이다. 자, 이제 시작!
　그런데 시작하기 전에 우선 강아지 스폿 이야기를 해야겠다. 우리 가족과는 아무 관련이 없지만 너무도 아름다운 이야기이고, 스폿과 스폿을 돌봐준 영국인들이 정신적으로 얼마나 훌륭한지 증언해주는 이야기이다. 어쩌면 이 이야기를 내 소설 속에 등장시킬 수도 있을 것이다. 며칠 전 『데일리 텔레그래프』에(영국 소식을 알기 위해서 내가 이따금 사 보는 신문이다) 흰색과 검은색이 섞인 잡종견 스폿이 매일 저녁 6시에 쎄븐오크스에 시외버스 정류장에('에'가 너무 많이 나온다. 문장을 고칠 것) 와서 주인을 기다린다는 글이 실렸다. 그런데 어느 수요일 저녁에 주인이 버스에서 내리지 않았고, 스폿은 정류장에 그대로 버티

---

3 안쪽에 초콜릿 소스가 든 케이크.

고 앉아 추위와 안개 속에서 밤새 기다렸다는 것이다. 마침 스폿을 아는 사람 하나가 자전거를 타고 지나가다가 전날 6시 조금 못되어 길에 서 있던 스폿이 다음 날 아침 8시까지 같은 장소에 그대로 앉아서, 불쌍하게도, 끈질기게 주인을 기다리고 있는 것을 보았다. 그 사람은 가슴이 뭉클해져서 스폿에게 샌드위치를 나눠준 뒤 쎄븐오크스의 동물보호협회 감독관에게 연락을 했다. 그렇게 조사가 시작되었고, 결국 스폿의 주인이 전날 런던에서 심장 발작으로 쓰러져 숨을 거두었음이 밝혀졌다. 더 자세한 이야기는 신문에 실리지 않았다.

그 불쌍한 개가 열네시간 동안 주인을 기다리느라 얼마나 힘들었을까 마음이 아파서 나는 동물보호협회(나는 이 협회를 후원하는 회원이다)에 스폿을 입양하겠다고, 내가 비용을 지불할테니 비행기를 태워 보내달라고 전보를 쳤다. 그날 바로 답장이 왔다. "스폿 이미 입양되었음." 나는 다시 전보를 보냈다. "믿을 만한 사람에게 입양되었나요? 상세한 내용을 알려주세요." 답장의 내용은 완벽했다. 영국인들이 얼마나 훌륭한지 보여주기 위해서 편지 내용을 여기에 옮겨 적겠다. 내가 프랑스어로 번역한 것이다. "부인, 부인의 문의에 답을 드립니다. 스폿은 영국성공회 수장이신 캔터베리 대주교께서 입양하셨고, 그러므로 도덕적인 환경에 대해서는 보증된 셈입니다. 대주교관에서 스폿은 맛있게 첫 식사를 했습니다. 그럼 이만 인사드립니다."

이제 내 가족과 내 얘기를 해보자. 아리안 까상드르 꼬리장드 도블, 이것이 나의 처녀 적 이름이다. 오블[4]가家는 주네브의 명망

4 앞에 나온 '아리안 까상드르 꼬리장드 도블'이라는 이름에서 '오블'이라는 성은 귀족들이 전통적으로 영지 소유를 나타내기 위해 붙이는 소사(小辭) de('-의'라

있는 가문이다. 1560년 깔뱅을 찾아 주네브로 온 프랑스인들의 후손이다. 우리 가문은 주네브에서 학자, 사상가, 참으로 기품 있고 신중한 은행가, 많은 목사, 그리고 주네브 장로회의 의장 들을 배출했다. 빠스깔과 함께 과학적인 업적을 이룬 조상도 있었다. 주네브의 귀족은 세상 그 어떤 귀족보다 훌륭하다. 영국 귀족만 예외이다. 할머니는 아르미오-이디오가의 사람이었다. 훌륭한 집안인 아르미오-이디오도 있고, 별 볼 일 없는 아르미요-부아요도 있었다. 물론 뒤에 붙은 '이디오'와 '부아요'는 진짜 이름이 아니다. 철자를 일일이 밝히지 않아도 되도록 그냥 붙여 부르는 것뿐이다.[5] 하지만 애석하게도 우리 가문의 이름은 곧 사라지게 될 것이다. 오블가 사람들은 아그리빠 삼촌을 제외하고는 모두 사망했고, 독신인 삼촌에겐 후손이 없다. 언젠가 내가 아이를 갖게 된다 하더라도 그 아이들은 됨 집안의 후손일 뿐이다.

이제 아빠와 엄마 그리고 오빠 자끄와 여동생 엘리안 얘기를 해보자. 엄마는 엘리안을 낳다가 돌아가셨다. 소설에서는 이 문장을 고쳐야겠다. 바보 같다. 엄마에 대한 기억은 전혀 없다. 사진 속 엄마는 별로 호감 가지 않는 근엄한 표정이다. 아빠는 목사이자 신학대학 교수였다. 아빠가 돌아가셨을 때 우리는 모두 어렸다. 엘리안이 다섯살, 나는 여섯살, 오빠가 일곱살. 아빠가 하늘나라에 가셨다는 하녀의 설명을 들으며 나는 무서웠다. 아빠는 무척 선하고 위엄 있는 사람이었고, 나는 아빠를 우러러보

는 뜻)와 함께 '도블'로 발음된다.

5 두 집안의 이름 Armiot와 Armyau는 소리가 거의 같지만 철자가 다르다. 이를 구별하기 위해 Armiot와 끝소리가 같은 단어인 idiot('바보 같은'이라는 뜻), Armyau와 끝소리가 같은 단어인 boyau('창자'라는 뜻)를 붙여서 부른 것이다.

았다. 아그리빠 삼촌이 들려준 얘기에 따르면, 아빠는 쑥스러움을 타는 성격 때문에 차가워 보였지만 사실은 세심한 사람이었고, 주네브의 영광스러운 프로테스탄트 정신에 맞게 올곧은 사람이었다. 우리 가족 중에 너무 많은 사람이 죽었다! 엘리안과 자끄는 교통사고로 죽었다. 자끄와 나의 엘리안에 대해서는 말할 수 없다. 그 둘의 얘기를 하다가는 울음이 터질 테고, 더이상 이야기할 수 없을 것이다.

지금 라디오에서는 자기가 만든 마까로니밖에 모르던 형편없는 로시니의 「라 체네렌똘라」 중에서 '쉿, 조용히'가 흘러나온다. 조금 전에는 쌩상스의 「삼손과 델릴라」였다. 형편없기는 마찬가지다. 언젠가 라디오에서 싸르두라는 사람이 만들었다는 「뻔뻔한 부인」이라는 작품이 방송된 적이 있었다. 어찌나 끔찍하던지! 관객들이 웃고 환호하는 소리를 듣고 나서도 민주주의를 신봉하는 것이 가능할까? 뻔뻔한 부인, 단치히 공작 부인의 재빠른 대답을 듣고서 멍청한 관객들이 즐거워하는 꼴이라니. 예를 들면, 그녀는 궁정 연회에 입장하며 "내가 왔네요!"라고 하층민의 억양으로 말한다. 생각해보라. 원래 세탁부였고, 하물며 그걸 자랑스러워하는 공작 부인이라니! 오, 그녀가 나뽈레옹 앞에서 늘어놓는 장광설이라니! 난 진심으로 그 싸르두라는 사람을 경멸한다. 시어머니는 당연히 그 방송을 마음에 들어 했다. 나는 라디오에서 축구 관중의 천박한 함성이 흘러나오는 것 역시 끔찍하게 싫다. 어떻게 그런 사람들을 경멸하지 않을 수 있을까?

아빠가 돌아가신 뒤 우리 셋은 우리가 '레리' 고모라고 부르던 발레리 고모의 집에서 살았다. 소설로 쓸 때는 샹뻴에 있는 고모의 저택, 이런저런 조상을 그린 대단찮은 초상화들, 성경 구절, 그리고 주네브의 옛 풍경화들이 걸려 있는 저택을 잘 묘사할 것. 샹뻴에는 레리 고모의 동생인 아그리빠 도블도 있었고, 나는 그냥 '그리' 삼촌이라고 불렀다. 삼촌은 무척 재미있는 사람으로, 삼촌에 대해서는 나중에 이야기할 것이다. 지금은 우선 레리 고모 얘기만 하겠다. 고모는 내 소설에 꼭 등장할 인물이다. 나에게 깊은 애정을 지녔으면서도 살아 있는 내내 그 애정을 드러내지 않으려 애썼다. 소설의 도입부를 쓰는 기분으로 고모에 대해 제대로 묘사해보겠다.

발레리 도블은 주네브 귀족의 일원이라는 투철한 의식을 지니고 있었다. 사실대로 말하자면 오블가의 첫 조상은 깔뱅 시대의 옷감 상인이었지만, 아주 오래전의 일이니 충분히 눈감아줄 만하다. 고모는 윤곽이 뚜렷한 아름다운 얼굴에 고상한 사람이었고, 늘 검은색 옷을 입고 유행에 대한 경멸감을 노골적으로 드러냈다. 외출할 때는 원판 모양에 뒤로 검은색 짧은 베일이 달린 이상하고 납작한 모자를 썼다. 늘 앞쪽으로 들고 다니는 보라색 양산은 지팡이처럼 짚기도 하는 것으로 주네브 사람들 사이에서 화젯거리였다. 고모는 신앙심이 깊어서 수입 중 제일 큰 몫을 떼어 몇군데 자선단체, 아프리카 선교단, 그리고 주네브의 옛 아름다움을 보존할 목적으로 활동하는 단체에 기부했다. 또한 신앙심 깊은 여학생들을 위한 장학금도 마련했다. "남학생들은 어떡해요, 고모?" 그러면 고모는 이렇게 대답했다. "못된 녀석들은 상관할 것 없다."

레리 고모는 '성스러운 사람들'이라 불리던, 지금은 거의 사라졌지만 정통파의 교리를 착실히 따르는 프로테스탄트 모임의 일원이었다. 이 세상은 선택받은 자와 버림받은 자로 나뉘며, 선택받은 자의 대부분은 주네브 사람들이라고 믿었다. 스코틀랜드에도 선택받은 자들이 있기는 하지만 많지는 않다고 했다. 그렇다고 주네브 사람이면서 프로테스탄트이기만 하면 구원을 얻을 수 있는 것은 아니다. 영원하신 하느님이 보시기에 구원을 얻으려면 다섯가지 조건을 충족해야 했다. 첫째, 성경의 이야기를 문자 그대로 믿을 것, 따라서 이브가 아담의 갈비뼈에서 나왔다는 것을 믿을 것. 둘째, 보수당, 내가 기억하기로 민족민주당이라는 이름의 정당에 가입할 것. 셋째, 스위스 사람이 아니라 주네브 사람이라고 느낄 것("주네브공화국이 스위스의 주들과 연합되어 있기는 하지만, 그 사실만 제외하면 우리는 스위스 사람과 아무런 공통점이 없단다"). 고모에게 프리부르 사람("교황을 지지하는 끔찍한 사람들!"), 보 사람, 뇌샤뗄 사람, 베른 사람[6] 그리고 다른 주의 사람들은 중국인이 외국인인 것과 마찬가지로, 그저 외국인일 뿐이었다. 넷째, "제대로 된 가문", 다시 말해 우리처럼 조상이 1790년 이전에 소小장로회의 일원이던 가문의 사람일 것. 목사들만은 이 규칙의 예외였지만, 올바른 목사들을 말하는 것이지 "수염을 밀고, 뻔뻔스럽게도 우리 주님이 선지자들 중 가장 위대한 선지자였을 뿐이라고 주장하는 애송이 자유주의자들에게는 해당되지 않는" 말이었다. 다섯째, "세속적"이지 않을 것. 이 단어는 고모에게 아주 특별한 의미를 지녔다. 예를 들어 명랑한 목사, 혹은 부드러운 탈착형 목깃을 달거나 운동복을 입은 목사, 혹은, 고모가 몹시 싫어하는 것으로, 밝은색 구두를 신은 목사("쯧, 세상에, 노란 편상화라니!")는 고모의 눈에는 세속적이

---

6 프리부르, 보, 뇌샤뗄, 베른은 주네브와 함께 스위스의 주 이름이다.

었다. 마찬가지로, 설사 훌륭한 가문의 사람이라 하더라도 극장에 가는 주네브 사람들은 모두 세속적이었다("연극은 지어낸 얘기란다. 쓸데없는 거짓말 따위는 듣고 싶지 않구나").

레리 고모는 가문의 전통에 따라 『주르날 드 주네브』의 정기 구독자였고, 게다가 그 신문사의 주식을 소유하고 있다고 '믿었다'. 하지만 고모는 그 훌륭한 기관지를 한번도 읽지는 않았고, 띠지도 풀지 않은 채 버려두었다. 마음에 들지 않는 것이 있었기 때문인데, 정치 기사가 아니라 고모가 파렴치한 것이라고 부르는 것들, 예를 들자면 여성복 유행 소식, 2면 하단의 연재소설, 결혼 공지, 가톨릭 교계 소식, 구세군 집회("쯧, 도대체 그게 뭐니, 트롬본을 부는 종교라니!") 같은 것들이었다. 또한 여성용 거들 광고와 '까바레' 선전도 파렴치한 것에 속했다. 고모에게 까바레는 수상쩍은 모든 장소, 그러니까 뮤직홀, 댄스홀, 영화관, 심지어 까페까지 총칭하는 단어였다. 이왕 얘기가 나왔으니 잊지 않도록 써두자. 어느날 아그리빠 삼촌이 목이 너무 말라서 평생 처음으로 용기를 내 까페에 들어가서 차 한잔을 마시고 왔다는 얘기를 듣고 고모는 왜 그랬냐며 심하게 힐난했다. 어떻게 그런 말도 안되는 일을! 오블가의 사람이 까바레에 들어가다니! 말이 나온 김에 또 한가지, 레리 고모가 평생 동안 아무리 사소한 것이라도 단 한번도 거짓말을 한 적이 없다는 것을 내 소설 어디엔가 쓸 것. 진실하게 살기, 그것이 고모의 좌우명이었다.

고모는 인심이 후했지만 그러면서도 굉장히 알뜰해서 자기가 가지고 있던 주식을 절대 팔지 못하게 했다. 이 세상의 재물에 집착했기 때문이 아니라 자기는 그 돈을 맡아두고 있을 뿐이라고 생각했기 때문이다("내 아버지가 주신 그대로 아버지의 손자들에게 줄 거다"). 조금 전에 나는 고모가 『주르날 드 주네브』의 주식을 가지고 있다고 '믿었다'고 했다. 사실 고모는 금전 문제에 별로 밝지 못해서 자기 소유의 주식과 채권이 필요하기는 하지만 저급한 것, 가능한 한 입에 올리지 않아야 하는 것, 신경을 쓰지 말아야 하는 것이라고 생각했다. 그래서 오블 은행과 온전히 존경할 만한 사람들이 사라진 이후에 오블가의 돈을 관리해온 샤뿌루주 상사의 쌀라댕가 사람들에게, 그 사람들이 『주르날 드 주네브』를 읽을 거라고 의심하면서도 무조건 다 맡겨버렸다("너그럽게 받아들일 수 있단다. 은행 일을 하는 사람들은 그럴 수밖에 없지 않겠니. 세상 돌아가는 일을 알아야 할 테니까").

당연히 우리는 우리와 같은 종류의 사람들, 열렬한 신앙심을 지닌 사람들밖에 만나지 않았다. 주네브의 '엘리트' 프로테스탄트 종족 안에서도 나의 고모와 그 동류의 사람들은 철저한 골수 구성원에 속했다. 가톨릭 신자들과 교류하는 것은 있을 수 없는 일이었다. 내가 열한살 때, 그리 삼촌이 주네브에서 가까운 프랑스의 작은 도시 안마스로 처음 나와 엘리안을 데려갔다. 말 두마리가 끌고 우리의 마부인 모이즈 — 이름과 달리[7] 모이즈 역시 엄격하게 규율을 지키는 깔뱅주의자였다 — 가 모는 레리 고모의 마차에서, 두 어린 계집애는 드디어 가톨릭 교인들을, 그 이상한 부족을, 신비한 원주민들을 보게 된다는 생각에 한껏 들떴다. 마차 안에서 우리는 "가톨릭들을 볼 거야, 가톨릭들을 볼 거야"라고 신나게 노래를 불렀다.

다시 레리 고모 얘기로 돌아오자. 뒤로 검은색 베일이 달린 납

---

7 모이즈는 '모세'의 프랑스어 이름이다.

작한 모자를 쓴 고모는 매일 아침 10시에 외출을 했다. 실크해트를 쓰고 승마 구두를 신은 모이즈가 마차를 몰았다. 고모는 사랑하는 주네브가 잘 있는지, 모든 것이 제자리에 있는지 살피러 다녔다. 무슨 문제가 눈에 띄면, 그러니까 난간 철책이 벌어졌다든지 쇠 장식이 떨어지려 한다든지 분수의 물이 말라버렸다든지 하는 놀라운 일을 보게 되면 "그 사람들 중 하나를 만나러", 즉 주네브 주정부 사람 중 하나를 질책하러 올라갔다. 고모의 이름 자체가 위엄을 지니기도 한데다 또 고모의 성격을 모두 알았기 때문에, 더구나 고모가 기부를 많이 하고 인척도 많았기 때문에 그들은 곧바로 고모의 뜻을 들어줄 수밖에 없었다. 레리 고모가 조국 주네브를 사랑하는 마음이 어느 정도였는지를 보여주는 일화가 있는데, 고모는 영국의 한 공녀가, 고모만큼이나 신앙심이 깊은 사람이었음에도, 편지에서 주네브에 관해 농담을 하자 끝내 절교해버렸다.

11시경이면 고모는 마차와 더불어 자신의 유일한 사치라 할 수 있는 샹뻴의 아름다운 저택으로 돌아왔다. 이미 말했듯이 고모는 이웃에게 많이 베풀면서 자기 자신을 위해서는 거의 돈을 쓰지 않았다. 고모가 입던 검은색 드레스들, 화려하게 뒷자락이 끌리는, 아주 낡고 닳아 반들거리는 부분을 정성껏 수선한 그 드레스들이 아직도 눈에 선하다. 정오에 첫번째 벨이 울린다. 12시 30분 두번째 벨 소리에 우리는 즉시 식당으로 가야 한다. 절대로 늦어서는 안된다. 아그리빠 삼촌, 자끄, 엘리안, 그리고 나는 우리끼리 '여대장'이라고 부르기도 하던 고모가 오기를 기다리며 서 있었다. 당연히 고모가 자리에 앉고 나서야 모두 자리에 앉았다.

식탁에서는 식사 기도를 한 다음 점잖은 주제들에 대해서 이야기를 나누었다. 꽃("해바라기 줄기 끝을 잊지 말고 눌러줘야 오래 살지"), 석양 빛깔("정말 너무 아름다워서 그 찬란한 모습에 감사드렸단다"), 혹은 기온 변화("오늘 아침 일어나는데 추운 것 같더구나"), 혹은 고모가 좋아하던 목사님의 마지막 설교("정말 생각도 좋고 표현도 멋진 설교였지")에 관한 것이었다. 고모는 잠베지강 지역의 복음 사업이 어느 정도 진척되고 있는지 얘기하기도 했기 때문에 나는 흑인 부족들에 대해 아주 박식해졌다. 이를테면 레소토왕국의 왕은 레와니카이며, 그 주민은 소토족이고 세소토어를 사용한다는 것. 반대로 고모가 물질적인 주제라고 부르는 얘기들은 환영받지 못했다. 어느날 나는 바보같이 수프가 조금 짠 것 같다고 했다가 고모가 눈살을 찌푸리며 "쯧, 아리안, 그만하렴"이라고 하는 바람에 더이상 입을 열지 못했다. 식탁에 올라온 초콜릿 무스를 보고 나도 모르게 너무 기뻐했을 때도 같은 반응이었다. 고모가 차가운 눈으로 쳐다볼 때면 나는 어찌할 바를 몰랐다.

차가운, 그러면서도 무척 선한 여인. 고모는 그 선한 마음을 드러내고 표현하는 법을 알지 못했다. 무감각한 것이 아니라 귀족적인 절제였고, 어쩌면 육신에 속한 것들에 대한 두려움이었을 것이다. 다정한 말을 건넨 적이 거의 없었고, 정말 어쩌다가 나에게 키스를 할 때면 입술 끝으로 이마를 살짝 스치는 게 전부였다. 하지만 내가 아플 때면 밤에도 몇번씩 일어나 고상한 실내복 차림으로 내 방으로 와서는 내가 깨어나지 않았는지, 이불을 차내지 않았는지 살폈다. 사랑하는 레리 고모, 한번도 고모를 직접 이렇게 불러보지 못했네요.

소설 어디엔가 어렸을 적 내가 했던 불경스러운 말들을 집어넣을 것. 나는 신앙심이 깊은데도 샤워를 하다가 무심코 "하느님이 다 뭐람" 하는 말을 내뱉을 때가 있었다. 그러고 나면 곧장 큰 소리로 말했다. "아니야, 아니야, 난 안했어. 하느님은 선하셔, 하느님은 좋은 분이야!" 하지만 그런 일은 되풀이되어서 나는 다시 하느님을 모독하는 말을 하고 말았다! 나는 너무 속이 상해 내 몸을 때리면서 스스로 벌을 주었다.

다른 기억 하나가 떠오른다. 레리 고모는 성령을 거스르는 죄가 그 어떤 것보다도 무거운 죄라고 말했다. 그런데 이따금 저녁에 침대에 누워 있다보면 "좋아, 성령을 거스르는 죄를 저질러버릴 테야" 하고 속삭이고 싶은 유혹을 떨칠 수 없었다. 물론 그것이 무슨 뜻인지는 알지 못했다. 하지만 바로 다음 순간에는 겁에 질려서 이불을 뒤집어쓰고는 성령을 향해 그냥 장난이었다고 해명을 했다.

애석하게도 레리 고모는 자신이 우리에게, 엘리안과 나에게 어떤 불안을 심어주었는지 깨닫지 못했다. 예를 들어 이 세상에서 중요한 것은 오직 영생뿐이라 믿은 고모는 죽음에 대한 얘기를 자주 꺼내서 영생을 준비할 수 있도록 하는 것이 우리의 영적인 삶을 위한 최선책이라고 생각했다. 우리가 열살과 열한살이 채 안되었을 때 벌써 고모는 본받아야 할 어린이들, 환한 빛 속에서 죽어가는, 하늘에서 들려오는 목소리를 들으며 환희에 차서 죽음을 맞이하는 아이들의 이야기를 읽어주었다. 결국 나와 엘리안은 신경증적인 강박관념에 시달렸다. 성경 달력에 다가오는 일요일의 성경 구절로 "너는 죽어서 하느님 품 안에 숨으리라"라고 쓰여 있는 것을 보고 겁에 질리기도 했다. 그날 아르미오가의 사촌 여동생이 간식 먹으러 놀러 오라고 했지만 우리는 갈 수 있을지 확실히 모르겠다고, 아마도 우리는 하느님 품 안에 숨어 있게 될 거라고 대답했다. 그 이후, 물론 그렇다고 정말로 신앙을 잃은 것은 아니지만, 나는 찬송가, 특히 "영원한 영광의 나라에서"로 시작하는 찬송가가 끔찍하게 싫었다. 교회에 모인 사람들이 거짓 즐거움 가득한 얼굴로, 병적인 열광 상태에 빠져서, 사실은 조금만 다쳐도 의사를 부를 거면서, 기쁘게 죽을 수 있다는 믿음으로 찬송가를 부르는, 너무 위선적인 모습이 싫었다.

다른 추억 몇가지도 일단 잊어버리지 않도록, 뒤섞인 대로 간략히 말해보겠다. 소설에서는 좀더 자세히 쓸 것이다. 레리 고모가 아침과 저녁 예배가 끝난 뒤에 하던 스킬자수. 예배는 찬송가 "주여 어린 사슴이"로 끝나는 경우가 많았는데, 그럴 때면 나는 실없이 웃음이 나오려는 것을 참아야 했다. 레리 고모는 기도를 많이, 그러니까 하루 세번 언제나 같은 시간에 안방에서 혼자 했고, 그동안은 절대 방해할 수 없었다. 언젠가 한번 열쇠 구멍으로 들여다본 적이 있다. 고모는 무릎을 꿇고 고개를 숙인 채 눈을 감고 있었다. 그러던 고모의 얼굴에 돌연 빙그레 미소가 번졌는데, 그 야릇하고 아름다운 모습이 무척 인상적이었다. 고모가 절대 의사의 진찰을 받으려 하지 않았다는 것, 심지어 그리 삼촌의 진찰도 받지 않았다는 것도 어디엔가 쓸 것. 고모는 아파도 기도를 하면 나을 수 있다고 믿었다. 앞에서 얘기했던 육신에 속한 것들에 대한 두려움과 관련하여 고모의 욕실에 있던 수건 얘기도 넣을 것. 고모는 몸의 부위에 따라 다른 수건을 사용했다. 몸을 닦는 수건으로는 절대 얼굴을 닦지 않았다. 죄에 대한 무의식적인 두려움, 성스러운 것과 세속적인 것을 나누기. 아니, 이 수건 이야기는 쓰지 않는 게 좋겠다. 괜히 사람들이 고모를 우습

게 생각하는 건 싫으니까. 깜빡 잊고 말하지 않은 것 또 한가지,
고모는 절대 소설을 읽지 않았다. 거짓말을 싫어하는 것과 같은
이유였다.

이번에는 전보 문체를 사용해보자. 자끄와 엘리안이 죽은 뒤
그리 삼촌이 아프리카 의료봉사를 떠남. 저택에는 고모와 나만
남음. 나는 종교적인 신경쇠약에 시달림. 그때 나는 더이상 신
을 믿지 않았다. 아니 더이상 믿지 않는다고 믿었다. 우리가 속
한 사회에서는 그런 상태를 냉담기라고 불렀다. 대학에서 문학
을 전공하기로 결심. 대학에서 나는 러시아 이민자로 섬세하고
지적인 바르바라 이바노브나를 알게 되었다. 우리는 금방 친해
졌다. 내 눈에 비친 그녀는 무척 아름다운 모습이었다. 나는 그
녀의 손에, 발그레한 손바닥에, 굵게 땋아 내린 머리카락에 입
맞추는 게 좋았다. 늘 그녀를 생각했다. 한마디로 말해서, 그것은
사랑이었다.

레리 고모는 이 우정을 못마땅해함. "러시아 여자라니, 쯧, 그
만하렴!"(고모는 끝의 "하렴"을 김이 빠질 때처럼 길게 뺐다.)
바르바라를 소개하고 싶었지만 고모는 싫다고 했고, 그러면서도
우리가 계속 만나는 것을 막지는 않았다. 사실 그것만으로도 대
단한 일이었다. 하지만 어느날 경찰이 임시 체류증을 가진 씨아
노바란 여자를 조사하러 우리 집에 왔다. 나는 집에 없었다. 레
리 고모는 경찰을 통해 두가지 끔찍한 사실을 알게 되었다. 우
선 내 친구가 멘셰비끼 당원, 그러니까 러시아 혁명파의 일원이
라는 것. 그리고 그녀가 그 그룹의 지도자로 스위스에서 추방된
남자의 정부라는 사실이었다. 날이 저물 무렵 내가 집에 들어갔
을 때 고모는 그런 나쁜 삶을 사는 사람, 경찰 감시를 받고, 하물

며 혁명을 하는 그런 사람과 당장 절교하라고 명령했다. 나는 반항했다. 바린까를 버리라고? 절대 안돼! 어차피 나는 더이상 미성년자가 아니었다. 바로 그날 저녁 가방을 싸는 나를 늙은 하녀 마리에뜨가 거들어주었다. 레리 고모는 내가 떠나는 것을 보지 않으려고 방에서 나오지 않았고, 나는 떠났다. 이 모든 이야기로 소설을 한편 만들 수 있을까? 계속하자.

나는 바르바라와 함께 시내에 가구가 딸린 초라한 아파트를 구했다. 이미 아빠가 주가 폭락이라 불리는 금융 사건에서 재산을 거의 다 날린 뒤였기에 나는 빈털터리나 마찬가지였다. 그녀와는 행복했다. 나는 문과대학, 그녀는 사회과학대학, 그렇게 함께 대학에 다녔다. 학생 생활. 초라한 식당들. 나는 전에 레리 고모의 집에 살 때는 엄두도 내지 못했던 화장을 조금 하기 시작했다. 하지만 립스틱은 한번도 바르지 않았고, 앞으로도 절대 바르지 않을 것이다. 더럽고, 천박하다. 나는 바르바라와 이야기를 나누기 위해, 좀더 친밀한 사이가 되기 위해 러시아어를 배웠다. 우리는 같이 잤다. 그렇다, 그건 사랑이었다. 순수한, 거의 순수한 사랑. 어느 일요일, 종종 나를 찾아오던 마리에뜨에게서 고모가 스코틀랜드로 떠난다는 소식을 들었다. 내가 이렇게 살고 있기 때문에 고모가 멀리 떠난다는 생각에 가슴이 메었다.

몇달 뒤 부활절 방학에 바르바라는 자기가 결핵에 걸렸다고, 대학에 다닐 수 없게 되었다고 고백했다. 내가 걱정할까봐, 그리고 산에 요양 가게 되면 우리의 금전적 상황이 더 나빠질까봐 그동안 숨겨온 것이다. 나는 즉시 그녀의 의사를 찾아갔고, 요양원으로 보내기엔 이미 늦었으며 앞으로 1년을 넘기지 못할 거라는 말을 들었다.

그 마지막 한해 동안 나는 제대로 하지 못했다. 물론 바르바라를 보살피는 데 전념하기 위해 학교는 그만두었다. 그녀를 간호했고, 식사 준비를 했고, 빨래도 다림질도 했다. 하지만 저녁이면 불현듯 나가서 즐기고 싶어졌고, 대학 친구들의 초대, 그러니까 내가 원래 속했던 부류의 아이들이 아니라 주로 외국인인 친구들의 초대에 응하고 싶었다. 결국 나는 저녁식사를 하려고, 학생들의 댄스파티에 참석하려고, 혹은 극장에 가려고 이따금 외출을 했다. 바르바라가 위중한 상태라는 것을 알고 있었지만, 편하게 즐기고 싶다는 욕망이 더 컸다. 사랑하는 바린까, 날 용서해, 그때 나는 너무 어렸어. 집으로 돌아갈 때면 나는 수치심에 휩싸였고, 그녀가 날 비난하지 않았기에 더욱 그랬다. 하지만 어느날 내가 댄스파티에 갔다가 새벽 2시에 들어가서 변명 삼아 무언가 얘기를 건넸을 때, 그녀는 차분한 목소리로 대답했다. "알았어, 그런데 난 죽을 거야." 그때 나를 뚫어지게 바라보던 바린까의 눈을 절대 잊지 못할 것이다.

바르바라가 숨을 거둔 다음 날 나는 그녀의 손을 보았다. 보는 것만으로도 그 손이 대리석처럼 무겁다는 것을 느낄 수 있었다. 윤기가 없고, 희끄무레하고, 손가락이 부어 있었다. 이제 끝났음을, 모든 게 끝났음을 깨달았다.

장례를 치른 뒤 밤이면 그녀가 나의 귀가를 기다리던 작은 아파트가 무섭게 느껴졌다. 그래서 나는 벨뷔 호텔로 가기로 했다. 그곳에, 얼마 전부터 국제연맹에서 일하게 된 아드리앵 뒴이 묵고 있었다. 부모님은 아직 옮겨오지 않아 혼자 지낸 것이다. 어느날 저녁 나는 돈이 다 떨어졌음을 깨달았다. 일주일 치 방값을 낼 수가 없었다. 세상에 나 혼자였고, 얘기해볼 사람이 아무도 없었다. 삼촌은 중앙아프리카에, 고모는 스코틀랜드 어딘가에 있을 터였다. 설사 고모의 주소를 안다 해도 편지를 쓰지는 못했을 것이다. 내가 "러시아 혁명가" 여자와 같이 지내는 동안 주위의 모든 사람, 사촌, 먼 친척, 지인 전부가 나를 놓아버린 상태였다.

베로날[8] 캡슐을 전부 삼킨 다음에 무슨 일이 일어났는지, 난 정확히 알지 못한다. 방문을 연 것은 분명하다. 자기 방으로 들어가던 아드리앵이 내가 복도에 누워 있는 걸 보았다. 그가 나를 안아서 내 방에 눕혔다. 그는 비어 있는 수면제 약통을 보았다. 의사. 위세척, 알 수 없는 주사. 그렇게 며칠 동안 사경을 헤맸던 것 같다.

회복기. 아드리앵이 찾아옴. 나는 그에게 바르바라 얘기와 엘리안 얘기를 했다. 그가 나에게 힘을 주었고, 책을 읽어주었고, 책과 음반을 가져다주었다. 이 세상에서 나를 돌봐주는 단 한 사람. 어차피 나는 모든 일에 무감각했다. 약물 때문에 머리가 엉망이 되었다. 어느날 저녁 그가 자기와 결혼해주겠냐고 물었고, 나는 그러겠다고 했다. 스스로 형편없이 전락했음을 알고 있던 나는 누군가 착한 사람이, 나에게 관심을 갖는 사람이, 그런 나를 찬탄하며 사랑해주는 사람이 필요했다. 게다가 돈도 없었고, 생존을 위해 투쟁하는 법도 몰랐고, 할 줄 아는 것이 하나도 없어 비서 일조차 해낼 수 없던 터였다. 우리는 그의 부모님이 도착하기 전에 결혼했다. 남자와 여자 사이에 일어나는 일이 두렵다고 내가 말했을 때 그가 보여준 인내심.

결혼 후 얼마 되지 않아 스코틀랜드에서 레리 고모가 사망함.

---

8 수면제의 일종.

공증인 사무실의 소환장. 고모의 유언장에 따라, 내가 집을 나간 뒤에 작성된 유언장이었는데도, 아그리빠 삼촌에게 남겨진 샹뻴의 저택을 제외한 고모의 전 재산이 내게 상속되었다. 아드리앵의 부모님이 도착함. 나의 신경쇠약. 몇주 동안 나는 방에 누워서 책을 읽었고, 아드리앵이 식사를 챙겼다. 나는 주네브를 떠나고 싶었다. 그는 몇달의 무급 휴직을 신청했다. 우리의 여행. 그의 호의. 나의 신경질. 어느날 저녁 나는 그를, 바르바라가 아니었기에, 쫓아내버렸다. 그런 다음 다시 불렀다. 그가, 너무나 온순하고 선량한 그가 돌아왔다. 나는 내가 너무 나쁜 아내였다고, 이제 다 끝났다고, 앞으로는 착한 아내가 되겠다고, 그러니 다시 일을 시작하라고 말했다. 우리는 주네브로 돌아왔고, 나는 약속을 지키기 위해 최선을 다했다.

돌아온 뒤 나는 옛 친구들을 초대했다. 다들 남편과 함께 왔다. 그날이 마지막이었다. 소식이 끊겼다. 다들 내 시어머니와 그녀의 자그마한 남편을 보았고, 그것으로 충분했다. 나의 사촌들, 아르미오가 사람들, 특히 쌀라댕가의 사람들이 나를 초대했지만, 남편은 언급하지 않고 나만 불렀다. 당연히 나는 참석하지 않았다.

소설 속에 내가 사랑하는 시아버지도 등장시켜야 하고, 시어머니, 신심 가득한 표정을 짓고 있는 가짜 기독교인인 그 여인도 등장시켜야 한다. 그 야비한 여인은 얼마 전 나에게 마음이 좀 괜찮은지 묻더니, 혹시 자기와 진지한 대화를 나누고 싶어지거든 언제든지 말하라고 했다. 그녀가 쓰는 말에서 진지한 대화란 종교적 대화를 뜻했다. 심지어 한번은 나에게 신을 믿느냐고 물었다. 난 항상 믿는 것은 아니라고 대답했다. 그러자 그녀는 나

의 신앙을 돌려놓기 위해 나뽈레옹도 신을 믿었다고, 그러니 나
도 믿어야 한다고 설명했다. 전부 나를 지배하기 위한 것이다.
난 그녀가 정말 싫다. 그녀는 기독교인이 아니다. 오히려 정반대
다. 그녀는 암소이고 낙타이다.[9] 아그리빠 삼촌, 그렇다, 삼촌이
야말로 진정한 기독교인이다. 완벽하게 선한 성자. 진정한 프로
테스탄트보다 훌륭한 것은 이 세상에 없다. 주네브 만세! 레리
고모도 좋았다. 고모의 신앙은 약간 구약성서에 가까웠지만, 그
래도 고귀하고 진실한 믿음이었다. 시어머니는 말투마저 불쾌
하기 그지없다. '허비한다'고 해야 할 것을 '망친다'고 했다. '대
단하다'를 '데단하다', '계층'을 '게층', '신발'은 '쉰발', '부탁한
다'는 '브탁한다'라고 발음했다. 게다가 시도 때도 없이 '안짝으
로'라는 말을 썼다.

　그녀가 늘 마른기침을 한 다음 미소를 지으면서 감언이설을
늘어놓는 재주를 가졌다는 것도 소설에서 이야기해야 한다. 그
녀가 목을 가다듬으면, 그것은 짐짓 다정한 체하지만 심술궂은
말을 준비한다는 뜻이었다. 예를 들어, 어제 아침에 아래층으로
내려가는데 그녀가 신발을 끄는 그 짜증스러운 소리가 들렸다!
2층 층계참에 있는 게 분명했다! 피하기엔 너무 늦었다! 그녀는
내 팔을 잡고 재미있는 얘기가 있다면서 자기 방으로 데려가더
니 앉으라고 했다. 마른기침, 그런 다음 주님의 자녀 얼굴에 환
하게 번지는 끔찍한 미소. 그러고 시작한다. "내가 아주 예쁜 얘
기 하나 들려주마. 분명히 맘에 들 거다. 조금 전 아드리앵이 출
근하기 전에 오더니 내 무릎에 앉아 날 꺼안으면서 이렇게 말하

9 프랑스어에서 '암소'와 '낙타'는 '게으른 여자' '심술궂은 여자'라는 의미도 있다.

지 않겠니. 사랑하는 엄마, 세상에서 제일 사랑해요! 하고 말이다. 어떠니, 예쁜 이야기 아니니?" 나는 그녀를 쳐다보고는 방을 나왔다. 만일 그 자리에서 너무 추한 얘기라고 대답했다면 어떤 일이 일어났을지 잘 안다. 그녀는 마치 사자의 밥으로 던져진 순교자처럼 한 손을 가슴에 대고는 나를 용서하겠다고, 심지어 날 위해 기도하겠다고 했을 것이다. 그런 주제에 영생을 철석같이 믿고, 자기가 언제나 나비처럼 하느님 주위를 날고 있을 거라 믿다니, 도대체 어쩌자는 걸까. 심지어 자기는 기쁘게 죽을 수 있다고 주장했는데, 그녀는 그 말도 안되는 이상한 어법으로 그렇게 죽는 것을 "여행 허가증 받기"라고 불렀다.

소설에 쓸 세부 사항으로 몇가지 추가할 것. 뒴 부인은 벨기에의 몽스에서 태어났고, 처녀 때 이름은 앙뚜아네뜨 레르베르그이다. 공증인이던 아버지가 사망하면서 형편이 어려워진 것 같다. 살집과 매력은 없고 뼈와 사마귀는 많은 그녀는 마흔살 때 가까스로 선량하고 허약한 이뽈리뜨 뒴, 보 출신의 쁘띠부르주아로 주네브 사설 은행의 회계원이던 남자와 결혼을 했다. 턱수염과 콧수염을 기른 친절한 이뽈리뜨와 결혼하면서, 벨기에인이던 그녀는 스위스인이 되었다. 원래 아드리앵은 앙뚜아네뜨의 조카였다. 그녀의 동생, 그러니까 아드리앵의 어머니는 얀손이라는 벨기에 치과 의사와 결혼했다. 그런데 부부는 아들이 아직 어릴 때 죽었고, 그러자 앙뚜아네뜨가 훌륭하게 어머니 역할을 해냈다. 원래 앙뚜아네뜨는 랑빨이라는 어느 귀부인의 시중을 들고 있었는데, 1년 중 상당 시간을 브베[10]에서 보냈던 랑빨 부인

---

10 스위스 보주의 레만호(湖)를 끼고 있는 소도시.

이 죽으면서 스위스 작은 도시의 그 저택을 앙뚜아네뜨에게 물려주었다. 앙뚜아네뜨는 저택을 신앙심 깊고 채식을 하는 환자들을 위한 요양원으로 바꾸었다. 그즈음, 주네브에 작지만 훌륭한 공용 임대주택을 소유하고 있던 쉰다섯살의 이뽈리뜨 됨이 부인과 사별한 뒤 마음을 달래기 위해 그곳에 머물렀다. 앙뚜아네뜨는 그를 잘 챙겼고, 아플 때는 간호도 했다. 회복된 다음 그가 꽃다발을 가져왔다. 마흔살 처녀는 실신하듯 쓰러졌고, 당황해 어쩔 줄 모르는 남자의 품에 안긴 채로, 모든 것이 신의 뜻이니 받아들이겠다고 속삭였다. 아드리앵은 브뤼셀에서 대학에 다니며 문학을 공부하던 중, 됨가의 먼 친척이자 벨기에 외무부의 요직에 있는 판오펠 씨의 도움으로 주네브의 국제연맹 사무국에 발령을 받았다. 한가지 잊고 말하지 않은 것이 있다. 그 몇년 전에 됨 부부가 고아인 아드리앵을 입양했고, 그래서 그는 아드리앵 됨이 된 터였다.

또 한가지 잊은 것이 있는데, 됨 부인은 주네브로 옮겨오자마자 '옥스퍼드파派'라고 불리는 모임에 끼고 싶다는 영적 욕구를 느꼈다. 그 종파에 가입한 이후(그토록 원했던 이유는 그곳에서는 누구든 상대에게 격식 없이 말을 놓을 수 있고, 그래서 사회적 지위가 높은 부인들을 친근하게 이름으로 부를 수 있기 때문이었다), 그녀는 끊임없이 '지침'을 받았다. 옥스퍼드파끼리만 알아듣는 말로 그것은 직접 신의 명령을 받는다는 뜻이었다. 일원이 되자마자 됨 부인은 같은 길을 가는 자매들을 오후 간식 혹은 점심식사(그녀는 '런치'가 더 고상하다고 생각해서 그 말을 더 자주 사용했고, '론치'라고 발음했다)에 초대하라는 지침을 받았다. 됨 부부가 살던 꼴로니"는 좋은 동네였기에 상대 부인들은 초대에 응하라는 지침을 받았다. 하지만 첫 초대에서 그 남편을 만난 뒤로는 모두 다음 초대를 거절하라는 지침을 받았다. 방트라두르라는 부인만이 두세번 더 간식 초대에 응하라는 지침을 받았다. 오, 내 아버지, 발레리 고모, 아그리빠 삼촌, 모두 고결한 기독교인, 너무도 진실하고 독실하고 순결한 사람들. 정말로 그랬다. 훌륭한 혈통을 지닌 주네브의 프로테스탄트보다 도덕적으로 아름다운 것은 없다. 피곤하다, 이제 그만. 내일 계속해야겠다.

아래층의 전화벨 소리. 그는 문을 열고 층계참으로 나가서 난간에 기대 몸을 숙였다. 귀를 기울였다. 분명 그 늙은 여자의 목소리일 것이다.

—아니다, 디디, 늦어도 괜찮으니 걱정 말고 국제연맹에서 점심을 먹든지 아니면 네가 좋아하는 뻬를 뒤 락[12]에서 먹고 오렴. 안 그래도 계획을 대폭 수정할 일이 생겼으니까. 중요한 소식이 있어서 너한테 전화하려는 참이었다. 얘야, 조금 전에 글쎄 방트라두르 부인께서 갑자기 아빠와 나를 론치에 초대하셨지 뭐니! 식사 초대는 처음이잖니, 우리 사이가 더 단단해질 거다, 그래, 친해질 수 있는 거지. 그래서 좀 전에 얘기한 대로, 계획이 대폭 수정되었단다. 첫째, 뤼뜨 그라니에한테 전화를 해서 오늘 오후로 잡혀 있는 명상 티타임을 내일로 미뤄야 하고, 둘째, 점심때 노랑촉수를 구워 먹을 계획이었는데 이제 곧 정식으로 론치를 먹을 테니, 그러고 나서 먹기는 좀 그럴 것 같구나. 냉장고에 넣어둔다 해도 내일 점심때까지

팬찮을지 확실하지가 않으니, 어쩔 수 없지. 그냥 오늘 저녁에 노랑촉수를 먹고, 저녁에 먹으려고 했던 로렌식 끼슈[13]는 내일 점심때 먹기로 했다. 두었다 먹기는 아무래도 노랑촉수보다 끼슈가 안전하니까. 참, 다시 초대 말인데, 어떻게 된 일인지 너한테 얘기를 해줘야지, 그래, 빨리 하마, 시간이 빠듯하니까. 뭐, 할 수 없지, 정류장에 가서 택시를 타야지, 네가 들으면 좋아할 텐데, 꼭 얘기해줘야겠다. 어떻게 된 거냐면, 조금 전에, 그래 십분 전에, 그러니까 왜 그 눈이 멀고 귀도 안 들리고 말도 못하지만 언제나 즐겁게 살았다는 훌륭한 여자 있잖니, 그래, 헬렌 켈러, 문득 영감처럼, 방트라두르 부인에게 전화를 해서 헬렌 켈러에 대한 너무 좋은 책을 권해드려야겠다는 생각이, 아니 지침이 떠오르더구나. 너도 이해하겠지만, 난 방트라두르 부인과 관계를 이어가고 싶단다. 그래, 전화하다가 이것저것, 그래, 모두 고상한 것들이었지, 얘기하는데, 중간에 부인이 집안일에 문제가 좀 생겼다고 하시더구나. 너도 알다시피 그 집에는 부리는 사람이 굉장히 많잖니, 요리사, 부엌 시중드는 애, 숙달된 훌륭한 가정부, 운전도 겸하는 정원사까지. 내일 총영사님하고 그 사모님이 그 댁에 오셔서 며칠 묵을 예정이라니 당연히 모든 일이 착착 진행돼야겠지. 그래서 오늘 그 댁 창문 서른개를, 그중에 스무개는 정면 창문인데, 그걸 다 닦을 계획이셨다는데, 그런데 큰일이 있을 때마다 와서 일하는 여자가 갑자기 병이 났다잖니. 그런 여자들이 원래 그렇지, 늘 써먹는 수법이란다. 언제나, 마지막 순간에, 어떻게 해볼 도리도 없게 만들어놓는 것 말이다. 방트라두르 부인께서 어쩔 줄을 모르시더구나. 난 오로지 내 마음이 말하는 소

---

13 돼지 비계와 달걀, 크림 등으로 만든 파이. 로렌은 프랑스 동북부 독일과의 국경 지역이다.

리만 들었는데, 글쎄 문득 우리 집의 마르따를 하루 빌려드려야겠다는 생각이 떠오르지 뭐니, 창문을 닦게 말이야. 1월에 차 마시러 갔을 때 너도 봤으니 기억하겠지만, 그중 열개는 현대식 일본 유리란다. 부인께서 정말 고맙다면서 좋아하셨고, 감동하셨는지 여러 번 고맙다고 하시더구나. 그렇게 도와드릴 방법이 떠오른 게 얼마나 다행이니. 좋은 일은 늘 보답을 받게 되어 있는 법이란다. 그래서 당장 마르따를 데리고 가겠다고 했지, 그 아이 혼자서는 화려한 방트라두르 저택을 찾지 못할 테니까. 그랬더니 부인이, 원래 솔직하신 분이잖니, 큰 소리로 말씀하시더구나. 저런, 진미를 준비할 테니 남편분과 함께 식사하러 오세요! 라고 말이다. 진미라니, 뤼뜨 그라니에한테 들은 적이 있는데, 그 댁에서는 늘 기가 막히게 잘 차린다고 하더구나, 전부 고급 요리로! 격식에 맞게! 그러니까 완벽한 초대를 받은 거잖니! 뭐라고? 그야 1시지, 너도 알잖니, 훌륭한 사람들에게는 그때가 론치 시간이란다. 어차피 마르따는 세탁기 돌리는 것까지 아침 일찍 다 끝냈고 별로 할 일도 없는데 오늘 오후에 써먹을 수 있으니 얼마나 다행이니. 그렇게 큰 저택에 살고 법도를 아는 사람들을 만나면 그 아이도 좀 배우는 게 있겠지. 그런 커다란 별장의 유리창을 닦는 것은 영광스러운 일이라고도 설명해주었단다. 택시 타러 갈 때는, 이웃들 눈이 있으니까, 당연히 마르따는 몇발자국 뒤에 따라오게 해야겠지. 그렇게 하라고 말할 생각이다, 아주 친절하게 말이야. 뭐, 사실, 우리하고 나란히 걸어가는 게 어차피 그애한테도 불편할 테지, 아무래도 어울리지 않는 것 같고 말이야. 그래, 좋은 소식을 전했으니까, 얘야, 이제 그만 끊어야겠구나. 옷도 갈아입어야 하고, 뤼뜨 그라니에한테 전화도 해야 하고, 아빠 옷 입는 것도 좀 살펴봐야 하고, 그래, 잔소리도 좀

하고, 특히 수프 먹을 때 꼭 소리를 내시잖니! 그런데 말이다, 방트라두르 부인이 친절하게도 네 소식까지 물으셨단다. 네가 공식적으로 어떤 일을 맡고 있는지 말씀드렸더니 굉장히 관심을 보이시더구나. 네가 안부 인사 전하더라고 말씀드려도 괜찮지? 그렇지? 뭐라고? 경의를 표한다고 전하는 게 낫다고? 그래, 그렇구나. 그게 좀더 세련된 인사겠네. 정말 기품 있는 분이시니까. 뭐라고? 알겠다, 그렇게 하자. 가서 불러오마, 당연히 피아노 앞에 앉아 있지, 잠깐만 기다리렴. (잠시 침묵. 다시 목소리.) 쏘나따를 중간에 끝낼 수 없어서 전화를 못 받는다고 전해달라는구나. 그래, 얘야, 그렇게 말했단다. 그러니까 디디, 일부러 들어올 것 없고, 신경 쓰지 말고, 그냥 삐를 뒤 락에서 점심 먹으렴. 적어도 거기선 너한테 신경을 써줄 것 아니니. 자, 이제 끊자, 서둘러야 하니까. 그럼 이따가 저녁 때 보자, 엄마가 언제나처럼 널 기다리고 있으마, 엄마를 믿어도 된다는 거 알지?

그는 방으로 돌아가 침대 위에 누웠고, 아래 거실에서 연주하는 슈만의 「어린이 정경」을 들으며 화장수 병을 코에 대고 숨을 들이쉬었다. 연주하라, 아름다운 나의 여인이여, 연주하라, 어떤 일이 기다리고 있는지 알지 못하는 그대여. 중얼거리던 그가 갑자기 일어섰다. 빨리, 변장을 해야 한다.

그는 너무 길어서 발목까지 내려와 구두를 덮는 색 바랜 낡은 외투를 걸쳤다. 그런 다음 검은 새끼 뱀들처럼 곱슬곱슬한 머리카락을 가리기 위해 챙 없는 추레한 모피 모자를 눌러썼다. 전신 거울 앞에 서서 보니 형편없는 복장이 썩 괜찮았다. 하지만 제일 중요한 일이 남았다. 그는 고귀한 두 뺨 위에 왁스 같은 것을 발라 흰색 턱수염을 달고, 이어서 검은색 반창고 두개를 잘라 앞쪽 이에, 왼쪽 하나 오른쪽 하나만 빼고 전부 붙여서 결국 입안에 아무것도 없이 송곳니만 두개 반짝이게 만들었다.

희미한 빛 속에서 그는 거울 속 자신에게 히브리어로 인사를 했다. 위엄이 좀 남아 있긴 하지만 결국 가난하고 추한 늙은 유대인의 모습이었다. 어차피 나중엔 이렇게 될 것 아닌가. 아직 땅에 묻혀서 썩어가지는 않는다 하더라도, 20년 뒤에는 아름다운 쏠랄을 더이상 볼 수 없으리라. 그가 갑자기 움직임을 멈추고 귀를 기울였다. 계단의 발소리, 이어 께루비노의 노래. 보이 께 싸뻬떼 께 꼬자에 아모르.[14] 그래, 내 사랑, 나는 사랑이 무엇인지 알고 있다오. 그는 가방을 챙겨 들고 두꺼운 벨벳 커튼 뒤로 황급히 몸을 숨겼다.

---

14 이딸리아어로 "사랑이 무엇인지 아는 그대들이여". 모차르트의 오페라 「피가로의 결혼」 중 '께루비노의 아리아'의 시작 부분이다.

2

모차르트의 아리아를 흥얼거리면서 들어온 그녀는 전신 거울로 다가가 입술을 거울에 비친 입술에 가져다 댄 다음 자기 모습을 응시했다. 그녀는 잠시 한숨을 쉬더니 침대로 가서 누웠고, 베르그송의 책을 펼치고는 퐁당 오 쇼콜라의 맛을 즐기면서 책장을 넘겼다. 잠시 후 침대에서 일어나 방에 붙어 있는 욕실로 갔다.

요란하게 물이 흘러나오는 소리, 몇번 자그마한 웃음소리, 알아들을 수 없는 재잘거림, 그런 다음 침묵, 이어 갑자기 첨벙하며 물속에 몸을 담그는 소리, 그리고 금빛 목소리. 커튼을 젖힌 그는 반쯤 열린 욕실 문으로 다가가 귀를 기울였다.

—난 많이 뜨거운 물이 좋아, 기다려 그대, 기다려, 정말 물이 조금씩만 나오게 해서 언제 그렇게 됐는지도 모르게 서서히 뜨거워지게 만들 거야, 뭔가 거북해지면 내 눈은 잠깐 동안 사시가 되는 것 같아 그래도 매력 있잖아, 왜 사람들이 꼭 어느 집 가정부처

럼 생긴 모나리자 때문에 그 난리를 치는지 모르겠어, 실례해도 될까요 부인, 그럼요 괜찮아요 그냥 돌아서 있기만 하면 돼요 제가 모습을 드러낼 처지가 아니거든요, 그런데 실례지만 누구세요, 전 아문센입니다, 그럼 노르웨이분이겠네요? 그렇습니다 부인, 그렇군요 그렇군요 전 노르웨이를 무척 좋아해요, 가보신 적이 있나요? 아니요 하지만 당신 나라에 마음이 끌려요, 피오르 북극의 오로라 순한 바다표범 그리고 어릴 때 대구 간유肝油를 마셔봤거든요 로포텐[15]에서 온 것이었어요 병에 붙어 있던 상표가 아주 예뻤죠, 당신 성 말고 이름은 뭔가요? 에리크입니다 부인, 전 아리안이에요, 결혼하셨나요? 그렇습니다 아이가 여섯이고 그중 하나는 흑인입니다, 그렇군요 부인께 축하한다고 전해주세요 그런데 동물을 좋아하세요? 물론입니다 부인, 그렇다면 우린 마음이 잘 맞네요, 그레이 아울의 책을 읽어보셨나요? 캐나다의 인디언 혼혈이고 비버를 위해 평생을 바친 멋진 사람이죠. 제가 그 책을 보내드릴게요 분명히 맘에 드실 거예요, 하지만 전 캐나다의 백인들은 안 좋아해요 그 사람들이 부르는 노래 때문에요 아시죠 종달새야 예쁜 종달새야 네 깃털을 뽑을게라는 노래요, 예쁜 종달새야 불러놓고 바로 네 깃털을 뽑을게라니 말도 안돼요, 더구나 프랑스어 발음도 뽑을게라고 이상하게 하면서요, 그 사람들은 말도 안되는 이 노래를 아주 자랑스러워한다죠 거의 온 국민이 사랑하는 노래래요, 영국 왕실에 연락해서 그 노래를 금지해달라고 해야겠군요, 그래요 그래요 영국 왕께서 제 청은 다 들어주시거든요 저한테 아주 잘해주시죠, 비버 보호구역도 만들어달라고 청하겠습니다, 동물보호협회 회원

---

15 노르웨이 북부 북극권의 제도.

이신가요? 유감스럽게도 그건 아닙니다, 유감이네요 제가 가입 신청서를 보내드릴게요, 전 어릴 때부터 기부 회원이었어요 이미 유언장에다 동물보호협회에 돈을 조금 남기겠다고 써놓았죠, 당신이 정 원한다면 에리크라고 부를게요 그래도 안돼요 돌아서 있어요 우리가 이름으로 부르기는 하지만 아직 그렇게 친하진 않잖아요, 딱지가 떨어지지 않도록 조심해야 해요 안 그러면 피가 나거든요, 지난번에 넘어지면서 무릎이 까졌어요 피가 마르고 딱지가 앉았죠 딱지가 절대 떨어지지 않도록 신경 쓰고 있어요, 딱지를 떼면 묘하게 기분이 좋지만 피가 나고 그러고 나면 다시 딱지가 생기고 그걸 다시 또 뜯고 하잖아요, 어렸을 적엔 뜯고 또 뜯고 했어요 아주 짜릿했죠. 하지만 이젠 안돼요, 오 밉지는 않아요 아주 작은 딱지라서 무릎은 아무렇지도 않아요, 옷을 입고 나면 보여드릴게요, 그런데 고양이 좋아하세요? 네 아주 좋아합니다, 그럴 줄 알았어요 에리크, 좋은 사람은 절대 고양이를 싫어할 수 없죠, 우리 고양이 사진 보여드릴게요 얼마나 매력적인지 한번 보세요, 암고양이 이름이 무송이에요, 이름이 예쁘지 않나요? 내가 고른 이름이에요 고양이를 데려왔는데 보자마자 이 이름이 떠오르더라고요, 태어난 지 두달 됐고 천사 같은 파란 눈에 거품[16]처럼 보송보송한 아이가 날 올려다보면서 그림처럼 얌전히 있었어요, 그 순간 난 마음을 빼앗겼죠, 그래요 에리크, 슬프게도 무송은 더이상 이 세상에 없어요, 수술을 받아야 했는데 그 어린것이 심장의 충격 때문에 마취를 이겨내지 못했거든요, 내 팔에 안겨서 마지막으로 그 아름다운 파란 눈으로 날 한번 쳐다보더니 세상을 떠났죠, 그래요 꽃 같

---

16 '무송'은 프랑스어로 '거품'(mousse)이라는 단어를 연상시킨다.

은 나이였어요 두살밖에 안됐으니까요, 새끼를 낳는 기쁨도 누려 보지 못했죠, 사실 수술을 많이 망설였지만 그냥 두면 새끼를 가질 수 없다길래 받아들였는데 문득문득 괜히 했다고 자책하게 돼요, 최근에야 다시 무송의 사진을 볼 용기가 났죠, 가슴 깊이 사랑하던 존재가 떠나간 아픔도 시간이 가면 결국 줄어든다는 사실이 참 가증스러워요, 나한테는 비길 데 없이 소중한 친구였는데, 영혼이 고결하고 감정이 섬세하고 게다가 아주 예의도 바른 아이였죠, 예를 들어 배가 고프면 부엌 냉장고로 달려가서 자기 밥시간이 됐다는 걸 나한테 알려요 그러고는 재빨리 거실로 돌아와 아주 얌전히 먹을 걸 기다린답니다, 세상에 어찌나 품위 있고 공손하게 청하는지 아무 소리도 안 내고 야옹거리지도 않고 그냥 그 자그마한 분홍색 입을 벌렸다 다물었다 했어요 정말 너무도 정중하고 섬세하게 요구했죠, 그래요 진정 사랑스러운 동반자이자 비길 데 없이 소중한 친구였답니다, 내가 목욕을 할 때면 무송은 욕조 가장자리에 앉아 함께 있었어요, 같이 놀기도 했죠 내가 발을 물 밖으로 꺼내면 무송이 잡는 거예요, 더이상 얘기 못하겠네요. 너무 마음이 아파요, 에리크 괜찮으면 내일 같이 다람쥐 보러 가요, 걱정이 돼요 어제 너무 슬퍼 보였거든요, 우리 다람쥐가 자기 잠자리 짚 더미를 꺼내 와서 햇볕에 말리는 모습을 보면 또 도토리 속껍질을 벗기는 모습을 보면 가슴이 뭉클해져요, 딱딱한 겉껍질은 혹시라도 이빨이 부러질까봐 언제나 벗겨서 주죠, 에리크 내 꿈을 말해드릴까요? 그럼요 말해주십시오 알고 싶군요, 큰 집을 사서 모든 종류의 동물을 키울 거예요, 우선 아기 사자가 있으면 좋겠어요 실타래처럼 포동포동한 다리를 매일 만질 거예요 그 사자는 어른이 된 다음에도 날 해치지 않겠죠 동물들은 사랑해주면 되니까요, 그다음에는 코끼리 한마리 훌륭한 할아버지 코끼리도 갖고 싶어요, 코끼리가 있으면 장 보기 좋고 시장에서 채소를 사는 것도 문제가 없잖아요 코끼리 등에 타고 있으면 코끼리가 코로 채소를 집어 나한테 건네주는 거예요 난 그 코에 돈을 넣고 그러면 코끼리가 나 대신 가게 주인에게 돈을 내는 거죠, 또 비버도 키울 거예요 그애들을 위한 강을 하나 만들고요 그러면 비버들이 걱정 없이 집을 지을 수 있겠죠, 비버들이 점점 사라지고 있다는 생각을 하면 슬퍼요 밤에 자려고 누워서 생각하면 무척 속이 상해요, 비버 모피를 입는 여자들은 감옥에 보내야 해요 그렇게 생각하지 않나요? 맞습니다 전적으로 동감입니다, 당신하고 얘기하니까 기분이 좋아요 에리크 우리는 뭐든 마음이 잘 맞네요, 그리고 코알라도 키울 거예요 자그마한 코가 너무 예쁘잖아요, 그런데 안타깝게도 코알라들은 오스트레일리아에서밖에 못 살죠 특수한 유칼립투스 잎을 먹어야 하니까요 안 그랬으면 벌써 한쌍을 데려왔을 거예요, 그래요 난 동물이라면 다 좋아해요 사람들이 못생겼다고 생각하는 동물들까지도, 어릴 적 고모 집에 있을 때는 너무나 사랑스러운 올빼미도 한마리 길들였는걸요, 해 질 무렵이면 올빼미가 잠에서 깨자마자 날아와 내 어깨에 앉았죠, 몸은 움직이지 않고 고개만 돌려서 내 얼굴을 쳐다봤어요, 아니 아마 몸도 돌렸을 거예요, 황금빛의 아름다운 눈으로 나를 뚫어져라 쳐다보다가 불쑥 바싹 다가와서 늙은 공증인처럼 납작한 코를 내 뺨에 비볐어요, 그러다 어느날 밤에 잠이 오지 않길래 얘기나 하려고 가보았죠 그런데 다락방에 매달아놓은 새장이 비어 있지 뭐예요, 그날 밤새 정원에서 마갈리! 마갈리! 올빼미의 이름을 부르며 끔찍한 시간을 보냈어요, 하지만 불행히도 찾지 못했죠, 그애가 제 발로 가버렸을 리는 없어요 날 무척 좋아했는데,

사나운 새가 잡아간 게 분명해요, 어쨌든 이젠 더이상 고통 받지는 않겠죠, 내가 만일 산 채로 땅속에 묻힌다면 세상에 너무 무서워요, 내 무덤 위로 발소리가 들리고 발소리가 다가오고 난 관 속에서 악을 쓰고 살려달라고 소리 지르고 관 뚜껑을 열려고 발버둥쳐요, 발소리가 멀어져요 산 사람들은 내 목소리를 듣지 못하니까요 난 숨이 막혀요, 아뇨 지금 숨이 막히지는 않아요 지금은 목욕하는 거잖아요, 정말이에요 난 동물은 다 좋아해요, 예를 들면 두꺼비도 너무 좋아요, 밤에 사방이 고요할 때 두꺼비 울음은 그야말로 고귀한 슬픔이고 고독이죠, 밤에 두꺼비 울음소리가 들려오면 그리움으로 가슴이 메는 것 같아요, 지난번에는 불쌍하게도 다리 하나가 짓뭉개진 두꺼비가 길 위에 뒹구는 걸 봤어요, 내가 데려다가 소독약을 발라줬죠 붕대를 감아주는데 가만히 있더군요 내가 자기를 보살피고 있다는 걸 안 거예요, 그 가녀린 작은 심장이 세게 뛰고 눈도 제대로 못 떴어요 기진맥진한 거죠, 무슨 말이라도 해보렴 두꺼비야 날 보고 한번 웃어봐 그랬더니 움직이지는 않았지만 눈꺼풀을 살짝 들어 올리고는 날 쳐다봤어요 그 눈길이 어찌나 아름답던지 당신이 친구라는 걸 알아요 하고 말하는 것 같았어요, 난 두꺼비를 상자에 넣었어요 편안한 기분을 느끼게 해주려고 바닥에는 분홍색 솜을 깔았죠, 그러곤 시어머니 눈에 띄지 않도록 지하실에 내려놨어요, 천만다행으로 상태가 좋아졌죠 완전히 회복될 거예요, 정말 볼수록 사랑스럽답니다, 붕대를 갈아주러 지하실로 내려가면 두꺼비가 너무 아름다운 표정으로 감사 인사를 해요, 오 정원에 아무도 안 쓰는 낡은 정자가 하나 있는데 그걸 손봐서 나의 영지로 만들 생각이에요 거기서 혼자 생각도 하고 두꺼비도 데려와서 다 나을 때까지 있게 하려고요, 회복되는 동안 좀더 쾌적한 환경에서 지낼 수 있고 아마 나를 더 좋아하게 될 테니 떠나지 않을지도 모르죠, 지금 큰 소리로 말하진 않았지만 상스러운 말을 썼어요, 추워 뜨거운 물 좀 나오게 해줘, 이제 됐어 고마워, 방에 두꺼운 커튼을 쳐놓았더니 참 좋아, 혼자 맘대로 이야기하고 또 그 이야기가 잘 믿겨, 나의 은둔자도 어두울 때는 더 진짜가 돼, 옷장을 여기 욕실에 들여놓게 한 건 실수였어 옷이 상해버릴 것 같아, 내일 당장 다시 방에 가져다놓으라고 해야겠어 그래 그렇게 할 거야, 그래 유명한 소설가가 될 것, 모두들 자선회에 와서 내 책에 싸인을 받으려 할 테지 하지만 못한다고 할 거야 난 그런 거 별로 안 좋아하니까, 내 다리는 아주 근사해 다른 여자들은 약간 원숭이 같고 털이 많은데 나는 오 그래 내 다리는 조각상보다 더 미끈해 맞아 그래 무척 아름다워, 내 치아도 그렇지, 그거 알아요 에리크 치과 의사가 내 치아가 너무 아름답다고 했어요, 내가 갈 때마다 말하죠 부인 정말 놀랍습니다 치아에 손댈 곳이 없군요 완벽해요 이 정도면 특권이라는 거 아시죠? 단지 행복하지 않다는 게 문제예요, 다행히 방은 따로 쓰고 있어요 하지만 아침이면 그 사람이 일어나는 소리가 들려요 그는 벨기에 국가를 휘파람으로 불어요, 오블가는 주네브의 대귀족인데 난 이렇게 서민의 집에서 살고 있어요, 그래요 당신 말이 맞아요 에리크 난 아주 예뻐요 내 진한 황금색 눈을 봤죠? 나머지도 다 완벽해요 흐릿한 호박색 볼 감미로운 목소리 서민적이지 않은 이마 조금 크긴 하지만 진짜 아름다운 코, 꾸밈없고 정직한 그리고 너무도 우아한 얼굴, 언제나 어른이라는 건 끔찍하죠, 조금 있다가 동물들을 데리러 갈 거예요 기분이 좀 좋아질 테죠, 우리가 서로를 좀더 알게 될 때 모두 보여드릴게요, 뭐가 있냐면요 양 아기 오리 녹색 벨벳 새끼 고양이도 있는데 몸이 좀 아파요 톱밥이 없어지고 있어요 흰곰 나무로 된 암소 희지 않은 곰 금사金絲로 된 강아지 주름 종이로 된 작은 컵 알죠 쿠키 만드는 거요 우리 곰들 목욕시키는 거죠, 전부 세어보니 예순일곱마리네요 큰곰이 왕이에요 하지만 당신한테만 얘기해드릴게요 진짜 왕 비밀스러운 왕은 바로 다리 하나를 잃은 작은 코끼리예요, 그 아내는 오리고요 왕위 계승권을 가진 왕자는 쌩자끄 조가비 안에서 자고 있는 연필깎이 불도그랍니다 꼭 영국 탐정 같죠, 그래요 전부 백치 여자의 헛소리예요, 이제 가세요 나도 이제 욕조에서 나갈 거니까 당신이 보는 건 싫어요, 잘 가요 에리크, 우리끼리 하는 얘기지만 당신은 조금 멍청해요 당신은 그저 맞습니다 부인, 이 말밖에 못하잖아요, 자 멍청한 분은 이제 가세요, 난 나만의 즐거움을 누리기 위해 근사하게 차려입을 거니까요.

그는 다시 커튼 뒤에 숨었고, 여인이 나타나자 그녀의 아름다운 얼굴, 우아한 나이트가운 속의 황홀하도록 멋진 몸매를 경탄하며 바라보았다. 그녀는 옷자락을 길게 끌면서 오만한 자세로 왔다 갔다 했고, 이따금 거울을 힐끗거렸다.

—이 세상에서 가장 아름다운 여자. 이렇게 말하면서 그녀는 거울로 다가가 입술을 샐쭉거리다가 입을 살짝 벌려서 조금 멍청해 보이는 표정을 짓기도 하며 한참 동안 자기 얼굴을 들여다보았다. 그래, 전부 기가 막히게 아름다워. 그녀가 결론을 내리듯 말했다. 코가 좀 걸리기는 하지만, 그렇지? 아니야, 전혀 그렇지 않아. 딱 좋아. 이제 히말라야. 우리의 비밀 티베트 모자를 쓰러 가자.

욕실에서 나온 그녀는 나이트가운과는 어울리지 않는 스코틀랜드 베레모를 쓰고 전문 등산가처럼 단호하고 묵직한 발걸음으로 성큼성큼 방 안을 돌아다녔다.

—그래, 난 엄마의 품 같은 히말라야에 있어, 사람이 살지 않는, 최후의 신들이 무서운 바람이 휘몰아치는 꼭대기에 머무는 밤의 나라에서 산을 오르는 거야. 그래 히말라야는 내 고향이야. 옴마니 반메훔! 오! 연꽃 속의 보석이여! 우리는, 티베트 불교 신자들은 이런 기도문을 외우지. 드디어 티베트에서 가장 넓은 호수, 야미록인지 얌록인지 하는 호수에 왔어! 신들에게 승리를! 라이 걀로! 이제 타루초[17] 앞에서 잠시 고개를 숙여보자! 어쩐담, 너무 숨이 차, 공기가 희박한 이곳에서 여섯시간이나 걸었어, 이제 더는 못 가겠어! 사실 티베트 여인이 되는 건 힘든 일이야, 남편이 여럿이잖아. 나는 남편이 네명이야, 저녁이면 목을 네번 헹구고, 밤에 코 고는 소리를 네번 듣고, 아침이면 티베트 국가를 네번 듣지. 조만간 남편들을 쫓아내버릴 거야. 오, 정말 화가 나.

그녀는 두 팔을 엇갈리게 포개어 양어깨를 감싸 안은 채, 침울하고 단조로운 리듬으로 몸을 가볍게 흔들면서 방 안을 왔다 갔다 했고, 일부러 멍청해 보이려고 바보같이 안짱다리를 만들며 재미있어했다. 거울 앞에 여전히 안짱다리로 서서 잘난 체하듯 눈을 동그랗게 뜨고, 입을 크게 벌리고, 혀를 내밀었다. 그렇게 자기를 괴롭힌 다음 빙그레 웃으며 다시 아름다운 모습으로 돌아왔고, 스코틀랜드 베레모를 벗은 뒤 침대에 누워 눈을 감고 공상에 잠겼다.

—그래, 내 방식대로 마음을 가라앉히는 거야, 온 힘을 다해 벽에 몸을 던져야 해, 찐, 짠, 좋아, 더 세게, 전속력으로 벽을 들이받아, 포탄처럼, 짠, 그래 그거야, 머리에 살짝 금이 가고, 기분이 좋

---

17 티베트 불교의 경전을 적어놓은 오색의 천으로 된 깃발.

아, 아주 상쾌해, 좀 괜찮아지네, 좋아, 집에 아무도 없어, 저녁까지 자유야, 우리 두꺼비가 곧 완쾌될까, 아침엔 별로 상태가 좋지 않았는데, 소독약을 다시 발라줘야 해, 가엾어 죽겠어 그렇게 착하고 참을성이 많은데, 절대 징징대지 않잖아, 무척 따가울 텐데, 참아야 해 이 고약한 소독약은 다 널 위해서 바르는 거란다, 두꺼비가 아직 너무 허약해, 뭔가 힘을 낼 수 있는 것을 먹여야겠어, 낮잠 자고 나서 정원에도 데려가야지, 두고 보렴 아주 좋을 거란다, 같이 차를 마시자꾸나 풀밭에서 피크닉을 하는 거야, 아니면 멋진 사자를 길들여볼까, 장화를 신고 우리에 들어가는 거야 위풍당당한 채찍을 들고 불길을 토해내며 상대를 지배하는 눈길로 말이야, 그러면 열두마리 호랑이는 겁을 먹어 용서해달라고 포효하면서 뒷걸음치겠지 뒤이어 굉장한 박수갈채가 터지고, 아니야 웅장한 오케스트라의 지휘자가 낫겠네 모두 나에게 박수갈채를 보내고 그래도 나는 인사도 안하고 거만하게 꼼짝 않고 서 있는 거야 그런 다음 실망한 표정으로 그냥 가버리는 거지, 어떻게 그랬을까, 내가 열살 혹은 열한살 땐 아침 8시에 학교에 가려면 7시에 일어나야 했는데 자명종을 6시에 맞췄어 어떤 영웅적인 군인을 간호하는 상상에 빠질 시간이 필요했거든, 아스피린 두알을 먹어야지, 아스피린은 남성형이 더 어울려,[18] 그걸 먹으면 잠이 잘 올 거야, 안 그래? 맞아, 물론이지 그대는 완벽하게 나의 연인이야, 아스피린이 필요 없네 벌써 졸려, 좋아 어두워지네, 아무것도 안 보여, 난 이럴 때가 참 좋아 빛이 희미하면 마음이 편안해지거든, 침대에 편안히 누워 있어 다리를 오른쪽 왼쪽으로 흔들면서 우리 집 남자 없이, 허즈번드 없

18 프랑스어로 '아스피린'(aspirine)은 여성형 명사인데 여기서 아리안은 끝의 e를 빼고 영어 철자로 쓰면서 '남성화'하고 있다.

이 혼자 있는 기분을 내는 거야, 이러다 야회복 차림으로 잠이 들겠네, 할 수 없지 중요한 건 자는 거니까 자는 동안은 불행하지 않잖아, 친절하고 가엾은 디디, 언젠가 너무나 환한 표정으로 날 위해 이 다이아몬드 팔찌를 가져왔어, 나도 잘해줬어, 다이아몬드를 좋아하지 않는다고 말하지 않았잖아, 정말 착한 사람이지만 내 몸에 손을 대는 건 성가셔, 난 지금 이렇게 움직이고 있지만 나중엔 상자 속에 들어가 꼼짝 않고 누워 있겠지 흙이 덮일 테니 숨을 쉴 수 없어 질식할 거야, 영혼의 불멸을 믿다니, 이런, 집안에 목사가 그렇게 많았다는 게 무슨 소용이람, 사실 내 방에는 귀여운 코알라 열 마리가 잠들어 있어 둥글게 각자 바구니 안에 누워서 작은 팔을 가슴에 모아 깍지 끼고 모두 그 커다란 코가 어찌나 예쁜지 재우기 전에 저녁밥으로 유칼립투스 잎을 줬어, 더이상 눈을 못 뜨고 있겠네 오늘 밤은 베로날이 잘 들어 너무 많이 먹었나봐, 흰색 공단 슬리퍼라도 벗어야 하는데, 할 수 없지 너무 피곤하고 너무 졸려, 신고 자도 괜찮을 거야 불편하지 않아, 오 말을 너무 많이 했어, 사랑스러운 그대, 아름다운 꿈을 꾸길.

3

그녀는 야회복 차림으로 침대 끝에 걸터앉아 바들바들 떨었다. 미친 사람이야, 방문을 분명 잠갔는데 미친 사람이 들어와 있다니, 저 사람이 열쇠를 가지고 있나봐. 사람 살려! 소리를 지를까? 소용없어, 집에 아무도 없잖아. 이제 그는 말이 없었다. 그저 긴 외투 차림에 챙 없는 모자를 귀까지 눌러쓴 채 등을 돌리고 서서 전신 거울을 들여다볼 뿐이었다.

거울을 통해 자기를 바라보는 남자의 시선을 느끼면서, 추한 흰 턱수염을 쓰다듬으며 자기에게 던지는 미소를 보면서, 그녀는 온 몸에 소름이 끼쳤다. 끔찍해라, 무슨 깊은 생각에 빠졌길래 저러고 턱수염을 쓰다듬는 걸까. 끔찍해라, 치아도 없이 미소 짓는 모습이라니. 아니야, 겁먹지 마. 저 남자도 자기 입으로 걱정할 것 없다고, 그냥 이야기를 하고 싶은 거라고, 곧 갈 거라고 했잖아. 말도 안되는 소리, 미친 사람이잖아, 위험해질지도 몰라. 그때 갑자기 남자가 돌아서더니 무언가 말을 하려는 것 같았다. 그래, 관심 있게 듣는 척하자.

—리츠 호텔에서, 운명의 밤에, 브라질 연회에서 당신을 처음 보았고 바로 사랑하게 되었습니다. 그가 말했고, 다시 송곳니 두개를 번쩍이며 시커먼 미소를 지었다. 나 같은 초라한 늙은이가 어떻게 그렇게 화려한 연회에 있었는지 궁금하십니까? 그저 급사였습니다, 공사들과 대사들에게 음료를 나르는 리츠의 급사. 옛날, 젊고 부자이고 잘나가던 시절, 망해서 비참해지기 전, 그럴 때의 나와 비슷한 사람들이 얕잡아보는 천민이 된 겁니다. 그날 리츠에서의 저녁, 그 운명의 저녁에 그녀가 내 앞에 나타났습니다, 비천한 인간들 틈에서 오로지 그녀만이 고귀했고, 두려움이 느껴질 정도로 아름다운 모습이었고, 그녀와 나뿐이었습니다, 그 떠들썩한 사람들, 성공에 혈안이 되고 더 큰 힘을 향한 탐욕에 가득 찬, 이전의 나와 같은 그 사람들 틈에서 우리 둘만 유배된 자들이었습니다. 오직 그녀만이 나와 같았습니다, 그녀는 나처럼 슬펐고, 도도한 표정으로, 오로지 자기 자신만을 벗 삼은 채, 그 누구와도 이야기를 나누지 않았습니다, 그녀의 눈까풀이 한번 깜박이던 순간, 그 첫 순간에 난 그녀를 알아보았습니다. 바로 그녀, 예기치 않게 나타난, 하지만 내가 계속 기다려왔던 여인, 그 운명의 밤에 내가 선택한 여인, 끝이 휘어 올라간 그녀의 긴 속눈썹이 처음 깜박이던 그 순간 내가 선택해버린 여인, 그녀, 성스러운 부하라[19], 행복한 사마르칸트, 고결한 그림이 수놓인 자수, 그녀가 바로 당신입니다.

그는 걸음을 멈추더니 여자를 쳐다보았고, 다시 늙음의 비천함

---

19 유대인들이 정착한 우즈베키스탄의 도시.

에 젖은 공허한 미소를 지었다. 그녀는 떨리는 다리에 간신히 힘을 주고, 자기를 찬미하는 끔찍한 미소를 보지 않기 위해 눈을 들지 않았다. 참아야 해, 아무 말도 하지 말고, 상냥한 척해야 해.

—다른 사람들은 사랑에 빠지려면 몇주, 몇달이 걸리고, 그나마 제대로 사랑하는 것도 아니고, 둘이 대화를 나누고 공통의 취향을 발견하고 감정의 결정結晶을 거쳐야 하죠. 하지만 나는 눈까풀 한번 깜박일 시간이면 충분했습니다. 날 미치광이라고 불러도 좋지만, 내 말은 믿어주십시오. 그녀의 눈까풀이 한번 깜박였고, 나를 쳐다본 건 아니라 해도 내 쪽으로 눈길을 보냈을 때, 그 순간은 영광이었고 봄이었고 태양이었고 따스한 바다였고 바닷가의 투명한 물이었으며, 그때 내 젊음은 되살아났고, 그렇게 세상이 생겨났습니다. 난 알 수 있었습니다, 그녀 이전의 그 누구도, 아드리엔도 오드도 이졸데도,[20] 찬란했던 나의 젊음을 거쳐간 그 어떤 여인도, 결국은 그녀가 올 것을 예고했을 뿐이고 그녀를 섬기기 위해 존재했음을 말입니다. 그렇습니다, 그녀 이전에 그 누구도 오지 않았으며, 그녀 이후에 그 누구도 오지 않을 겁니다. 성스러운 율법서, 유대교 회당에서 앞을 지나갈 때 내가 입 맞추는, 황금과 벨벳으로 장식된 그 율법서를 두고, 내가 믿지는 않지만 더없이 자랑스러운 마음으로 경배하는 나의 신, 아브라함의 신, 이삭의 신, 야곱의 신, 그 이름과 말씀을 들으며 내가 뼛속까지 전율하는 신의 성스러운 계율을 두고 맹세하겠습니다.

---

20 아드리엔과 오드는 알베르 꼬엔의 첫 소설이자 이 책에서 서술되기 이전까지 쏠랄의 삶을 그린 『쏠랄』(Solal)에 등장하는 여인들이다. 쏠랄은 그리스 케팔로니아섬에서 프랑스 영사의 아내인 아드리엔과 사랑의 도피를 하고, 이후 마르세유를 거쳐 빠리로 가서 프랑스 고위 관료의 딸인 오드와 결혼한다. 이졸데는 쏠랄이 국제연맹에 온 뒤 사귄 헝가리 출신 커뇨 백작 부인의 별명이다.

이제 경이로운 얘기를 들려드리겠습니다. 비천한 인간들 틈에 끼어 있는 것에 지친 그녀는 인맥 쌓기에 혈안이 된 인간들이 재잘거리는 연회실을 빠져나갔고, 그렇게 자발적으로 추방당한 몸이 되어 옆에 있던 빈 연회실로 갔습니다. 그녀, 바로 당신입니다. 나와 똑같이 자발적으로 추방당한 그녀는 내가 커튼 뒤에서 보고 있다는 걸 알지 못했죠. 이제, 내 말을 들어보십시오. 그녀는 작은 연회실의 거울로 다가갔습니다. 나처럼 그녀도, 슬프고 고독한 인간들이 그렇듯이, 거울 앞에 서는 버릇이 있었던 겁니다. 그러고는 혼자서, 누가 지켜보고 있다는 것도 모르고, 거울로 다가서서 입술을 가져다 댔습니다. 그게 바로 우리의 첫 키스였습니다. 내 사랑. 아, 나의 미친 누이여, 그녀가 자기 자신에게 키스를 건넬 때, 바로 그 순간 나는 그녀를 사랑하게 되었습니다. 오 가녀린 그녀, 끝이 휘어올라간 그녀의 긴 속눈썹이 거울에 비쳤고, 오 나의 영혼은 그녀의 긴 속눈썹에 걸려 붙들리고 말았습니다. 눈 깜박할 시간, 거울에 한번 키스할 시간이었고, 그녀였고, 영원히 그녀였습니다. 나를 미쳤다고 해도 좋지만, 내 말은 믿어주십시오. 그렇습니다, 그녀가 대연회실로 돌아간 이후 난 그녀에게 다가가지 않았고 말을 걸지도 않았습니다, 다른 사람들과 똑같이 그녀를 대하고 싶지 않았기 때문입니다.

그녀의 또다른 광채를 본 날이 있었습니다. 몇주가 지난 어느날 늦은 오후에, 난 호숫가를 걷는 그녀를 따라갔습니다. 그녀는 걸음을 멈추더니 수레에 묶인 늙은 말 한마리에게 말을 건넸는데, 맙소사, 늙은 말한테 진지하고 정중하게, 마치 친척 아저씨한테 말하는 것처럼 그렇게 하더군요. 늙은 말은 총명하게도 고개를 끄덕거렸죠. 곧 비가 내리기 시작했고, 그녀는 수레를 뒤져 방수포를 하나 꺼내 말에게 덮어주었는데, 그 동작이, 그 동작이 마치 젊은 엄마 같았습니다. 그래요, 정말입니다, 그녀는 말의 목에 입을 맞추며 말했습니다, 분명 말했을 겁니다, 난 그녀를 압니다, 기발한 나의 여인, 진정 기이한 나의 여인, 분명 말했을 겁니다, 아니, 말했습니다. 안타깝지만 집에서 날 기다리기 때문에 이제 가야 해. 그래도 걱정하지 마, 그녀는 말했을 겁니다, 아니, 말했습니다, 네 주인이 금방 올 거고 넌 곧 비를 맞지 않고 따뜻한 마구간에 들어갈 거야, 안녕. 그녀는 말했을 겁니다, 아니, 말했습니다, 난 그녀를 압니다. 그러고서 그녀는 떠났습니다, 말을 가여워하면서, 저 온순한 말, 절대 반항하지 않는, 주인이 가라는 곳으로 가는, 주인이 명을 내린다면 에스빠냐까지라도 갈 온순한 늙은 말을 가여워하면서, 그녀는 그곳을 떠났습니다. 안녕, 그녀가 말했습니다, 난 그녀를 압니다.

운명의 그날 저녁 이후로 나는 단 하루도 그녀 생각을 떨칠 수가 없었습니다. 오 그녀, 너무도 매력적이고, 오 가녀리고 경이로운 아름다움을 간직한 얼굴, 오 금빛 영롱하고 몽롱한 눈, 놀란 듯 크게 뜬 두 눈, 오 생각에 잠긴 듯한 미간 그리고 연민과 지성을 품은 입술, 오 내가 사랑하는 여인. 내가 그녀의 방 커튼 뒤에서 바라보는 동안 그녀는 오 백치 계집애처럼 빙그레 웃었습니다, 그리고 그녀는 정신 나간 상상에 빠지죠. 그녀는 수탉 깃털이 달린 스코틀랜드 베레모를 쓴 히말라야 등산가가 되고, 종이 상자에서 꺼낸 동물들의 여왕이 되고, 나처럼 기이한 생각들을 즐기고, 오 천재처럼 기발한 그녀, 나의 누이, 오직 나만을 위한, 나를 위해 수태된 여인, 오 그대의 어머니에게 축복이 있기를, 오 그대의 아름다움에 나는 꼼짝할 수 없고, 오 그대가 나를 바라보면 나는 오 감미로운 광기와 무섭도록 강렬한 기쁨에 휩싸이고, 그대가 바라보면 나는 취해버리고, 오 밤이여, 오 내 안에 들어 있는 나의 사랑 늘 내 안에 갇혀 있는 사랑을 꺼내서 바라본 뒤 다시 접어 가슴속에 간직하노라, 오 나의 잠에 찾아오는 그녀, 나의 잠속에서 너무도 아름다운 그녀, 나의 잠속에서 다정한 공모자여, 나는 손가락으로 그녀의 이름을 허공에 쓰고, 혼자 외로울 때면 종이 위에 쓰고, 이름을 뒤집고, 글자들을 뒤섞어서 타히티 이름을 만들고, 그녀의 매력을 그대로 간직한 이름들을 긁적여봅니다, 리아네아, 에니라아, 라네이아, 아네이라, 네이라아, 니아에라, 이레아나, 에나이라, 내 사랑의 모든 이름.

오 홀로 걸어가면서 그리고 그녀가 잠든 이 집 주위를 맴돌면서 내가 이름을 불러보는 여인이여, 나는 그녀의 잠을 지키지만 그녀는 알지 못하네. 나의 고백을 들어주는 나무들에게 그녀의 이름을 말하네, 끝이 휘어 올라간 그녀의 긴 속눈썹이 미치도록 좋아서, 사랑한다고, 내가 사랑하는 그리고 나를 사랑하게 될 그녀를 사랑하고 있다고 나무들에게 말하네. 그 누구도 할 수 없을 그런 사랑으로 나는 그녀를 사랑한다네. 그녀가, 두꺼비도 넘치도록 사랑하는 그녀가 어떻게 날 사랑하지 않을 수 있단 말인가, 그녀는 날 사랑하리라, 사랑하리라, 사랑하리라. 이 세상 그 누구와도 비길 수 없는 그녀는 날 사랑하리라, 저녁마다 그녀를 볼 시간만 애타게 기다리고 그녀의 마음을 얻기 위해 꾸며보리라, 수염을 깎으리라, 그녀가 좋아하도록 수염을 바짝 깎으리라, 그리고 목욕을 하리라, 시간이 빨리 지나가도록 오랫동안 목욕을 하리라, 오 그녀 생각을 계속하노라면 이내 시간이 다가오겠지. 오 신기하여라, 오 그녀에게로, 나를 기다리는 그녀에게로, 별과 같은 긴 속눈썹에게로, 그곳으로 데려가는 차 안에서 부르는 노래, 오 잠시 후 내가 갔을 때 현관에서 날 기다리고 있을 그녀, 가녀린 여인, 흰옷을 입고, 날 위해 아름답게 꾸미고, 모든 준비를 마치고, 혹시 내가 늦으면 기다리는 동안 아름다운 치장이 망가질까 걱정하는 그녀, 그러다 거울로 다가가 자신의 아름다움이 여전히 완벽한지 확인해보고, 다시 문턱으로 돌아와 사랑에 젖어 날 기다리는 그녀, 현관 장미 덩굴 아래 서 있는 감격스러울 정도로 아름다운 그녀, 오 다정한 밤이여, 오 다시 찾아온 젊음, 그녀 앞에 서면 오 경이로워라, 오 그녀의 눈길, 오 우리의 사랑, 그녀는 시골 아낙처럼 내가 내민 손 위로 고개를 숙이리라. 오 그녀가 내 손에 입 맞추는 순간의 황홀함, 그녀는 다시 고개를 들고 우리의 눈길은 서로 사랑을 나누리라, 우리는, 그대와 나는, 사랑 가득한 미소를 주고받으리라, 신께 영광.

그는 여자를 바라보며 미소 지었고, 그녀는 몸을 떨며 눈길을 떨궜다. 끔찍해라, 이가 다 빠져버린 미소. 끔찍해라, 텅 빈 입에서 나오는 사랑의 말들. 그가 한걸음 앞으로 나서자, 그녀는 위험이 다가온 것을 느꼈다. 저 사람을 막으면 안돼, 하고 싶은 말을 다 하게 둬야 해, 그러고 나면 가겠지, 어떡해, 가겠지.

—난 이제 그대 앞에 섰습니다. 그가 말했다. 내가 왔습니다, 늦었지만, 그대로부터 기적을 기대합니다. 내가 왔습니다, 허약하고 가난하고 수염이 허옇게 셌고 이는 두개밖에 남지 않았지만, 이 세상 그 누구보다도 그대를 사랑하고 그대를 잘 아는 내가, 더없는 사랑으로 그대를 찬미하겠습니다. 이는 두개밖에 없지만, 그 두 이를 내 사랑과 함께 그대에게 바치겠습니다, 내 사랑을 받아주겠습니까?

—좋아요. 그녀는 바짝 마른 입술을 적시며 미소를 지으려 애썼다.

—신께 영광, 모든 여인의 죄를 씻어내는 영광이니 그야말로

진정한 영광이로다, 인류의 첫 여인이여!

그는 우스꽝스러운 모습으로 무릎을 꿇었고, 잠시 후 몸을 일으켜 그녀를 향해 그리고 그들의 첫 키스를 향해 다가갔다. 시커먼 미소를 띤 늙은이는 모든 여인의 죄를 씻어낸 여인, 인류의 첫 여인을 향해 손을 내밀었다. 그녀는 공포와 증오에 휩싸인 거친 비명을 내지르며 침대 협탁에 부딪쳤고, 빈 잔을 들어 노인의 얼굴에 던졌다. 자신의 눈까풀로 손을 가져간 노인은 피를 닦았고, 손에 묻은 피를 바라보다가 갑자기 웃음을 터뜨리고 발을 구르며 외쳤다.

— 돌아서라, 어리석은 여인!

그녀는 남자의 말에 복종하여 돌아섰고, 목에 총알이 날아올까봐 겁에 질린 채 꼼짝 않고 서 있었다. 하지만 남자는 커튼을 젖히고 창밖으로 몸을 기울이더니 손가락 두개를 입술에 가져다 대고서 휘파람을 불었다. 그런 다음 낡은 외투와 모피 모자를 벗었고, 가짜 수염을, 치아를 가리고 있던 검은색 반창고를 떼어냈고, 커튼 뒤에서 승마 채찍을 주워 들었다.

— 돌아서서 앞을 보라. 그가 명령했다.

흐트러진 검은 머릿결, 매끈하고 윤곽이 뚜렷한 얼굴, 어두운 다이아몬드 같은 피부, 승마복을 입은 키 큰 남자의 얼굴에서 그녀는 브라질 연회 때 멀리서 남편이 귓속말로 누구인지 알려주었던 남자를 알아보았다.

— 그래, 쏠랄, 이를 데 없이 취향 고약한 인간이지. 그가 아름다운 치아를 내보이며 미소를 지었다. 장화! 그가 장화를 가리켰고, 오른쪽 장화를 향해 기쁨에 넘쳐 채찍질을 했다. 밖에서 말이 날 기다리고 있다! 하나가 아니고 두마리가! 두번째 말은 바로 그대를 위한 것이었는데, 어리석은 여인, 우리 둘이 나란히 올라타려 했는

데, 젊은 우리, 이가 하나도 빠지지 않은 우리, 나에게는 서른두개의 이가 전부, 완벽하게, 다 있다, 확인하고 세어보라. 그대를 뒤에 태우고, 영광스럽게, 그대가 갖지 못한 행복을 향해 달려가려 했는데! 하지만 이제는 그럴 생각이 없다, 그대의 코가 갑자기 너무 커보이고, 아예 등대처럼 번쩍이는구나, 잘됐다, 난 떠나리라! 하지만 우선, 천박한 여자여, 잘 들으라. 여자, 난 그대를 천박한 여자로 대할 것이다, 그대를 천박한 방식으로 유혹할 것이다, 그게 그대에게 어울리는 방식이고 또 그대가 원하는 바니까. 우리가 다시 만나게 될 때, 머지않아 찾아올 그때, 나는 두시간 안에 그대의 마음을 빼앗겠다, 모든 여자, 더러운 여자들이 좋아하는 방식, 더러운 방식으로 유혹하겠다. 그대는 어처구니없이 어리석은 사랑에 빠지게 될 테고, 그렇게 나는 늙고 추한 남자들, 그대들의 마음을 빼앗을 줄 모르는 순진한 남자들의 복수를 할 것이다. 그대는 황홀경에 젖어 넋 나간 눈길로 나와 함께 떠나게 되리라! 그때까지, 개를 부르듯 휘파람으로 그대를 부르고 싶어질 때까지, 그대의 남편 됨의 곁에 남아 있으라!

　──남편에게 다 얘기하겠어요. 그녀가 말했다. 수치심이 밀려왔고, 바보가 된 것 같았고, 자신이 초라하게 느껴졌다.

　──좋은 생각이로군. 그가 빙그레 웃으며 말했다. 권총으로 결투를 해야겠지. 그대의 남편이 실패하지 않도록 여섯걸음 떨어진 거리에서. 그자는 걱정할 것 없다, 난 허공에 쏠 테니까. 하지만 난 그대를 안다, 그대는 남편에게 아무 말도 하지 못할 것이다.

　──다 얘기할 거예요, 남편이 당신을 죽일 거예요!

　──어차피 난 죽고 싶다. 그가 다시 빙그레 웃음을 지었고, 그녀가 상처를 낸 눈까풀의 피를 닦았다. 다음번에 그대의 눈은 황홀감

에 빠지리라! 그가 다시 빙그레 웃음을 지었고, 창문을 넘어갔다.

　—비열한 인간! 그녀는 악을 썼고, 또 한번 수치심이 밀려왔다.

　그는 푹신한 땅에 내려앉았고, 시종이 고삐를 잡고 있는 순종 백마에 올라탔다. 말의 앞발이 땅을 걷어찼고, 박차를 가하자, 말은 두 귀를 쫑긋 세우고 뒷발로 몸을 일으킨 뒤 속력을 내며 달려갔다. 말 위의 남자는 여자가 창문에서 자기를 보고 있음을 확신하며 웃어젖혔다. 그는 한번 더 웃어젖혔고, 그런 다음 고삐를 놓고 등자 위에 서서 마치 젊은 조각상처럼 두 팔을 벌렸고, 여자가 상처를 낸 눈까풀의 피, 생명을 축성하는, 옷을 입지 않은 상체 위로 길게 흘러내린 피를 닦았고, 오 피 흘리며 말 달리는 자여, 웃어젖혔고, 말에게 사랑의 말을 건네며 재촉했다.

　창가를 벗어난 그녀의 신발 뒤축에 바닥에서 뒹굴던 유리 조각이 밟혔다. 그녀는 베르그송의 책을 찢어버렸고, 탁상시계를 벽에 던졌고, 드레스의 목 부위를 두 손으로 잡아당기는 바람에 길게 찢어진 옷 틈으로 오른쪽 가슴이 드러났다. 그래, 아드리앵한테 찾아가서 다 얘기할 거야, 내일 결투를 하게 할 거야. 그래, 내일이면 저 천박한 인간은 남편이 쏜 총에 맞아 치명적인 상처를 입고 창백한 얼굴로 쓰러질 거야. 다시 옷매무새를 가다듬은 그녀는 전신 거울에 다가가, 거울에 비친 코를 한참 동안 관찰했다.

4

　손잡이가 상아로 된 육중한 지팡이를 들고, 밝은색 각반과 노란 장갑을 뽐내며, 뻬를 뒤 락에서 맛있는 점심을 먹은 것에 흡족하여, 소화도 시킬 겸 한참 동안 움직이면 몸속의 독소를 태울 수 있다는 생각에 더할 나위 없이 기분이 좋아서, 그는 우쭐대며 성큼성큼 걸음을 옮겼다.

　국제연맹 본부 앞에 이르러 그는 감탄하는 눈길로 웅장한 건물을 바라보았다. 고개를 들어 콧구멍으로 힘껏 공기를 들이마시면서, 그는 국제연맹의 위력을 사랑했고 국제연맹이 주는 월급을 사랑했다. 공직자, 세상에, 그는 공직자이고, 커다란 건물, 새로 지은 거대한 초현대식 건물, 최신 설비를 갖춘 건물에서 일한다. 한번 봐, 정말로 안락한 건물이라네! 거기다 세금도 안 내지. 그는 입구 쪽으로 다가가며 혼자 중얼거렸다.

　높은 사회적 지위를 누리게 된 그는 인사하는 수위에게 거만하게 고개를 끄덕여 답했고, 좋아하는 왁스 냄새를 맡으며 긴 복도를 지나는 동안 상사를 만날 때마다 다소곳한 여인처럼 인사를 했다. 엘리베이터를 탄 그는 거울 속의 자기 모습을 바라보았고, 아드리앵 됨, 국제기구 공무원, 거울에 비친 자신에게 털어놓으며 빙그레 웃음을 지었다. 그래, 아주 좋아. 어제 불현듯 떠오른 생각대로 문학회를 만들어야지. 인맥을 넓히는 데 아주 효과적일 거야. 사무국의 거물들을 모두 명예 회원으로 추대해야지. 그는 5층에 내리면서 마음을 굳혔다. 그렇다, 행정적이지 않은 일, 약간 사교적이고 예술적인 일을 통해 거물들과 접촉하다보면 그것을 발판으로 사적인 관계로 이어질 수 있지 않겠는가. 총장에게 명예 회장직을 부탁하고 같이 모여 유익한 대화를 나누는 걸로. 그러다 친해지면 A급으로 진급하기 위해 대담한 작전 개시!

— 명예 부회장은 그 잘난 솔랄에게! 그는 사무실 문을 밀면서 키득거렸다.

들어서자마자, 언제나 그렇듯이 그의 눈은 제일 먼저 미결 서류함을 향했다. 제길, 새 서류가 또 네건이네! 어제 열두건이 있었으니 합하면 열여섯! 처리해줘야 하는 서류들로만! 안내 공문은 하나도 안 끼어 있고! 병가 마치고 돌아온 지 얼마나 됐다고 사람을 제대로 맞아주는군. 그래, 맞아, 허위 진단서였지, 그래도 베베는 전혀 눈치채지 못했잖아, 내가 정말로 아팠던 걸로 안다고! 그런데 이렇게 인간미가 없다니! 빌어먹을 베베! (네덜란드의 작위 없는 귀족 빈센트 판프리스, 그의 상관이자 위임통치국의 국장인 그는 '베V'를 두번 쓰는 것으로 서명을 했다. 그래서 부하 직원들끼리 얘기할 때는 그냥 그를 베베라고 불렀다.)

— 비열한 인간! 그가 상사를 향해 외쳤다.

아드리앵은 멧돼지 가죽 장갑과 허리선이 들어간 감색 외투를 벗고 자리에 앉아서 새로 온 네건의 서류를 하나씩 살펴보았다. 본격적인 서류 작업은 짜증스럽지만, 그에 앞서 처음 넘겨볼 때는 기분이 좋다. 서류 왼쪽에 검토자들의 의견이 기록된 메모를 보며 서류가 지나온 길을 훑어보는 게 좋았고, 정중한 표현들 아래 감추어진 빈정거림과 신랄함과 적대감을 간파하는 것이 좋았다. 심지어, '자르나끄의 비열함' 혹은 '자르나끄의 공격'[21]이라 할 만한 것을 간파하고 음미하노라면 섬세한 쾌락마저 느껴졌다. 한마디로, 막 올라온 서류를 열심히 뒤적거리다보면 같이 실려온 바깥공기가 느껴졌고, 결국 그것은 일종의 짜릿한 사건, 기분 전환, 일종의 스트레스 해소, 말하자면 무인도에서 혼자 침울하게 살아가는 중에 맞이한 관광객과 비슷했다.

네번째 서류를 다 읽었을 때 그는 어느 A급 직원이 써놓은 것에서 철자 오류를 찾아냈고, 그러자 신이 나서, 마치 복수를 하듯, 익명으로 그 앞에 느낌표를 찍었다! 그는 서류를 접고 한숨을 내쉬었다. 재미는 이제 끝.

— 일하자! 외출용 재킷은 잘 벗어두고 소매가 번들거리는 낡은 재킷을 걸친 그가 말했다.

이어 그는 심심풀이로 설탕 한조각을 앞니로 깨물었고, 양쪽 안경알의 정가운데를 쥐고서는 테가 휘지 않도록 단번에 잡아 뺀 뒤 조개껍질이 장식된 코담뱃갑에 들어 있던 산양 가죽으로 안경알을

---

21 자르나끄(Jarnac) 남작이라는 16세기 프랑스의 귀족이 자기보다 검술이 뛰어난 사람을 뜻밖의 공격으로 이긴 데서 비롯한 표현이다. 상대가 예측할 수 없는 능숙하고 거친 기술을 뜻하며, 정도(正道)를 벗어난 공격이라는 경멸적 의미로도 사용된다.

닦아 다시 썼다. 그러고는 제목도 확인하지 않고 서류 하나를 집어 펼쳤다. 운이 없군, 시리아(제벨 드루즈)[22] 건이다. 전혀 마음에 들지 않는 서류. 지금으로서는 아무 생각도 안 남. 조금 있다 다시 볼 것. 그는 서류를 접은 뒤 자리에서 일어났고, 카나키스에게 가서 최근 A급으로 승진한 중국인 페이에 대해 가벼운 험담을 주고받았다.

그는 몇분 후에 자리로 돌아와 다시 시리아(제벨 드루즈) 서류를 펼쳤고, 두 손을 비비면서 심호흡을 했다. 자, 일하자! 그는 장엄한 결심을 기리기 위해 라마르띤[23]의 시를 낭송했다.

　　오 노동, 세상의 성스러운 법칙이여,
　　그대의 신비가 이루어지리니,
　　땅이 비옥해지려면
　　땀으로 적셔야 하느니.

그는 경기장에 들어서는 검투사처럼 소매를 걷어 올렸고, 시리아(제벨 드루즈) 서류 위로 몸을 숙였다가 다시 서류를 접었다. 아니다, 도저히 아니다, 정말로 당기지 않는다. 나중에 어울리는 정신 상태가 될 때 다시 볼 것! 그는 서류를 오른쪽 마지막 서랍에 쑤셔넣었다. 그가 '연옥' 혹은 '나환자 수용소'라고 부르는 그 서랍은 쳐다보기 싫은 서류들을 검토할 용기가 날 때까지 모아두는 곳이었다.

────────────

22 300여년간 오스만뛰르크의 지배를 받던 시리아는 제1차세계대전 중 영국군에 점령되었다가 전쟁이 끝난 뒤에는 프랑스의 위임통치 지역이 된다. 프랑스는 시리아를 다섯개 주로 나누어 통치했고, 그중 하나가 '제벨 드루즈'이다.
23 Alphonse de Lamartine(1790~1869). 프랑스의 낭만주의 시인.

─자 다음 분! 그냥 오시면 됩니다! 아무나 오세요!

아무렇게나 꺼내 든 두번째 서류는 N/600/300/42/4, 어제 이미 훑어본 팔레스타인 유대인 여성 연합과의 교신이었다. 주야장천 위임통치에 대해 불평을 늘어놓는 여자들! 뻔뻔스럽기도 하지! 유대인 여자들하고 대영제국 정부가 같을 순 없잖아! 이 여자들은 한두달 기다리게 할 것, 본때를 보여야 해. 아예 답장을 하지 말든가! 문제 될 건 없어, 개인 자격으로 보낸 것들이니까. 자, 휙! '무덤'으로! 얇은 서류는 그렇게 왼쪽 서랍, 영원히 잊어버려도 문제 될 게 없는 건들을 모아두는 곳으로 던져졌다.

그는 끙 소리를 내며 기지개를 켰고, 지난달에 샀지만 그에게는 여전히 새것인 손목시계를 쳐다보며 빙그레 웃었다. 시계를 앞뒤로 뒤집어가면서 살펴보았고, 유리를 문질러 닦으며 완전 방수라는 사실에 흐뭇해했다. 900스위스프랑이나 줬지만, 그 값을 하는 훌륭한 시계였다. 지나가다 만나도 자기에게 인사를 하는 둥 마는 둥 하는 속물 헉슬리의 시계보다 훨씬 고급이다. 그는 브뤼셀의 친구, 대학에서 문학을 전공하고 지금은 500스위스프랑 정도 되는 쥐꼬리만 한 월급을 받으면서 코흘리개들에게 문법을 가르치고 있는 페르메일렌에게 마음속으로 말을 건넸다.

─이봐 페르메일렌, 이 손목시계 좀 보게, 파텍 필립 거야, 그래, 스위스 최고의 상표, 최고급 시계지, 품질보증서도 있고 알람 기능도 있네. 그래, 자네가 원한다면 알람이 울리게 해보지, 게다가 100퍼센트 방수인걸, 시계를 차고 물에 들어가도 괜찮다니까, 비누칠도 얼마든지 해도 되고. 거기다 도금이 아니라 순금이라네, 18캐럿, 각인 마크를 확인해보라고, 자그마치 2500스위스프랑이지, 알겠나?

그는 기분이 좋아 키득거렸고, 페르메일렌을 생각하며, 또 그가 지니고 있을 육중한 철제 회중시계를 생각하며 연민을 느꼈다. 운이 없는 친구지, 불쌍한 페르메일렌, 정말 괜찮은 사람인데. 내일 아침에 고급 초콜릿을 제일 큰 상자로 보내줘야겠군. 결핵 걸린 불쌍한 마누라하고 같이 허접하고 좁아터진 부엌에 앉아 초콜릿을 맛보면서 황홀해하겠지. 선행을 베푸는 건 좋은 일이야. 그는 페르메일렌이 기뻐할 것을 생각하며 두 손을 비볐고, 이내 다른 서류를 펼쳤다.

— 제길! 또 카메룬 건 수령 통지!

정말 지긋지긋하다. 카메룬의 트리파노소마[24]에 대한 프랑스 정부[25]의 보고서에 언제까지 수령 통지를 하란 말인가! 카메룬 깜둥이들, 그리고 또 그놈들이 앓는 수면병이 무슨 대수라고! 그렇지만 정부가 보낸 건이니까 빨리 처리해야 한다. 무슨 일이 있어도 오늘은 해야 한다. 베베가 계속 수정하라고 돌려보내는 바람에 이 짜증스러운 일을 벌써 몇주째 질질 끌고 있다. 매번 완전히 새로 써야만 했다. 가장 최근에는 "그 건에 관해 말하자면"이라는 표현 때문이었다. 사무총장의 수석 비서가 판프리스에게 "그 건에 관해 말하자면"이라는 표현이 마음에 들지 않는다고 말한 이후, 베베는 그 말이 나올 때마다 없애라고 지시했다. 그야말로 노예근성이 아닌가! 이번에는 또 무슨 트집을 잡았을까? 그는 상사가 메모한 것을 보았다. "됨 씨. 기획서의 마지막 문단을 수정하기 바랍니다. '며'

---

24 기생성 원생동물로 체체파리 같은 흡혈 곤충에 의해 전파되어 수면병을 일으킨다.

25 카메룬은 1919년 프랑스 관할구와 영국 관할구로 나뉘었고, 국제연맹은 1922년 영국과 프랑스에 두 관할구의 통치를 위임했다.

가 네번 반복됩니다. 프랑스 정부가 우리를 어떻게 생각하겠습니까? V. V." 아드리앵은 마지막 문단을 다시 읽어보았다. "삼가 감사드리며, 처리를 약속드리며, 경의를 표하며 공사님께 인사드리며 마칩니다."

— 정말, 그렇군. 그는 인정했다. 빌어먹을 카메룬 흑인들! 전부 수면병으로 죽어버려서 이따위 얘기 안해도 되면 좋잖아!

그는 책상 쪽으로 고개를 비스듬히 기울인 채 따분하고 처량한 꿈을 꾸듯 희멀건한 눈으로 꼴도 보기 싫은 서류를 펼쳤다 접었다 하면서 서글프게 욕설을 내뱉었다. 마침내 그는 몸을 일으켜 고쳐 써야 하는 문단을 다시 읽고 신음 소리를 냈다. 좋아, 하자, 당장 해치우자.

— 당장. 그가 하품을 하며 말했다.

그는 자리에서 일어나 밖으로 나가서는, 합법적으로 미적거릴 수 있는 피난처인 화장실로 향했다. 그곳에 와 있는 이유가 있어야 했으므로 소변을 보는 척, 물이 흐르는 변기를 진짜 사용하는 척해야 했다. 그런 다음 커다란 거울을 보러 갔다. 주먹을 허리에 얹고 자기 모습을 바라보며 흡족해했다. 잔체크의 밝은 밤색 정장은 꽤나 멋졌고, 상의는 몸의 윤곽을 잘 살려주었다.

— 아드리앵 됨, 멋진 남자. 그는 한번 더 거울 앞에서 말했고, 이어 아침마다 정성껏 퀴넌 헤어토닉을 바르는 머릿결을 부드럽게 빗어주었다.

그는 전사처럼 기운차게 걸음을 옮겼다. 판프리스의 사무실 앞을 지날 때는 자기의 직속상관에게 나지막하게 상소리를 섞어 알려주는 것을 잊지 않았다. 빌어먹을 인간이죠, 행실 더러운 여자의 아들이고! 뿌듯해진 그는 유치한 장난을 치는 아이처럼 키득거렸다. 제대로 웃는 게 아니라 입술을 꽉 다문 채 코 뒤쪽을 킁킁거리는, 상징적이고 응축된 웃음이었다. 그런 다음 전날과 마찬가지로 리프트, 즉 끊임없이 오르내리는 문 없는 소형 승강기에 올라탔다. 이 리프트는 무료한 공무원들을 달래주는 소중한 자산이었다. 그는 6층까지 올라간 뒤 다시 내려가는 승강기를 탔다. 이어 바쁜 일이라도 있는 듯 분주하게 1층에서 내린 뒤 다시 올라가는 승강기를 탔다.

　초라한 사무실로 돌아온 그는 잃어버린 시간을 벌충하기로 했다. 일을 시작하기 전에 천천히 체조로 몸을 풀고 깊은숨을 쉬면서 준비를 했다. (그는 자기 자신을 몹시 사랑했기에 소중한 건강을 세심하게 챙겼고, 영양제를 무척이나 좋아했다. 이전 것이 금방 잊힐 정도로 효과 좋은 영양제들이 몇주 간격으로 계속 새로 등장했다. 그러니까 그는 아내에게 영국산 강장제가 너무 좋다고 말했었다. "이 메타톤은 정말 굉장해. 이걸 먹고 나서 몸이 달라진 것 같아." 두주일 후에는 메타톤을 버리고 기적 같은 약효를 지닌 비타민 복합제를 먹기 시작했다. 바꾸자마자 역시 같은 말을 했다. "이 비타플렉스는 정말 굉장해. 이걸 먹고 나서 몸이 달라진 것 같아.")
　"됐어!" 그가 마지막으로 스무번째 숨을 내쉬면서 말했다 "자, 축하해. 이제 일을 하자고!"
　하지만 그전에 세상 돌아가는 소식을 알기 위해서『트리뷘 드 주네브』지를 한번 훑어봐야 했다. 수위를 잘 길들여놓으면 이렇게 정확하게 매일 오후 4시에『트리뷘』과『빠리수아르』를 가져다놓는다! 그래, 난 이런 사람이야, 내 말을 잘 듣지 않을 수 없게 만들지! 그는 주네브의 석간신문을 펼치고 혼잣말로 기사 제목들을 읽어나갔다. 벨기에 선거, 다시 렉스당[26]의 승리. 잘됐어. 드그렐[27]은 굉장한 인물이야. 그렇다, 드그렐은 조만간 벨기에를 유대-프리메이슨 마피아로부터 끌어낼 수 있을 것이다. 유대인은 세상을 어지럽히는 작자들이야. 미치광이 같은 이론을 떠벌리는 프로이트란 작자만 봐도 제멋대로잖아! 좋아, 이제, 일하자!

그는 책상 앞에 앉아 라이터에, 전날 이미 채웠기 때문에 더 넣을 필요가 없는 기름을 다시 넣었다. 그는 이 자그마한 물건이 친구처럼 좋았고 정성껏 만지작거리노라면 기분이 좋아졌다. 소일거리가 끝나자 또다른 친구를 찾아 주머니 거울을 들여다보았다. 그는 아이같이 동그란 자기 얼굴이 좋았고, 커다란 뿔테 안경 속 확신에 찬 푸른 눈, 붓을 달아놓은 듯한 콧수염, 얼굴 가장자리를 따라 짧게 길러 잘 다듬은 턱수염, 한마디로 말해 지적인, 하지만 예술적으로 지적인 수염이 좋았다. 완벽했다. 혀에 혹시 백태가 끼었나? 아니, 정상이다, 아주 알맞은 분홍빛. 완벽하다.

— 썩 괜찮아, 됨 씨. 정말 멋진 남자야, 조강지처께서 불평할 거리가 없겠어.

그는 악어가죽 케이스에 거울을 다시 집어넣고 하품을 했다. 오늘은 화요일, 침울한 날, 희망이 없는 날. 아직도 사흘 반이나 남았다. 그는 마음을 달래려 손목시계를 보았다. 사방이 벽이고 아무도 보는 사람이 없기에, 그는 시계에 키스를 했다. 내 사랑, 그가 시계에 대고 말했다. 그런 다음 아리안을 생각했다. 그랬다, 그는 아름다운 여인의 남편이고, 언제든 그녀의 몸을, 가슴이든 등허리든

---

26 가톨릭과 민족주의, 반(反)볼셰비끼를 내세운 벨기에의 극우파 정당. 가톨릭 출판사인 렉스(Rex)를 중심으로 한 렉시즘 운동을 이끌었다.

27 Léon Degrelle(1906~94). 벨기에의 언론인이자 정치가. 렉스당의 창설자.

마음대로 만질 수 있는 사람이다. 오직 나 하나만을 위해 존재하는 아름다운 여인. 정말 좋은 거야, 결혼이라는 건. 그래, 오늘밤은 확실하게 해보자. 그래, 일단 지금은 일을 하고, 거역할 수 없는 세상의 법칙이니까. 뭐부터 시작할까? 오 세상에, 까맣게 잊고 있었군, 영국 건, 즉시 검토 의견을 달아야 하는 긴급 사안인데! 빌어먹을 베베! 늘 긴급이라지! 그는 두꺼운 서류철을 뒤적거렸다. 뭐야, 200페이지나 되잖아, 멍청한 작자들! 보나 마나 영국 식민성에선 미적댔을 거면서! 몇시야? 4시 20분이 다 돼가네. 한시간 반 정도밖에 안 남았는데 그사이에 행간도 없이 타이핑한 200페이지를 다 읽는다는 건 불가능했다. 시간이 충분히, 적어도 네시간은 남아 있어서 본격적으로 일을 할 수 있고, 시작한 것을 끝낼 수 있어야 했다. 한마디로 그는 제대로 일하고 싶었다. 이 빌어먹을 건을 총체적으로 파악하자면 한번에 읽어내야 하고, 더구나 시급하다는 게 꼭 당일로 해결하라는 뜻은 아니다. 200페이지를, 말도 안된다! 배은 망덕한 알비온[28]! 그렇다, 이건 내일 한번에 다 읽을 것이다!

— 약속 그리고 맹세, 내일은 틀림없이! 9시 땡 하면 시작할 거야, 두고 보라고! 아하, 우리 저명한 됨 씨가 달려들기만 하면 뭐, 폭풍이 몰아치고 유리창이 흔들리지!

그는 영국 건 서류를 덮었다. 하지만 그 두께를 보는 것만으로도 울적해졌기에 혀를 끌끌 차면서 서류를 아예 '나환자 수용소' 서랍에 던져버렸다. 오후가 끝나가는 이런 시간에는 가벼운 일, 뭔가 기분을 상쾌하게 해줄 일이 필요하다. 글쎄 어떡할까. 카메룬 수령 통지 건? 아니다, 한시간 반이나 남았는데 그 시간 동안 하기에는 너

---

[28] 고대에 그레이트브리튼섬을 지칭하던 이름.

무 간단한 일이다. 카메룬 건은 나중에 시간 때울 일이 필요한 경우를 위해 남겨둘 것. 그래, 하지만 카메룬 수령 통지 건도 시급한 일이긴 하다. 좋아, 조금 있다 시작할 것.

— 그래, 조금 있다가. 그가 무료함을 달래느라 부르고뉴 억양으로 말했다. 조금 있다가, 마음의 자세가 갖추어지면.

그런데 서랍 속에 던져버린 영국 건 서류가 뇌리에서 떠나지 않았다. 사실 그게 가장 급한 일이다. 그래, 정신 차려! 그는 '나환자 수용소' 서랍을 열어 다시 서류를 꺼내 시급을 요하는 서류를 모아 두는 바구니에 단호하게 던져넣었고, 그러자 기분이 좋아졌다. 그랬다, 이것은 그가 성실한 사람이라는 증거이며, 내일 이 건부터 처리하겠다고 굳게 마음을 먹었다는 뜻이다. 그는 이내 바구니를 『트리뷘 드 주네브』지로 덮어버림으로써 그 짜증스러운 서류가 주는 부담을 덜었다.

다시 기분이 좋아진 그는 파이프 담배를 채우고, 불을 붙여 한모금 들이마셨다. 훌륭하군, 향이 강한 네덜란드 잎담배, 페르메일렌에게 보내줄 것. 그는 파이프를 입에 물고 빨아대면서 메모지철을 찾아 그 위에다 자기 월급을 금본위프랑에서 벨기에프랑으로, 다시 프랑스프랑으로 바꿔보며 흐뭇해했다. 굉장한데, 그래, 내가 엄청 많이 버는 거야! 모차르트 나리보다 열배나 더 되잖아!

(이 빈정거림은 설명이 좀 필요하다. 병가를 떠나기 전날 그는 모차르트의 전기를 읽었는데, 작곡가인 모차르트가 별로 돈을 벌지 못했으며 결국에는 궁핍 속에서 숨을 거두고 가난한 사람들이나 묻히는 공동묘지에 잠들었다는 대목이 가장 흥미로웠다. 경제 부문에서 1756년부터 1791년 사이 유럽 내 여러 통화의 구매력을 분석해본 결과 그는 아드리앵 됨이 「피가로의 결혼」과 「돈 조반

니」의 작곡가보다 열배를 더 번다는 결론을 얻었다.)

— 한마디로 말해서, 볼프강 아마데우스 나리는 요령이 부족했던 거지! 그가 다시 빈정거리듯 말했다. 그래가지고 900스위스프랑짜리 시계를 꿈이나 꾸겠어?

일단 발동이 걸리자 그는 계산을 이어갔다. A급 직원은 제일 많이 받을 때 모차르트의 열여섯배를 벌고, 대사관 일등 서기관도 같고, 국장은 모차르트의 스무배를 벌고, 전권공사도 같고, 대사는 모차르트의 마흔배를 번다! 존 경卿을 보면, 이럴 수가, 판공비까지 포함하면 모차르트의 쉰배다! 그렇게 해서 국제연맹의 사무총장은 베토벤, 하이든, 슈베르트, 모차르트를 다 합한 것보다 더 많이 번다! 국제연맹이 실로 대단하지 않은가! 정말 폼 나지 않는가!

그는 신이 나서 요령 없는 인간이 만들어낸 숭고한 곡조를 흥얼거렸다. 전날 요령꾼들이 모여서, 그러니까 B급 직원, A급 직원, 국장, 공사, 대사, 모두 음악광이지만 교활한 인간들이 모여서, 바로 이자의 교향악 하나를 경건하게 듣고 열렬히 박수를 보냈는데.

— 한마디로 말해서 말이야, 그래 모차르트, 자네가 제대로 사기당한 거야. 그가 정리했다. 그래, 됐어. 이젠 우리의 사교 생활을 어디 한번 챙겨볼까.

그래, 카나키스의 아내 페넬로페에게 전화를 해야겠군. 꼭 해야 해. 사교계의 법도에 따르면 초대받아 다녀온 집에는 다음 날 꼭 감사 인사를 해야 하지. 그는 그렇게 하기로 했다. 카나키스의 아내와 통화를 마친 그는 한숨을 내쉬었다. 나 참, 아리안 때문에 어쩔 수 없이 두통 어쩌구 간신히 둘러댔네. 카나키스 부부는 꽤 괜찮은 사람들인데 아리안은 왜 싫어하는 걸까. 됐어, 이젠 라세 부인한테 걸어야지. 국제적십자위원회 부총재의 딸이니 함부로 대하면 안되잖아! 어제저녁 카나키스네 식사 자리에서는 라세 부인과의 관계가 썩 괜찮았다. 그는 그녀의 호감을 사려 애썼고, 결국 성공했다, 누가 봐도 알 수 있을 정도로 분명히 그랬다. 하지만 벌써 넉달째 라세 부부의 초대를 받지 못했다. 분명 최근 몇달 동안 상당히 많은 사람이 초대받았고, 카나키스의 말에 따르면 그중에는 어떤 공녀도 있었다는데 말이다. 아마도 됨 부부가 처음 초대를 받고 나서 답례 초대를 안했기 때문일 것이다. 그래서 앙갚음을 하는 거고, 사실 그들로서는 충분히 그럴 만한 일이다. 자기에게 흥미로운 사람들을 만날 기회를 만들어주지 않는 됨 부부에게 무엇 때문에 그런 일을 해주겠는가? 이 역시 라세 부부를 탐탁히 여기지 않는 아리안 때문이다. 인맥의 관점에서 볼 때 지극히 소중한 라세 부부와의 관계를 하루빨리 회복해야 한다.

그는 번호를 돌렸고, 마른기침으로 목소리를 가다듬으면서 우아한 억양으로 말할 준비를 했다.

─라세 부인? (이어 매우 부드러운, 나지막한, 기어드는, 은밀한, 사제 같은, 세심한, 달래는, 파고드는 어조, 사교계에서 인정받는 매력의 정점이라고 그가 믿는 목소리.) 아드리앵 됨입니다. (이유는 설명할 수 없지만 그는 왠지 자기 이름이 무척 자랑스러웠다.) 안녕하세요, 부인. 별일 없으시죠? 어제는 잘 들어가셨나요? (환심을 사려는 의도.) 좋은 꿈을 꾸셨나요? 꿈에 저도 나왔습니까? (그는 혀를 쏙 내밀었다가 재빨리 입을 다시 다물었다. 사교계의 재치를 아는 사람인 척할 때마다 나오는 버릇이었다.)

이하 등등. 그는 전화기를 내려놓은 뒤 일어서서 웃옷의 단추를 채웠고, 두 손을 비볐다. 됐어! 5월 22일 화요일 저녁에 라세 부부가 온다! 완벽해, 완벽해. 그래, 사교가 아주 제대로 됐어! 이제 벼락같이 상승하는 일만 남았어! 라세 부부는 인맥이 아주 넓은 사람들이잖아! 아드리앵 됨, 사교계의 거물! 그가 큰 소리로 말하고는 기뻐서 어쩔 줄 몰라 하며 벌떡 일어섰고, 제자리에서 뱅뱅 돌며 신나게 즐거워했고, 몸을 숙여 감사를 표한 뒤 다시 자리에 앉았다. 그는 자기 자신이 만족스러웠고, 전날 자기가 라세 부부의 어린 딸에게 건넨 세련되고 교양 있는 말들을 되씹었다. 다시 한번 그의 선홍색 혀가 쑥 나왔다가 재빨리 윗입술을 적신 다음 사라졌다.

완벽해, 축하해. 이제 라세 부부와 조화를 이룰 만한 다른 부부들을 모아야지. 일단 카나키스 부부, 초대해야 해. 그리고 베베 역시, 그 빌어먹을 인간하고는 잘 지낼 것. 다른 부부들은 저녁에 집에 가서 주소록을 살펴보며 정할 것이다. 주소록 카드에 사회적 지위에 따라 다른 색의 색인지를 붙여놓으면 좋으리라. 예를 들어 최상급 인물들은 빨간색. 그렇게 하면 초대 명단을 짤 때 편리하지 않겠는가. 빨간색은 빨간색끼리, 파란색은 파란색끼리. B급이 A급으로 승진하면 파란색을 떼어내고 빨간색을 붙이면 된다. 그리고 빨간색이 다수가 될 때쯤 파란색 카드를 모조리 주소록에서 빼버리는 거다. 파란색은 쓰레기통으로!

— 됐어, 시간을 너무 많이 뺏겼어. 이제 일을 해야지. 그래도 잠시 한바퀴 돌고 와야겠군. 딱 이분 동안, 저린 다리 좀 펴고, 복잡한 머리도 좀 비우고, 그런 다음에 일을 시작하는 거야.

그는 공원에서 자기와 같은 목적으로 밖에 나와 모여 있는 다섯 명의 동료와 합류했고, 이내 세가지 중요한 주제에 관한 대화에 끼어들었다. 첫번째 주제는 다음 휴가 때 어디를 갈지에 관한 흥미진진한 계획들이었다. 계급적 우월감과 특권 안에서의 연대라는 황홀한 감정을 공유하는 다섯명의 국제공무원은 신이 나서 떠들고 또 상대의 말을 들어주었다. 두번째로, 행운을 누린다는 애틋한 기분을 은밀히 공유하고 또 다 같이 안락한 삶을 영위하고 있다는 사실에 흐뭇해진 그들은, 낙관적 분위기에 도취된 채, 사고 싶은 자동차 이야기를 나누며 차종에 대한 정보를 주고받았다.

마침내 마지막 주제로 넘어가서, 그들은 희미하게나마 윤곽이 드러나기 시작한 불공평한 승진 건에 대해 열띤 토론을 벌였다. 경제국의 B급 직원인 가로가 먼저 A급 선발 자격 심사 공고에 대해 말했다. 국적이나 어학 능력과 관련한 자격 요건을 보면 칠레 출신인 B급 직원 까스뜨로를 위해 만들어진 자리가 분명하다는 얘기였다. 모두들 분노했다. 영락없어, 이런 심사란 뻔한 거지! 그 까스뜨로가 자기 나라 대표단의 총애를 받고 있잖아! 말도 안돼, 이건 완전히 특혜야! 아드리앵이 큰 소리로 말했다. 그러자 가로는 까스뜨로가 정말로 승진을 하게 된다면 자기는 즉시 다른 부서로 옮겨달라고 신청하겠다고 했다. 까스뜨로 밑에서 일하다니, 있을 수 없는 일이야! 그래, 난 다른 데로 갈 거야! 나 없이 잘해보라지!

— 자, 난 이제 그만 가봐야겠네. 아드리앵이 말했다. 의무가 우선이니까. 할 일이 잔뜩 쌓여 있거든.

사무실로 돌아온 그는 자기 손톱을 물끄러미 바라보다가 한숨을 쉬었다. 까스뜨로처럼 무능력한 작자가 어떻게! 그는 그 무식한 인간이 써놓은 편지 초안을 생각하며 혼자 키득거렸다. "아시다시피"로 시작하고 엉터리 문법으로 "그 불편 사항을 대처하겠습니다"로 끝나는 편지였다! 그런 자가 가죽 의자며, 유리문이 달린데다 열쇠로 잠그는 책장이며, 페르시아 카펫까지 누리는 A급이 되다니! 정말 볼 장 다 보는군.

그는 '나환자 수용소' 서랍에 들어 있던 과자 상자에서 이따금 퐁당을 하나씩 꺼내 들면서, 마치 꿈을 꾸는 듯, 외알 안경을 사야 겠다고 생각했다. 헉슬리가 외알 안경을 낀 모습은 기가 막히게 멋 있었다. 양알 안경보다 좀 불편하긴 하겠지만 할 수 없다, 곧 익숙 해질 것이다. 딱 한가지 문제는, 어떻게 하면 동료들이 자기 모습을 받아들일 수 있을까. 그가 갑자기 외알 안경을 쓰고 나타나면, 특히 처음 며칠 동안은 놀려댈 게 분명하다. 헉슬리는 달랐다. 헉슬리는 사무국에 처음 들어올 때부터 외알 안경을 쓰고 있었고, 더구나 그 는 갤러웨이 경의 친척 아닌가. 헬러도 외알 안경이 아주 잘 어울 렸다. 억세게 운이 좋은 자들. 카나키스 말대로라면, 오스트리아 황 제에게 귀족 작위를 받은 조상 덕분에 헬러는 남작이다. 헬러 남작 이라니. 룀 남작, 이것도 괜찮지 않은가.

─내가 외알 안경을 끼고 나타나도 군말이 없도록 구실을 만들 어놔야 해. 안과에 갔더니 오른쪽 눈이 안 좋다고 했다고 그럴까? 그래, 괜찮을 것도 같은데. 아무래도 좀 성급해. A급에 올라갈 때 까지 기다릴 것. 좀더 당당하게 낄 수 있겠지. 괜히 외알 안경을 꼈 다가 그 빌어먹을 쏠랄한테 찍힐 수도 있잖아. 그자는 도대체 무슨 수를 썼기에 사무차장이 된 걸까? 그리스에서 태어나 프랑스로 귀 화한 유대인 주제에, 못 봐주겠군! 그 할례 받는 자식들이 작당을 한 거야! 두고 봐, 까스뜨로가 윗사람들한테 잘 보였다고 그렇게 추잡스럽게 A급으로 승진한다면 내가 그냥 있을 줄 알아? 태업이 라도 할 거야, 그래! 내가 하던 일의 50퍼센트만 하는 거지!

그는 마지막 퐁당을 입에 넣고 신이 나 힝힝거렸다. 모레, 제10차 위임통치 상임위원회 개회식! 그는 위통 상임위가 좋았다. 더이상 사무실에 틀어박혀 있지 않아도 되고, 토론에 참여할 수 있고, 온 갖 로비와 은밀한 소식통까지 그야말로 정치판 한가운데 들어갈 수 있다. 베베가 편지 초안 쓰라고 귀찮게 하지도 서류를 보내지도 않는다. 그냥 위원회만 챙기면 된다. 그런 일은 흥미롭고 일단 아주 거창해 보이지 않는가. 들락날락하고, 서류를 찾으러 분주하게 돌아다니고, 그러다가 베베 오른쪽에 앉고, 상임위의 거물한테 다가가 귓속말로 전하고, 알아들었다는 미소를 짓고, 자르나끄의 공격을 감상하고, 또 무엇보다도 정회 동안 주머니에 손을 찔러넣고서 상임위원들과 동등하게, 거의 동등하게 이야기를 나누고, 베베에게 가서 어떤 위원이 은밀히 이런 말을 하더라고 전하고, 한마디로 제대로 정치가 펼쳐지는 자리다. 가르시아와 관련한 계획도 나쁘지 않았다. 아르헨띠나 대표의 최신 시집을 구해서 외워버리다니, 기가 막힌 생각이 아닌가.

— 대사님, 감히 말씀드리지만, 저는 「정복자들의 배」가 무척 좋았습니다. 그런 다음 대사가 보는 앞에서 감흥에 젖은 듯 눈을 내리깔고 그 엉터리 시를 낭송해주는 거야. 진짜인 줄 알겠지, 그래, 제대로 아부 한번 떠는 거지 뭐. 대사님께 상을 드리게 되다니 아카데미 프랑세즈의 영광이라는 등 이것저것 떠벌려야지. 그런 말을 들으면 좋아할 거야. 같이 문학에 대해 이야기하고, 다시 또 만나고, 같이 점심식사를 하고, 그렇게 세번째 만날 때쯤 내가 B급에서 제일 윗자리에 와 있다는 걸 넌지시 알리는 거지. 그가 존 경에게 말할 테고, 그러면 작전 성공!

그는 의기양양한 배신자의 얼굴로 과장된 냉소를 지어 보였고, 그런 다음 비스듬히 엎드려 책상 위에 이마를 댄 채로 신음했고, 다시 고개를 들어 카메룬 건 서류를 열었다. 흐릿한 눈길로, 노래를 부르듯 하품을 하면서 서류를 뒤적거리다가 다시 접고는 라이터를 꺼내 불을 켰다. 불꽃이 좀 짧은 거 아냐? 심지를 살펴보니 아쉽게도 길이가 아직 넉넉했고, 부싯돌을 꺼내보니 닳아 있어서 새것으로 갈아 끼우며 노래를 흥얼거렸다. 라이터의 부싯돌이 완전히 새것일 때면 기분이 좋지. 불평하지 마, 내가 잘 돌봐주잖아, 그는 라이터에게 말했다. 곧이어 그의 눈살이 찌푸려졌다. 글쎄, 가르시아에게 접근하는 일이 계획대로 성공을 거둘지 모르겠어, 너무 불확실해.

결국 효과적으로 밀어줄 수 있는 사람은 조직 내의 거물 고위급뿐이다. 그렇다, 그 사람들은 진급 요령을 잘 알고, 예산 문제, 부서 간 이동 비법도 잘 안다. 결국 제일 적합한 인물은 이곳에서 일어나는 모든 일을 결정하는 쏠랄이다. 그 빌어먹을 인간은 오분이면 한 사람을 A급으로 올려놓을 수 있다. 세상에, 그런 더러운 유대인한테 운명이 달려 있다니!

─어떻게 하면 그자가 날 도와주게 만들 수 있을까?

그는 두 손으로 머리를 움켜쥐었고, 다시 이마를 책상에 댄 채 짜증 나는 인조가죽 냄새를 맡으며 한참 동안 꼼짝하지 않았다. 갑자기 그가 고개를 들었다. 헤헤, 불현듯 생각이 떠오른 것이다. 그가 큰 소리로 말했다. 헤헤, 사무차장의 집무실 주변을 어슬렁거려보는 거야. 한참 그러다보면 언젠가 마주치지 않겠어? 그러면 인사를 하고, 누가 알아, 어쩌면 그 유대인이 걸음을 멈추고 서서 몇마디 나눌 수 있을지.

─좋아, 그래 좋아, 해볼 만해. 결심했어, 자 여러분. 그는 자리에서 일어나 기운차게 웃옷의 단추를 잠갔다.

말한 것은 즉시 행동으로. 그는 다시 머리를 매만졌고, 턱을 둘러싼 수염에 빗질을 하고 손거울을 들여다본 뒤 넥타이를 가다듬었고, 웃옷의 단추를 풀어 옷자락을 당겼다가 다시 단추를 채웠고,

알 수 없는 격한 감정에 휩싸인 상태로 방을 나섰다.

—스트러글 포 라이프. 그가 승강기 안에서 중얼거렸다.

2층에 내리는 순간 그는 갑자기 혼란스러워졌다. 그저 우연히 사무차장과 마주치길 기대하며 어슬렁거리는 것이 과연 옳은 일일까? 그의 양심이 즉시 대답했다. 투쟁이 바로 나의 의무이다. A급이지만 자격 없는 인간들도 있는데, 나는 자격이 있다. 결과적으로 차장의 관심을 끌어보려는 것은 정의를 위해 싸우는 것과 마찬가지다. 그리고 내가 승진을 한다면 진정으로 정치적인 임무가 주어질 테니 능력에 맞는 일을 하게 되는 셈이고, 결국 국제연맹을 위해 더 큰 기여를 하게 될 것이다. 그리고 더 나은 대우를 받게 되면 주위 사람들에게 베풀 수 있을 테고, 착한 페르메일렌에게도 도움을 줄 수 있으리라. 더구나 벨기에로서도 영광스러운 일이 아닌가.

양심의 문제를 해결한 뒤, 그는 중간중간 바지의 매무새를 살펴가며 백걸음 정도 복도를 걸어갔다. 그러다 갑자기 걸음을 멈추었다. 이렇게 빈손으로 어슬렁거리다가 다른 사람 눈에 띄면 꼴이 우습지 않은가? 사무실로 뛰어갔다가 숨을 헐떡거리며 다시 나타난 그는 옆구리에 두꺼운 서류를 끼고 있어서 무언가 심각하고 바빠 보였다. 그래, 천천히 다니면 뭔가 한가해 보일 거야. 그는 복도 한쪽 끝에서 다른 쪽 끝까지 급하게 걸었다. 차장이 본다면 분명 급한 일로 동료에게 가고 있다고 생각할 테고, 팔에 낀 서류가 그것을 증명해줄 것이다. 그랬다, 하지만 차장이 혹시라도 아주 미묘한 순간, 그러니까 복도 끝까지 가서 뒤돌아 오기 시작하는 바로 그 순간에 나타난다면? 확률적으로 계산해볼 때 가능성은 희박하다. 게다가 끝에서 뒤돌아서는 그 위기의 순간에 차장과 마주치게 된다 해도 핑계를 댈 수 있다. 그래, 그거다, 원래 X를 보러 가던 중이었는데, 생각해보니 Y의 의견을 먼저 묻는 게 좋을 것 같아서 마음을 바꾸었다고 하면 된다. 그는 미친 듯이 복도를 오갔다. 땀을 뻘뻘 흘리면서도 희망을 잃지 않았다.

— 오, 리아누네뜨,[29] 웬일이야, 당신이 전화를 다 하고. 여보, 잠깐만. (그는 자기 사무실에 동료가 들어왔고 그래서 그와 얘기를 하고 있었던 양, 아내가 잘 들을 수 있도록 수화기에 입을 대고 아주 큰 소리로 말했다. 미안하네, 오늘은 얘기할 시간이 없겠는걸. 내일 시간이 나면 연락하지.) 미안해, 여보, 헉슬리가 뭐 좀 물어볼 게 있다고 와서. 당신도 알지, 왜 그 잘난 척하는 인간 말이야, 그래봤자 나한텐 안 통하지만. (쏠랄의 비서실장인 헉슬리는 사무국에서 가장 멋쟁이이자 가장 건방진 영국인이었다. 아드리앵이 그를 제물로 선택한 것은, 안타깝게도 자기들이 헉슬리의 집에 초대받을 가능성이 전혀 없고, 따라서 자기가 다른 상황에서는 그 속물에게 너무도 상냥하게 대한다는 사실을 아리안한테 들킬 위험이 없기 때문이었다.) 그런데 여보, 무슨 바람이 불어서 내가 이렇게 당신의 달콤한 목소리를 듣게 된 걸까? (혀끝을 뾰족하게 말아 내밀었다가 바로 집어넣기, 헉슬리의 버릇을 따라해본 것이다.) 날 보러 온다고? 웬일이야, 나야 너무 좋지! 그래, 지금 4시 50분이네. 차 타고 바로 오도록 해, 알았지? 내가 브런즈윅을 보여줄게, 말했잖아, 발뀌르[30]에 가기 전에 비품과에 주문해놓은 연필깎이, 돌려서 깎는 개량형인데, 급사가 조금 전에 가져왔거든. 아직 써보지는 않

....
29 아리안의 애칭.
30 프랑스 남동부 지중해 연안에 위치한 곳으로, 스포츠 레저 시설이 많이 모여 있다.

았는데 상당히 좋은 것 같아.

대답이 없다, 그녀는 이미 전화를 끊은 것이다. 그는 안경을 닦았다. 그래, 리아누네뜨가 별나기는 하지. 그래도 정말 매력적이잖아. 좋아, 그녀가 들어오면 손에 키스를 해줘야지, 우아하고 멋지게. 그런 다음에 약간 께도르세[31] 스타일의 손짓으로 앉으라고 권하는 거야. 하지만 어쩌랴, 그의 손이 가리키는 것은 팔걸이 달린 푹신한 가죽 의자가 아니라 평범한 의자일 뿐이리라. 자, 자, 자, 아시다시피! 불편 사항에 대처하기! 그래, 참기.

—어쩌라고? 이봐, 할 수 없지, 어떡해, 난 그 작자를, 그 빌어먹을 쏠랄을 만나려고 최선을 다했단 말이야. 그 더러운 돼지 새끼 같은 헉슬리가 아주 더러운 눈길로, 아니 저자가 두툼한 서류를 들고 도대체 뭘 하는 거야 하는 눈으로 날 쳐다보면서 앞을 지나간 게 내 잘못은 아니잖아. 나더러 어쩌라고, 더 있을 수가 없었다고, 다른 방법이 없잖아. 내일 다시 해야지, 뭐. 그래, 알았어, 이제 그만 해. 그리고 난 이제 다른 일이 중요해졌단 말이야, 우리 브런즈윅이 어떻게 작동하는지 봐야 한다고. 자, 이리 오렴.

그는 약간 흥분한 상태로 첫번째 연필을 구멍에 집어넣고 조심스레 손잡이를 돌렸고, 손잡이가 기름 친 듯 잘 돌아가는 것에 흡족해하며 깎인 연필을 빼냈다. 완벽해, 아주 뾰족하군. 브런즈윅은 아주 좋았고, 그는 새 연필깎이와 잘 지낼 수 있을 것 같았다.

—넌 아주 멋지구나, 이제 다음 분! 그가 다른 연필을 집어 들면서 말했다.

몇분 뒤 전화벨이 울렸다. 그는 일곱번째 연필을 연필깎이에서

─────────────────────

31 프랑스 외무부가 위치한 쎈 강변의 길. 흔히 외무부를 지칭하는 표현으로 사용된다.

빼낸 다음 수화기를 들었다. 정문의 수위가 아드리앵 됨 씨의 부인을 올려 보내도 되는지 물었다. 그는 자기가 회의 중이니 끝나는 대로 전화하겠다고 대답했다. 수화기를 내려놓고는 혀끝을 내밀었다가 다시 집어넣었다. 회의 핑계로 아리안을 조금 기다리게 하는 게 좋았다!

— 회의 중. 그가 지배자 같은 어조로 힘주어 말했다. 이어 연필을 다시 연필깎이에 집어넣고 세번 돌린 뒤 연필을 빼내 잘 깎인 것을 확인했고, 뾰족한 끝을 느끼기 위해 연필로 볼을 살짝 찔러보았다. 기가 막히네. 나머지는 내일 해야지. 좋아, 이제 준비. 그는 아내가 앉을 의자를 알맞은 위치에 옮겨놓았다. 아쉬워라, 초라하고 불편한 의자, 딱딱한 의자, 하급 공무원용! 까스뜨로는 이제 손님에게 푹신한 가죽 의자를 내놓겠지! — 좋아, 다시 단장을 합시다, 우선 비듬이 있을지 모르니 털어내고.

그는 『정치인 연감』[32]에 손거울을 기대 세우고서 웃옷의 깃을 솔질한 뒤 수염을 다듬고 눈썹을 매만지고 넥타이를 고쳐 맸고, 마치 검사하듯 손톱을 확인한 뒤 깨끗하다고 말했다. 이어 둥근 볼을 자세히 들여다보다가 여드름 하나를 찾아냈다.

— 나쁜 자식, 짜야겠군.

그는 나쁜 자식을 확실히 짜낸 다음 흐뭇한 얼굴로 그것을 바라보다가 압지 위에 놓고 뭉개버렸다. 또 낡은 헝겊으로 구두를 한번 닦았고, 재떨이를 쓰레기통에 비우고 책상 위를 입으로 후후 불었고, 바쁜 것처럼 보이기 위해 서류를 세개 펼쳐놓고 자기 의자를 뒤로 밀었다. 그래, 책상에서 조금 멀찍이 놓는 거야, 다리를 꼬고

---

32 *Statesman's Yearbook*. 19세기부터 발간된 전세계 정치 및 사회 상황을 요약한 책.

앉을 수 있게. 마지막으로 그는 헉슬리가 하는 것처럼 손수건을 왼쪽 소맷자락에 집어넣었다. 옥스퍼드식, 무심한 듯 우아한 스타일, 약간 동성애자 같기는 하지만 그래도 멋있는 동성애자. 다 꾸몄으니 이제 그녀를 올려 보내라고 해야겠다. 회의가 끝난 거야, 아니, 아니다, 수위한테 전화를 할 게 아니라 아예 마중하러 내려가야지. 좀더 다정하고, 좀더 포린 오피스 스타일. 그런 다음에는 국제연맹 건물을 한번 구경시켜줄 것이다. 사무국이 이리 옮겨온 뒤 처음 와 보는 거니까. 그녀는 놀라 나자빠지리라.

　—가결, 아리안을 놀래줘야지. 이어 그는 자리에서 일어나 웃옷의 단추를 채웠고, 자기 자신의 남자다움을 느끼기 위해 힘껏 심호흡을 했다.

5

— 프랑스인 사무차장이 쓰는 사무실이야. 아드리앵 뒵이 겁먹은 듯한 눈길로 커다란 문을 가리키며 나지막하게 말했다. 알지? 쏠랄. 마치 그 이름을 입에 담는 것 자체가 무언가를 위반하는 행위이고 그래서 위험이 도사리고 있다는 듯, 그가 더 낮은 목소리로 덧붙였다. 무척 화려하다더군. 프랑스에서 선물한 고블랭[33] 융단이 있다지. (그는 "하다더군" "있다지"라고 말한 것을 후회했다. 자기가 아랫사람임을 드러내고 그 성소에 한번도 들어가본 적이 없음을 증명하는 말 아닌가. 분위기를 바꾸기 위해 그는 용맹한 군인처럼 마른기침을 하고 결연하게 걸음을 재촉했다.)

복도와 계단을 이리저리 지나며 그는 자기가 사랑하는 이 건물이 얼마나 화려한지 아내에게 알려주었다. 자신이 이곳의 중요한

33 17세기 초에 설립된 프랑스의 장식 융단 제조장.

인물이라도 되는 양, 마치 건물의 일부가 자기 소유라도 되는 양, 이곳이 얼마나 편하고 좋은지 감탄을 쏟아내면서, 자기 일이 얼마나 중요한 공직인지 알려주려고 애쓰면서, 의기양양하게, 여러 나라에서 기부한 선물 목록을 열거했다. 페르시아 카펫, 노르웨이 목재, 프랑스 장식 융단, 이딸리아 대리석, 에스빠냐 그림들, 그외에도 수많은 훌륭한 기부품에 대해 하나하나 설명했다.

— 그리고 말이야, 여긴 정말 엄청나게 큰 건물이야. 문이 다 해서 1700개라니까, 그걸 전부 완벽한 흰색이 될 때까지 네겹 페인트칠을 했다지. 당신도 짐작하겠지만, 난 공사 중일 때 어디까지 진척됐는지 보러 자주 왔었기 때문에 아는 거야. 그리고 말이야, 잘 들어둬, 문마다 크롬도금 금속으로 테를 둘렀어. 또 라디에이터가 1900개, 바닥에 깐 리놀륨이 2만 3000제곱미터, 전선이 212킬로미터, 수도꼭지가 1500개, 소화전이 57개, 소화기가 175개! 어때, 굉장하지? 엄청나게 크지, 정말 엄청나. 그래, 당신 생각에 W.C.가 몇개나 있을 것 같아?

— 몰라요.

— 그래도 숫자를 하나 말해봐, 얼마일 것 같아?

— 다섯개.

— 668개야. 의기양양해진 그가 흥분을 가라앉히려고 애쓰면서 힘주어 말했다. 전부 신식 설비를 갖췄지. 기계장치로 환기를 해서 한시간에 여덟번 공기를 바꿔주고, 부주의하거나 세심하지 못한 사람들이 있으니까 삼분에 한번씩 자동으로 물을 내려줘. 한군데 구경해볼래?

— 다음에요. 좀 피곤해요.

— 그래, 그래, 그래, 다음에. 됐어, 다 왔군. 애프터 유, 디어 마

담. 그가 문을 밀며 말했다. 여기가 바로 나의 조그만 거처라오. 그가 빙그레 웃으며, 살짝 목멘 소리로 물었다. 어때?

— 아주 좋아요.

— 물론 그렇지, 뭐 그렇게 호화스럽진 않지만 그래도 봐줄 만해, 실용적이기도 하고.

새로 얻은 좁은 사무실이 얼마나 훌륭한지 아내에게 보여주고 또 그 즐거움을 함께 나누기 위해 아드리앵은 가구들을 하나하나 열성적으로 설명해주었고, 매번 자기 말이 아내에게 어떤 효과를 불러일으키는지 살폈다. 마지막은 철제 장을 칭송하는 것으로 끝냈다. 너무 실용적인 장이야, 옷걸이가 외투용으로 하나 재킷용으로 하나 해서 두개 있고, 예일 자물쇠[34]가 달렸지. 그러니까 도난 위험이 없고, 또 위쪽 선반 아래 작은 서랍이 있어서 아스피린, 요오드팅크, 소화용 드롭스, 얼룩 제거용 벤젠 같은 개인 용품을 넣어놓기 좋아. 그가 넌지시 웃음을 지었다. 깜박 잊고 제일 중요한 것을 보여주지 않았다! 그랬다, 바로 그의 책상! 보다시피 완전한 새것, 사실 A급 직원들의 책상과 거의 같은 모델로 아주 기능적이고 편리한 책상이었다.

— 어때, 가운데 서랍을 열쇠로 잠그면 왼쪽 서랍과 오른쪽 서랍까지 한꺼번에 잠기게 돼 있어. 멋지지 않아? 이 열쇠도 예일 거야, 최고급품이지.

아내의 인정을 받는다는 사실에 기분이 좋아진 그는 팔걸이의자에 앉았고, 그러면서 그 의자가 최신 모델의 회전형에 허리를 잘 받쳐준다고 말했고, 그런 다음 판프리스처럼 다리를 책상 모서리

---

34 미국 예일사(社)에서 만든 원통형 자물쇠.

에 올려놓고 판프리스처럼 의자를 이리저리 돌려보았다. 그렇게, 판프리스처럼 두 손을 목 뒤에 받친 자세로 능력과 권력의 희망 속에 스스로를 다독이면서, 그 틈을 놓치지 않고 이 보잘것없는 남자는 자기가 최근 상사와 대담하게 논쟁을 벌였는데 상사의 눈치를 보지 않고 열띤 주장을 펼쳤고 신랄한 임기응변으로 쏘아붙이기도 했다고 말했다. 그때 불현듯 바로 그 상사가 예고도 없이 들어올지 모른다는 생각이 들자 그는 다리를 내리고 의자를 세웠다. 기가 꺾인 그의 남성성은 책상에 놓인 파이프에서 보상을 찾았다. 그는 파이프를 움켜쥐고 재떨이에 세게 털어 파이프를 비운 다음 담배쌈지를 열었다.

― 제길, 담배가 떨어졌군! 여보, 가판대에 가서 좀 사올게. 이 분이면 돼. 금방 올게, 괜찮지?

― 미안해, 일찍 오려고 했는데 좀 늦었네. 바람같이 들어선 그는 전대미문의 사건을 한순간이라도 빨리 아내에게 말해주고 싶어서 잔뜩 달아올라 있었다. (그는 흥분을 가라앉히고 마음의 평정을 되찾기 위해 심호흡을 했다.) 차장을 만나는 바람에 늦었어.

― 그게 누군데요?

― 사무차장. 기분이 살짝 상한 그가 천천히 힘을 주어 말했다. 이어 한번 심호흡을 한 다음 덧붙였다. 쏠랄 씨. 보통 줄여서 그냥 차장이라고 해, 당신한테 몇번 설명해줬는데. (잠시 침묵.) 조금 전에 그 사람과 얘기를 나눴어.

― 그래요?

그는 이상하다는 듯 아내를 쳐다보았다. 존 경의 오른팔과 얘기를 나눴다는데 겨우 그래요? 라니! 사회적 권력이라는 것에 대해 아예 생각이 없지 않은가! 좋아, 할 수 없지, 그녀는 원래 이렇다, 늘 달나라에 산다. 그녀에게 말해줘야 한다. 하지만 조심할 것, 냉정하게 얘기해야 하고, 지나치게 큰 의미를 부여하는 것처럼 보여서는 안된다. 그는 자기의 쉰 목소리 때문에 놀라운 소식이 망가질까봐 마른기침으로 목을 가다듬었다.

  ―그러니까 조금 전에 내가 국제연맹의 사무차장하고 면담을 한 거야, 예기치 않았던 면담이지. (입술에 가벼운 경련, 이상하게도 오열하고 싶은 마음.) 그 사람하고 단둘이 이야기를 나눴어. (나오려는 울음을 참기 위해 심호흡.) 심지어 쏠랄 씨가 안락의자에 앉더라니까. 나를 빨리 내보내고 싶지 않았다는 증거잖아. 정말로 나하고 얘기를 나누고 싶었던 거지. 그냥 예의 차리느라 그런 게 아니고, 그렇잖아. 그 사람은 정말 기가 막히게 똑똑하더라고. (그는 감격에 겨운 나머지 숨 쉬기가 힘들어 쉽게 말을 잇지 못했다.) 어떻게 된 건지 얘기해줄게. 그러니까 내가 1층에 내려갔잖아. 가판대에서 암스테르다메르 한갑을 산 다음에, 이유는 모르겠는데 문득 차장의 방, 그래 그 집무실 앞을 지나는 복도 쪽으로 가고 싶어지는 거야. 돌아가는 길인데 어째서 그런 생각이 들었는지 나도 모르겠어. 간단히 말하자면, 그래, 바로 그때 그 사람이 나왔지. 글쎄 승마복을 입었더라고. 가끔 그렇게 입기는 하지만. 그런데 말 나온 김에 얘기하자면, 아주 잘 어울렸어. 그래도 외알 안경을 쓰고 있는 건 처음 봤어, 글쎄 눈에 뭔가 감출 게 있는지 검은색 외알 안경을 썼더라고. 오늘 오후에 무슨 사고가 있었다지? 말에서 떨어지면서 눈을 다쳤다나봐. 카나키스가 그러더라구, 올라오는 길에 만났는데, 차장의 비서인 미스 윌슨 방에서 오는 길이었어, 카나키스는 미스 윌슨하고 친하거든, 미스 윌슨이 살짝 일러줬대. 불과 몇시

간 전에 있었던 일이라지, 시종과 함께 말을 타고 왔다는데, 뭐 그건 흔히 있는 일이야, 자주 말을 타고 오거든, 그러면 시종이 다시 말을 끌고 가고, 그래, 젠틀맨이지. 그런데 미스 월슨이 보니까 눈에서 피가 나더래, 아니 눈까풀에, 상처가 났다더군, 넘어지면서 뭔가 날카로운 것에 다친 모양이야. 그런데 치료는 안해도 된다고 했대, 그러면서 안경점에 가서 검은색 외알 안경을 사오라고 했다는 거야, 외알 안경이 구하기 쉬운가봐. 어때, 그 사람 멋 좀 부리지? (그는 흐뭇해진 듯 잔잔한 웃음을 지었다.) 곧바로 외알 안경을 쓸 생각을 했다니, 재미있기도 하고, 어쨌든 상처가 심하지 않아야 할 텐데. 당신도 알겠지만, 그 사람이 여기서 모든 일을 지휘하거든, 그야말로 에이스지. (다시 한번 다정한 웃음.) 아주 잘 어울리던걸, 검은색 외알 안경 말이야, 고상해 보이고, 대단한 나리 같더군, 정말이야. 그런데 말이야, 나름 영리하지? 카나키스 말이야, 그렇지? 미스 월슨한테 제대로 아부를 한다니까. 그래, 거물의 비서하고 친하게 지내면 큰 도움이 되거든, 모든 일이 쉬워지니까, 거물을 만나야 할 때 일이 빨리 성사될 수 있고, 따끈따끈한 소식을 얻을 수 있고, 은밀히 선을 댈 수 있고, 이하 등등. 그래, 본론으로 돌아와서, 차장이 아주 급하게 가고 있더라고, 그러다가 손에 든 서류, 아니 서류를 바닥에 떨어뜨린 거야. 내가 가서 주워줬지. 상대가 누구였든지 당연히 그렇게 했을 거야, 기본적인 예의잖아. 그랬더니 그 사람이 걸음을 멈추고 나한테 아주 친절하게 인사를 하더군. 고맙소, 뭡, 그렇게 말이야. 그런데 어조가 모든 걸 말해줬어. 게다가 내 이름을 기억하고 있었어, 그건 아주 중요해. 솔직히 말하면 그 사람이 내가 누구인지를 알고 있다는 게, 그러니까 내 존재를 알고 있다는 게 무척 기분 좋았어. 중요한 일이니까, 안 그래? 하물며 그 사람이 옆에 있던 안락의자에 앉으면서 나더러 앉으라고 친절하게 맞은편 안락의자를 가리키는 거야. 그 사람 집무실 앞에는 로비 비슷한 공간이 있거든, 당연히 푹신한 의자들이 놓여 있고. 그러더니 말이야, 세상에, 친절하게 이것저것 묻는 거야, 내가 어느 부서에서 일하는지, 어떤 일을 전문적으로 취급하는지, 하는 일이 마음에 드는지. 그래, 나에 대해서 관심을 가지고 있더라니까. 어때, 내가 늦게 올 만한 일이지? 거의 십분이 다 되도록 얘기를 나눴다고! 행정적인 파급효과라는 면에서 보자면 정말 굉장한 일이지! 그 사람은 아주 소박하고 다정했어, 지위 차이를 느끼게 하지도 않았고, 그냥 둘이 똑같이 마주 보고 앉아 있었다니까. 그래, 아주 매력적인 사람이야. 정말이야, 아주 편하게 앉아서 얘기를 했거든. 그런데 그때 베베가 지나가면서 우리가 얘기하는 걸 본 거야, 차장과 내가, 친한 친구처럼 마주 앉아서 말이야! 바로 그 장면을! 우리 베베께서 열 좀 받았겠지.

　—어째서죠?

　—그야 당연히 질투 때문이지. 아드리앵은 더할 나위 없는 행복감에 젖어 어깨를 들썩이며 빙그레 웃었다. 겁이 나기도 했을 테고. 자기와 일하는 사람이 대단한 거물과 친하다는 건 국장에겐 위험한 일이거든. 골치 아픈 일이 생길 수 있으니까! 그렇잖아. 언제든지, 예를 들면 지나가다가 마주쳤을 때 티 내지 않고 상사에 대한 생각을 말할 수 있고, 간접적으로 욕을 할 수도 있고, 부서를 개편하는 게 낫지 않겠냐고 넌지시 떠볼 수도 있고, 그래 어떻게 해서든 상사를 깔아뭉개면서 자기가 돋보이게 할 수 있으니까, 심지어 상대의 반응에 따라서는 직접 상사 욕을 할 수도 있고, 혹시 그 거물이 자기 상사를 별로 탐탁해하지 않는다는 느낌이 들면 대놓

고 언급할 수 있지. 자기 상사에 대해서, 예를 들면 베베에 대해서 말이야, 물론 참지 않고 다 얘기해도 될 것 같은 경우에만 그렇겠지만, 이해가 가?

— 그래요, 그렇겠네요.

— 내가 우리 베베 씨를 알지, 꾹 누르고 참을 거야, 내일이면 아주 보들보들해질 거고. 자, 우리 됨 씨 여기 좀, 우리 됨 씨 저기 좀, 물론 방해가 되지 않는다면 말이오, 됨 씨가 할 일이 많다는 건 나도 잘 알고 있소, 이렇게 떠벌리고 미소를 지을 테지! 노예근성이 있는 자니까. 이제 난 위험인물이니 잘 관리해야겠지! 그래, 그렇게 한참 동안 얘기를 나눴어, 한 십분쯤! 그 검은색 외알 안경에 대해 얘길 꺼낼까 말까 조금 망설였어, 혹시 눈이 아프냐고 물어봐야 할까 하고 말이야. 그래도 확실하지도 않은데 말하기가 좀 그래서 그냥 참았어. 안하길 잘한 것 같지?

— 그래요.

— 그래, 내 생각도 그래, 너무 친한 척하는 것처럼 보일 수도 있고. 이야기가 끝나고 그 사람이 일어서면서 나한테 악수를 건네더라구, 정말 멋진 사람이야. 시간을 내서 나하고 얘기를 나누다니, 정말 멋지잖아? 사무총장이 불러서 가는 길이었다는데. 그러니까 나랑 얘기하느라고 존 경을 기다리게 한 거지! 어떻게 생각해?

— 아주 좋네요.

— 내 생각도 그래! 세상에, 존 경과 허물없이 지내는 거물하고 담소를 나누다니! 하물며 차장의 사무실이 아니라, 그러니까 공식적인 업무 얘기가 아니라 복도에서, 둘 다 같은 종류의 의자에 앉아서, 말하자면 사적으로, 그래, 동등한 입장에서 담소를 나눴잖아! 이 정도면 사적인 관계가 시작된 셈이지. 오, 제일 중요한 걸 잊

었네, 그 사람이 자리를 뜨기 전에 내 어깨를, 아니 등을, 그래 어깨 가까운 쪽 등을 한번 두드렸어, 세게 두드렸다고, 아주 다정하게. 내 등을 두드리다니, 어떻게 그보다 더 친절할 수 있겠어, 아주 친근한, 마음에서 우러나오는, 그래 친구 사이 같은 거였어. 프랑스의 장관이었고, 레지옹 도뇌르 꼬망되르 훈장을 받았고, 그래, 사무국에서 존 경 다음 자리인데! 당신은 사무부총장이 더 높지 않느냐고 말할지도 모르겠군, 하지만 그건 잘 모르고 하는 소리야, 차장이 훨씬 요직이라구. 그래, 사무부총장이 직급은 더 높지, 그건 맞아, 하지만, 다른 사람한텐 말하지 마…… (잠시 경계의 눈빛으로 사방을 살핀 뒤 나지막한 목소리로) 다른 사람한텐 말하면 안돼, 사무부총장은 별 힘이 없어, 아예 사무부총장을 거치지도 않는 서류가 부지기수인걸. 그렇다고 뭐 당사자가 불평을 하는 것도 아니고! (그는 아내를 바라보았다. 그래, 그 사람이 내 등을 두드렸다는 얘기에 감격했군.) 다른 사람한텐 정말 말하면 안돼, 알겠지? 사무차장이 두명 더 있지만, 그 사람하고는 비교가 안돼, 그 둘은 있으나 마나거든. 증거를 대볼게, 다른 말 없이 그냥 차장이라고 하면 모두들 그 사람 이야기로 알아듣는다니까. 그리고 모두 경의를 표하지! 그 사람한테만 수석 비서가 딸려 있고! 짐작이 가? (목소리를 더 낮추어) 그래, 정말 우리끼리니까 하는 말이지만, 실제로는 그 사람이 사무총장보다도 더 힘이 있다고 할 수 있어. 그렇고말고! 왜냐하면 존 경은 그저 골프밖에 모르고, 그래, 그저 골프야, 나머지 문제에 대해선 그냥 벽난로 위에 얹어놓은 장식품이나 마찬가지거든, 무조건 차장이 결정하는 대로 하지! 이제 그 사람이 내 등을 두드렸다는 게 얼마나 대단한 일인지 알겠지? (꿈꾸는 듯한 여성스러운 미소) 그리고 말이야, 글쎄, 정확하게 말할 수는 없지만, 그 사람은 정말 기가 막히게 매력적이더군. 미소가 어쩜 그렇게 매혹적일 수 있는지! 거기다 눈길은 뜨겁고 파고들 것처럼 강렬하더라고. 왜 여자들이 그 사람을 보고 정신을 못 차리는지 알 것 같아. 심지어 그 검은색 외알 안경까지 아주 잘 어울리던걸, 귀티 나고, 글쎄, 뭔가 조금 낭만적인 구석도 있고. 거기다 또 승마복까지! 무슨 귀족 같더군. 분명한 건 이 사무국에서 말을 타고 나타날 수 있는 사람은 많지 않다는 거야. 만일에…… (그는 '말단 직원'이라고 말할 뻔했지만, 스스로를 폄하하는 것 같아서 말을 바꾸었다.) ……직위가 높지 않은 직원이 그랬다가는 난리가 날걸. 그래, 어느날 베베가 승마 장화를 신고 나타나면 어떻게 되겠어! 하지만 차장이 그러는 건 다들 자연스럽게 생각하지. 금본위 화폐로 자그마치 7만 프랑에다가 추가로 판공비도 있으니까! 리츠 호텔의 응접실이 두개나 딸린 스위트룸에 산대. 그런데, 잊기 전에 말할게, 차장하고 그렇게 앉아 있었다는 걸 당연히 카나키스한테는 말 안했어, 신중하게 처신해야지. 당신은 알고 있어야 할 것 같아서 얘기하는 거야, 당신이 카나키스를 만날 수 있으니까. 응접실이 두개라니, 말이 돼? 호텔비가 어마어마할걸! 무슨 왕처럼 살아, 아주 멋지고 아주 우아하고 기품이 넘치지. 뭐, 중요한 건 그게 아니지만. 정말 기가 막히게 똑똑한 사람이야. 게다가, 말로 할 수 없는 매력이 있는데, 뭔가 감미로우면서도 동시에 약간 잔인한 매력이야. 존 경이 그 사람을 무척 좋아한다는 건 다 아는 사실이지, 두 사람이 허물없이 토론을 벌이는 광경이 자주 눈에 띄기도 하고, 그래, 존이라고 이름을 부르는 것 같아, 놀랍지? 레이디 체인은 더해, 그 사람을 아주 좋아하거든! 어쨌든 그 사람은 동 쥐앙으로 통한다고, 사무국의 모든 여자가 좋아 죽거든. 커뇨 백작 부인, 그러니까 2년 전에 죽은 베를린 주재

형가리 공사가 있는데 그 부인이야, 그 백작 부인이 그 사람의 정부라더군, 완전히 푹 빠졌다던걸, 다 아는 일이야. 그 여자가 여기 왔을 때 차장의 손에 입을 맞추는 걸 카나키스가 본 적도 있대! 어떨 것 같아? 정말 교양 있는 여자 같던데. 무척 아름답고, 아직 젊고, 서른둘인가, 서른셋인가, 상당히 우아하고, 거기다 또 무척 부자일 테고. 그가 의기양양한 어조로 말을 마무리했다. (그녀가 검지로 남편의 볼을 살짝 더듬었다.) 왜 그래?

─당신이 귀여워서요.

─그래? 그는 왠지 모르게 살짝 화가 났다.

귀엽다는 말은 좋기도 하고 나쁘기도 했다. 그는 파이프를 입에 물고 냉정한 눈길로 상대를 바라보는, 쉽게 손댈 수 없는 강한 남자가 되고 싶었다. 그는 자기가 그렇게 귀엽지는 않다는 것을 보여 주기 위해서 턱을 내밀었다. 그렇게, 생각날 때마다, 위험을 피하지 않고 살아가기로 결심했음을 드러내는 이런 자세를 부인 앞에서 취하곤 했다. 하지만 그런 생각이 자주 드는 건 아니었다.

(아드리앵 됨의 평소 이상형은 강한 남자, 더할 나위 없이 남성적이고 저돌적인 남자였지만, 또다른, 완전히 상이하고 서로 모순되고 배치되는 다른 이상형들도 있었다. 예를 들어 헉슬리에게 반한 날이면 그는 책략에 능하고 약간은 여성적인 사람, 정중하지만 다소 차가운 태도로 타인을 대하면서 사교 생활에 뛰어난 사람, 문명의 최고봉에 있는 사람이 되고 싶었지만, 다음 날 위대한 작가의 전기를 읽고 나면 그 마음은 곧 사라졌다. 그렇게 경우에 따라 감정이 풍부하고 꾸밈없는 사람이 되고 싶었다가, 냉소적이고 환멸에 가득 찬 사람이 되고 싶었다가, 또 번뇌에 시달리는 유약한 사람이 되고 싶었다. 하지만 매번 오래 이어지지는 않아서, 한시간 혹

은 두시간이면 끝이었다. 그러고 나면 다 잊어버리고 원래 모습으로 돌아와 보잘것없는 됨이 되었다.)

위압적인 자세로 지나치게 턱을 내밀고 있다보니 목이 아파진 그는 다시 평화적인 자세로 바꾸었고, 그런 다음 아내를 바라보며 반응을 기다렸다. 무엇보다도 자기가 겪은 기적 같은 사건에 대해서 아내와 함께 이야기하고 싶었고, 긴 토론을 하며 자기의 앞날에 어떤 길이 열릴지 점쳐보고 싶었다.

— 그래 여보, 당신 생각은 어때?

— 고무적인 일이네요. 한참이나 입을 열지 않던 그녀가 대답했다.

— 그렇지. 그는 고마운 듯 빙그레 웃으며 본격적으로 이야기를 늘어놓을 태세였다. 당신 말이 맞아. 정확해, 그 사람과 얘기를 나누었다는 건 고무적인 일이야. 그렇다고 벌써 사적인 관계를 맺었다고 생각하는 건 아니지만, 어쨌든 사적인 관계를 위한 첫걸음이 시작된 거지. 무엇보다 헤어질 때 내 등을 두드렸으니까. (등을 두드리는 행동을 세밀하게 정의하기 위해서, 그 밑바닥까지 파헤치기 위해서, 그는 눈을 깜박였다.) 그래, 뭐라고 말해야 할까, 그 사람이 내 등을 두드린 건 친근함, 공감의 표시였어. 말하자면 인간적인 접촉인 거지. 거기다 제법 세게 두드렸거든, 알아? 내가 아예 넘어질 뻔했다니까. 그러니까 이 모든 게 내 미래에 있어서 아주 중요한 일이 될 거야, 그렇지?

— 그래요.

— 있잖아, 여보, 내가 진심으로 할 말이 있어. (그는 말을 꺼내기 위해 파이프에 불을 붙였다. 극적인 긴장을 자아내고, 무엇보다도 스스로 중요한 인물이 된 기분으로 설득력 있게 말하고 싶었

다.) 여보, 당신한테 꽤 중요한 얘기를 해야 해. ("꽤"라고 한 것은
극단적인 표현을 사용하지 않는 강한 남자처럼 보이기 위해서였
다.) 그래, 간밤에 난 잠을 잘 못 잤어, 침대에 누워서 계속 같은 생
각을 되씹느라고 말이야. 당신한테는 이따 밤에 얘기하려고 했는
데, 자꾸 신경이 쓰여서 아예 지금 하는 게 나을 것 같아. 그래, 내
생각은 말이야, 이번 주 금요일부터 한달 동안 아빠와 엄마가 없을
테니까, 그때를 이용해야 할 것 같아. 그때 제대로 사교 생활을 시
작해야 해. 지금까지처럼 되는대로 아무렇게나 하는 게 아니라, 심
사숙고하고 제대로 계획을 짜서, 저녁식사 자리와 칵테일파티 계
획을 기록해가면서 진짜 철저하게, 계획을 세워 실행해나가야 해.
이 문제에 대해서 당신하고 할 얘기가 많아. 이제 아빠 엄마한테서
벗어나서 내 뜻대로 할 생각이거든. 본격적인 만찬 자리도 생각해
놓은 게 좀 있지만 그건 이따 얘기하도록 해. 일단 이 문제에 있어
서 가장 시급해 보이는 칵테일파티부터 얘기해볼게. 내 생각으로
는 당장 오늘밤이라도 우리가 제대로 된 첫 칵테일파티에 누굴 초
대할지 명단을 짜야 할 것 같아.

　　—뭐 하려요?

　　—아니, 여보. 그가 인내심을 다지며 다시 말을 시작했다. 이제
최소한의 사교 생활을 해야 하는 상황이 됐잖아. 내 동료들은 스무
명, 서른명씩 초대하는 칵테일파티를 연단 말이야. 카나키스는 심
지어 자기 집에 일흔명까지 초대했어, 모두 힘 있고 잘나가는 사람
들로. 우리는 말이지, 결혼한 지 5년째인데 아직까지 계획을 세워
서 제대로 파티를 준비한 적이 없잖아. 우선 그동안 초대받은 칵테
일파티들에 대한 답례로라도 한번 파티를 열어야 해. 우리가 답례
초대를 하지 않으면 사람들이 다 기억해두고 앞으로는 우리를 초

대하지 않으려 할 거야. 벌써 칵테일파티에 초대받는 횟수가 눈에 띄게 줄었잖아. 그건 경계경보라고, 난 걱정이 돼. 살다보면 말이야, 여보, 사람들과의 관계 없이는 아무것도 할 수가 없어, 관계를 맺기 위해서 칵테일파티만큼 편한 건 없고. 호감 가는 사람들을 한번에 많이 초대할 수 있잖아, 또 그 사람들이 답례로 우리를 초대하고, 결국 한번만 수고하면 수많은 다른 기회로 퍼져가며 눈덩이처럼 불어날 거야. 그렇게 되면 다음번 칵테일파티에는 마음에 드는 사람들을 골라서 초대할 수 있어, 잘 골라서 뜻이 잘 맞고 괜찮은 사람들만 초대하는 거지. 그리고 이것도 잊지 마, 초대하는 쪽에서 보자면 본격적인 만찬보다 비용이 훨씬 덜 들지만 거의 같은 효과를 낼 수 있다는 것 말이야. 거의 같다고 하는 건, 그래, 물론 사적인 관계를 맺는 데 저녁식사 자리만큼 좋은 건 없어, 우리도 앞으로는 저녁식사에 사람들을 초대해야 할 거야, 제일 괜찮은 사람들을 골라서 아빠 엄마가 없을 때로 말이야. 조만간 아빠 엄마와 따로 살 생각이기는 하지만, 그전에라도 아빠 엄마 없을 때 한번 해야 해. 일단은 칵테일파티 얘기만 해볼게. 그래, 칵테일파티 건에 대해서 내 생각을 다 말해볼게. 조금 전에 차장과 얘기를 나눈 다음 계획을 조금 손보고 더 키웠는데 말이야, 그러니까 우리의 첫 칵테일파티에 차장을 초대하는 거야. 내 등을 두드린 걸 보면 분명 초대에 응할 거야. 차장이 참석하기만 한다면 사무국뿐 아니라 상주 대표부까지 통틀어 최고 거물들을 불러모을 수 있지! 걱정하지 마, 괜히 재미 삼아서 잔챙이들을 초대하지는 않을 테니까. 그러니까 차장 건에 관해 말하자면, 우선 칵테일파티를 하고, 나중에 저녁식사로 제대로 연회를 여는 거야. 어때, 구미가 당기지? (엄마의 말투가 그대로 튀어나올 정도로 그는 이 문제에 몰두해 있었다.)

─그 사람 별로 호감이 안 가요. 왜 꼭 초대하려고 하죠?

─여보. 아드리앵 됨은 짜증이 이는 것을 감추며 거드름 섞인 다정한 목소리로 말했다. 내가 대답해볼게, 첫째, 거물들은 우리 맘에 들어야만 초대하는 게 아니야, 둘째, 내가 보기에 차장은 아주 호감 가는 좋은 사람이고, 셋째, 당신 말대로 내가 그 사람을 꼭 초대하려고 하는 건 난 판프리스의 부하이고 판프리스는 바로 차장의 부하이기 때문이야. 난 벌써 일곱달째 B급 제일 윗단계에 있는데, 알지, 판프리스는 나를 A급으로 만들기 위한 그 어떤 일도 안할 거야! 그 작자는 겁쟁이니까! 자기가 진급 제안을 했는데 상부에서 탐탁지 않아 하면 불리한 일이 생길지도 모른다고 생각하는 겁쟁이라고. 하지만 내가 차장하고 사이가 좋다는 걸 알게 되면 움직이겠지. 그래, 상황이 좀더 확실해지면 판프리스한테 은근슬쩍 알려줘야지! 하기야 굳이 알려줄 필요도 없겠군, 우리 파티에 와서 차장이 있는 걸 보면 알아서 상황을 파악할 테니까. 그러고 나면 날 A급으로 추천할 용기가 날 거야, 자기 추천을 상부에서 좋게 볼 거고 결국 아무런 위험이 없다는 것을 깨닫게 될 테니까. 아니, 용기가 다 뭐야, 아예 신이 나서 할걸? 서둘러서 아주 적극적으로 날 추천할 거야, 진지하게, 나에 대한 찬사를 늘어놓으면서, 그러면 차장한테 잘 보일 수 있을 테니까! 이제 일이 어떻게 돌아가는지 알겠지?

─당신이 그 사람하고 얘기하는 걸 보고 상사가 기분 나빠 했다고 조금 전에 당신 입으로 말했잖아요.

─내 말 좀 들어봐, 여보, 당신은 지금 상황을 몰라서 그래. 그가 너그럽게 말했다. 난 이런 일을 잘 알아, 속속들이 알지. 그래, 기분 나빴겠지, 물론이야, 내가 싫겠지, 맞는 말이야. 하지만 말이야, 내 말 잘 들어, 그렇다 해도 결국은 나한테 추파를 던질 수밖에 없

어. 그리고 우리 사이가 확실하다는 것을 알게 되면, 그러니까 차장이 우리 집에 오고, 차장이 우리와 함께 식사를 한다는 걸 알게 되면, 나한테 납작 엎드리게 돼 있어! 차장하고 아주 제대로 시작했으니까 쇠뿔도 단김에 빼야지, 영광스럽게도 차장께서 나한테 호감을 보였으니 이때 담금질을 해야 한다고! 그래, 영광이지, 대놓고 그렇게 말할 수 있어! 하지만 그러자면 그 사람이 나를 좀더 알게 해야 해. 칵테일파티에 초대하면 관계가 시작될 테고, 함께 얘기를 나누게 되고, 그러다보면 그 사람이 내 가치를 알게 될 거야. 알겠지, 직속상관들과 사적인 관계를 갖는다는 건 성공을 위한 알파요 오메가야. 그런데 그 진짜 사적인 관계라는 건 오로지 집에서만 시작될 수 있어, 집에 초대를 해서 동등한 상황으로 만나야 한다고. 그러니까 당연히 그 사람을 우리 집에 초대해야 해. 당신도 알잖아, 그 사람이 내 등을 세게 두드렸다니까. 아예 곧바로 저녁식사 초대부터 하고 싶지만 그건 조금 지나치고 조금 무모할 수 있어. 칵테일파티가 징검다리, 다음번에 저녁식사 초대를 하기 위한 준비 단계가 될 수 있지. 칵테일파티를 성대하게 열 거야. 문구를 새겨넣은 초대장을 준비해야지. 필요할 땐 돈을 쓸 줄 알아야 해. 우측 하단에 '답신 요망' 문구를 넣어서, 그래, 제대로 격식을 갖추는 거야. 그리고 한번 더 말하지만, 내가 꼭 차장을 초대하려는 건 무엇보다도 그 사람이 좋은 사람이라고 생각하기 때문이야, 알수록 좋은 사람이라니까. 물론 그 사람이 내 승진을 위해 도움을 준다면 더 좋은 일이겠지만, 그게 제일 중요한 이유는 아니야. 그 사람이 마음에 들지 않았다면 난 절대 아무것도 안했을 거야, 초대할 생각은 안했을 거라고. 하지만 그 사람이 굉장히 가깝게 느껴져, 알아? 그리고 내 생각을 다 말하자면, 드브루께르 말고는 A급에 올라간 벨기에인이 하나도 없다는 게 정말 속상해. 벨기에는 그런 대접을 받을 나라가 아니잖아. 그토록 고통을 받은 나라한테는 좀더 많은 걸 해줘야지. 제1차대전 때 중립국이면서도 침공당했잖아, 1839년 조약에서 분명 중립국으로 보장받았는데! 루뱅시市가 파괴됐고! 독일 점령하에서도 지독한 시련을 겪었지! 어쨌든 칵테일파티 건은 내가 다 알아서 할게, 흰색 제복을 입은 집사를 쓰는 문제, 음료, 샌드위치, 까나뻬, 전부 말이야. 당신은 그냥 눈부시게 차려입고 나와서 모든 사람에게, 차장을 포함한 모두에게 상냥하게 대해주기만 하면 돼.

그는 말을 멈추고 이마를 닦았고, 눈앞에 펼쳐진 광경을 향해 미소를 지었다. 그렇고말고, 품격 있는 칵테일파티를 열 거야! 곧 4차 총회에 참석하러 오는 벨기에 대사까지 초대할 수 있으면 끝내줄 텐데. 그래, 드브루께르한테 소개해달래서 벨기에 대사까지 초대해야겠어. 비책이 있잖아, 대사한테 차장이 오기로 했다고 말하면 돼, 그러면 대사는 분명 초대를 받아들일 테고, 그런 다음에 대사가 올 거라고 넌지시 비쳐서 차장이 오게 만드는 거지! 그날 오십여대의 자동차가 집 앞에 늘어서겠군! 얼마나 멋진 광경일지! 이웃 사람들이 놀라 자빠질걸!

그는 흐뭇해져서 토끼처럼 설탕 조각을 깨물었다. 차장과 함께, 씨가를 피우며, 둘이 같이 마티니 혹은 뽀르뚜 플립[35]을 손에 들고, 동등한 입장에서 농담을 주고받으며 열띤 대화를 나누다니, 손님들이 도착하기 전에 위스키 원액을 반잔 정도 마셔서 마음을 진정시키고 용기를 내야겠군. 그래, 칵테일파티에서 바로 승진 얘기를

35 포트와인(브랜디를 섞은 뽀르뚜갈산 포도주)에 설탕과 달걀노른자를 넣은 칵테일.

100

꺼내선 안돼, 흑심을 가지고 초대했다고 생각할 테니까. 인내심이 필요해. 원래 거물들은 승진 얘기가 나오면 쉽게 짜증을 내거든. 완전히 친한 사이가 되기 전에는 내 직급이 B급 제일 윗단계에 머물러 있다는 얘기를 절대 꺼내서는 안돼.

그래, 이제부터 본격적인 사교 생활을 시작하는 거야! 지인 모두에게 연하장을 보내고! 부서 사람들 밑으로는 신경 쓸 것 없어! A급과 그 위로는 비싼 연하장을 보내고! 직접 인사말도 써넣어서! 그러면 돌아오는 게 있겠지! 당연한 거야, 그렇게 인맥을 쌓는 거지! 인간은 누구와 관계를 맺고 있느냐에 따라서 그 가치가 드러나는 법이라고! 아니 정확히 말하면, 인간은 바로 그 관계 자체라 할 수 있지! 시간이 없어, 별장을 빌리고, 요리사, 그리고 고급 웨이터도 찾아야 해! 매일 점심과 저녁 식사 자리에 잘나가는 사람들을 초대하는 것이야말로 성공의 비결이야! 웨이터가 흰 장갑을 끼고 음식을 내와야 해! 돈이 들겠지만 그렇게 쓴 건 다 보답을 받는 법이지! 요리를 최고급으로 하면 그 역시 보답을 받게 되어 있고! 아드리앵 됨네 파티는 음식이 훌륭하죠! 사이의 벽을 없애서 응접실을 확 넓히면 최고로 폼 날 텐데! 응접실 한가운데 그랜드피아노를 놓고! 그리고 일주일에 한번 브리지 게임을 한다면! 브리지는 새로 관계를 맺는 데뿐 아니라 시작된 관계를 유지하는 데도 좋거든! 그리고 손님방 하나를 아주 화려하게 꾸며야지! 총회가 있을 때마다, 이사회가 있을 때마다, 영향력이 제일 큰 벨기에 대표를 우리 집에 묵게 하는 거야! 호텔보다 더 안락하답니다, 공사님! 그리고 저녁에 식사를 마친 다음 정원을 산책하면서, 온화하면서도 처량한 목소리로, 달빛 아래서, 갑자기 고백을 하는 거지. 아십니까, 어느날부터 전 계속 B급 제일 윗단계에 머물러 있답니다. 그런 다음 그냥 한숨을 한번 쉬어줄 것, 다른 말은 하지 않고. 그렇게, 벨기에 대표단의 최고 인사와 차장이 힘을 합치면 하급 직원 아드리앵이 갑자기 자문관으로, 아니 국장으로 승진하는 일쯤이야!

그때 급사 일을 하는 여자가 차 쟁반을 내가기 위해서 들어오자, 그는 추파를 던지듯 여자의 파마머리에 대해 짓궂은 농담을 건넸다. 그런 다음 아내에게 미안하지만 잠시만 나갔다 오겠다고 말하고는 방을 나섰다. 칵테일파티를 열고, 뒤이어 계속 초대를 하고, 벨기에 대표들이 자기 집의 손님방에서 묵어가는 상상에 한껏 들뜬 상태였다. 복도에서 그는 걸음을 재촉했다. 마음 같아서는 힘껏 달려가고, 소리 지르고, 자기 손에 키스를 퍼붓고 싶었다. 저절로 튀어나오려는 목소리를 누르면서, 참기 힘든 기쁨을 간신히 제어하면서, 그는 자기 자신이 사랑스러워 미칠 것만 같았다. 오 나의 아드리앵, 오 나의 보물, 난 진정 그대를 사랑하노라. 그가 중얼거렸다.

—등을 두드렸다고, 등을 두드렸다니까! 그는 아무도 없는 화장실로 들어서서 소리를 질렀다. 승리자 아드리앵 됨! 그는 계속 물이 흐르도록 되어 있는 소변기 앞에 서서 목 놓아 외쳤다.

그는 아내 곁으로 돌아와 심각한 표정으로 다시 자리에 앉았고, 목 뒤로 손을 포개고 발은 책상 모서리에 걸치고는, 사무차장처럼 무표정한 얼굴로, 판프리스처럼 의자를 돌렸다. 하지만 다시 한번 베베가 들이닥칠지도 모른다는 생각이 들자 후다닥 발을 내리고 의자를 똑바로 세웠다. 발을 마음대로 움직이지 못하게 된 데 대한 보상으로 그는 다시금 목에 힘을 주고 이딸리아의 독재자처럼 아랫입술과 턱을 내밀었다.

—그래, 생각해봤더니 여보, 굳이 칵테일파티를 거치지 않고

바로 저녁식사나 점심식사에 초대하는 것도 괜찮을 것 같아, 내 등을 두드렸잖아, 안 그래? 칵테일파티보다는 그게 나을 것도 같아. 이왕이면 저녁식사가 좋겠지, 식사 후에 이야기를 나눌 시간이 많으니까. 카나키스처럼 우리도 식사 때 촛불을 밝히면 좋겠어, 품격 있잖아. 그런데 우리 집에 식사에 필요한 물품이 다 있는지 확인해봐야 해, 접시, 나이프, 포크, 여러 크기의 잔, 테이블보, 냅킨, 이하 등등. 모든 게 완벽해야 해, 그 사람은 최고급품에 익숙할 테니까, 안 그래? (그는 검지를 콧구멍에 넣고 싶은 것을 참고 콧구멍을 가볍게 문지르는 것으로 대신했다.) 사실 말이야, 그 히틀러라는 작자, 아주 난폭한 인간이야. 그래, 불쌍한 이스라엘 사람들한테 너무 심하게 굴어. 남들과 똑같은 사람들인데, 장점도 있고 단점도 있고 말이야. 거기다 아인슈타인을 봐, 정말 천재잖아! 그래, 다시 테이블 문제로 돌아와서, 차장을 저녁이든 점심이든 초대한다고 치면 테이블보를 결정해야 해. 어쩌면 테이블보를 안 까는 게 나을지도 모르고, 요즘 보면 만찬 때 테이블보를 잘 안 까는 것 같더라고. 당신이야 카나키스네 집에는 늘 테이블보가 깔려 있었다고 말할지도 모르지만, 내가 『예술과 장식』에서 힌트를 얻은 바에 따르면 말이야, 그래 아주 멋진 잡지이지, 내가 정기간행물실에 구독 신청을 했어, 값비싼 목재 테이블이 놓인 초호화 응접실 사진들이 나오는데, 테이블보 없이 그냥 접시마다 깔개를 받친 모습이 너무 멋지더라구. 뭐 시간을 좀 두고 생각해보자구.

전화벨이 울리는 바람에 깜짝 놀란 그가 턱을 덜 위압적인 위치로 되돌렸다. 그는 기진맥진한 사람처럼 한숨을 내쉬었고, 이곳에서는 잠시도 편안히 있을 수가 없다고 말하면서 수화기를 들었다.

──됨입니다. 네, 국장님, 물론입니다, 가지고 있죠, 즉시 가져가

겠습니다. (그가 일어서서 웃옷의 단추를 채웠다.) 베베야, 이 작자는 아주 성가셔서, 제3차 위통 상임위의 속기록을 찾는군. 내가 뭐 우리 국의 문서를 다 갖고 있는 것도 아니고, 슬슬 열받게 하네. (그는 단호하게 웃옷의 단추를 풀고 다시 자리에 앉았다. 베베를 이삼십 분 기다리게 한다고 해서 크게 문제 될 것도 없고, 그러면 아리안은 자기가 전화를 받자마자 달려가는 노예가 아니라는 것을 알게 될 것이다. 베베한테는 오래된 속기록을 찾느라 시간이 좀 걸렸다고 설명할 것이다. 사실 다 상관없다, 차장이 자기 등을 두드리지 않았는가.) 자, 높고 힘 있는 우리 부인, 차장 나리를 위해 촛불 밝힌 저녁 만찬 자리를 마련하는 것에 대해 어떻게 생각하시는지요? 그가 다시 물었다.

─할 얘기가 있어요. 모든 것을 털어놓기로 결심한 그녀가 남편에게 말했다.

─잠깐만, 여보, 말을 끊어서 미안해. 잠깐만 뭣 좀 생각하고. (베베는 기다리는 걸 좋아하지 않고 조금 전 말투도 평소보다 퉁명스러웠다. 게다가 속기록을 찾느라 시간이 걸렸다고 하면 좋지 않은 인상을 줄 수 있다. 서류를 어디다 넣어두었는지도 모르는 칠칠치 못한 직원이 될 테니까. 그는 자리에서 일어나 서류함을 열어 서류 하나를 꺼내고는 웃옷의 단추를 채웠다.) 잠깐만, 여보, 생각해보니까 지금 다녀오는 게 좋을 것 같아. 물론 보통 때는 일부러 골려주느라 베베를 기다리게 하기도 하지만, 지금은, 당신하고 좀 편안히 얘기를 나누려면 빨리 이 일을 처리하는 편이 나을 것 같아. 금방 갔다 올게. 아주 귀찮은 작자야! 그래, 조금 있다 다시 얘기해, 알았지? 그는 빙그레 웃으면서, 자기가 사실상 항복했음을 숨기기 위해 느릿느릿 문 쪽으로 걸어갔다.

복도로 나온 그는 다가오는 재앙을 느끼며 그곳을 향해 달려갔다. 판프리스의 목소리가 좋지 않았다. 아드리앵 됨은 직속상관의 사무실 문 앞에서 미소를 준비했고, 살짝 문을 두드린 다음 조심스레 문을 열었다.

6

그는 경쾌한 표정으로 휘파람을 불면서 들어섰다. 자리에 앉은 뒤 책상을 손가락으로 두드렸고, 서류철 세개를 덮고 나서 아내를 향해 미소를 지었다.

─무슨 일 있어요?

─아니 전혀. 그가 순진한 표정으로 대답했다. 그러고는 잠시 말이 없다가 다시 입을 열었다. 다 괜찮아. 그냥 속이 좀 쓰리네. 그는 자리에서 일어서더니 오른쪽 옆구리로 손을 가져다 댔고, 다시 미소를 지었다.

─빨리 말해봐요. 국장이 뭐래요?

그는 안락의자에 풀썩 주저앉더니, 조난한 사람 같은 눈길로 아내를 바라보았다.

─호통을 쳤어, 영국 건 견해서 때문에. 내 의견을 아직 작성 안 했거든. 그자는 말이야, 아무리 끊임없이 다른 일이 생겨도 상관

없이 내가 다 해낼 수 있다고 생각하나봐. (그는 말을 멈추고 아내가 무언가 물어오기를 기다렸다. 아내가 말이 없자 다시 말을 이었다.) 그래, 이제 나에 대한 연례 보고서에 일을 안 끝내고 미적거렸다고 기록하겠지, 그래, 분명히 미적거렸다고 쓸 거야. 그렇게 되면 내년 봉급 인상은 날아갈 거고, 사무총장한테 경고를 받거나 어쩌면 징계를 받겠지. 그래, 내 처지가 그래. (모든 것을 내려놓은 듯 절망을 실은 그의 손가락들이 마치 음계를 연습하듯 책상 위에서 이리저리 움직였다.) 당연히 진급 가능성은 날아갈 거야, 징계 사항이 기록될 테니까. 그 보고서가 평생을 따라다닐 거고. 네소스의 옷³⁶ 같은 거지. 정말 난 최선을 다했는데 말이야, 내일 아침 출근하는 대로 작성해서 가져오겠다고 했어. 그랬더니 너무 늦었다더군, 카메룬 수령 통지 건 얘기도 꺼냈고. 냉혹한 작자, 그래 냉혹했어. 그러니까 결국 재앙이 닥친 거지, 그렇게 된 거야. (다시 그는 연주하듯 손가락들을 움직이며 운명을 비극적으로 받아들였다.) 당신한테 아무 말도 안하고 그냥 혼자 감당하려고 했는데. (그는 말없이 처량한 얼굴로 연필깎이의 손잡이를 돌렸다.) 오, 그자가 앙갚음을 하는 거야, 내가 차장하고 이야기를 나누는 걸 보고 이러는 게 분명해, 복도 모퉁이에서 마주쳤거든. 질투야, 내가 얘기했잖아. 바로 공격하는군. (그는 무언가 힘이 되는 말을 해주길 기대하며 아내를 바라보았다.) 연례 보고서에 그런 기록이 남는 건 유형流刑

---

36 네소스는 그리스신화에 나오는 켄타우로스로, 헤라클레스의 아내 데이아네이라를 범하려다가 헤라클레스의 독화살에 맞고, 죽기 직전 자신의 겉옷을 데이아네이라에게 주면서 옷에 묻은 피가 헤라클레스의 사랑이 변하지 않게 해줄 거라고 거짓말을 한다. 훗날 데이아네이라는 다른 여자를 데려온 남편에게 사랑의 묘약이라 믿고 네소스의 피가 묻은 옷을 보내고, 헤라클레스는 그 독으로 괴로워하다가 불에 뛰어든다.

이나 마찬가지야, 말만 살려두는 거지 사실상 죽이는 거라고. B급 종신형. 그래, 난 이제 다 끝났어, 경력이고 뭐고 다 끝장난 거야. 그는 의연한 미소를 지었다.

—쓸데없는 생각이에요, 그렇게 심각한 상황은 아니잖아요. 남편이 위로의 말을 듣기 위해 일부러 심각한 상황으로 과장하고 있음을 느낀 그녀가 말했다.

—어째서 그렇지? 설명해봐. 남편의 표정은 간절하기까지 했다.

—내일까지 밀린 일을 다 마무리해요, 그러면 당신 상사도 화가 풀릴 거예요.

—그럴까? 정말 그럴까?

—당연하죠. 오늘 저녁에 집에서 마무리해요.

—200페이지나 되는데. 그가 한숨을 쉬었고, 근심 가득한 초등학생 같은 얼굴로 몇번 고개를 저었다. 밤을 새워야 할걸? 알아?

—커피 진하게 타줄게요, 당신이 원한다면 같이 있어주고요.

—정말 그렇게 하면 문제가 해결되겠지?

—물론이에요. 더구나 당신은 이제 보호해줄 사람도 있잖아요.

—사무차장 말하는 거야? (그는 아내가 지금 언급하는 사람이 사무차장이라는 걸 잘 알고 있었지만, 그래도 꼭 확인하고 싶었다. 이 명망 있는 직위의 이름을 줄이지 않고 다 발음해보는 게 좋았고, 그렇게 위엄 가득한 음절을 소리 내면서 자기를 지켜주는 후견인의 그림자를 환기해보고 싶었다. 말하자면 일종의 마법이었다.) 사무차장? 그는 희미하게 미소를 지으며 안락의자를 앞으로 당기고는 아내의 치마 위에 손을 얹으면서 되물었다.

—그래요, 당신이 조금 전에 말한 대로라면 그 사람이 당신한테 아주 친절하다면서요.

―사무차장, 그렇지. 그는 다시 미소를 지었고, 기계적으로 파이프를 집어 불이 꺼진 대통에 코를 대고 냄새를 맡은 뒤 다시 책상에 내려놓았다. 맞아, 아주 친절했어.

　―당신한테 어느 부서에서 일하느냐고 물었다고 하지 않았어요?

　―아주 상냥하게 물었지, 맞아, 여보, 내가 어떤 일을 맡고 있는지, 일이 맘에 드는지 알고 싶어 했고, 그래, 관심을 보였어, 더구나 나를 뵘이라고 부르면서 말이야.

　―그런 다음에 당신한테 앉으라고 권했고, 같이 이야기를 나눴고요.

　―동등한 입장에서, 계급의 차이가 조금도 느껴지지 않는 자리였지.

　―당신 등도 두드렸고요.

　―맞아, 내 등을 두드렸지. 그가 환한 얼굴로 빙그레 웃고는 파이프를 비우고 다시 채웠다.

　―세게 쳤죠?

　―아주 세게. 여기, 아직도 어깨 쪽이 벌겋게 되어 있을걸? 보여줄까?

　―아뇨, 그럴 필요 없어요, 당신 말을 믿어요.

　―사무부총장보다 더 중요한 인물이!

　―사무총장보다도 중요하잖아요. 그녀가 옆에서 한술 더 떴다.

　―그렇고말고! 왜냐하면 말이야, 존 경은 골프밖에 모르거든, 골프, 또 골프, 그것 빼고는 그냥 벽난로 위에 얹어놓은 장식품과 같아. 차장이 결정하면 총장은 무조건 아멘! 한다니까. 그러니 그 사람이 내 등을 두드렸다는 게 얼마나 중요한지 알겠지?

——알아요. 그녀가 대답하면서 입술을 깨물었다.

그는 다시 파이프에 불을 붙였고, 차분하고 달콤하게 한모금 빨아들인 다음 일어섰다. 그러더니 한 손은 주머니에 넣고 다른 손은 파이프의 담배통을 든 채로 담배 연기 가득한 작은 사무실을 성큼성큼 걸어다녔다.

——내 말 즘 드러바, 리아느네뜨. 파이프를 입에 물고 말하는 바람에 그의 발음이 판헤일케르컨의 살찐 부인하고 비슷해졌다. 그래 학실해 우리 베베께선 븐명이 암전히 이쓸 꺼야, 지저대긴 해찌만 그래도 믈진 아늘껄, 그니까 걱쩡하지 마, 설사 그자가 보고서에다 내 욕을 써도 난 아무치도 안아, 하나도 겁 안 나, 나쁜 자식, 개들이 아므리 지저대도 전진하는 거야! (그는 다시 자리에 앉아 두 발을 책상에 얹고서 의자를 흔들었고, 여전히 파이프를 입에 물고 침이 고인 채 말했다.) 그리그 말이야, 그 사람 정말 머찌지 아나? 지난번 브라질 파티 때 당신도 바쓸 거야. 야르탄 매럭이 이써, 그치? 사람 말을 듣고 이쓸 때 그 므심한 표정, 경멸이 담긴 대리석 가튼 얼굴, 그러다 또 친즐한 미소를 짓지. 정말 매럭 이써. 그래, 커뇨 배짝 부인도 나하고 또까튼 생각일 테지, 정말이야. 내가 당신한테 페트레스코의 하녀 얘기 핸나?

——아뇨. (그는 불이 꺼진 파이프를 재떨이에 내려놓았다.)

——재미있는데, 당신한테 해주는 걸 잊었군. 페트레스코는 뽕세아르에 있는 백작 부인의 대저택 바로 옆에 살아.

——나도 뽕세아르 알아요. 그곳에 대저택은 없어요.

——그래, 그냥 아주 멋진 집으로 해둬. 그게 중요한 건 아니니까. 페트레스코의 하녀가 백작 부인의 시녀하고 굉장히 친하대, 그래서 페트레스코는 백작 부인 집에서 일어나는 일을 시시콜콜 알고

있고, 그걸 카나키스한테 얘기해준 거야. 카나키스가 다른 사람한 테 얘기하지 말라면서 나한테 얘기해줬고. 그러니까 말이야, 백작 부인이 밤마다 차장을 기다리는 것 같대. (노골적인 뒷소문을 전 하느라 감미롭게 격앙된 그가 은밀하게, 흥분해서, 사악하게, 약간 의 죄의식과 함께, 혀를 말아 내밀었다.) 저녁마다 백작 부인이 진 수성찬을 차려놓고 휘황찬란한 옷을 걸친다지. 그렇게 몇시간이고 그냥 기다린다는 거야. (그는 자기도 모르게 주위를 돌아보며 목 소리를 낮췄다.) 그런데 차장이 안 올 때가 더 많대. 그런데도 백작 부인은 그 사람이 올 것처럼 매일 준비를 하고, 몇시간이고 창가에 서서 그의 롤스로이스가 들어서는지 내다보고, 그는 결국 나타나 지 않는다는 거야. 어때, 알 만하지?

그녀는 일어서서 책장 한쪽에 꽂혀 있는 책들의 제목을 훑어보 며 어색한 억지 하품을 했다.

— 당신도 그 남작 부인 본 적 있어요?

— 백작 부인이야. 그가 고쳐주었다. 백작 부인이 더 높지. 헝가 리의 오랜 귀족 가문이고 수많은 외교관을 배출했어. 당연히 본 적 있지. 총회, 이사회, 위원회, 매번 나타나는데 뭐, 그래, 차장이 있는 곳이면 어디든지 나타나. 그리고 뚫어져라, 마치 잡아먹을 것처럼 그 사람을 쳐다보고 있지. 어쩌면 지금도 1층 로비에 와 있을지 몰 라, 그 아버지가 워낙 쟁쟁한 사람이니까, 어차피 백작 부인도 중요 한 거물들을 모두 알고 지내기도 하고. 그런데 여보, 그런 걸 왜 묻 는데?

— 그냥요. 그런 관계가 불쾌해요, 그뿐이에요.

— 뭐 어때, 남자는 독신이고 여자는 과부인데, 둘 다 자유롭잖아.

— 그럼 결혼하면 되겠네요.

──아주 잘나가는 사람들은 그런 관계를 갖기도 해. 루이 14세하고 맹뜨농 부인만 봐도 그렇잖아.

──그건 귀천상혼[37]이었어요.

──어쨌든, 아리스띠드 브리앙[38]도 내연 관계를 가졌지만 모두가 다 알면서도 그를 존경하는데 뭘.

──난 존경하지 않아요.

그가 눈을 크게 뜨고 안경 너머로 아내를 쳐다보았다. 왜 저렇게 곤두서 있지? 화제를 바꾸는 게 좋겠군.

──그래, 고귀한 혈통의 우리 귀부인께서 나의 이 작은 소굴이 맘에 안 드는 건 아니겠지? 물론 차장 집무실처럼 고블랭의 장식 융단 같은 건 없지만, 그런대로 괜찮으니까, 그렇지? 벨기에에서 공사들 집무실을 한번 보고 나면 여기가 얼마나 멋진지 알 수 있을 텐데. 거기다가 우리는 나름 특권을 누리고 살잖아. 이곳은 말하자면 외교관 스타일이야, 예를 들면 하루 일과가 그렇지. 우리는 보통 오후 업무를 3시 혹은 그보다 더 늦게 시작하거든, 일이 생기면 언제든 저녁 7시 혹은 8시까지 일하기도 하고, 꼐도르세, 포린 오피스 스타일이지. 말하자면 국제노동기구 사무국하고는 전혀 다른 분위기야, 그곳에선 열심히 일할 수밖에 없거든, 그래, 일할 수밖에 없다고 했지만, 사실은 자기들이 좋아서 하는 거야, 여기와 전혀 다른 분위기니까. 그러니까 거긴 조합을 지지하는 사람들, 좌파 쪽 사람들이잖아. 여기는 외교가 이루어지는 곳이고 쾌적한 삶이 있지. 내

---

37 귀족 가문의 남자와 그보다 낮은 신분의 여자 사이에서 아내가 남편의 신분을 따르지 않고 태어난 자녀 역시 아버지의 지위와 재산을 승계하지 않는다는 조건으로 행해지는 혼인.

38 Aristide Briand(1862~1932). 프랑스의 정치가로 국제연맹에서 주도적 역할을 했다.

가 일 안하는 날이 얼마나 되는지 당신한테 한번 계산해줄 테니 잘 들어봐. (이미 그는 기쁨을 주체하지 못하는 얼굴로 샤프펜슬과 메모지철을 찾아 들었고, 혀를 내밀어 위아래 입술을 훑었다.) 우선 인사 규정 제31조에 의해서 누구든 한달에 하루는 의료 증명서 없이 월차를 쓸 수 있어. 당연히 나도 그렇게 하고 있고. (그가 기록했다.) 그렇게 해서, 1년에 12일 추가 휴일!

(설명이 필요하다. 이 제31조는 원래 여성들의 생리휴가를 위해서 만들어졌는데, 처음 조항을 작성한 이가 워낙 점잖은 사람이라 차마 구체적으로 쓰지 못했다. 그 결과 남자 직원들도 한달에 한번 의료 증명서를 제출하지 않고 몸이 불편할 권리를 얻은 것이다.)

——그렇게 해서, 1년에 12일 추가 휴일! 아드리앵 됨이 다시 한번 말했다. 당신도 동의하지? (멋진 금제 샤프펜슬로 그는 정성스럽게, 편안함과 안락함에 젖은 흐뭇한 미소를 지으면서, 숫자 12를 썼다.) 그다음, 요령껏 의료 증명서를 제출하면 1년에 두번 특별 휴가를 떠날 수 있지. 그냥 과로라고 하면 돼. 참, 말이 나왔으니 말인데, 지난번 내가 낸 증명서도 내용이 나쁘지 않았어. 반응성 우울증이라, 아주 잘 골랐어, 안 그래? 이건 지나치게 많이 쓰면 안되니까 한번에 딱 보름씩 두번만 병가를 내야 해. 그렇게 해서, 30일 추가 휴일! 30하고 12를 더하면 42, 그렇지, 맞지? 그렇게 해서, 42일! (숫자를 써넣으면서 그는 진심에서 우러나오는 탄성을 질렀다.) 거기다 또 1년에 한번 평일로만 36일 휴가를 쓸 수 있어, 정상적인 휴가, 그래, 정직한 휴가지, 인사 규정 제43조. 그리고 헷갈리면 안돼, 이건 근무를 하는 평일로만 세는 거야! 그가 흥분에 들떠서 큰소리로 말했다. 그래서 실제로는 휴가가 36일보다 더 많아지지! 일주일에 일하는 건 닷새하고 반나절이니까! 결국, 1년에 36일 평일

휴가이지만 실제로는 45일 동안 놀아도 돼! 아까 추가 휴일 계산한 게 42일이었으니까, 거기다 45일의 정직한 휴가를 더하면, 그렇게 해서, 87일! 맞지, 그렇지? (상냥하게) 여보, 당신도 같이 계산 좀 해 줄래? (그는 아내에게 종이와 연필을 건넸다. 그는 너무도 상냥했다.) 그러니까 87일이 휴무야! 그리고 또 있어. 그는 약간 죄책감을 느끼면서도 익살스러운 짓을 멈추지 않는 어린애처럼 나지막하게 속삭였다. 쉰두번의 토요일 오전이 있잖아, 원칙적으로는 근무시간이지만 실제로는 아드리앵 됨 씨께서 무위도식을 즐기는 시간이지! (희열에 빠진 나머지 그는 위엄과 남성성의 무게를 깜박 잊고, 콧구멍을 긁어내는 듯한 멍청하고 기계적인 웃음을 미친 듯이 쏟아냈다.) 뭐 합법적인 거니까, 안 그래? 한두시간 동안 제대로 무슨 일을 할 수는 없잖아. 기껏해야 두시간 일하려고 꼴로니에서 연맹 본부까지 올 필요도 없고, 출근해봤자 어차피 정오면 다 퇴근할 건데! 안 그래? 거기다 베베도 토요일에는 절대 출근을 안한다고, 금요일 저녁이면 벌써 비행기를 타고 날아가서 헤이그와 암스테르담의 거물들한테 공을 들여야 하니까. 아첨을 떠는 거지, 뭐. 나라고 왜 못 놀겠어? 그러니까 쉰두번의 토요일 아침은 사실상, 그래, 사실상 26일짜리 조금 특별한 짧은 휴가나 마찬가지지. 87에다 26을 더하면, 내가 수학에 젬병이 아니라면, 그렇게 해서, 113일이 돼. 당신도 따로 계산을 좀 해서 내가 맞는지 확인해주면 안될까? 그가 아내의 비위를 맞추며 말했다. 좋아, 뭐, 당신 맘대로 해. 그러니까 좀 전에 113까지 한 거 맞지? (그는 혀끝을 말아 내민 채로 숫자를 썼다.) 그렇게 해서, 113! 그가 흥얼거렸다. 그런데 말이야, 그게 끝이 아니야, 쉰두번의 토요일 오후 그리고 쉰두번의 일요일이 있잖아. 정확하게 하자구. 각각 여섯번씩은 정상적인 휴가 계산에 이미 포함했고, 네번씩은 또 병가에 포함했지. 무슨 말인지 이해했어?

— 그래요.

— 그러니까 쉰두번의 일요일에서 10을 빼면 42. 아까 113까지 셌지. 113 더하기 42를 하면 155일간 쉬는 거고, 또 쉰두번의 토요일 오후에서 10을 빼면 42, 그러니까 21일을 추가로 더 쉬는 거야. 155에다 21을 더하면, 그렇게 해서, 176일 동안 빈둥거릴 수 있는 거라고! 왜 외교관 스타일의 삶이라고 하는지 알겠지?

— 그래요.

— 그리고 이제는 공식 휴일을 더해야지! 크리스마스, 성금요일, 이하 등등, 열두번의 공휴일, 제49조! 176 더하기 12, 그렇게 해서, 188일을 쉬는 거야. 이제 다 더한 것 같지?

— 그래요.

— 아니야, 여보! 그가 갑자기 환해진 얼굴로 소리를 지르면서 책상을 두드렸다. 총회 끝난 다음에 특별 휴무도 있잖아. 보통은 이틀이고, 일이 많이 힘들었을 때는 사흘일 때도 있어. 욕심내지 말고, 188에 그냥 2를 더하면 190이네. 어때?

— 그렇게 해서. 그녀가 말했다.

— 뭐라고? 그가 어리둥절해져서 물었다.

— 그렇게 해서.

— 그렇게 해서 뭐?

— 당신이 말하는 그 "그렇게 해서" 말이에요. 당신이 계속 말하는 걸 내가 미리 말한 거예요.

— 아 그래그래. (아내 때문에 그는 정신이 헷갈렸다. 다시 계산을 했다.) 제대로 했군. 그렇게 해서, 190일 동안 뒹굴며 휴식을 누리는 거야! (그는 190이라는 감미로운 글자 주위로 햇살을 그려

넣었다. 그러더니 돌연 악마 같은 미소를 지었다.) 여보, 끝이 아니
야! (책상을 주먹으로 내리치며) 파견을 나가잖아! 그래, 그거야,
파견 근무! 평균적으로 1년이면 보름씩 두번 파견을 나가지, 그중
에 실제로 일하는 건 이틀이고, 그래, 원래 파견 나간 동안에는 힘
들게 일하지 않거든, 마음대로 해도 돼, 감시할 사람이 없으니까,
그냥 마음대로 해, 어차피 파견 임무에서 제일 중요한 건 푸짐하게
차려놓고 이 사람 저 사람 초대하는 거거든. 그러니 두번 파견되는
걸로 치면 실제로 일하는 건 나흘이고, 결국엔, 혹시 내 계산이 틀
리면 말해줘, 26일 동안 편히 쉬면서 이것저것 신나게 즐기는 거야,
앞에 계산해놓은 190일에다 기쁘게도 바로 이 26일을 더해야지!
그렇게 해서, 1년에 216일을 쉬는 거야!

　의기양양하게 고개를 치켜드는 그의 얼굴에 너무도 순수하고
아이 같은 기쁨이 번져나갔고, 그 모습을 보며 연민 비슷한 감정에
사로잡힌 그의 아내는 검지를 남편의 손에 살짝 가져다 댔다. 그는
고마움으로 반짝거리는 눈으로 사랑스러운 아내를 바라보며 속삭
이듯 말했다.

　―잠깐만, 내가 비밀 하나 보여줄게.

　가운데 서랍에서 그는 작은 글씨가 마치 개미떼처럼 가득 채워
진 커다란 모눈종이를 꺼냈다.

　―30년 치 달력이야. 난처한 기색을 완전히 감추지는 못한 채
그가 말을 이어나갔다. 이거 만드느라고 몇주 동안이나 매달려 있
었어. 잘 봐, 세로 칸 기둥 하나가 1년이야. 그러니까 365일짜리 기
둥이 서른개 있는 거지, 물론 윤년은 예외지만. 줄을 쳐놓은 건 내
가 여기서 보낸 날짜들이야. 벌써 5년 넘게 줄이 그어져 있잖아! 여
기까지 오게 되면 아주 좋겠지. 그가 서른번째 기둥의 끝부분을 가

리키며 말했다. 그러니까 아직 25년 조금 안되게 남았어, 구천번 가까이 더 지워야 하는 거지. 있잖아, 난 매일 숫자 하나씩 지워나가. 주말은 조금 문제가 되지. 토요일과 일요일은 언제 지워야 할까? 금요일 오후가 좋을까, 아니면 월요일 아침이 좋을까, 당신 생각은 어때? 난 금요일 오후가 좋아, 당신도 알지, 아까 이유를 말했으니까, 토요일 오전에는 출근을 안하잖아. 간단히 말하자면, 미리 지우느냐 나중에 지우느냐 이건데, 당신 생각은 어때? (그녀는 고개를 흔드는 것으로 모르겠다는 대답을 대신했다.) 그래도 말해봐, 당신 생각은 어때, 금요일 오후야, 월요일 아침이야?

— 월요일. 그녀가 귀찮은 상황을 피하기 위해 대답했다.

그는 안경 너머로 아내에게 고맙다는 눈길을 보냈다.

— 맞아, 나도 월요일이 나을 거라고 생각했어. 그러면 한주를 잘 시작할 수 있으니까. 아침에 도착하자마자, 짠, 토요일과 일요일을 지우는 거지! 이틀을 빼버려, 자, 어서! 그러면 기운이 나지! (그가 한숨을 내쉬었다.) 하지만 금요일 오후 퇴근 전에 지우는 것도 나쁘진 않아. 왜냐하면 말이야, 그러면 신나게 한번에 세개를 지울 수 있잖아, 금요일, 토요일, 일요일! 그렇게 해서 일주일의 일이 다 끝나는 거고! 금요일엔 다른 날보다 조금 일찍 가벼운 마음으로 퇴근을 하는 거지! (그의 입술 위로 깊은 고민의 숨결이 스쳤다.) 생각해보니까, 그래도 월요일에 지우는 게 나은 것 같아, 힘이 나니까, 그리고 당신 생각이 그렇기도 하고, 당신 생각대로 하는 건 나한테도 즐거운 일이거든. (그는 잔잔한 눈길로 아내를 바라보며 빙그레 웃었다. 뭐든 아내와 함께할 수 있다는 건 좋은 일이다.) 잠깐만, 내가 뭐 보여줄게. (그는 색인 카드 서랍을 열더니 카드들 위로 다정한 주인의 손을 가져다 댔다.) 볼래? 전부 내가 맡은 위임통치

지역이야. 봐. 그가 훌륭한 장인의 자부심을 담은 얼굴로 말했다. (그의 손이 관능적인 동작으로 카드들을 훑어나갔다.) 그 건에 관해 말하자면 (그가 얼굴을 찌푸렸다. 뭐 어때, 편지 쓰는 것도 아닌데.) 내 위임통치 지역 원주민들에 관해 말하자면, 여기에, 당신의 하인이 카드로 정리해놨지!

─ 원주민들한테 잘해주나요?

─ 당연히 잘해주지. 걱정할 것 없어, 그 사람들은 우리보다 더 행복하게 살아, 춤추면서, 근심도 없고. 나라도 그렇게 살고 싶은걸.

─ 잘해주는지 당신이 어떻게 알아요?

─ 정부에서 우리한테 정보를 보내니까.

─ 그 정보가 정말로 정확해요?

─ 당연히 정확하지. 공식적인 정보인데.

─ 그런 다음엔요? 그 정보들을 어떻게 해요?

그가 호기심 어린 눈으로 아내를 바라보았다. 무슨 바람이 분 거지?

─ 위임통치 상임위원회에 제출하지. 참, 이게 말이야, 내 작은 기관총이야. 그가 멋진 스테이플러를 보여주면서 말했다. 우리 부서에서 이 모델을 가진 건 나밖에 없어.

─ 그럼 위원회에서는 원주민들에게 도움을 주기 위해 어떤 일을 하죠?

─ 상황을 검토하고, 위임통치를 받는 나라들을 문명화한 공로에 대해서 축하 인사를 보내지.

─ 혹시 원주민들이 제대로 대우를 받지 못하면요?

─ 실제로 그런 일이 일어나는 경우는 없어.

─ 하지만 지드[39]의 책에서 원주민을 학대한다는 얘기를 읽은

적이 있어요.

— 그래, 나도 알아. 그가 시큰둥하게 말했다. 지드가 과장한 거야. 더군다나 그자는 동성애자잖아.

— 어쨌든 제대로 대우하지 못하는 일이 있는 거잖아요. 그러면 위원회에서는 어떻게 하죠?

— 그야 뭐, 희망 사항을 전달하지. 위임통치국을 신뢰한다고, 그런 일이 재발하지 않기를 희망하고, 최근의 상황 전개와 관련해서 권한을 지닌 당국에서 볼 때 위원회에 제공하는 것이 적절하다고 판단되는 정보를 보내준다면 감사하겠다고 말이야. 그래, 언론에서는 가혹 행위, 학대라고 하는데, 사실 그건 꼭 들어맞는 말이 아니야, 그래서 우린 좀더 적합하고 강도를 조절한 용어를 사용하지. "최근의 상황 전개"라고. 이것 봐, 진짜 보스티치[40] 거야. 일분에 마흔번 찍을 수 있다니까!

— 하지만 그렇게 희망 사항을 전달해도 효과가 없으면요? 그 뒤에도 계속 원주민들을 제대로 대우하지 않으면요?

— 아, 그럼 어쩌겠어? 그렇다고 정부를 상대로 싫은 소리를 할 수는 없잖아. 정부들은 굉장히 자존심이 강하거든. 사실 그 정부들이 우리 예산을 충당하고 있기도 하고. 어쨌든 보통은 아무 문제 없이 잘 진행돼. 정부들이 각기 최선을 다하고 있기도 하고. 우리는 위임통치국의 대표단하고 아주 돈독한 관계를 유지하니까. 이게 정말로 일분에 마흔번 찍을 수 있어, 보여줄게. 그가 말했고, 그의 주먹이 스테이플러를 덮쳤다.

---

39 André Gide(1869~1951). 프랑스의 소설가로 콩고강 유역을 돌아본 뒤 『콩고 여행』을 썼다.
40 세계적인 공구 제조 회사.

그는 도취된 듯, 열광적으로, 그리고 기쁨으로 환하게 빛나며, 마치 신들린 듯, 전사처럼 당당하게, 그렇게 스테이플러를 두드렸다. 가차 없이, 전율하듯 몸을 떨면서, 계속 두드렸다. 안경이 흔들리도록, 인정사정없이, 무언가 계시라도 받은 듯, 힘차게 스테이플러를 두드렸다. 그러는 사이 복도에는 그의 동료들, 이런 일에 조예가 깊은 사람들이 달려와서는, 마법에 빠진 듯, 안에서 신들린 사람처럼 땀을 흘리며 스테이플러를 두드리는 소리에 귀를 기울였다.

— 공원 한바퀴 돌고 올게요. 몇분이면 돼요.

그녀가 문을 닫고 나가는 순간 그는 정신이 번쩍 들어 스테이플러를 밀쳐버렸다. 이런 짓은 하지 말았어야 했다. 이건 손을 움직여 하는 일, 그러니까 비서들이 하는 일이다. 또 추가 휴일을 누리는 꼼수도 아내에게 말해주지 말았어야 했다, 말단 직원처럼 보였을 거고 협잡꾼 같았을 거다. 한마디로 말하자면, 그는 신망을 잃었다. 이 모든 게 뭐든지 그녀와 함께하고 싶었기 때문인데. 숨김없이 다 말하고, 함께 열광하고 싶었기 때문인데.

— 난 아리안을 너무 많이 사랑하는 거야.

그는 선서하듯 오른손을 들었다. 앞으로는 절대로 속내를 털어놓지 않고, 허물없이 대하지도 않으리라. 그러자면 어려움이 많겠지만 어쩔 수 없다. 중요한 건 아내의 신망을 잃지 않는 것이니까. 그래, 조금 전에 너무 공무원같이 보였던 인상을 지워버리기 위해서, 오늘밤이나 내일 아내한테 헛것이 보인다고, 게떼가 따라다닌다고 말해보면 어떨까? 이전의 인상을 지워줄 수 있을지도 모른다. 하지만, 그래, 그건 좀 지나치다, 통하지 않을 거다. 그냥 앞으로는 좀 신중하고 과묵하게 행동하고, 날 우러러볼 수 있도록 약간은 거리를 두도록 하자. 이따 그녀가 돌아오면, 소설을 쓰는 계획에 대해 말해보자, 그러면 스테이플러 건을 벌충할 수 있을 것이다. 그리고 넌지시 말해주리라, 자기는 아침 10시 30분에 연맹 본부에 나타나도 아무 상관 없다고, 아무도 뭐라고 할 사람이 없다고, 상급 직원이라고 말이다. 그 역시 벌충하는 데 도움이 될 것이다. 그런 다음, 국제연맹의 직원들이 국제노동기구 사무국 직원들보다 더 많이 번다고, 모두 정시에 출근해서 하루 종일 일만 하는 국제노동기구 사무국 직원들보다 더 많이 번다고 말할 것이다. 비교 불가. 우리는 말이야, 여보, 알겠어? 외교관 스타일이라고.

─이제 일하자, 견해서 쓰기 시작해야지. 뭐야, 이런, 6시 15분, 시간이 벌써 이렇게 됐나.

7

그녀가 들어오자 그는 벌떡 일어나 그녀의 두 뺨에 키스를 했다.
—세상에, 조금 전 나한테 도저히 믿기 어려운 일이 일어났어.
잠깐만, 잠시 숨 좀 쉬고. 퇴근을 안하고 있던 게 얼마나 다행인지
몰라, 내가 퇴근 시간 이후에도 남아 있었던 게 좋은 인상을 주었
을 거야. 전부 당신 덕이야, 다행히 당신이 늦게 왔기 때문이니까,
천만다행이지, 그래. 그는 숨이 턱까지 차오르는 걸 감추느라 한마
디 한마디 천천히 말했다. 정확히 십분 전, 6시 20분에, 그 사람 수
석 비서한테서, 그러니까 결국은 차장한테서 전화가 왔어. 전활 못
받았으면 어쩔 뻔했어! 7시 15분까지 오라는 거야, 수석 비서 방이
아니라 차장 방으로. 19시 15분에. (그는 조끼에 달린 주머니에서
여분의 시계를 꺼냈다가 보지도 않고 다시 집어넣었다.) 당신한테
말해주려고 바로 공원으로 달려갔는데 안 보이더라구. 그래서 다
시 올라왔지. 상관없어. (그는 차분하게 미소를 지어 보이려 애썼

다.) 어때, 내 옷 괜찮아?

— 괜찮아요.

— 먼지 안 묻었어?

— 괜찮아요.

— 재킷에 구김 없지? 뒤쪽은? (그가 등을 돌려 보여주었다.)

— 괜찮아요.

— 어제 깜박 잊고 근무용으로 안 갈아입었거든. 계속 앉아 있으면 옷이 이상해져도 잘 모르잖아. (그때 재킷 소매에 기름때가 보였다. 아, 어떡해! 그가 여자처럼 나지막이 중얼거렸다. 그는 작은 장에서 디태촐[41] 병을 꺼냈다.) 됐어, 얼룩이 없어졌어. 벌써 6시 33분이니까 사십이분 남았네. 그런데 말이야, 여보, 나 혼자서 이 상황을 좀 생각해보면 좋겠어, 당신은 밑에서 기다려주면 안될까, 그러니까 밑에, 그 사람 사무실 앞에 작은 홀이 있거든, 찾기 쉬워, 수위 두명이 앉아 있으니까. 그러면 내가…… (그가 말을 멈췄다. 그러면 차장 방으로 들어가기 전에 그녀를 한번 더 볼 수 있다는 말은 하지 말 것.) 왜냐하면 말이야, 그러면, 그 방에서 무슨 일이 있었는지 당신한테 바로 얘기해줄 수 있잖아. 나도 약간 일찍 내려 갈게. 7시, 늦어도 7시 5분에는 그리로 와, 잠시라도 한번 더 얘기 하고 마지막 점검을 할 수 있게 말이야. (그는 아무 생각 없이 종이 한장을 끼워넣고는 스테이플러를 몇차례 힘없이 두드렸고, 종이를 바라보다가 다시 아내를 바라보았다.) 어때, 당신 생각에는 나를 왜 부른 것 같아?

— 모르겠어요.

---

41 피부의 밴드 자국을 지우고 소독할 때 쓰는 약제.

— 모른다고. 그가 넋이 나간 듯한 얼굴로 중얼거렸다. (잠시 입을 벌린 채로 있다가 담뱃불을 붙인 뒤 연기를 내뿜었고, 용기를 내기 위해 담배를 재떨이에 대고 세게 비벼 껐다.) 그래, 조금 전에 말한 대로, 2층에서 7시 5분에 봐, 아니 7시가 좋겠어, 그래, 혹시라도 우리가 머리를 맞대고 생각을 짜내야 할 일이 생길지도 모르니까, 그럼, 여보, 이따 봐.

아내가 나가자마자 그는 허겁지겁 디태츨 병을 다시 잡았고, 손수건에 액을 묻혀서 소매에 대고 세게 문질렀다. 얼룩이 사라지자 그는 벤젠 냄새를 풍기며 바로 밖으로 달려 나가 칵테일 두잔을 주문해서는 연달아 마셨다. 여기는 칵테일이 시내보다 비싸. 할 수 없지, 시간이 중요하니까. 의무실에 가서 맥시톤[42] 한알만 달라고 할 것. 맥시톤을 먹으면 머리가 잘 돌아갈 거야. 아니야 칵테일하고 같이 먹으면 안 좋을 수도 있어. 확실하지 않을 때는 피할 것, 과욕은 금물.

그는 다시 방으로 돌아와 소매를 살폈다. 이런, 흔적이 희미하게 퍼져 있군. 할 수 없지, 소매 끝을 살짝 감추고 있어야지. 날 부르다니 뭔가 중요한 일이 있는 게 분명해, 그런데 좋은 의미로 중요한 걸까 나쁜 의미로 중요한 걸까? 미스 윌슨한테 전화해서 왜 부른 거냐고 물어볼까? 아니야, 잘 아는 사이도 아니고, 그 여자는 입을 열지 않을 거야. 베베한테 넌지시 물어볼까? 아니야, 조심해야 해. 내가 서류를 제때 작성 안하고 미적거렸다고 그자가 치사하게 고자질하는 바람에 사달이 난 걸 수도 있잖아? 혹시, 영국 건 견해서 때문인가? 공식적으로 경고나 징계를 내리기 전에 차장이 불러

---

42 강심제의 일종.

다 야단치려는 걸까? (그는 인사 규정의 끔찍한 구절을 속으로 되뇌었다.) 해당자에게 징계서 두부가 전달되면 그중 한부에 서명날인 하여 다시 제출한다! 세상에! 그는 벤젠이 다 마르지 않아 축축한 손수건으로 이마를 닦았다.

하지만 잠시 후 칵테일 기운이 돌기 시작하면서 마음이 가라앉았다. 아니다. 내가 안락의자에 앉아 차장하고 담소를 나누는 모습을 봤으면서 베베가 감히 문제 제기를 했을 리 없다. 설사 했다 해도, 차장이 내 등을 두드리지 않았는가! 그것도 아주 세게 두드리는 바람에 넘어질 뻔했다! 제길, 칵테일이 독하군, 어지럽네. 하지만 나쁘진 않았다, 전혀 나쁘지 않았다. 그가 뿌듯해하며 빙그레 웃었다.

—그래, 맞아, 좋은 일로 부른 게 분명해, 이봐, 날 믿으라고, 두고 봐, 내가 장담하는데 분명 다 잘될 거야. 어쨌든 난 지성인이지. 그러니까 행동 계획을 세워야 해, 들어가서 고개 숙여 인사를 하고, 물론 너무 많이 숙이면 안되고, 살짝, 절대 아첨하는 비굴한 웃음이 아니라 그냥 가벼운 웃음을 짓는 거야. 앉으라고 하겠지, 그럼 앉고, 다리를 꼬고, 이야기를 나눠야지. 두고 봐, 다 잘될 거야. 팔레스타인을 위한 유대인 기구[43] 얘기를 꺼내면 흥미를 보일까? 아니야, 불쾌해할 수도 있어, 뭔가 속뜻이 있다고 생각할지도 모르고. 중요한 건 나한테 호감을 갖게 하는 거야, 약간의 유머도 필요하고, 재치 있게 대답해야 하고, 적절한 화제를 찾고, 내가 별 볼 일 없는 사람이 아니라는 걸 보여주려면 라틴어도 인용해야 해. 퀴스, 퀴드,

---

43 1929년 설립된 기구로, 국제연맹에서 유대인의 권익을 대표하여 팔레스타인 정착 계획을 뒷받침했다.

우비, 퀴부스 아욱실리이스, 쿠르, 쿠오모도, 콴도.[44] 그래, 나 자신이 뛰어난 사람임을 유념할 것. 스스로 신뢰하지 못하면 그 누구의 신뢰도 얻을 수 없는 법. 상냥하게, 하지만 어느정도 위엄을 갖춰서, 내가 부서를 이끌 수 있다는 걸 보여줄 것. 제 의견을 말씀드리자면, 차장님, 이 건의 정책은 다음과 같이 요약됩니다.

사무차장이라는 직책 이름은 좀 복잡해, 헷갈리지 않게 조심할 것. 가능한 한 빠르게 말할 것, 그런다 해도 웅얼거리지는 말 것. 6시 55분, 절대 조심해야 할 시간. 모든 능력을 최대한 발휘할 수 있도록 가능한 한 긴장을 풀 것.

—자, 어서!

흰색 도기로 된 소변기 앞에 다리를 벌리고 서서, 알코올 기운에 젖어 흐릿한 눈빛으로 편안한 미소를 지으며, 사무차장님 원주민 종족의 갱생에 관하여 차장님께 이렇게 제 생각을 제시할 수 있는 기회가 주어지다니 기쁘기 그지없습니다, 하고 낭송하듯 큰 소리로 말하면서, 그는 전율과 함께 마음이 편안해지는 것을 느꼈다. 이어 같은 문장을, '생각'이라는 단어만 '개인적 견해'로 바꾸어 다시한번 말해보았다. 그런 다음 그는 자기 복장에 정말 문제가 없는지 두번 확인했다. 심지어 단추가 잘 잠겼는지 확인하기 위해서 모두 풀었다가 하나하나 살펴가며 도로 채웠다. 차장의 방에 들어서기 직전에 다시 불안해져서 당황하지 않기 위해서였다.

—다 채웠어, 완벽하게 채웠어. 그가 중얼거렸다. 점검, 확인, 공식 인증 완료.

방으로 돌아오니 불현듯 공포가 엄습했다. 서둘러 두가지로 나누

---

44 Quis, quid, ubi, quibus auxiliis, cur, quomodo, quando. 라틴어로 '누가, 무엇을, 어디서, 무엇을 가지고, 왜, 어떻게, 언제'를 뜻한다.

어 메모를 해놓을까? a에는 질책을 받을 경우 할 수 있는 대답, b에는 질책이 없을 경우 할 수 있는 얘기. 좋아, 작은 종이에 써서 몰래 가지고 있으면 괜찮지 않을까. 안된다, 7시 3분, 시간이 없다!

─어쨌든 날 파면할 수는 없어, 정규직이니까. 최악의 경우라도, 그러니까 베베가 내 건을 보고했다 해도, 경고 정도 받을 거야. 그렇다면, 문제가 된 일들을 전부 당장 해내야겠지.

그는 열에 들뜬 상태로 정신없이 머리를 빗고 양치질을 했다. 이어 화장수를 얼굴에 발랐고, 주머니의 장식 손수건을 뽑았다가 집어넣었다가 다시 꺼냈고, 그런 다음 창유리에 자기 모습을 비춰 보았다. 마침내 방을 나설 때 그의 입술은 환자처럼 희미한 미소를 띠고 있었고, 다리는 후들거렸다. 몸에서는 벤젠 냄새가 났고, 그는 너무 정신이 없어서 어떻게 인사를 해야 할지도 미처 생각하지 못했다. 누군가를 만나면 그 사람의 직위에 따라서 미소를 짓든지 아니면 고개를 숙이든지 하며 인사해야 한다는 것, 세상 모든 사람하고 잘 지내야 한다는 것, 예의 바른 행동을 하면 별로 힘들이지 않고도 많은 이득을 볼 수 있다는 것이 그의 삶의 규칙이었음에도 말이다.

8

2층에 도착해서 심호흡을 하던 그는 앉아 있는 아내를 보았다. 7시 14분, 갈게. 그가 아내를 지나치면서 말했다. 그러고는 안락의 자에 파묻혀 신나게 탐정소설을 읽고 있는 수위장에게 다가갔다. "약속하셨습니까?" 쏠니에가 친절하면서도 경계심 섞인 목소리로 물었다. 그렇다는 대답을 듣더니, 약속하고 오는 사람들을 좋아하는 쏠니에는 상대에게 빙그레 웃어 보였다. 아드리앵은 다시 아내가 있는 쪽으로 왔고, 그사이 쏠니에는 상냥한 사제처럼 권위와 신망의 아우라를 내비치면서 자리에서 일어나 비서실장에게 가서 됨 씨가 왔다고 알렸다. 아드리앵이 계속 단추를 채웠다 끌렀다 하는 것을 그만두게 하려고 아내가 그의 손을 잡았다. 그는 알아차리지도 못했다.

— 당신 직감은 어때? 그가 물었다.

아내는 모르겠다고 했고, 아드리앵의 귀에는 그 대답마저도 들리지 않았다. 7시 17분. 그 순간, 자기가 토요일 오전에 출근하지 않는다는 것을 차장이 알았을지도 모른다는 생각이 뇌리를 스쳤다. 그는 겁에 질려 아내 곁의 남아프리카연방에서 보내온, 가죽끈을 엮어 만든 안락의자에 주저앉았다. 무릎을 덜덜 떨면서 자기가 하마 가죽 위에 앉아 있다고, 하마 가죽, 하마 가죽 하며 들릴락 말락 하게 중얼거렸다. 거기다 또 발뀌르로 병가를 간 일도 있지 않은가! 몬떼까를로에서 룰렛 게임을 하는 것을 누가 보고 고자질했을 수도 있다!

7시 19분. 수위가 다가오자 그는 자리에서 일어섰고, 자기보다 하급자이지만 매일 차장을 만나고 주인의 햇살을 받는 수위 앞에서 공손해지며 눈을 깜박였다. 그가 아리안에게 말했다. "그래, 그럼, 이제 갈게. 기다릴 거지? 응?" 그는 차장과 이야기를 나눈 뒤 경우에 따라서 자기를 위로해줄 사람 혹은 우러러봐줄 사람이 꼭 곁에 있기를 바랐다.

하지만 쏠니에는 사무차장님께서 아직 영국 대사를 접견 중이시니 조금 더 기다려달라고, 어차피 사무총장님을 뵈러 가셔야 하기 때문에 오래 걸리지는 않을 거라고 했다. 거물들의 이름이 줄줄이 나오자 아드리앵 뒴은 겸손한 자세로 미소를 지어 보였고, 이어 그의 귀에는 쏠니에가 떠들어대는 목소리가 안개 너머에서 날아오는 듯 아련하게 들렸다. 쏠니에는 오늘 날씨가 기막히게 좋다고, 자기는 꼬르시에에 작은 시골집을 사서 행복하다고 말했다. 아, 자연이죠, 진정한 것은 자연뿐이에요, 맑은 공기는 건강에 필수죠, 소음도 없고 조용하잖아요. 수위는 차장실 담당관이 될지도 모를 젊은 이에게 상냥하게 대했다. 장래에 자기편이 되어줄 사람, 그리고 어쩌면 보호자가 되어줄 사람 앞에서 친한 척하며 늘어놓는 허황한 말들을 아드리앵은 이해할 수 없었지만 그냥 들어주었다.

몇분 뒤 둔탁한 벨 소리가 울리자 수위는 헌신적으로 전율하며 차장 집무실로 달려갔다. 곧바로 다시 모습을 나타낸 그는 성궤聖櫃의 문이 닫히지 않도록 붙잡고 있었다. 그러고는 온화하게, 하지만 무게 있게 "됨 씨" 하고 불렀다. 그의 얼굴에 번지는 성직자 같기도 하고 공범자 같기도 한 미소는 이렇게 말하는 것 같았다. "우리 둘은 마음이 잘 맞죠. 제가 전부터 됨 씨를 좋아했다는 것 아시죠?" 그는 오른손으로 문손잡이를 잡고 살짝 몸을 숙인 채 왼손으로 단호하게 원을 그렸는데, 그 동작은 자기가 이 훌륭한 젊은이를 안으로 들여보내는 일을 하게 되어 기쁘다고, 심지어 들어가게 도와줄 수 있는 것이 큰 기쁨이라고 말하는 것 같았다.

벌떡 일어선 아드리앵 됨은 요의를 느꼈다. 제길! 또 가고 싶다니! 할 수 없지, 참을 것. 그는 마지막으로 한번 더 웃옷 단추를 채웠다. 스스로 깨닫지는 못했지만 단추를 채우는 데는 여러가지 이유가 있었다. 그러면 자신이 사교계에 어울리는 사람이 되었다는 확신이 들기 때문이고, 양복점에서 입어볼 때마다 단추를 채우는 편이 허리선이 더 잘 살아나고 더 매력적으로 보이는 것 같았기 때문이고, 단추를 채운 웃옷이 최후의 보호막을 형성해주기 때문이고, 싸울 때 옷이 너덜대는 사람은 지고 있는 것이기 때문이고, 여섯살 때 이웃집 여자애하고 '더러운 짓'을 하다가 들키는 바람에 이모에게 호되게 야단을 맞았기 때문이고, 이 엄숙한 순간에 마지막 복장 점검을 할 엄두가 나지 않았기에 혹시라도 안에 입은 옷차림이 단정치 못한 상황이라면 단추를 채운 웃옷이 추문을 가려줄 것이기 때문이었다.

자기를 기다리는 운명을 향해 걸어가는 동안 그는 무의식적으로 넥타이의 매듭을 조이면서 매무새를 가다듬었다. 아내의 존재도 눈에 들어오지 않았고, 겁에 질려 정신이 멍했다. 그의 입술 위로 처녀 같은 미소가 번졌고 얼굴에는 창백한 죽음의 기운이 어렸다. 물론 그가 원한 것은 그런 얼굴이 아니었다. 죽을 것 같은 불안 속에서도 재치 넘치면서도 근엄한, 섬세하면서도 활력 있는, 교양 있으면서도 단호한, 진중하면서도 무언가에 매혹된, 정중하면서도 의연한 사람이고 싶었다. 사람들의 관심을 끌고 스스로도 다른 사람들의 의견에 관심을 기울이는, 그러니까 고귀하고 존경할 만하고 풍요로운 의견, 즉시 기록해서 법으로 쓰일 만한 의견, 국제적인 모든 대의와 질문에 몸 바쳐 헌신하는 직속상관의 입에서 나올 성스러운 의견에 관심을 기울이는 그런 사람이고 싶었다. 젊은이는 더없이 공손하게, 사교계의 예법을 준수하며 행정적인 활기를 띤 채, 알 수 없고 시의적절하지 않으며 진정으로 너무도 부당한 요의로 아랫배에 통증이 밀려오는 것을 느끼며, 서둘러 성소로 향했다.

신이시여, 저 문은 왜 이다지도 먼지요! 무의식 상태에서, 빙빙 도는 머리로, 이미 예속된 상태로, 그렇게 걸음을 재촉하는 아드리앵 됨은 국제 공조에 대한 믿음으로 충만했고, 승진과 파견, 특별 휴가라는 만나와 주의, 경고, 징계, 동일 등급에서의 감봉, 강등, 소환, 예고 없는 파면 같은 끔찍한 벼락을 손에 쥐고 있는 사람의 마음을 살 수만 있다면, 신적이든 인간적이든, 경박하든 비극적이든, 어떤 주제에라도 달려들 채비가 되어 있었다. 흠모와 혼란으로 갈팡질팡하며, 그야말로 넋이 나가서는, 그는 안으로 들어가 눈을 들었다. 거대한 사무실 제일 안쪽에 앉은 사무차장을 보는 순간 정신이 아득해졌다.

쏠니에가 경건하게 문을 닫고는 몇걸음 옮기면서 아리안을 향해 빙그레 웃음을 지었다. 호감 가고 재능 있는 직원과 함께 온 여인이니 좋은 사람일 것이다. 그런데 문득 뒤를 돌아보니 문이 반쯤 열려 있지 않은가. 그는 당장 달려가, 조심스러운 어머니처럼 문을 당겨 닫았다. 그런 다음 눈썹에 도도하게 힘을 주면서, 만만한 부하 직원인 옥따브, 빈혈에 걸린 듯 얼굴이 창백하고 움직임에 절도가 없으며 몸이 가늘고 긴 그에게 화풀이를 했다.

— 야, 이 멍청아, 바로 말해줘야지 뭐 하는 거야? 그가 증오심으로 입을 삐죽거리며 나지막하게 말했다. 내가 알아서 다 챙겨야해? 모시는 주인이 감기 걸려도 넌 아무 상관 없어?

그가 아리안을 향해 다시 한번 빙그레 웃으면서 옥따브의 발을 세게 밟자, 옥따브는 아무 말 못하고 의자를 옆으로 당겨 앉았다. 그러고는 천천히 손을 움직이면서 종이를 접어 자기 상사가 만든 것보다 더 작은 닭을 만들었다. 아리안은 자리에서 일어나 쏠니에에게 남편이 나오거든 아래 로비에서 기다리겠다고 전해달라고 부탁했다. 쏠니에는 성직자처럼 무한한 이해심을 담은 표정으로 고개를 숙였고, 피곤이 몰려오자 자리에 앉아 땀을 닦았다. 그런 다음 비듬을 모을 종이를 놓고 그 위로 고개를 숙이더니 주머니 빗을 꺼내 머리를 빗었다. 그는 비듬이 쌓이자 흡족해하며 그 위에 대고 입김을 불었다. 그리고 나니 갑자기 장난기가 돌면서 일이 하고 싶어져 연필 하나를 대형 브런즈윅에 집어넣었고, 옥따브는 그 손잡이를 돌려야 했다. 쏠니에는 이따금씩 농노의 일을 중단시켜 연필심이 뾰족한지 확인했다. 마침내 연필이 마음에 들게 깎이자 그는 왼손을 들고 나뽈레옹처럼 "정지!"라고 말한 뒤 연필을 테이블 위에 놓았다.

— 350. 그가 말했다. 그는 국제연맹 사무국에 들어온 이후 자기

가 깎은 연필의 수를 세고 있었던 것이다.

집무실의 문이 열렸고, 처음에 아드리앵은 먼저 나가라는 권유를 대담하게도 거절했고, 잠시 후에는 대담하게도 그 말대로 했다. 높은 사람이 말하고 낮은 사람은 귀 기울여 들으며 두 공직자가 홀을 지나갔고, 접고 있던 종이 닭들을 이미 치워버린 두 수위는 그 모습을 멍하니 바라보았다. 한순간 쏠랄이 자신에게 경배의 눈길을 던지고 있는 아드리앵의 팔을 잡았다.

우아한 손짓으로 자기 팔을 잡으며 친절하게 대해주는 상관 곁에서 단정하고 소심한 아드리앵 됨은 당혹했고, 감미로운 혼란에 빠져 갈팡질팡한 상태로 허공 위를 걷듯 걸음을 옮기면서 혹시 발이 꼬일까봐, 존엄한 발걸음에 제대로 보폭을 맞추지 못할까봐 가슴이 두근거렸다. 감상에 젖은 채 어쩔 줄 몰라, 미소 짓는 동시에 땀을 흘리면서, 고위층의 손이 자기를 만졌다는 사실이 황홀하리만치 기쁘면서도 너무 혼란스러워 그러한 접촉이 갖는 감미로움을 온전히 느끼지 못하는 상태로, 그는 미끄러지듯 기품 있게 걸으며 온 영혼을 다해 상대의 말에 귀를 기울였고, 하지만 아무것도 이해할 수가 없었다. 매혹되어 사로잡힌 여인처럼, 물성을 벗어던진 듯 가볍게 살랑이면서, 혼례의 제단으로 인도되며 수줍고 어쩔 줄 몰라 하는 순결한 처녀처럼, 상사의 팔에 이끌려 걸음을 옮기는 그의 얼굴 위로 미묘하게 성적인 미소, 처녀의 미소가 번졌다. 내밀한 사이, 그는 상사와 내밀한 사이가 되었고, 마침내 사적인 관계가 이루어졌다! 오 그가 내 팔을 잡다니 어떻게 그런 행복이! 그의 인생에서 가장 아름다운 순간이었다.

9

아드리앵이 혼자 남자 쏠니에가 그 어느 때보다 그윽한 얼굴로 다가와서 아내의 말을 전했다. 젊은이는 직속상관을 향했던 부드러운 미소를 간직한 채 여전히 꿈꾸는 듯한 얼굴로 아래로 내려갔다. 1층에 와서도 여전히 미소를 띤 채, 행복에 젖어 넋이 빠진 유령 같은 모습으로, 아내를 못 보고 지나쳤다. 아내가 다가와 팔을 잡자 고개를 돌린 그는 아내를 알아보았다.

—A. 그가 말했다.

그는 아내의 팔을 잡고서 벅차오르는 기쁨에 소리를 지르고 싶은 것을 간신히 참았다. 옆에서 외교관 두 명이 대화를 나누는— 그렇다니까, 분명히 그렇다고! —모습을 평소보다 더 큰 애정이 담긴 눈길로 바라보면서 그는 아내를 승강기 쪽으로 데려갔고, 아내를 먼저 태우는 것도 잊고서 버튼을 누른 뒤 눈을 감았다.

—A. 그가 다시 말했다.

─무슨 일이에요? 어디 안 좋아요?

─A급이라고. 그가 목멘 소리로 대답했다. 여기서 말고, 승강기 안에서 말고. 내 방으로 가, 조용한 데로.

─그래. 그가 의자에 몸을 파묻고 흥분을 달래기 위해 파이프 담배를 깊이 빨아들이며 이야기를 시작했다. 그래, 정말 동화 같은 이야기야. 처음부터 다 얘기해줄게. (그의 주위로 담배 연기가 퍼졌다. 울지 말 것, 냉혹한 승리자가 될 것. 그녀를 많이 쳐다보지 말 것, 그녀의 눈에서 자신을 존경하는 마음을 읽게 되면 이미 횡격막에 자리 잡고 튀어나올 태세를 갖춘 눈물을 막지 못할지도 모른다.) 그러니까 안으로 들어갔지, 휘황찬란한 집무실, 고블랭 장식 융단, 이하 등등…… 그 사람이 있더군. 최고급의 멋진 책상 앞에 위엄 있게 앉아서, 대리석 같은 얼굴, 파고드는 듯한 눈길, 그러더니 갑자기 미소. 정말이야, 벼락을 맞은 것 같았다니까, 정말 기가 막히게 매력적이야. 오 정말이야, 그런 사람을 위해서라면 불속에라도 뛰어들 것 같아! 그래, 미소를 짓더니 침묵, 한참 동안 침묵, 한 이분쯤! 솔직히 말하자면, 아주 편하지는 않았어, 하지만 그렇잖아, 그 사람이 뭔가 생각하는 중인데 내가 말을 꺼낼 수는 없잖아, 그래서 그냥 기다렸지. 그런데 갑자기 말도 안되는 일이 일어났어, 글쎄 그 사람이 느닷없이 묻기를, 자기한테 할 얘기 없냐는 거야. 깜짝 놀라서, 당연히 없다고 했지. 그랬더니 그럴 줄 알았대, 솔직히 그 말이 무슨 뜻인지 못 알아들었는데, 어차피 중요한 건 아니잖아. 그래서, 난 바보가 아니니까, 나도 나름 비범한 재치가 있으니까, 그건 당신도 인정해야 해, 그래, 재빨리 기회를 잡았지, 사실 할 말이 있다고 했어, 그러고는 차장님 밑에서 일하는 게 무척

즐겁다는 말씀을 드릴 기회가 생겨서 행복하다고 했지, 그리고 또 한마디, 비록 바로 밑에서 일하는 건 아니지만요, 하고 덧붙이고, 이해가 가? 그 사람 직속으로 일하고 싶다는 뜻을 넌지시 피력한 거야. 한마디로 말해서, 제대로 그 사람을 녹인 거지. 그런 다음에 국제정치, 브리앙의 최근 연설, 이런저런 얘기를 나눴어. 나도 매번 의견을 말했지, 그러니까 진짜 대화를 나눈 거야. 그것도 그 사람의 화려한 집무실에서, 고블랭 장식 융단 앞에서, 동등한 입장에서, 말하자면 사교적인 대화를 나눈 거라고. 그래, 잠깐만, 아직 안 끝났어, 더 좋은 얘기가 있단 말이야. 글쎄 그 사람이 가만히 종이를 집어 들더니 거기 뭐라고 쓰기 시작하는 거야, 경솔하다는 인상을 주면 안되니까 난 그냥 고개를 창문 쪽으로 돌리고 있었지. 그런데 그 종이를 나한테 건네주더라고. 인사과에 보내는 거였어! 뭐라고 쓰여 있었는 줄 알아? 내가 말해줄게. 나의 승진! (그는 천천히 깊게 숨을 들이쉬었고, 눈을 감았다 다시 떴고, 올라오려는 흐느낌을 삼키기 위해 파이프에 다시 불을 붙였고, 입술이 감격에 겨워 경련을 일으키지 않도록, 남자다운 모습으로 파이프를 몇모금 빨아들였다.) 간단히 말해서, 사무총장의 결정에 따라 6월 1일 자로 아드리앵 됨을 A급으로 승진 발령함! 그래! 그가 종이를 다시 가져가더니 서명을 했고, 기결 서류함에 던졌지! 날 위해서, 심지어 존 경의 의견을 묻지도 않고! 그래, 직접 날 뽑은 거야, 예외적인 절차라구! 당신 생각은 어때?

— 멋지네요.

— 당신 말이 맞아, 정말 멋지지! 당신은 모를 거야, 단숨에 A급으로 뛰어오르다니! 그렇다고 내가 무슨 부탁을 한 것도 아닌데! 그거 알아? 그 사람은 상대를 단 몇분 만에 판단해낼 줄 아는 거야,

오늘 오후에 길어야 사오분 정도 이야기를 나누었을 뿐인데 그걸로 충분했던 거지, 상대를 금방 파악해내고 결론을 내리는 거야! 아주 면밀하게 사람의 심리를 읽어낼 줄 아는 거지, 안 그래? 성격은 또 얼마나 고상한지! 정말이야, 사람들이 어쩌자고 반유대주의자가 되는지 도대체 이해할 수가 없어, 정말 모를 일이라니까! 베르그송, 프로이트, 아인슈타인 같은 인물들을 낳은 민족인데! (젖은 입술로 파이프 한모금 빨기.) 그래그래, 그 사람이 내 진가를 알아본 거야! 어때, 축하받을 만하지?

 ─그래요, 당연하죠, 승진 축하해요. 그녀가 잠시 침묵을 지키다가 덧붙였다. 당신은 그럴 자격이 있어요.

 그가 기뻐서 어쩔 줄 모르며 환한 미소를 띠자 수염 아래 땀이 송골송골 맺힌 얼굴이 더 둥글어 보였다. 그는 진심으로 아내에게 키스를 했고, 그런 다음 코를 풀었다. 아! 아름다운 아내가 있다는 건 진정 멋진 일이다! 디테출이 묻은 손수건을 치운 다음 그는 안락의자에 몸을 파묻었다.

 ─그런데 말이야, 당신이 2층에서 날 기다렸으면 좋을 뻔했어, 그랬으면 우리가 같이 집무실에서 나오면서 친구처럼, 친한 동료처럼 유유자적 걸음을 옮기며 대화를 나누는 걸 봤을 텐데, 더구나 그 사람이 내 팔을 잡고 있었는데! 상상이 가? 존 경의 팔을 잡는 그 손이 당신 하인의 팔을 잡았다니! 아, 그런데 말이야, 마지막에 헤어지면서, 당신한테 경의를 표한다고 인사 전해달라더라구, 맞아, 맞아, 경의라고 했어. 정말 친절하잖아, 당신을 알지도 못하는데. 한마디로 말해서 정말 젠틀맨이야. (그가 아내의 뺨을 가볍게 두드렸다.) 그러니까, 나의 리아누네뜨, 이제 난 6월 1일부터 A급 직원이야! 6월 1일, 예산 문제 때문이지, 문제의 A급 자리가 한

달이 지나야 공석이 되거든. 순다르가 떠나는데, 인도로 가서 현지 사무소를 지휘할 거야, 분명 국장급이겠지, 아주 편한 자리니 운이 좋은 거지! 이제 A급이야, 여보, 그거 알아? 그러니까 1년에 금본위프랑으로 2만 2550이라구, 물론 처음 시작이 그렇고 매년 인상되지! 돈뿐 아니라, 기분으로 따지면 어마어마하지! 왜냐하면 A급한테는 페르시아 카펫, 손님용 푹신한 가죽 의자, 그리고 B급처럼 그냥 선반이 아니라 잠금장치에 유리문이 달린 책장까지 나오거든! 그야말로 고위급이지! (흥분한 그는 서류를 읽지도 않으면서 뒤적거리다가 다시 접고는 다른 서류를 펼쳤다.) 가죽 의자가 좋지, 그래, A급은 찾아오는 사람이 많으니까, 그 자리는 이미 정치적 책임이 주어지고, 회담도 많고, 전반적인 검토도 해야 하거든. 그리고 말이야, 이제는 벽에 액자를 한두개 걸어놓을 수 있어! A급은 뭐든 할 수 있지! 구상화 말고 추상화를 걸 거야! 그리고 내 책상에다 손님용 고급 담배를 넣어둘 다마스쿠스 금세공 담배합을 둘 거야! 그래야 책임자다워 보이지 않겠어? 헌사가 담긴 차장 사진도 두면 좋겠군! 한번 조심스럽게 부탁해봐야지. 어깨동무하고 걸어다니는 사이인데 사진 한장 달라고 해도 되지 않겠어? 안 그래?

— 그래요, 아마도.

— 겨우 아마도?

— 분명히, 라고 말하려고 했어요.

— 그렇지. 그러니까 당신도 그 사람한테 사진 한장 달라고 해도 괜찮다고 생각하는 거지?

— 맞아요.

— 좋았어. 그리고 말이야, 위임통치 상임위원들을 대할 때도 내 지위는 완전히 달라질 거야. 볼삐, 그러니까 위원장이고 후작이

기도 한데, 그 사람과 이야기를 나눌 때도 급이 달라지는 거지. 공식 파견도 이어질 거고! A급한테는 요령 있는 일 처리와 외교술, 미묘한 표현, 전반적인 사고를 필요로 하는 정치적인 업무가 주어지거든! (그는 자기 이마를 세게 두드렸다.) 오, 세상에, 제일 중요한 걸 잊었군! 그 사람이 충분히 호의를 가진 것 같길래, 쇠뿔도 단김에 빼렸다고, 곧바로 저녁식사에 초대해버렸어! 초대에 응하게 만들려고 와주신다면 아내가 무척 기뻐할 거라고 했지. 내가 차장님을 뵈러 간다니까 당신이 먼저 초대하자고 했다고 그랬어, 여자의 청은 거절하기 힘들 테니까 그걸 이용한 거지. 어때? 나쁘지 않았지? 그럴 수도 있지, 뭐, 때로는 외교적인 언사가 필요하니까. 그랬더니 좋다고 했어, 단 6월 1일에나 가능하대, 그러니까 한달 후에 말이야, 그전에는 시간이 없다더라구. 그것 봐, 다들 그 사람을 초대하려고 난리인 거야! 더구나 6월 1일을 고르다니, 내가 A급이 되는 첫날이잖아, 정말 세심하게 배려한 것 아니겠어? 그렇지? 그래, 요리마다 어울리는 포도주를 따로 준비해야 해. 내가 가진 자료 중에 어느해 포도주가 좋은지 목록이 있어. 그리고 당신은 야회복을, 그래 A급의 아내답게 제대로 차려입도록 해! 식탁에서는 그 사람을 꼭 당신 옆에 앉히고, 당신은 가슴이 파인 옷차림으로 눈부시고 아름답게 앉아 있는 거야! 거물을 저녁식사에 초대하다니, 리아누네뜨, 당신도 기쁘지? 왜 아무 말 안해?

　—머리가 아파요, 그만 가봐야겠어요. 그녀가 일어서며 말했다.

　—그래, 물론이지, 내가 얼른 데려다줄게.

　—아니에요, 혼자 있고 싶어요. 좀 안 좋아요.

그는 고집을 부리지 않았다. 아내의 입에서 이런 무서운 말이 나오는 건 한달에 한번 찾아오는 위험신호라는 것을, 민감해지고 우울해지고 툭하면 눈물을 흘릴 전조라는 것을 그는 잘 알고 있었다. 건들면 안된다, 특히 시작하기 전날은 제일 심하다. 조용히 있을 것, 무슨 말을 하든 좋다고 할 것, 무조건 맞춰줄 것.

— 알았어, 여보. 그는 같은 상황에 놓인 우리 모두가 그러하듯이, 형제들이여, 곧 나타날 여성성의 신비한 용鬨 앞에 바짝 엎드린 우리 모두가 그러하듯이, 친절하고 조심스럽게 말했다.

— 당신 말이 맞아, 여보, 집에 가서 목욕 한번 해. 차를 타고 와서 다행이야. 가기 전에 아스피린 좀 먹지 않을래? 나도 가진 게 있거든. 싫어? 알았어, 여보, 마음대로 해. 그런데 말이야, 난, 조금 더 남아 있을게, 8시 5분이긴 하지만 할 수 없어, 이 견해서를 작성해야 하거든. 오늘 많이 늦을 거야, 11시, 아마 자정쯤? 할 수 없잖아. A급 노블레스 오블리주! (혀를 내밀었다가 집어넣기.) 아래층까지 데려다줄까?

— 아니, 괜찮아요.

— 알았어. 그럼 조심해서 가, 여보. 엄마랑 아빠한테 내가 정말 어쩔 수 없는 중요한 일로 사무실에 남아 있다고 전해줘. 승진 얘기는 하지 마, 내가 직접 알려드리고 싶어.

아내가 나가자 그는 영국 건 견해서로 고개를 숙였다. 하지만 네 번째 페이지에서 다시 고개를 들었다. 차장 사진을 여기 책상 위에 놓을까, 아니면 집에 가져가서 거실에 놓을까? 책상에 두면 베베가 입을 닥치게 될 거고, 거실에 두면 집에 온 손님들이 전부 내가 어떤 사람들과 친하게 지내는지 알게 되지 않겠는가! 두가지 방법 모두 장점이 있다. 사진을 두장 달라고 할까? 아니다, 그랬다간 좀 우스워질 수 있다.

— 유레카!

그랬다, 아주 간단한 방법, 책상 위에 두었다가 손님이 오는 날은 가방 안에 감춰서 집으로 가져가 손님들이 도착하기 전에 벽에 걸어둔다, 그리고 다음 날 아침 다시 가져오면 된다! 일석이조! 몇 시지? 8시 19분.

그는 견해서를 다시 덮었다. 그랬다, 정말이다. 그랬다, 그는 참을 수 없이 배가 고팠다. 베베 경의 변덕에 장단을 맞추느라 굶어 죽을 수는 없지 않은가. 식민성의 이 허접한 사무보다 더 중요한 일들이 있다. 이 소식을 들으면 아빠와 엄마는 어떤 표정을 지을까? 실망 가득한 얼굴로 집에 들어설 것, 직급이 낮아졌다고, 이젠 임시직이 되었다고 말할 것, 그런 다음 갑자기 큰 소리로 소식을 알려줄 것! 포옹! 엄마의 눈물! 샴페인! 견해서야 좀 늦어져도 상관없다! 어차피 4주 후면 A급이 될 테니까! 마음으로는 이미 A급이지! 베베 꼴이 볼만하겠군! 그래, 견해서를 제출해주지, 하지만 내가 하고 싶을 때, A급이 됐을 때! 그는 수화기를 들고 정문 수위의 번호를 돌렸다.

— 뒴이오, 지금 바로 택시 불러주시오. 그는 거만한 목소리로 말한 뒤 수화기를 힘껏 내려놓았다.

아드리앵은 펠트 모자를 아무렇게나 눌러쓴 채 문을 쾅 닫고 나섰다. 복도에서 B급 동료 하나를 만났다. 최근에 국제노동기구 사무국에서 옮겨와 이전의 습관 그대로 저녁 8시나 9시까지 남아 열심히 일하는 자였다. 유난히 친근감을 느끼며 그에게 인사를 건넨 아드리앵은 중요한 소식을 알려주고 싶은 유혹을 간신히 참아냈다. 조심해야 했다, 어떤 일이 생길지 모른다. 인사이동 게시판에 승진 공고가 붙을 때까지는 그 어느 것도 확실하지 않고, 승진이 취소될 수도 있다. 그러므로, 지금으로서는, 조용히 입 다물고 있을 것, 그 누구에게도 말하지 말 것. 그래야 일이 꼬이지 않고, 항의하는 사람들도 피할 수 있다. 6월 1일만 지나면 얼마든 누릴 수 있지 않은가. 크라이슬러는 팔아치우고 캐딜락을 사야지! 아리안 혼자 쓰라고 피아트 한대 사주고! 그녀가 오늘은 아주 상냥했다. 그렇지 않은가? 그랬다, 여자들은 승자를 좋아하는 법이다, 누구나 아는 일이다.

　—어때? 이 사람 말이야, A급이라구! 그가 거울에 비친 자기 모습을 향해 나지막하게 속삭였다.

제2부

10

아드리앵 됨은 두대의 캐딜락 사이에 자기 차를 단번에 집어넣었다는 데 뿌듯해하며 안도의 한숨을 내쉬었다. 그는 키를 뽑은 뒤 창문이 제대로 올라가 있는지 확인했고, 차에서 내려 키를 돌려 문을 잠근 다음에도 재차 확인하느라 손잡이를 몇번 당겨보고 나서 다정스레 자기 차를 바라보았다. 근사해, 나의 크라이슬러, 가속 성능이 놀랍지. 부드러우면서도 힘이 아주 센 차라고. 굵은 지팡이를 옆구리에 끼고 탁월한 공무원의 징표인 서류 가방을 든 근엄한 모습으로 그는 활기차게 걸음을 옮겼다. 오늘이 5월 29일 화요일. 사흘 뒤, 6월 1일이면 첫 연봉이 2만 2550금본위프랑에 매년 인상돼서 2만 6000까지 받을 수 있는 A급 직원이 된다! 이 정도면 상당하지 않은가?

로비까지 온 그는 무관심한 표정으로 인사이동 게시판을 향해 걸어갔고, 지난 며칠 동안 그래왔듯이 지켜보는 사람이 아무도 없는지 확인한 뒤에 자기의 진급을 알리는 수려한 글자들을 바라보며 기쁨을 만끽했다. 그 글자들 때문에 눈이 부셨고, 그 글자들이 몸속으로 파고드는 것 같았다. 그는 거룩한 존재 앞에 선 광신도처럼 몇분이고 꼼짝 않고 뚫어져라 바라보았고, 그 글자들이 몸속에 새겨질 때까지, 현기증이 날 때까지 바라보았다. 맞아, 바로 나, 분명 나다, 저기 이름이 올라 있는 됨, 6월 1일 자로 A급 직원으로 승진. 이제 사흘 뒤, A급! 이런 일이 가능한가? 물론이다, 바로 저기 눈앞에 엄숙하고 공식적인 약속이 있지 않은가!

— 보물이로군. 일터로 데려다주는 승강기 안에서 그가 벽의 거울에 비친 자기 얼굴에게 말했다.

5층에서 내릴 때 멀찌감치 지나가는 가로가 눈에 띄자 그는 축하 인사를 받게 되리라는 생각에 가슴이 벅차올랐다. 하지만 가련한 B급인 가로는 속내를 감출 용기를 내지 못했고, 아드리앵에게 축하 인사를 하지 않아도 되도록 오던 길로 되돌아가버렸다. 반면 바로 뒤이어 만난, 최근 A급으로 승진한 까스뜨로는 열렬히 축하해주었다. 두 명의 A급, 하나는 막 A급이 되었고 다른 하나는 곧 A급이 될 두 사람은 사이좋게 대화를 나누었다. 까스뜨로는 편두통이 심해서 힘들어 죽겠다고 했고, 아드리앵은 자기 의사가 주네브에서 최고라면서, 마치 세상 모든 것이 자기 것이라도 되는 양, 한번 가보라고 권했다. 그런 다음 조심스레, 끝없이 조직 개편을 해대는 사무국의 고위층을 비판했다. 작년에 문화국을 없애놓고 최근에 다시 설치했지. 아마도 내년에 또 없앨 거야. 두 사람은 마음이 맞는다는 듯 서로에게 미소를 지어 보이며 다정하게 악수를 나누었다.

— 어쨌든, 까스뜨로, 저자는 썩 괜찮아, 좋은 사람이야. 아드리

앵이 자기 사무실의 문을 닫고 들어서며 중얼거렸다.

그래, 시급하게 초대해야 할 사람 목록에 까스뜨로를 추가해야겠어. 그 대신 이젠 급이 처지는 B급들 이름은 다 지우는 거야, 카나키스만 예외로 해야지. 장관의 조카고, 게다가 그 아기 돼지는 머지않아 A급이 될 게 분명하니까. 그는 작은 장을 열어 근무용 재킷을 꺼내려다가 마음을 바꾸었다. 아니, 사흘 뒤면 A급이 될 사람이 낡은 옷을 입을 수는 없지. A급은 언제나 품위를 지켜야 하니까. 그는 뱅그르르 한바퀴 돌았고, 그런 다음 자리에 앉아 자신의 행복을 응시했다.

— 공식 임명, 바로 그거야, 게시판에 붙었잖아, 바로 그거라고, 이젠 돌이킬 수 없어, 드디어 됐다구! 이보게, 이젠 자네한테 말해도 되겠군, 그동안은 약속을 들었어도 공고가 붙질 않으니 신경이 쓰였다네! 이해하겠지? 혹시 모르잖나, 안 그래? 마지막 순간에 일이 꼬일 수 있으니까! 하지만, 이보게, 이젠 공고가 붙었다네, 확실하고 분명한 거지! 이보게 베베, 이젠 어쩔 수 없어, 아무리 입에 써도 자네는 꿀꺽 삼킬 수밖에 없는 거야. 게다가 말일세, 차장이 6월 1일에 우리 집에 식사하러 온다네! 사흘 뒤에, 알겠나? 베베? 자네 집에도 차장이 식사하러 가나? 그럴 리 없지! 커피 더 드실래요, 차장님? 아니, 이건 아니지, 너무 격식이 없어, 그래도 처음인데 말이야. 커피를 조금 더 드시겠습니까? 이것도 아니야. 커피 좀더 드시겠어요? 그래, 편안한 미소를 띠고, 같은 세계에 속한 사람들끼리. 한가지 걸리는 건 엄마와 아빠가 참석한다는 거야. 제길, 브뤼셀에서 돌아오는 날짜가 앞당겨지다니! 분명 쓸데없는 말을 할 텐데, 특히 아빠가 그래. 할 수 없지, 차장한테 내가 자수성가한 쎌프메이드 맨이라는 걸 보여줘야지 뭐. 어차피 아리안이 있으니 벌충이 되

기도 할 거고. 자, 일하자!

그는 기운 없는 손으로 영국 건 견해서를 잡아당겼다가 이내 다시 밀쳐냈다. 아니야, 정말 아니야, 오늘 아침에 이런 힘든 일을 할 수는 없어, 마음 상태가 그렇잖아. 이건 어쩔 수 없는, 불가항력적인 상황이야. 게다가 벌써 거의 10시 40분이라구. 이런 덩치 큰 일을 시작하기에는 너무 늦었어. 이따 오후에 해야지. 앞으로는 아침 9시에 출근할 것, 아무리 늦어도 9시 15분을 넘기지 말 것. 좋아, 통과. 아니, 그럴 수도 있지, 정말 급한 일 때문에 예외적으로 늦게 출근을 하게 되면 모자, 지팡이, 서류 가방을 차에 두고 내릴 것. 완전 무결한 공무원으로 건물에 들어설 것. 이것도 통과. 이제 여유 있게 복도를 돌아다니기, 가벼운 일, 지금 내 마음 상태에 잘 어울리는 사소한 일이 있는지 영감을 얻기 위해서. 그러고는 화장실에 가야지. 그건 일단 나가서 보자. 밖으로 나가 천천히 걸음을 옮기는 그의 눈길은 우수에 젖어 있었으니, 그것은 일하지 않은 것이 정말로 속상했기 때문이며, 책상 위에 기다리고 있는 도저히 피할 수 없는 엄청난 분량의 영국 건 견해서 생각이 뇌리를 떠나지 않았기 때문이었다.

언제나처럼 사람들이 북적거리는 화장실에서 그는 경제국 국장인 존슨 옆에 서게 되었고, 존슨은 그에게 다정하게 인사를 건넸다. 휴식의 장소인 이곳은 상냥한 평등이 지배하는 곳으로, 끊임없이 흘러내리는 물 앞에서 고관들은 한순간 동등한 직급이자 동료가 되어버리는 부하 직원들을 향해 빙긋 웃음을 지었다. 제를 올리듯 반원을 그리며 공용 화장실에 근엄하게 버티고 선 채, 다 비워내느라 이따금 자기도 모르게 몸서리를 쳐가며 조용히 사색에 젖어 서로 교감하고 있는 사람들에게서 연대와 화합, 영혼의 일치, 남자들끼리의 은밀한 결사, 비밀스러운 우애의 분위기가 흘러나왔다. 다시 기분이 좋아진 아드리앵은 열심히 일하기로 마음먹고 화장실을 나섰다.

이제 카메룬 건 수령 통지! 방으로 돌아오자마자 그는 단호하게 말했다. 책상 앞에 앉아 노동은 이 세상의 성스러운 법칙이라고 단언하면서 카메룬 건 서류를 힘껏 펼쳤다. 그러고서 두 손을 양쪽 귀에 대고 정신을 집중했다. 어떻게 시작한다? 수령 통지문을 보내드리니 어쩌구저쩌구, 이렇게? 아니면, 심심한 감사의 말씀을 어쩌구저쩌구, 이렇게? 어떤 어조가 옳은지 고민하며 그는 눈을 감았다. 그때 문 두드리는 소리가 두번 들린 뒤 당장이라도 울어버릴 것 같은 눈에 커다란 나비넥타이를 맨 르 강데끄가 들어왔다. 르 강데끄는 상대의 비위를 맞추기 위해, 또한 농담을 즐기는 것처럼 보이려고, 군인처럼 경례를 했다.

— 11시입니다, 장군님, 엄숙한 시간이죠. "엄숙한"을 발음할 때 그는 재미있고 짓궂어 보이기 위해서 일부러 입술을 비틀었다. 잠시 커피 한잔 하셔야죠?

— 훌륭한 생각이야. 아드리앵이 곧바로 서류를 덮고 일어서며 말했다. 기운을 북돋는 커피 한잔만 마시고 다시 힘을 내볼까?

매일 오전 이 시각이면 늘 그러듯이 두 사람은 휴식을 위해 힘차게 걸음을 옮겼다. 둘 다 기분이 좋았다. 르 강데끄는 곧 A급이 될 사람, 급이 다른 사람과 같이 걷는 모습이 다른 사람들의 눈에 띄리라 기대했기 때문이고, 아드리앵은 비정규직에 지나지 않는 르 강데끄와 함께 걸어가며 감미로운 우월감을 느낄 수 있었기 때문이다. 이런 불쌍한 자와 같이 있으면 왠지 모르게 흥분되면서 스스로 매력 있고 재치 있는 사람이 된 것 같았다. 일부러 부주의한 척

상대에게 모욕적인 말을 건네고 상대의 질문을 건성으로 들어 결국 다시 묻게 만들기도 하면서, 그는 이전에 헉슬리가 말을 듣는 둥 마는 둥 거만을 떨며 자기에게 안겨주었던 굴욕을 그대로 르 강데끄에게 되갚고 있었다.

까페떼리아로 들어선 두 사람은 부서의 예쁜 여비서 두명이 앉아 있는 테이블로 다가갔다. 여자들 앞이라는 사실에 들뜬 아드리앵이 눈을 반짝거리며 주문을 했다. "진한 에스쁘레소 한잔, 두뇌의 잠재력을 증강해야 하니까." 그는 연이어 두차례나 재담에 성공했고, 자신이 경박하기만 한 것은 아님을 보여주기 위해 호라티우스의 글도 인용했다. 모두들 자기를 우러러보는 것 같은 기분에 들뜬 아드리앵은 자신의 짓궂은 말에 신이 나 웃어대는 여직원들 앞에서 개구쟁이처럼 또 동 쥐앙처럼 행동했고, 한 여자의 잔을 들어서는 그녀가 뭐라 하는지 보려고 한입 마셔보았고, 역시 마음을 떠보느라 다른 여자의 브리오슈 빵을 한입 물어뜯었다. 한마디로, 나머지 세 사람이 표하는 경의에 한껏 부풀어오르고 중요한 인물이 되었다는 야릇한 쾌감에 젖은 아드리앵은 환하게 빛났다. 11시 20분에 그는 고집을 부리며 아가씨들이 먹은 것까지 다 계산한 다음, 사중창단을 이끄는 지휘자처럼 벌떡 일어서서 출발 신호를 했다.

—오 노동, 세상의 성스러운 법칙이여, 그대의 신비가 이루어지리니. 그가 여비서들을 향해 미소를 지었다.

책상 앞에 앉은 아드리앵은 아이처럼 볼에 바람을 집어넣은 뒤 입술 사이로 조금씩 내뿜었다. 그런 다음 이마를 책받침에 대고 신음하듯 구슬픈 곡조를 흥얼거리면서 고개를 양쪽으로 흔들었다. 이어 책상에 한 팔을 얹고 그 위에 왼쪽 뺨을 댄 채 옆으로 누워 눈을 감았고, 이따금 퐁당을 꺼낼 때만 멈춰가면서 꿈꾸듯 희미하게 끊임없이 중얼거렸다.

— 헬레르 페트레스코 파티에서 그녀는 아주 괜찮았는데, 베베가 이미 다른 약속이 있다니 웃기네, 내 약속이 맘에 안 들겠지, 난 상관 안해, 그가 내 등을 두드렸으니까, 카나키스는 정말로 다른 약속이 있어, 짜증 나는 건 숙모가 갑자기 죽는 바람에 라세 부부가 못 온다는 거야, 그것도 진짜야 나도 부고를 봤으니까, 그 양반 참 때를 잘도 골라 죽는군, 그래 아주 시의적절한 죽음이야, 당장 브리지 게임을 배워야 해, 앞으로는 더 높은 사람들을 초대할 수 있으니까, 국장님 일요일 오후에 브리지 게임을 하려는데 같이 하시겠습니까? 그러면 얘기 끝나는 거지, 그러고 나면 그 사람들이 우리를 초대해야 하니까, 브리지는 아주 좋아, 계속 이야기를 주고받을 필요도 없고, 그러면서도 친밀하고 개인적인 관계들이 생겨날 수 있잖아, 거기다가 교양 있고 우아한 모임이고, 요즈음 그녀는 좀 까탈스러워, 디치한테 전화하려고 했다고 난리가 났잖아, 디치는 이제 왜 안 오는 거지 도대체 무슨 일이 있는 거야, 아쉽군 인맥이 아주 넓은 친군데 게다가 오케스트라 지휘자가 손님으로 오면 자리가 빛날 텐데 말이야 그녀가 뭔가 기분을 상하게 한 게 분명해, 여행 갈 때 가져갈 물건들을 둘로 나누어 알파벳순으로 정리할 것, A는 가방에 챙겨넣어야 할 것, B는 이미 챙겨넣은 것, 카드마다 가져갈 물건을 써놓고 어떤 가방에 넣어야 하는지 약자로 표시해둘 것, 짧게 떠날 때도 꼭 챙겨야 하는 물건에는 빨간색 색인, 오래 갈 때만 필요한 물건에는 검은색 색인, 그렇게 해놓으면 출발할 때 한가지씩 적합한 가방에 챙기고 그때마다 카드를 A 함에서 꺼내 B 함으로 옮겨놓으면 절대 헷갈리지 않지, 오늘 오후에 시작해야겠군,

금속 카드 함을 두개 달라고 해야지, 게다가 말이야 나는 여신의
벗은 몸을 마음대로 볼 수 있는 사람이라네 그리고 정말 그럴 가치
가 있는 일이야 내 말을 믿으라니까, 자문관 자리는 A급과 또 다르
지 자문관이 쓰는 사무실은 창문이 두개거든, 창문이 두개면 중요
한 인물이 된 기분이 들고, 그래 A급으로 썩어선 안돼 자문관까지
올라가야지 올라가야 해.

　그는 다시 고개를 들어 흐릿한 눈길을 던졌고, 불현듯 자기의 죽
음이 떠오르자 그 생각을 떨쳐내기 위해 버터 비스킷을 깨물고는
시계를 보았다. 11시 50분. 아직도 40분을 더 버텨야 한다. 의무실
에 가서 혈압을 잴까? 아니다, 로비를 한번 둘러보는 게 낫겠다. 오
늘은 제6차 위원회 회의가 있는 날, 상당히 정치적인 위원회이고
중요한 일이 산더미 같다.

　―그래, 이봐, 돌아다니면서 사람들 좀 사귀어보자고.

11

로비에서는 장관들과 외교관들이 권위자다운 눈빛으로 심각하게 의견을 주고받으며 이리저리 돌아다니고 있었다. 그들은 개미처럼 모여 우글대다가 이내 흩어지는 자신의 덧없는 일이 중요하다고 굳게 믿고 또한 스스로가 중요한 인물이라 굳게 믿으면서, 아무 쓸모도 없이, 코미디처럼 장엄하고 웅대하기만 한 견해들을 심도 있게 주고받았고, 그러다가 돌연 미소를 지으면서 상냥한 얼굴로 치질에 걸린 얘기를 했다. 갈등 관계가 강제적으로 만들어낸 우아한 친절, 인위적인 미소, 억지로 입가에 주름을 잡는 상냥함, 고귀함의 탈을 뒤집어쓴 야망, 내일이면 죽을 사람들의 계산과 술수, 아부와 경계, 공모와 계략.

스웨덴 사절단의 대표가 레이디 체인 앞에서 높다란 기중기처럼 처량하게 몸을 숙여 인사했고, 태평스럽고 우아하게 차를 마시던 레이디 체인은 길고 유연한 황갈색 두 팔을 꼴사나우리만치 편안하게 벌렸다. 고상하게 퇴화한 큰 귀에 쾌활하고 추위를 많이 타고 등이 구부정해 기다란 곱사등이 독수리처럼 보이기도 하며 윙칼라를 단 낭만적 배우 같기도 한 로버트 쎄실 경은 자그마한 프랑스 총리에게 기가 막히게 훌륭한 골프 샷을 설명했고, 배불뚝이 급진파인 프랑스 총리는 하나도 못 알아들었지만 선거운동 차원에서 주의 깊게 경청했다. 젊은 체스터 후작은 보기 좋은 수줍음이 담긴 미소를 머금은 채 머뭇머뭇, 이프 아이 메이 쎄이 쏘, 브네를 향해 지극히 공손한 제안을 더듬거렸고, 브네는 상냥한 태도를 유지하기 위해 그리고 차용금 건을 망치지 않기 위해 지나치게 가지런한 치아를 드러내 보였다. 키 큰 말처럼 우뚝 솟은 프리드쇼프 난센은 『타임스』 특파원의 의견을 듣는 둥 마는 둥 하면서 콧수염 늘어진 얼굴을 흔들어대며 동의를 표하는 것으로 대답을 대신했다. 레이디 체인은 상대의 지위에 따라 등급 매긴 친절을 공평하게 나누어 주었고, 콧구멍에서 입술 끝까지, 상대가 누구든 마음 놓고 무시할 수 있는 도도한 재력이 만들어낸 주름과 함께 미소를 지어 보였다. 지위가 낮은 사람들은 높은 사람들의 말을 마법에 홀린 듯 열렬히 경청했다. 짜증을 잘 내는 성미에 염소수염을 기른 한 외무 장관이 그건 말도 안된다고, 자기 나라는 절대 동의하지 않을 거라고, 어색한 프랑스어로 되풀이했다. 황금빛 터번을 쓰고 잿빛 손을 지닌 인도의 어느 영주는 핏발 선 눈으로 혼자 생각에 빠져 있었다. 국제적인 문제와 관련해 실속 없이 바쁘게 돌아다니는 미국 여기자가 어느 외무 장관을 인터뷰하고 있었고, 그 외무 장관은 올해는 아주 중요한 해가 될 것이라고, 국제 정세의 전환점이 될 것이라고 말했다. 뚱뚱한 무희처럼 생긴 여류 시인으로 30년 전에는 소심한 젊은 왕을 섹스에 입문시키기도 했던 불가리아 대표는 자개로 장식한 안경에 팔찌와 보석 브로치를 딸랑거리고 고약한 향수 냄새를 풍기면서 베르그송의 '영혼의 보충'을 인용했고, 유방을 좌우로 흔들며 그리스 대표를 더 효과적으로 설득하기 위해 그의 웃옷단추를 붙잡고 서서 열띤 주장을 펼쳤다. 사무총장의 여비서, 햇볕에 타서 코 살갗이 벗겨진 그녀는 움직일 때마다 배꽃 향기를 뿌렸다. 여러 나라 말을 할 줄 알고 비단처럼 윤기 흐르는 젊은 늑대들은 호탕하게 웃어젖혔다. 위생적이고 청결하며 순결하고 도덕적인 덴마크 대표는 코안경을 가슴에 매단 채 어느 총리의 말을 듣고 있었고, 그 총리는 상대의 친절한 인사에 뒤늦게 응답하면서 올해는 아주 중요한 해가 될 것이라고, 국제 정세의 전환점이 될 것이라고 말했고, 옆에서 기웃거리던 기자 하나가 몰래 그 말을 받아썼다. 사무부총장은 수염도 안 난 하렘의 수호자 티틀레스쿠의 정중한 말 속에 숨은 뜻을 알아내기 위해 한쪽 눈을 감고 볼을 부풀렸다. 정보국 국장인 베네데띠는 서툰 보좌관에게 애써 친구처럼 다정한 말투로 지시 사항을 전달했고, 몇년 전부터 그 보좌관과 결혼을 약속한 베네데띠의 여비서는 질투심에 차 멀찌감치서 그 모습을 바라보았다. 거의 백인에 가까운 아이티 대표가 쓸쓸히 머리카락을 쓸어 넘기며 홀로 배회했고, 가운데 들어가지 못해 바깥에 우두커니 선 알버트 토머스는 사악하게 번득이는 안경알 아래 그리스정교 사제 같은 턱수염 속에서 진홍색 혓바닥을 이리저리 움직였다. 딸랑거리는 소리를 내며 열정적으로 이리저리 오가는 불가리아 대표의 멋진 엉덩이 뒤편으로 키프로스 향수의 자취가 남았고, 그녀는 다 죽어가듯 힘없이 나타난 아나 드 노아유 쪽으로 갑자기 달려가서는 장내가 떠나갈 듯 큰 소리로 인사하며 상대를 껴안았다. 사람들이 자기를 중요하게 생각한다는 사실에 어안이 벙벙해진 룩셈부르크의 장관은 입가의 경련 때문에 송곳니가 드러난 독일 대표의 지적을, 손을 나팔 모양으로 귀에 댄 채 귀 기울여 곱씹고 음미했다. 두 적수는 팔짱을 끼고 돌아다니면서 서로 상대의 이두박근을 어루만졌다. 결핵 걸린 콘도르 같은 폴란드 외무 장관은 라이베리아 대표의 축하 인사를 미친 듯이 격정적으로 받았다. 마음 넓은 스파크는 계속 자신의 말에 동의해주며 미소를 짓고 있는 벨기에 대사가 절대 배신하지 않으리라 확신했다. 구부정한 등으로 자리에 앉아 앞으로 내민 두꺼운 아랫입술 위에 꺼진 담배꽁초를 물고 있는 아리스띠드 브리앙은 어느 편집장에게 올해는 아주 중요한 해가 될 것이라고, 국제 정세의 전환점이 될 것이라고 알려주었고, 그 말에 편집장은 고마워서 어쩔 줄 몰라 했다. 이어 브리앙이 흐릿한 눈을 들어 뼈가 없는 듯 흐늘거리는 손가락으로 대사 비서 하나를 불렀고, 대사 비서는 행운에 몸서리치듯 좋아하며 흥에 겨운 무용가 같은 우아한 동작으로 발끝을 세우고 달려와서 그가 은밀하게 내리는 명령을 만끽했다. 위임통치 상임위원회의 새 의장인 볼삐는 터지도록 속을 채워넣은 푹신한 안락의자에 몸을 파묻은 채 어떻게 하면 훈장을 받을 수 있을지 궁리했다.

아드리앵 됨은 몸을 움츠리고 혹시 아는 인물이 있는지 몰래 살피면서 안으로 들어섰다. 볼삐 후작을 본 그는 걸음을 멈춘 뒤 입술을 비틀며 곰곰 생각해보았다. 그래, 지난 회기 때 저 사람에게 서류를 건네주고 심지어 절차상의 문제 하나까지 설명해주고 나서 고맙다는 인사도 들었다. 기회를 잡아야 한다. 더구나 지금 혼자서 담배를 피우고 있다. 그러니까 우연인 것처럼 다가가서 인사를 하고 경의를 표할 것, 그러면 대화가 시작될 수 있고, 어쩌면 개인적인 관계까지 시작될 수 있다. 대화 주제를 레오나르도 다빈치나 미켈란젤로로 끌어가보자. 그는 웃옷의 단추를 잠그고서, 미리 준비된 게 아니라 우연히 이루어진 만남처럼 보이기 위해 아직까지 상대를 보지 못한 척하면서 커다란 먹이가 있는 쪽으로 다가갔다. 목표로 삼은 먹이 앞에까지 온 그는 그렇게 마주친 데에 놀라움과 기쁨을 표현하는 사교적인 인사를 꾸며내 건넨 뒤 빙그레 웃으며 오른손을 내밀어 정중하게 악수를 청했다. 볼삐 후작이 대답 없이 쳐다보자 그는 다른 곳을 쳐다보며 뭔가 멋진 생각이 떠올랐다는 듯 빙그레 웃고는 슬그머니 그곳을 빠져나왔다.

홀의 반대쪽으로 몸을 피한 아드리앵은 손을 등 뒤로 받치고 벽에 기대선 채 초라한 기분으로 울적해져서 다른 포획 기회를 기다렸다. 그는 오가는 정치인들을 멍하니 쳐다보았고, 열띤 토론을 벌이는 탐나는 유력자들, 존 경의 귀에 대고 딱 한 문장만 속삭이면 마법처럼 A급 직원을 자문관으로 바꿔놓을 수 있는 사람들의 모습에 넋을 잃고서, 멀리서 그들을 존경하고 심지어 고통스럽게 사랑하면서, 사랑에 빠져 구걸하면서, 보잘것없이 무시당하면서, 자신의 낮은 지위에서, 호화로운 호텔, 판공비, 의견 교환, 폭넓은 검토, 한마디로 자기가 누리지 못하는 권세 있는 삶의 악취를 들이마셨다. 외롭고 초라하게 벽에 기대선 그는 손만 뻗으면 잡을 수 있는 곳에 유력 인사들이 주어졌지만 모두가 금지된 사람, 하나같이 자기가 모르는 사람이라는 사실에 고통스러웠다. 저들에게 다가가 악수를 하고, 헬로 하우 아 유, 나이스 투 씨 유 하며 인사를 하고, 왕처럼 살아가는 저들과 이야기를 나누고 재치 있으면서도 진중한 말을 주고받으며 진가를 뽐내고 싶었고, 무엇보다도 중요한 거물이 자기 어깨를 쳐주었으면 했다. 어쩌랴, 아는 사람이 아무도 없고, 중간에서 소개해줄 만한 대표 한 사람, 공략할 만한 기술 자문관 한 사람도 없었다. 그냥 뻔뻔스럽게 들이밀어볼까, 같은 나라 사람이니까 무턱대고 스파크한테 다가가서 인사를 해볼까? 그는 쉬지 않고 생각했지만 실행에 옮길 엄두는 나지 않았다.

한참 동안 희망을 가지고 기웃거렸지만 여전히 아무것도 얻지 못했고, 명사들 중 누구도 그를 알아보지 못하고 심지어 쳐다보지도 않았기에, 그는 물고기를 잡기 위해 버티고 서 있던 자리를 떴다. 계속 두리번거리며 좀더 먼 곳으로 자리를 옮긴 뒤에도 그는 작살을 던질 대상을 찾지 못했다. 큰 물고기들, 즉 안면 없는 장관들과 대사들은 그에게는 너무나 커 집적거릴 상대가 아니었다. 구석에는 나머지, 그러니까 별로 건질 게 없는 잔챙이들뿐이었으니, 통역, 비서, 경박한 기자 들이 서로 약삭빠른 우정으로 등을 두드리며, 대중이 소식을 알기 세시간 전까지도 별로 아는 게 없는 주제에 거드름을 피우며 시시덕거리고 있었다. 혼자 존재감 없이 서 있는 한 유대 통신사의 특파원이 고독한 사람 특유의 다정함으로 젊은 공무원 아드리앵에게 미소를 지어 보이며 악수를 청했다. 아드리앵은 걸음을 멈추지 않은 채, 바쁜 일이 있는 듯 급하게 인사한 뒤 그와 거리를 유지하며 걸음을 더욱 재촉했다.

그가 다른 쪽 벽에 기대서서 망을 보고 있을 때, 사무총장이 왜소한 체격에 금테 안경을 끼고 주름이 자글자글한 나이 많은 일본 대사와 다정하게 농담을 주고받으며 자신의 호의가 진심임을 보여

주기 위해 상대의 이두박근을 가볍게 만지면서 회의실에서 나왔
다. 아드리앵은 갑자기 진땀이 났다. 존 체인 경과 눈이 마주쳤는
데 그가 눈살을 찌푸린 것 같았기 때문이다. 자기와 아무 상관 없
는 이 훌륭한 장소에 와서 어슬렁거리는 모습을 들켰다는 생각에
덜컥 겁이 난 그는 곧바로 돌아서서 출구 쪽으로 향했고, 단호하고
정직하고 겸손하며 질책당할 이유가 없는, 맡은 일을 행하는 중인
사람의 발걸음으로 걷기 위해 애썼다. 무사히 복도로 나온 그는 서
둘러 포근한 자기 자리로 돌아가 몸을 숨겼다.

12

그들이다, 사촌이자 의리를 맹세한 다섯 친구, 용자勇者들, 막 주네브에 도착한 그들. 달변가들, 태양과 아름다운 언어의 주인인 유대인들, 그리스 케팔로니아섬의 게토에서 프랑스 시민으로 살아온 것에 자부심을 느끼며 고귀한 나라와 옛 언어에 충성하는 자들.

쌀띠엘 데 쏠랄은 아름다운 쏠랄의 삼촌으로, 순박하면서도 점잖고 더할 나위 없이 선한 노인, 지금 나이가 일흔다섯으로, 수염 없이 잔주름이 보기 좋은 고운 얼굴, 백발의 머릿결, 비스듬히 걸쳐 쓴 비버 털 모자, 연갈색의 꽃무늬 프록코트, 무릎 밑에서 버클을 채우는 짧은 바지, 비둘기 목털 빛깔 스타킹, 오래된 은제 버클이 달린 구두, 귀걸이, 학생처럼 풀을 먹인 목깃, 추위에 약한 어깨를 감싸주는 캐시미어 숄, 꽃무늬 조끼, 그리고 나뽈레옹에 빠져서, 구약성서에 아니 아무도 모르게 사실은 신약성서에 더 빠져서 두 손가락으로 조끼 단추 사이를 훑는 습관, 이 모든 것이 보는 이에게 호감을 준다.

삐나스 데 쏠랄은 '망주끌루'[1]라고, 또 '바람의 선장'이라고도 불리는 이로, 가짜 변호사에 무자격 의사이며, 오랫동안 폐결핵을 앓았다. 양 갈래 수염을 기른 얼굴에는 불안이 어려 있고, 늘 실크해트를 쓰고 털북숭이 가슴 위로 앞자락이 겹쳐진 프록코트를 입고 다니고, 지금은 스위스에서 꼭 필요한 것이라 주장하며 스파이크 슈즈를 신고 있다. 이 정도면 다 얘기한 셈이다.

마따띠아스 데 쏠랄은 '마슈레진'[2]이라고, 또 '절약형 홀아비'라고도 불리는 이로, 수척한 모습에 조용하고 신중하며, 파란 눈에 얼굴이 누렇고, 언제라도 유익한 소리를 듣기 위해 쫑긋 선 두 귀는 마치 움직이는 돌기처럼 뾰족하다. 그는 불구인 오른팔 끝에 구리 갈고리를 달고 있고, 돈을 빌려가는 사람이 얼마만큼 갚을 수 있는지 계산할 때면 짧게 깎은 머리를 그 갈고리로 긁어댄다.

땀을 많이 흘리고 위풍 있는 50대 남자인 미까엘 데 쏠랄은 번쩍이는 장신구를 달고 케팔로니아 대제사장의 방을 지키는 안내인으로, 몸집은 거대해도 무척 착하며 여자를 좋아한다. 섬에 살 때는 한 손을 허리에 얹고 또 한 손으로는 물파이프를 든 채 유대인 구역의 구불구불한 골목길을 돌아다니면서 저음의 목소리로 노래를 불렀고, 그의 큰 키와 염색한 콧수염을 넋 놓고 좋아하는 아가씨들은 주인을 섬기는 노예처럼 그를 우러러보았다.

마지막으로 용자들 중 가장 젊은 쌀로몽 데 쏠랄, 케팔로니아섬에서 살구 주스를 파는 상인으로, 키 1미터 50센티에 작고 통통한

---

1 '못을 먹는 사람'이라는 뜻으로, 이 장 첫 문장의 '용자들'과 함께 꼬엔의 또다른 소설 제목이기도 하다.
2 '송진을 씹는 사람'이라는 뜻.

몸, 수염이 없고 군데군데 붉은 반점이 난 둥근 얼굴, 들창코, 늘 곤두선 머리카락이 눈에 띈다. 모든 것을 경탄하고 존경하는, 무엇을 보든 감격하고 흥분하는 천사. 쌀로몽, 순결한 마음을 지닌 자, 구역질 나던 시절에 나와 마음을 나눈 벗.

—자. 쌀띠엘 삼촌이 허리에 주먹을 얹고 다리를 굽히면서 말을 시작했다. 나는 수호 성녀의 보살핌에 힘입어 사람 목소리를 전송하는 기계와 국제연맹 내에서 교신하는 기계를 전기 결합시키는 데 성공했고, 그런 다음 우리와 성性이 다른 인간들이 내는 우아한 목소리에게 내 조카를 좀 바꿔달라고 했지. 그랬더니, 꽃송이가 피어오르듯이 우아하고 선율 고운 여인의 목소리, 로쿰³ 같은 목소리가 대답하더군, 자기는 내 조카의 정치적 비밀을 알고 있는 사람이라고. 그래서 나는 우리가 오늘 막, 나의 쏠이 정한 대로 5월 31일에 주네브에 도착했다고, 모데스뜨⁴ 호텔에서 온몸을 담그는 목욕까지 하고 몸단장을 마쳤으니 각하께서 언제든 불러주시면 된다고 말하고는, 매력적인 목소리의 여인이 살짝 웃을 수 있도록, 쌀로몽이 머리카락을 가라앉히겠다는 말도 안되는 희망을 품고 바셀린을 발랐다는 얘기까지 덧붙였지. 내가 외삼촌이라는 걸 알고서 금사 같은 목소리가 설명한 바에 따르면, 나의 조카는 비밀 업무 때문에 여러 나라의 수도를 급히 방문하느라 주네브로 돌아오는 날짜를 늦췄다는군.

—정말 비밀 업무라고 한 거요? 망주끌루가 짜증 섞인 목소리로 물었다.

---

3 설탕에 전분과 견과류를 더해 만든 터키 과자.
4 프랑스어로 '수수한' '조촐한'이라는 뜻.

162

—아니, 하지만 말투가 그랬는걸. 내일 돌아온다고, 나의 쏠이 잊지 않고 장거리전화로 메시지를 남겼다더군.

—알았어요, 알았어, 그애가 제일 좋아하는 사람이 바로 나다 말하고 싶은 거 아뇨? 빨리 그 메시지가 뭔지나 얘기하고 장광설 끝냅시다!

—교양 있는 여인이, 목소리로 보면 아주 큰돈을 벌겠던데, 그래, 그 여인이 전해준 내용은, 나더러 내일 6월 1일 9시에 혼자 일급 호텔 리츠로 오라더군.

—혼자라니? 망주끌루가 분개했다.

—혼자, 라고 그 여자가 그랬으니까. 쏠랄이 나만 은밀하게 보고 싶다는데 다른 방도가 없지. 쌀띠엘은 코담뱃갑을 열어 살며시 들이마신 뒤 조금 뻔뻔스럽게 덧붙였다. 다른 날 또 다 같이 보자고 하겠지.

—결국 쓸데없이 목욕을 했군. 망주끌루가 말했다. 쌀띠엘, 내 돈 다시 내놔요! 나 좋자고 온몸을 물속에 담근 게 아니라는 거 잘 알 테니까. 일단, 그건 됐고, 난 좀 나갔다 옵니다. 이렇게 처박혀 있으려니까 영 짜증이 나서.

—어디 갈 건데요? 쌀로몽이 물었다.

—흰 장갑을 끼고 주네브 대학 총장한테 명함을 남기러. 특별한 용무가 있는 건 아니지만, 모두 알다시피 내가 오래전에 성공적으로 창립한 케팔로니아의 유대 이스라엘 대학의 학장 자격으로 예의를 갖추려는 거지.

—무슨 대학? 마따띠아스가 물었고, 옆에서 쌀띠엘은 어깨를 으쓱였다. 자기 부엌에 세운 대학에, 교수도 자기 혼자뿐이었으면서.

—중요한 건 몇명이냐 하는 양이 아니라 질 아닌가. 망주끌루

가 대답했다. 이제 됐으니 질투는 잠시 버려두라. 이름을 인쇄체로 예쁘게 새겨넣은 명함까지 제작했으니. 내 옛 직책을 표시한 다음 "동료 대 동료로, 인사드림"이라고만 덧붙였고, 혹시 상대도 자기 명함을 주러 오고 싶을지 모르니 호텔 주소도 밝혀놓았지. 학장들 끼리 마주 앉아 정중한 대화를 나누자고 초대하고 싶을지도 모르 니까. 퐁뒤라고 불리는 스위스 요리, 치즈, 마늘, 백포도주, 육두구 를 넣고 마지막 순간에 버찌 브랜디를 붓는 그 요리를 먹으면서 대 화를 나눌 수도 있고. 모든 게 그 사람의 교육 수준에 달려 있겠지 만. 자, 그럼 본인은 이만 가노라!

13

리츠 호텔의 안내인은 자기 앞에 버티고 선 키 작은 노인의 비둘기 목털 빛깔 스타킹, 귀걸이, 손에 든 비버 털 모자 그리고 팔에 걸친 레인코트를 경계심 가득한 눈으로 쳐다보았고, 등받이 없는 긴 의자에 얌전히 앉아 발을 양쪽으로 흔들고 있던 세명의 어린 급사는 입술을 거의 꽉 다문 채로 나지막하게 한마디씩 내뱉었다.

— 약속 잡으셨습니까?

— 약속이 대수인가! 이상한 사람이 모자를 고쳐 쓰면서 조용히 대답했다. 아는가, 오 근위보병이여, 아는가, 오 쓸데없이 금장식을 매단 갈색 프록코트를 입은 자여. 내가 그의 삼촌임을 아는가, 그거면 충분하노라, 약속을 잡았는지 아닌지는 알 필요가 없으니. 물론 잡았지만, 어제 전화기로 우아한 목소리의 여인이 전한 약속은 오늘 6월 1일 9시이지만, 난 8시가 낫겠다고 생각했네, 아침 커피를 함께 마실 수 있을 테니까.

—그러니까 9시에 약속이 있으신 거죠?

행복에 취하고, 또 조금 있으면 조카가 나타나리라는 생각에 오만해진 쌀띠엘은 상대의 말이 들리지도 않았다.

—내가 그의 삼촌이다. 내 여권을, 위조가 아니라 진본 여권을 보면 내 이름이 그와 마찬가지로 쏠랄이라는 걸 알 수 있을 터! 그의 삼촌, 그러니까 역시 쏠랄 가문이지만 방계이고, 하지만 실제로는 장자의 가계가 되어버린 쏠랄 가문의 여인인 그의 어머니의 오빠이니! 하지만 그런 얘긴 그만두자. 그의 삼촌이라고 했지만 사실은 아버지라고 해야 할 터, 그가 자연적으로 자기를 만들어준 사람보다 나를 더 좋아했으니! 인생이란 그런 거라네, 젊은이, 마음의 끌림이란 억지로 만들 수 없는 것! 어떤 이는 사랑받도록 태어나고 또 어떤 이는 그보다 덜 사랑받도록 태어나지! 어떤 이는 머리가 좋아서 국제연맹을 지휘하고 또 어떤 이는 오는 사람 모두에게 꼼짝달싹 못하고 가는 사람 모두에게 손을 내밀어야 하는 호텔 안내인이 되는 거라네! 신께서 그들의 낮은 지위를 위로해주시길! 어쨌든, 약속은 9시지만 일찍 왔네, 조카와 함께 아침 커피를 마시는 즐거움을 누리기 위해서 여드레째 되는 날 신과 언약을 할 때[5] 내가 무릎 위에 그 아이를 안고 있었지, 이 내가 조카가 누리는 화려한 삶을 음미하면서 고상한 여러 주제에 대해서 이야기를 나누는 즐거움을 누리고자 왔네. 물론 쓰라린 마음도 있네, 이 호텔은 아주 비싼 값을 청구할 테니까. 지금 보니 저렇게 아침 8시에도 전등을 켜놓았잖은가, 어찌 경비가 많이 들지 않겠는가! 그 돈은 누가 내는가? 내 조카겠지! 조카의 지갑에 손을 대는 자는 바로 내 돈을 훔

---

5 유대교에서 남자아이들이 생후 8일째 되는 날 치르는 할례 의식을 말한다.

쳐가는 거나 마찬가지인 것을! 밖에 저렇게 파라오의 태양이 빛나는데 전등 좀 끄면 자네 배에 구멍이라도 나는가?

— 누구시라고 알릴까요? 안내인이 물었다. 그는 저 사람이 정말로 친척일 수도 있다는 생각에, 그리고 저런 이상한 사람들은 신중히 처리해야 한다는 생각에, 미친 사람을 즉시 쫓아내지는 않기로 했다.

— 그대가 돈을 벌고 또 깃에 금박 열쇠 두개를 달고 있는 것에 마땅한 밥값을 해야 할 테니, 쌀띠엘 데 쏠랄, 하나밖에 없는 삼촌이 왔다고, 때로는 기관차의 힘으로 또 때로는 하늘길로, 늘 지식을 넓히며 인간의 마음을 탐험하기 위해 돌아다녔던 여러번의 여행을 마친 뒤, 영국의 풍속과 관습을 배우기 위해 갔던 런던에서 전세 낸 날아다니는 기계에서 무사히 내렸다고 전하게. 나의 조카이자 영혼의 아들이 불러서 지금 이 자리에 왔다고! 내 말을 들었으면 이제 종의 의무를 행하라!

안내인은 수화기를 들고 손님이 찾아왔음을 알렸고, 대답을 듣더니 수화기를 내려놓으며 상냥한 미소와 함께 수고스러우시겠지만 올라가보셔야겠다고 말했다. 그러자 해군 제독처럼 팔짱을 낀 쌀띠엘이 말했다.

— 왕에게 잘 보이길, 그러면 오만한 독사도 카나리아의 겸허한 노래를 부르게 되리니! 보았느냐, 나는 친절한 자들에게는 친절하고, 울부짖는 자들에게는 같이 울부짖고, 하이에나들 앞에서는 사자가 되느니! 하지만 아랫것들에게는 자비를 베풀어야 할 터, 지난 일은 잊으라! 그의 방 번호를 말하라.

—37호입니다, 벨보이가 안내해드릴 겁니다.

안내인이 신호를 하자 급사 중 하나가 일어섰고, 쌀띠엘은 머리를 가지런히 빗은 급사의 빨간 제복을, 금줄을 땋아 장식한 견장과 짧은 윗옷에 달린 반짝이 단추, 바지와 소매에 매단 금장식 줄을 호기심 어린 눈으로 쳐다보았다.

저 나이에 벌써 벨보이를 하다니! 그는 생각했다. 참으로 이상한 풍습이로다! 그것도 꼭 웨일스 대공[6]처럼 차려입고서! 이 또한 경비를 늘리는 요인이리라! 급사는 진지한 표정을 잃지 않기 위해 입술을 깨물며 앞장섰다. 승강기 앞 2미터 지점에 이르렀을 때 쌀띠엘은 불현듯 한가지 생각이 떠올라 당황하며 걸음을 멈추었다. 이 하인들이 저명하신 고객에게 예의 없는 삼촌이 있다고, 조카가 기품 없는 집안의 사람이라고 소문을 낼지 모른다. 그렇다, 이 유럽인들에게 자신이 제대로 처신할 줄 알고 상류사회에 익숙한 사람임을 보여주어야 한다.

— 먼저 타시오. 쌀띠엘이 흰 장갑을 끼고 승강기 앞에 꼼짝 않고 서 있는 작은 하인에게 상냥한 미소를 지으며 말했다.

급사는 너무도 우스운 상황을 참느라 벌게진 얼굴로 손님이 시키는 대로 했고, 쌀띠엘은 외교적인 예법의 극치라 믿고 있는, 미끄러지듯 파도를 타는 듯한 동작으로 뒤를 따랐다.

— 이제 가서 일하시오, 어린 분. 승강기가 4층에서 멈추었을 때 쌀띠엘이 말했다. 더 같이 갈 필요는 없소, 나 혼자서 방 번호를 잘 찾을 수 있으니까. 자, 10스위스쌍띰을 줄 테니, 마음 가는 대로, 과자를 사 먹든지 훌륭하신 모친께 드리든지 하시오.

뻔뻔스러운 어린 급사가 배은망덕하게도 고맙다는 말 한마디 없이 사라져버리자 쌀띠엘은 무척 놀랐다. 저자, 저 왕의 아들은 수직으로 움직이는 이 기관차의 버튼을 한번 누른 것 말고 한 일이

<hr />

6 그레이트브리튼 남서부 지역인 웨일스의 군주로서 영국의 왕세자를 지칭한다.

뭐가 있는가? 그 젊은 양반에게 팁으로 얼마를 줬어야 했단 말인가? 2쑤[7], 그래 2쑤를 줬지, 하지만 스위스프랑이 아닌가, 순금 방울 두개가 아닌가!

분노가 가라앉자 그는 아무도 없는 복도에서 혼자 빙그레 웃으며 웨일스 대공을 보내버린 것을 기뻐했다. 이렇게 혼자 조용히 입장을 준비하는 게 좋다. 조카가 보기에도 모양새가 더 좋을 것이다. 그는 주머니 거울을 꺼내 자기 모습을 비춰보았다. 접힌 깃은 괜찮았다. 아주 깨끗하고 풀을 먹여 빳빳하다. 오늘 아침에 프록코트를 다린 것은 좋은 생각이었다. 단춧구멍의 붉은색 패랭이꽃도 꽃무늬 조끼와 잘 어울렸다. 영국의 각료들은 언제나 단춧구멍을 꽃으로 장식하지 않는가. 그는 백발의 가는 머릿결을 매만진 다음 털모자를 약간 한쪽으로 기울여 썼다. 조카가 정장을 입을 때 언제나 멋진 실크해트를 약간 기울여 썼기 때문이다.

— 그래, 약간 기울여 쓰는 게 더 신식이고, 더 유쾌하고, 더 근엄해 보이지.

그는 거울을 내려서 무릎 쪽을 비추어보았다. 짧은 바지에는 은제 버클이 잘 잠겨 있었다. 어제저녁 망주끌루는 이 바지가 구닥다리라고 흉을 봤다. 질투가 났던 게 분명하다. 지금까지 항상 이런 바지를 입어왔는데 이 나이에 바꿀 수는 없지 않은가. 간단히 말해서, 이 정도면 봐줄 만했다. 그는 흐뭇해하며 안도의 한숨을 내쉬었다. 조카가 저기 저 문 뒤에서 나를 생각하며 기다리고 있다니. 그래, 들어가자마자 조카를 껴안아 인사를 하고, 그런 다음 축복해주리라. 그는 목청을 가다듬고는 늙은 심장의 세찬 박동 소리를 들으

---

7 1쑤(sou)는 5쌍팀에 해당하는 동전이다.

며 감격적인 문으로 다가가 살며시 노크를 했다. 대답이 없다. 용기를 내서 더 세게 두드렸다.

문이 열렸고, 화려한 실내복 차림의 쏠랄이 몸을 숙이며 삼촌의 손에 입을 맞추자 쌀띠엘은 다리에 힘이 빠져버렸다. 조카가 자기 손에 입을 맞추며 인사하는 것이 너무 당황스러워 할 말이 떠오르지 않았다. 자기를 쳐다보고 있는 이미 너무 커버린 조카를 껴안을 엄두가 나지 않았다. 그는 놀라움을 드러내지 않기 위해 두 손을 비빈 뒤 잘 지내냐고 물었다. 조카가 잘 지낸다고 대답하자 쌀띠엘은 다시 두 손을 비볐다.

—다행이구나. 나도 잘 지냈다. 그렇게 대답했고, 잠시 뒤에 덧붙였다. 오늘 날씨가 기가 막히게 좋구나.

삼촌이 난처해하는 모습에, 쏠랄은 깨끗이 면도한 삼촌의 양 볼에 키스를 하며 상황을 정리했다. 쌀띠엘도 똑같이 하고는 코를 풀고 축복의 말을 중얼거렸다. 그러고서 주위를 둘러보는 얼굴이 환하게 빛났다.

—아들아, 멋진 방이로구나. 네가 오랫동안 이런 곳에서 지낼 수 있기를 빈다. 그런데 창문이 열려 있구나. 바람 조심하거라. 박하 향 바셀린을 코 밑에 조금 바르면 감기를 예방할 수 있다는 것도 기억하고. 그래, 쏠, 정치는 별문제가 없는 거냐? 이 나라 저 나라 다 괜찮으냐?

—다 괜찮아요. 쏠랄이 진지한 목소리로 대답했다.

다시 침묵이 흘렀고, 쌀띠엘은 그 침묵을 깨뜨릴 엄두가 나지 않았다. 아마도 쏠은 머릿속으로 뭔가 중요한 생각을 하는 중이고 어쩌면 어려운 연설문을 준비하고 있는지도 모른다. 그래서 조카가 생각의 흐름을 놓치지 않도록 잠시 조용히 두기로 했다. 그는 팔짱을 낀 채 얌전히 앉아서 조카가 이리저리 걸어다니는 모습을 바라보았다. 정말 높은 자리가 아닌가! 내 무릎 위에서 할례를 받았는데! 그저 울어대기만 하던 아기가 여러 나라를 통치하는 인물이 되었다니. 지금 저렇게 말이 없는 건 연설문을 혹은 한 나라의 운명을 좌우하는 결정을 골똘히 생각하기 때문이리라. 하지만 그런 다음에는 그 빌어먹을 영국인이, 사실상 쏠의 상급자인 그 작자가 이 결정이 자기 작품이라고 떠들고 다니면서 이익을 챙길 테지! 사무차장, 그러니까 '총장' 대신에 그 아래라는 뜻의 '차장'이라는 말 때문에 쌀띠엘은 목에 가시가 걸린 것 같았고 그게 도저히 삼켜지지 않았다. 그 영국인이 도대체 언제 사임을 하고 진정으로 능력 있는 사람에게 자리를 내어줄까? 물론 그렇다고 그 쓸모없는 영국인이 죽기를 바라는 것은 아니었고, 그저 류머티즘 같은 게 걸려서 은퇴를 할 수밖에 없게 되길 바랐다. 그래, 어떡하겠는가, 전능하신 신의 뜻에 따를 뿐.

— 삼촌, 오늘 저녁식사 자리, 됨 부부의 집에, 갈까요 가지 말까요? 결정해주세요.

— 내가 어떻게 알겠니? 얘야. 내가 알 수 있는 일이 아니지. 네가 즐거운 곳이라면 가야지.

쏠랄은 서랍을 열어서 은행권을 꺼내 삼촌에게 건네주었고, 그 돈을 받아 세어본 쌀띠엘은 왈칵 눈물이 솟아 촉촉해진 눈길로 조카의 얼굴을 뿌듯하게 바라보았다. 이 왕의 아들은 1만 스위스프랑을 박하사탕 하나 건네주듯이 주는구나!

— 신의 축복이 있기를, 얘야, 진심으로 고맙구나, 하지만 난 아무 필요가 없단다. 이렇게 많은 돈을 가지고 있기에는 너무 늙었잖니. 이게 있어봐야 뭘 하겠니? 땀 흘려 번 돈은 그냥 네가 가지고

있거라. 하지만 서랍 안에다 말고, 설사 열쇠로 잠그는 서랍이라 해도 안된다, 그렇게 넣어두지 말거라. 열쇠는 언제든 위조해 만들 수 있고 또 그게 열쇠의 운명이거늘. 이 돈을 주머니에 넣고, 그다음에 이중 핀으로 잠가야 한다. 주머니가 벌어질 수 있고 또 그게 주머니들의 습성이거늘. 자 이제, 나의 보물 같은 아이야, 네가 말 안해도 난 다 알 수 있단다. 넌 오늘 저녁식사 자리 때문에 깊이 생각해야 하니까 혼자 있을 필요가 있겠지. 그래, 나는 밑에 내려가 푹신한 의자에 앉아서 기다리마, 지루하지 않으니 걱정 말거라, 오가는 사람들을 쳐다보고 있으면 시간이 잘 간단다. 생각이 다 끝나면 다시 나한테 연락하렴. 이따 보자, 나의 눈동자처럼 소중한 아이, 신께서 너와 함께하시길.

로비로 돌아온 그는 다시 불안해졌다. 아까 안내인에게 약간 모욕을 준 것이 사실이었기 때문이다. 그 불충한 신하가 삼촌한테 당한 것을 조카에게 복수할 수도 있지 않은가, 중요한 편지를 없애버릴 수도 있고, 또 어떤 배신행위를 할지 누가 알겠는가! 무슨 일이 있어도 배신자의 환심을 얻고 그의 복수욕을 가라앉혀야 했다.

그는 작은 책상으로 다가가 부드럽게 팔꿈치를 괴면서 안내인에게 말했다. "조카가 당신 얘기를 하며 무척 높게 평가했소." 어리둥절한 안내인은 고맙다고 인사를 했고, 쌀띠엘은 적의가 사라진 상대에게 매혹적인 미소를 지어 보인 뒤 더욱 호감을 사기 위해 다시 상냥한 말을 던졌다. "스위스 시민이시오?" 국제연맹의 거물이 이런 짧은 바지를 입은 미친 인간의 조카라는 사실에 충격을 받은 안내인이 마지못해 그렇다고 대답을 했다. 그랬다, 이런 이상한 사람들에 대해서는 만반의 준비를 해야 한다, 어디로 튈지 모른다.

─축하하오. 쌀띠엘이 말했다. 스위스는 현명하고 고귀한 나

라, 진정 싫어할 수가 없는 나라지. 스위스라는 나라가 번성하길 진심으로 빌겠소. 사실 내가 굳이 빌 필요도 없기는 하지만 말이오, 알아서 잘하고 있으니까. 그리고 이 호텔은 관리가 아주 잘되고 있는 것 같소, 전기야 뭐 켜둘 수 있지, 분위기가 더 밝아지니까. (잠시 침묵이 흐른 뒤 그는 쏠에 대해 뭔가 상세한 얘기를 들려주면 이 음침한 작자가 관심을 보이고 기분이 좋아지리라 생각했다.) 이 보시오, 안내인 양반, 쏠랄 가문의 종가에서 태어난 장자들이 모두 그렇듯이 내 조카의 이름도 쏠랄이오! 그게 전통이지! 심지어 유대 출생증명서에는 쏠랄가의 쏠랄 14세, 케팔로니아 대제사장의 아들, 그리고 모세의 형제인 대사제 아론의 후손으로 되어 있다오! 흥미롭지 않소? 게다가 이것도 알아두시오, 친절한 안내인이여, 네 명의 사촌과 나는 분가에 속한다오! 수세기 동안 프랑스의 여러 지방을 옮겨다니며 때로는 감미롭고 때로는 그렇지 못한 삶을 살다가 1799년에 그리스 케팔로니아섬으로 가서 1492년 에스빠냐의 유대인들이 추방될 때 옮겨온 장자계 혈족을 만났다오! 또르께마다[8]여 저주받으라! 모두 그자에게 증오를 퍼붓길! 하지만 알아두시오, 쏠랄 분가의 우리 다섯명, 프랑스의 용자들은 말이오, 알아두시오, 우리는 1791년 9월 27일에 발표된 국민의회의 위대한 칙령에 따라 프랑스 국민이 되었고, 이후 프랑스인으로, 케팔로니아 영사관에 등록된 신분으로, 자부심을 가지고 살아왔소, 고귀한 나라의 감미로운 언어를, 하지만 우리만 아는 꽁따 브네생[9]의 옛 단어들로 장식

---

8 Tomás de Torquemada(1420~98). 도미니꼬회 수도사로 에스빠냐 종교재판소의 최고 재판관이 되었다. 1492년에 개종을 거부하는 유대인들을 추방하는 일을 주도했다.

9 프랑스 남동쪽 아비뇽 부근 지역의 옛 이름. 14세기에 아비뇽으로 옮겨온 역대 교황들이 유대인들에게 상대적으로 호의적인 태도를 취하면서 프랑스 다른 지

된 언어를 사용하면서, 겨울밤이면 눈물 흘리며 롱사르와 라신의 글을 읽었소. 그리고 한가지 더 알아두시오, 훌륭한 안내인이여, 망주끌루와 미까엘은 마르세유의 141보병대에서 군 복무를 했다오. 나를 포함해서 나머지 셋은 군대 생활의 피로를 견뎌내기 어렵다는 판정을 받았지, 실망스러웠지만 어쩌겠소?

전화벨이 울리는 바람에 쌀띠엘이 말을 멈추었고, 수화기를 집어 든 안내인은 조카께서 찾으신다고 알렸다. "즐거운 대화였소, 아니스 사탕 하나 드릴 테니 부디 받아주시오." 쌀띠엘이 작은 사탕 상자를 내밀며 말했고, 우아하게 몸을 숙여 인사를 한 뒤 자기 계략이 성공한 것을 흡족해하며 멀어져갔다. 이제 쏠에게 위험은 없으리라, 내가 안내인을 홀려놓았으니까! 그는 적이 될 수 있는 또다른 자, 금빛 단추가 달린 빨간색 옷을 입은 어린 공자에게 "그대 나이에는 이게 더 어울린다"며 감초 사탕을 권했고, 그런 다음 승강기를 타라고 권하는 것을 괜찮다며 거절했다. 그는 오르락내리락하는 새장 같은 승강기가 전혀 맘에 들지 않았다. 케이블이 끊어질 수 있으니, 괜히 탔다가는 목숨이 위험할 것 같았다.

─기가 막히게 맛있구나, 이 고급 커피, 영혼에 힘을 더해주는 것 같다. 쌀띠엘이 말했다. 그는 한잔 더 따라서 향을 들이마신 뒤 시음할 때 빠뜨릴 수 없는 홀짝홀짝 소리를 내며 마셨다. 쟁반, 커피포트 두개, 그리고 스푼이 모두 은제로구나, 세상에, 품질보증 마크도 있고. 아, 네가 이렇게 은제품을 앞에 두고 있는 모습을 가엾은 네 엄마가 보았다면 얼마나 좋을까! 그런데 한가지 잊고 말 안

_____

역의 유대인들이 이주해 왔다.

174

한 게 있구나. 작년에 우리가 다녀갔을 때 말이다, 너와 헤어진 다음에 주네브에서 그다지 멀지 않은 쌀레브산에 들렀단다. 망주끌루의 생각이었지. 높이가 800미터나 되더구나! 절벽이 험하던데 소들을 풀어놓고! 과장 안하고 소뿔이 1미터는 됐단다! 멍청하고 정말 믿을 수 없을 정도로 무표정한 눈길이었지! 이방인[10]들은 일부러 산에 올라가 소뿔에 찔리고 얼어 죽고 또 기진맥진해 돌 위에서 비틀거린다지, 난 도저히 이해할 수 없구나! 그래, 한잔 더 마시자, 어차피 남았으니까, 남겨서 좋을 게 없잖니, 어차피 값도 비싸게 받을 텐데. 고맙다, 아들아, 영원하신 신께서 널 지켜주시고 너에게 은혜를 내리시길. 참, 아들아, 너를 주네브에서 보게 돼서 다행이로구나. 작지만 마음이 거대한 나라 아니냐, 적십자의 조국이자 호의의 조국이지! 독일과는 전혀 다르잖니! 그런데 말이다, 어제 오후에 망주끌루가 나한테 와서 속내를 털어놓더구나, 빠스뙤르 연구소에서 광견병 걸린 개들을 사고 싶다고 말이다. 그 개들을 독일에 몰래 풀어 독일인 몇명을 물게 하고, 그러면 그 독일인들이 광견병에 걸려서 다른 독일인을 물고, 그렇게 해서 빌어먹을 독일인들이 서로 물어뜯게 만들겠다고. 내가 그런 가증스러운 말은 하지 말라고 일러두었다, 우리는 독일인과 똑같지 않다고 설명했고. 어쨌든 한참 동안 주장을 굽히지 않다가 결국 내 말을 받아들였지! 그런 다음에 난 쌀로몽과 함께 호수 공기를 쐬러 나가 서로 새끼손가락을 걸고 돌아다녔단다. 종교개혁의 벽[11]도 보러 갔는데 아주 멋

<hr>

10 유대인들이 다른 종교를 믿는 이민족을 지칭하는 말.
11 1909년 깔뱅 탄생 400주년을 기리기 위해 주네브에 세워진 기념물. 총 길이 100미터에 이르는 벽에 깔뱅 등 프로테스탄트 종교개혁을 이끈 주요 인물 네명을 포함한 열명의 조각상이 새겨져 있다.

지더구나. 우리는 종교개혁을 이끌었던 네명의 지도자를 바라보며 잠시 말없이 서 있었다. 프로테스탄티즘은 고귀한 종교이고, 사람들이 알고 있듯이 그 신도는 아주 정직하고 올바른 이들이지. 쌀로몽이 작은 밀짚모자를 손에 들고 심각한 얼굴로 군인처럼 똑바로 서 있던 모습을 네가 봤어야 하는데. 심지어 잠시만 더 그렇게 있자고까지 했단다. 깔뱅 경은 우리의 지도자인 모세와 성격이 좀 비슷한 것 같더구나. 물론 많이 비슷한 건 아니지, 우리의 모세께서는 다른 이와의 비교를 절대 불허하니까. 영원하신 신의 유일한 벗이었잖니, 다른 누구도 그렇게 되지 못했지! 그렇지만 난 그 깔뱅이란 사람이 참 맘에 들더구나. 엄하지만 공정하고, 농담을 주고받기 힘든 사람! 이어 맞은편에 있는 대학교를 보러 갔단다. 정문 위에 새겨진 경구를 아예 외워버렸지. 자 한번 들어보겠니? "주네브인들은 이 건물을 고등교육을 위해 헌정하여 주네브의 자유를 지켜줄 교육의 혜택에 경의를 표하는 바이다." 멋있지 않니? 이런 문장은 위대한 민족만이 생각해낼 수 있지! 솔직히 말하자면, 나도 모르게 어느새 흘러내리는 눈물을 닦았단다. 쌀로몽은 모자를 벗고 다시 한번, 이번에는 대학교 앞에서 조용히 서 있고 싶다고 했지. 그런데 애야, 네 상사인 그 영국인은 잘 지내니?

—아주 잘 지내요, 쏠랄이 빙그레 웃으며 대답했다.

—천만다행이로구나. 쌀띠엘은 이렇게 대답하고는 한숨을 쉬었다. 그 사람은 나이가 꽤 들었을 텐데.

—무쇠처럼 건강한걸요.

—천만다행이로구나. 쌀띠엘은 이렇게 대답하고는 기침을 했다. 그래, 세계 정치가 돌아가는 상황은 괜찮겠지. 하지만 조심하렴. 만일 그 히틀러라는 자가 점심식사 초대를 하거든 거절하거라!

물론 네 상황 때문에 받아들일 수밖에 없다면, 가야겠지. 하지만 간에 탈이 나서 아무것도 먹을 수 없다고 해야 한다. 그 사람 장롱 안에 독약이 가득하다는 말을 들었거든. 그러니까 그자가 초대한 자리에서는 아무것도 먹지 마라. 그가 불쾌해하면, 뭐 하는 수 없지! 불쾌해하라지, 아예 죽어버리라지, 저주스러운 인간 같으니! 넌 프랑스인과 영국인하고나 잘 지내면 된다. 편지를 쓸 때 조금 비위만 맞춰주렴, 삼가 경의를 표하며, 뭐 이런 식으로 말이다. 그리고 아들아, 오늘 저녁식사는 어떻게 하기로 했니?

— 가보려고요.

— 아주 높은 사람인가보지?

— 아름다운 여자예요, 이름이 아리안이고요.

— 이스라엘인이겠지, 아들아?

— 아니요. 오늘밤에 마지막으로 보고 끝낼 거예요, 더이상 그녀를 건드리지 않을 겁니다. 그럼 안녕히 가세요, 삼촌.

쏠랄은 삼촌에게 털모자를 씌워주고 어깨에 키스를 한 뒤 문까지 배웅했고, 불빛이 희미한 복도에 혼자 남은 불쌍한 쌀띠엘은 어찌할 바를 몰랐다. 그는 코를 문지르며, 이마를 긁으며, 천천히 계단을 내려왔다. 정말 이상한 고집이 아닌가! 저 아이는 언제나 이방인의 딸만 좋아한다! 처음에 영사의 아내가 있었고, 그다음에 그 영사의 아내의 사촌인 오드 부인, 그래 지금은 죽었지, 가련하게도, 그다음에도 무척 많았고, 이번엔 아리안! 그래 그 금발 여인들 모두가 아름다웠다. 하지만 이스라엘 여인 중에도 아름답고 제대로 교육받고 시를 낭송할 수 있는 여인이 있을 텐데. 금발이 아닌 것만 빼면 도대체 뭐가 모자라는가.

울적해진 그가 안내인에게 인사를 한 뒤 거리로 나섰을 때, 갈매기들이 유대인에게 적의를 품은 눈길을 던지고 배고픔으로 광란하며 둥글게 날고 있었다. 그는 호수 앞에서 걸음을 멈추었다. 이 물은 얼마나 아름다운가, 너무도 깨끗하지 않은가, 돈을 내고라도 사마시고 싶을 정도다. 스위스 사람들은 정말 운이 좋다. 그는 다시 걸음을 옮기며 조카를 향해 말했다.

— 얘야, 잘 기억해라, 내가 기독교인을 무조건 싫어하는 건 아니다. 언제나 말하지만, 선한 기독교인이 선하지 못한 유대인보다 낫단다. 하지만 알아야 한다, 우리의 여인과 함께하면 넌 한 가족이 된다는 것을. 우리의 여인과 함께라면 무엇이든, 예를 들면 형제와 자매 얘기까지 전부 다 주고받을 수 있잖니. 그런데 기독교도 여인과 함께라면, 아무리 아름다운 여인이고 달콤한 피를 가진 여인이라 하더라도, 그녀를 곤란하게 하거나 공격하지 않기 위해서 말하지 않는 편이 나은 것들이 있지 않겠니? 우리가 겪은 불행과 시련을 그 여인은 절대로 우리가 이해하는 것처럼 이해할 수 없지 않겠니? 그렇지, 아무리 그녀가 아름다워도 그 눈속의 한구석은 언제나 널 관찰하게 될 거고, 어쩌면 심술궂은 생각을 할지도 모르지. 그래, 예를 들어서 둘이 싸운 날이면 우리를 배척하는 생각을 할 수도 있지 않겠니? 이방인들이 꼭 나쁜 사람들은 아니란다. 하지만 그들은 잘못 알고 있지. 진짜가 아닌 것을 진짜라고 믿으며 우리에 대해 잘못 생각하고 있어, 불쌍한 사람들. 내가 언젠가 책을 써서 그들이 틀렸다는 것을 제대로 설명해줘야겠다. 그리고 또 말이다, 우리는 살면서 20년 혹은 30년마다 피할 수 없는 재앙을 겪게 된단다. 그저께는 러시아에서, 그리고 또다른 곳에서 정부의 묵인하에 유대인을 박해했고, 어제는 드레퓌스사건[12]이 있었고, 오늘은 독일인들이 엄청난 심술을 부리고 있지. 내일 또 무슨 일이 일어날지

어떻게 알겠니. 그런 재앙이 닥칠 때 온전히 너와 함께할 수 있는 선한 유대 여인과 함께 견뎌내는 게 좋지 않겠니. 아, 얘야, 어째서 너를 설득할 시간을 주지 않고 날 보내버렸는지.

생각에 몰두한 쌀띠엘은 코를 비비고 이마를 긁으며 걸음을 옮겼다. 그래, 쏠이 그 아리안이라는 여자를 더이상 건드리지 않겠다고 약속하지 않았는가. 하지만 불행히도 쏠은 그 여자를 사랑한다, 자기 입으로 말했으니까. 오늘밤 저녁식사 자리에서 만날 때 그 여인이 너무도 아름답고 금발이라서 쏠이 자기 결심을 잊게 된다면, 그래, 아주 깊은 눈길로 그 여인을 바라보고 치아를 드러낸다면, 그러면 그 불행한 여인은 포로가 되고 말겠지. 그 아이는 달콤한 피를 가졌으니까, 여자들이 좋아할 수밖에 없지. 세상에 그 아이가 열여섯살 때인가에, 절세미인이던 프랑스 영사의 아내와 도망을 갔었으니까. 그는 한숨을 쉬었다.

─이제 해야 할 일은 단 하나, 쏠에게 우리 유대 여인을 찾아주는 것.

그가 손뼉을 쳤다. 그렇다, 아리안이라는 아가씨를 완벽한 이스라엘 처녀와, 아름답고 건강하고 화려하게 차려입고 시를 읽고 피아노를 치고 매일 목욕을 하고 눈 위에서 현대식 스키를 타는 유대아가씨와 경쟁시키는 거다. 일단 후보를 고르고 나면 조카에게 아가씨가 얼마나 훌륭한지 계속 얘기해줘서 기어코 설득해내리라. 내 말이 노련한 필사가의 글처럼 간결하고 힘차게 파고들리라. 간

---

12 1894년 프랑스에서 유대인인 드레퓌스 대위가 국가 기밀 유출죄로 기소되어 이듬해 유배된다. 그가 반유대주의 정서 때문에 증거도 없이 범인으로 지목되었다는 주장이 제기되자 드레퓌스파-반(反)드레퓌스파로 나뉜 격렬한 논쟁이 이어졌고, 1906년에야 드레퓌스의 무죄가 밝혀진다.

단히 말해서 조카의 혼을 빼놓고 빨리 결혼을 시키는 거다. 그러면 말도 안되는 일은 모두 끝!

　─자, 이제 랍비의 집으로! 랍비가 우리에게 무얼 해줄지, 어디 한번 가보자.

14

오후 2시, 연한 장밋빛 캐미솔을 입은 됨 부인과 골프 바지 차림의 양아들이 거실에 함께 앉아 있었다. 두 사람의 신발 바닥에는 마루를 보호하기 위한 탈착식 펠트가 달려 있었다.

─그래, 얘야, A급 직원으로 출근한 첫날인데 연맹 본부에서는 어땠니? 거만한 낙타 같은 얼굴에, 짧은 인대처럼 늘어진 목살 끝으로 흡사 소리 없이 계속 흔들리는 종처럼 작은 멍울이 달려 있는 앙상한 여인이 물었다.

─좋았어요. 아드리앵은 이미 익숙한 일이라 아무렇지도 않다는 듯 무심하게 대답했다. 좋았어요. 그가 다시 한번 말했다. 유리문 달린 제 책장의 자물쇠가 고장난 것만 빼고요. 정확히 말하자면 열리기는 하는데 매번 힘을 줘야 했어요. 자재과에 연락했더니 열쇠 고치는 사람이 바로 왔어요. A급의 말은 무시할 수 없거든요.

─물론 그래야지. 됨 부인이 대답하며 빙그레 웃자 위쪽의 기

다란 앞니가 보드라운 아랫입술에 비스듬히 닿았다. 얘야, 론치로 겨우 샌드위치밖에 준비 못해서 미안하구나. A급 직원에게는 어울리지 않지, 하지만 어쩌겠니, 오늘 같은 날은 내 머릿속에 온통 다른 생각이 꽉 차 있는걸. 그래도 덕분에 저녁때 식욕이 더 좋지 않겠니. (그녀는 갑자기 말을 멈추고 손가락으로 목의 멍울을 만지작거렸다. 지금처럼 무언가 깊이 생각할 때면 살아 있는 장신구인 양 멍울을 만지작거리며 고무처럼 탄력 있는 감촉을 느끼는 게 좋았다.) 왜 그러니, 디디? 조금 전에 네 얼굴을 보니까 무슨 걱정이 있는 것 같던데. 네 처 때문이니? 엄마한테 말해보렴.

— 문에 붙은 그놈의 쪽지 때문이에요. 매일 같은 말, 자고 있으니까 깨우지 말라는 거예요. 아주 나쁜 습관이죠, 수면제를 먹는 바람에.

그녀는 다시 펜던트처럼 매달린 멍울로 손을 가져가 이미 이력이 난 두 손가락으로 능숙하게 만지작거리면서 한숨을 쉬었다. 하지만 지금은 속생각을 터놓을 때가 아니라고 판단했다. 저녁식사 자리에 국제연맹의 사무차장을 모시는 날인데 디디의 기운을 빼서는 안된다.

— 어쩌겠니, 개도 사는 데 무슨 흥미가 있어야 할 텐데. 결국 참지 못하고 이 말을 내뱉고 말았다. 아, 살림에 조금만 신경을 쓴다면 얼마나 좋을까! 그저 몇시간이고 방에 틀어박혀 소설책을 읽느라 잠을 제대로 못 자는 거잖니.

— 일단 오늘은 초대 때문에 정신이 없고, 내일 제가 한번 얘기해볼게요. 어제 수면제를 먹은 건 존슨 부부의 초대로 파티에 갔다가 자정에 돌아와서 그래요. 참, 오늘 아침에 깜빡 잊고 말씀을 못드렸죠, 어저께 저녁 자리가 어땠는지 말이에요. 아주 멋지고 화려

했어요, 전부 열여덟명이었고. 모든 게 완벽했어요. 제대로 상류사회 스타일이었죠. 그런 자리에 초대받을 수 있었던 건 A급이 되었기 때문이에요. 그러니까 이젠 존슨 눈에도 내가 보인다는 뜻이죠. 차장도 왔었어요, 정말 기품 있더라고요, 얘기는 거의 안했지만요. 레이디 해거드와 조금 얘기 나눈 게 전부예요. 존슨 부부는 레이디 해거드와 친해요, 서로 격의 없이 이름을 부르더라고요, 그러니까 존슨 부부가 레이디 해거드를 제인이라고 부르는 거죠. 영국 총영사의 부인인데 말이에요. 더구나 주네브 총영사는 워낙 중요한 자리라서 그 점을 고려하면 사실상 전권공사와 동급인데. 가끔 있는 일이지만, 총영사는 안 오고 부인만 왔어요, 남편이 독감에 걸렸다고요. 레이디 해거드는 아름답죠, 남편보다 훨씬 젊어서 아무리 많이 잡아도 서른두살이 못될걸요. 그런 레이디 해거드가 내내 삼킬 듯한 시선으로 차장을 쳐다봤어요. 다 같이 응접실로 옮겼는데, 그래요, 제일 큰 응접실이었어요, 놀랍죠, 응접실이 세개가 붙어 있어서……

─판오펄 부부 집에도 응접실 세개가 붙어 있단다. 됨 부인은 웃을 듯 말 듯 미소를 지으며 아드리앵의 말을 끊은 뒤 코로 깊은 숨을 들이마셨다.

─그래요, 응접실로 옮긴 다음에는 레이디 해거드가 차장 옆자리에 앉았죠. 그러고는 줄곧 말을 거느라고 정신이 없었어요, 환심을 사려고 안달이 났더라고요. 그러더니, 존슨 부부네 별장 터에 있는 동굴 얘기가 나왔는데, 글쎄 레이디 해거드가 차장한테 그 동굴을 보여주겠다는 거예요. 동굴 안에서 무슨 일이 있었는지 그거야 저도 모르죠. 쉿! 그러더니 파티가 끝난 뒤에는 차장한테 자기 차로 리츠까지 데려다주겠다고 했어요, 차장이 차를 안 가져왔거든요,

아마 수리를 맡겼나봐요. 좀 놀랍기는 하지만, 롤스로이스거든요. 두 사람 사이에 어떤 일이 일어났는지 나야 알 수 없죠, 누가 알겠어요? 참, 잊었는데, 루마니아 대표단의 의원도 왔어요, 차장이 존슨 부인 오른쪽에 앉았으니까, 그 의원은 왼쪽이었죠. 어때요, A급이 되니까 이제 제가 어떤 세계에 발을 들여놓을 수 있는지 아시겠죠?

—그렇구나. 됨 부인은 양아들이 출세했다는 사실이 기뻤지만 동시에 자기는 그 자리를 함께 누리지 못한다는 사실에 속이 쓰렸고, 상류사회 사람들은 자기 존재를 알지도 못하는데 자기 혼자만 그 사회에 대해 시시콜콜 알기도 싫었다.

—자, 얘기는 이제 그만해요. 그런데 엄마, 계속 한가지가 마음에 걸려요. 점심식사를 마치고 방에 올라갈 때 아빠 얼굴이 굉장히 침울했어요, 엄마가 조금 심하게 쫓아낸 것 같아요.

—아니, 절대 그렇지 않아, 난 그냥 오늘 저녁식사 준비 때문에 너하고 얘기를 좀 해야 한다고 상냥하게 설명했단다. 심지어 사랑하는 이뽈리뜨, 라고까지 했는데 그게 무슨 소리니?

—그렇죠, 하지만 아빠는 소외된 기분이었을 거예요.

—아니야, 절대 그렇지 않아. 아빠도 에티켓 교본을 읽는단다. 정말이야, 내가 깜박 잊고 너한테 말을 안했다만, 오늘 아침 아빠가 부랴부랴 시내에 나가더니 에티켓 교본을 한권 사왔지 뭐니, 나한테 말도 안하고, 정말이다, 상의 한마디 없이! 우리 나리께서 알아서 혼자 결정하고는 그냥 내 앞에 들이밀었다니까! 자기 용돈으로 샀다는 건 알지만, 아무리 그래도 날 그렇게 무시하면 안되는 거 아니니? 어쨌든 흔쾌히 용서해줬단다. 책이 있어서 조금이라도 마음이 놓인다면 그렇게 해야지 뭐. 그런데 네가 본부에 나가 일하는 동안 아침 내내 날 따라다니면서 그 책을 읽어주더구나. 한쪽 귀로

듣고 한쪽 귀로 흘렸지, 정말이야, 그거 아니라도 이미 머릿속이 충분히 복잡하니까.

—그래도 아빠도 조금 끼워주도록 해보세요. 식탁에서 한마디도 안하시잖아요, 혼자 외톨이가 된 기분일 거예요. 마음이 안 좋아요.

—당연히 끼워주지. 오늘 아침만 해도 복도를 계속 오락가락해달라고 했단다. 마루 청소를 마무리하는 데는 펠트 쉰발창이 최고거든. 할 일이 생겼다고 얼마나 좋아했는데.

—알았어요. (양아들이 행동파 남자처럼 거친 동작으로 파이프를 비우면서 내뱉은 이 한마디가 됨 부인의 눈에는 너무 멋있어 보였다. 그래, 우리 디디는 날 닮았어, 진정한 레르베르그가의 남자야. 하지만 그와 동시에 머릿속으로는 메모를 했다. '마르따에게 재떨이를 비우라고 할 것, 작은 탁자 밑을 청소기로 밀라고 할 것.') 그런데 엄마, 저녁 준비는 어떻게 돼가요? 손님은 7시 30분에 올 거예요. 8시라고 말할 걸 그랬나봐요.

—왜?

—더 멋있잖아요. 카나키스네도 늘 8시에 저녁식사 초대를 하거든요, 라세 부부도 그렇고, 존슨 부부도 그렇고. 그게 말이에요, 초대하고 싶다고 떡밥을 던질 때(그는 이 비유가 좋았다) 좀 흥분한 상태라 그냥 얼떨결에 말해버렸어요. 뭐, 어쩔 수 없죠, 끝난 일이니까. 중요한 건 우리 국에서 차장을 저녁식사에 초대한 건 내가 처음이라는 사실이에요. 베베가 한 적이 있는지 혹시 모르겠는데, 아마 아닐 거예요. 그래요. 참, 준비가 어떻게 돼가는지, 어떤 걸 이미 끝냈고 어떤 건 아직 남았는지, 간단히 말해서 현재 상황이 어떤지 좀 알려주세요, 저도 알아야 일 처리를 할 수 있으니까요. 하

지만 짧게요, 벌써 2시 20분이고 시내에 나가서 사올 게 아주 많거든요. 가능하면 오늘 오전에 출근을 안하고 싶었는데 베베가 요즘 저기압이라서 어쩔 수 없었어요. 그래요, 내가 A급이 됐다는 걸 받아들이기 힘들겠죠. 내가 자기 자리를 빼앗을 수도 있다는 걸 드디어 깨달았을 테니까요.

　—그렇구나, 디디. 그녀는 애정이 가득한 눈으로 아드리앵을 쳐다보며 말했다.

　—그나마 오후에라도 출근을 안할 수 있게 돼서 다행이에요. 베베한테 차장을 초대했고 그 준비 때문이라고 말할 수는 없거든요, 그랬다가는 앞으로 날 잡아먹으려고 할 테니까.

　—그래, 그렇고말고. 그런데 뭘 살 거니?

　—우선 양초부터요. 식사 자리에 촛불을 밝히려고요. 요즘은 보통 그렇게 해요.

　—집에도 있는데!

　—아뇨. 아드리앵이 단호하게 말했다. (그는 다시 파이프에 불을 붙여 근엄하게 연기를 한입 내뿜었다.) 그 양초들은 꼬인 모양이잖아요, 옛날 스타일이에요. 그냥 일자형이 필요해요, 라세 부부네서 본 것 같은. (됨 부인의 얼굴이 차갑게 굳었다, 라세 부부는 지금까지 한번도 그녀를 초대하지 않았다.) 그리고 또 있어요, 포도주를 바꿀 거예요. 고르따가 1924년산 보르도와 1926년산 부르고뉴를 보냈더라구요. 꽤 괜찮은 것이긴 해요, 그 정도면 될 거라 생각했겠죠. 하지만 1928년산 쌩떼밀리옹을 달라고 할 거예요, 1928년산 샤또라피뜨도, 그리고 포도주가 최고로 좋았던 해로 꼽히는 1929년산 본도 달라고 할 거예요. (어제 포도주에 관한 책을 사서 읽고 건져 올린 최신 능력.) 전화로 하기보다는 직접 가서 그

자리에서 바꿔 오려고요. 그자는 대충 골라도 될 거라고 생각했겠지만, 내가 찾아가서 본때를 보여줄 거예요!

— 그래, 얘야. 디디의 남자다운 기백에 은근히 기분이 좋아진 됨 부인이 말했다.

— 그리고 꽃도 사야 해요.

— 정원에 있잖니, 안 그래도 좀 따놓으려고 했단다!

— 아니에요, 최고로 멋진 꽃이 필요해요!

— 어떤 꽃을 말하는 거니, 얘야? 그녀가 아들과 의견을 조율하려고 애쓰며 물었다.

— 뭐가 있는지 가서 봐야죠. 난초가 괜찮을 것 같아요. 아니면 물 위에 수련을 띄워서 식탁 가운데 놓는 것도 좋을 것 같고요.

— 그건 좀 우습지 않니?

— 레이디 체인은 초대 손님만 참석하는 정식 만찬 자리에 늘 그렇게 식탁 한가운데 꽃을 띄워놓는대요. 카나키스한테 들었어요.

— 카나키스가 그 집에 초대를 받았다고? 됨 부인은 질투심에 휩싸였다.

— 네. 그가 목을 가다듬으며 대답했다.

— 너보다 높지도 않잖니?

— 맞아요, 하지만 카나키스의 삼촌이 장관이거든요. 그래서 그런 자리에 갈 수 있는 거죠.

잠시 침묵이 흘렀고, 불현듯 됨 부인은 운명이 자기에게는 너무 초라한 남편을 짝지어주었다는 생각에 우울해져서 다시 한번 목의 멍울을 만지작거렸다. 그녀가 한숨을 쉬었다.

— 넌 모를 거다, 네 아빠가 오늘 아침에 날 얼마나 괴롭혔는지 말이다. 계속 따라다니면서 쉬지 않고 그 에티켓 책을 읽어댔단다.

그래서 결국 손님방에서 나오지 말라고 했지. 여행에서 돌아온 뒤에 혼자 좀 조용히 있고 싶어서 아빠더러 따로 그 방을 쓰게 했거든. 장 보는 거라도 좀 대신 해주면 네가 힘이 좀 덜 들련만. 어떻게 그렇게 아무짝에도 쓸모가 없는지, 제대로 하는 게 하나도 없구나. 어쩌겠니, 장관 삼촌이 없어도 넌 네 힘으로 진급을 했잖니.

그녀는 양아들의 웃옷에 붙은 먼지 한올을 털어냈다.

— 쉿! 잠깐만요! 생각 좀 하고요!

그녀는 아드리앵이 고민할 수 있도록 기다렸고, 그렇게 한동안 대화가 끊어진 틈을 이용해서 손가락으로 작은 원탁을 훑어가며 가장자리까지 깨끗한지 확인했다. 그래, 마르따가 먼지를 잘 털어냈네. 열린 문으로 2층에서 됨 씨가 에티켓 교본의 감동적인 문구를 읽는 소리가 들렸다. "냅킨을 펼치고, 빵을 왼쪽에 놓는다! 들었어? 앙뚜아네뜨?" 그녀가 흥얼거리며 대답했다. "들었어요!" 잠시 후 다시 됨 씨의 목소리. "빵은 나이프로 짜르지 말고 손으로 뜯어야 한다. 매번 먹을 만큼 뜯어야 한다. 빵을 미리 뜯어놓는 것은 예법에 어긋난다."

— 봤지, 디디, 오전 내내 이랬단다. 이제 이해하겠니? 내가 얼마나 인내심을 발휘해야 했는지 알겠지?

— 엄마, 전 정말 오늘 저녁식사가 최고로 근사한 자리가 됐으면 해요! 그래요, 차장더러 샴페인을 선택하라고 하려고요! 최고의 자리가 되려면 식사 내내 샴페인이 있어야 해요! 차장도 틀림없이 좋아할 거예요, 좋은 인상을 심어줘야죠. 그러니까 식사가 시작되면 아주 자연스럽게 그 사람 쪽으로 고개를 돌리고 묻는 거죠. 차장님, 어떤 게 더 좋으십니까? 고전적인 방식으로 할까요? 아니면 샴페인만으로 할까요? 정확히 어떤 말로 물어볼지도 생각해놓아

야죠. 혹시 샴페인이 좋다고 하면, 보르도와 부르고뉴는 남겨뒀다가 다음에 쓰면 돼요. 비용에 신경 쓰지 않아도 되죠?

— 그래야지. 특별한 상황이잖니!

— 샴페인으로만, 그래요, 아주 좋아요. 여섯병을 준비할 거예요, 모자랄지도 모르니까. 혹시 차장이 술을 많이 마실 수 있잖아요. 물론 그럴 것 같지는 않지만, 사람 일은 모르죠. 오! 이런 멍청이 멍청이 멍청이!

— 왜 그러니, 얘야?

자리에서 일어나 창문 쪽으로 갔다가 다시 양어머니 쪽으로 다가온 아드리앵은 두 손을 주머니에 넣고 의기양양한 미소를 건네며 상대를 물끄러미 쳐다보았다.

— 좋은 생각이 있어요! 아주 기발한 생각!

그때 외알 안경 뒤로 겁에 질린 듯 동그랗게 튀어나온 두 눈에다가 턱수염이 난, 마치 작은 바다표범처럼 생긴 묌 씨가 나타났다. 그는 우아하게 다리를 살짝 절면서 다가왔고, 방해해서 미안하다고 사과한 뒤 검지를 끼워 페이지를 표시해놓은 에티켓 교본을 펼치더니 끈으로 목에 걸어놓은 외알 안경을 썼다.

— 식탁에 앉아 첫번째 요리가 나오기 쩐에 빵을 먹으면 안된다. 앉아서 바로 빵을 먹는 것은 예법에 어긋난다. (그는 오케스트라 지휘자가 지휘봉을 흔들듯 검지를 흔들면서 이어지는 문장의 중요성을 강조했다.) 요리와 요리 사이에 빵을 짜꾸 뜯어 먹는 것도 배가 고파 못 참는 것처럼 보이므로 안된다.

— 그래요, 아주 좋아요. 기가 막히게 좋은 생각을 빨리 말하고 싶어 안절부절못하는 아드리앵 옆에서, 묌 부인이 말했다. 이제 당신 방으로 올라가요.

— 알려주면 도움이 될 것 같았어. (그는 위험을 피하지 않고 맞서기로 했다.) 당신은 요리 사이에 빵을 먹잖아.

— 걱정하지 마요. 됨 부인이 상냥한 미소와 함께 대답했다. 손님이 있는 자리에서는 가족하고 같이 먹는 자리에서와 다르게 행동할 줄 알아요. 다행히 우리 아버지도 집에 손님을 많이 초대했었다고요. (그녀는 더없이 품위 있게 침을 삼키며 말했다.) 자, 이제 가서 턱시도나 입어봐요, 손님 오기 직전에 서두른다고 사람 놀라게 하지 말고요. 옷 입어보느라 신경 쓰다보면 심심하지도 않을 거예요. 좀 늘려놓았어요, 우리 아버지는 배가 나오지 않았으니까. (바다표범은 결국 꼬리를 내리고 펠트 신발창을 끌며 말없이 자리를 떴다. 그녀는 디디를 향해 고개를 돌리며 말했다.) 오전 내내 내가 어땠을지 상상이 가지? 그런데 애야, 아까 무슨 생각이 들었다고 했지?

— 맞아요. 그는 자기가 얼마나 중요한 생각을 했는지 강조하기 위해서 벌떡 일어나 이딸리아의 독재자처럼 두 주먹을 허리에 얹고 됨 부인 앞에 버티고 선 채 말했다. 맞아요, 다시 말할게요, 샴페인이 좋아요, 군말 필요 없죠, 물론 결정은 차장이 할 거예요. 하지만 나도 결정하는 게 있어야죠, 그래, 바로 캐비아예요! (자기 말을 듣고 엄마가 탄복하리라는 생각에 그는 콧구멍이 떨렸고, 우쭐해서 턱을 앞으로 내밀었다.) 캐비아! 큰 소리로 외치는 순간 그의 안경알이 서정적으로 반짝였다. 최고의 요리이자 가장 비싼 요리인 캐비아! (그가 선언했다.) 오늘 저녁 A급 직원 아드리앵 됨이 직속상관인 국제연맹 사무국 차장을 위해 마련한 식사에는 캐비아가 나온다!

— 하지만 캐비아는 너무 비싸잖니! 사랑하는 남자 앞에서는

약한 여자가 되는 됨 부인이 움찔하며 말했다.

— 상관없어요! 차장과 친해지는 게 중요해요! 사회적 지위를 지키는 방법이기도 하고요! 걱정 마세요, 돈을 제대로 쓰는 거예요!

— 그렇지만 제일 앞에 조갯살 뽀따주[13]가 나올 건데! 같은 해물이잖니!

— 상관없어요! 뽀따주를 빼면 되죠! 조갯살 뽀따주는 캐비아에 비하면 아무것도 아니라고요! 캐비아가 최고예요! 토스트 빵, 버터, 레몬! 그리고 캐비아를 한가득! 차장님, 캐비아 더 드시겠습니까? 존 경 다음으로 중요한 사람을 우리가 매일 초대하는 것도 아니잖아요!

— 하지만 애야, 그다음 요리도 제르미도르 랍스터인걸.

— 떼르미도르[14]요. 그가 고쳐주었다.

— 그래? 영어로……

— 떼르미도르예요, 그리스어 테르메, 열熱을 뜻하고, 도론, 증여혹은 선물이죠. 조심해요, 엄마, 알았죠? 오늘 저녁에 손님 앞에서 제르미도르라고 하면 안돼요!

— 해물만 너무 연달아 나오는 것 아니니?

— 어떤 상황에서도 캐비아는 맛있어요! 맞아요, 맞아, 내 생각대로 해요! 절대 흔들리지 않을 거예요! 캐비아, 캐비아, 무조건 캐비아! 랍스터 따위를 위해 캐비아를 포기할 수는 없어요! 알죠, 엄마, 원래 제대로 차린 저녁식사에서는 구색을 맞춰 여러가지가 조

---

13 고기, 해물, 채소 등을 넣어서 수프처럼 진하게 끓인 음식.

14 떼르미도르는 프랑스혁명력에서 7, 8월에 걸친 '열월(熱月)'을 가리키며, 흔히 공포정치를 이끌던 로베스삐에르가 실각한 혁명 2년 열월 9일(1794년 7월 27일)을 지칭한다. 떼르미도르 랍스터는 1894년 빠리 꼬메디 프랑세즈 근처의 한 레스토랑에서 연극 「떼르미도르」의 상연을 기념하여 개발한 요리이다.

금씩 나오는 거예요. 뽀따주 몇스푼 먹고, 랍스터 한입 먹고. 그러니까 내 말대로 해요! 캐비아를 식탁에 올리면 그야말로 멋지게 성공할 거예요! 우리 집에서 이런 문제를 제일 잘 아는 건 나잖아요! 혹시 그 사람이 랍스터를 별로 안 좋아해도 상관없어요, 먹지 말라죠! 난 다 이해한다는 투로 살짝 농담을 할 거예요. 해산물로 좀 치우친 메뉴죠, 차장님. 정확히 뭐라고 말할지 문장도 생각해놓을 거예요. 캐비아, 캐비아가 필요해요! 뻑뻑하고 시커먼, 그런 허접한 것 말고! 신선한 거, 회색빛 나는 거, 스딸린의 나라에서 직접 공수해 온 거!

그는 두 손으로 조끼를 잡더니 흡사 신기가 내린 듯, 캐비아 신에 홀린 듯, 흥분한 걸음으로 거실을 오갔다.

—아빠가 부르는 것 같구나. 잠깐만 기다리렴, 금방 올게.

그녀는 복도에서 고개를 들어 위를 쳐다보고는, 계단 난간에 몸을 숙이고 있는 남편을 향해 죽도록 온화한 얼굴로 무슨 일이냐고 물었다.

—그래, 여보, 방해해서 미안해, 쩌녁에 날 놀라게 해쭈려고 메뉴를 안 알려쭈는 건 좋아, 그래도 한가쩐 알구 싶단 말이야, 처음에 수프가 나오는 거야?

—아뇨. 정식 만찬에는 수프를 내지 않아요. (그녀는 정식 만찬이라는 표현을 전날 아드리앵과 얘기를 나누는 동안에 배웠고, 아드리앵은 최근 카나키스한테서 그 말을 주워들었다.) 여보, 디디하고 아직 중요한 상의를 좀더 해야 하고 머릿속도 너무 복잡해요, 좀 가만둬요. 이제 다른 거 물어볼 거 없죠?

—없어. 됨 씨가 처량한 얼굴로 대답했다.

—그럼 이제 당신 방에 올라가서 뭔가 유용한 일을 좀 해봐요.

됨 씨는 천천히 계단을 올라가 위안을 얻기 위해 2층의 W.C.로 들어갔다. 푹신한 깔개를 댄 변기에 멍하게 앉은 그는 화장지를 뜯어서 촘촘히 주름을 잡았고, 그렇게 만든 일본식 부채를 얼굴에 대고 부치면서 굴욕을 새김질했다. 그러다가 결국 어깨를 들썩이더니 일어서서 파시스트식 경례를 하며 밖으로 나왔다.

—자, 서둘러야 해요. 아드리앵이 말했다. 걱정 안하고 나갔다 올 수 있게 지금까지 준비된 상황을 한번 정리해주세요.

—그래, 거실하고 식당은 확실하게 끝났다, 왁스로 잘 닦아놓았지. 청소기도 여기저기 다, 커튼까지 다 밀었다. 복도도 마찬가지고, 손님이 갈 만한 곳은 빼놓지 않고 다 확인했단다. 그리고 마르따를 시켜서 크리스털 잔, 금줄무늬 식기, 그래, 네 할아버지 때부터 내려오는 레르베르그 집안의 식기도 다 씻어놓았지. 전부, 은그릇들까지 반짝반짝 윤나게 닦았다. 제대로 닦는지 내가 직접 지켜봤단다. 이제 다 끝나고 테이블 세팅만 남았는데, 그건 사람을 불렀으니까, 그 사람들이 하는 방식이 있겠지. 일단 식당은 열쇠로 잠가놓았단다. 사람이 오면 그때 열어야지. 그때도 아빠는 못 들어가게 할 거지만. 아무거나 손대서 뒤죽박죽 해놓을까봐 신경 쓰이잖니. 여기 거실도 다 끝나면 잠가둘 생각이다.

—1층 화장실은요? 혹시 손님이 식탁에 앉기 전에 화장실을 쓰고 싶다고 할지도 모르잖아요.

—내가 그걸 생각 못했겠니? 다 반짝거린단다, 세면대, 수도꼭지, 거울, 변기, 그래, 다 완벽해. 거기도 내가 직접 검사하고 열쇠로 잠가놓았다. 우리끼리 있을 때야 화장실이 필요하면 2층에 올라가면 되고, 그냥 손 씻는 정도는 싱크대에서 할 수 있고, 아니면 네 방

욕실도 있잖니.

— 화장실에 수건은 갈아놓으셨어요?

— 애야, 넌 내가 그런 것도 모를 것 같니? 한번도 안 쓴 새걸로 챙겨뒀다. 보풀 없애려고 다림질까지 했는걸. 비누도 판오필 부부네 있던 영국제로 일부러 사서 가져다놓았고.

— 엄마, 한가지 걸리는 게 있어요. 아래층에는 변기까지 같이 있는데 손님이 거기서 손을 씻어도 괜찮을까요? 내 방 욕실이 낫지 않을까요?

— 세상에, 디디, 그건 말도 안된다! 그냥 손만 씻을 건데 3층까지 올라간다는 게 말이 되니? 내 말 들어보렴, 아주 간단한 일이란다. 변기 위에 은사로 무늬를 새긴 인도 헝겊을 얹어놓으마, 엘리즈가 실내복 만들라고 선물해준 게 있으니까. 그러면 변기가 가려지고 우아해 보이지 않겠니.

— 좋아요. 하지만 화장실을 제때 열어놓는 거 잊으시면 안돼요. 설마 차장을 세워두고 열쇠로 따는 그런 재앙은 없겠죠!

— 7시 15분에 열어두마. 부엌 자명종을 맞춰놨단다. 그 시간이면 별로 위험할 게 없지. 내가 아빠를 지켜보고 있으면 되니까.

— 호텔 집사를 부르는 건 확실히 됐어요?

— 사람 쓰는 문제도 다 됐지. 오늘 아침에 다시 한번 중개소에 전화했고, 우리 집 분위기에 좀 익숙해지기도 해야 하고 격식에 맞게 식탁을 차리고 또 이런저런 일들을 해야 하니까 무슨 일이 있어도 5시 30분까지는 도착해야 한다고 다짐해놨다.

— 믿을 만한 사람이겠죠?

— 그래봤자 하인이지. 그래도 어쨌든 중개소는 괜찮은 데란다, 방트라두르 부인이 추천해주셨으니까. 그리고 마르따한테도 그 사

람이 오거든 꼭 붙어 다니라고 잘 말해놨다, 은식기가 신경 쓰여서 말이지.

─요리는요?

─6시에 가져올 거다. 7시나 돼야 가능하다는 걸 우겨서 6시로 했단다, 그래야 혹시 늦어져도 시간이 있지. 훌륭한 요리사가 다 싣고 와서 마지막 준비까지, 그러니까 데우고 소스 붓는 것까지 다 해줄 거다. 4시에 한번 더 전화해서 꼭 6시까지 오라고, 6시 5분도 안된다고 다짐해야지. 내 방에 시간표를 다 만들어놨단다.

─됐네요, 다 정리됐어요. 이 정도면 완벽해요. 7시 15분에 부엌 자명종 맞춰놓은 것 말고 엄마 방 거랑 내 방 거랑 두개 더 맞춰놓는 게 어때요? 하나는 5시 30분에, 하나는 6시에요. 두 사람이 제 시간에 안 오면 바로 전화할 수 있잖아요.

─그러자꾸나, 아주 좋은 생각이다. 오, 어째, 또 나를 부르네! ("어째"는 사실 "하느님 어쩐답니까"를 조심스럽게 감추는 말이다.)

두 사람은 현관에서 고개를 들었다. 뒴 씨가 풀 먹인 셔츠를 입다 말고 마치 통 속에서 빠져나오지 못하는 사람처럼 버둥거리고 있었다. "이 셔쯔 때문에 꼼짝 못하겠어. 사방이 들러붙어!" 작은 바다표범은 두 팔을 정신없이 휘젓다가 마침내 고개를 빼내는 데 성공했고, 빙그레 웃으면서 방해해서 미안하다고 말했다. 하지만 바로 몇분 뒤 아드리앵이 집을 나서는 순간 다시 도움을 요청하는 소리가 들렸다. "목깃을 못 달겠어. 내가 살이 쪘나봐!"

─얘야, 가서 한번 도와드리렴. 뒴 부인이 나지막하게 말했다. 아버지가 미리 준비가 되면 막판에 시끄러울 일 없을 테니 걱정거리도 줄고 좋잖니.

─그럴게요, 그런데 우선 아리안이 깼는지 한번 보고요.

—힘내렴, 디디, 마음 단단히 먹어야 한다. 난 이따 늦게나 낮잠을 잘 것 같구나. 그래도 꼭 자야지, 막중한 책임이 주어졌고 그걸 다 해내려면 온 힘을 써야 할 테니까 오늘은 꼭 잠을 자둬야지. 네 사랑하는 아내가 책임을 좀 같이 나눠 지면 좋으련만. 그래도 어쩌겠니 기쁜 마음으로 희생하고 그러면서도 사랑할 줄 알아야겠지. 그녀가 천사 같은 끔찍한 미소를 지으며 말했다.

꽉 끼는 턱시도를 차려입은 됨 씨는 목깃을 달려고 애쓰는 양아들을 위해 기꺼이 부동자세로 서 있었다. 하지만 단추를 잠그는 게 쉬운 일은 아니었다. 됨 씨는 눈을 하늘로 쳐들고 나지막하지만 사나운 목소리로 중얼거렸다. "오 이놈의 탈착식 셔쯔 깃을 만들어낸 짜식들 내가 만나기만 해봐라!" 그렇게 힘을 쓰다가 옆에 놓인 꽃병을 건드리는 바람에 꽃병이 바닥에 떨어져 깨져버렸다. 두 남자는 허겁지겁 사건의 흔적을 치웠다. 꽃병이 카펫 위로 떨어졌으니 밑에서는 안 들렸으리라. 그때 됨 부인이 소리를 질렀다. "뭐 깨뜨린 거예요?" 됨 씨는 용기를 내서 의자가 넘어졌다고 대답했고, 이어 다시 목깃을 다느라 씨름하기 시작한 아드리앵에게 살짝 물었다. 손님이 오면 아직 소개받기 전이라도 내가 고개를 숙여 인사해야 하는 거니?

—아니에요. 제가 소개해드린 다음에 하세요.

—많이 숙일까 조금 숙일까?

—조금만 숙이셔도 돼요.

—실수할까봐 걱정이야. 됨 씨가 아드리앵의 일을 도와주기 위해 여전히 차려 자세로 선 채 말했다. 막상 그 사람이 눈앞에 나타나면 너무 흥분해서 나도 모르게 고개를 숙이게 될 것 같구나. 어

쨌든, 고개를 숙일 때나 식탁에서 대화를 하고 있을 때 이 빌어먹을 목깃이 떨어찌진 않겠찌? 나도 사람들과 얘기를 쫌 해야 될 텐데. 살살 해라, 목 졸릴라!

— 다 됐어요, 단추 채웠어요.

— 고맙다. 그런데 말이다, 고개 숙여 인사할 때, 어느만큼 굽혀야 할 것 같니? 예를 들어서, 이만큼 굽히면 될까? 그놈의 에티켓 책에 나오는 말이 짜꾸 마음이 쓰이는구나. 읽어보마. (이제 넥타이를 매주고 있는 아드리앵을 방해하지 않기 위해 그는 에티켓 책을 아들의 머리 위로 들어 올렸다. "거실에서는 목소리를 높이면 더 여유 있어 보이고, 교육을 더 쨀 받았다는 그리고 더 세련됐다는 느낌을 준다.") 네 생각에 목소리를 높인다는 게 이만큼이면 될 것 같니? 그러면서 됨 씨는 무슨 말인지 알 수 없게 살짝 소리를 질렀다.

— 그럴 것 같아요. 아드리앵은 조금 전 아리안이 왜 그렇게 이상한 반응을 보였는지 생각하느라 아버지의 말에 건성으로 대답했다.

—아니면 이렇게? 됨 씨가 조금 더 크게 말했다.

—아빠, 움직이면 안돼요, 넥타이를 맬 수가 없잖아요.

— 이 소리는 쩡말 너무 큰 것 같찌 않니? 됨 씨가 거의 고함치듯 말했다. (그는 기이한 사교계 관습에 익숙해지기 위해서 계속 악을 썼다.) 사무차장님, 디디가 지금 내 턱시도 넥타이를 매쭈고 있습니다!

—무슨 일이에요? 아래층에서 됨 부인이 날카로운 목소리로 물었다. 왜 그렇게 소리를 질러요?

—사교계의 대화를 나누는 거야! 오랜만에 대담해진 됨 씨가

대답했다. 여유 있고 세련됐다는 걸 보여주는 거지. 그런데 디디, 좀 이상할 것 같찌 않니? 다섯명이 이렇게 크게 말하다간 꼭 미친 사람들 같찌 않을까? 나야 뭐 좋은 거라니까 그대로 하겠다만, 그러다가 서로 말소리도 안 들릴까봐 걱정이구나. 아무튼 그렇게 크게 말하면 좀 용기가 나기는 하겠다, 중요한 사람이 된 기분도 들고. (아드리앵이 안경을 벗고 한 손으로 눈 위를 문질렀다.) 무슨 걱정 있니, 디디?

— 아리안이 문을 안 열고, 말하는 것도 좀 이상해요. 오늘 저녁 식사 자리에 어떤 옷을 입을 거냐고 물었거든요. (이어 그는 코를 풀고는 코 푼 손수건을 쳐다보았다.) 그랬더니 이렇게 대답했어요. 알아요, 알아, 그럴 거예요. 그 사람을 위해서 제일 예쁜 옷으로 입을 거라고요!

— 별로 나쁜 대답 같찌는 않은데.

— 목소리가 문제예요. 짜증이 난 목소리였어요.

됨 씨는 익숙한 동작으로 콧수염 끝을 매만져 턱수염에 닿게 하면서, 어떻게 하면 아드리앵에게 힘을 줄 수 있을지 궁리했다.

— 알짢니, 디디, 원래 젊은 여자들은 신경이 날카롭단다. 그러다가 쫌 있으면 괜찮아찌는데, 뭘.

— 다녀올게요, 아빠. 사랑하는 거 아시죠?

— 나도 사랑한다, 디디. 걱정 말고 다녀와라. 네 처도 알고 보면 무척 착한단다. 날 믿으렴.

양아들의 차가 시야에서 사라지자 됨 씨는 다시 자기 방으로 올라가 열쇠로 문을 잠갔다. 그는 바닥에 쿠션을 놓고 바지 무릎이 튀어나오지 않도록 걷어 올린 뒤 무릎을 꿇고는 틀니를 조였다. 그런 다음 신에게 아들을 지켜달라고, 아리안이 아이를 갖게 해달라고 기도했다.

수염 난 천사는 지금껏 해오던 기도와 비슷하게 그럭저럭 괜찮은 기도를, 그의 아내가 올리는 경건한 간청보다 분명 더 아름다운 기도를 마친 다음 자리에서 일어섰고, 아홉달 뒤면 모든 일이 다 잘되고 있으리라, 아니 아리안은 자기가 임신했다는 걸 알게 되면 바로 차분해지고 부드러워질 테고, 그러니 어쩌면 그보다 더 일찍 좋아지리라 확신했다. 마음이 평온해진 그는 쿠션을 제자리에 가져다놓고 바지에 솔질을 한 뒤 안락의자에 앉았다. 카멜레온처럼 튀어나온 두 눈을 에티켓 책에 고정한 채, 말은 하지 않아도 입술은 계속 움직이면서, 스스로 미美의 알곡이라 부르는 검붉은 반점을 어루만지면서, 다시 책을 읽기 시작했다.

하지만 이내 지겨워져서 책을 덮고는 벌떡 일어서서 다른 할 일을 찾아보았다. 집에서 쓰는 가위의 날을 갈아볼까? 쉬운 일. 가위로 사포를 몇번 잘라주면 순식간에 끝난다. 그렇다, 하지만 앙뚜아네뜨가 분명 지금 하지 말라고 할 것이다. 좋아, 그 일은 내일, 이놈의 초대가, 사교계 예법에 맞으려면 모두 악을 써야 하는 자리가 끝나면 할 것이다.

그는 다시 앉아서 하품을 했다. 레르베르그 선생의 턱시도를 입고 있자니 불편하기 이를 데 없었다. 그는 너무 꽉 조이는 바지 제일 위쪽 단추 두개를 풀었고, 시간을 때우기 위해, 마치 북을 두드려 종족을 모두 모으는 흑인 족장처럼, 동글동글한 자기 배를 힘껏 두드렸다.

15

몽블랑 거리를 지나던 행인들은 고개를 돌려 노인의 비둘기 목
털 빛깔 스타킹과 짧은 바지를 쳐다봤지만, 어차피 온갖 사람들이
들락거리는 국제연맹 지구에서는 이미 익숙한 일이라 크게 놀라지
는 않았다. 어떻게 한다? 쌀띠엘은 잰걸음을 옮기며 궁리를 했고,
이따금 걸음을 멈추고서 지나가는 어린애의 볼을 살짝 만져보고는
이어 구부정한 자세로 다시 걸음을 옮기며 생각을 시작했다.

——다 따져보면, 그래.

다 따져보면, 그랬다, 이제 해야 할 일은 그 기독교도 아가씨에
게 맞설 수 있는 최상급의 이스라엘 여인을 찾아 경쟁자로 내세우
는 것이다. 그런데 그런 여자를 어디 가서 찾는다? 제사장은 건강
이 좋지 않아 만날 수 없었고, 회당에서 본 멍청한 관리인이 아는
아가씨라고는 푸주한의 딸, 그러니까 시 같은 건 읽지 않고 분명
눈 위에서 스키도 탈 줄 모를 그런 아가씨뿐이었다. 케팔로니아 쪽

을 뒤져볼까? 잠시 생각해보자. 케팔로니아에 혼기 찬 아가씨가 누가 있더라? 그는 손가락으로 세어가며 아가씨들을 머릿속에 그려보았다. 여덟, 하지만 그중에서 가능한 것은 둘뿐이다. 야코브 메슐람의 증손녀는 지참금도 많고 꽤 괜찮은 아가씨이긴 하지만 치아가 하나 없고, 불행히도 그것이 앞니라는 점이 마음에 걸렸다. 빨리 치과에 데려가면 되겠지. 아니다, 쏠에게 의치를 단 약혼녀를 댈 수는 없다. 그렇게 되면 대제사장의 딸밖에 남지 않는데, 그 멍청한 처녀는 지참금이 없다.

　—사실 지참금이 뭣 때문에 필요하겠어? 계산해보니까 쏠의 호주머니 속으로 삼분마다 나뽈레옹 금화가 한개씩 떨어지는데. 그런데 솔직히 말해서, 얼굴 생긴 걸로 보면 두 아가씨 모두 엉망이야, 아리안이 입김만 한번 훅 불어도 맥도 못 추고 날아가버릴걸.

　그는 속이 상해서 두 아가씨에게 퇴짜를 놓았고, 내일 당장 밀라노로 가서 큰 보석상을 한다는 사람을 만나 그 딸을 보고 와야겠다고 생각했다. 맨체스터에서 그이의 사촌을 만났는데 꽤 괜찮은 아가씨라는 말을 들었던 것이다. 게다가 보석상이면 나름 훌륭하지 않은가. 아니다, 보석상의 딸은 쏠이 좋아할 부류가 아니다. 분명 쏠에게 루비와 진주 얘기만 해대는 천박한 여자일 것이다. 게다가 보석상의 딸들은 늘 뚱뚱하다. 아리안이라는 아가씨는 무척 아름다운 여인일 텐데. 눈이 영양ḡ처럼 크고 온순하고, 다른 곳도 다 마찬가지이리라. 그러니까 그런 아리안에게 맞서 싸울 수 있는, 둥글게 꽉 찬 보름달처럼 완벽한 이스라엘 여인을 찾아야 한다. 그렇다, 무슨 일이 있어도, 아름다운 이스라엘 여인을! 출애굽기 34장에 쓰여 있듯이, 영원하신 우리 주께서 자기 백성들이 이방인 여성을 아내로 삼지 못하게 하지 않으셨는가.

─그런 여인이 도대체 어디 있단 말인가? 그렇게 완벽한 여인을 이스라엘 어디서 찾는단 말인가?

쌀띠엘은 여전히 깊은 생각에 빠진 채 걸음을 옮겼다. 그러다 경찰관 하나가 눈에 들어오자, 아무것도 모르고 아무런 관심도 없다는 표정을 지으며 맞은편 인도로 건너가다가 차에 치일 뻔했다. 사실 그는 늘 정도를 걸어왔기에 책잡힐 일이 없었지만, 빌어먹을 경찰들이 끼어들면 어떻게 꼬일지 알 수 없는 일이었다. 잠시 후 꼬르나뱅 역 앞에서 그는 손가락으로 이마를 가리키며 갑자기 걸음을 멈추었다. 기가 막힌 생각이 떠오른 것이다.

─그래, 그거야, 이스라엘 신문에 광고를 내자!

허름한 식당으로 들어간 그는 조급한 마음에 손을 떨며 보이에게 말했다. "백지 한장, 호숫물 한잔, 그리고 로쿰 하나만 부탁하오." 마지막의 로쿰이란 말을 듣고 보이가 적대적인 냉소의 표정을 짓자 그는 그냥 블랙커피를, "하지만 부디 아주 달게" 달라고 했다. 첫모금을 삼킨 뒤 그는 렌즈가 여기저기 긁혀서 선명하게 보이지 않는 낡은 철테 안경을 끼고 연필 하나를 주머니에서 찾아내 심에 침을 묻혔다.

─허리에 검을 차라, 오 영웅이여. 그는 스스로에게 중얼거렸다. 민족의 순수성을 지켜내기 위해 말에 오르라!

그러고는 영감을 얻기 위해 잠시 허공에 동그라미를 몇번 그린 뒤, 써 내려가기 시작했다. 이따금 손을 멈추고 자기가 쓴 것을 읽어보며 공감하는 듯 고개를 끄덕이거나, 신이 난 듯 흥분한 표정으로 코담뱃갑에서 손가락 끝으로 담뱃잎을 꺼냈다. 다 쓰고 나서는 나지막하게 다시 읽어보았고, 자기 글씨에 스스로 경탄하며 여유로운 미소를 지어 보였다. 그랬다, 훌륭한 필적이라면 그는 누가 덤

빈다 해도 겁나지 않았다.

독신의 삼촌이 최고의 미남이자 화려한 지위를 지닌 조카를 결혼시키고자 합니다. 대사보다 더 높아서, 대사 정도로는 그의 지위 앞에 맥도 못 춥니다! 당연히 그만한 지위에 어울리는 능력을 갖추었으며, 꼬망되르 훈장까지 받았죠! 떠벌릴 필요가 없으니 훈장의 색깔은 말하지 않겠습니다! 최고의 미남이고, 결점이라고는 오로지 눈썹에 있는 작은 흉터 하나뿐입니다, 말에서 떨어질 때 생겼죠! 사교계 인사답게 승마를 즐기니까요! 하지만 그 흉터는 정말 대수로울 게 없습니다! 그냥 짧은 흰 선이 살짝 그어진 정도라 잘 보이지도 않습니다! 삼촌의 눈에나 겨우 보일 정도죠! 다만 정직해야 하기에 이렇게 말해두는 겁니다! 그나마 그게 그 아이의 유일한 결점입니다! 결점마저도 매력적인 아이죠! 그 한가지만 제외하면 진정 흠 없는 남자입니다! 이 아이와 결혼하고 싶은 여인은 건강해야 하고 숨겨진 흠결이 없어야 합니다! 젊음을 지니고 있어야 하고! 아름다움을 누려야 합니다! 암사슴 같은 눈! 털 깎은 양떼가 나란히 물을 마시다가 고개를 드는 듯한 치아! 길르앗[15] 중턱의 염소떼 같은 머릿결! 석류 반쪽을 엎어놓은 듯한 볼! 나머지도 마찬가지! 하지만 그러면서도 마음이 진실한 여인이어야 합니다! 이 남자 저 남자와 연정을 나눈 사이는 안됩니다! 삼촌으로서 절대 받아들일 수 없습니다! 저명하고 명망 있는 이스라엘 가문의 아가씨여야 하고! 덕스럽

---

15 요르단강 동편에 있는 팔레스타인의 영토. '돌무더기'를 뜻하는 히브리어로, 창세기에서 야곱이 길르앗산에서 장인 라반과 언약을 맺고 징표로 돌무더기를 세웠다.

고 지각 있는 여인이어야 합니다! 판단력이 뛰어나 훌륭한 조언을 할 수 있으며 이따금, 물론 상냥하게, 책망도 할 수 있어야 합니다! 한마디로 말해서 비둘기 같은 여인을 찾습니다! 혹시 그런 여인이 아니면서 그런 척거나 그렇다고 주장해봤자 소용 없습니다! 사람들의 심리를 꿰뚫어 볼 줄 아는 이 삼촌이 통찰력이라는 여과기로 걸러낼 테니까요! 지참금은 필요하지 않습니다 조카가 엄청난 돈을 벌고 있으니까요! 돈은 중요하지 않습니다! 우리에게 중요한 것은 덕스러움과 아름다움입니다! 주네브 우체국 유치우편에 S. S.라는 이름 앞으로 보내주십시오! 사진도 한장 넣으셔야 합니다 10년 전에 찍은 것 말고 최근 것으로, 젊고 매력적인 여성이어야 하니까요! 그러면서도 근검절약하는 훌륭한 주부여야 합니다! 허구한 날 빠리의 옷을 사고 싶어 하는 여자는 안됩니다! 지참금이 있다면 굳이 거절하지는 않겠습니다! 무엇보다도 그 아가씨를 위해서 필요하니까요. 그래야 독립성을 유지할 수 있고 남편한테 이게 없다 저게 없다 새 모자를 사야 한다 등등 앵무새 목소리로 귀 따갑게 떠들어대면서 돈을 달라고 조르는 모욕적인 상황을 피할 수 있잖겠습니까! 하지만 꼭 필요하지는 않습니다! 중요한 건 덕스럽고 분별 있는 여인이어야 합니다! 그리고 귀 따갑게 떠들어대는 돈 많은 여자들도 있던데 그렇게 엉터리 수다를 늘어놓지 않고 조용히 있을 줄도 아는 여자면 좋겠습니다! 물론 제대로 교육을 받았고 흥미로운 대화를 이어갈 줄도 알아야겠죠! 음악을 알고! 다양한 시를 알고! 그러니까 유대교회당에 잘 나가면서도 동시에 조금 신식이어야 합니다! 절대 돼지고기를 먹지 않고! 달팽이와 굴도 안됩니다! 어차피 건강에도 안 좋은 거니까! 또 우리 종교를 믿는 여인들이 이따금 그러듯이 훌륭한 사람들을 많이 알고 있다고 인맥을 자랑할 필요도 없습니다! 이번에 도지사 부인을 좀 초대하고 싶어요, 그외에도 이 사람 저 사람! 이런 식으로 남편을 골치 아프게 할 것 없습니다! 조카 자신이 엄청난 인맥이기 때문에 도지사 따위는 필요 없습니다! 그 아이는 도지사 정도는 안중에도 없죠! 그리고 증권시장의 경기를 두고 조카에게 안달복달해서도 안됩니다! 여자가 그러는 건 정말 저속하죠! 저녁마다 극장에 가거나 무도회에 가는 것도 안됩니다! 허구한 날 모양을 내고 꾸며서도 안됩니다! 입술 루주도 안됩니다! 분만 약간 바르면 충분합니다! 한마디로 완벽한 아가씨여야 합니다!

─아리안이라는 아가씨는 아예 나자빠지고 말겠군! 그가 내린 결론이었다.

갑자기 피로가 몰려와 그는 이마를 손으로 받친 채 눈을 감고 있다가 깜빡 잠이 들어버렸다. 이제 나이가 들었다는 뜻이다. 곧바로 깨어나 광고문을 다시 읽어본 그는 그것이 결국 아무 쓸모도 없는 글임을 깨달았다. 기독교도 여인들 중 가장 아름다운 여인, 여름밤 고요한 바다 위에 뜬 보름달 같고 시를 암송할 수 있는 여인한테 누가 맞서 싸우려고 나서겠는가? 해결책은, 그렇다, 그 기독교도 여인을 이스라엘의 여인으로 만드는 것이다! 그렇다, 그 일은 쏠랄이 맡아서 할 것이다! 쏠랄이 그녀에게 감동적으로 말할 것이다. 계율의 신성함, 선지자들의 위대함, 선택받은 민족의 고난을 들려주며 무엇보다도 신은 하나라는 것을 설명할 것이고, 마침내 여인은 마음속에서 우러나 진심으로 개종을 받아들이게 되리라!

─그래, 쏠, 많이 생각해봤는데, 찬성한다! 그게 네 운명일지니,

그 아가씨와 결혼하거라! 제일 중요한 건 너의 행복이니 어쩌겠니, 어쩌면 그게 신의 뜻일지도 모르지. 누가 알겠니, 누가 알 수 있겠니? 우리의 쏠로몬 왕께서도 이방인 아가씨들을 아내로 삼으셨으니. 그러니까 난 찬성이다. 그리고 네가 준 편지, 그래, 아직도 내 지갑 속에 들어 있는 편지에 쓴 대로 나는 너의 영적 아버지 자격으로 아가씨의 부모를 만나러 가겠다. 내가 결혼을 찬성한다고, 영적 아버지의 자격으로 허락하겠다고 말하고, 네 이름으로 청혼을 하마. 법도에 맞게 청하고, 그런 다음 몇가지 문제에 대해 의견을 나눠보겠다. 제대로 차려입고, 흰 장갑을 끼고, 꽃다발을 들고, 모두 법도에 맞게 하겠다. 그리고 네가 괜찮다면, 약혼 기간 동안 내가 그 아이에게 얘기를 들려주면서 설득해보겠다. 누가 아니, 그래, 하느님이 도와주시면, 좋은 일이 일어날지.

누가 알겠는가, 어쩌면 그 아이가 먼저 히브리어를 배우고 싶다고 할지. 그는 고개를 끄덕였고, 성스러운 말을 가르치는 소중한 수업과 경건한 대화를 생각하며 빙그레 웃었다. 매일 두시간씩 수업을 하는 거다, 한시간은 히브리어, 한시간은 성서. 성스러운 십계명까지 모든 걸 설명해주리라. 그녀는 내 옆에 앉아 열심히 듣고, 나는 감동적인 달변으로 전부 얘기해주리라. 그 여인이, 그토록 아름다운 여인이 어떻게 개종을 거부할 수 있겠는가? 결혼식은 유대교 회당에서, 신랑 신부가 후파[16] 아래 선 가운데 치러지리라, 그 여인은 우아한 모습으로 얼굴을 붉히고 서 있겠지! 랍비를 대신해서 내가 결혼식을 주재할 수 있을 것이다. 나도 랍비만큼 알지 않는가. 그는 성배에 담긴 포도주를 마시고 이어 쏠에게, 그리고 부끄러워

---

16 유대교 전통 결혼식의 휘장 지붕.

하는 아름다운 여인에게 건네주는 자신의 모습을, 이어 히브리어로 축복하는 모습을 상상했다. 그러고는 나지막한 목소리로 혼자 축복기도를 읊조려보았다.

—가장 순결한 감정으로 결합된 이 부부가 에덴동산의 아담과 이브처럼 기쁨을 누리게 하소서. 오 신이시여, 얼마 후 예루살렘 거리에 기쁨의 목소리, 잔치를 마치고 나오는 신랑과 신부의 목소리가 들려오게 하소서. 영원하신 하느님, 축복받으소서, 이 결혼을 크게 기뻐하시고 신랑 신부의 가정이 번성하게 해주소서!

그는 손수건을 꺼내 살며시 흐르는 눈물을 닦으며 코를 훌쩍이고 미소를 지었다. 축복을 내린 뒤 다시 포도주를 마시리라, 쏠에게 그리고 흰 면사포를 쓴 눈부시게 아름다운 여인에게도 건네주리라, 그러고 나서 포도주를 붓고 잃어버린 예루살렘을 기리며 잔을 깨뜨리리라. 그다음, 신혼여행을 떠나는 신랑 신부를 기차 타는 곳까지 데려다준 뒤 다시 한번 축복하고 두 사람에게 키스하리라. 그렇다, 신부에게, 조카며느리에게 경의를 담아 키스를 하리라.

역의 간이식당에서 나온 그는 구부정하게 허리를 굽히고 머릿속으로 이런저런 즐거운 생각을 되씹으며 잰걸음으로 샹뜨뿔레 거리를 걸어갔다. 그래, 양 볼에 키스해주리라. 감사합니다, 숙부님, 그 여인이 말할 것이다. 하느님이 그 여인을 지켜주시길. 나의 소중한 아이야, 무엇이든 조심해야 하느니, 언제나 주의하고, 뛰면 안 된다, 특히 세번째 달부터는 꼭 조심하거라. 결혼식을 올리고 아홉 달이 지나면 첫아이가 태어날 테고, 이어 둘째, 셋째가 태어나리라. 아들 둘에 딸 하나. 둘째에게는 아마도, 그 아이의 엄마가 찬성한다면, 쌀띠엘이라는 이름을 지어주게 되리라. 그때 가서 보자. 모두

신의 뜻대로.

신이시여, 신은 위대하도다! 아브라함과 이삭과 야곱의 신이시여! 오늘밤 나는 회당에 가서 다가오는 안식일[17]을 기리리라, 형제들과 함께 영원하신 하느님을 노래하리라, 영원하신 하느님의 성스러운 율법에 입 맞추리라! 하느님께 선택받은 민족이라는 것이 얼마나 큰 행복이고 또 영광인가! 얼마나 운이 좋은가! 그는 흥분해서, 사람들이 신기해하거나 비웃으며 쳐다보는 눈길에 아랑곳하지 않고, 힘차게 세번 발을 굴렀다.

신기해하거나 비웃으며 쳐다보는 사람들의 눈길에 아랑곳하지 않고, 흔들림 없이, 그는 자기 길을 가면서 신나게 노래를 불렀으니, 하느님은 나의 힘이요 나의 탑이라 나의 힘이요 나의 탑이라, 온 마음을 담아 노래했고, 온 영혼의 무게로 발을 굴렀고, 이따금 맘에 드는 행인이 눈에 띄면, 그 마음속에 숭고한 하느님이 머물고 계시니, 모자를 벗고 빙그레 웃어 보였고, 그런 다음 다시 발을 구르며 하느님을 찬양하는 노래를 불렀다.

---

17 히브리어로 '중지하다'라는 뜻에서 유래된 안식일(sabbat)은 금요일 일몰부터 토요일 일몰까지를 가리키며, 이날 유대인들은 휴식하며 신을 찬미한다.

16

됨 부부의 방, 낮에는 피곤하도록 머리를 쓰느라 조용히 집중해
야 하는 됨 부인이 혼자 사용하는 곳이다.

장뇌, 쌀리실산염, 라벤더, 나프탈렌이 섞인 향기. 벽난로 위에
는 꼭대기에 깃발을 들고 조국을 위해 죽어가는 병사가 달린 금빛
청동 추시계, 유리 반구 아래 놓인 신부의 화관, 에델바이스, 자그
마한 나뽈레옹 흉상, 점토로 된 이딸리아의 만돌린 악사, 혀를 내
밀고 있는 중국 농부, 몽생미셸[18]에서 사온 자개 박힌 푸른색 벨벳
상자, 작은 벨기에 국기, 실유리로 만든 모형 자동차, 사기로 된 게
이샤 인형, 가짜 작센 자기로 된 후작 인형, 바늘꽂이 용도로 벨벳
으로 속을 댄 금속광택의 작은 구두, 오스땅드[19]에서 가져온 큰 조
약돌. 벽난로 앞에는 크루아상 하나를 두고 서로 달려들어 싸우는

---

18 프랑스 노르망디 지방의 작은 바위섬으로, 중세 때 세워진 수도원이 있다.
19 북해 연안의 벨기에 도시.

개 두마리가 유화로 그려진 가리개가 있다. 벽에는 커다란 하트 모양의 나무틀 안에 작은 하트들이 있고, 작은 하트들 안에는 판오펄, 랑빨 그리고 레르베르그가 사람들의 사진과 태어난 지 여섯달 된 이뽈리뜨 됨이 발가벗고 있는 사진, 조지핀 버틀러[20]와 슈바이처 박사의 사진이 있다. 그리고 일본 부채와 에스빠냐산 숄, 빅벤 종소리가 울리는 추시계, 낙화烙畵로 혹은 발광 물감으로 혹은 모슬린 자수로 새긴 성경 구절들. 또 유화 두점, 하나는 키 작은 과자 장수와 함께 당구를 치는 키 작은 굴뚝 청소부 그림이고, 다른 하나는 추기경이 점심식사를 하면서 귀여운 흰 고양이를 짓궂게 괴롭히는 그림이다. 침대 위쪽에는 생몰 일자 위로 미소 짓고 있는 됨 씨의 첫 부인의 오동통한 얼굴 확대 사진. 여기저기에 깔개들, 램프 받침, 도토리처럼 생긴 유리 전등갓, 코바늘로 뜬 등받이 덮개, 발 없는 낮은 의자, 슬리퍼, 발 보온기, 찬 공기와 외풍을 막는 병풍, 거북딱지로 장식된 등긁이 솔, 장갑 상자, 녹색 이끼를 심은 작은 화분, 가느다란 술잔, 주석에 돋을무늬로 압착 세공한 장식 화분, 갈레[21]의 유리 세공품, 대머리 난쟁이 모양 성냥갑, 서진, 영국 방향염, 호흡기 질환용 마시멜로 맛 드롭스.

길쭉하고 앙상한 됨 부인은 사마귀가 난 두 손을 가슴에 엇갈리게 얹은 채로 침대에 누워 늦은 낮잠에 빠져 있었고, 비뚤게 난 치아가 아랫입술에 기대 누웠기에 당연히 그리고 분명하게 코를 골았다. 그녀는 갑자기 잠에서 깨어나 손톱이 살을 파고든 손으로 누비이불을 걷어치웠고, 그렇게 일어선 그녀는 그다지 세련되지는 않지만 봐줄 만한 실내복 차림이었다. 저녁이면 늘 날이 서늘해지

20 Josephine Butler(1828~1906). 영국의 여권운동가.
21 Emile Gallé(1846~1904). 프랑스의 아르누보 예술가, 유리공예가.

기 때문에 평상시 입는 마다폴람[22] 속바지 대신 발목까지 내려오는 헐렁한 남성용 양모 내의를 입는 편이 낫겠다고 생각한 것이다. 그 옷은 앞쪽과 뒤쪽 모두 트임이 있고, 안감은 부드러운 플란넬로 엉덩이 부분에 접시꽃 무늬가 있는 퍼케일 천을 댔고, 겉은 아주 실용적인 겨자색이었다.

그녀는 우주의 기운과 조화를 이루기 위해 가볍게 요가를 한 다음(최근에 약간 불교적인 책을 한권 읽었는데, 제대로 이해하지는 못했지만 우주의 기운이라는 말이 무척 마음에 들었다) 카펫에 누워 다리는 낮은 의자 위에 얹은 자세로 몸의 긴장을 풀었고, 눈을 감은 채 마음을 편안히 해주는 건설적인 생각들을, 무엇보다도 하느님이 자신에게 큰 관심을 가지고 있다는 생각을 떠올렸다. 4시 30분에 그녀는 다시 일어났다. 한시간 뒤면 일할 사람이 도착할 테니 준비를 시작해야 했다. 거울 달린 옷장의 선반에 넉넉하게 준비되어 있는 시트와 속옷을 사랑스러운 눈길로 쳐다본 다음, 그녀는 밝은 오렌지색 캐미솔과 속바지를, 마지막으로 레이스가 달린 드레스를 입었다. 리자 숙모가 남겨준 장식용 시계를 가슴에 달고 라벤더 향을 뿌린 손수건을 말랑거리고 폭신하고 순수한 가슴에 집어넣은 다음 네잎 클로버, 네모 안에 들어 있는 숫자 13, 자그마한 말편자, 장군들이 쓰는 이각모, 아주 작은 등불 같은 여러 모양의 금장식이 달린 띠를 허리에 맸다. 그렇게 그녀는 황태후보다 더 격식을 차린 복장으로 위풍당당하게 계단을 내려왔다.

이어 부엌에 들러 거만한 목소리로 하녀에게 몇가지 지적을 하는 것을 잊지 않고("불쌍한 것, 네가 어떤 집구석 출신인지 금방 알

---

22 인도 마다폴람산 두꺼운 평직 면포.

겠구나"), 이웃 사랑을 실천하겠다는 굳은 결심이 설 때면 늘 짓는 미소를 띠고서 거실을 둘러보며 모든 게 완벽함을 확인했다. 하지만 그녀는 좀더 친근한 배치가 되도록 안락의자 세개를 옆에 있는 소파 쪽으로 더 당겨놓았다. 자기와 이뽈리뜨는 소파에 앉고, 손님은 가운데 놓인 제일 편한 안락의자에 앉고, 디디와 그 아내가 나머지 안락의자에 앉을 것이다. 소파와 가운데 안락의자 사이에는 자그마한 모로코산 원탁 위에 술, 담배, 고급 씨가를 둘 것이다. 그렇다, 모든 준비가 끝났다. 그녀는 검지로 원탁을 훑어 점검했다. 먼지가 없다. 이 자리에 앉고, 그러면 자기가 커피나 차를 권하고, 그런 다음 함께 대화를 나눌 것이다. 판오펄 얘기를 하면 좋을 것이다. "오래전부터 알고 지내는 사이랍니다. 훌륭한 분이죠." 그때 뒴 씨가 2층에서 잠시만 내려와도 되냐고 묻는 바람에 리허설이 중단되었다. 그는 "마루 보호용 깔창이 있으니까" 청소해놓은 것을 더럽히지 않을 거라고 덧붙였다.

　　─왜 그러는데요? 뒴 씨가 왁스칠 때문에 미끄러질 듯 위태롭게 거실에 내려섰을 때 그녀의 목소리에는 이미 짜증이 실려 있었다.

　　─생각해봤는데 수프부터 먹어야 할 것 같아. 그 사람도 좋아할찌 모르짢아.

　　─그 사람 누구요? 막연히 가학적인 쾌감에 취한 그녀가 물었다.

　　─그야 디디의 상사찌.

　　─그 사람 직책까지 다 말해봐요.

　　─어려워서 헷갈린단 말이야. 어때, 그 사람이 수프를 좋아할 수도 있짢아. (저 위선자는 귀빈이 아니라 자기 때문에 저러는 거다. 수프를 좋아하는 "수프쟁이"라고 자기 입으로 말하지 않았는가.)

　　─수프는 없다고 했짢아요. 수프는 품위 없는 메뉴라니까요.

─우린 매일 쩌녁마다 먹짢아!

─그건 다르죠. 그녀가 신음하듯 말했다. 수프라고 하면 안되고 뽀따주라고 해야 해요. 중요한 사람을 초대한 자리에 수프를 내놓지는 않아요. 오늘 저녁에는 조갯살 뽀따주를 먹을 거예요.

─아, 그렇군. 그것도 맛있나?

─왕실 만찬에 나오는 거예요.

─안에 뭐가 들어가는데? 뒴 씨가 침을 꿀꺽 삼키면서 물었다.

─전부 다 들어가요. 이따 저녁에 보면 알아요. 뒴 부인이 조심스레 대답했다.

그러자 용기를 낸 뒴 씨는 오늘 메뉴를 전부 알고 싶다고 말했다. 그랬다, "휴가를 어느 호텔로 가는찌 미리 알면 싱거운 것처럼, 뭘 먹을찌 모르고 있다가 놀라는 게 더 좋으니까" 알려주지 말라고, 자기 입으로 그렇게 말했던 것은 사실이었다. 하지만 도저히 참을 수가 없었다. 그런데 아내가 너무도 순순히 자기 말을 들어주려하자 그는 기뻐서 날아갈 것 같았다. 그녀는 서랍을 열어 초청장처럼 생긴 장방형 종이를 조심스레 꺼냈다.

─아드리앵을 놀라게 해주려고 준비했어요. 내가 돈을 내서 메뉴판을 만들었죠. 새겨넣는 걸로, 거기다 금박으로, 그래서 10퍼센트 추가 비용을 내야 했지만 돈이 아깝진 않아요. 쉰장을 만들었어요. 다섯장은 오늘 저녁 식탁에 놓고 나머지는 뒀다가, 앞으로 디디가 인맥을 쌓느라 저녁식사 자리를 계속 마련할 테니 그때 쓰면 되죠. 사람들한테 그냥 보여줄 수도 있는 거고요. 쉰장을 찍으나 다섯장을 찍으나 비용은 같으니까, 많이 만들어서 써먹는 게 낫잖아요. 손이 더럽지 않으면 봐도 돼요.

조갯살 뽀따주

떼르미도르 랍스터

완두콩을 곁들인 송아지 가슴살

메추라기 고기 까나뻬

꼴마르[23] 푸아그라

생크림 소스 아스파라거스

뽕빠두르 혼합 샐러드[24]

차가운 머랭그[25]

치즈

열대 과일

뚜띠 프루띠 아이스크림[26]

쿠키

커피

식후주酒

헨리 클레이와 우프만 씨가

  뙴 씨는 정신이 나간 듯 감격에 겨운 상태로 읽어 내려가며 입술을 움직여 한 단어를 발음할 때마다 마음속에 깊이 새겼고, 그동안 뙴 부인은 남편의 얼굴에 어리는 경탄의 기운을 만끽했다. 그녀는 신문에 실린 왕실의 메뉴들을 오려두었다가 여기저기서 영감을 얻어 이런 작품을 만들어낸 스스로가 자랑스러웠다. 뙴 씨는 아내에

---

23 프랑스 동북부의 알자스 지방에 위치한 도시.
24 감자와 시금치 등이 들어간 새콤한 샐러드.
25 설탕과 달걀흰자로 거품을 내어 만든 과자.
26 말린 과일이 들어간 아이스크림. Tutti Frutti는 이딸리아어로 '모든 과일'이라는 뜻이다.

게 훌륭하다고 말해줘야 할 것 같았지만 찬사를 누그러뜨리고 한 가지를 지적하여 결국 됨 부인의 눈살을 찌푸리게 하고 말았다.

—쫌 너무 많은 것 같아. 랍스터가 나오고, 그다음에 송아지 가슴살, 그리고 또 메추라기 고기, 그러고 나서 푸아그라. 다 고기네. 차가운 것도 머랭그와 아이스크림, 두개나 있고.

—아드리앵이 좋다고 했어요, 그럼 된 거예요. 그리고 당신은 잘 모르겠지만 원래 정치하는 사람들이 모이는 제대로 된 식사 자리에서는 여러가지를 조금씩 먹는 거예요. 뽀따주 몇스푼 떠먹고, 랍스터 한입 먹고, 그런 식으로 말이에요. 원래 그렇게 해요.

—아드리앵이 좋다고 했으면 뭐.

—사실 푸아그라는 아직 얘기 안했어요. 디디를 놀래주려고 내가 더한 거니까. 내 돈으로 따로 샀어요, 당연히 싸지는 않죠, 하지만 아주 고급 푸아그라예요. 페르시아 왕이 왔을 때 엘리제궁에서 차린 만찬에 꼴마르 푸아그라가 나왔다니까. 봐요, 전부 확실한 메뉴라고요. 캐비아는 메뉴판에 빠져 있지만 제일 처음에 나올 거예요. 아드리앵이 급하게 결정하는 바람에, 뭐 그래도 할 수 없죠, 어차피 먹을 때 보면 알 수 있는 거니까.

—그런데 원래 씨가도 메뉴판에 써넣는 거야?

—한개에 7프랑이란 말이에요. 주네브에서 제일 좋은 거라고 디디가 그랬어요.

—그래? 그리고 그 쩨르미도르 랍스터는 뭐야?

—떼르미도르예요. 영어가 아니고 프랑스혁명 때를 말하는 그리스어예요. 손님 앞에서 제르미도르라고 말하면 안돼요.

—뭐가 들어가는데?

—준비가 아주 복잡해요. 영국 국왕이 라켄궁[27]에 왔을 때 나온

요리거든요. 이뽈리뜨, 난 지금 할 일이 너무 많아서 요리마다 뭐가 들어가는지 하나하나 당신한테 말해줄 시간이 없어요.

— 그럼 딱 한개만 말해봐. 캐비아는 어떻게 먹찌?

— 손님이 하는 걸 잘 봐요, 내가 하는 것도 잘 보고. 지금 설명할 시간이 없어요.

— 마지막으로 한가지만 더. 식탁에 앉는 건 어떻게 하찌?

그녀는 심각한 얼굴로 서랍을 열고 카드 다섯장을 꺼냈다.

— 이것도 디디를 놀래주려고 준비했어요. 봐요, 이왕 하는 김에 우리 이름을 인쇄한 카드도 주문했죠. 이따 테이블을 준비하고 나면 상석순으로 이름 카드를 놓을 거예요. (그녀는 마치 사탕을 맛보듯 '상석순'이라는 말을 음미했고, 이어 품위 있게 침을 삼켰다.)

— 그런데 그 사람 건 이름이 없고 그냥 사무차쨩이네, 왜 그래?

— 그게 더 맞으니까요.

— 그 사람 어디 앉게 할 건데?

— 제일 상석이죠.

— 그러니까 그 상석이 어디냐고.

— 원래 안주인의 오른쪽 자리가 상석이에요. 어느 정도의 계층에 속한 사람들은 다 아는 얘기잖아요. (다시 한번 침 삼키기.) 그러니까 내 오른쪽에 앉을 거예요. 당신은 내 왼쪽, 두번째 상석이에요. 아리안이 여자니까 그 사람 옆에 앉고. 그야 뭐, 우리 공주 마마께서 내려오실 마음을 먹는다면 말이죠, 안 내려오겠다면 귀찮은데 잘됐고. 아드리앵하고 내가 대화를 끌어갈 거예요. 아드리앵은 당신 옆에 앉고.

27 브뤼셀 북부 지역에 있는 벨기에 국왕의 공식 거처.

216

—여보, 난 두번째 상석에 안 앉아도 돼. 그 사람 맞은편에 앉으면 말을 해야 하잖아. 당신 왼쪽에는 아드리앵보고 앉으라고 해, 그러면 아드리앵이 짜기 상사를 마주 보고 앉아서 얘기할 수 있잖아.

　—안돼요, 나이가 있으니까 당신이 두번째 상석에 앉아야 해요, 그건 정해져 있는 거니까 더 말하지 마요. 자, 이제 다 알았죠?

　—근데…… 내가 본 책에는 수프 접시가……

　—뽀따주요.

　—그래, 접시를 반만 채우는 거래.

　—나도 알아요, 안다고요. 됨 부인이 유용한 정보를 되새기면서 말했다. 그러고는 수줍은 듯 덧붙였다. 자, 이제 난 혼자 있고 싶어요.

　됨 씨는 아내가 기도를 하려는 것임을 깨닫고 거실을 나왔다. 다락방으로 올라간 그는 방 안을 이리저리 돌아다니면서 에티켓 책을 읽었다. 그런데 갑자기 그의 얼굴이 창백해졌다. 사교계의 법도에 맞게 아스파라거스를 먹는 법이 너무나 놀라웠던 것이다. 세상에, 가위처럼 고리 손잡이가 세개 달린 집게를 들고, 그러니까 그 고리에 앞의 세 손가락을 집어넣어서 먹어야 하다니! 그는 아래층으로 내려가서 거실 문에 귀를 기울였다. 아무 소리도 안 난다. 아직 기도 중인 게 분명하다. 그는 기다리기로 하고, 열에 들뜬 듯 성큼성큼 걸음을 옮기면서 수시로 두툼한 주머니 시계를 들여다보았다. 십분이 지나자, 이제 아내가 할 말을 다 했을 테고 하느님도 그렇게까지 시시콜콜 설명을 듣지 않아도 되리라 생각하고 거실 문을 두드린 뒤, 용기를 내어 고개를 들이밀었다. 소파 앞에 무릎을 꿇고 있던 그녀가 마치 목욕을 하고 나오다가 남의 눈에 띈 처녀처럼 화가 난 얼굴로 돌아보았다.

　—왜 그래요? 한숨을 쉬는 그녀는 시름에 젖어 있었고 어느정

도 순교자 같기도 했다. 하지만 아직은 하느님과 그리 멀지 않은 곳에 있었기에 감미로운 내면의 시간을 침범한 사람이라 해도 용서하지 않을 수 없었다.

─쩡말 미안해, 그런데 말이야, 아스파라거스 먹을 때 찝게가 있어야 해!

됨 부인이 은밀한 만남의 자리를 어쩔 수 없이 떠나는 사람처럼 소파를 짚고 천천히 몸을 일으켰다. 그녀는 돌아서서 여전히 천상의 기운이 어린 눈길로 남편을 쳐다보았다.

─나도 알아요. 결혼 전부터 잘 알고 지내던 벨기에 귀족 묄레베커 댁에서 저녁식사를 할 때 늘 아스파라거스 찝게를 썼어요. (향수에 젖은 그녀는 노래하듯 감미롭게 말하면서 눈부시게 아름답던 과거를 회상했다.) 그저께 여섯개 사놓았어요.

─쩡말 빠뜨린 게 없네, 여보. 근데 문쩨는 말이야, 난 그 찝게를 못 쓸 거라는 거야.

─이뽈리뜨, 좀 제대로 얘기해볼래요?

─손가락을 고리에 찝어넣어야 한다는데, 난 못할 거야. 어떤 손가락을 넣는찌 까먹을 거란 말이야.

─그럼 날 보고 따라 하면 되잖아요. 온 세상을 사랑할 준비가 되어 있는, 언제나 무슨 일이 있어도 사랑할 준비가 되어 있는 하느님의 자녀인 됨 부인이 환한 미소를 지으며 말했다. 이제 나 좀 그냥 내버려둘 수 있죠? 아직 다 못 끝냈단 말이에요. 그녀가 정결한 간통이 어른거리는 눈을 내리깐 채 말했다.

됨 씨는 까치발로 거실을 나왔다. 그러고는 층계참에 서서 콧수염을 밑으로 밀어 빈약한 턱수염에 닿게 하며 생각에 잠겼다. 그랬다, 그는 정말 그 찝게를 제대로 쓰지 못할 것이다. 제일 좋은 방법은 이따가 마르따 혼자 있을 때 가서 내일 먹게 아스파라거스를 따로 챙겨두라고 하는 것이다.

　──두고 봐, 내일 아쭈 신나게 먹어쭐 테니까, 손가락으로 먹어야지!

17

　귀를 찢을 듯 날카롭게 부르는 소리에 놀란 됨 씨가 허겁지겁 방
으로 들어서 보니, 다시 캐미솔 차림을 한 됨 부인이 억울한 고통
을 당하는 사람의 자세로 방향염 냄새를 맡고 있었다.

　— 왜 그래, 여보?

　— 왜 그러냐고요? 당신이 좋아 죽는 애가⋯⋯

　— 내가? 내가 좋아 쪽는 애라고?

　— 그래요, 우리 잘난 귀족 마나님 말이에요! 그 방에 갔었어
요. 말을 하겠다는 건지 뭔지 문도 안 열더라고요! 당연히 피아노
를 치시는 중이었죠! 조용히 문을 두드렸더니 글쎄 뭐라는지 알아
요? 발가벗고 있어서 문을 열어줄 수 없다는 거예요! 정말 딱 이렇
게 말했다니까요! 세상에, 꼬락서니라니! 발가벗고 앉아서 쇼팽을
연주하다니! 주네브 귀족들은 원래 그런가보죠! 발가벗고서, 오후
5시에! 그래요, 레르베르그 집안의 딸로 태어난 나 앙뚜아네뜨 됨

이 문밖에 서서 얘기하는 모욕을 당하고도 참다니! 그래요, 디디를 위해서 참았어요, 불쌍한 우리 디디만 아니면 아무리 오블가 사람이라도 절대 그냥 있지 않았을 거라고요! 난 정말 상냥하게 물었는데. (그녀의 천사 같은 목소리.) "금방 준비되겠니?" 당신도 내 성격 알잖아요, 내가 얼마나 온화하고 교양 있는지. 그런데 당신이 그 얼굴만 보면 늘 방긋거리는, 그래요, 그 매력적인 애가 나한테 뭐라고 대답했는지 알아요? (그녀는 옷장 거울에 비친 자기 모습을 보았다.) 그애가 대답한 말을 그대로 옮겨보죠. (잔뜩 인상을 찌푸리고 날카로운 목소리.) "몸이 좀 안 좋아요. 오늘 저녁 자리에 내려갈 수 있을지 잘 모르겠어요." 그 목소리처럼 해보라고 해도 나는 흉내도 못 내겠네요, 난 절대 그렇게 못해요. 그래요, 아주 거만한 공주 마마죠! 그래봤자 오블 집안에도 어차피 넉넉지 못한 사람들 천지고 저 애를 집에 못 오게 하는 사람들도 있는데! 그래요, 정확히 말하자면 오블 집안이 아니라 그 사촌들이죠, 어쨌든 자칭 고귀한 가문이라니까! 이럴 줄 알았어, 난 분명 이 결혼이 망할 줄 알았다니까요! 그애 때문에 우리 디디가 돈을 얼마나 많이 쓰는지 당신도 봤잖아요! 꼬뜨다쥐르[28]로 여행을 가질 않나! 맨날 선물을 갖다 바치고! 내가 언제 당신한테 선물 사달라고 말한 적 있어요? 내 말 잊지 마요, 우리 디디는 그애 때문에 다 말아먹고 말 거예요! 우리 귀부인께서 혼자 쓰시는 그 욕실 한번 생각해봐요! 애초에는 욕실이 두개 있었죠, 2층에 우리가 쓸 것 하나, 3층에 애들이 쓸 것 하나, 그러면 충분하잖아요? 그런데 싫다고 했죠, 우리 귀부인께서는 남편과 욕실을 같이 못 쓰시겠다잖아요, 어쩌면 혐오스러운지도

---

28 프랑스 남동부 지중해 지역. '쪽빛 해안'이라는 뜻이다.

모르죠! 그래서 자기 혼자 쓰는 욕실을 원했고! 한마디로 공주 마마인 거죠! 방도 따로 쓰고 욕실도 따로 쓰고! 결국 우리 불쌍한 디디가 욕실을 하나 더 만드느라고 총 4395프랑을 썼잖아요! 인도에 가면 돈이 없어 거리를 헤매는 불쌍한 사람들도 많다는데! 그래, 당신은 뭐라고 말할 거죠?

— 당신 생각하고 같찌, 여보. 그 말이 맞아. 목간통은 두개만 있으면 충분했을 거야.

— 목간통은 틀린 말이에요. 배운 사람들은 욕실이라고 해요, 벌써 몇번이나 얘기했잖아요. 이런 말 하나에 제대로 배운 사람인지 아닌지, 어떤 계층에 속하는 사람인지가 드러난다니까요. 그래요, 또 디디가 수시로 비싼 레스토랑에도 데려가잖아요! 당신은 왜 아무 말 안하는 거죠?

됨 씨가 침을 삼키고 잔기침을 한 뒤 드디어 말을 꺼냈다.

— 찝 놔두고 뭐 하러 레스토랑에 가, 나도 쩡말 그렇게 생각해.

— 아주 가관이라니까요! 그애가 우리 디디한테 무얼 해주는지 난 도통 모르겠어요. 도대체 디디가 그애한테서 얻은 게 뭐가 있느냐 말이에요! 그애를 통해 알게 된 사람도 아무도 없잖아요, 그래요, 그 잘난 척하는 높은 계급 사람 말이에요! 당신 생각은 어때요?

— 사실인쪽 그렇찌.

— 제대로 말해요, 사실인즉, 뭐요?

— 당신 말대로라고.

— 이뽈리뜨, 유감스럽게도 그애 얘기를 할 때 당신은 절대 제대로 말하지 않아요.

— 무슨 소리야, 앙뚜아네뜨, 쩨대로 말하찌.

— 이번에 정확히 말해봐요, 분명하게.

―정확히 말할게, 당신 말이 맞아.

　―내 말이 뭐가 맞죠?

　―참 가관이라고. 됨 씨가 가련하게도 이마의 땀을 닦으며 대답했다.

　―그걸 아는 데 참 오래도 걸리는군요. 우리 불쌍한 디디가 속아 넘어간 거예요. 둘이 처음 만났을 때 우리가 없었기 때문이죠. 정말이에요, 그때 내가 있었더라면 절대 결혼 못했을 텐데! 내가 디디 눈에 씐 콩깍지를 금방 벗겨내줬을 거고, 그러면 절대 그렇게 덫에 걸리지는 않았을 텐데!

　―맞아 맞아. 됨 씨는 아내의 말에 맞장구를 치면서, 내일 당장 상아로 만든 예쁜 종이칼을 선물로 사서 아무도 모르게 며느리에게 건네줘야겠다고 생각했다.

　―오늘 저녁식사 자리에 못 내려온다는 건 어떻게 생각해요?

　―어쩌겠어, 몸이 안 좋으면……

　―몸이 안 좋으면, 발가벗고 쇼팽을 치지 못하겠죠! 당신은 아직도 그애 편을 드는군요!

　―아냐, 쩔대 아니야, 여보.

　―두고 봅시다, 내가 발가벗고 쇼팽을 쳐도 당신이 괜찮다고 하는지!

　―누가 그게 괜찮다고 그래?

　―그래요, 난 오블 집안 사람이 아니에요. 난 추문 같은 건 알지도 못하는 가문 사람이라고요! 내가 아무 얘기나 막 하는 것 같죠? (그녀는 방향염을 힘껏 들이마신 다음 벼락 치듯 강렬한 눈빛으로 남편을 쏘아보았다.) 오블 집안에 아주 떠들썩하게 사고를 친 여자가 있었다더군요. 내 입을 더럽히지 않기 위해서 더이상 말하진 않

을 거예요! (당신 여동생도 약사하고 사고를 치지 않았어? 됨 씨는 용기를 내서 속으로 말했다.) 거기다 저 애는 지금 절대 몸이 아픈 게 아니에요! 우리를 화나게 만들려고, 오블가 아가씨께서는 아무리 높은 사람이 찾아와도 눈 하나 깜빡하지 않는다는 걸 보여주고 싶어서 저러는 거라고요.

―금본위프랑으로 1년에 7만이나 버는 사람이라던데. 됨 씨가 아내의 비위를 맞추며 말했다.

―중요한 건 그게 아니에요. 그 사람 자체가 훌륭하다니까요. 설사 한푼도 못 번다 해도 훌륭한 사람이라고요.

―물론이지. 됨 씨가 아내의 편을 들었다. 내가 한번 아리안한테 올라가서 말해볼게.

―올라가서 아부하겠다는 말이로군요! 안돼요, 알았어요? 이뽈리뜨 됨 씨가 새침데기 부인 앞에 무릎을 꿇는 건 절대 안된다고요! 그 잘난 가문의 어떤 아가씨가 무슨 짓까지 했는지 내가 다 알고 있는데! 식사 때 안 내려오겠다면 뭐 우리끼리 하는 거죠! 다행히도 디디가 대화를 끌어갈 수 있을 테니까!

―당신도 있잖아, 비세뜨, 대화를 할 때 당신은 쩔대로 겁을 안 내쟎아. 비겁한 남자가 말했다. 당신은 언쩨나 딱 맞는 대답을 쩔하더라구. 매력 있게.

그녀는 우아하게 한숨을 쉬고는 품격이 담긴 우수 어린 표정을 지으며 방향염 병을 내려놓았다.

―그애 생각은 그만해요. 그럴 가치도 없어요. 자, 넥타이 좀 고쳐 매게 이리로 와요, 완전히 비뚤어졌잖아요.

―그런데 말이야, 당신은 왜 예복을 벗었찌? 아쭈 짤 어울리던데.

—뒤쪽이 좀 구겨졌어요. 마르따가 다림질하는 중이에요.

그때 대문에서 벨이 울리자 그녀는 불을 내뿜는 용들이 그려진 기모노를 걸치고 서둘러 층계참으로 달려갔다. 그러고는 잔뜩 사마귀가 난 두 손으로 난간을 붙잡고 서서 몸을 굽히며 무슨 일이냐고 물었다. 헝클어진 머리에 땀에 절고 눈에 초점이 없는 하녀가 계단의 두번째 단에 서서 "먹을 거 사람"이라고 대답했다. 그때 미리 맞춰놓은 자명종이 울렸고, 그녀는 상황을 파악했다.

—집사가 왔다는 말이지?

—네.

—기다리라고 하거라. 참, 마르따, 잊으면 안된다. 그 사람 꼭 따라다녀야 한다. 알겠지?

됨 부인이 '부엔 레띠로'[29]라고 부르기 좋아하는 곳을 잠시 다녀온 뒤 아래층으로 내려왔을 때, 뇌샤뗄 추시계가 5시 30분을 알렸다. 나뽈레옹이 스위스를 지나갈 때 바로 이 뇌샤뗄 추시계를 쳐다봤다는 얘기를 들은 뒤로 됨 씨가 늘 뿌듯해하면서 소중히 여기는 시계였다. 사회적 지위로 무장한 됨 부인이 전함처럼 위풍당당하게 부엌으로 들어섰다. 집사는 면도를 제대로 안한 50대 남자였는데, 그가 허접한 가방에서 연미복을 꺼내는 것을 본 순간 본능적으로 적개심을 품은 됨 부인은 즉시 일을 시키기로 했다.

—저녁식사는 8시에 할 겁니다, 손님은 7시 30분에 오실 거고요, 국제연맹의 사무차장이시죠. 문을 열어드릴 때는 격식에 모자람 없이 제대로 안내하도록 해요. (집사는 표정 변화가 없었고, 됨 부인이 보기에 음흉한 사람 같았다. 이 남자한테 제 처지를 깨닫게

---

29 에스빠냐어로 '좋은 침거지'라는 뜻으로, 프랑스어에서 '화장실'을 가리킨다.

해주고 또 오늘 어떤 높은 사람을 접대하게 되는지 알려주기 위해 그녀는 메뉴 한장을 건네주었다. 다 읽고 난 집사는 목석처럼 똑같은 표정으로 말없이 메뉴를 테이블에 내려놓았다. 왜 이렇게 건방진 거야. 저래가지고 팁이나 제대로 챙길 수 있겠어?) 캐비아는 메뉴에 빠져 있지만 따로 주문해놓았어요, 그것만 빼고 전부 6시에 로시 식품점에서 배달 올 거고. 아주 유명한 상점이죠.

—압니다.

—직전에 음식을 데우는 건 로시 상점에서 나오는 사람이 할 거예요. 그러니까 서빙만 하면 돼요.

—물론이죠. 그게 제 일입니다.

—식탁은 지금 차리기 시작해도 돼요. 당연히 격식에 맞게 해야죠. 참석자는 사무차장님을 포함해서 전부 다섯명이에요. 하녀가 식당 열쇠를 가지고 있고 일도 거들어줄 거예요. 냅킨은 늘 하던 대로 부채 모양으로 접어줘요.

—죄송하지만 방금 뭐라고 하셨습니까?

—냅킨을 부채 모양으로 접어달라고요. 우리 집에 손님이 올 때는 늘 그렇게 해요.

—부채 모양으로 접으라고요? 알겠습니다. 하지만 일단 말씀 드리지 않을 수 없군요, 그렇게 접는 건 이미 구식입니다. 요즘은 냅킨을 단순하게 접어서 점심식사 때는 그대로 접시 위에 얹어두고, 저녁식사 때는 미리 차려두는 뽀따주 접시 왼쪽의 작은 빵 접시에 놓고 거기다 빵을 넣어두죠. 제가 10년 동안 일한 느무르 공작 댁에서는 늘 그렇게 했습니다. 물론 정히 원하신다면 모양을 만들어 접어드릴 수 있습니다, 부채, 파라솔, 지갑, 자전거 바퀴, 백조, 원하신다면 낙타 모양도 가능합니다. 말씀해주십시오, 시키시는

대로 하겠습니다.

— 그런 자질구레한 것은 아무래도 상관없어요. 됨 부인의 얼굴이 붉은 벽돌처럼 달아올랐다. 마음대로 해요. 중요한 일도 아니니까.

치아가 돌출된 그녀는 코르셋을 죄어 입듯 품격으로 무장하고 돈푼께나 가진 사람의 고상함과 위엄을 풍기며, 머리는 꼿꼿이 치켜든 자세로, 손으로 자기 엉덩이를 어루만지듯 세번 훑으며 자리를 떴다. 기계적인 그 동작은 아마도 옷이 흐트러진 데가 없는지, 남편이 "좁은 곳" 혹은 "왕들도 말 타고 갈 수 없는 곳"이라고 부르는 곳에 다녀온 뒤 기모노가 말려 올라간 게 아닌지 확인하려는 것일 터이다.

— 메뉴가 엉망이군. 집사가 마르따에게 말했다. 어디서 듣도 보도 못한 메뉴야. 조갯살 뽀따주를 먹은 다음에 랍스터라니, 게다가 캐비아까지! 그다음에 송아지 가슴살을 먹고 그다음에 메추라기 고기를 먹고 그다음에 또 푸아그라! 순서가 엉망진창이야. 이런 자리를 차려본 적이 없다는 걸 금방 알겠군. 성찬은 짜임새 있게 구성해야 하고, 논리가 필요한데. 거기다 다섯명이 식사하면서 메뉴판을 만들다니! 아주 웃기네! 하물며 식사가 8시인데 날 5시 30분에 오게 하다니! 살다 살다 별일 다 보는군!

개수대 위에 작은 게시판 같은 것이 액자로 걸려 있는 것을 본 집사는 안경을 꺼내어, 됨 부인이 동글동글한 글씨로 써두고 하녀에게 아침마다 읽게 하는 짧은 문학작품으로 다가갔다.

들판에서든 부엌에서든
하느님의 눈이 우리를 지켜보고 우리를 따라다니니.

노력을 아끼지 말기를,

그분이 우리에게 보답 주시리.

그것은 바로 가정의 건강,

집안의 행복일지니.

오 일하라, 오 처녀여,

제대로 씨 뿌리면 풍성하게 수확하리니!

(T. 꽁브 부인[30]의 시)

— 이거 아가씨 보라고 해놓은 거요?

— 네. 마르따가 이 빠진 입에서 나오는 창피한 웃음을 손으로 가리면서 대답했다.

집사는 자리에 앉아 다리를 꼬고 신문을 펴서 스포츠 면을 읽기 시작했다.

느무르 공작의 냅킨 때문에 쓰라린 속을 가까스로 달랜 됨 부인은 저 작자가 자기 말에 복종하는지 확인하겠다는 일념으로 1층 복도를 떠나지 않았다. 계속 엿보고 있자면 핑계가 필요했기에 쓸데없이 이것저것 정리를 하면서, 하인을 부리는 즐거움을 당장 얻지 못하고 이렇게 미루어야 한다는 사실에 화가 치밀었다. 벌써 십 분이 지났는데 저 작자는 아직도 테이블을 차릴 생각을 하지 않는다! 주인의 말을 안 들어도 아무 탈이 없다는 것을 보면서 마르따가 무엇을 배우겠는가! 부엌에 가서 다시 한번 명령을 내릴까? 저 부랑자 같은 인간이 급할 것 없다고, 아직 6시도 안됐다고 대답할

---

30 스위스 작가 아델 위그냉(Adèle Huguenin, 1856~1933)의 필명.

수 있다. 그러면 마르따가 보는 앞에서 내 위신이 엉망이 될지 모른다. 중개소에 전화를 해서 다른 집사를 보내달라고 할까? 지금 다른 사람을 구하는 건 불가능하겠지. 게다가 전화가 복도에 있으니 말소리도 다 들릴 거고 결국 저자를 혼내주기는 더 힘들어질 것이다. 허접한 가방이나 들고 다니는 인부 때문에 꼼짝 못하게 되어버린 것이다. 낙타 모양으로 냅킨을 접겠다니, 악의를 가지고 빗대는 게 분명하다. 무솔리니 만세!

그때 눈이 튀어나오고 작은 수염이 달린 동그란 얼굴이 2층 층계참에 나타나더니 뽀따주는 조심스럽게 먹어야 한다고, 스푼에 반만 떠먹어야 한다고 말했다. 당장 조용히 시켜야겠다고 마음먹었지만 그렇다고 계단에서 소란을 피우고 싶지는 않았기에, 그녀는 계단을 두단씩 건너뛰며 올라가 남편의 손을 끌고 침실로 들어갔다. 그러고서 문을 닫은 뒤 집사와 그 공작 댁의 냅킨 건으로 치솟은 화를 남편에게 퍼부었다.

─정말 지긋지긋해요! 그녀가 이를 악물고 말했다. 제발 어디로든 좀 없어져버려요! 그 펠트신 좀 벗고 정원에 나가 있으라고요! 내가 부를 때까지 들어오지 말고 밖에 있어요!

불쌍한 됨 씨는 그렇게 쫓겨나 밖에서 서성거렸다. 지나가던 사람이 있었으면, 턱시도 차림으로 정원에 나와 있는 그를 보고 무슨 생각을 했을까! 그는 사용하지 않는 정자로 가서 하릴없이 멍하니 앉아 있었다. 귀여운 어린애처럼 손수레 위에 앉아 「산 위의 해」 노래를 흥얼거렸고, 이어 「울려라 북이여」를, 「자유로운 산」을, 「공중바위」를, 또 「낡은 오두막」을 불렀다. 아는 노래가 바닥나자 그는 지하실로 내려가기로 했다. 그곳에는 언제나 재미있는 일거리가 있다. 그는 살짝 열린 문 사이로 밖을 내다보았고, 길에 아무도 없다는 것을 확인하고는 도망치듯 걸음을 옮겼다.

예상대로 지하실에는 유용한 일거리가 있었다. 될 씨는 체계적으로 정리되어 있지 않은 통조림들을 종류별, 크기별로 분류했고, 그러느라 제법 시간이 흘렀다. 그런 다음 낡은 빗자루를 들고 거미줄을 치웠다. 그러고는 집 안으로 연결된 계단 위에 앉아서 앙뚜아네뜨를 향해 자기 진짜 생각을 다 말해버렸다.

그는 귀를 기울였다. 그렇다, 그녀다. "이뽈리뜨, 어디 있어요? 우후, 이뽈리뜨, 우후!" 우후 하고 부르는 건 언제나 기분이 좋다는 뜻이다. 그는 밖으로 통하는 지하실 문을 열고 정원으로 나가서, 쫓겨났다는 사실조차 잊은 바보처럼, 오직 사랑하는 집으로 다시 들어갈 수 있다는 사실에 기뻐 달려가며 큰 소리로 대답했다. "나 여기 있어!"

아내는 사각거리는 옷에 남편을 잃은 귀부인을 연상시키는 검은 리본을 목에 매고 현관문에 위풍당당하게 서 있었다. 조금 전에 거울에 비춰본 자기 모습이 마음에 들었기 때문에 기분이 좋아진 그녀는 남편을 친절하게 맞았다. 언제 쫓아냈냐는 듯이 남편의 팔짱을 끼기까지 했다. 될 씨는 조금 전 지하실에서 자기가 아내를 향해 퍼부은 말이 생각나 조금 창피했다.

침실에 와서 될 부인은 턱시도가 왜 그렇게 더러워졌냐고 물었지만, 화를 내지는 않았다. 그는 지하실에서 통조림을 정리했다고 말했고, 아내는 잘했다고 했다. 그녀는 계속 상냥하게, 심지어 목의 작은 살덩이가 흔들려 리본 밖으로 튀어나올 만큼 정성스레, 남편의 턱시도에 솔질을 해주었다. 그는 가만히 몸을 내맡긴 채 육체의 즐거움에 빠져들었다. 나의 앙뚜아네뜨는 참 착한 여자이다.

―당신 그 옷 입으니까 참 아름다워, 비세뜨. 아가씨라고 해도 되겠어.

그녀는 몽상에 빠진 듯 우수 어린 표정을 지으며, 좀더 힘차게 솔질을 했다.

―연회 요리사가 왔어요. 아주 공손한, 그런 일을 하기엔 아까운 호감 가는 청년이더라고요. 집사와는 딴판이죠. 참 그런데 그 집사라는 작자가 어느 정도인지 내가 말 안했죠? 그자가 이제야 테이블을 차리기 시작했어요.

―냅킨을 부채 모양으로 접어달라고 했어?

―요즘은 그렇게 안해요, 여보, 그건 다 지나간 유행이라고요. 제대로 하려면 냅킨은 미리 차려놓는 뽀따주 접시 왼쪽에 그냥 접어두고 그 안에 빵을 넣는 거예요. 어쨌든 다시 그 못돼먹은 작자 얘기를 하자면, 그래요, 방금 말한 대로, 그자가 드디어 테이블을 차리기 시작했는데, 잘하고 있는지 확인하려고 조금 있다가 식당을 한번 들여다봤더니, 글쎄, 팔자도 좋지, 그자가 내 흔들의자에 앉아 있더라니까요! 리자 숙모가 준 그 의자 말이에요!

―말도 안돼!

―돌아서요, 이제 등 쪽을 해야 돼요.

―그래서 당신은 어떻게 했어?

―지침을 구하러 갔죠.

―그랬더니?

―손님이 오기 직전에 소란이 일면 안되니까 그냥 있으라는 지침을 받았어요, 어차피 너무 늦어서 대신할 다른 사람을 찾을 수도 없을 테니까. 내 생각도 그랬어요! 모든 것을 다 알고 계시는 분의 뜻을 미리 느낀 거지만! 아, 이뽈리뜨, 우리는 왜 이렇게 비천한 계

급의 인간들이 하는 일을 참아줘야만 하는 건지! 자, 이제 다 됐어요. 그녀가 솔을 내려놓으며 말했다.

—고마워 여보. 그가 아내의 손에 입을 맞추면서 말하자, 정중한 인사에 감동한 아내의 얼굴에는 다시 감미로운 슬픔이 어렸다.

—그런데 우리 디디가 식당에 들어서는 순간 상황이 180도 변했어요! 그녀가 자랑스럽게 말했다. 그 비열한 작자가 집안의 남자를 보더니 벌떡 일어나서는, 글쎄, 말도 안돼, 잽싸게 부엌으로 가더라니까요! 아드리앵이 원래 풍채가 좋고 또 위엄이 있잖아요. 아! 집안에 씩씩한 남자가 있어서 기댈 수 있다는 건 정말 다행스러운 일이에요!

—그러니까 아드리앵이 짱을 다 보고 온 거야?

—세상에, 정말, 깜박 잊고 얘기 안했네! 당신이 지하실에 있을 때 왔어요.

—아리안은 봤고?

—봤어요, 기분이 좋아졌는지 옷을 차려입는 중일 거예요. 변덕이 죽 끓듯 하죠. 어쨌든 됐어요. 아드리앵은 새 턱시도를 입으니 완벽하더군요, 어찌나 기품이 있던지. 불쌍하게도 이것저것 다 사오느라 고생했지만 말이에요! 대낮처럼 환하게 밝힐 초! 초를 꽂을 주석 촛대 여섯개! 정말 멋질 거예요, 꼭 극장처럼, 호화로운 연회장처럼 말이에요. 거기다 꽃을 파란색, 흰색, 빨간색으로 사왔더라고요, 손님이 프랑스인이라고 그런 거죠. 멋진 생각이잖아요, 안 그래요?

—그렇고말고. 됨 씨는 왠지 기분이 좋지 않았다.

—그리고 포도주도 바꿔 왔어요! 더 좋은 급으로 달라고 했다네요! 우리 아드리앵 됨 씨가 남의 말만 믿고 호락호락 넘어가는

사람이 아니잖아요! 가게에서 아무 군소리도 못했다죠! 그리고 샴페인도 여섯병 샀어요, 제일 좋은 걸로, 또 얼음 그릇 하나, 물론 얼음도! 정말 하나도 안 빠뜨리고 다 사왔어요, 불쌍한 디디. 캐비아도! 최고급으로! 토스트용 영국 빵까지! 레몬까지 챙겨 왔더라니까요. 캐비아에 필요하니까, 원래 그렇게 먹어요. 그런데 메뉴판에 캐비아가 안 들어가 있어서 아쉬워요. 인쇄한 것처럼 보이게 당신이 그 위에다 좀 써줄래요? 아니야 안하는 게 낫겠네, 할 수 없지, 음식이 나오면 어차피 사무차장도 알게 될 테죠. 캐비아는 정말 좋은 생각 같아요, 그렇죠?

　—그렇고말고. 됨 씨가 대답했다.

　—디디의 상사가 아주 흐뭇해할 거예요. 뭐, 디디가 그 정도는 해줘야죠.

18

아니야 난 안 내려갈 거야 그 사람을 보기 싫어 난리가 나더라도
할 수 없어 아 목욕을 하면 기분이 좋아 아주 뜨거워 난 이게 너무
좋아 트랄랄라 속상해 남자아이들은 정말 휘파람을 잘 불던데 난
왜 그렇게 안될까 양손으로 쥐고 있으면 기분이 아주 좋아 정말 좋
아 얼마나 풍만한지 얼마나 단단한지 느껴봐 정말 너무 좋아 난 내
몸이 좋아 아홉살 열살 때 겨울에 엘리안과 함께 학교에 갔지 손을
꼭 잡고 살을 에는 겨울바람을 맞으며 내가 만든 노래를 처량하게
부르면서 걸었어 돌멩이가 갈라지도록 얼음이 꽁꽁 언 날 그 거리
를 불쌍한 우리는 걸어 내려가네 이른 아침에 그게 전부였어 그런
다음엔 다시 처음부터 부르는 거야 돌멩이가 갈라지도록 얼음이
꽁꽁 언 거리를 오 발가벗고 있는 아름다운 여인아 어쩌면 남자야
그건 안돼 아니야 돼 내가 그래 내가 내려가서 식탁을 뒤엎어버리
고 그 사람한테 욕을 퍼부을 거야 나한테 무슨 짓을 했는지 다 말

해버리고 얼굴에 물병을 던질 거야 그래 어쩌면 남자야 나도 씨가를 한번 피워보고 싶어 안돼 그런 천박한 말은 하면 안돼 그 말은 안할 거야 말하고 싶어 아니야 안할 거야 안할 거야 트랄랄라 초콜릿 사탕을 먹고 싶어 사탕을 먹을 때 입에 넣기 전에 한번 살펴봐 입에 넣기 전에 요리조리 돌려보고 그런 다음 조금 깨물고 그런 다음 다시 똑같이 해 요리조리 살펴보고 돌려보고 그런 다음 와작 깨물어 다시 깨물고 다시 깨물어 그가 준 선물을 그의 착한 미소 하지만 난 심술 부릴 때가 많아 모범적인 아내가 되게 도와달라고 하느님한테 빌어 오 개 같은 짓 시작하면 그는 눈빛도 개가 돼 그가 날 쳐다볼 때 그 짓을 할 생각으로 심각하고 근심스럽게 쳐다볼 때 눈이 근시인 개 그래 날 사용하고 싶을 때 끔찍해 웃기는 건 그러고 싶어지면 꼭 재채기를 해 개가 될 때는 절대 빼먹는 일이 없어 두번 재채기를 해 에취 에취 그러면 난 생각해 그래 왔구나 개야 난 피하지 않아 그는 내 위에 올라타서 버둥거리겠지 재채기 소리를 들으면 웃음이 나 그러면서도 슬퍼져 그게 시작될 테니까 그가 내 위에 올라탈 거야 짐승이 위에 하나 밑에 하나 지난번엔 우스꽝스러운 짓을 새로 하기 시작했어 날 깨무는 거야 꼭 발바리가 장난치는 것 같아 너무 불쾌해 난 왜 깨물지 말라고 말하지 못하는 걸까 그 사람이 모욕감을 느끼게 만들고 싶지는 않아 말하면 안돼 안돼 안돼 어쩌자고 그런 기괴한 걸 즐기는 걸까 버스 안에서 흉측하게 생긴 사람을 보면 흥분돼서 자꾸 신경이 쓰이고 쳐다보게 되는 것처럼 아니 어쩌면 내가 사악해서 그냥 깨물게 두는 건지도 몰라 그 모습이 정말 우스꽝스럽거든 오 무슨 권리로 무슨 권리로 이상한 인간 무슨 권리로 날 아프게 하는 거야 날 아프게 하는 거야 정말 처음엔 달군 쇳덩이 같았어 오 난 남자들이 싫어 싫어 도대체 어쩌자고 그 이상한 이상한 걸 다른 사람한테 집어넣겠다는 멍청한 생각을 하는 걸까 원하지도 않고 아파하는 사람한테 소설가들이 관능의 쾌락 어쩌고 떠들어대는 건 모두 헛소리야 그런 끔찍한 짓을 좋아하는 멍청한 여자가 정말 있을까 오 끔찍해 내 위에 올라타서 개처럼 으르렁거리는 모습 어떻게 그렇게까지 빠져들 수 있지 그러면서도 웃음이 나와 그가 내 위에서 얼굴이 시뻘게져서 급하게 정신없이 진지하게 눈살을 찌푸리며 움직이면 그런 다음 또 신이 나서 개처럼 으르렁대면 그렇게 왔다 갔다 하는 게 무슨 그렇게 심장이 뛸 일이야 웃겨 웃겨 품위라곤 찾아볼 수가 없어 오 멍청한 남자가 날 아프게 해 그러면서도 그 사람이 불쌍해 가엾게도 아주 부지런히 위에서 움직여 애를 써 내가 자기를 쳐다보며 무슨 생각을 하는지 알지도 못해 그 사람에게 모욕을 주고 싶지는 않아 하지만 어쩔 수 없어 난 박자를 맞춰 매번 디디 디디 말해 그가 왔다 갔다 하는 데 박자를 맞추고 그가 위에서 움직이는 데 박자를 맞춰 그가 뒤에서 앞으로 앞에서 뒤로 말도 안되게 바보같이 아무 쓸데 없이 움직이는 데 맞춰서 디디 디디 디디 속으로 계속 말해 수치스러워 나 자신이 싫어 불쌍해 착한 남자인데 어쩔 수가 어쩔 수가 없어 계속하네 계속하네 그가 내 위에 있어 아리안 도블 위에 미친놈 야만인 같아 오 추해 용서해 미안해 용서해 불쌍한 사람 그가 개처럼 으르렁거리는 게 정말 끔찍하게 추해 내 결혼도 개처럼 으르렁으르렁거려 이 모든 게 내가 자살을 하려다 실패한 그날 때문이야 짜증이 나 늘 짜증이 나 그 사람은 아무것도 몰라 몰라 난 그 사람이 너무 불쌍해서 말할 수가 없어 그만하고 꺼져 계속하네 계속하네 내 위에서 수치스러워 드디어 끝났어 간질 발작 같아 우스꽝스러운 간질 발작 위임통치 영토들을 맡아 관리하시는 분이

내 위에서 식인종같이 야만스러운 비명을 질러 이제 끝이니까 기분이 좋아 보여 이제 숨을 헐떡이며 옆으로 떨어져 나가 이제 끝났어 다음번 할 때까지 아니야 끝나지 않았어 이제 내 옆에 달라붙어 잘 테니까 끈적거리면서 달라붙어 있을 테니까 나에게 다정한 말을 건네 나는 그 말이 토할 만큼 싫어 그리고 더 싫어 지긋지긋해 지긋지긋해 허구한 날 그 승진 타령 칵테일파티 모두가 깜짝 놀랄 초대 이야기 그렇지만 마음이 짠해져 불쌍해 순수한 사람인데 진흙탕에 빠져 있어 이제 더운물 좀 부탁해 됐어 고마워 그는 정말 날 귀찮게 해 조심해 여보 밤에 비가 와서 길이 미끄러워 살살 운전해 그리고 또 옷을 더 따뜻하게 입으라고 끝없이 귀찮게 해 그리고 또 늘 날 만지는 버릇은 정말 미칠 것 같아 밤에 그만큼 했으면 됐잖아 늘 어떻게 하면 좋겠냐고 쉬지 않고 물어대는 것도 싫어 그리고 또 그리고 또 지난번에는 손에 칫솔을 들고 입안 가득 치약 거품을 머금고 와서 리아누네뜨 영양제 챙겼지 이집트 여행 때도 정말 화가 났어 그래 유적과 왕조에 대해서 계속 메모를 했어 지적인 사람처럼 보이려고 그리고 또 그 멍청한 카나키스와 라세 앞에서 잘난 척하려고 흉물스러운 이집트 건축 잡동사니 뭔지 알 수도 없는 기둥들 미련한 피라미드 그런데 그걸 보며 탄사를 토해냈어 S는 다른 종류로 형편없어 아이 씽크 아이 앰 콰이트 애브노멀 난 심지어 구구단도 모른답니다 특히 8 곱하기 7하고 9 곱하기 6은 일일이 더해봐야 하죠 난 아빠를 무척 존경하는데 아빠는 엄마한테 아주 거칠게 대해요 마치 짐승을 다루듯이 아빠는 개처럼 으르렁 으르렁거려요 언제나 아이가 태어나는 걸 보면 누구나 그런다는 건데 어떻게 그럴 수가 있을까 뛰를뤼뻥 부부가 아이를 낳았어 아기 뛰를뤼뻥의 탄생 소식을 전합니다 뻔뻔스럽기도 해라 그렇게 공개적으로 고백하다니 또 사람들은 그런 소식을 듣고 하나같이 당연하고 합당한 일이라고 생각해 그래 모두들 그 끔찍한 짓을 하는 거야 그리고 아홉달이 지나면 수치심 따윈 버리고 소식을 알리지 낮에 옷을 입고 있으면 멀쩡한 사람들이면서 국제연맹에서 세계 평화를 위해 연설을 하는 공사들도 그래 낮에는 옷을 입고 심각하고 밤이면 옷을 벗고 아내 몸 위에 올라가서 버둥거려 하지만 아무도 그게 이상한 줄 몰라 그런 얘기를 들으면서 웃음을 터뜨리는 사람이 없어 옷을 잔뜩 빼입고 정부의 이름으로 어쩌구저쩌구 선언을 해 왕들도 마찬가지야 사람들은 그 앞에서 고개를 숙여 마치 왕들은 절대 그렇게 버둥거리지 않는다는 듯이 왕비들은 미소를 짓고 인사를 해 왕이 자기 몸 위에 올라가 버둥거리며 주물럭거린 적이 없다는 듯이 잘했어 좋아 채찍을 갈겨 옷을 벗은 맨살에 대고 말채찍을 갈겨 흰 살이 부어오르게 그 비열한 인간이 무슨 짓을 했는지 말하지 않은 건 잘한 일이야 괜히 말했다가는 결투가 벌어질 거고 결국 불쌍한 디디가 죽게 될 거야 불쌍한 디디 불쌍한 디디 누군가 한 사람 죽을 때마다 그 사람의 눈은 하늘로 올라가서 별이 된다는데 그래그래 내 남편은 그래 내 남편이 아니야 그와 다정하게 이야기하고 싶지 않아 그런 마음은 안 들어 억지로 해야 해 해거드 부인 분명 동굴에서 곧 그리 삼촌 나의 사랑하는 삼촌은 진정한 기독교인이야 시어머니는 엉터리야 그리 삼촌은 성자야 그들을 건들지 마 난 레리 고모를 정말 사랑했어 고모는 고귀한 사람이었어 좀 이상하기는 했지만 애야 신을 믿지 않는 사람들하고 교황을 따르는 사람들이나 까페에 가는 거란다 고모는 극장에서 하는 짓이 전부 거짓이라면서 단 한번도 한번도 간 적이 없어 라디오에서 인터뷰를 하는 삼류 여배우들은 하나같이 그냥 네라고 대답하면 될 걸 맞아요라고 대답하잖니 그렇게 하면 그냥 네라고 대답하는 것보다 더 자신감 있고 더 분명하고 더 쾌활하고 더 재치 있어 보인다고 생각하는 거지 앞으로 무슨 계획이 있냐고 물어보면 당분간 계약 건이 없어도 절대 솔직하게 말하지 않지 오 아시잖아요 우선 도시를 벗어나서 좀 쉬어야겠어요라고 말해 아니면 중요한 계획이 있지만 지금 말할 수가 없어요 제가 미신을 믿거든요라고 아니면 또 아주 교활하고 요염하고 방탕한 여자 같은 목소리로 아 그건 아직 비밀이에요 뜨거운 물 좀 더 줘 지금 너무 좋아 물이 뜨거울 때 그 비열한 인간은 여전히 호텔에 있지 집에서 살지도 않고 가정도 없고 거처도 없이 살아 라디오에 나오는 삼류 여배우들은 자기들이 성공을 거두었다고 말하지 않고 관객들이 잘 봐주셨다고 말해 같은 작품에서 연기한 훌륭한 남자 배우 이름을 꼭 얘기하고 언제나 동료라고 말하지 그 배우가 자기들을 동등하게 대우한다는 걸 교묘하게 보여주려는 거야 방랑하는 유대인 다음 작품에서 어떤 역을 맡게 되냐고 물어보면 이렇게 대답해 간통하는 가증스러운 아내 역이에요 혹은 아주 영리한 아가씨 역이에요 그런 다음엔 재치 있는 가증스러운 웃음 이렇게 욕조에 들어앉아 혼자 떠들어대다니 미쳤어 최악은 스타 가수들이야 보나 마나 머릿속에 든 것 없이 소리만 질러대는 여자들 그 여자가 차로 배웅해주겠다고 했지 분명 같이 리츠로 간 거야 남자 여자 하는 짓을 하려고 간 거지 불쌍한 디디 내가 늦게 들어오면 걱정을 하며 길에 나와서 기다려 여보 너무 걱정했단 말이야 사고 났을까봐 무서웠어 정말 미칠 것 같아 쯧쯧 조심해 절대 말하면 안돼 애처로운 영혼 앞으로는 완벽한 아내가 될 거야 해거드 부인이 말해 그 동굴을 보여드릴까요 종유석이 있죠 맵시 있게 고개를 숙이고 탄식하는 목소리로 말해 무력한 궁금해하는 알고 싶어서 어쩔 줄 모르는 여자들처럼 그러고 서 황홀해해 그가 대답할 때 오 그녀의 눈길 좋아서 어쩔 줄 모르는 역겨운 눈길 카이사르 만세 그의 환심을 사려고 겁먹은 척하지 난 여자들을 경멸해 난 별로 여자가 아니야 리츠에서 벌거벗은 추한 여자 남편은 독감에 걸렸다면서 끔찍해 상스러운 말을 하고 싶은 마음 하지만 난 교양 있는 여자야 아마 그 때문일 거야 나는 오 나는 나는 나는 길들여지지 않은 야생의 처녀 가장무도회 때 내가 입은 복장 알잖아 사냥의 여신 디아나였지 아직 가지고 있어 사랑하는 엘리안 네가 생각해내고 바느질까지 해줬지 그렇게 우리는 함께 아르미오가의 무도회에 갔어 기억나지 넌 미네르바 여신 분장을 했고 나는 디아나 여신 분장을 했잖아 우울할 때 초승달이 머리 위에 뜰 때 나는 가끔 그 옷을 입어봐 짧은 튜닉에 다리를 드러내고 끈 샌들을 신고 화살통을 어깨에 메고 방 안을 돌아다녀 숲의 여왕이 돼서 악타이온[31]을 개들에게 던져줘 나는 나는 나는 멀고 먼 스키티아[32]에서 바람이 사랑하던 암말도 나만큼 슬프지 않고 나처럼 날뛰지 않아 저녁에 삭풍이 가라앉으면 나는 나는 어떻게 해서든 어떻게든 그래 앙뚜아네뜨 그녀는 여덟이라고 발음 못하고 어덟이라고 하고 그런 다음에 혀를 쑥 내밀었다가 고무줄처럼 팅겨 들어가는지 보려는지 그대로 놓아버려 오 그래 확실해 목으로 세게 팅길 거야 짠 아니면 기다랗게 생긴 흐물거리는 살덩이는 영원히 금지된 관능을 터뜨리겠지 아니면 총을 겨눠서 몸을 흔들어대

....
31 로마신화에서 악타이온은 친구들과 사냥을 하던 중 사냥의 신 디아나의 목욕 장면을 훔쳐보고, 화가 난 디아나는 그를 사슴으로 만들어 그의 사냥개들에게 찢어 죽이게 한다.
32 유목민 스키타이족이 거주하던 동유럽, 중앙아시아 지역.

며 왈츠를 추게 할까 오 됐어 오 나는 내 방에 혼자 있어 엘렉트라도 나도 그래 미케네에서 그녀의 호소 브륀힐드도 나도 불의 섬에 버려져 이졸데도 애원하며 멍청한 여자 나도 엘리안도 이따금 그래 겁먹은 건방진 웃음을 짓는 약간 미련한 여자 할 수 없지 그게 진실이니까 다락방에서 벌인 우리의 연극 무대는 재밌었어 난 달아오른 뻬드르 엘리안은 그 고백을 들어주는 유모 외논 나는 멍청한 데스데모나 엘리안은 오셀로 오 정말 멍청해 데스데모나는 스스로를 지킬 줄 모르고 늘 징징거리기만 해 나라면 그가 내 말을 듣게 만들었을 거야 얼굴색이 검은 깜둥이 더러운 오셀로 모든 게 이아고의 계략이라는 걸 모르다니 그것도 모르다니 그대 그에게 말하면 안돼 그에겐 너무 중요한 상황이잖아 처참하게 무너질 거야 그 사람이 자기한테 말을 건넸다고 너무 좋아했고 상사한테 혼나고 왔을 때는 불쌍했어 그런 다음에는 진급을 망쳐버릴 수 없었고 내 코는 너무 아름다워 깡패 같은 멍청한 인간 눈은 그런 꼴이 돼가지고 기다려 내가 얼굴에 물병을 던져줄게 새빨간 거짓말을 하다니 내 코는 아주 정상이야 개성이 있다고 점 하나 있는 게 다야 그러는 당신 코는 어떤데 거대하잖아 그래 유대교회당에 다니는 그 주먹코가 해거드 부인의 마음을 사로잡은 모양이지 그녀가 머리부터 발끝까지 키스를 퍼붓고 아주 좋겠네 한시간 내내 그러고 있을 거야 온몸을 훑으면서 그러다 낚싯바늘에 물린 물고기처럼 아예 들러붙어버리라지 어떨 때 엘리안은 이뽈리뜨를 맡았어 또 어떨 때는 외논 역을 했고 딱 한번은 다른 역도 했어 맞아 그런대로 괜찮았어 그래 딱 봐줄 만했어 하지만 그다음에는 좀 봐주기 힘들었어 나는 정상이 아니야 아니야 정상이야 이야 이야 이 모든 게 그놈의 호의라는 것 때문이야 살아오면서 바로 그때 난 호의를 맛본 거야 그리고 누군가가 나를 원한다고 멍청하게 우쭐해졌던 거야 그 사람은 바로 그만해 그런 상스러운 말은 안돼 그 사람은 바로 그래 조금 그만 이혼할까 아니 불쌍해 너무 힘들어할 거야 내 마음을 잘 달래줄 할아버지가 있으면 얼마나 좋을까 할아버지가 혼자 사는 집에 찾아갈 텐데 절벽 위 오솔길 끝에 소나무로 낯선 나무들로 둘러싸인 아무도 알지 못하는 내 할아버지는 리드오르간을 치던 손을 멈추고 그래도 오르간은 잠시 혼자서 희미한 소리를 내고 할아버지는 반질반질 윤이 나는 실내용 빵모자를 벗을 거야 선량한 노인 뜨거운 물 좀 더 줘 목욕하다가 얼어 죽겠어 그녀는 아직도 브탁한다라고 발음해 난 할아버지 무릎에 앉을 거야 할아버지가 주름진 손으로 사랑하는 손녀의 머리카락을 만져줄 거야 아니야 할머니가 낫겠어 아무도 없는 집에 혼자 오 오 오 그건 정말 나빠 아주 상스러운 말이야 하지만 정말 말해버리고 싶어 소리지르고 싶어 창문에 대고 악을 쓰고 싶어 그래 그러다 아예 낚싯바늘에 물린 물고기처럼 들러붙어버리라지 채찍을 날리면 멋질 거야 그가 고통으로 울부짖어 그래 울부짖어 그래 그가 울부짖으며 나에게 제발 그만하라고 매달려 눈물을 흘리면서 찡그린 모습이 너무 우스워 제발 부인 무릎 꿇고 용서를 빕니다 나는 웃을 거야 이를 어쩌나 그가 무릎을 꿇고 외알 안경을 벗고 두 손을 비비며 겁에 질린 비천한 얼굴로 빌어 하지만 나는 짠 그리고 찐 그대로 얼굴에 대고 채찍을 날려 세상에 이를 어쩌나 저 찡그린 얼굴 좀 봐 이봐요 그러면 안되죠 연민 같은 건 없어 덤벼들지 못하게 사슬로 묶어버리는 게 낫겠어 편안히 마음대로 채찍질을 할 수 있게 채찍 한번 휘두르고 과자 하나 먹고 그래 그러는 거야 두 손을 사슬로 묶는 거야 발도 묶고 그리고 좀더 확실하게 몸 한가운데를 굵은 사슬로 감아서 벽에 단단히 묶어둬야지 그리고 짠 그리고 찐 그가 나한테 매달리며 호소해 그래도 난 절대 흔들리지 않아 오 그의 눈에서 눈물이 흘러내려 짠 그리고 찐 눈물을 흘린다고 불쌍해하면 안 돼 야우르인지 쏠랄인지 줄리 따삐인지 그 두 뺨을 타고 눈물이 흘러내려 하지만 용감한 여인은 쉬지 않고 채찍질을 해 그리고 야우르의 추한 얼굴 위로 붉은 줄이 허옇게 부어올라 그가 영혼이 부서질 듯 애절하게 빌어 하지만 아름다운 젊은 여인은 흔들림 없이 쉬지 않고 채찍을 휘둘러 그리고 찐 그리고 짠 내가 제대로 가르쳐주지 그렇게 큰 코를 갖는 법을 말이야 아름다운 젊은 여인이 신랄하게 빈정거리며 그에게 말해 오 꽤 많이 맞았지 이제 그는 힘이 다 빠졌어 눈물을 흘릴 기운도 없어 진짜 누더기가 됐어 사슬을 풀어주고 자 이제 유대교회당으로 꺼져 다리는 짤막하고 코가 큰 인간들한테 가서 상처를 치료해달라고 해 그의 코는 많이 크지 않아 속상해 뜨거운 물 좀 더 줘 고마워 그녀는 흔들거리는 작은 살덩이를 만지작거려 그럴 때는이라고 말해야 할 걸 그럴 때에서라고 말해 심지어 그때에서라고도 해 그리고 해주렴이라고 안하고 해주럼이라고 하고 어떨 때는 해즈럼이라고 해 그리고 자기는 기도라고 하지만 아무리 기도처럼 들려도 사실은 명령이야 하느님한테 명령을 하는 거야 날씨가 좋아야 한다고 자기가 아프면 안된다고 디디를 밀어줘야 한다고 하느님한테 명령해 무엇보다도 자기가 하고 싶은 게 있으면 자기한테 그것을 하라는 명령을 내려달라고 하느님한테 명령해 자기가 어떤 자선단체의 회장 자리를 맡아도 되는지 하느님한테 물어보면 어김없이 하느님은 그걸 받아들여라 하고 대답해 자기가 산에 좀 쉬러 가도 되겠냐고 물어보면 어김없이 하느님은 가련한 앙뚜아네뜨여 그렇게 지치도록 머리를 썼으니 당연히 그래도 된다 하고 대답해 한마디로 말해서 하느님은 그녀가 원하는 대로 해 그녀는 하느님이 자기를 위해주는 것이 만족스러워 그녀에게 하느님은 마음대로 부리는 일꾼이나 마찬가지야 아그리빠 삼촌 그렇지 아 오 오 열이 40도나 되는 남편을 버려두고 창가에 서서 기다리는 가련한 백작 부인을 두고 백작 부인은 기다리고 또 기다려 결국 자정이 되고 희망이 사라져 결국 그 사람은 오지 않아 그러면 그녀는 화려한 옷을 벗어 옷이 그대로 바닥으로 흘러내려 오 가련한 여인 화장도 지우지 않고 침대에 그대로 쓰러져 베개가 그녀의 눈물을 달래줄 뿐 저렇게 많은 꽃 저렇게 많은 과일이 다 쓸데없다니 내일이면 똑같이 다시 시작되겠지 하지만 가끔씩 그가 말을 타고 와 바보 같은 여인은 달려 나가 그의 품에 안겨 생기가 다 빠져나간 속눈썹으로 그런 다음 검은 사랑의 날갯짓 그리고 나면 남자는 여자를 모욕해 그녀를 밀쳐 바닥에 쓰러뜨리고 마구 때려 디치는 그 끔찍한 모빠상을 좋아해 너무 끔찍한데도 사람들이 열렬히 좋아하는 것들이 왜 이리 많은 걸까 멍청해 보이는 그리스 조각상들의 곧은 코 모나리자의 백치 같은 웃음 왜 엄마라고 불러 그건 말이다 우리 아가야 널 잡아먹으려고 그러지 나 혼자서도 충분해 내 생각이 어디라도 달려갈 수 있으니까 목동이 들고 있는 소금을 향해 가는 양들처럼 지겨워 지긋지긋해 어쨌든 난 같이 있어줄 은둔자가 있잖아 나의 소중한 은둔자 난 언제든 그 사람을 불러낼 수 있어 오 내 몸이 별로 맘에 안들어 너무 좁아 내려가서 그 인간한테 따귀를 날리는 거야 그래 맞아 따귀를 날려 오 침착해야 해 벽에서 한번 해볼까 아니야 높이 뛰어볼까 난 높이 올라가 8층 창문으로 뛰어내려 그래 뛰어 됐어 하늘에 떠 세상에 허공에 떴어 됐어 딱딱한 시멘트 바닥에 내렸어 후유 부러진 데는 없어 하지만 온

244

몸이 아파 기분이 좋아 이제 그 남자처럼 하지만 눈을 감고 있어야
해 조심해 겨울이고 밤이야 눈 침묵 번듯하게 차려입고 중절모를
쓴 남자 하나가 오르막길을 걷고 있어 난 그 사람을 따라가 난 권
총을 꺼내 한 눈을 감고 조준해 잘 차려입은 남자가 소리없이 눈
위에 쓰러져 난 그 위를 밟고 지나가 물컹거려 마음이 편안해져 하
지만 오래가지 않아 한명으로는 안될 것 같아 채소 재배하는 농부
가 키우는 말 그 작은 말이 습기 찬 추운 날 새벽 3시에 잠이 덜 깨
서 무릎을 제대로 펴지도 못하면서 얌전히 종종걸음 쳐 걸음에 맞
춰 머리를 끄덕이면서 착하고 성실한 말은 주인이 끄는 대로 따라
가 주인이 원한다면 반항하지 않고 그냥 밤새도록 같은 길을 왔다
갔다 할 거야 가련한 말 오 어젯밤 존슨 부부네서 말하다가 결혼
전에라고 하려다 늪[33] 전에라고 말이 잘못 나왔어 읍 읍 안돼 입 다
물어 그건 상스러운 말이야 난 싫어 읍 읍 그건 고약해 오 다시 한
번 잘 들어 앞으로 다시 못 들을 거니까 읍 읍 아빠는 담보 잡힌 돈
으로 투자하다가 다 날렸어 그리 삼촌이 얘기해줬어 담보는 어떻
게 잡는 걸까 분명 은행에 얘기해야겠지 하지만 뭘 해달라고 해야
하는 거지 오 담보 투자라는 말은 점잖지 않고 천박해 해거드 같은
사람이라면 몽블랑 거리의 러시아 호텔 입구에 놓여 있는 스핑크
스상을 담보로 잡히겠지 피아노 수업 들으러 다닐 때 봤어 얼굴과
상반신은 여자이고 아래는 사자인 조각상이지 젖가슴이 너무 크게
늘어져서 놀랐어 열세살 때였을 거야 밤에 침대에 누우면 자꾸 떠
올랐지 열여섯 열일곱살이 됐을 때 엘리안과 함께 로맹 롤랑의 장
끄리스또프를 열심히 읽었어 그 이야기에는 두 이교도 아가씨들

33 프랑스어로 '결혼'은 mariage이고 '늪'은 marécage로 소리가 비슷하다.

청교도 프로테스탄트한테 필요한 게 전부 들어 있었어 음악이 있었고 모호한 그러니까 그럴듯한 종교가 있었고 예술적 쾌락이 있었고 고귀한 삶의 규칙이 있었고 무엇보다도 우리는 장 끄리스또프라는 그 멍청한 사람의 음악적 재능을 사랑했어 한마디로 말해서 멍청한 두 아가씨 쎄르주 하지만 완전히 열광한 건 아니었고 그저 나의 은둔자와 함께 이러쿵저러쿵 그리고 또 나의 바르바라와 함께 하지만 몰랐어 바르바라 그렇게 될 줄 그러니까 그건 이러쿵저러쿵 쎄르주는 똑똑했어 하지만 정말로 그렇게 똑똑한 건 아니야 이따금 마음속으로 그에게 이건 아니라고 말했어 내가 좋아한 건 오로지 바르바라와의 키스뿐이야 그녀의 가슴을 만지는 게 좋았어 그저 그녀가 좋아서 그렇다고 생각했어 멍청이 같으니 오 나의 은둔자하고는 괜찮아 시어머니는 해바라기보다 더 추하게 생겼어 오 노처녀들이 사랑하는 흉측한 해바라기 시어머니는 나쁠네용이라고 발음해 오 오 읍 내가 딱 한번 말해줬어 난 착하니까 나의 남의 편 그래 남의 편이 맞아 그가 쓴 건 정말 엉망진창이야 읽기 시작하기 전에 묻지 그런데 여보 정말 읽어도 괜찮겠어 난 물론 좋다고 정말 괜찮다고 대답해 그러면 그가 말해 여보 고마워 사실 내가 글을 쓰는 건 모두 당신을 위해서야 그럼 이제 시작할게 편하게 앉아 편안히라고 말해 그 기가 막힌 걸 하나도 빠짐없이 들어줘야 해 어쩌면 내가 기꺼이 들어준 거야 그가 목을 큼큼거리고 안경을 쓰고 내가 들을 준비가 됐는지 확인한 다음 경건하다시피 한 자세로 읽기 시작해 가늘고 단조로운 목소리로 치찰음과 치경음을 힘주어 발음하고 우아해 보이려고 말끝을 길게 늘여 이따금 날 쳐다보며 확인도 해 난 입술에 미소를 띠고 정말 힘겹게 들어 불쌍한 사람 내 흥미가 떨어진 것 같으면 더 빨리 읽어 하지만 요람을 흔들 듯 단조로운 어조는 바뀌지 않아 불쌍한 사람 끔찍해 차마 솔직히 말할 수가 없어 그가 알면 재앙이 될 거야 난 그 사람을 아껴 네번째 페이지에서 읽기를 멈추고 파이프에 불을 붙여 좋다는 말을 기대하는 거지 오 다 끝나면 내 찬사에 기분이 좋아져서 그 사람이 하려고 오 정말 우스워 그럴 때 무슨 황소처럼 허겁지겁 내가 좋아하는 건 나 혼자 이야기를 지어내서 나에게 들려주는 건데 담배를 피우면서 난 나한테 네 얘기를 하는 게 아니 그 반대가 좋아 더 나쁜 건 담뱃불이 꺼질 때 난 꺼진 채로 입에 물고 있어 전기 노동자들같이 언젠가 한번은 길에서 어떤 노동자가 말하는 걸 들었는데 일이 엉망진창이 되었다면서 하느님이 들락거리는 갈봇집 꼬락서니라고 했어 왠지 그 말이 나를 매혹적인 몽상에 젖게 했어 6 곱하기 9는 53인가 54인가 숫자 하나 차이야 레리 고모는 영화관을 온수가 나오는 까바레라고 불렀어 별들은 이전에 죽은 사람들의 눈이라지 누군가가 죽을 때마다 그 사람의 눈이 하늘에 올라가서 별이 된다는데 그런 거야 어렸을 때 나는 최후의 심판 때문에 예수님이 무서웠어 예수님이 올까봐 정말 무서웠어 지난밤에 본 박쥐는 아마 이름이 졸레뜨일 거야 졸레뜨 아가씨 어디로 날아가나요 난 새끼가 하나 있어요 난 새끼가 둘 있어요 난 새끼가 셋 있어요 정원으로 날아가요 정원으로 새끼 하나를 위해 새끼 둘을 위해 새끼 셋을 위해 작은 발로 작은 파리 세 마리를 잡아요 죽는 건 나쁜 생각이 아니야 호수는 그대로 있을 거야 내가 없어져도 그 남자 눈을 파버리지 못한 게 유감이야 어렸을 때 난 밤을 범이라고 잘못 말했어 아이안이 범을 먹었쪄요라고 했어 오 바르바라 난 그녀와 함께 자는 게 좋았어 그녀를 껴안으면 황홀했어 그리고 다른 것 하지만 우리는 알지 못했어 오 오 오 그 깜짝 놀랄 만한 초대 얘기는 이제

지긋지긋해 거물들과의 인맥 죽은 사람들의 눈이 변한 별 이야기
내가 두번 말했어 오 범을 먹는 어린 계집애라는 것 그리고 서커스
에서 광대가 들어왔을 때 난 울었어 그리고 코끼리한테 억지로 무
릎 꿇게 할 때는 악을 썼어 오 납작해져서 정말 그러면 좋겠어 나
의 은둔자가 옷감을 접듯이 날 반으로 접고 또 반으로 접어서 자기
배낭에 집어넣는 거야 남자인데 털이 없어 나무 그늘 아래 있는 샘
가까이 와서 그가 배낭을 열고 날 다시 펼쳐줘 정말 좋아 오 난 아
무 일도 안해 나도 일을 해야 할까봐 가난한 사람들은 운이 좋아
늘 일을 하잖아 아니면 타락한 아가씨들이 다시 일어설 수 있도록
교단을 세울까 이름을 순결수녀회라고 하고 순결수녀회를 이끄는
원장 수녀가 되는 거야 수녀는 모두 아름다운 여인이야 덕을 되찾
는 거야 눈부시게 예쁜 제복 하지만 머리카락은 뒤로 묶어야 해 그
래야 좀 엄격해 보일 테니까 늘 그렇듯이 역시 멍청한 짓 난 안 그
래 손톱에 매니큐어를 칠하고 손톱 밑에 3밀리미터의 때가 낀 타
이피스트들을 바로잡아주기 그 여자들이 좋아하는 대화 보바리 부
인 괜찮은 영화잖아 그리고 또 안나 까레니나 그레타 가르보[34]가 나
오니까 내 손가락만 한 작은 말 너무 귀여워 힘차게 협탁 위에서
원을 그리며 달리고 있어 상을 달라고 오겠지 그래 우리 예쁜이 설
탕을 먹으렴 다 먹으면 안되고 네가 먹기에는 너무 많으니까 다 소
화시키지 못할 거야 내 위에서 움직여 탐욕스럽게 열중해서 왔다
갔다 하는 그에게 그의 이름을 그래 애칭을 부르며 박자 맞추는 거
더는 못하겠어 아빠와 엄마가 이런 걸 했다니 말도 안돼 오 아파
혐오스러워 아빠가 어떻게 하지만 분명해 왜냐하면 엘리안이 왜냐

---

34 Greta Garbo(1905~90). 스웨덴의 배우. 똘스또이의 소설을 영화화한 「안나 까
레니나」(1935)에서 주연을 맡았다.

하면 내가 밤에 아빠가 엄마 위에 있는 걸 끔찍해 부모는 절대 그러면 안돼 바르바라 어쩌면 그래서 내가 바르바라를 그토록 사랑했는지도 몰라 우스워 난 오빠 생각은 거의 안해 할머니 맞아 난 할머니가 필요해 모래언덕 위 쓸쓸한 집에 아주 선하고 주름진 여인 내가 찾아갈 거야 나와 함께 까페오레를 마시며 날 위로해줄 거야 밖에는 거센 바람이 불어 하지만 우린 따듯하지 왜 무슨 일이 있니 아리안 잘 모르겠어요 할머니 슬퍼요 뭔가 필요해요 뭐가 필요하니 애야 진정한 친구요 내가 좋아하는 걸 다 얘기할 수 있는 친구 내가 대신 죽을 수 있는 친구 모르는 사람이 함부로 날 모욕하지 못하는 거 그래 우리 아가 그랬구나 네 마음 알겠다 그런 소중한 우정을 언젠가 찾지 않겠니 우선 초콜릿을 먹으렴 먹고 싶지 않아요 할머니 그러면 밖에 나가 좀 놀고 오렴 네 인형 산책도 시켜주고 아뇨 할머니 전 행복하고 싶어요 애야 너처럼 아름다운 애는 행복할 텐데 왜 그러니 하지만 아름다운 게 무슨 소용이에요 전 쓸데없는걸요 전 늘 꿈을 꾸고 있어요 그것뿐이에요 오 전 늘 혼자서 이야기를 지어내요 그렇게 좋지는 않아요 그럼 아미엘[35]에 대해 논문을 쓰렴 아미엘은 싫어요 결혼하겠다고 그렇게 온갖 술책을 동원하다니 우스꽝스러워 짜증스러운 달팽이 세상을 벗어나서 혼자 살까 산에 오두막을 짓고 히말라야의 신을 찾아 나서는 거야 아니야 너무 추울 거야 숨 쉬기도 힘들고 그리고 혼자 그 높은 곳에서 뭘 하겠어 프랑스 소설들에 보면 남자들은 언제나 욕실이 아니라 세면대만 있는 화장실에서 손을 씻던데 제대로 안 씻는 걸까 붓꽃에서 여자 냄새가 나 한 여자와 여러 남자를 위한 침실 운이 좋

---

35 Henri-Frédéric Amiel(1821~81). 스위스의 작가, 철학자.

아 됨 여사는 다가올 삶을 즐겨 다가올 삶 겨자색 짧은 바지를 입고 신이 나서 날아다니지 정원 빨랫줄에 그 바지가 걸려 있는 걸 본 적이 있어 그녀는 운이 좋아 사후의 삶 같은 건 없다는 사실을 절대 알지 못하니까 일단 죽고 나면 자기가 정말로 죽었다는 걸 알지 못할 테지 절대 다시 살지 못할 테니까 그렇게 열심히 기도를 해도 소용없을 테니까 오 이웃집 암고양이 한마리를 둘러싸고 아양을 떠는 수고양이들 옛날에 고양이들이 교미하는 모습이 너무 무서웠어 지금 보니 우아한데 사랑을 갈구하는 수컷들의 전쟁 슬로비디오로 펼쳐지는 발레 일본 무사들의 결투 매혹적이야 진짜 싸우는 건 아니야 그저 위협적인 태도를 취하는 거지 존슨 부부의 집에서 위험한 매력 모두들 틈만 나면 자기가 아는 명사들의 이름을 들먹였지 하지만 검은 외알 안경은 거의 아무 말도 안했어 사람들을 무시하는 표정으로 지루해하면서 뭔가 깊은 생각들을 말없이 휘젓고 있었지 오 그날 모인 사람들은 하나같이 멍청했어 영국 공사가 화가 나서 테이블을 내리쳤다는 걸 알게 돼서 기분이 좋은 멍청이들 그게 그렇게 중요할까 수많은 하인 공허한 삶 나는 생기 넘치는 요정이야 나 혼자만의 영토가 있어 난쟁이 염소가 살고 있지 거의 아무 말도 하지 않았어 당신이 H.S.P.[36]에 들어가려면 하인들이 드나드는 문을 이용해야 할걸요 멍청 조용한 인간 그렇게 박해를 하는 건 아니 아니 제대로 말하면 안돼 사실 약 이름 같잖아 쏠랄 두알 그래 훌륭해 사람들한테 자기가 지루하다는 걸 드러내다니 어떻게 여자가 그런 남자에게 끌릴 수 있지 터키의 무희 같은 눈은 사팔뜨기에다 음침한 남자한테 말도 안돼 그런 남자를 시장

36 프로테스탄트 상류사회(haute société protestante)의 약어.

구석에서 만나면 싫을 것 같아 그 여자는 잘 보이느라고 소녀 같은 목소리로 고개를 숙이고 집에까지 태워다주겠다고 했어 그 남자와 같이 그 더러운 짓을 하고 싶었던 거지 오 해거드 멍청한 여자 같으니 존슨네 집에서 저녁 내내 예쁜 척을 했어 아무것도 못하고 이것저것 캐물으면서 그 사람이 우월감을 느낄 수 있게 해주려는 거지 그래야 그의 마음에 들 테니까 어쩌다 그가 입을 열면 한마디도 놓치지 않으려고 애썼어 여자들이 남자한테 반한다는 걸 난 도저히 이해할 수가 없어 팔에 털이 나 있어 그리고 어느 남자나 다 알아 남자들은 가슴이 작고 그나마도 아무 쓸모가 없어 젖꼭지도 있고 있을 건 다 있지만 여자들의 가슴은 더 아름다워 남자들이 우리를 흉내 내지만 어림없지 우린 남자들한테 아무것도 빌려주지 않았어 전부 우리 거야 오 어린 아기 하나가 넘어지면 내가 가서 일으켜줄 거야 그러면 아이는 신이 나서 쓱쓱싹싹 쓱쓱싹싹 카펫 위를 기어가겠지 카펫 위에 뭔가 있어 상자 하나 아기가 작은 손으로 상자를 들어서 나한테 보여줘 이거 바 엄마 이거 바 그래 밤의 그 몸부림이 아무리 유용하다 해도 내 삶의 어두운 모습이 밀려와 양치질을 할 때 완벽하고 아무 쓸모 없는 내 이를 닦을 때 그래서 양치질을 하기 전에 세면대 선반 위에 책을 한권 얹어놔 그리고 양치질을 하는 동안 그 책을 읽어 읽고 읽어 양치질을 하면서 내 정신을 뒤섞어버리려고 어두운 모습을 보지 않으려고 그걸 다 부수고 아니야 부수는 건 아니야 그냥 덮어버리려고 자 여자여 개가 되라 그가 일부러 외알 안경을 떨어뜨려 가서 주워 오라 그녀는 좋아해 나는 머리를 쭉 뻗어 내 머릿속에서 팔 하나가 뻗어지니까 그래 언제라도 마음만 먹으면 자살할 수 있어 나는 내 가슴에 젖꼭지에 입을 맞추고 싶어 한참 동안 하지만 그건 불가능해 그랬다간 목이 비

뚝어질 테지 좋아 결심했어 그 사람을 오게 두는 거야 그런데 일단
뜨거운 물부터 좀 줘 그래야 좋지 이제 됐어 이제 눈을 감고 편안
히 있을 거야 이제 나한테 전부 다 얘기해 바꾸는 건 안돼 그러면
제대로 안돼 그러니까 나는 울타리 안에서 여전히 혼자 하루 종일
그 사람을 기다려 아무것도 걸치지 않은 채로 그래야 더 성스럽지
그가 오지 않은 몇주 동안 나는 창가에 서서 밖을 내다봐 그가 와
저 아래 그의 모습이 보여 흰옷 입은 그가 먼지가 날려서 앞이 잘
보이지 않는 길을 빨리 걸어 신발도 신지 않은 발이 땅에 닿지도
않아 나에게 가까이 와 너무도 순수한 아무것도 입지 않은 내 곁에
하지만 난 납작하지는 않아 지금은 아니야 됐어 그가 울타리를 밀
어 그는 성스럽고 장엄해 은둔자 제후야 나는 무릎을 꿇고 엄숙하
게 그의 충실한 신봉자 이제 그가 내 앞에 있어 나를 쳐다보지는
않아 나를 무시해 중요하지 나를 약간 멸시해야 해 그러지 않으면
제대로 안될 테니까 그 사람 곁에서 난 아무것도 아니야 그저 선한
눈길로 딱 한번 쳐다본 게 전부야 그가 빙그레 웃는 것 같고 그런
다음에는 더이상 아무것도 없어 감동적으로 선한 사람 멸시하면서
한번 지어 보인 미소 그러면 나는 정신없이 그의 하녀가 돼 하지만
신비로운 내밀함이 있어 결국에는 그가 받아들이니까 하지만 지금
은 날 쳐다보지 않아 그는 신에 대해서 말해 다른 곳을 쳐다보면서
나에게 길과 진리와 생명을 가르쳐줘 나는 무릎을 꿇고 순결하게
그 말을 들어 그는 이제 말을 안해 내 앞에 서 있어 이제 어떤 일이
생길지 알고 있으니까 나는 감격해서 몸을 숙여 그리고 절을 해 진
심으로 경의를 표해 이제 나는 일어서서 향기 나는 물이 담긴 병을
찾아 향기 나는 기름이 성사에 더 잘 어울리겠지만 손이 끈적거려
서 안돼 제례를 올리다가 중간에 바보같이 손에 비누칠을 하러 가

면 매력이 끊길 테니 안돼 그냥 향기 나는 물이면 됐어 벌거벗은 내가 병을 들고 다시 와 나는 아주 경건해 그는 여전히 왕 같아 그는 날 무시해 나를 무시해야 해 난 무릎을 꿇고 살며시 물을 부어 그의 벗은 발에 길의 먼지가 묻은 발에 그리고 나는 살며시 나의 머리를 풀어 굉장히 길어 제를 올리며 나는 긴 머리칼로 성스러운 발을 닦아 오래오래 닦아 오 좋아 그가 가만히 보고 있어 모든 게 그가 베풀어준 거니까 난 이게 정말 좋아 더 더 이제 나는 그의 발에 키스를 해 그는 가만히 있어 오래오래 그의 성스러운 발에 가져다 댄 나의 대담한 입술을 벌주지 않아 이제 나는 고개를 들어 그가 환하게 웃어 내가 오 내가 떨면서 다가가는 것을 받아주는 그의 미소 나는 다가가 그가 허락해주니까 그래 나는 오 좋아 더 더 나를 오 나를 더 오 나의 주인님 더 더 당신을 조금 더 내 안에 계신 주인님.

19

7시 십분 전에 됨 가족 세명은 심각하고 경건한 얼굴로 거실에 모였다. 살짝 바른 라벤더 알코올로 볼이 벌겋게 달아오른 됨 부인이 나프탈렌 냄새를 풍기며 자리에 앉아, 손님은 7시 30분에 올 테고 아직 사십분이 남았으니 그 틈을 이용해서 좀 쉬어야 한다고, 안락의자에 편안하게 앉아 가능하면 눈을 감고 쉬어야 한다고 말했다. 하지만 이 현명한 충고는 오래가지 못했고, 이내 신경이 곤두선 사람들이 인위적인 미소를 띤 얼굴로 이리저리 움직였다.

다들 일어났다 앉았다를 반복했다. 일어나서 테이블 하나를 앞으로 당겨놓았고, 벨벳 커튼을 살짝 더 열었고, 작은 원탁을 약간 뒤로 밀었고, 술병을 키 순서대로 정리했고, 원래대로가 더 낫다며 커튼을 다시 당겼고, 눈에 들어오는 게 뭐가 묻은 건지 그늘이 진 건지 가서 확인했고, 재떨이를 다른 곳으로 옮겼다. 아드리앵은 한정판 호화 장정 서적을 구매해서 끊임없이 실력을 갈고 닦은 결과 드디어 지니게 된 전문적인 심미안을 발휘하여 씨가와 담배 상자가 멋있게 보이도록 배치하며 예술적 무질서를 창조했다.

뒴 부인은 일곱번 나갔다 왔다. "하인들에게 명령"을 내리러, 현관에 뽀따주 냄새가 나지는 않는지 확인하러, 얼굴에 분을 조금 더 바르러, 식당에 차려놓은 식탁과 화장실을 마지막으로 한번 더 점검하러, 벨벳 리본이 비뚤어지지 않았는지 매만지러, 분이 번진 것을 닦아내고 눈썹을 다듬으러, 그리고 마지막으로 한번 더 미리 소변을 본 다음 물을 내리러 갔다. 자리로 돌아온 그녀는 허리 아래쪽을 쓰다듬으면서 이뽈리뜨와 디디에게도 한 사람씩 자기처럼 다녀오는 게 나을 거라고 말했다.

— 몇시지? 그녀가 세번째로 물었다.

— 7시 13분요. 아드리앵이 대답했다.

— 십칠분밖에 안 남았네. 뒴 씨가 말했다. 이어 그는 에티켓 교본에 나왔던 주의 사항들을 되씹었다.

쩝시에 남은 소스를 빵으로 닦아 먹찌 말 것, 좋아, 그건 어렵찌 않아. 제일 상석의 사람이 대화를 시짝해야 한다, 그것도 좋아. 그런데 그 사람이 시짝 안하고 가만히 있으면 다른 사람들은 아무 말도 못하는 거야? 그건 쫌 웃기겠는걸, 그 사람이 말을 시짝하길 기다리면서 다 같이 식탁에 앉아서 말없이 쳐다보고 있어야 한다니. 그리고 또 뭐가 있었찌? 그래, 소개는 양쪽이 다 아는 사람 얘기로 시짝할 것. 하찌만 나하고 그 사람 사이에 그런 게 어디 있어? 그래, 있네, 디디가 있어. 디디 얘기를 하면 되겠군. 하지만 그는 자기가 디디를 사랑한다는 것 말고는 군이 무슨 말을 할지 떠오르지 않았다. 차라리 브뤼셀에 좀더 있다 올걸, 이 만찬에 끼겠다고 주네브에 서둘러 돌아오는 게 아니었다. 이게 다 사교계의 부인 역할을 해보고 싶어서 안달이 난 앙뚜아네뜨 때문이다.

　— 디디, 네 아내는 정말 손님이 도착하면 바로 내려온다니?

　— 네 엄마. 마르따한테도 일러뒀어요. 손님이 오면 마르따가 올라가서 알려줄 거예요.

　— 참 마르따 말이다, 손님이 오면 마르따가 문을 열 거다, 조금 전에 내가 지시해놨다.

　— 왜 집사가 안하죠? 그게 더 보기 좋을 텐데.

　— 집사는 어차피 음식을 내올 때 손님이 볼 거잖니. 하녀도 봐야지. 내가 어제 자수를 놓은 앞치마하고 흰 면 모자를 사서 마르따한테 하고 있으라고 했으니까, 그래, 제대로 된 하녀인 거지. 하녀도 있고 집사도 있으면 당연히 둘 다 보여줘야 하지 않겠니? 마르따한테 잘 일러뒀다. 문을 열고, 인사를 하고, 모자를 받아 들고, 우리가 있는 거실로 안내할 때 어떻게 해야 하는지. (됨 씨는 소름이 끼쳤다.) 방트라두르 부인 댁에서 본 대로 흰 망사 장갑도 사줬고. 혹시나 마지막 순간에 까먹고 안 낄까봐 아예 미리 끼고 있으라고 했다. 원래 머리가 나쁜 애니까! 그래, 예기치 못한 일이 생길 수도 있다만, 일단은 준비가 다 끝났다.

　— 있잖아요, 엄마, 한가지 생각이 있어요. 양손을 주머니에 넣고 이리저리 오가던 아드리앵이 걸음을 멈추고 말했다. 그게요, 계속 마음에 걸리는 게, 현관이 너무 허전해요. 빨리 내 방에 있는 추상화를 가져다 걸까봐요. 요새 아주 잘나가는 화가의 그림이거든요. 볼품없는 판화를 떼어내고 그 자리에 걸면 좋을 것 같아요.

　— 세상에 디디, 시간이 없잖니!

　— 아니에요, 정확히 7시 20분인걸요, 십분도 안 걸릴 텐데요 뭐.

　— 혹시 손님이 일찍 오면 어쩌려고?

—거물들은 절대로 미리 안 와요. 자, 빨리요!

—그래도 네가 직접 액자를 옮기는 건 반대다. 너무 무겁잖니. 마르따한테 시키자.

7시 24분에 마르따는 의자 위에 작은 발돋움을 얹고 그 위에 올라서서 나선과 원이 잔뜩 그려진 커다란 액자를 걸고 있었고, 됨 부인은 하녀의 두툼한 발목을 꽉 잡고 있었다.

—조심해, 넘어지면 안돼. 됨 씨가 큰 소리로 말했다.

—왜 그렇게 크게 말해요? 됨 부인이 고개를 돌리지 않은 채로 물었다.

—미안해. 됨 씨는 사교계 예법에 익숙해지기 위해서라는 말을 차마 하지 못했다.

액자를 다 걸고 나니 7시 27분이었다. 그때 현관 벨이 울렸고, 됨 부인이 소스라치게 놀라는 바람에 마르따가 넘어지고 말았다. 바로 그 순간 복도 끝에서 누가 악을 쓰는 소리가 들렸다. 가입자가 수화기를 제대로 내려놓지 않았다고 화를 내는 교환수의 목소리였다. 됨 씨가 코피가 흐르는 마르따를 일으켜 세우고 아드리앵이 급히 의자와 발돋움을 정리하는 와중에 현관 벨 소리가 신경질적으로 짧게 이어졌고, 전화기에서는 고래고래 악쓰는 소리가 들렸고, 부엌에서는 집사와 로시에서 온 요리사가 앉아 각자 넓적다리를 두드렸다.

—그것 봐라, 일찍 오잖니! 됨 부인이 속삭이듯 말했다. 멍청한 것, 빨리 코 닦아야지, 피 나잖아! 이번에는 마르따에게 소곤거렸다. 정신이 멍해져서 휘청거리던 마르따는 손수건을 받아 들고 팽 소리를 내며 피가 나는 코를 풀었다. 됐어! 이제 피 안 나! 빨리 앞치마 다른 걸로 바꿔라, 피가 많이 묻었잖니! 앞치마 새걸로 해! 웃

는 표정으로! 늦어서 죄송하다고 말해, 작은 사고가 있었다고! 웃으라니까, 멍청아!

됨 가족 세 명은 거실로 가서 문을 닫고는 두근거리는 가슴을 달래며 당장이라도 정중한 예의를 표할 태세를 갖추고 서서 굳은 얼굴로 미소를 지으려 애썼다. 직전에 액자를 달자고 한 건 네 생각이었다, 됨 부인이 중얼거리듯 말했다. 그렇게 말하고 나서 그녀는 화가 난 얼굴로 다시 미소를 지었다. 드디어 문이 열렸고, 앞치마가 비뚤어진 마르따가 들어와서 아이스크림이 왔다고 말했다. 됨 부인이 휴! 한숨을 내쉬었다. 그랬다, 아이스크림이 올 게 있었다, 깜박 잊고 있었다!

─거기 그러고 서서 뭐 하는 거니? 빨리 가서 코 좀 씻어! 앞치마도 좀 제대로 추스르고! 손수건 돌려줘! 아니다, 세탁물 통에 집어넣어, 바구니 말고 섬세한 옷감들 모아놓는 주머니에! 자, 빨리 가서 머리도 좀 만져! 봤지, 아드리앵, 급하게 액자를 걸자고 해서 이게 무슨 난리니! 이만하길 다행이다. 마르따가 다리라도 부러졌으면, 그래서 사고 치다꺼리하고 마르따 치료비까지 쓰게 되면 그게 무슨 날벼락이니. 몇시니?

─7시 29분요.

─1분 남았네. 됨 씨가 목멘 소리로 말했다.

됨 부인이 두 남자의 상태를 점검했다. 법석 통에 더러워지지는 않았을까? 아니다, 다행이다. 됨 씨는 불안을 되새김질하고 있었다. 아드리앵이 손님한테 자기를 소개해주면 만나뵙게 돼서 영광입니다라고 말해야 하는데 분명히 제대로 못할 것 같았다. 에티켓 교본에는 고관대작들에 대해 복잡한 얘기가 잔뜩 쓰여 있었고, 그중에는 그런 사람들이 손님일 때는 집주인 자리에 앉게 해야 된다는 말도 있었다. 오늘 오는 손님은 그만큼 높은 사람이니까 앙뚜아네뜨 오른쪽에 앉히면 안되는 게 아닐까. 식탁에서 대화할 때도 그렇다. 책에서는 정치 얘기는 절대 안되고 문학에 대해 얘기하는 게 좋다고 했다. 좋은 말이기는 하지만, 그는 문학에 대해서 아는 게 없었다. 더구나 손님은 직책도 있는데 정치 얘기에 더 관심이 있지 않을까? 문학 얘기를 하면 그냥 들으면서 맞장구만 쳐야겠다. 앙뚜아네뜨는 문학에 대해 아는 게 있을까? 디디와 아리안이 있어서 다행이다.

세 사람은 앉을 용기, 정상적인 상태로 있을 용기가 없어서 모두 서 있었다. 그들은 어색하고 부드러운 침묵 속에 기다렸다. 몇분이 흘렀지만 얼굴의 미소는 사라지지 않았다. 마침내 됨 부인이 시간을 물었다.

— 39분요. 아드리앵이 대답했다. 벨이 울리면 1부터 15까지 셀게요, 마르따가 나가서 문을 열고 옷을 받아 들 시간이 필요하니까요. 긴장 때문에 뻣뻣하게 굳은 아드리앵이 입술을 움직일 듯 말듯 작은 소리로 말했다. 다 세면 내가 복도로 나가서 맞이할게요, 그게 더 좋은 것 같아요. 엄마하고 아빠는 그냥 거실에 계세요.

— 나한테 먼저 소개해야 한다, 원래 여자한테 먼저 하는 거란다. 뻣뻣하게 굳은 됨 부인이 속삭였다.

— 손님을 왜 소개해? 역시 뻣뻣하게 굳은 됨 씨가 입술만 간신히 움직이면서 속삭였다. 손님이 쏠랄 씨라는 거 당신도 알쟎아, 벌써 한달 쩐부터 기다렸고 온통 그 사람 얘기만 했는데 뭘.

— 몇시니? 됨 부인이 남편의 질문에 아랑곳없이 다시 물었다.

— 7시 43분요. 아드리앵이 대답했다.

— 내 시계는 44분인데. 됨 씨가 말했다.

──제 시계는 라디오에 맞춘 거예요. 아드리앵이 말했다.

아드리앵이 손을 들고 귀를 쫑긋 세웠다. 멀리서 자동차 소리가 희미하게 들리더니 점점 다가오면서 포플러 나무 사이에 들이치는 바람 소리를 덮어버렸다. 왔네, 됨 씨가 치과에서 이를 뽑기 직전의 목소리로 말했다. 하지만 자동차는 서지 않고 지나갔다. 됨 가족 세 사람은 그대로 서서 귀를 쫑긋 세우고 바깥에서 나는 소리들을 하나하나 확인해가면서 의연하게 기다렸다.

──원래 조금 늦게 오는 거란다. 됨 부인이 말했다. 몇시니?

──49분요. 아드리앵이 대답했다.

──그래, 교양 있는 사람들은 원래 조금씩 늦게 온단다, 주인이 미처 준비가 안됐을까봐 섬세하게 배려하는 거지.

됨 씨는 넋이 나간 듯 어찌할 바를 몰라 마음속으로 계속 '찝쭈인이 손님한테'라고 되풀이했고, 그러다보니 '찝쭈니 손님아테'가 되어버렸다. 세 사람은 미소 띤 얼굴로 힘겹게 품위를 지키면서 꼼짝 않고 서서 기다렸다.

말없이 안락의자에 앉은 그들은 지쳐 보였다. 됨 씨는 아무렇지도 않은 척하려고 들릴락 말락 노래를 흥얼거렸다. 구두코를 바닥에 세우고 앉은 아드리앵의 오른쪽 발이 경련 일듯 가볍게 떨렸다. 됨 부인은 눈을 내리깐 채 각지게 잘라 손수 다용도 칼로 다듬은 긴 손톱, 끄트머리 5밀리미터가 허옇게 흉한 자기 손톱을 쳐다보고 있었다.

──지금 몇시니? 그녀가 물었다.

──8시 10분요. 아드리앵이 대답했다.

──내 시계는 8시 11분이야. 됨 씨가 말했다.

──제 건 라디오에 맞춘 시간이라고 말씀드렸잖아요. 아드리앵이 또박또박 말했다.

──손님이 7시 30분에 오겠다고 한 것 맞니? 뒴 부인이 물었다.

──맞아요, 하지만 조금 늦을지도 모른다고 했어요. 아드리앵이 둘러댔다.

──그래? 그렇다면 다행이구나, 미리 말해주지 그랬니.

그들은 다시 기다리기 시작했고, 왠지 모욕당한 기분이 들었지만 아무도 내색을 하지는 않았다. 8시 23분에 아드리앵이 귀를 쫑긋 세우고 손을 들었다. 차 문이 닫히는 소리였다.

──이번에는 찐짜네. 뒴 씨가 말했다.

──일어서요! 뒴 부인이 벌떡 일어서며 명령한 뒤 마지막 점검을 위해 자기 엉덩이를 손으로 훑었다. 나한테 먼저 소개해야 한다.

대문에서 벨 소리. 어느새 입가에 웃음을 띤 아드리앵이 넥타이를 고쳐 매고는, 감동적으로 손님을 맞으러 나가기 위해서 15까지 세기 시작했다. 12까지 세었을 때 마르따가 들어와서는, 조각상처럼 서 있는 세 사람에게 잘못도 없이 죄지은 표정으로 이웃집을 찾아온 손님이 집을 잘못 알고 벨을 눌렀다고 말했다.

──가라고 해. 하늘이 무너져 내린 듯 낙심한 뒴 부인이 말했다.

하녀가 나가자 세 사람은 서로 얼굴을 쳐다보았다. 아드리앵은 어떤 질문이 나올지 짐작하고는 8시 25분이 다 됐다고 말했다. 그런 다음 휘파람을 불었고, 담배에 불을 붙였다가 이내 눌러 껐다. 자동차들이 계속 지나갔지만 멈춰 서는 차는 없었다.

──무슨 일이 생긴 게 분명해. 뒴 씨가 말했다.

──아드리앵, 본부에 전화해보렴. 손가락으로 목의 멍울을 만지작거리던 뒴 부인이 말했다. 한시간이나 늦는 건 아무리 높은 사람

이라도 좀 지나친 것 같구나.

— 이 시간에 본부에 있을 리가 없어요. 전화를 하려면 호텔로 해야 할 거예요.

— 그럼 호텔에 전화하렴, 정말 호텔에 사는 거라면. 이렇게 말하고서 됨 부인은 그렇게 훌륭한 사람이 자기 집도 없이 호텔에서 사는 게 좀 이상하다는 뜻으로 숨을 들이쉬었다.

— 그건 좀 곤란해요. 아드리앵이 말했다.

그래도 남자들이 용기를 내지 못하니 그녀가 용기를 낼 수밖에. 그녀는 단호한 걸음으로, 등 뒤로 좀약 냄새를 물씬 풍기면서, 현관에 놓인 전화기를 향해 걸어갔다. 그녀가 통화를 하는 동안 두 남자는 말뚝처럼 서서 한마디도 하지 못했다. 특히 됨 씨는 너무 창피해서 손으로 자기 귀를 틀어막았다. 됨 부인이 뿌듯한 얼굴로 돌아왔다.

— 뭐래요? 아드리앵이 물었다.

— 뭐라니, 네가 참 멍청한 짓을 했더구나. 그녀는 기분이 좋아 보였다. 큰 오해가 있었더구나. 그분은 네가 초대한 게 다음 주 금요일인 줄 아셨다는데? 하루 종일 내가 한 일이 헛수고였다니! 어쨌든 저녁 만찬에 들렀다가 10시에 오신다는구나, 빠져나올 기회를 봐서 바로 오겠다고 하셨다. 그 정도면 우리를 배려해주는 거지, 어쨌든 우리 때문에 그분 계획이 흐트러지는 셈이잖니. 정말, 아드리앵, 네가 일 처리를 이렇게 허술하게 했다니 믿을 수 없구나.

아드리앵은 그럴 리 없다고 반박하지는 않았지만, 그 말을 믿지 않았다. 차장의 말은 속이 뻔히 들여다보이는 변명이다. 차장이 오늘 저녁 초대를 잊지 않도록 그저께 분명 미스 윌슨에게 메모를 전했다. 헬러 부부처럼, 직전에 다시 한번 환기시켰다. 다행히도 차장이 엄마에게 다른 얘기는 하지 않았다. 그자는 그러니까 약속을 잊은 거다. 그렇다, 아무 말 말자. 상대가 초대를 받고 잊었다는 것보다는 차라리 스스로 허술한 사람이 되는 게 낫다. 곤란한 건 200그램의 캐비아, 그것도 아직 신선한 캐비아를 처리하는 일이다. 어쨌든 그가 온다고 하지 않는가, 그게 중요하다.

— 사무차장이 직접 받았어요? 아드리앵이 물었다.

— 처음에 하인이 받았고, 사무차장을 바꿔줬다. 그래, 정말 매력적인 사람이더구나. 목소리도 아주 좋고, 음색이 곱고, 듬직하고 아주 예의 바른 목소리였다! 그러니까 우선 오해가 생긴 것 같다고 설명을 하더니 사과를 하면서 유감스러워했는데, 어찌나 말을 품위 있게, 그래, 훌륭한 계층 사람답게 하던지. 내가 직접 전화를 해볼 생각을 한 게 얼마나 다행이냐, 막 나가려는 참이었단다, 연회에 참석하느라.

— 차장이 연회라고 했어요? 아드리앵이 물었다.

— 아르헨띠나 대표단하고 같이 먹는다니까 당연히 연회 아니겠니? 오해가 생긴 상황을 손님들한테 설명하고 양해를 구해서 식사만 마치고 바로 우리 집으로 오겠다고 했다. 정말 멋지잖니! 솔직히 말해서 난 그 사람 말에 완전히 넘어갔단다. 결국 우리를 위한 거니까. 사실 번거롭게 고생하는 건 맞잖니. 아르헨띠나 정부에서 온 사람들과 저녁을 먹고 나서 바로 우리 집으로 와준다는 게 어쨌든 고마운 일이고. 우리가 기분 나쁠 건 없지. 그리고 참 이상하지, 그 사람하고 대화를 나누는 게 정말 편안하더구나. 마치 벌써 아는 사이 같았단다. 그녀가 처녀처럼 수줍어하며 말했다.

— 그런데 아르헨띠나 사람들은 쩌녁을 늦게 먹네. 됨 씨가 배가 고파 쩔쩔매며 말했다.

─ 잘 차린 자리일수록 원래 늦게 먹는 거예요. 전화 통화 이후 차장에 대한 호의로 가득 찬 됨 부인이 말했다. 그래요, 이제 어떻게 된 일인지 확인했고, 그러니까 마음의 짐이 사라졌고, 분명하고 명확하네요. 10시 정각에 오겠다고 했으니까. 이제 첫번째 해야 할 일은 저 집사를 보내는 거예요, 저 인간을 더이상 보고 싶지 않으니까. 다과와 음료를 내오는 건 마르따한테 시키면 되고. 이뽈리뜨, 그 작자한테 가서 저녁식사가 취소됐다고 말해요, 요리사한테도 말하고. 말썽 나지 않게 조금 쥐여줘요, 각기 3프랑 정도, 그거면 충분해요, 그 정도면. 그 돈은 이따 디디가 줄 거예요.

─ 그래도 난 못하겠어.

─ 제가 갈게요. 아리안한테도 상황을 좀 설명해줘야겠어요. 아드리앵이 말했다.

─ 아 불쌍한 디디, 힘든 일을 혼자 다 맡아 하는구나. 어쩌겠니, 네가 이 집의 가장인걸. 난 식당으로 갈 테니 마르따를 좀 보내주렴.

아내를 따라 식당으로 들어간 됨 씨는 꽃과 초 그리고 샴페인으로 우아하게 장식된 호화로운 식탁 앞에서 눈이 휘둥그레졌다. 그는 킁킁거리며 행복의 기운을 들이마셨다. 이렇게 맛있는 것들을 그 훌륭한 사람은 구경도 못하고 우리 식구끼리 먹게 되다니! 아스파라거스를 먹을 때 쩝게를 안 써도 되고! 감격한 그는 둥근 눈을 크게 뜨고서 두 손을 비비며 말했다.

─ 이제 식탁에 앉을까?

─ 그건 안돼요. 됨 부인이 말했다. 그냥 서서, 빨리, 조금만 먹어요. 마르따, 가서 빵하고 치즈 좀 가져오고 점심때 남은 햄 샌드위치 세개도 가져와라. 전부 식기대에 놓으면 된다. 식탁은 이제 치

우도록 하고. 자, 빨리 서둘러, 일단 부엌에 다 가져다놓으면 정리하는 건 조금 있다가 알려줄 테니까. 냅킨 조심하고, 제대로 접어야 한다, 주름이 잘못 잡히면 안돼. 그녀가 남편 쪽으로 고개를 돌리며 말했다. 랑빨 부부를 저녁식사에 초대할 거예요. 내일 아침 일찍 전화를 해야겠어요.

— 랑빨? 쭈네브에 왔어?

— 그래요, 때가 때인지라 깜박 잊고 얘기를 못했죠. 막 도착했다고 아까 오후에 전화가 왔었어요. 늘 그렇듯이 친절한 사람들이죠. 사실 난 오늘 저녁에 같이 초대할까 싶기도 했어요. 먹을 것도 많고 또 사무차장한테 우리가 어떤 사람들하고 알고 지내는지 보여줄 수도 있을 테니까.

— 오래 있을 거래?

— 사나흘 정도요, 당신도 아는 그 늘 오는 이유로 왔으니까요. 프랑스는 세금이 너무 많아서 그럴 수밖에 없다잖아요. 전화할 때 랑빨 부인이 아주 재미있게 말하던걸요, 가위를 하도 써서 손에 굳은살이 박일 것 같다고. 당신 지금 못 알아들었죠? 뻔한 얘긴데. 둘이 은행 금고실에서 계속 배당권을 자르는 거예요. 조금 전에 말한 대로 오늘 저녁에 같이 초대하려고 했는데, 아드리앵이 없으니 물어볼 수가 없어 그냥 포기했어요. 어쨌든 디디가 상사하고 처음으로 가까운 자리를 갖고 싶어 했으니까. 어찌해야 할지 잘 몰라서 일단 분명히 말하지 않고 얼버무렸죠. 오늘 저녁에 아주 중요한 손님이 올 거라고, 내일 다시 전화하겠다고요. 뭐 알아도 나쁠 건 없고, 준비해놓은 이 음식을 어떻게 할지 난감하기도 하잖아요. 어쨌든 내일 아침 일찍 전화할 거예요.

— 하지만, 비세뜨, 내일이 되면 맛이 없찌 않을까?

―그 문젠 나한테 맡겨요. 냉장고에 넣어두면 괜찮고, 다시 데우면 맛도 그대로예요.

―알았어. 됨 씨가 시무룩하게 대답했다.

―오늘 준비한 연회 메뉴가 딱 좋아요, 랑빨 부부도 귀족이니까. 됨 부인은 마르따가 들으라고 말했지만, 정작 마르따는 무슨 말인지 이해하지 못했다.

―프랑스의 오랜 귀쪽 가문이찌. 됨 씨가 기계적으로 거들었다.

(벌써 몇세대 전부터 레르베르그가 사람들은 벨기에에 있는 랑빨 가문의 영지를 충성스럽게 관리하면서 랑빨 가문에 대한 존경심을 이어오고 있었다. 랑빨가의 재산, 저택 그리고 몰이사냥은 100년 전부터 겨울에 불가에 모여 앉은 레르베르그가 사람들의 이야깃거리였다. 어린 아드리앵은 이미 세살 때 당시 하녀이던 아델을 랑빨과 비교하면서 엄숙하게 외쳤다. "델, 지지! 앙빨, 에뻬, 지지 싫어, 가!" 보다시피 어릴 때부터 이미 장래가 촉망되는 아이였던 것이다. 됨 부인이 남편까지 전염시키는 데는 오래 걸리지 않아서, 됨 씨는 이후 주네브에서 알게 된 사람들에게 눈부신 랑빨 가문의 이름을 들먹일 때마다 겸손하게 눈을 내리깔고 떨리는 목소리로 "프랑스의 오랜 귀쪽 가문"이라고 말하는 것을 잊지 않았다.)

―그 일은 내일 아침에 디디와 상의할게요. 일단 오늘 저녁엔 상사를 제대로 맞아야 하니까 번거롭게 하지 않을 거예요. 디디가 생각하기에 내가 한번도 본 적이 없는 그 유명한 라세 부부를 초대하는 게 낫겠다면 그애 결정에 따를 거고요. 어쨌든 내일 저녁에는 랑빨 부부든 라세 부부든 초대해서 만찬을 할 거예요. 부득이한 경우 방트라두르 부인이라도 초대할 거고요. 부득이한 경우라고 말한 건, 사실 급이 다르기도 하고, 또 캐비아가 이렇게 많은데 겨우

한명만 초대하긴 좀 아깝잖아요. 사실 난 라세 부부가 제일 나을 것 같아요. 격식 있는 자리에서 그 사람들과 인사를 나누는 기회가 될 수 있을 테니까. 자, 마르따, 서둘러야지, 힘 좀 내지 그러니! 그런데 말이다, 마르따, 내 말 잘 들으렴. 그분이 10시에 올 거긴 하지만 혹시 모르니까 좀 미리 가서 문 옆에 서 있는 게 좋겠다, 흰 장갑을 끼고 똑바로 서서 문 열 준비를 하거라, 약속 시간보다 일찍 올 수 있으니까. 9시 30분부터 문 옆에 서 있어, 똑바로, 흰 장갑 잊지 말고, 더럽히지 않게 조심하고, 앞치마도 마찬가지다, 아무것도 묻으면 안돼. 손님이 벨을 누르거든 즉시 살짝 웃는 얼굴로 문을 열어야 한다, 그런 다음 모자를 받아 들 때도 살짝 웃어야 해, 많이 웃으면 안되고, 겸손하게, 그래, 하녀답게, 그런 다음에 우리가 앉아 있는 거실로 와서 큰 목소리로 국제연맹 사무차장님이 오셨다고 고하도록 해, 그때는 웃는 얼굴로 하면 안된다, 성대한 연회에서는 그렇게 안하니까, 알겠니?

— 하찌만 앙뚜아네뜨, 아까 아드리앵이 벨이 울리면 십오초 있다가 현관으로 나가서 손님을 맞을 거라고 안했어?

— 그러네요, 깜빡했어요. 사실 그게 더 낫죠, 큰 소리로 손님이 왔다고 고하는 것도 어느정도 교육을 받고 법도를 아는 사람한테 맞는 역할이니까요. 그래, 마르따, 네가 할 일은 아니로구나, 네가 속한 계층에서는 높은 사람이 집에 찾아오는 일이 없을 테니까! 오! 널 비난하려는 게 아니다, 출신이 비천한 게 네 잘못은 아니지. 그녀가 눈부신 미소를 지으며 말했다.

아드리앵이 와서 아리안은 배가 고프지 않다고, 손님이 오면 그때 내려올 거라고 말했다. 됨 씨는 식기대로 다가가 빵을 뜯어 그뤼예르³⁷ 한조각을 얹었다. 이뽈리뜨! 됨 부인이 힐책하는 목소리로 불렀다. 그 뜻을 이해한 묌 씨는 빵과 치즈를 제자리에 내려놓고 부인의 감사 기도를 기다렸다. 겨우 치쯔 한쪼각을, 그것도 서서 먹는데도 기도를 해야 한다니!

―주님. 식기대 앞에 서서 눈을 감은 묌 부인이 기도를 시작했다. 오늘 저녁 국제연맹의 사무차장님과 함께 시간을 보낼 수 있게 하시고 손수 준비를 해주신 은혜 감사합니다. 정말 감사합니다. 주님, 감사합니다. (다른 말이 떠오르지 않아 그녀는 감사합니다만 되풀이했는데, 빨리 영감이 떠올라 다른 말을 할 수 있기를 기다리면서 그 빈 시간을 채우는 동안 어조는 점점 부드러워지고 희미해졌다.) 감사합니다, 감사합니다, 감사합니다, 오 감사합니다, 감사합니다. 그 지혜로우심으로 우리 아이를 더 높은 자리에 오르게 하신 은혜 감사합니다. 오, 오늘 저녁의 은혜로운 만남이 사랑하는 아드리앵에게 축복의 근원이 되게 하시고, 오늘 이 자리를 통해 매일매일 도덕적으로 앞서 나가고 영적으로 충만해질 수 있게 하소서. 아멘.

저 여인을 견딜 수 있는 힘을 얻기 위해서, 나는 보주[37] 뀌아르넨에 머무는 조르주 에밀 들레 목사님한테 편지를 쓸 것이다. 완벽하게 순결하고 선한 분, 진정한 기독교인, 형제. 기독교 안에서의 내 형제, 나는 마음속으로 그분을 이렇게 부른다.

---

37 스위스 그뤼예르 지방에서 생산되는 치즈.

20

　　─거실로 갑시다. 레이스 장식이 들어간 호박단 드레스를 바스
락거리며 됨 부인이 품격 있게 말했다.

　　─그래, 거실로 갑시다. 남편이 뒷짐을 지고 약간 저는 다리로
아내를 따라가면서 똑같이 말했고, 아드리앵이 그 뒤를 따라갔다.

　　세 사람이 자리에 앉자 됨 부인은 곧 쯧쯧 소리를 내며 치아 사
이에 낀 햄 조각을 빼냈다. 그런 다음 몇시냐고 물었다. 두 남자가
시계를 꺼냈고, 아드리앵이 9시 20분이라고 대답했다. 됨 씨는 불
룩한 회중시계를 일분 느리게 맞췄다.

　　─분명히 10시 정각에 올 거라고 했어. 됨 부인이 한번 더 말
했다.

　　─그러니까 사십분 남았네. 됨 씨가 말했다.

　　─마르따 머리에 컬링기로 컬을 좀 넣게 하길 잘한 것 같다. 됨
부인이 말했다. 고급 삼베로 만든 앞치마를 걸치고 면 모자까지 쓰

니까 그런대로 봐줄 만하잖니. 왠지 앞치마를 두벌 사고 싶더라니, 정말 다행이구나. 안 그랬으면 코피 때문에 어쩔 뻔했니? 그래, 이 제 다 준비됐다.

그랬다, 모든 것이 준비되었다. 마르따한테 할 일을 가르쳐주고 한번 외워보라고도 했다. 심지어 마르따를 위해 총연습도 했다. 디 디가 사무차장 역을 맡아 벨을 누른 뒤 안으로 들어와서 모자를 내 주었고, 그 사람은 원래 지팡이는 들고 다니지 않지만 만일을 생각 해서 지팡이까지 내주었다. 손님이 거실로 들어오면 마르따는 올 라가 아리안한테 알려야 한다. 그리고 정확히 십분 뒤 거실로 세종 류의 따뜻한 음료, 그러니까 홍차, 보통 커피, 그리고 카페인 없는 커피를 내와야 한다. 손님이 그중에 선택할 것이다. 그다음에는 손 님에게 술을 권하고, 원한다면 샴페인도 괜찮다. 랑빨이나 라세 부 부를 초대하게 되더라도 넉넉하다. 그리고 디디 생각과 달리 그 상 관이 허브티를 원한다면, 재빨리 준비하면 된다. 마편초, 카밀레, 보리수꽃, 박하, 아니스, 전부 있다. 그랬다, 정말로, 모든 것이 준비 되었다. 그녀는 주위를 둘러본 뒤 흡족한 듯 한숨을 내쉬었다.

—거실이 정말 괜찮네. 그녀가 말했다. (그녀는 "겐찮네"라고 발 음했다.)

머리에 컬을 넣고 저택의 하인처럼 변장한 마르따가 벌써 흰 장 갑을 끼고 문 옆에 서서 벌벌 떠는 동안, 뒴 가족 세 사람은 우아하 게 기다렸다. 하지만 남의 집에 와 앉은 손님들처럼 경직되어서 하 나같이 편안히 있지는 못했다. 그들은 바깥 소리를 듣기 위해 귀를 쫑긋 세운 채 대수롭지 않은 얘깃거리를 찾아냈고, 그렇게 불길이 피어올랐다 사그라들기를 반복하며 대화가 이어졌다. 분명히 드 러낼 수는 없지만 자존심 같은 것 때문에 이제 조금 있으면 도착할 손님에 대한 얘기는 서로 피했다. 오로지 손님만 생각하고 있다는 것을, 비록 밤 10시라 하더라도 그렇게 높은 사람을 맞이할 생각에 가슴이 부풀어 있다는 것을 드러내지 않으려 했다. 이따금 차장과 연관된 말이 나오기는 했지만, 자연스러워 보이기 위해서 살짝 암시하는 게 전부였다. 대부분은 서로에게 호의적이고 또 행복한 우수가 어른거리는 역설적인 침묵이 이어지는 가운데, 됨 부인은 자기의 긴 손톱이 깨끗한지 확인했고, 가슴 장식의 레이스를 세웠고, 누런 치아를 보드라운 아랫입술 위에 비스듬히 얹은 선한 미소를 지었다. 그녀는 고귀한 사람이 자기 입으로 10시 정각에 오겠다고 했으니 이번엔 틀림없다고 확신했고, 흐뭇해하면서 숨을 들이마셨다. 어찌나 행복했는지 몇차례 양아들의 손을 살짝 두드리며 "괜찮지?" 하고 다정한 인사를 건네기까지 했다. 시간을 보내기 위해 아드리앵이 빠리의 일간지에 나온 쏠랄의 사진을 오려 오자 그녀는 사진을 보며 그 입에서 나올 수 있는 최대의 찬사라 할 수 있는 훌륭한 지도자상이라고 말했다.

참으로 고귀한 순간이었고, 그들은 랑빨뿐 아니라 존귀한 사무차장하고도 친구가 된 기분에 젖었다. 호의 가득한 분위기에서 아무 걱정 없이 감미롭게 기다렸다. 이따금 일어나 먼지로 보이는 것을 손으로 닦아냈고, 작은 원탁이나 장식품의 자리를 옮겼고, 온도계를 보며 기온이 지도자에게 어울리는지 확인했고, 그랜드피아노의 뚜껑을 덮었다가 곧이어 열어놔야 일부러 꾸민 티가 나지 않게 우아해 보일 거라며 다시 열었다. 또 두 남자는 번갈아 창문 쪽으로 가서 여주인에게 등을 돌린 채로 단추가 잘 잠겼는지 몰래 확인하기도 했다.

— 거실이 정말로 겐찮네. 사회적 지위에 자신감이 생긴 됨 부

인이 미소를 지으며 다시 한번 말했다. 나중에 한번 손볼 건 있단다, 디디. 창문 앞에 색색깔 꽃을 수작업으로 그려넣은 레프스[38] 커튼을 달고 싶구나. 그 뒤에는 전구를 안 보이게 해놨다가 밤에 커튼을 열면 불이 들어오게 하는 거지. 에플린 방트라두르네 집에 그렇게 해놓았던데 꽤 예술적이더구나. 물론 손님이 올 때만 하지. 그래, 그 얘긴 나중에 하자. 애야, 괜찮지? 그녀가 디디의 손목을 이번에는 요염하게 꼬집어 흔들면서 물었다.

남편이 빌려준 휴대용 이쑤시개로 마치 새가 우는 것처럼 쯧쯧 소리를 내며 치아 사이에 낀 것을 다 빼내고, 그런 다음 그의 '다용도 칼'을 가지고 흉한 손톱 끝을 다듬고 나자, 그녀는 고상한 주제, 이 시간과 어울리는 주제에 대해서 대화를 나누고 싶어졌다. 드롭스를 빠느라 박하 냄새가 풍기는 입으로 그녀는 자기가 "만능 급사"라 부르는 바퀴 달린 작은 테이블 위에 조심스레 얹어놓은 『나의 인생』이 "너무 잘 쓴 책"이라고 했다. 그러면서 루마니아의 마리가 써 내려간 책을 펼치고는 인상적인 한 문장을 읽었다. "축복받으라, 세번 축복받으라, 사물의 아름다움을 마음 깊이 느낄 수 있도록, 그 아름다움을 만끽하도록 하느님께서 나에게 내려주신 능력이여!"

── 데단하지 않아요? 너무 아름다워요!

── 맞아, 쩡말이야, 너무 아름다워. 됨 씨가 말했다.

── 여보, 왕비가 쓴 글이에요, 당연한 일이잖아요.

그녀는 루마니아의 왕비와 알 수 없는 연대감을 느끼며 기품 있게 우아한 미소를 지었다. 오늘 우리 집에 오는 높은 사람은 그 왕

---

38 씨실 방향으로 이랑지게 짠 두꺼운 옷감으로 가구나 커튼에 쓰인다.

비 마마가 마련한 자리에도 참석할 수 있을 테니, 결국 그를 매개로 자기도 왕비 마마와 교류하는 셈 아닌가. 한마디로 그녀는 오늘 저녁 자기가 왕비와 같은 '계층'에 속한 것 같았다. 이어 그녀는 유명한 주간지에서 사진을 본 적이 있는 다른 왕비 얘기를 꺼내며 그 왕비가 공식적인 기념행사 자리에서 발을 쉬이려고 구두를 반쯤 벗은 얘기를 했다. 그냥 보통 여자들이 하는 것처럼 말이에요! 오! 정말 데단하잖아요!

이어 됨 부인은 또다른 왕비 얘기를 하며 감격했는데, 그러니까 그 세번째 왕비는 버스를 한번도 타본 적이 없다며 어느날 꼭 타고 가겠다고 고집을 부렸다는 것이다! 화려한 마차나 자동차를 타고 갈 수 있는 왕비가 버스라니, 데단하잖아요! 그래요, 정말 데단해요! 이어 그녀는 영국 왕가의 어린 자제들이 지하철을 타보고 싶어 했다는 얘기도 했다. 어린 공자들이 지하철이라니! 너무 귀여워! 그녀가 흐뭇한 미소를 지었다. 그러자 옆에서 됨 씨가 말했다. 민주적이군. 다시 버스를 탄 왕비 얘기로 돌아와서 됨 부인은 또다른 감동적인 사건을 말했다.

─어느 작은 도시를 방문하던 중에 글쎄 왕비가 친절하게도 시장을 보좌하는 한 사람과 악수를 한 거예요. 그런데 그 사람은, 식품점 주인이었다는데, 장애가 있어서 휠체어를 타고 뒤쪽에 앉아 있었다네요. 그런데 그 사람을 보려고 왕비가 직접 몇미터나 뒤로 다가갔다는 거예요! 식품점 주인을 보러! 어쩜 그렇게 선할까요! 정말 데단하잖아요! 신문에서 읽는데 눈물이 핑 돌더라니까요! 사람의 마음을 끄는 매력을 지닌 왕비 마마인 거죠. 초라한 사람들을 대하면서도 전혀 불편해하지 않다니! 존귀한 자리에 있을 만한 사람이에요! 원래 왕비들은 다 우아하고 자비롭죠!

왕비 얘기가 바닥나자 침묵이 흘렀다. 누가 잔기침을 하고는 목을 큼큼거렸다. 잠시 후 아드리앵이 시계를 봤다. 9시 37분이에요. 그러자 뒴 씨가 신경이 곤두서서 나오려는 하품을 참으며 말했다. 이십삼분 남았네. 그러니까 그 훌륭한 인물이 —아니 인간이, 짜증이 난 뒴 씨가 화풀이를 하느라 말을 바꾸었다— 왔다 가면 밤 12시가 다 되겠네. 그때가 돼야 겨우 사교계에 어울린다는 걸 보여 주려고 악을 쓰거나 그 인간이 말하길 기다리면서 어쩌고저쩌고 얘기할 필요 없이 편안히 짜러 갈 수 있다니. 그때 갑자기 뒴 부인이 아드리앵의 무릎을 치며 말했다.

— 얘야, 디디, 손님 얘기 좀 해보자, 그러니까 네가 볼 때 그 사람 성격은 어떠니? 우리도 좀 미리 알자꾸나. 신자겠지?

— 그야 저도 모르죠. 제가 아는 건 그 사람이 아주 훌륭하다는 걸 말해주는 두가지 사실이에요. 오늘 아침에 까스뜨로한테 들었어요. 아리안한테도 말해줘야 하는데, 레이디 체인이 자기 집에 드나드는 까스뜨로한테 말해줬다니까 정말일 거예요. 참, 조만간 까스뜨로도 초대해야 할 것 같아요, 아주 괜찮고 교양 있는 사람이에요.

— 그러니까 그 두가지가 뭔데?

— 첫째, 런던에서 있었던 호텔 화재 때 일이에요. 불길에 휩싸일 뻔한 여자 둘을 구했다는 것 같아요.

— 대단하구나! 뒴 부인이 탄성을 질렀다. 오! 분명 신자일 거다!

— 그리고 또 하나는, 여기 주네브에 길거리에서 기타를 치는 불쌍한 난쟁이 여자가 있었는데, 그러니까 거지죠, 그 사람이 구해줬대요. 작은 아파트를 얻어주고 돈도 대줬죠. 그 여자는 이제 구걸하지 않고 구세군에서 자원봉사를 하고 있다나봐요. 그 사람이 불쌍한 여자의 인생을 바꿔준 거죠.

─난 그 사람하고 마음이 정말 잘 통할 것 같구나! 뒴 부인이
탄성을 질렀다.

─그 여자하고 같이 산책을 하는 걸 본 사람들도 있대요, 그런
거물이 그렇게 보잘것없는, 다리가 휘고 구세군 복장을 한 여자하
고 말이에요.

─쩡말 훌륭한 사람이구나. 뒴 씨가 손으로 콧수염을 쓸어내리
면서 말했다. 그렇찌, 앙뚜아네뜨?

─자선을 행하는 건 언제나 찬성이에요. 그녀가 말했다. 하지만
한가지, 그 정도의 지위라면 아무리 그래도 격이 맞지 않는 사람하
고, 하물며 구걸을 했던 사람하고 같이 거리를 돌아다녀선 안되죠.

뒴 씨는 무료함을 달래기 위해 나지막하게 흥얼거리며, 턱시도
의 조끼 주머니에서 가늘고 시커먼 싸구려 씨가를 꺼내 불을 붙였
다. 씨가를 피우는 즐거움 때문이 아니라, 그 사람을 소개받을 일을
생각하니 너무 불안하기도 했고 손님이 들어왔을 때 태연한 척하
기 위해서였다. 뒴 부인은 남편이 입에 물고 있던 씨가를 잡아 빼
서 서랍에 넣어버렸다.

─브리사고 씨가가 뭐예요, 싸구려잖아요.

─매일 쩌녁에 밥 먹고 나서 피우는 건데 뭘 그래!

─그러면 안돼요, 무슨 우체국 직원도 아니고. 아드리앵, 이따
가 네가 『나의 인생』 책 얘기를, 그러니까 루마니아의 왕비 마마 얘
기를 꼭 꺼내렴, 그런 다음에 슈바이처 박사 얘기도 꺼내고. 내가
낄 수 있는 주제들이니까. 그러더니 뒴 부인은 뜬금없이 아이스크
림! 이라고 말했다.

─그게 무슨 소리예요?

─뚜띠 프루띠 아이스크림을 권해보는 건 어떨까!

—엄마, 말도 안돼요. 밤 10시에 아이스크림을 권하는 건 안돼요. 우릴 뭘로 보겠어요?

—그래, 물론, 네 말이 맞는다, 디디. 하지만 너무 아깝잖니, 내일까지 둘 수 없을 텐데, 냉장고에 넣어도 다 녹아버릴 거다. 우리 냉장고 값을 제대로 쳐준다면 냉동고가 딸린 새걸로 바꿔야 할 것 같구나. 이뽈리뜨, 마르따한테 가서 아이스크림 마음대로 먹으라고 해요, 그러면 좋아할 거예요, 이것도 자선이죠.

됨 씨가 아내의 말대로 재빨리 달려가 마르따에게 복음을 전했다. 그러고는 자기도 부엌에 선 채 허겁지겁 아이스크림을 먹었는데, 너무 많이 먹는 바람에 추워서 몸이 덜덜 떨렸다. 거실로 돌아온 그는 떨리는 몸을 감추고 용기를 내서 "왜 그런찌 모르겠는데 쫌 추운 것 같으니까" 꼬냑 한잔만 마셔도 되겠냐고 앙뚜아네뜨에게 물었다.

9시 50분이 되자 됨 부인은 방에 가서 화장을 고치기로 했다. 가르마를 탄 머리 양쪽에 헬리오트로프[39] 기름을 바른 다음, 책상 비밀 서랍에 넣어두고 중요한 일이 있을 때만 쓰는 '까리나'라는 이름의 백분을 둥근 탈지면에 찍어 발랐다. 그런 다음 귀 뒤에 40년 된 향수 '플로라미' 몇방울을 떨어뜨리고 살짝 문질렀다. 원기를 회복하고 매력적인 모습을 되찾은 됨 부인은 도덕적이고 사회적이고 향내 나는 상태로 품격이라는 고통의 분위기를 풍기며 1층으로 내려와 거실로 들어섰다.

—몇시지? 그녀가 물었다.

—9시 57분요. 아드리앵이 말했다.

---

39 향료로 사용되는 뻬루 원산의 식물.

── 삼분 남았네. 양초보다 더 뻣뻣해진 뒴 씨가 말했다.

이제 세 사람은 서로 눈도 마주치지 않았다. 기다리는 동안의 빈 시간을 채우기 위해 이따금 공허한 말들을 주고받았을 뿐이다. 그들은 기온에 대해, 수리를 한 다음 물이 잘 내려가는 아래층 화장실에 대해, 중국 차와 실론 차를 비교하며 향이 더 좋은 중국 차와 맛이 더 좋은 실론 차 중에 어느 게 나은가에 대해 이야기했다. 하지만 마음과 귀는 모두 다른 곳에 가 있었다. 뒴 부인은 다음 월요일에 기독교로 개종한 잠베지강 지역 아프리카인들을 돕기 위한 바느질 모임에 가서 다른 회원들에게 들려줄 말을 마음속으로 되뇌었다. '그래요, 그날밤 아주 늦게까지 자리가 이어졌어요. 오, 그냥 친한 분을 모시고 우리끼리 보내는 자리였는걸요, 손님은 국제연맹의 사무차장님 한분뿐이었어요. 진정 지적인 향연이었답니다. 정말 다정하고, 정말 소박한, 어쨌든 우리와 함께 있을 땐 소박한, 매력적인 분이죠.'

뒴 씨가 정확하게 시간을 맞춰놓은 뇌샤텔 추시계와 집안의 다른 시계들이 동시에 10시를 알렸다. 아드리앵이 벌떡 일어섰고, 양아버지도 똑같이 했다. 진정 장엄한 순간이었다. 뒴 부인은 손을 들어 자기 목을 부드럽게 매만지며 리본이 비뚤어지지 않았는지 확인했고, 이어 세련된 기다림의 자세를 취하면서 앞에서 말한 바와 같이 아랫입술 위에 비스듬히 누운 윗니를 드러낸 채 고통스런 표정으로 미소를 지었다.

── 당신은 안 일어나?

── 여자가 남자 손님을 맞을 때는 앉아 있는 거예요. 그녀가 속눈썹을 내리깔고 위엄 있게 말했다.

턱을 둘러싼 수염을 다시 한번 빗질하던 아드리앵은, 불현듯 전날 사놓은 호화 장정 책들을 기하학적으로 질서 정연하게 정리해 놓는 게 좋겠다는 생각이 들었다. 그게 낫겠어, 더 지적으로 보여. 그 순간 됨 부인이 무언가에 소스라치게 놀라는 바람에 우아한 펜던트처럼 목에 달린 멍울이 흔들렸다.

— 뭐였죠? 그녀가 물었다.

— 아무것도 아니야. 됨 씨가 대답했다.

— 차 소리가 난 것 같은데.

— 바람 소리예요. 아드리앵이 말했다.

됨 씨가 창문을 열어보았다. 그렇다, 차는 없었다.

10시 10분이 되자 아마도 아르헨띠나 대표단과의 저녁식사가 늦어지나보다고, 남아메리카 사람들과 좀더 같이 있어야 하나보다고 하는 말이 나왔다. 커피를 마시고 씨가를 태우다보면 원래 그렇잖아요, 그 사람들과 중요한 대화를 나누는 거죠. 중요한 결정이 내려지려는 순간에 그대로 두고 나올 수는 없잖아요. 됨 부인이 말했다. 당연히 그렇지, 됨 씨가 맞장구를 쳤다.

10시 12분에 아리안이 검은색 크레이프 드레스를 입고 나타났다. 한 사람 한 사람에게 웃으며 인사를 한 다음 그녀는 순진한 아이처럼 속눈썹을 깜박거리며 지금 사무차장을 기다리는 거냐고 물었다. 보다시피 기다리고 있어. 아드리앵이 길들여지지 않는 정력을 표정에 담기 위해 턱 근육에 꼭 힘을 주면서 대답했다. 쪼금 오해가 있었다는구나, 됨 씨가 설명했다. 그래서 사무차장님이 언제 오시는데요? 아리안이 그의 직함을 조심스레 한음절씩 띄어 발음하며 물었다. 10시쯤에 오신다. 됨 부인이 퉁명스럽게 대답했다.

— 그럼 저도 여기서 같이 기다릴게요. 아리안이 상냥한 목소리로 말했다.

그녀는 자리에 앉았다. 이어 팔짱을 끼면서 거실이 좀 춥다고 한 뒤 다리를 꼬았다. 하지만 곧 일어서면서 아무래도 올라가서 모피를 좀 가져와야겠다고 했고, 두꺼운 숄을 걸치고 다시 나타나서는 조용히 자리에 앉아 바닥을 쳐다보다가 한숨을 내쉬었다. 그러곤 그림처럼 얌전히 앉아 다시 팔짱을 꼈고, 이어 팔을 풀면서 다소곳하게 하품을 했다.

─피곤하면 가서 쉬지 그러니. 됨 부인이 말했다.

─그럴게요, 어머님. 추운데 이렇게 기다리는 게 솔직히 좀 피곤하네요. 졸리기도 하고요. 그럼, 어머님, 안녕히 주무세요. 그녀가 미소 띤 얼굴로 인사를 했다. 안녕히 주무세요, 아버님. 잘 자요, 아드리앵. 그분이 너무 늦지 않게 왔으면 좋겠네요.

10시 27분에 아드리앵은 호화 장정 책들을 다시 정리한 뒤 바람이 너무 세게 분다고 말했다. 됨 씨가 폭우가 내리려나보다고 덧붙이고는 날씨가 쌀쌀해졌으니 벽난로를 피우는 게 어떠냐고 물었다. 됨 부인은 지하실에 장작이 없다고, 설사 있다 해도 6월 1일에 어떻게 불을 피우느냐고 했다. 10시 30분에 그녀는 허리가 아프다고 했고, 바로 그때 됨 씨가 말했다. 쉿! 차가 오는 것 같아! 하지만 차들은 모두 그대로 지나갔다. 10시 32분에 3층에서 피아노로 미친 듯이 프랑스 국가를 연주하는 소리가 집 전체로 퍼져나갔다. 이어 「꼬뺄리아」[40] 발레 음악이 듣는 사람들의 속을 뒤집어버릴 듯 집 안에 울려 퍼졌다. 졸리다고 하더니 웬 난리라니. 됨 부인이 말했다.

10시 35분에 됨 씨는 몰래 다섯개째 쿠키를 입안에 넣고 녹인 뒤 요령껏 삼켰다. 10시 40분에 됨 부인이 고통스러운 표정으로 눈을

[40] 19세기 고전발레 작품으로, 호프만의 소설 「모래 사나이」가 원작이다.

감자 그 틈에 됨 씨는 좀더 용기를 내서 아홉개째 쿠키를 입에 넣었다. 3층에서 쇼팽의 장송행진곡이 짓누르듯 울려 퍼지는 동안 거실의 침묵은 겹겹이 쌓여갔고, 밖에서는 바람이 윙윙거렸고, 됨 씨는 점점 맛이 나지 않는 쿠키를 처량한 관능적 쾌감을 느끼면서 씹었고, 마르따는 희극에 등장하는 하녀 복장으로 여전히 문 옆에서 떨며 보초를 서고 있었다. 바람이 더욱 거세지자 이번에는 아드리앵이 폭우가 오려나보다고 말했다. 그런 다음 다시 침묵이 흘렀고, 됨 씨는 오한으로 몸을 떨었다. 가서 외투를 입고 올까? 아니야, 앙뚜아네뜨가 화를 낼 거야.

　—그런데 앙뚜아네뜨, 이번 식사를 준비하는 데 들어간 돈은 가계부 어떤 항목에 넣을 거야?

　—아드리앵의 개인 지출이요. 그녀가 일어서며 말했다. 잘 자요. 난 가서 자야겠어요.

　10시 45분에 거실에는 두 남자와 쿠키 여섯개밖에 남지 않았다. 모직 코트로 몸을 감싼 됨 씨는 이제 그만 자야 할 것 같다고, 다리가 아프고 속이 더부룩하다고 말했다. 아드리앵은 무심한 척하며 몇분만 더 있다 올라가겠다고 했다. 됨 씨는 잘 자라고 인사하고서, 좌골신경통을 앓는 사람처럼 절뚝거리며 문 쪽으로 걸어갔다. 그러고는 문을 나서기 직전에 돌아보며 말했다.

　—내 생각엔 무슨 일이 있는 것 같구나.

　됨 씨는 마르따를 침실로 보낸 다음 지친 몸을 달래기 위해 탕파를 데웠고, 현관문이 잘 잠겼는지 여러개의 잠금장치를 확인하고 가스를 껐다. 그는 오늘밤 앙뚜아네뜨를 방해하지 않기 위해 손님방에서 자기로 했다. 사실은 아내가 좀 무서워서 가까이 가고 싶지 않았다.

깨끗한 시트 안으로 미끄러져 들어가는 순간 어쩌나 좋은지. 사소한 기쁨, 따라서 완전한, 실망이 닥칠 위험이 없는 기쁨이었다. 자기 발가락에게 피로를 풀어주는 가벼운 춤을 추라고 명하고, 발을 움직여 탕파를 찾아 가볍게 놀아주고, 발을 빼서 잠시 차게 했다가 약간의 변화와 함께 다시 한 발을 탕파 아래 밀어넣어 살짝 들어 올린다. 그 사람이 안 온 것을 어쩌겠는가. 침대 속에 있으니 이렇게 좋은걸.

그때 갑자기 창밖이 번쩍하며 번개가 쳤고, 뒤이어 천둥이 우르릉거리더니 소나기가 쏟아지기 시작했다. 억수같이 쏟아지네. 그가 중얼거리며 편안한 미소를 지었다. 찝이 최고야. 찝이 있어야 비를 피할 수 있찌. 길거리를 헤매는 사람들은 불을 쬘 곳도 없고 짬을 짤 곳도 없으니 너무 불쌍하다. 그는 딱 알맞은 상태, 그러니까 뜨겁지는 않고 따듯하기는 한 탕파 위에 발을 얹었다. 그렇다, 지금 이 순간에도 거리를 헤매고 있는 사람들은 기껏해야 나무 밑에서 비를 피할 수밖에 없을 것이다. 불쌍해라. 그는 진심에서 우러나오는 연민으로 한숨을 쉬었다. 같은 시간 옆방에서는 그의 아내가 아무도 모르게 사둔 네슬레의 무기명주식을 누비이불 위에 얹어놓은 채 멍하니 쳐다보고 있었다.

됨 씨는 판오펠 부인이 준 동그란 밀랍 마개로 귀를 막고 머리맡의 전등을 끈 뒤 빙그레 웃으며 벽을 향해 돌아누웠다. 그래, 난 아쭈 건강해, 아쩍도 20년은 거뜬할 거야. 내일 마르따에게 난 사실 사회쭈의짜들의 사상에 완전히 공감한다고 말해야지. 그렇게 말해두면 혹시 혁명이 일어나더라도 마르따가 날 위해 쭝언해줄지 모르쟎아. 그는 다시 한번 빙그레 웃었다. 그래, 부엌 파이프에 흰 페인트칠이 아쭈 짤됐어. 제일 좋은 페인트를 사서 세겹을 칠했으니까. 내일 세번째 칠이 다 말랐나 확인해봐야찌. 아니, 어쩌면 이미 다 말랐을 거야. 찌금 내려가서 확인해볼까?

잠옷 차림에 실내화를 신은 됨 씨가 부엌에서 몸을 숙여 파이프 하나를 검지로 훑었다. 그래! 짤 말랐네! 됨 씨는 하얗게 빛나는 파이프를 향해 빙그레 웃으며 진심 어린 사랑을 보냈다.

아드리앵 됨은 거실에 서서 넥타이를 풀고, 위스키를 한입 들이켜고는 마지막 남은 쿠키를 깨문 뒤 다시 한번 손목시계를 확인했다. 11시 10분. 일분 혹은 이분만 더 기다릴 것. 오, 물론 그자가 오지 않으리라는 건 알고 있었다. 하지만 전화가 오는지도 모른다. 그자가 전화로 사과를 한다면, 적어도 왜 이렇게 됐는지 설명이라도 한다면, 최소한 식구들한테 면목은 서지 않겠는가.

—어떻게 이런 일이 있을 수 있지, 정말 말도 안돼. 그 인간이 아예 죽어버린 거라면 모를까.

그가 죽었다면 전적으로 해명이 된다. 만일 그런 거라면 장례식에도 참석해주리라. 그 정도는 해줘야지. 거물들의 장례식은 구미 당기는 사람들과 안면을 트는 기회가 될 수 있으니까. 하지만 차장은 죽지 않았다, 그는 느낄 수 있었다. 갑자기 죽어버릴 사람이 아니다, 아직 젊지 않은가. 도저히 이해할 수 없는 건 그가 자기 입으로 엄마한테 꼭 오겠다고 말했다는 거다. 뭐지? 도대체 이게 뭐야? 이런 짓을 할 권리는 없지 않은가! 저녁식사 자리에 오지 않은 것만 해도 기가 막힌 일인데, 제기랄, 그 많은 캐비아를 어쩌라고, 하물며 10시에 꼭 오겠다고 약속을 해놓고 연락도 없다니! 안돼, 안돼, 이건 도저히 용납할 수 없다!

—혹시 주소를 잊은 게 아닐까?

아니다, 그것도 말이 안된다. 주소를 잊었다면 전화번호부를 찾으면 된다. 그러니까 죽은 것 말고는 그 어떤 해명도 불가능하다. 사무차장은 분명 전화도 하지 않을 것이다. 제기랄, 설사 교황이라도 이런 짓은 못하지, 그래, 이제 나도 A급 직원인데. 어, 폭우가 그쳤네. 그래, A급 직원인데.

11시 15분에 위스키를 한잔 더 마신 다음 그는 거실을 나서서 천천히 계단을 올라갔다. 엄마가 드르렁 코를 골며 내는 노기 띤 소리를 들으며 한단 한단 올라설 때마다 그는 고약한 말들을 내뱉었다. 그러다가 3층 층계참에서 걸음을 멈추었다. 아리안과 얘기를 해볼까? 그러면 조금은 힘이 날 테고, 혹시 내일 아침 차장이 자기를 불러서 오늘 일을 설명하지 않으면, 무엇보다 엄마와 아리안 두 여자에게 사과의 말을 전해오지 않으면 어떻게 할지 상의해볼 수 있을 것이다. 그가 그럴듯한 사과라도 한다면 그나마 체면을 건질 수 있을 텐데. 그래, 내일 정오까지 차장이 부르지 않는다면 내가 직접 면담을 신청해야겠다. 윌슨하고 잘 지내는 편이니까, 발퀴르에 다녀올 땐 아몬드 과자도 선물하지 않았는가. 아리안 방에 노크를 해볼까? 벌써 잠들었겠지. 아리안은 늦게까지 깨어 있는 걸 싫어하니까. 그래, 하지 말자. 무엇보다도 요즈음 아리안은 상당히 예민하다.

— 심장 발작으로 쓰러졌다든가, 호흡곤란, 뭐 이런 거면 제일 좋은데, 그러면 일단 깨끗해진다. 그래, 무슨 변명이든 지어내면 되는 것 아닌가, 식구들 보기에 그럴듯한 설명이기만 하다면, 그리고 내가 보기에, 그래 그 사람이 나를 무시하는 것만 아니라면 아무 상관 없다. 제길, 지어내서라도 얘기를 좀 하란 말이다. 겨우 그것만 해달라는 건데. 내일 찾아가서 혹시 갑자기 몸이 안 좋아져서

못 오신 거냐고 물어봐야겠다. 그럼 그렇다고 둘러댈 생각이 들 테고, 일단 내 명예는 지킬 수 있다. 하지만 이런 일이 일어난 다음에 면담 신청을 하면 내가 자기를 비난하려 한다고 생각하지 않을까? 그것참, 어떻게 한다?

방으로 들어온 그는 새 턱시도를 벗어 짜증스럽게 의자 위에 던져버렸고, 침대 앞에 서서 눈도 한번 끔뻑하지 않은 채로, 자기에게 닥친 불행을 한참 동안 바라보았다. 뭐 어때, 내가 깨울 수도 있지, 예외적인 상황이잖아. 그는 새로 다려놓은 편안한 잠옷을 입고 새 실내 슬리퍼를 신은 뒤 수염에 빗질을 했다. 11시 26분. 그렇다, 일단 가보는 거다.

— 어쨌든 내가 남편이잖아.

21

욕조에서 나온 그녀는 서둘러 몸을 닦았다. 무슨 일이 있어도, 아무리 늦어도 11시 30분 전에는 침대에 누워야 한다. 안 그랬다가는 큰일이 난다. (부유한 집안의 딸로 태어난 그녀는 조상 대대로 지극히 섬세하게 자기 몸을 관찰하고, 또 몸의 피로와 그 피로를 풀어주는 휴식 그리고 휴식을 가져다주는 수면에 큰 중요성을 부여하는 습관이 배어 있었다. 오블 부족이 확실하게 받아들인 원칙에 따르면 밤 11시가 지나서 잠자리에 들게 되면 가장 혐오스럽게 우리를 유린하는 불면이 올 위험이 있다. 늦게 잠들면 안된다는 이 두려움은 세대에서 세대로 이어졌고, 특히 남자들에 비해 상대적으로 움직임이 적고 정신 건강이라 부르는 것에 더 신경을 쓰는 오블가 여자들에게는 일종의 강박관념이 되어버렸다. 그래서 그들은 절대 무리하지 않으려 애썼고, 편안히 쉬어야 한다며 자주 휴가를 떠났고, 너무 늦게 잠자리에 들지 않으려고 노력했다. 저녁식사 후에 거실에서 대화를 나누다가도 여자들 중 하나가 들고 있던 뜨개질거리나 수틀을 떨어뜨리면서 "어떡해! 11시 이십분 전이야! 빨리 잘 준비를 해야 해!"라고 소리를 지르며 대화가 끝나기 일쑤였다. 다음 날 아침식사 자리에서 그들이 제일 먼저 하는 일은 서로 잠이 어땠는지 열렬한 관심을 표하며 상냥하게 물어보는 것이었다. 그리고 질문을 받으면 아주 생생하게, 전문가답게 섬세한 차이를 그려내면서 시시콜콜 묘사해야 했다. 이를테면 이렇게. "그래요, 잘 잤어요, 하지만 아주 잘 잔 건 아니에요, 어쨌든 그저께보다는 깊게 잤어요." 어린 시절 그리고 사춘기 시절까지 아리안 도블은 11시에 잠자리에 든다는 성스러운 규칙을, 발레리 고모가 수없이 일러준 그 규칙을 철저하게 지켰고, 지금까지도 그대로였다. 물론 성인이 되면서 아마도 바르바라의 영향으로, 진보적인 젊은 여성은 잠자리에 드는 시간을 삼십분 정도 늦출 수 있다고는 생각하게 되었다. 하지만 11시 30분을 넘기면 끔찍한 불면증을 피할 수 없다고 믿었다.)

11시 29분에 그녀는 최후의 한계를 넘지 않았다는 사실에 안도하며 이불 속으로 들어가 곧 불을 껐다. 그리고는 어둠속에서 미소를 지었다. 자기가 방으로 올라온 이후 대문에서 벨 소리가 나지 않았다. 그러니까 그자가 오지 않은 것이다. 어쩌나, 됨 가족이 황당하겠네.

— 잘됐어. 그녀는 혼자 중얼거리면서 몸을 웅크렸다.

그런데 막 잠이 들려고 할 때 가볍게 문을 두드리는 소리가 두번 들렸다. 분명 그가 온 것이다. 또 어쩌자는 걸까? 대답하지 않기로 했다. 잠들었다고 생각하고 그냥 가겠지. 정말로 잠시 후 그가 자기 방으로 들어가서 문을 닫는 소리가 들렸다. 살았다. 그녀는 다시 몸을 웅크리고 눈을 감았다. 쉿, 그가 다시 온다. 좀더 강한 두번의 노크 소리. 세상에, 날 좀 그냥 두면 안되는 걸까? 차라리 대답을 하고 끝내버리는 게 낫다.

— 무슨 일이에요? 그녀가 자다가 깬 척하면서 말했다.

— 나야, 여보. 들어가도 될까?

— 들어와요.

— 방해되지 않겠어? 그가 들어오면서 물었다.

— 괜찮아요. 그녀가 고통스러운 미소를 지어 보이며 대답했다.

— 잠깐이면 돼. 그냥 당신 생각을 알고 싶어서, 그 사람이 안 온 것에 대해서.

— 그야 모르죠. 올 수 없는 일이 생겼나보죠.

— 그래, 하지만 이상한 건 말이야, 미리 알려주든지 아니면 적어도 사과라도 해야 할 텐데 왜 전화도 없을까? 당신 생각에는 내가 내일 어떻게 해야 할 것 같아? 찾아가볼까?

— 그래요, 찾아가봐요.

— 그랬다가 그 사람이 짜증을 내면 어떡하지? 꼭 내가 어떻게 된 건지 말해보라고 비난하는 것 같잖아.

— 그럼 가지 마요.

— 그래, 하지만 다른 쪽으로 보자면 이런 식으로 그냥 둘 수는 없잖아. 혹시 지나가다 만났는데 그 사람이 아무 말도 안하면 내 꼴이 뭐가 되겠어? 그래, 자존심 문제인걸. 어떻게 생각해?

— 그럼 찾아가봐요.

— 내가 와서 짜증 난 거야? 잠시 말이 없던 그가 다시 물었다.

— 아뇨, 그냥 좀 졸려서요.

— 미안해, 오면 안되는 거였는데. 미안해, 갈게. 그럼 잘 자, 여보.

—잘 자요. 그녀가 빙그레 웃으며 대답했다. 편안히 자요. 가줘서 고맙다는 뜻으로 그녀가 덧붙였다.

문 앞까지 갔던 그는 다시 돌아서서 그녀에게로 왔다.

—그런데 있잖아, 이분만 더 있어도 될까?

—그래요.

그는 침대 모서리에 걸터앉아서 아내의 손을 잡았다. 모범적인 아내는 입술에 굳은 웃음을 띠었고, 남편은 위로를 기다리는 강아지의 눈길로 안경 너머 아내를 쳐다보았다. 기다리던 말이 나오지 않자 그는 좀더 적극적으로 끌어내기로 했다.

—어떻게 나한테 이런 일이 일어난 걸까.

—그러게요. 그녀가 대답했고, 다시 한번 억지웃음을 지어 보였다.

—어떻게 하면 좋을까?

—모르겠어요. 그 사람이 사과하기를 기다려봐요.

—그렇지, 그런데 만일 사과를 안하면?

—모르겠어요. 이렇게 말하며 그녀는 벽난로 위의 추시계를 쳐다보았다.

침묵 속에서 그는 아내를 바라보며 기다렸다. 침묵 속에서 그녀는 일분 일분 지나가는 시간만을 생각했다. 남편이 계속 저러고 있으면 잠잘 때를 놓치게 되고 결국 밤새 한잠도 자지 못할 것이다. 이분만 더 있겠다고 약속했으면서, 왜 약속을 지키지 않는단 말인가? 그녀는 남편이 무엇을 원하는지 잘 알고 있었다. 그가 원하는 것은 위로의 말이다. 하지만 위로를 하기 시작하면 끝없이 이어질 것이다. 무언가 위로의 말을 건네면 좀더 철저한 위로를 얻기 위해서 그 말을 반박할 테고, 그렇게 새벽 2시까지 코미디가 이어질 것이다. 그녀는 자기 손을 꽉 잡고 있는 땀에 젖은 손이 불쾌했다. 살며시 빼보려 했지만 소용이 없어서 결국 쥐가 난다고 말하며 손을 빼냈고, 다시 추시계를 쳐다보았다.

— 일분만 더 있다가 갈게.

— 그래요. 그녀가 미소를 지어 보였다.

그가 벌떡 일어섰다.

— 당신 나한테 너무 차갑게 굴어.

그녀도 침대에서 벌떡 몸을 일으켰다. 말도 안된다! 상냥하게 대답해주고 줄곧 미소를 지어 보였는데, 이제 와서 비난을 하다니!

— 뭐라고요? 그녀가 똑바로 쳐다보며 물었다. 내가 뭐가 차갑다는 거죠?

— 당신은 내가 그만 나가줬으면 하는 생각밖에 없잖아, 지금 나한테 당신이 필요하다는 걸 알면서.

마지막 말을 듣는 순간 그녀는 화가 치밀어 올랐다. 이 남자는 온종일 내가 필요하다!

— 11시 50분이에요. 그녀가 또박또박 말했다.

— 그럼 내가 아파서 밤새워 간호해야 할 때 당신은 어떻게 할 건데?

순간 그녀는 밤새도록 남편의 침대 곁을 지키는 아내의 모습을 떠올렸고, 그러자 오로지 자기 생각밖에 못하는 이 남자에 대한 분노가 걷잡을 수 없이 휘몰아쳤다. 그녀의 얼굴은 대리석처럼 완고하고 냉혹해졌다. 얼음장처럼 차가워진 그녀는 밤새 잠을 이루지 못하리라는 공포에 휩싸인 채로, 잠이 위협받는 것 외에는 그 어느 것도 눈에 들어오지 않는 분노에 휩싸였다.

— 몰라요, 모른다고요! 그녀가 큰 소리로 말했다. 어떻게 할지

몰라요! 내가 아는 건 이제 팔분만 더 있으면 자정이라는 거예요. 왜 한밤중에 날 이렇게 심문하는 거죠? 왜 아프지도 않은데 이렇게 미리 억지를 부리는 거죠? (그녀는 환자를 밤새 지켜주는 간호사들이 있다고 덧붙이려다가 참았다.) 이제 당신의 그 이기심 때문에 난 잠자기 다 틀렸단 말이에요!

그녀는 밤 12시에 자기가 필요하다는 남자를 증오스럽게 쳐다보았다. 오, 허구한 날 나한테 기대는 남자라니!

──여보, 나한테 조금만 잘해줘, 난 불행하단 말이야.

그녀는 다시 한번 냉혹한 표정, 남편이 익히 아는 그 표정을 지었고, 그러자 그는 덜컥 겁이 났다. 마음이 비어 있는 저 얼굴, 바로 그의 아내, 그가 인생의 반려자로 고른 여자의 얼굴이었다. 그는 침대 옆에 놓인 의자에 앉아 자기 불행을 생각하기 위해 집중했다. 눈물을 흘리려는 것이다. 드디어 눈물이 나오기 시작했고, 그는 아내가 볼 수 있도록, 그래서 이 눈물이 헛되지 않도록 아내 쪽으로 고개를 돌렸다. 그녀는 고개를 숙였다. 원래 여자들은 남자들이 우는 것을, 더구나 자기 때문에 우는 것을 좋아하지 않는다.

──여보, 나한테 좀 잘해주면 안돼? 그가 다시 한번 말했다. 눈물이 날 때, 눈물이 마르기 전에 빨리 이용하려면 그녀의 관심을 끌어야 했다.

──내가 당신한테 심술을 부린다는 말인가요?

──요즘 좀 그렇잖아.

──안 그래요, 잘해주잖아요. 그녀가 소리를 질렀다. 아주 잘해주고 있다고요! 심술을 부리는 건 바로 당신이에요! 지금 밤 12시잖아요!

이제 모든 게 엉망이 됐다는 생각에, 뜬눈으로 밤을 새우고 내일은 하루 종일 지독한 두통에 시달리며 시체처럼 지내야 한다는 생각에 그녀는 셔츠 형태의 잠옷 차림 그대로 후다닥 침대에서 내려와, 맨살이 드러난 허벅지 위로 가녀린 몸을 세운 채 미친 사람처럼 왔다 갔다 했다. 이미 낙담하고 좌절한 남편은 아내가 자기에게 퍼부을 비난을 떠올리는 순간 침대 모서리에 주저앉아버렸고, 그 모습은 아내를 더 격한 분노에 빠뜨렸다. 도대체 이 남자가 무슨 권리로 내 침대에, 그래 내 침대에, 소녀 시절부터 내가 자던 침대에 앉는단 말인가! 참을 수 없이 화가 난 그녀는 연필을 집어서 그대로 부러뜨려버렸다. 이글거리는 분노가 치솟았다. 그녀는 자기를 짓누르는 남자를 노려보았고, 힘없이 당해버린 자기 자신을 지켜내기 위해 잠옷의 단추를 잠그며 전투태세를 갖추었다. 그러고는 그녀가 제법 잘하는 일, 남편을 향해 비난 퍼붓기를 시작했다.

　　─ 창피하지도 않아요? 품위 없이! 영감이 떠오르고 적절한 주제가 생각날 때까지, 그녀는 본격적인 공격을 시작할 힘을 모으기 위해서 일단 악을 썼다. 그래놓고 나더러 심술부린다니! 그러니까 내가 삼십분 동안 참으면서 부드럽게 대해줘서 불만이에요? 졸려 죽겠는데 당신이 말도 안하고 있어도 군말 없이 참아줘서요? 아무 말도 안했는데! 이분만 더 있겠다고 했으면서! 당신이 날 속였잖아요, 날 함정에 빠뜨렸고! 벌써 삼십분째 이러고 있으면서, 그런데도 난 맹세를 어긴 당신한테 한마디도 안했는데! (남편은 무력한 눈길을 들어 아내를 바라보았다. 맹세를 어겼다니, 어쩌면 저렇게 말할 수 있을까! 내가 무슨 맹세를 했다고, 자기도 잘 알면서 우기는 거다. 하지만 아니라고 해봐야 소용없다. 어떻게 대꾸하든 싸움은 이미 진 것이다.) 그렇잖아요. 그녀가 다시 말했다. 난 한마디 불평도 안했고, 오히려 상냥하게 웃었다고요. 그런데 나더러 심술을

부렸다니, 오히려 웃어줬는데, 그래요, 당신이 날 얼마나 고통스럽게 하고 있는지 제발 깨닫기를 기다리면서, 조금만 날 생각하고 조금만 가엾게 여기길, 조금만 사랑하길 기다리면서 상냥하게 웃고 있었다고요!

─내가 사랑하는 거 알잖아. 그가 고개를 숙인 채로 말했다.

─노예한테 연민을 느끼는 건가요? 그녀는 듣기 싫은 말은 그대로 무시해버리면서 남편을 몰아세웠다.

─좀 작게 얘기해. 그가 애원했다. 들리겠어.

─들으라죠! 당신이 나한테 어떻게 하는지 다들 알아야죠! 그래요, 노예한테 뭣 땜에 연민을 느끼겠어요. 효과적인 말을 찾아낸 그녀가 바들바들 떨며 전의를 불태웠다. 노예 처지에 뭐든지 하라는 대로 해야죠! 주인님이 새벽 1시에 일어나라고 하면 그렇게 해야죠! 폭군 같은 주인이 밤새워 얘기가 하고 싶어지면 그것도 해야죠! 피곤하고 잠을 자야 한다는 걸 감추지 못하면 혼나잖아요! 순순히 복종하지 않고 자고 싶어 하면 혼난다고요! 심지어 이기적이고 심술궂은 여자가 되죠! 하물며 밤중에 아무 때나 깨워도 되는 개 주제에 인간으로 대우받고 싶어 했다가는 제대로 혼나죠! 도대체 내가 왜 자야 한다고 우겼게요? 당장 내일 아침부터 당신을 위해 일해야 하니까! 노예니까 언제라도 준비가 되어 있어야 하고, 주인이 원하면 언제든 달려가야 하니까 그런 거잖아! 결혼을 그런 거라고 생각하다니, 수치스럽지 않아요? 아내가 무슨 남편의 소유물인가요? 자기 진짜 이름을 쓸 권리조차 없으니! 이마에 시뻘겋게 남편의 소유물이라고 낙인을 찍어놓지 그래요! 말도 안돼! 이기적인 건 바로 당신이에요, 밤에도 아무 때나 날 필요로 할 수 있는 권리를 가진 것처럼 으스대잖아요. 심술을 부리는 것도 당신이에요,

앞으로 당신이 아프면, 어떤 병이든, 별로 대단치 않은 병이라도 무조건 밤을 새우며 간호하라고 강요하잖아요! 좋아요, 난 하녀고 가정부예요! 하지만 아무리 가정부라도 잠은 자야 하지 않나요?

대담하게 한바탕 쏟아낸 그녀는 순교자처럼 고통스럽게 살아온 자기 삶의 여러 모습을 훑어나갔다. 앞에서 이미 말한, 여자를 우습게 보는 죄를 다시 언급했고, 이어 넋이 나간 불쌍한 남편에게 시간과 장소를 정확히 밝혀가면서 지나간 잘못들을 지적했다. 그제야 남편은 자신이 결혼 생활을 해오면서 저지른 잘못의 목록을 알게 되었다. 그녀는 붉은 물방울무늬의 흰 잠옷 차림에 허벅지를 드러낸 채, 성스러운 취기에 젖은 듯, 살짝 승리의 기쁨을 맛보며, 힘차게, 지치지 않고 열심히 방 안을 오갔다. 그렇게 복수하듯 쉬지 않고 이어가는 아내의 말을 들으며 정신이 혼란해지고 넋이 빠진 남편은 정말 자기가 저질렀는지 알지도 못했던 죄들이 질서 정연하게 펼쳐지는 현기증 나는 광경을 입을 벌린 채 멍하니 바라보았다.

마치 기소장을 읽어나가는 듯했다. 품격 있는 웅변가들이 늘 그렇듯이 그녀는 진지했고, 자기 말이 진실이라고 믿었다. 고귀한 분노에 휩싸여 자신의 말이 정당하다고 확신했다. 그것이 그녀에게 힘을 주었고, 자기만큼 그런 재능을 갖지 못한 적을 놀라울 정도로 호전적이고 날카롭게 짓밟을 수 있게 해주었다. 게다가 그녀는 요령도 좋았다. 검찰총장에 뒤지지 않는 능력으로 자신의 주장이 진가를 발휘할 수 있도록 적당한 음영을 가미했고, 불리한 사실은 지워버렸고, 죄인인 남편의 행동과 말을 필요에 따라 비틀고 왜곡하고 확대했다. 이 모든 자기기만은 그녀의 진심이었다. 그녀는 정직했다.

지치지 않고 이어지는 아내의 말을 듣는 동안 남편은 정신이 멍했다. 늘 그렇듯이 아내의 비난이 맞는 듯 보이지만 사실은 부당하다는 것을 그는 알고 있었다. 하지만 그는 아내를 설득할 수 없다는 것도, 그럴 재주도 기운도 없거니와 너무 슬퍼서 도저히 효과적으로 방어할 수 없다는 것도 알고 있었다. 사실 그가 할 수 있는 일이라곤 아내가 심술을 부리고 있다고, 부당하게 자기를 비난하고 있다고 되풀이하는 것뿐이었고, 그래봤자 아내는 지지 않고 끝없이 응수할 것이 뻔했다.

그렇다, 어쩔 수 없다. 그녀에게 무기가 더 많았다. 그는 무기를 내려놓고 아무 말 없이 방에서 나왔다. 아내는 조금 놀랐고, 그렇게 남편의 주가가 조금 올라갔다.

불쌍한 남편은 정말 어쩔 수가 없었다. 끔찍했던 5월 내내 아내와 마주 앉아 반박할 수 없는 증거들을 들이대며 그녀의 잘못을 설득하려 애쓸 때마다, 아내는 단 한번도 지지 않았다. 싸울 때마다 아내가 이겼다. 아내는 남편의 말을 자르고 오히려 더 크게 소리를 질렀고, 그러면 남편은 입을 벌린 채 그녀가 조목조목 열거하는 자신의 잘못을 무력하고 처량하게 듣고 있을 수밖에 없었다. 아내는 황당한, 하지만 충격적인 말로 받아쳤으니, 예를 들어 남편의 정당한 주장을 "교묘한 말과 궤변이 뒤죽박죽 섞인" 것으로 치부해버리며 무력화했고, 아니면 말을 돌리거나 뒤섞어버렸고, 그것도 아니면 남편이 뭐라 말하든 신경 쓰지 않고 계속 알아들을 수 없는, 따라서 반박할 수 없는 말로 공격해댔다.

어쩌다 남편이 자기 말을 끝까지 다 하기라도 하면, 상황이 불리해진 아내는 웃음을 터뜨리거나 학대당하는 연약한 여자의 고통을 내세웠고, 혹은 제발 잘못을 인정하라는 남편의 애원에 아예 대답을 않거나 무표정한 얼굴로 침묵해버렸다. "당신이 무슨 말을 하는지 하나도 모르겠어요" 전술도 있는데, 남편이 그녀의 행동이 어떤 점에서 잘못됐는지 하나하나 짚어가면서 가능한 한 분명하게 설명하며 반격해올 때(가련한 남편의 버릇이었다. 그는 설명을 하면 문제가 풀린다고 믿었다. 하지만 그는 그녀의 남편이 아니었어야 했다. 그것이 그의 유일한 죄였다) 그녀가 늘 쓰는 방법이었다. 그러니까 남편이 하는 말을 무조건 듣고 있다가 말을 마친 남편이 이번에는 제대로 설명했고 아내가 드디어 설득되었으리라 기대하며 눈길을 보내는 그 순간, 길들일 수 없는 이 여인은 무슨 말인지 하나도 모르겠다고, 당신이 하는 말을 하나도 못 알아듣겠다고 하면서 다시 소리를 지르는 것이다.

그렇다고 자기를 기만하며 지지 않고 악을 쓰는 아내에게 화가 나 주먹을 꽉 쥐고 다가갔다가는 그야말로 난리가 났다. 그녀는 여자를 때리려 드는 짐승 같고 비겁한 인간을 대하듯 무섭다고 비명을 질렀는데, 억지로 꾸며내는 게 아니라 정말로 무서워했다. 결국 끔찍한 상황이 벌어진다. 그녀가 도와달라고 소리를 질러대서 이웃 사람들까지 다 알게 되는 것이다. 얼마 전 뒴 부부가 아직 돌아오지 않았을 때, 남편이 소리 좀 그만 지르라고 명령하면서 팔을 들자, 정말로 아내의 따귀를 때릴 생각은 아니었는데, 그녀는 남편의 잠옷을 붙잡아 뜯어버리고는 옷도 입지 않은 채로 미친 듯이 정원으로 뛰쳐나갔다. 또 어떤 날은 남편이 목소리를 높이며 도대체 왜 이렇게 심술을 부리냐고 소리를 지르자 아내는 남편더러 괴물, 폭군이라고, 자기를 고문한다고 악을 썼다. 그녀가 벽지를 마구 뜯고 아래층 부엌으로 가서는 문을 잠근 채 새벽 4시까지 나오지 않는 바람에, 남편은 혹시나 아내가 가스로 자살을 할까봐 전전긍긍

했다.

　이게 전부가 아니었다. 남편이 익히 아는 다른 무기가 있었다. 그것은 싸운 다음 날 이어지는 보복이다. 머리가 아프다고 한다든지, 방에 틀어박힌다든지, 밤새 혼자 울었다는 것을 증명하듯 눈이 퉁퉁 부어 있다든지, 여기저기 몸이 불편하다고 한다든지, 고집스레 입을 꽉 다물고 있다든지, 식욕이 없다면서 밥을 안 먹는다든지, 피로하다든지, 건망증이라든지, 아무 생기 없는 음울한 눈길이라든지, 그가 절대 이길 수 없는 나약한 여인은 자기가 가진 끔찍한 무기를 모두 사용했다.

22

제일 좋은 방법은 자살이다. 권총을 한방 쏘는 거다. 하지만 아무 데나 쏘아선 안된다. 거울 달린 옷장이나 천장 같은 곳은 안되고, 피해가 크지 않을 곳을 겨눠야 한다. 그러니까 침대가 좋다. 총알이 매트리스에 박혀도 크게 상할 게 없으니까. 총소리가 나면 그녀가 달려올 테고, 그러면 손이 떨려서 총알이 빗나갔다고 설명하면 된다. 그녀는 자기 때문에 내가 어떤 일을 겪고 있는지, 얼마나 고통스러워하는지 깨닫게 될 것이다.

—아냐, 잘 안될 거야.

잘 안될 것이다. 아무리 밀랍 귀마개를 끼고 있어도 아빠와 엄마가 총소리를 듣게 될 것이다. 설사 듣지 못한다 해도 나중에 어차피 볼 텐데, 이불과 시트와 매트리스에 난 구멍을 어떻게 설명한단 말인가? 특히 엄마의 눈은 피할 수 없다. 너무 힘들어서 심장 발작이 온 걸로 할까? 호흡곤란 같은 걸로? 아니다, 자신이 없다, 너무 어렵다. 하물며 호흡곤란은 밖에까지 들릴 만큼 소리를 낼 수도 없다, 괜히 해봤자 아무도 모를 것이다. 며칠 동안 입을 다물고 아예 밥도 안 먹겠다고 할까? 그것도 될 리가 없다. 엄마가 당장 무슨 일이 있다는 눈치를 채고 캐물을 테고, 그러면 또 난리가 날 것이다. 그래, 진짜로 가능한 방법은 단 한가지, 그러니까 더이상 그녀를 사랑하지 않도록 최선을 다해보는 것이다. 그렇다. 사랑 없이 사는 삶을 받아들이고, 그녀를 한집에 살기는 하지만 낯선 이방인으로 간주한 채 더이상 아무것도 기대하지 않는 것이다. 그리고 지금 당장 그녀의 상속권을 박탈하고 전 재산을 아빠와 엄마가 상속하게 하는 것이다.

그는 유언장을 쓰기 위해 자리에 앉았다. 그때 살며시 문을 두드리는 소리가 났다. 그는 재빨리 거울을 들여다본 뒤, 안경을 벗고는 문을 열었다. 흰 실크 가운을 걸친 고귀한 죄인, 감미로운 여사제가 들어오더니 조금 전에 자기가 제정신이 아니었다고, 자제력을 잃고 미친 듯이 날뛰어서 미안하다고 말했다.

─아니야, 내가 잘못한 거지. 그렇게 늦게 당신 방에 가는 게 아니었어. 용서해, 여보. 그가 말했다.

아내의 방으로 가서 그녀의 침대 앞에 선 아드리앵은 아내가 잘못을 뉘우쳤다는 사실에 가슴이 뭉클해져 아내를 힘껏 껴안았다. 단단한 가슴이 닿는 감촉을 느끼며, 그는 아내의 귀에 대고 속삭였다. 그녀는 침대로 들어가 눕고는 그가 잠옷을 벗는 모습을 보지 않기 위해 눈을 감았다. 그는 이불을 들추고 들어와 옆에 누웠고, 두번 재채기를 했다. 그래, 개가 왔어. 그녀가 생각했다. 바보야, 어쩌자고 바보같이 이 남자가 불쌍해진 거야, 왜 바보같이 사과를 하러 간 거야. 이제 그 댓가를 치러야 한다.

이런 상황이면 아드리앵 됨은 중간 단계를 거치지 않고 곧바로 달아올라 탐욕스러운 황소처럼 씩씩거리곤 했다. 몇주 전에 『카마수트라』를 읽고, 전희가 왜 중요한지를 배웠으면서도 말이다. 그는 곧장 달려들어 아내를 깨물기 시작했다. 이제 발바리네. 그녀는 마음속으로 캥캥거리며 울었다. A급 직원이 열심히 아내를 깨무는 동안 그녀는 미친 듯이 웃음을 터뜨리고 싶은 것을 참았고, 수치스러워하며 계속 마음속으로 캥캥거리며 울었다. 인도의 문헌이 추천한 애무법이 열심히 치러진 뒤에, 올 것이 왔다.

아내 옆에 누운 그는 다정한 말을 건넨 뒤 고귀한 생각을 펼쳐 보였다. 그녀는 다시 남편에게 공격을 퍼붓고 싶은 마음을 억눌러야 했다. 그래그래, 너무하잖아, 내 몸을 멋대로 사용하더니만 이제 와서 멋진 이상을 추구하는 감성적인 사람인 척하다니, 내 몸을 짐승처럼 다루더니만 이제 와서 시적인 말과 고상한 감정을 늘어놓다니. 차라리 입을 좀 다물면 좋으련만.

그는 너무 바짝 달라붙어 있었고, 땀을 흘려 끈적거렸고, 그녀가 밀어내도 매번 다시 다가왔다. 조금 전에 그렇게 야만인처럼 버둥거리고선 이제 와서 고상한 말들을 떠들어대다니! 무슨 권리로, 도대체 무슨 권리로, 다 끝났는데 더이상 내가 할 일이 없는데, 도대체 왜 이렇게 바짝 붙어 있는 걸까? 간질 발작도 끝났으니 이제 좀 떨어지면 안될까? 끔찍해라, 나를 도구로 쓰다니. 오 너무도 부드러운, 너무도 섬세한 바르바라, 너와 함께, 너의 품에서 자는 것은 너무도 감미로웠는데.

—당신 옆에서 계속 잤으면 좋겠어. 그가 다 채운 욕구를 소화시키며 입을 벌린 채 벙긋 웃었다. 그러고는 하품을 한 다음 덧붙

였다. 이상하지, 난 옆으로 누워서 무릎을 굽혀야만 잠이 와.

　그래요, 아주 흥미롭군요, 알려줘서 고마워요. 이제 우리 견공께선 더이상 헐떡거리지 않고 조금씩 수그러드는 중이었다. 낯선 남자가 발가벗고 끈적거리는 몸으로 옆에 누워 다정하게 말하고, 나도 그래야 한다. 게다가 이 남자는 멍청하기까지 해서 아무것도 알아채지 못한다. 지금 그는 자기 배에 난 점을 쳐다보며 애지중지 매만지고 있다. 이상하지, 아무도 공격할 줄 모르는 이 남자가 왜 이렇게 미운 걸까, 배의 점을 만지고 쓰다듬기만 하는데 왜 이렇게 미운 걸까. 어리석게 버둥대더니 지금은 덥다고 이불을 무릎까지 내리고, 부끄러운 줄도 모른 채 추하디추한 성기를 드러내고 있다. 너무도 천박한 모습이 정말 혐오스럽고 두렵다. 정작 자기는 뿌듯해하고 있는지도 모른다. 오 추하기 그지없고 천박하다, 개 같다, 그렇다. 오 나의 소중한 바르바라, 내가 잃어버린 바르바라. 그는 이제, 잠들기 전이면 늘 그러듯이, 그 짐승 같은 무릎 아래 다리를 꿈지럭대고 있다.

　그녀는 자기가 얼마나 까다롭고 얼마나 가증스러운지 잘 알았다. 남편이 불쌍하게 느껴지며 측은해졌고, 사실 그녀는 남편을 사랑할 때도 많았다. 하지만 지금은 오른발을 꿈지럭대고 있는 남편을 발로 차버리고 싶다. 그냥 옆에서 자게 둘까? 아마도 그렇게 하는 게 맞을 것이다. 하지만 곧 코를 골 테고, 그러면 잠을 잘 수 없다. 오 바르바라. 그동안 증오와 뒤범벅된 잔인한 연민 때문에 수없이 그래왔던 것처럼 밤새 옆에서 자게 했다가는, 내일 아침에 잠에서 깨어난 남편이 매번 반복하는 똑같은 우스갯소리를 또다시 들어야 한다. 이런 이런, 내 침대에 웬 여자가 있잖아! 이렇게 큰 소리로 말하고 나서 그는 아내가 자기 우스갯소리를 좋아하는지 확인하려고 표정을 살필 것이다. 결국 그녀는 남편의 이마를 쓰다듬을 수밖에 없었다.

　—저기, 난 피곤해요. 같이 있으면 잠을 못 잘 것 같아요.

　—오, 그래, 여보, 내가 갈게, 당신은 좀 쉬어야지. 어때, 좋았지? 그렇지? 고귀한 비밀을 공유한다는 투로 그가 나지막하게 말했다.

　—그래요. 아주 좋았어요. (빨리 가, 꺼지란 말이야. 그녀가 생각했다.)

　그는 몸을 일으켰고, 잠옷을 입은 뒤 아내의 손에 키스를 했다. 어둠속에서 그녀는 얼굴을 찡그렸다. 짐승이 돼서 짐승처럼 날 가지고 놀았으면서 이제 와서 손에다 키스를 하다니! 아드리앵은 엄마가 몰래 보고 있을지도 모른다는 생각에 까치발로 방을 나섰다.

　방으로 돌아온 그는 거울에 비친 자기 모습을 힐끗 쳐다보고는 두 손으로 가슴을 두드렸다. 아주 좋다고, 그녀가 그렇게 말했어. 헤헤, 아주 좋다고! 그렇게, 그녀가 말했잖아.

　—내가 이런 남자야, 알아? 그가 거울에 비친 자기 자신에게 말했다.

23

다음 날 아침 일찍 일어난 그녀는 기분이 좋았고, 목욕을 하기 전에 남편에게 달려가 두 뺨에 입을 맞추며 아침 인사를 했다. 헤헤, 여자들한테는 육체관계라는 게 중요하지, 바로 그게 필요한 거야, 그가 생각했다. 아내가 이렇게 다정하게 인사를 하다니, 진정 오랜만의 일이었다. 헤헤, 양처럼 온순하군! 좋아, 적어둬야지.

아내는 정원의 공기를 마시기 위해 창밖으로 몸을 숙였고, 남편은 어젯밤 자러 가기 전에 아내의 손에 키스하길 잘했다고 뿌듯해하며 상체를 내밀었다. 품위 있는 인사였고, 어쨌든 여자가 더 열등해질 수밖에 없는, 지배당할 수밖에 없는 내밀한 행위 이후에 경의를 표하는 것은 신사다운 행동이었다. 좋아, 그래, 좋아, 어젯밤에 그때, 그래, 겉으로 드러내지는 않았지만, 분명히 말없이 즐겼다, 그래, 맞아, 말없이 즐겼다. 그는 느낄 수 있었다, 그래, 즐겼다. 단지 겉으로 드러내는 여자가 아닐 뿐이다. 귀족이고, 몸의 느낌을 표현하기를 꺼리는 여자인 것이다, 말하자면 정숙한 거다. 자기 입으로 아주 좋았다고 말하지 않았는가! 그녀처럼 속내를 잘 드러내지 않는 여자가 그런 말을 했다는 것은 놀라운 일이고, 정말로 즐겼다는 증거이다. 헤헤, 말없는 청교도 여인, 싫어하는 게 아니야, 겉으로는 무관심한 듯하지만 사실은 좋아하는 거지, 좋아하는 거라고, 아주 좋았다잖아! 그래, 그렇다면 자꾸 해줘야지! 이제, 어떻게 한다? 뭔가 의미심장한 미소를 띠고서 잘 잤는지, 너무 피곤하진 않은지 물어볼까?

그렇게 궁리하고 있는데 갑자기 사회적인 것이 끼어들어 생리적인 것을 덮어버렸다. 공무원 아드리앵 됨이 동 쥐앙 아드리앵 됨의 자리를 차지해버렸고, 그렇게 공무원 아드리앵 됨은 손톱을 물어뜯기 시작했다.

─온다 하고 안 온 그 사람은 더 생각할 거 없어요. 그녀가 다가와서 말했다.

그는 검지로 혀끝을 가볍게 두드렸다.

─어쩔 수 없어, 도무지 어찌해야 할지 알 수가 없으니 짜증스러워, 아주 골치 아픈 문제야, 제길.

─기다려봐요, 사과하겠죠.

─그러면 좋지.

─뭐가 그렇게 걱정되는데요?

─그러니까 차장한테 무슨 일이 있는 게 분명해. 기분이 영 안좋아.

─다 해결될 거예요, 두고 봐요.

─정말 그럴까?

그녀는 혀끝을 두드리고 있는 그의 검지가 너무 애처로웠다. 좀

더 강력하게 설득하기로 했다.

─사소한 일에 신경 쓰지 말아요. 중요한 건 당신 개인의 일이죠. 당신의 진짜 일, 중요한 것만 챙기면 돼요. (그녀는 수치심이 몰려와 마음이 거북해지고 얼굴이 붉어졌다.)

─내 문학 활동 말이야?

─그래요, 당연하죠. 이 말을 하는 동안 그녀는 남편이 던지는 감사의 시선을 견디기 힘들었다. 그리고 어쨌든 당신은 승진했잖아요.

그가 미소를 지었다. 그렇다, 맞는 말이다, 이런 문제가 생겼다 해도 A급 자리를 빼앗을 수는 없다. 지금 상황에 차장한테 얻을 수 있는 게 무엇이란 말인가? 없다. 어차피 2년 안에는 국장으로 진급할 수도 없다. 지금부터 2년이니까 그 정도면 두고 볼 시간은 충분하다.

─알았어, 여보. 나 나갈게, 토요일이기는 하지만 출근해야 할 것 같아. 도덕적 의무 문제니까, 이해하지? A급이 된 지 겨우 이틀밖에 안 지났잖아. 차장이 상황을 설명하려고 날 찾을 수도 있고.

목욕을 하면서 그는 휘파람을 불었다. 그렇다, 아내의 말이 옳다. 빌어먹을, 사무국, 그건 물질적인 삶일 뿐이다, 그의 진정한 삶은 바로 문학이 아닌가, 까짓, 될 대로 되라지! 잠시 후 사무실에서 반드시 좋은 소설 주제를 하나 찾아낼 것. 자, 독창적인 주제가 뭐가 있을까?

두시간 뒤에 됨 부부는 거실에 앉아, 아내는 뜨개질을 하고 남편은 요리법과 생활의 지혜를 모아두는 카드에 무언가를 적고 있었다. 됨 부부는 세번째로 전날의 사건에 대해 이야기를 나누었다.

―그 사람이 적어도 사과 편지를 보내올 정도로는 체면을 아는 사람이었으면 좋겠네요. 단봉낙타를 닮은 됨 부인이 말했다. 판오 펄도 있고, 랑빨도 있고, 우리도 나름 인맥이 있잖아요. 사실 난 마음속으로는 경계를 풀지 않았어요, 외국인이잖아요. 외국인을 상대할 때는 일이 어찌 될는지 자신 있게 말하기 힘들죠.

―다들 외국인을 꺼리기는 해. 어느 나라에서나 다. 뭔가 이유가 있긴 있나봐.

―더구나 유대인이라잖아요. 자꼬브송 기억하죠? 불쌍한 내 동생하고 사고 친 그 약사 말이에요, 그 실수 때문에 내 동생이 얼마나 고생을 했는데, 그나마 소문나기 전에 식구들이 나서서 해결한 게 다행이죠. 홀아비에 허리가 약간 굽은, 그래요 약간 꼽추이고, 그래도 아주 점잖은 장송 씨하고 결혼시켰잖아요. 다행히도 난 이 일을 절대 디디한테 말하지 말라는 지침을 받았어요, 그래요, 그애가 알았다가는…… 고맙게도 그애의 몸에는 레르베르그가의 피가 흐르죠.

―그 약사는 어떻게 됐는데?

―애를 꼬셔놓고 며칠 못 가 지독한 뇌막염으로 쓰러졌다니까요. 무슨 회오리바람처럼 가버렸어요, 악인은 그렇게 사라졌죠, 잠언 10장 25절에 나오는 말씀대로요. 한마디로 말해서, 그래요, 유대인들한테는 절대 경계를 풀면 안돼요.

―하찌만 예수님의 쩨자들도 모두 유대인이었는걸. 그리고 또……

―맞아요, 하지만 그건 아주 옛날 얘기예요. 됨 부인이 남편의 말을 잘랐다. 그런데 참, 당신이 모으는 그 카드에 지난번에 에플린 방트라두르가 알려준 비법도 적어두지 그래요? 난 머리가 아프

고 피곤해서 금방 잊어버릴 거예요. (귀가 솔깃해진 됨 씨가 연필을 들고 쓸 준비를 했다.) 레이스 장식이 있는 캐미솔이나 고급 냅킨, 삼베 손수건, 약한 스카프같이 섬세한 의류는 베갯잇에 넣어서 세탁하면 통이 돌아가도 섬유가 상하지 않는다. 어때요, 대단하죠? 자기 비법을 나한테 꼭 가르쳐줘야 하는 상황도 아니었는데. 그래요, 보답하는 뜻으로 나도 비법을 하나 알려줬죠. 겨울에 입는 내의 무릎이 낡으면 어떻게 하는지 말이에요.

— 당신의 비법이 뭔데? 나도 모르겠는걸! 늘 새로운 지식을 얻고자 호시탐탐 기회를 엿보는 됨 씨가 큰 소리로 물었다.

— 바로 이거예요. 아직 멀쩡한 바지 윗부분으로 봄이나 가을 같은 환절기에 입을 반바지를 만드는 거죠. 낡은 무릎 부분은 올을 다 풀어서 감아뒀다가 우리가 후원하는 가난한 사람들한테 주고요. 그리고 멀쩡한 아랫부분은 그대로 남겨서 위쪽은 올이 풀리지 않게 뜨개질을 하고 아래쪽은 색깔이 비슷한 다른 털실로 발 모양을 뜨면 돼요, 그렇게 당신 양말을 만들죠, 벌써 세켤레나 만들었는걸요.

— 난 몰랐어. 됨 씨는 더없이 흡족했다.

됨 씨가 새로운 두가지 비법을 카드에 적고 있을 때 아리안이 눈부신 미소를 지으며 들어왔다. 부인은 무슨 일이 있는지 궁금증이 일었고, 됨 씨는 그저 황홀했다.

— 안녕하세요, 어머님, 안녕하세요, 아버님? 잘 주무셨죠, 어머님?

— 그럭저럭 잤다. 됨 부인이 약간 차갑게 대답했다.

— 나도 그럭쩌럭 잤다. 아리안을 추종하지만 권력의 편에 서기 위해 애쓰는 됨 씨가 말했다.

— 전 별로 못 잤어요. 아리안이 말했다. 두통을 가라앉힐 겸 피아노를 좀 쳤는데 방해가 안됐는지 모르겠어요. 죄송합니다, 어머님.

— 용서 못할 죄가 어디 있겠니. 됨 부인이 무표정하게 말했다.

아리안은 일찍 일어난 김에 부엌에 가서 마르따를 거들어주었다고 말했다. 내일도 그렇게 하겠다고, 그러면 마르따가 아드리앵의 양복을 모두 솔질할 시간이 날 거라고 했다. 그러고는 그만 일어나야겠다고, 조금 전에 교회 신문에서 케이크 만드는 법을 봤는데 아주 맛있을 것 같아서 아드리앵을 위해 한번 해보겠다고도 했다. 그녀는 들어올 때와 마찬가지로 미소 띤 얼굴로 나갔고, 됨 부인은 기침을 한 뒤 말없이 목의 멍울을 만지작거렸다.

흠잡을 데 없는 젊은 여인은 한시간 뒤 다시 거실로 와서 됨 부부와 함께 이야기를 나누었다. 부부는 항목별로 나눠가면서 가계부를 썼고, 이따금 됨 부인은 며느리를 향해 날카로운 눈길을 던졌다.

— 아리안, 어떻게 생각하니, 어쩌께 일 말이야, 그 사람이 결국 안 왔잖아, 도대체 무슨 일이 일어난 걸까? 됨 씨가 물었고, 옆에서 됨 부인은 속내를 알 수 없는 무심한 표정이었다.

— 갑자기 병이 난 게 아닐까요?

— 그러면 다행이지. 됨 부인이 말했다.

이어 그들은 편안한 주제를 두고 이야기를 주고받았다. 기름때를 지울 때는 사염화탄소가 효과적이라든지, 피부에 난 사마귀는 기도를 하면 효력이 있다든지, 이런 얘기들이었다. 아리안은 진심으로 이 말들에 동의했고, 잠시 후 됨 부인에게 조언을 구했다. 가

터뜨기[41]보다 좀더 촘촘하고 그러면서도 뻣뻣하지 않게 뜨려면 어떻게 해야 할까요?

— 모스스티치로 하면 된다. 뢰 부인이 말했다. 한코는 겉뜨기로 한코는 안뜨기로 번갈아 하는 건데, 그 원칙을 다양하게 적용할 수 있지, 예를 들면 한코씩 번갈아 하는 게 아니라 두코씩 번갈아 할 수도 있단다.

— 정말 감사합니다, 어머님. 아주 유용한 얘기예요, 뜨개질을 안 한 지 오래됐거든요. 다른 얘기도 해주세요.

— 뜨개질을 안 한 지 오래됐으면 괜히 중간에 포기하지 않게 작은 것부터 시작해야지. 예를 들면 가난한 사람들 줄 옷이나 아기 것으로, 그래, 처음에는 양말 같은 것으로 말이다.

— 아드리앵이 입을 카디건을 하나 짜려고 해요. 아리안이 겸손하게 고개를 살짝 숙이고 대답했다.

— 그렇다면 아니지, 모스스티치로 하면 안된다! 그냥 메리야스뜨기[42]로 해야 해! 뭐, 정 모스스티치로 하고 싶다면, 그래, 안될 건 없지. 한번 해보는 것도 좋겠지. 어쨌든 한가지만 조언하자면, 필요한 실을 한꺼번에 다 사놓아야 한단다. 그래야 중간에 실이 모자라는데 똑같은 색을 구하지 못하는 어처구니없는 상황을 피할 수 있으니까. 그런 일이 생기면 정말 난감하단다. 혹시 모르니까 아예 처음에 필요한 양보다 조금 더 사놓는 게 좋지.

— 정말 그렇겠네요, 그 말씀이 맞는 것 같아요, 정말 고맙습니다, 어머님.

— 또 넌 아직 손이 좀 둔할 테니까, 보면서 하지 말고 그냥 딴

---

41 뜨개질에서 겉뜨기를 반복하는 것.
42 한줄 전부를 겉뜨기하고 그다음 줄 전부를 안뜨기하는 식으로 반복하는 것.

데를 보면서 뜨는 연습을 해라. 그게 제일 좋아.

—그렇게 하도록 애써볼게요. 이제 아드리앵을 위해서 장을 좀 봐오려고요. 뭐 필요하신 것 있어요?

—그래, 고맙구나, 그럼 전화 요금 좀 내주겠니? 난 오늘 오후에 시간이 없을 것 같구나. 랑빨 부부, 그래 부모 말고 젊은 랑빨 부부를 만나러 꼬뻬[43]에 가야 하거든.

—프랑스의 오랜 귀쪽 가문이지. 뙴 씨가 거들고는 이어 얼마 되지 않는 콧수염을 닦아내듯 매만진 뒤 살짝 거드름을 피우며 쿵쿵거렸다.

—참, 무슨 일이 있었는지 넌 모르겠구나. 뙴 부인이 말했다. 금요일에 전화를 받았잖니. 랑빨 부부가 은행 일 때문에 주네브에 와 며칠 머물 거라고 하더구나. 그래서 디디와 상의를 했는데, 저녁식사에 초대하려고 내가 오늘 아침에 전화를 했다. 어제 준비한 음식들을 그냥 버릴 수는 없으니까.

—당연하죠, 그렇게 해야죠.

—그런데 안타깝게도, 그래, 꼬린 랑빨의 재치 있는 표현을 그대로 옮기자면, 내가 너무 늦었구나. 물론 친절하게도 마음 같아서는 다 제쳐두고 우리 집에 오고 싶다지만, 그사이에 이미 다른 초대에 응했다는구나. 어쩌겠니, 워낙 찾는 사람이 많으니까, 그래, 화요일까지 점심과 저녁 약속이 다 되어 있고, 화요일 저녁에 빠리로 떠난단다. 결국 우리 집에 오는 건 다음에, 그러니까 배당금을 수령하러 12월에 다시 주네브에 올 때로 미뤘지. 그 대신에 고맙게도 꼬린 랑빨이 오늘 오후에 꼬뻬에 있는 저택에 날 초대했단다.

----

43 스위스 보주에 위치한 도시.

오늘 오후는 시간이 난다면서. 은행이 열지 않으니까 말이다. 여자들끼리 모여서 차를 마신다는구나. 뒵 부인이 길고 비스듬한 앞니를 드러내며 빙그레 웃었고, 이어 품위 있게 침을 들이마셨다. 오, 꼬린을 다시 만나게 돼서 얼마나 기쁜지! 정말 영적으로 앞서가는, 내면이 풍부한 사람이지. 가난한 사람들을 지나칠 정도로 아끼면서 보살피고. 정작 그 사람들은 고마운 줄도 모르는데 거의 새것이나 마찬가지인 양말을 가져다준단다. 훌륭한 영혼이야, 같이 있으면 정말 좋지. 꼬뻬의 거실에서, 가로 12미터 세로 7미터나 되는 그 멋진 거실에서 속 깊은 대화를 나누고 내면의 교분을 쌓을 거란다. 사실 난 그 남편보다는 꼬린하고 더 잘 맞는단다. 물론 남편도 예의 바르고 상냥하긴 하지만 외교관이라서 그런지 좀 신중한 사람이지. 어디까지 말했더라? 얘기가 다른 데로 샜구나. 그래, 랑빨 부부를 초대할 수 없다는 얘기를 듣더니 글쎄 아드리앵이 망설임 없이 승부수를 날리더구나. 그러니까 오늘 아침 출근하기 전에 카나키스의 집에 전화를 걸었고, 순식간에 두 사람 모두, 그러니까 부인까지 같이 올 수 있다는 답을 받았단다. 그래, 그렇게 정해졌다, 디디는 원래 질질 끄는 걸 싫어하잖니. 그 부부가 내일 저녁에 우리 집에 와서 정식 만찬을 하기로 했다, 카나키스 씨는 장관의 조카잖니.

— 그리스 왕국의 짱관이야. 콧수염을 턱수염 쪽으로 쓸어내리면서 뒵 씨가 정확하게 알려주었다.

— 급하게 조금 느닷없이 초대를 했는데도 올 수 있다니 정말 다행이지 뭐니, 안 그러니?

— 정말 다행이에요, 어머님.

— 디디가 카나키스 부인한테 말하는 걸 들었는데, 어찌나 멋지게 잘하던지, 그래, 사람을 대하는 모습을 보니 사교계에 맞는 우아

함을 갖췄더구나. 어쨌든 이제 안심이다, 내가 준비해놓은 저녁거리를 헛되지 않게 쓸 수 있으니까. 그 귀한 음식들을, 특히 캐비아를 우리끼리 먹자면 얼마나 속상하겠니. 인쇄한 메뉴판도 사용할 수 있고. 참, 그러고 나서 아드리앵이 라세 부부한테도 전화를 했단다. 하지만 이상하지, 그 집은 전화를 안 받더구나! 아드리앵이 조금 전에 본부에서 다시 집에 전화를 했는데, 그애는 엄마한테 다 알려주고 싶어 하잖니, 라세 부부한테 몇번 더 전화를 했는데도 안 받는다더구나, 여행을 가고 없나보지, 아쉽구나, 그 부인은 적십자 부총재의 딸인데.

— 국제적십자위원회야. 옆에서 됨 씨가 정확하게 알려주었다.

— 정말 아쉽네요. 아리안이 말했다.

— 음식 양이 충분했을 텐데. 그냥 카나키스 부부한테 캐비아를 여러번 내야지 뭐. 어차피 두고 먹을 수는 없는 거니까.

— 좋은 생각이네요. 아리안이 말했다.

— 캐비아 값을 생각하면 속상하기는 하지만, 버리는 것보다야 낫지. 어쨌든 행복해하는 사람이 있는 거니까, 안 그러니, 아리안?

— 맞아요, 그러네요. 다른 건 더 살 게 없나요, 어머님?

— 참, 홍차 1리브르[44]만 사다주겠니? 1리브르에 9프랑 25쌍띰 하는 영국 걸로? 커피도 같은 양, 꼴롬비아산으로?

— 브라질산보다 향이 더 찐하지. 됨 씨가 말했다.

— 그렇게 할게요, 어머님.

— 고맙구나, 아리안. 놀라울 정도로 다른 사람이 되어버린 아리안의 모습에 흥분한 됨 부인이 덥석 며느리의 두 손을 잡고는 영

---

[44] 옛 무게 단위로, 1리브르는 약 500그램이다.

적 기운이 가득한 눈길을 보냈다. 그러면 빨미나 마가린도 한판 사다주겠니? 요리용 버터보다 훨씬 쓰기 좋더구나.

그런 다음에도 며느리가 다른 일은 더 없냐고 묻자 됨 부인은 혹시 괜찮다면 분실물 보관소에 들러서 물건 하나만 맡겨달라고 부탁했다. 그저께 전차에서 바늘 꾸러미를 주웠는데 세상에 새 바늘이 두다스나 들었더구나. 아마도 어느 가난한 부인이 떨어뜨린 걸 텐데, 그 생각을 하면 마음이 아프단다. 아리안은 어차피 요리 강습을 알아보러 부르드푸르[45]에 가야 하기 때문에 들를 수 있다고 했다. 됨 부인은 흡족해서 천사 같은 미소를 지었다.

— 그렇다면 르삘라 부인 댁에도 좀 들러주겠니? 바느질 모임에 나오는 분인데, 바로 부르드푸르 광장 6번지에 사신단다. 한마디만 전해드리면 되니까 오래 걸리지는 않을 거다. 내가 거짓말을 했다고, 세상에, 당연히 일부러 그런 건 아니라고, 하지만 마음이 무거워서 꼭 말씀드리고 짐을 덜고 싶다고, 잠을 잘 못 잔 것도 조금은 그 걱정 때문인 것 같다고 말이다. 그래, 내가 쌩장돌프[46]가 해발 940미터라고 했는데, 어제저녁에 확인해보니 100미터가 틀렸더구나! 쌩장돌프는 840미터였다! 좀 전해줄 수 있겠니?

— 그럴게요, 어머님.

— 고맙구나, 얘야. 그래, 난 정말 거짓말을 하고는 못 산단다. 예를 들어 친구들한테 보내는 편지에서 이뽈리뜨가 안부를 전하더라는 말을 쓰려면 정말로 이뽈리뜨한테 그렇게 써도 괜찮겠냐고 확인하지! 이뽈리뜨가 집에 없을 때는, 아무리 친한 친구한테라도 그런 인사말은 아예 쓰지 않고! 어떤 일에나 진실해야지, 안 그러

<hr>

45 옛 주네브의 중심부에 위치한 광장.
46 프랑스 알프스 지역의 오뜨사부아 지방에 있는 도시.

니, 큰일이나 사소한 일이나 모두 말이다! 그래, 정말 정말 고맙구나, 얘야. 미소 짓는 됨 부인의 안경알이 사랑으로 반짝였다.

며느리가 나간 뒤 그녀는 표정 변화가 없는 남편의 얼굴을 쳐다보았다. 하지만 됨 씨는 아리안이 자랑스러워서 마음속이 온통 기쁨으로 파닥거리는 중이었다. 단지 아직은 어떻게 될는지 확실하지 않으니 신중해야 했다.

―어떻게 생각해요? 됨 부인이 물었다.

―그러게.

―계속 저러면 좋겠네요. 내 생각에는 신앙의 기운이 싹튼 것 같아요. 케이크 조리법을 교회 신문에서 찾았다잖아요, 어떤 신문인지 모르겠지만, 어쨌든 좋은 신호예요. 왜 지난번에 아래층 작은 방에 자기 피아노를 가져다놓고 작은 거실을 만들겠다고 했잖아요. 그 방은 안 쓰는 내 물건을 모아두는 중요한 방이라서 안된다고 했고요. 하지만 어쩌겠어요, 내가 포기해야지. 이따 점심때 그 방을 써도 좋다고 말할 거예요. 오, 나는 큰 것을 잃겠네요, 시련을 겪는 거죠. 하지만 막상 그러고 나면 희생했다는 사실로 인해 큰 기쁨을 누리게 될 거예요.

24

쌀띠엘은 시간이 이렇게 되도록 아침 기도를 못했다는 것을 부끄러워하며 서둘러 손을 씻고 찬가 세편을 불렀고, 유대의 기도포[47]를 두르고 정해진 시편 36장 구절을 소리 높여 낭송했다. 그러고서 성구 상자[48]를 묶으려는 순간, 거칠게 문이 열리며 스파이크를 신은 망주끌루가 들어섰다.

— 나의 벗이자 사촌이여, 내 마음을 터놓기 위해, 오직 그대를 향해 올바른 말을 전하기 위해 왔다오. 그럼 시작하리다. 나의 충실한 벗이여, 험난한 나의 삶을 함께해온 동지여, 이 형벌이 언제까지 이어지리라 생각하시오?

---

47 유대교에서 기도할 때 머리와 어깨에 두르는 무명, 비단, 양모 등의 천으로 '탈리트'라 부른다.
48 기도할 때 이마와 팔목에 묶는 '테필린'을 말한다. 성구가 쓰인 양피지를 말아 넣는 작은 상자와 가죽끈으로 이루어져 있다.

—무슨 형벌 말이지? 쌀띠엘이 기도포를 접으면서 침착하게 물었다.

—그대의 귀를 내 혀에 빌려주면 알게 되리니! 그러니까 우리는 런던을 떠나 하늘길을 날아와서 이곳 주네브에서 5월 서른한번째 날의 여명을 맞았고, 오늘은 화요일, 6월의 다섯번째 날이오. 맞지요? 반대 의견 없지요? 가결. 그러니까 우리가 주네브에 온 지 닷새가 되었는데 아직까지 그대의 훌륭한 조카님 얼굴을 못 본 거요! 그대는 지독히 이기적이게도 매일 만나고 오면서, 아마도 손쉬운 우월감을 즐기려는지 우리한테 무슨 얘기를 나눴는지 전해주지도 않고, 그대가 한 일이라곤 어젯밤에 소리 없이 다가와서 날 깨워놓고, 죄 없는 나의 잠을 끊어버리고, 악마의 목소리로 그대의 조카 나리와 함께 감미로운 시간을 보내다 왔다고 말하고, 또 그냥 간단하게, 너무 간단해서 내 영혼을 후벼파는 그런 말로, 오늘 아침 10시에 조카 나리가 우리를 만나러 여기로, 어원을 가진 단어로 하자면 이 여인숙으로 올 거라고 말한 게 전부요. 그런데도 난 원망하지 않았고, 모욕을 기꺼이 용서했고, 내 영혼 속에서 꿈틀대는 욕망의 하이에나와 분노의 사자의 목을 조르면서, 그대의 조카, 나하고도 피로 이어진 그 조카를 만난다는 기쁨에 젖어 순수한 마음으로 미소를 지었는데! 그렇게 오늘 아침 해 뜰 무렵부터 초조하게 기다렸는데……

—10시에 온다고 했는데 왜 해 뜰 무렵부터 기다리지?

—난 원래 열정적인 사람이니까! 어쨌든 지금 10시 30분이 다 됐는데 조카의 코빼기도 볼 수 없고! 나더러 계속 아무것도 안하며 이렇게 우울하게 시간을 보내란 말인가! 계속 이런 식으로 지낼 수는 없지, 그저 무위도식하며 목이 빠지도록 기다리기만 하다니! 주

네브 땅에 온 뒤로 내가 뭘 했소? 뭔가 장엄하고, 짜릿하고, 다가올 세대에 남겨줄 만한 일을 하나라도 했나? 아무것도 없지, 멋진 친필로 아름답게 이름을 써넣은 명함을 주네브 대학 학장이라는 배워먹지 못한 인간의 방에 놓고 온 게 전부라니. 품위라고는 찾아볼 수 없는, 고맙다는 인사조차 안하는 그런 인간한테! 한마디로 나의 삶은 이 영원한 기다림의 도시, 시샘하듯 악을 쓰는 멍청한 갈매기 밖에 없는 도시에서 시들시들 죽어가고 있단 말이오. 벌써 닷새 전부터 아무런 의미도 시정詩情도 이상도 없는 삶을 살아갈 뿐! 의기소침해서 무기력하게 거리를 돌아다니고, 상점의 진열장을 구경하고, 먹고, 자고, 그게 전부라니! 짐승의 삶과 무엇이 다른가! 새로운 것을 만들지도 않고, 멀리 도약하지도 않고, 예측하기 힘든 파란만장한 사건도 없고, 예기치 못했던 것을 손에 넣을 일도 없고, 빛나는 행동이라고는 어디에서도 찾아볼 수 없으니! 그렇게 해서 저녁이 오면, 해야 할 일도 없고 이루어야 할 일도 없이, 창백한 얼굴과 광채가 사라진 눈길로, 석양이 내릴 무렵, 고통스러울 정도로 이른 시각에, 밤이 과부의 베일을 끌고 다가오기 시작하는 그 시각에 벌써 침대에 눕다니! 한번 얘기해봅시다, 이걸 삶이라 할 수 있소? 한마디로 말해서, 그대의 조카는 우리를 버려두고 있는데, 난 발가락이 파르르 떨릴 정도로 화가 나는데. 약속을 해놓고 지키지 않으니 엄중한 판결을 내릴 수밖에! 가족이 무엇인지 개념조차 없지 않은가! 이게 내 의견이오! 이제 그대가 답하길!

　—어찌 그리 뻔뻔할 수가! 그대가 뭐라고 그 아이에 대해 판결을 내리는가? 그런 일을 할 수 있는 자격증이라도 있는가?

　—대학의 학장이었으니까.

　—또 발에 박인 티눈 빼주는 사람이었지! 오늘 아침 막 나서려

는 참에 전세계적으로 영향을 미칠 중요한 일이, 급히 처리해야 하는 일이 터졌을지 모른다는 생각은 왜 못하지? 그거야말로 진짜 가족이 무엇인지에 대한 개념이 없는 것 아닌가? 어제저녁에 들고 있기도 무거울 정도인 나뽈레옹 금화 300개를 억지로 떠안긴 아이인데, 호텔에 돌아와서 내가 바로 말했듯이 그 돈을 우리 다섯이 똑같이 나눠 가지라고 하며 주던데, 하물며 그대는 자기 몫이라며 나뽈레옹 금화 60개를 당장 내놓으라고 했으면서! 오 탐욕스러운 인간, 오 게걸스러운 사자여!

— 다른 뜻 없이 그냥 베개 밑에 넣어두고서 잠자는 동안 동전들이 짤그랑대는 음악을 들으려 했지!

— 가족이 무엇인지 그 개념조차 없다니! 스위스에서 유통되는 현금으로 나뽈레옹 금화 60개를 내놓았는데!

— 쓸 수 있는 유통화폐이고 채무 변제도 가능한 법정화폐라는 거 알고 있소! 하지만 무언가를 창조하고, 행동하고, 사람들의 경탄을 받고, 그런 기쁨을 누리지 못한다면 나뽈레옹 금화가, 그 돈이 주는 기쁨이 무슨 의미가 있으리오! 나한테 필요한 건 사람들과 맞부딪치며 토론하고 책략을 주고받는 그런 생동감 있는 삶인 것을! 죽으면 어차피 다 끝인데 살아 있을 때 제대로 살아야지! 내 말 잘 생각해보시오, 오 쌀띠엘, 내가 왜 이렇게 힘들어하는지 이해해달란 말이오. 화려한 연회가 줄을 잇는 도시 주네브에 와 있는데 정작 나한테는 아무것도 없으니! 그대의 조카는 우리를 황금빛 새장 안에 가둬두고 악성빈혈에 빠지게 하려는 것인가? 더는 못 참겠소. 모락모락 피어오르는 무기력 속에서 허우적거리기 싫고, 그래, 이렇게 고독하게 살다가 마른미역처럼 되기는 싫단 말이오!

— 말 많은 그대, 결론이 뭐지?

—우리 모두 멍청이라는 것! 나만 빼고! 그리고 그대의 조카가 오지 않으니 국제연맹인지 뭔지 하는 그 궁전으로 우리가 찾아가야 한다는 것!

—안돼! 예고도 없이 가면 그애가 곤란해져! 전화를 해서 교환한테 우리가 기다리고 있다는 말을 전해달라고 해보지.

—그렇게 해서 그대의 조카가 이곳에 온다 한들 그게 도대체 어떤 기쁨을 줄까? 망주끌루가 결국 속생각을 드러내며 신음하듯 말했다. 공사들과 대사들이 있는 자리에서 봐야, 그래야 우리의 영혼이 부풀어오르지! 공사들과 대사들, 한마디로 말해서 명사들이 있어야지, 그 사람들과 신나게 얘기를 나눌 수 있어야지! 이봐요, 쌀띠엘, 조금 위험하게 삽시다. 영향력 있는 거물들이 모여드는 감미로운 장소에 한번 가봅시다! 좀 대담해지자고요! 그대의 조카가 아무 소리 못하게 그냥 가버립시다! 따져보면 우리 할아버지도 그 아이 할아버지와 사촌지간이었으니까! 더구나 국제연맹에는 꽤 쓸 만한 자리가 비어 있기도 하다던데, 다시 말하면 기회가 있다던데! 우리가 오늘 그곳에 들르면 어떤 운명이 기다리고 있을지 누가 알겠소! 어쩌면 밸푸어 경[49]과 친구가 될 수 있을지도! 그리고 내가 이곳 신문에서 읽었는데, 스무세기에 걸쳐 프랑스를 다스려온 마흔 왕의 후계자인 빠리 백작도 지금 주네브에 와 있다고 합디다! 어쩌면 국제연맹 궁전에 있을지도 모르지! 나는 빠리 백작한테 인사를 하고 싶단 말이오. 프랑스가 다시 군주제가 되면 어찌해야 할지 걱정이 되기도 하니까, 왕당파를 지지하는 말을 넌지시 건네면서 점수 좀 따야지! 내 말 믿어요, 쌀띠엘, 우리가 예고 없이 찾아가

---

49 Arthur James Balfour(1848~1930). 영국의 정치인. 외무 장관으로서 유대인의 팔레스타인 정착을 지지하는 밸푸어선언을 발표했다.

면 그대의 조카도 좋아할 거요. 맹세컨대, 그애의 혀는 기쁨의 말을 쏟아낼 거요! 자, 갑시다, 쌀띠엘! 그를 한번 마음껏 만나보고, 고관대작들 사이에 있는 모습을 보면서 그대도 어깨를 활짝 펴보고 나도 좀 그래봅시다!

그러고도 한참 동안 말을 이어간 망주끌루는 마침내 쌀띠엘을 설득하는 데 성공했다. 이미 일흔다섯살이 된 쌀띠엘은 늙어 기운이 없었고, 또 그는 진정으로 조카를 사랑했다. 쌀띠엘이 후들거리는 다리에 힘을 주며 일어서자 망주끌루는 눈부시게 환한 얼굴로 재빨리 문을 열더니 떠들썩한 목소리로, 복도에서 협상 결과를 기다리던 쌀로몽과 미까엘을 불렀다.

—자, 여러분, 사교계로 입성할 준비! 오늘의 명은 각하를 찾아뵙는 것이라! 고상하게 차려입고 반드시 야회복을 갖출 것! 우리가 살아온 소중한 섬의 이름을 드높이고, 우리의 복장을 본 이방인들의 넋을 빼놓아야 하느니! 여러분, 그러기 위해서 호방한 조카가 우리에게 주었고 그 삼촌인 쌀띠엘이 맡아 가지고 있는 나뽈레옹 금화를 과감히 쓸 것! 복장이 장엄하지 않은 자는 공사들과 대사들의 모습을 보러 갈 수 없을 터! 분명히 말했소! 난 고급 상점들이 문 닫기 전에 빨리 달려가서 주머니에 든 나뽈레옹 금화 60개로 기성복을 한벌 사고, 고상한 장신구와 장식품도 살 생각이오. 돈이 얼마가 들든, 돈을 쥔 주먹을 펴고 펑펑 쓸 거요. 값이 얼마든 개의치 않고, 하늘 아래 있는 것이라면 무엇이든 전부 다 살 거요! 자, 사랑하는 형제들이여, 모두 나처럼 하도록!

오후 2시에 망주끌루는 자기 방에서 주먹을 양 옆구리에 대고 서서 경탄 어린 눈길로 거울을 보고 있었다. 실크 안감을 댄 멋진 연미복, 풀 먹인 셔츠. 딜레땅뜨 스타일의 커다란 물방울무늬 나비 넥타이, 더위를 피할 파나마모자, 발톱이 약한 탓에 해변용 신발, 영국 외교관처럼 보이게 해줄 테니스 라켓과 골프채, 단춧구멍에 꽂는 치자꽃, 긴 치아로 깨문 자국이 있는 검은 리본을 이용해 거창하게 매단 학자풍의 외알 안경, 마지막으로 연미복 꼬리에 감춰 두었다가 쏠랄 각하를 만나기 전 적당한 순간에 꺼내놓을 비밀스러운 물건. 그렇다, 쌀띠엘은 너무 소심하다, 그러니까 그냥 밀어붙여야 한다.

잠시 후 마따띠아스와 미까엘이 들어왔다. 미까엘은 유대교회당의 경비 제복을 그대로 입고 있었다. 작은 단추와 실을 꼬아 만든 장식용 수술이 달린 금빛 조끼, 둥근 주름이 잡힌 푸스타넬라[50], 끝이 구부러진 붉은 술 장식의 가죽신, 그리고 넓은 벨트에는 구식 권총 두자루를 금장 개머리판 밑부분이 가려지도록 끼워놓았다. 저 정도면 됐어. 아주 좋아, 다들 미까엘이 내 부관이라고 생각하겠군, 망주끌루가 생각했다. 마따띠아스는 장의사 인부복을 가두리 장식만 떼어내서 그냥 입고(케팔로니아에서 장의사의 상속인인 채무자한테서 받은 것이다) 런던에서 주네브로 오는 비행기에서 주운 옅은 밤색의 중절모를 썼다. 옷차림이 너무 우중충하군, 망주끌루가 생각했다. 차라리 잘됐지, 비교가 돼서 내가 돋보일 테니까. 마따띠아스와 미까엘은 양쪽으로 갈라진 망주끌루의 턱수염이 까맣게 번쩍거리는 것을 보고 놀랐고, 그러자 망주끌루는 포마드가 안 보이길래 구두약을 발랐다고, 그것도 포마드만큼 괜찮더라고 말했다.

---

50 그리스의 전통 의상으로 남자들이 입는 짧은 주름치마이다.

그러는 사이 앙팡 프로디그[51]에서 산 옷을 차려입은 쌀로몽이 불 그스레한 얼굴로 쑥스러워하면서 들어섰다. 맞는 치수의 옷을 찾지 못하다가 어느 짓궂고 교활한 상인이 극구 권하는 바람에 결국 첫영성체용 예복을 산 터였다. 그는 무엇보다도 실크 술 장식이 달린 흰색 완장이 마음에 들었다. 사실 쌀로몽뿐 아니라 나머지 세 용자 역시 그 완장이 갖는 종교적 의미를 알지 못했다.[52] 그는 또 뒤쪽 꼬리가 없고 허리까지만 오는 이튼 재킷을 입고 뿌듯해했고, 망주끌루는 그 재킷을 보자마자 '엉덩이 얼리는 옷'이라는 이름을 붙였다.

　마지막으로 쌀띠엘이 들어왔는데, 망주끌루는 그가 연갈색 프록코트를 그대로 입고 있는 것을 보며 기뻐했다. 좋아, 나 혼자 빛나겠군, 나 혼자 높아 보이고 서양풍이야, 대표단의 단장으로 보일 거야. 쌀띠엘은 나뽈레옹 같은 눈으로 사촌들의 복장을 검사했다. 미까엘의 옷차림 외에는 모두 마음에 들지 않았다.

　―쌀로몽, 아무 의미 없는 그 완장은 떼어내. 마따띠아스, 다른 모자 없으면 차라리 쓰지 마. 그리고 망주끌루, 도대체 무슨 난리법석인지! 연미복은 좋아, 그대로 입어도 돼. 하지만 흉측한 나머지는 다 없애. 안 그러면 그냥 두지 않겠어, 그대로는 절대 국제연맹에 발을 들여놓지 못할 테니 두고 봐.

　쌀띠엘의 어조가 워낙 단호했기에 망주끌루는 그대로 따를 수밖에 없었다. 테니스 라켓, 골프채, 파나마모자 그리고 해변용 신발을 각기 모로코가죽 서류 가방, 둥근 금장 손잡이가 달린 지팡이,

---

51 '방탕한 아들' '탕자'라는 뜻.
52 가톨릭의 첫영성체 때 남자아이들이 팔에 차는 완장 형태의 흰 리본은 순결을 상징한다.

회색 실크해트 그리고 날렵한 에나멜 구두로 바꿔야 했다. 쌀띠엘이 너무나 완강했기에 급히 달려 나가 사온 것들이었다. 하지만 폭군이라고 소리를 지르기도 하고 자기 명예를 더럽히려는 셈이냐고 눈물로 호소하면서 나비넥타이와 치자꽃, 외알 안경은 지켜냈다. 쌀띠엘은 더이상 시끄러워지는 것을 막기 위해 포기하고 말았다.

— 권세의 쾌락을 향해 전진! 망주끌루가 외쳤다.

마차가 국제연맹 본부의 정문 앞에 멈춰 서자, 제일 먼저 망주끌루가 내렸다. 그는 루이 금화 하나를 마부에게 던져준 뒤, 오후가 막 시작된 시각에 지나는 사람 없이 썰렁한 국제연맹 본부의 홀로 들어섰다. 나머지 용자들이 뒤를 따랐다. 망주끌루는 곧바로 화장실로 갔다. 그러더니 금방 레지옹 도뇌르의 최고 등급 장식 띠를 어깨에 두른 모습으로[53] 다시 나타나서 사촌들을 경악케 했다. 비난의 말이 미처 터져 나오기 전에 망주끌루는 재빨리 기선을 제압해 쌀띠엘을 꼼짝 못하게 만들었다.

— 기정사실! 화를 내봤자 너무 늦었소! 내가 임금 같은 권위를 누려보겠다는데 굳이 그걸 망치겠다고 이 자리에서 소란을 피울 건 없을 터! 나도 이 정도는 두를 자격이 있는 사람이고, 더구나 이 훈장은 진짜인 것을! 빠리에 있을 때 마르세유로 떠나기 전에 전문점에 가서 아주 비싸게 주고 샀으니까. 그러니 조용히 하고, 자, 앞으로 갑시다! 나를 사랑하는 자여 나를 따르라! 나의 최고 훈장 아래 집결하라!

2층에서 이 모습을 본 쏠니에는 그동안 기이한 모습의 낯선 외

---

53 레지옹 도뇌르의 5등급 중에서 제일 높은 그랑크루아는 가슴의 휘장 외에도 붉은색 어깨띠를 두른다.

국 대표단을 많이 봐왔음에도 불구하고 워낙 굉장한 훈장인지라 순간적으로 얼떨떨해져 벌떡 일어섰다. 국가원수, 남아메리카 어느 작은 나라의 대통령인가보다 생각했지만, 그럼에도 불구하고 흰색 물방울무늬의 파란 나비넥타이, 그리고 보좌관들의 기이한 복장은 당혹스러웠다. 그러나 최고 훈장 때문에, 그리고 혹시라도 실수를 할까봐 겁이 났기 때문에, 다른 생각들은 모두 접어두기로 했다. 그는 소심하게 미소 띤 얼굴로 기다렸다.

— 대표단이오. 망주끌루가 금빛 손잡이가 달린 지팡이를 빙빙 돌리면서 말했다. 쏠랄 씨와 협상을 하러 왔소!

— 기다리고 계실 겁니다, 그럴 겁니다. 대통령이시죠? (최고 훈장을 단 사람은 대답 대신 경멸 어린 미소를 지으며 지팡이를 반대 방향으로 돌렸다.) 누구시라고 알릴까요? 대통령 각하?

— 이름은 밝힐 수 없소. 망주끌루가 대답했다. 비밀 정치 협상을 추진하는 중이오. 그러니, 오 하인이여, 군말 말고 가서 암호를 전하라. 케팔로니아. 자, 달려가라! 망주끌루가 명령을 내렸고, 쏠니에는 허겁지겁 달려갔다.

헐떡거리며 돌아온 쏠니에는 사무차장께서 지금 레옹 블룸[54] 씨와 회의 중이니 대통령 각하와 일행분들께선 잠시만 기다려달라 했다고 전했다. 그는 기이한 무리를 귀빈들을 위해 마련된 작은 응접실로 안내했다.

— 미리 말해두는데, 오분 이상 기다리지 않으리라. 망주끌루가 말했다. 공인으로 살아오는 동안 내가 한결같이 지켜온 규칙이다. 관계자에게 전하라.

----

54 Léon Blum(1872~1950). 프랑스의 정치가로 사회당을 이끌었다. 유대인이었다.

문이 닫히자마자 쌀띠엘은 명령의 뜻으로 검지를 들어 올리며 사기꾼에게 빨리 가짜 훈장을 벗으라고 닦달했다. "당장 벗어, 비열한 인간아!" 망주끌루는 키득거렸지만, 어쨌든 쌀띠엘의 말을 따르기로 했다. 높은 자리에 있는 조카가 이 훈장을 별로 좋아하지 않을 것 같고, 어차피 소기의 목적은 달성했기 때문이다. 게다가 어쩌면 레옹 블룸과 마주칠지도 모르는데, 그 사람은 총리라 프랑스의 최고 훈장들을 모두 알 테니 괜히 문제가 생길지도 모른다. 그는 붉은색 어깨띠를 벗어서 경건하게 입을 맞춘 뒤 주머니에 넣었고, 쌀띠엘에게 윙크를 하면서 자리에 앉았다.

─자, 여러분. 쌀띠엘이 일행에게 말했다. 이제 침묵과 교양을 그대들의 좌우명으로 삼으라. 이 육중한 문 뒤에서 지금 두 거물이 인류의 행복을 지켜낼 의견을 나누고 있으니. 파리 한마리, 작은 파리 새끼 한마리가 날아다니는 소리도 들리지 않게 하라!

용자들은 응접실의 웅장함에 압도되어 조용히 앉아 있었다. 쌀로몽은 교양 있게 보이려고 팔짱을 꼈다. 미까엘은 가지고 있던 주머니칼 하나를 꺼내 칼끝으로 손톱을 다듬었고, 꺼내 입에 문 담배를 쌀띠엘이 말없이 채가도 아무 말 하지 못했다. 마따띠아스는 두리번거리며 가구들을 살피고, 카펫의 털을 만져보고, 머릿속으로 가구들의 값을 더해보았다.

쌀띠엘은 말없이 미소를 지었다. 어쩌면 쏠이 나를 레옹 블룸에게 소개할지도 모른다. 그 경우, 분위기가 나쁘지 않으면, 무례하지는 않게, 프랑스 노동자들은 파업을 너무 많이 하는 것 같다고 넌지시 말해줄 것이다. 그리고 또 주위에서 시기할지도 모르니 너무 오래 총리 자리에 있지는 말라고 충고도 해줄 것이다. 이스라엘인들의 경우 정치 영역에서는 조금 뒤로 물러나 있는 것이 신중한 태도다. 장관이야 얼마든지 해도 좋지만, 총리는 조금 심하다. 나중에, 신께서 원하신다면, 이스라엘 땅에서 마음껏 기회를 누릴 수 있지 않은가. 그건 그렇고, 조금 있으면 화려한 집무실에서 쏠을 만나게 될 것이다. 누가 아는가. 어쩌면 쏠은 반쯤 넋이 나간 사촌들 앞에서 부하 직원에게 전화를 걸어 짧은 명령을 내릴 것이다. 쌀띠엘은 안으로 들어서는 행복을 기다리며 다정하고 은은한 미소를 띤 채 사촌들을 바라보았다. 또, 누가 아는가, 쏠이 내 손에 입을 맞출지도 모르고, 그러면 사촌들은 모두 찬탄의 눈길로 바라보리라. 쌀띠엘이 이렇게 몽상에 빠져 있는 동안 쌀로몽은 잠시 후에 낭송할 축사를 준비했고, 최고 훈장을 벗고부터 자신감이 전과 같지 않은 망주끌루는 날카로운 소리로 끝나는 신경질적인 하품을 했다.

　문이 열렸고, 용자들이 일어섰다. 쌀로몽은 준비한 축사를 잊었고, 쌀띠엘의 손에는 실제로 입이 맞춰졌다. 그러자 몸집이 자그마한 노인은 온몸의 기운이 빠져나가는 것을 느끼며 체크무늬 손수건을 꺼내 코를 풀었다. 쏠랄이 의자를 가리키자 케팔로니아의 용자들은 자리에 앉았다. 쌀로몽은 의자가 너무 폭신해서 머리까지 파묻힐 정도로 몸이 풀썩 주저앉는 바람에 소스라치게 놀랐다.

　─쏠, 총리 각하와의 대담은 괜찮았니? 쌀띠엘이 말을 꺼내느라 잔기침을 몇번 한 뒤에 입을 열었다.

　─국가 기밀이라서 말씀드릴 수가 없어요. 쏠랄은 어떤 대답이 상대를 기쁘게 할지 알고 있었다.

　─지당하십니다, 각하. 한시라도 빨리 대화에 끼어들어서 환심을 사고 싶은 망주끌루가 말했다. 감히 아뢰오니, 지당하십니다.

　─그래, 쏠, 총리 각하와 헤어질 때도 잘 마무리한 거지?

　─포옹하면서 인사를 나눴어요.

쌀띠엘은 조카가 그 말을 한번 더 되풀이하도록, 모두 확실히 들을 수 있도록, 일부러 못 들은 척했다. 그는 다시 기침을 했고, 조카의 말이 네명의 용자에게 어떤 효과를 냈는지 확인하기 위해 사촌들의 얼굴을 살폈다.

—포옹을 했다고? 총리하고 네가? 좋구나, 정말 좋아. 그는 때때로 귀가 잘 들리지 않는 마따띠아스까지 제대로 들을 수 있도록 큰 소리로 말했다. 그리고 말이다, 얘야, 내가 보기엔 바띠깐시국이 너무 작고 초라하더구나. 교황이라는 분은 굉장히 선해 보이던데, 마음이 좀 아프단다. 아무리 그래도 일국의 군주인데, 국제연맹이 그 영토를 조금만 넓혀줄 수는 없는 거니? 이런 말을 하는 건, 그래, 언제든 기회가 될 때 한번 생각해보라는 뜻이다. 난 교황 성하라는 사람이 굉장히 호감이 가더구나. 그래, 네가 할 수 있는 일이 있을지 모르잖니, 좋은 일이니까. 그리고 얘야, 나도 어제 안 거지만, 네가 레오뽈드 2세[55], 그러니까 콩고 땅을 가졌다는 그 돈 많은 국왕한테서 꼬망되르 훈장을 받았잖니 —여러분, 내가 깜빡 잊고 미처 그 이야기를 못했네. 쌀띠엘이 조용히 앉아 있는 사촌들에게 고개를 돌리며 말을 이었다 —그러니까 넌 양쪽에서 3등 훈장을 받은 거로구나, 프랑스 꼬망되르와 벨기에 꼬망되르. 난 벨기에라는 나라에 늘 경의를 지니고 있단다, 양식이 있는 나라지. 그런데 얘야, 혹시 최근에 프랑스 대통령이 네게 꼬망되르보다 더 높은 레지옹 도뇌르를 수여하겠다는 말은 없었니? 없다고? 이상하구나. 하기야 그 대통령이라는 사람은 인상이 별로 안 좋더구나.

쏠랄이 시원한 음료수를 마시겠느냐고 묻자, 쌀띠엘은 괜찮으면

---

55 벨기에의 국왕. 1885년 베를린회의는 콩고를 레오뽈드 2세의 개인 재산으로 인정했다.

블랙커피를 한잔 달라고 했다. 쌀로몽은 목 쉰 소리로 산딸기 스퀴시를 마시겠다고 말하고는 부끄러운 듯 이마의 땀을 닦았다. 미까엘은 꼬냑에 달걀노른자 두개를 넣어달라고 했다. 마따띠아스는 가지고 있던 송진을 의자 손잡이에 내려놓더니 목이 마르지 않다고, 그 대신 나중에 시내에 가서 뭐 좀 마실 수 있게 돈으로 달라고 했다.

— 저로 말씀드리자면, 각하, 감히 아뢰오니, 아주 작은 것 하나면 됩니다. 망주끌루가 말했다. 돼지고기 중에서 이스라엘인들에게 허용된 순결한 부분인 햄 몇조각이면 됩니다.

— 이 무례한 자들의 말 들을 것 없다! 더이상 참지 못한 쌀띠엘이 나섰다. 오 저주받을 자들이여, 오 천박한 자들이여, 그대들은 어느 무례한 여인의 배에서 나왔는가? 그리고 지금 그대들이 있는 곳이 어디인가? 기차역의 간이식당인가? 아니면 선술집인가? 쏠, 용서하거라, 각자 커피 한잔씩 말고는 더 필요 없다! (쌀띠엘은 팔짱을 끼고, 자기 집에 온 듯 당당한 태도로, 무례한 자들을 하나씩 경멸의 눈으로 쳐다보았다.) 산딸기 스퀴시! 달걀노른자! 돈! 그리고 파렴치한이 하나 더 있지, 햄이라니, 정말로 프리메이슨 같은 작자가 아닌가!

— 오 호랑이처럼 냉혹하군. 망주끌루가 중얼거렸다. 별 악의 없는 대단찮은 브렉퍼스트일 뿐인데, 그걸 입에 못 넣게 빼앗으려 하다니!

몇분 뒤 미스 윌슨이 충격적인 다섯 사람 앞에 —쏠은 그녀에게 다섯 용자가 자기와 어떤 친척 관계인지 밝히면서 하나씩 격식을 차려 소개한 터였다— 커피 다섯잔을 내려놓았고, 그야말로 멍하게, 넋이 빠진 얼굴로, 아무 말도 못하고 방을 나섰다. 그 모습을 본 망주끌루는 겉보기엔 처녀가 분명한데 속도 정말 처녀냐고 물었다. 그러자 쌀띠엘이 벼락 치듯 강렬한 눈길로 노려보았다. 앞으로 번듯한 장소에 올 때는 저 악마 같은 인간을 절대로 데려오지 않으리라! 하지만 정작 악마는 쏠랄이 미소 짓는 것을 보며 용기를 얻어 에나멜 구두가 돋보이도록 다리를 꼬고는 치자꽃 향기를 들이마셨고, 턱수염을 매만지느라 손이 시커메졌다.

—그런데 각하, 진짜로 유능한 수석 비서 자리 하나 비어 있는 게 없을까요? 망주끌루가 교활하고 음흉한 표정으로 물었다.

—그러게요, 정말로 그런 자리만 있다면 지금까지 제가 봐온 사람 중에 가장 똑똑한 수석 비서가 되실 텐데요. 쏠랄이 말했다.

—그럼 얘기 끝난 겁니다, 각하! 망주끌루가 쏠랄의 말을 끊으며 벌떡 일어섰다. 좋아요! 양측 의사가 일치했고, 비록 구두계약이기는 하지만 완전한 쌍무계약이 체결된 겁니다! 고맙습니다, 백골난망입니다! 임명장은 언제든 보내주시길! 공정한 분이고 약속을 지키신다는 것을 알고 있으니까! 그럼, 우리 각하, 잠시 후에 뵙겠습니다! 그가 문 쪽으로 가면서 한마디 덧붙였다. 믿음에 답할 테니 마음 놓으셔도 됩니다!

—어디 가는가? 이 한심한 인간이여! 쌀띠엘이 길을 막아서며 소리를 질렀다.

—내 임명 건을 언론에 알려야지. 부하 직원들과 인사를 하고, 몇군데 돌아보고, 사람들과 의견도 교환하고, 명령을 내리고, 앞으로 힘이 되어주겠다고 얘기하고, 세금도 좀 걷고!

—못 나가! 쏠, 이 인간이 네 이름을 더럽히지 못하게 막아라! 임명된 게 아니라고 설명하란 말이다! 수석 비서라니, 기가 막히는군! 이 인간이 여길 다 말아먹으리라는 걸 모르는 거냐? 앉아라, 사

탄의 아들! 쏠, 이 인간이 가는 곳마다 파탄이 난다! 절대 임명하지 않겠다고 약속해라!

—이미 임명했기 때문에 약속드릴 수가 없어요. 쏠랄은 망주끌루에게 작은 위안이나마 남겨주기 위해서 우선 이렇게 대답했다. 하지만 삼촌이 원하신다면 취소하겠습니다.

망주끌루는 나지막하게 단독[56]에나 걸려버리라고 쌀띠엘을 저주했고, 그나마 당장 밖에 나가서 전직 국제연맹 수석 비서라고 박힌 명함을 주문해야겠다는 생각을 하니 힘이 조금 났다. 이제는 거꾸로 망주끌루가 팔짱을 낀 채 쌀띠엘을 노려보았다. 그러는 동안 쏠랄은 미소 띤 얼굴로 무언가를 쓰고 있었다. 쌀띠엘 삼촌의 말년을 환하게 밝혀줄 방법이 막 떠오른 것이다.

—삼촌, 제가 국제연맹의 이름으로 공적인 임무를 하나 드려도 될까요?

쌀띠엘의 얼굴이 창백해졌다. 그는 간신히 품위를 지켜내며, 부족하겠지만 오래전부터 자신이 경의를 품어온 기구의 뜻을 따르겠다고 말했다. 그렇게 대답을 하고 나니 스스로 흡족했다. 그는 성공에 익숙하기에 그 어떤 것에도 흥분하지 않을 수 있는 사람의 평화로운 눈길을 망주끌루를 향해 던진 뒤, 두근거리는 가슴으로 무슨 임무냐고 물었다. 쏠랄에 따르면, 로잔의 랍비한테서 국제연맹에 관한 연속 강연회를 개최한다는 연락이 왔는데, 그 첫번째 강연회가 오늘 오후 4시 30분이라는 것이다. 국제연맹이 신임장과 함께 전권대표를 파견하고 그 대표가 강연회에 참석해서 자리를 빛내주며 사무총장의 인사말을 전하면 큰 힘이 될 거라고도 했다. 쏠랄은

----
56 피부 전염병으로, 주로 얼굴과 머리가 빨갛게 부어오른다.

삼촌에게 로잔으로 가줄 수 있겠냐고 물었다.

— 지금 당장 가겠다, 얘야. 쌀띠엘이 일어서며 말했다. 로잔은 주네브 바로 옆이잖니. 바로 기차를 타야겠구나. 신임장을 다오. 됐다. 그럼 얘야, 다녀오마. 이제 역까지 뛰어가야겠다.

— 잠깐만요. 쏠랄은 전화기에 대고 영어로 명령을 내린 뒤 수화기를 내려놓고는 자그마한 노인을 향해 미소를 지어 보였다. 삼촌, 관용차가 로잔까지 태워드릴 테니 임무가 끝나면 다시 그 차를 타고 오세요. 차가 기다릴 거고, 안내인이 모셔다드릴 거예요.

쌀띠엘은 다시 한번 망주끌루를 향해 승리자의 담담한 눈길을 던졌다. 임무가 담긴 편지를 손에 든 그는 사촌들에게, 물론 전권을 부여받은 대표로서 랍비에게 말할 수 있는 사람은 자기뿐이지만 그래도 자문단 자격으로 같이 가지 않겠느냐고 물었다. 용자들은 그러겠다고 했다. 하지만 망주끌루만은 다시 팔짱을 끼면서 자기는 아랫사람들의 일은 습관이 되어 있지 않다고, 더구나 겨우 랍비, 보나 마나 아는 것도 없을 그런 사람을 만나보는 일 따위는 흥미가 없다고 말했다.

쏠랄은 창밖으로 몸을 굽히고서 삼촌이 떠나는 모습을 지켜보았다. 제복을 차려입은 운전기사가 모자를 손에 들고 삼촌에게 롤스로이스의 문을 열어주었다. 파견단의 대표는 마치 일이 많아 바쁜 장관들처럼 고개를 숙이고 서둘러 올라탔고, 이어 마따띠아스와 미까엘이 올라탔고, 쌀로몽은 기사 옆자리에 앉았다. 자동차가 시야에서 사라지자 쏠랄은 좋은 일을 했다는 사실에 흐뭇해하며 미소를 지었다. 삼촌에게 주어진 작은 임무는 위험할 게 없는 일이고, 설사 삼촌이 실수를 한다 해도 랍비가 너그럽게 받아줄 것이다. 원래 유대인들끼리는 모든 문제가 해결되지 않는가.

─각하. 망주끌루가 가죽 소파를 가리키며 말했다. 이제 우리 사교계 인사들끼리 남았으니, 저기 소파에 앉아서 마음을 터놓고 담소를 나눠보도록 하죠. 각하, 솔직하게 한가지 묻고 싶군요. 그러니까 저도 체면이 있는데, 낮은 거라도 괜찮으니 귀족 칭호 하나 마련해주실 수 없을까요? 예를 들면 저를, 세상을 이끄는 부수장의 자격으로, 가발 쓰고 재판을 하고 사형선고 내릴 땐 검은 모자를 쓰는 법관이 되게 해주실 수 없을까요? 안된다고요? 상관없습니다, 각하. 그런데 이곳에는 사무차장이 몇명이나 있습니까?

─세명이요.

─각하의 영국인 상사의 귀에 대고 차장을 넷, 행운을 가져오는 숫자인 넷을 두는 게 어떠냐고 살짝 물어봐주실 수 있을까요? 그리고 그자가 세상 물정을 좀 아는 사람이라면, 그 네번째 자리를 저에게 주면 급여를 절반 나눠주겠다고 넌지시 말해주실 수 있을까요? 그러니까 분명하게 알아듣도록, 그 사람이 쓰는 언어로 "피프티 피프티"라고 하십시오. 안된다고요? 상관없습니다, 각하. 전 어떤 역경이 닥쳐도 굴하지 않는 사람이랍니다. 그렇다면 최소한 전직 수석 비서의 자격으로 약간의 연금이라도 탈 수 있을까요? 제가 돌보는 어린 고아 셋에게 상속 가능한 것으로? 안된다고요? 그것참 유감이군요. 그렇다면, 대단치는 않지만 다른 묘책이 하나 있습니다. 국제연맹 직원들은 외교관 면책권을 누리기 때문에 세관원들이 감히 캐묻지 못하니까, 외교 우편으로 가장해 죄가 안되는 밀수 건수 하나 조직해보려고요. 어떻게 생각하십니까, 각하? 망주끌루가 검지를 코에 가져다 대며 물었다. 안된다고요? 물론 각하께서 무슨 걱정을 하시는지 이해합니다, 바로 그런 조심성이 각하의 명예를 지켜주죠. 그럼 모두 없던 일로 하죠. 전 아무 말도 안한 겁

니다. (까탈스럽기는, 쌀띠엘의 조카여. 그가 생각했다.)

쏠랄이 다시 벨을 눌렀다. 그는 실로 감당하기 힘든 이 친척을 미스 윌슨에게 보여주어 그녀를 괴롭히고 싶었다. 그녀가 들어와 서 있으니 뭐라도 시켜야 했다. 쏠랄은 속기사를 불러달라고 했고, 그동안 망주끌루는 천장을 쳐다보면서 새로운 술책을 궁리하고 있었다. 바로 뒤이어 러시아 공주처럼 생긴 여자가, 치명적인 자태로 몸을 흐느적거리며, 눈을 뗄 수 없게 만드는 엉덩이와 작은 속기용 타자기를 지니고 들어왔다. 눈썹이 짙은 그 여자는 자리에 앉아 눈을 깜박이면서 필요한 모든 용도에 맞춰 젖가슴을 내밀었다.

—준비됐소?

—전 언제든 준비되어 있어요. 그녀가 빙그레 웃으며 말했다.

—꼴로니에 사는 아드리앵 됨 씨의 부인에게 쓰는 편지요.

러시아 공주는 쏠랄이 부르는 대로 속기 타이프를 두드리는 내내 미소 띤 얼굴로 그를 바라보았다. 진급을 하기 위해서 자기 속기 능력이 얼마나 뛰어난지 보여주려는 의도이자, 속기가 필요 없는 일이라도 뭐든지 할 준비가 되어 있음을 알리려는 뜻이었다. 그동안 망주끌루는 점잖은 신사처럼 행동하기로, 남의 편지 내용을 듣지 않기로 했다. 그러기 위해서 천장을 쳐다보며, 회색 실크해트를 손에 든 채, 이해심 많고 점잖고 신중한 사람의 품위 있는 부동자세로 서 있었다. 하지만 당연히, 쏠랄이 부르는 문장에서 단 한마디도 놓치지 않았다.

편지 속기가 끝나자 쏠랄은 러시아 공주에게 편지가 완성되면 쏠니에를 통해 전해달라고 했다. 자기가 직접 가져와서 엉덩이를 흔드는 모습을 다시 보여줄 수 없다는 사실에 실망한 러시아 공주는 얼굴에 우아한 미소를 띠고 흐느적거리며 문으로 다가가는 동안 머릿속으로 계책을 세웠다. 첫째, 다음번 칵테일파티 때 사무차장하고 친한 됨 부부를 초대할 것. 둘째, 이제부터는 됨이 속기 타자를 부탁할 때 상냥하게 대할 것.

—각하. 망주끌루가 손에 든 모자로 부채질을 하면서 다시 물었다. 각하께서 아기일 때 다정한 팔로 안아드린 저에게 최소한 외교관 여권이나 자유 통행증 같은 특권을 허락해주실 수는 없을까요? 아니면 저도 뭔가 임무를 맡게 해주시면 코끼리처럼 위풍당당하게, 충성스러운 개처럼 순수한 충정으로, 쫓기는 사슴처럼 혹은 우리의 종교가 금하고 있기는 하지만 율법에 맞게 훈제하면 아주 맛있는 뱀장어처럼 날렵하게, 그렇게 임무를 완수하겠습니다. 마음을 터놓는 나의 벗 쌀띠엘의 조카시여, 조금 전에 받아 적게 하신 그 편지, 저로선 절대 듣지 않으려 했기에 내용은 전혀 알지 못하는 편지를 제가 직접 됨 부인에게 전해드려도 될까요? 감히 아뢰오니, 각하! 저도 작은 임무라도 하나 맡아보고 싶습니다! 제발, 같은 종교를 믿는 이여, 인간적인 유대라는 것이 헛된 말이 아니길! 각하, 그런데 장腸에 예기치 못한 위급 상황이 발생하였기에 부득이 급하게 인사를 드려야 할 것 같습니다. 애정과 경의를 담아 인사드리오니, 잠시 후에 다시 뵙겠습니다. 망주끌루가 빙그레 웃으며 말하고는 역시 품격 있게 몸을 숙인 뒤 두 손으로 우아하게 배를 잡고서 방을 나섰다.

몇분이 지나 망주끌루가 다시 몇가지 논거로 무장한 채 돌아와보니, 쏠랄은 고개를 숙인 채 쏠니에가 막 가져온 편지를 읽고 있었다. 그대로 서서 조용히 기다리던 망주끌루는 문득 영국 왕이 더 이상 인도 황제가 될 수 없다는 생각에 슬퍼졌다. 유감이로군, 그렇게 멋진 지위를 잃어버리다니! 그 간디라는 자는 참 뻔뻔하기도 하지. 하기야 거의 아무것도 안 먹는다는 작자한테 뭘 기대하겠는가!
쏠랄이 편지에 서명을 하고는 고개를 들었다.

　—내장의 반란이 무사히 해결되었습니다, 각하. 사실 경계경보
가 잘못된 것이었습니다. 원래 창자는 가끔씩 우리를 속이잖습니
까. 그런데 각하, 국제연맹의 화장실은 화려하기가 실로 굉장하더
군요. 꼭 마법에 나오는 곳 같았습니다! 아, 케팔로니아에도 그런
화장실이 있다면 전 그 안에서 평생을 살라 해도 살겠습니다! 그
건 그렇고, 자, 제 결론을 간략하게 들려드리겠습니다. 각하, 이대
로 케팔로니아로 돌아가 주네브에서 무슨 일을 했냐는 질문을 받
는다면, 전 너무도 당혹스러워서 그대로 쓰러져버릴 겁니다! 아무
할 말이 없으니까요! 아무것도 없습니다, 각하! 아무것도! 망주끌
루가 두 손으로 이마를 감싸쥐었다. 할 일이 없는 강요된 한가로움
이 죽도록 지겨워진 저는, 그저께 덩치 큰 여자들이 검은 옷을 입
고 게걸스럽게 케이크를 먹는 작은 도시, 스위스의 수도 베른에 갔
습니다. 그런데 제가 귀화하겠다고 했더니, 물론 프랑스 국적은 유
지하겠다고 했지만, 그렇다 해도 듣기 좋은 말인데, 그런데도 정부
직원이라는 멍청한 작자가 얼마나 모욕적으로 퇴짜 놓았는지 아십
니까? 필요하다면 수수료까지 기꺼이 내겠다고 했는데도 말입니
다. 분노가 치밀어 오르는 바람에 결국 그자한테 고함을 지르고 말
았죠. 도대체 내가 무슨 나쁜 짓을 했다고 그렇게 트집을 잡는 거
야? 자, 말해봐, 얼마를 내면 되냐고? 하지만 그자는 도저히 상종
못할 인간이었습니다! 오 각하, 높으신 분이여, 저에게도 뭔가 공
적인 임무를 내려주십시오. 세가지 이유가 있습니다. 첫째, 그 정
부 직원한테 보란 듯이 복수를 하고 싶습니다. 그자를 다시 찾아가
서 네가 동포를 얻을 기회를 놓쳤다고, 네가 놓친 게 바로 이런 사

람이라고 보여주고 싶습니다! 둘째, 쌀띠엘 앞에서 체면 구기고 싶지 않습니다. 셋째, 저에게 맡겨주실 임무를 통해, 각하께서 태어난 푸른 섬에 모여 앉은 사람들에게 그 편지 이야기를 들려주면서 제 혀를 부드럽게 만들고 싶습니다! 그때가 새벽 5시였죠, 멀리 여명이 하늘을 장밋빛으로 물들이기 시작하고 지평선에는 싱그러운 햇살이 가득했습니다. 저는 각하가 태어나신 경애하는 대제사장의 궁전 계단에 앉아, 충성스러운 개처럼, 두 주먹을 관자놀이에 댄 채로, 아기가 무사히 태어났다는 전갈을 초조하게 기다리고 있었습니다! 마침내 각하께서 세상에 나왔다는 소식을 듣는 순간 어찌나 가슴이 뭉클하던지, 얼마나 기쁨의 눈물을 흘렸는지! 이런 얘기를 듣고도 마음이 보들보들해지지 않으셨나요, 각하? 그렇다면 이 얘기를 들어보십시오! 각하, 왕들은 언제나 세계 무대의 전면에 나서는 행복을 누리잖습니까, 저는 늘 어두운 곳에 가려져 있는데요! 화려한 만찬이 열리고, 국가가 연주되면서 왕이 입장하면 사람들이 환호하고, 멍청한 병사들이 받들어총 자세로 경례를 하죠, 그런 소식을 듣노라면 제 심장은 피를 흘립니다! 왕이 교황을 알현할 때도 그 거추장스러운 것들이 전부 등장하죠. 스위스 근위병, 검은색으로 차려입고 경의를 표하는 대공들, 미소 띤 얼굴로 한줄로 늘어선 추기경들, 교황의 다정한 환대! 그런데 전 아무것도 없습니다. 모여서 환호하는 사람도, 무기를 든 병사도, 다정하게 맞아주는 교황도! 병사들이 날 위해서 무기를 들고, 그러면 내가 친절하게 인사를 하고, 그런 다음에 교황과 친구처럼, 물론 경의를 표하면서, 그렇게 담소를 나누고 싶단 말입니다! 도대체 그 왕이라는 작자가 살아오면서 남들이 안한 무슨 일을 했답니까? 그저 태어난 것뿐이잖습니까! 태어난 거야 저도 마찬가지고, 그 왕보다는 제가 기쁨,

절망, 숭고한 마음, 위대한 재능을 더 많이 가지고 있지 않을까요? 이어 교황의 궁에서 왕을 위한 만찬이 열리겠죠. 촛불이 환하게 밝혀지고, 훈제 연어가 무제한으로 나오는 만찬이! 하지만 저는, 불쌍한 망주끌루는 풀이 죽어서 지하실에 처박혀 있고, 그러다 배가 고프면 눈물을 흘리며 만찬 메뉴를 읽어가면서 감자를 먹습니다! 만찬이 끝날 때쯤 왕은 훈제 연어를 실컷 먹었으니 배가 부르겠죠. 두툼한 부분은 덜 짤 테니 맛도 더 좋았을 테고. 교황이 아버지처럼 다정하게 왕의 볼을 어루만지며 연어를 좀더 먹겠느냐고, 혹은 크림이 잔뜩 들어간 초콜릿 케이크를 더 먹겠느냐고 묻고, 그런 다음엔, 복이 터져서 이미 훈장을 가질 만큼 가진 사람한테 또 최고 훈장을 주죠! 어차피 나하고 같은 곳에서 나온 인간인데! 또 왕의 자녀들에게도 멋진 장난감을 가져옵니다. 정작 훨씬 더 똑똑한 나의 세 아이는 교황한테서 아무것도 못 받는데! 그리고 교황은 정중하게 왕을 문까지 배웅하면서 여러번 포옹을 합니다. 제가 교황을 보러 가도 그렇게 배웅해줄까요? 저한테도 포옹을 할까요? 저도 분명 사람이잖습니까. 그 왕과 마찬가지로 한 여인의 몸에서 나온 사람 말입니다. 내 눈물을 보십시오, 감미로우신 에펜디[57]여, 눈물이 남아 있을 때, 증발해버리기 전에, 용서를 모르는 고통의 불길로 모두 마르기 전에 보십시오! 오, 나의 주군이여, 제 이야기의 결론은, 그러니까 간청드리오니, 제발 저에게 국제연맹의 임무를 맡겨주십시오. 제아무리 훌륭한 사람이라 해도 겉으로 그래 보이지 않는다면 소용이 없을 터, 그 일은 저를 암흑으로부터 건져내고, 제 삶을 짓밟은 불의를 끝장낼 겁니다. 그리고, 부차적인 일이지만, 로

---

57 옛 터키에서 학자나 상류계급 사람에게 쓰던 존칭.

잔에서 돌아온 쌀띠엘이 파견단 책임자 아니 사업단 책임자로 임무를 띠고 다녀왔다고 갈매기처럼 사방팔방 떠들고 다닐 때, 그럴 때 쌀띠엘의 입을 다물게 해줄 수 있을 겁니다. 전 절대 그 꼴을 볼 수 없단 말입니다! 오, 웃으시는군요, 각하! 오, 마음이 보들보들해지시는군요! 오, 축복받으소서!

쏠랄은 정말로 가족의 한 사람, 같은 민족의 한 사람인 망주끌루에게 미소를 짓고 있었다. 그는 정말로 망주끌루를 사랑했고, 그가 필요했다. 그리고 위대하고 고귀한 그의 민족이, 수많은 세월 동안 임무를 수행해온 헤아릴 수 없이 숭고한 사람들이 그러하듯 망주끌루가 자랑스러웠다. 그는 자기 민족에 속한 것은 모두 사랑했고, 결점이든 아름다움이든, 초라한 사람이든 왕처럼 사는 이든, 모두 사랑하고 싶었다. 사랑은 그런 것이다. 어쩌면 그는 이 세상에서 자기 민족을 진정한 사랑으로, 지혜의 슬픈 눈을 지닌 사랑으로 사랑하는 유일한 사람일 것이다. 그렇다, 이 초라한 사람을 이방인의 딸에게 보여주어 내가 어디로부터 왔는지 알게 하리라. 그는 망주끌루에게 편지를 건넸고, 망주끌루는 낚아채듯 손에 넣었다. 곧바로 편지를 연미복 자락에 단단히 집어넣고 우세를 확보한 망주끌루는 몸이 홀쭉하고 키가 커서 어설퍼 보이는 동작으로 자리에 앉았다. 그러고는 돈 얘기를 해보자는 듯 다리를 꼬았고, 완전히 실용적인 주제로 넘어갔다.

— 친애하는 각하, 이제 물질적인 측면을 해결해야겠군요. 그렇습니다, 각하를 기리기 위해 사용될 판공비라는 사소한 문제가 남아 있죠. 차를 타고 가야 하고, 상황에 어울리도록 예의에 맞는 커다란 모자도 필요하고, 실크 양말도 있어야 하고, 머리 자를 돈도 필요합니다.

─머리카락도 없잖아요, 망주끌루.

─있습니다, 각하, 아주 가느다란 몇가닥이 있으니 가까이 오시면 볼 수 있습니다! 그러니까 이발소에 가서 머리도 감아야 하고, 수염도 씻어야 하고, 손톱도 다듬어야 하고, 외교관다운 향기를 풍기기 위해 좋은 향수도 뿌려야 하고, 침대에 쭉 늘어놓고 하나를 고를 수 있도록 넥타이도 여러개 있어야 하고, 그외에 의상을 완성하기 위한 장신구들도 필요합니다. 간단히 말해서 멋을 아는 남자를 위한 것들이죠! 감히 아뢰오니, 각하, 돈이 들어갈 일이 정말 많습니다.

─오 거짓말의 제왕, 오 사기꾼, 돈 쓸 일은 하나도 없다는 걸 알면서. 쏠랄이 말했다.

─각하. 망주끌루가 대꾸할 말을 찾기 위해 몇번 연달아 기침을 한 뒤 다시 말을 시작했다. 각하의 통찰력이 제 연골조직까지 파고들어 기침을 유발했군요. 그래서 이제 수치심에 말문이 막혀서 겸허하게 고백합니다! 맞습니다, 돈 쓸 일이 없습니다! 그러므로 갑자기 저한테 친구처럼 다정하게 반말을 해주신 데 감사드리며, 그것을 좋은 징조라 여기며, 조금 전의 일을 후회하며, 나쁜 뜻의 거짓말은 아니었던 그 판공비 대신에, 애정에는 애정으로 답해야 하는 법이니, 그저 너그러운 손길로 작은 액수만 하사해주시길 바랍니다. 망주끌루가 손가락 세개를 입에 댔다가 키스를 보내며 미소를 지었다. 도저히 저항하기 어려운 모습. 눈부시게 환하고, 한순간 여인의 모습 같았다. 감사합니다. 축복받으소서. 망주끌루가 은행권을 받아들면서 말했다. 그러고는 친근한 분위기로 끝맺기 위해 아버지 같은 다정한 미소를 띤 얼굴로 덧붙였다. 그 젊은 여인은 아름다운가요?

—젊은 여인인지 어떻게 알죠?

—전 인간의 마음을 아니까요. 예민한 감성을 지녔기도 하고요. 아름다운가요, 각하?

—이루 말할 수 없이 아름답죠. 편지는 그 여인을 마지막으로 보기 위한 겁니다. 그런 다음에는 끝이죠.

—감히 말씀드리건대, 각하, 믿을 수 없군요. 망주끌루가 교활하게 대답하며 고개를 숙였고, 받아든 은행권으로 부채질을 하면서 방을 나섰다.

귀중한 편지를 손에 들고 밖으로 나온 망주끌루는 꼴로니까지 가는 택시비를 절약할 방법을 궁리했다. 좋은 방법이 있다. 지나가는 차를 세우고, 친형제처럼 사랑하는 처남을 만나러 급히 가야 하는데 지갑 챙기는 걸 잊었다고, 지금 꼴로니 병원에서 신장을 떼어내는 수술을 받는 중이라고 설명하는 거다! 아니다, 그래봤자 많이 아낄 수도 없다. 사실 굳이 아껴야 할 이유도 없다. 쏠랄이 준 돈은 1000프랑짜리고 루이 금화도 아직 남아 있다. 그러니 저기 있는 택시 하나를 잡아타고 꼴로니로 가는 거다. 하지만 우선 호텔에 들러서 테니스 라켓과 골프채를 들고 가면 젊은 부인에게 좀더 좋은 인상을 줄 수 있으리라. 그리고 모자도 바꾸는 거다. 좀더 엄숙해 보이는 검은색 실크해트가 좋겠다. 완벽하다. 회색 실크해트를 비스듬히 쓴 망주끌루는 휘파람을 불고 지팡이를 빙글빙글 돌리면서, 자기 자신의 주인이자 이 세상의 주인이 된 기분으로, 임무를 띠고, 걸음을 옮기기 시작했다.

길모퉁이를 지나는데, 맹인 하나가 차고 앞에 접이의자를 놓고 병자처럼 힘없이 앉아서 아무도 듣지 않는 아코디언을 연주하고 있었다. 망주끌루는 걸음을 멈추고 주머니를 뒤져 루이 금화 하나를 꺼내 거지의 복슬개가 입에 물고 있는 동냥 그릇에 던져넣고는 더 걸어가다가 멈춰 서서 마음의 소리를 들었고, 다시 돌아와 은행권을 넣은 뒤 개를 쓰다듬어주었다. 그런 다음에는, 전권을 부여받은 임무를 빨리 수행해야 했으므로, 나비넥타이가 휘날리도록 서둘러 택시 승차장으로 달려갔다. 그런데 왜 저 멍청이들이 모두 나를 신기한 듯 쳐다보는 거지? 연미복을 처음 보나?

25

문이 열리고, 예복 차림에 가슴에는 대통령처럼 커다란 띠를 두른 남자와 맞닥뜨린 됨 씨는 자기도 모르게 뒷걸음쳤다. 기이한 행색의 남자는 들고 있던 실크해트를 됨 씨에게 건넸다.

— 휴대품 보관소. 망주끌루가 말했다. 나의 실크해트를, 영어로 하자면 디플로매틱 커스텀스에 따라 바이 어포인트먼트, 휴대품 보관소에 가져다놓으시오. 망주끌루는 얼핏 봐도 순진한 사람임을 알 수 있는, 겁먹은 얼굴에 턱수염이 난 작은 남자에게 설명했다. 조심해서 다루시오. 구겨지면 안되니까, 새것이라오. 안녕하시오? 난 안녕하오. 망주끌루는 골프채를 빙빙 돌리면서 듣는 사람이 정신을 못 차릴 정도로 빠르게 말을 이어갔다. 보다시피, 나는 존엄하신 주인이신 쏠랑가의 쏠랑 각하의 개인 비서실의 수석 비서요, 런던 사교계에서 내 명칭은 피너스 햄릿 경, A.B.C., G.Q.G., C.Q.F.D., L.S.K.라오, 영국의 관습은 이렇게 이름 뒤에 경칭 이니

셜들을 붙여놓아 대단한 인물임을 나타낸다오, 나는 또 왕실 근위대장이라서 음모와 질시의 대상이오, 그외에도, 보다시피 왕국에서 동렬의 대귀족 중에서도 제일인자이고, 게다가 슈롭슈립셔 지방의 절반에 이르는 영지를 보유하고 있소, 슈롭슈립셔에는 강이 흐르는데, 강 이름은 잊었지만 그 너머로 내 개인소유의 찬란한 공원이 펼쳐진다오, 그곳의 이름은 영어로 젠틀맨스 어그리먼트 앤드 래버토리, 줄여서 그냥 래버토리[58]로, 위풍당당한 마흔개의 망루가 우뚝 서 있는 거대한 성채가 유명한 곳이오, 나의 조상들이 살아온 그 소중한 성채에서 아침이면 나는 대가의 그림 아래 루이 14세풍 안락의자에 앉아 달걀과 햄을 먹었소, 그렇게 배가 부르도록 먹고 나면, 흰색과 회색이 섞인 점박이 군마를 타고 한시간 동안 래버토리를 돌아본다오, 오, 내가 과두정치의 유년기를 보낸 슈롭슈립셔여, 또 이튼 스쿨의 귀여운 재킷을 걸치고 흰 목깃을 달고 실크해트를 쓰고, 보다시피 아직까지 그때의 습관이 남아서 언제나 실크해트를 쓴다오, 소중한 학업에 매진했던 고귀한 슈롭슈립셔여, 자, 용자여, 부끄럽다고 고개를 숙이지 마시오, 의심 많은 짐승처럼 그렇게 있지도 마시오, 나는 가터 기사단[59] 훈장도 받아서 내 바지 속에 달고 있고, 내가 제일 좋아하는 클럽은 크로스 앤드 블랙웰 마멀레이드[60]라서 그곳에서 캔토베리 아니 캔터베리 대주교와 함께 나의 모국어로 친구처럼 다정하게 대화를 나눈다오, 또 왕실 신하 열댓명은 나와 동렬이며 우아한 벗들이라오, 다우닝가

----

58 '화장실' '변기'를 뜻하는 lavatory이다.

59 14세기에 구성된 영국의 기사단. 이들의 제복에 있던 스타킹을 고정하는 끈이 가터벨트의 유래가 되었다.

60 망주끌루가 클럽 이름으로 둘러대는 Crosse & Blackwell은 영국의 식품회사 이름으로 마멀레이드(오렌지 잼)도 생산한다.

10번지에 살고, 같은 길 11번지에 무슨 체스 잘 두는 사람 집에도 살지,[61] 내 친구 로버트 쎄실 경, 난 그냥 밥이라 부르는데, 그와 늘 영어로 대화하고, 또 내가 회색 실크해트를 쓰고 함께 우아한 경마를 보러 가는 매력적인 군주이신 여왕님과도 마찬가지요, 우리는, 여왕님과 나는 경마를 좋아한다오, 로열 애스콧 경마장이냐 엡섬의 더비 경마장이냐, 댓 이즈 더 퀘스천, 영국 은행과 영국 의회는 토마토소스에, 피시 앤드 칩스는 버킹엄궁전에, 유어스 썬시얼리, 갓 쎄이브 더 킹, 당신도 그렇게 생각하지 않소?

　—쩌는 못 알아듣겠습니다. 됨 씨가 어찌할 바를 몰라 하며 미소 띤 얼굴로 대답하자, 앞에 선 신사는 그 미소가 흡족해서 화답의 표시로 상대의 어깨를 치며 말했다.

　—괜찮소, 그대, 우리 영국 귀족들은 원래 별생각 없이, 셰익스피어가 널리 선양한 언어이기는 하지만 무지한 사람들은 알지 못하는 언어를 불쑥 섞어 쓰는 앙증스러운 기벽이 있으니. 걱정하지 말고, 모두 나의 너그러움으로 받아줄 터이니, 이제 본론으로 갑시다. 여기, 내 연미복 자락에서 꺼낸 이 편지는 궁전에 사는 주군이시며 이 몸을 고상한 가신으로 거느리신 나의 주인님께서 보내는 편지이니. 이 편지의 기원과 최종 발신지를 말해주는 공식 봉투를 보라, 국제연맹이라는 단어가 화려하게 돋을새김되어 있으니! 보라, 만지지는 말고! 보다시피 아드리앵 됨 부인에게 전하는 편지이노라. 내 말이 진실이라는 증거를 보여주었으니, 이제 이 여인에게 가서 의전에 맞게 편지를 전할 수 있도록, 그리고 품격 있는 농

---

61 런던 다우닝가 10번지에는 총리 관저가, 11번지에는 재무 장관 관저가 있다. 망주끌루는 영국 재무성을 뜻하는 Echiquier를 '체스판'이라는 원래의 뜻으로 이해하고 재무 장관을 '체스 잘 두는 사람'이라고 잘못 말한 것이다.

담도 좀 건넬 수 있도록, 직접 출두하기를 기다리고 있다고 전하라. (자기 자신에게 도취된 망주끌루는 테니스 라켓으로 부채질을 했다.) 자, 어물쩍거리지 말고 빨리 달려가 데려오라!

— 유감스럽게도, 살 게 좀 있어서 외출했습니다.

— 알겠노라! 상황을 살피고 나서 어찌할지 생각해보리라. 우선 인사를 나누자. 그대는 누구인가? 사복을 입은 집사인가?

— 쩌는 됨, 그러니까 시아버찌입니다. 됨 씨가 소심한 목소리로 대답하고는 침을 꿀꺽 삼켰다.

— 그런가? 식구란 말이군. 그대는 무슨 훈장을 받았는가?

— 유감스럽게도 훈짱은 없습니다. 됨 씨는 대답을 하고는 입술에 침을 발랐고, 이어 부끄러운 듯 미소를 지으려 애썼다.

— 유감스러워할 만도 하다. 최고 훈장의 장식 띠를 어깨에 두른 망주끌루가 말했다. 그렇지만 내 그대를 신뢰하며 여기 이름이 쓰인 매력적인 여인에게 전할 편지를 맡기겠노라. 더러워지지 않도록 잘 가지고 있다가 여인이 돌아오는 대로 전하라. 당사자가 오기 전에 열어보는 것은 불법적인 행동이고 공공질서를 해치는 일일지니, 알아들었는가?

— 알겠습니다.

망주끌루는 편지가 구겨질까봐 손가락 끝으로 잡고 공손하게 꼼짝 않고 서 있는 작은 남자를 바라보았다. 이제 뭘 한다? 높은 사람들은 상스러워 보일까봐 절대 돈을 안 가지고 다닌다고 설명하고 돌아갈 택시비로 10프랑만 빌려달라고 해볼까? 아니다, 이 노인네는 너무 착하다. 망주끌루의 머릿속 깊은 물 안에서 불현듯 한가지 생각이 꿈틀대기 시작했다. 망주끌루는 그 생각을 물 밖으로 끌어내기 위해 두개골의 주름진 고랑을 힘껏 문질렀고, 그랬더니 생각이 정말로 아름답게, 흥건하게, 솟아올랐다.

　—편지를 전해주는 것은 내 임무의 서막일 뿐이라. 그가 말했다. 더 중요한 일이 남아 있노라. 주군과 속내를 터놓는 친한 벗으로 얘기를 나누다가 들은 바에 따르면, 지난번 식사 자리에는 나랏일 때문에 오실 수가 없었던 바, 오늘 주인 되시는 분께서 나에게, 상류 사교계에서 널리 행해지는 바대로, 의전에 관한 책에서 '시식전권 사절단'이라는 제목의 장을 찾아 확인해보면 알 터, 바로 그 시식 임무를 맡기셨도다. 간단히 말해서, 각하께서는 나에게, 상기 명시된 나에게, 각하 대신 먹고 맛을 보는 임무를 내리셨노라. 평민들이 이해하기 더 쉬운 속인들의 말로 하자면, 나는 각하를 대신해서 양분을 취하러 왔으며, 그런 다음 각하께 알리고 보고를 드려야 하노라. 공식 관계자와 정통한 측근 사이에서는 원래 그렇게 하는 법이니. 주인께서는 나를 정오의 런치에 참여토록 보내려 하셨으나, 사실 그것이 더 합당했겠으나, 막 떠나려는 순간에 뜨거운 눈물을 펑펑 쏟는 에티오피아의 가련한 황제를 달래야 했기에 움직일 수가 없었도다. 걱정할 것 없노라, 나는 그저 상징적으로 먹을 터이니. 자, 여인의 시부여, 만일 그대가 대리인 위임 간식이 무엇인지 알지 못하거나 혹은 아까운 마음이 든다면, 난 아무것도 먹지 않고 그대로 떠날 수 있노라. 오로지 그대에게 영예를 내려주고자 한 내 주인의 은혜였으니. 이제 그대가 말하라!

　—황공합니다, 수석 비서관님. 조금 정신을 차린 뒴 씨가 말했다.

　—그냥 나리라고 부르라.

　—황공합니다, 나리, 감사합니다, 하찌만 불행히도 먹을 게 없습니다. 두 뒴 부인이 모두 나갔고, 하녀도 어쩨부터 몸이 아파 찝에 가고 없습니다. 그래서 간식거리를 차리려면 쪼금 기다리셔야

합니다.

—초라한 사교계의 만찬이로다. 망주끌루가 새끼손가락을 귓구멍에 살짝 집어넣고 힘차게 돌리면서 말했다. 그대, 내가 보니 우아한 대연회를 열어본 적이 없구나. 하지만 괜찮다, 나의 관대함으로 받아주리니. 까막눈인 그대의 걸음을 내가 이끌어주리라. 함께 부엌으로 가서 대책을 세워보자. 각하께서는 의전 같은 것에는 별로 신경을 쓰지 않으시니 내 가능한 한 그대를 도와주리라. 귀족들도 늘 평민들과 같은 생각이도다. 자, 어두운 생각들은 떨쳐내고, 어서 가서, 격식 차리지 말고 소박하게 파이브 어클락 메뉴를 짜보도록 하자. 하지만 나의 실크해트를 가져오라, 이 을씨년스러운 복도에는 찬 기운이 도는도다.

실크해트를 쓴 망주끌루는 부엌으로 들어가서는, 따라 들어온 됨 씨에게 뭘 준비할 수 있을지 생각해볼 테니 그동안 잠시 앉아 있으라고 명령했다. 망주끌루는 좀더 자유롭게 움직이기 위해서 연미복을 벗어두었지만 레지옹 도뇌르 최고 훈장의 장식 띠는 여전히 걸친 채로 냉장고로 가서 문을 열려고 했다. 그러자 됨 씨가 살짝 쑥스러워하면서 아내가 냉장고에 자물쇠를 채워놓았고 열쇠도 가져갔다고 설명했다. 쩡말로, 찐심으로 유감스럽습니다. 망주끌루는 됨 씨가 말하지 않은 많은 것을 알 수 있었고, 그래서 그의 뺨을 두드리며 어떻게든 방법이 있을 거라고 위로해주었다.

—걱정하지 말라, 그대, 내가 가택수색을 해서라도 목적을 이루고야 말리니. 나에게는 익숙한 일이다.

바다표범처럼 생긴 작은 남자는 최고 훈장을 단 나리가 휘파람을 불며 부엌을 왔다 갔다 하는 모습을 어리둥절하게 바라보면서 앉아 있었다. 망주끌루는 서랍을 열고 찬장을 열어가며 체계적으로 뒤졌고, 하나씩 찾아낼 때마다 큰 소리로 말했다. 정어리 통조림 세개! 참치 통조림 하나! 전채로는 지극히 평범하지만, 할 수 없도 다! 빵 통째로 하나! 코코넛 비스킷! 잼 한병! 밀라노식 내장 통조 림 하나! 스튜 통조림 하나!

이게 무슨 일이람. 뒴 씨가 생각했다. 그래, 돈 많은 영국 귀쪽들 은 모두 이상해, 다들 그렇게 말하잖아. 이상한 사람이야, 뭐 그래 도 중요한 사람이라니까, 보면 알 수 있잖아, 옷차림도 그렇고 말하 는 것도 그렇고, 무엇보다도 프랑스 대통령하고 같은 훈짱이고. 그 러니까 그냥 마음대로 하게 둬야 해, 괜히 화나게 하찌 말고. 디디 한테 불똥 튀면 곤란하니까. 세상에, 어쨌든 쩡말 신기하군.

—쬐송합니다, 나리. 짬시만 다녀오겠습니다.

—그렇게 하라, 서두를 필요 없느니. 그동안 내가 내장과 스튜 를 데워놓겠다.

뒴 씨는 그가 '좁은 곳'이라고 부르는 곳에 앉아 조용히 생각에 잠겼다. 정말, 이게 도대체 무슨 일인가. 진정 특이한 사람이다, 두 말할 것도 없다. 하지만 친절한 사람이다, 좋은 쪽으로 생각하고, 도움을 주려고 하지 않는가. 그래도 상류계급의 사람인데, 위압적 이기는 하지만 거만하지 않고 사람을 편하게 해준다. 하지만 아무 리 그래도, 영국 귀족이 내장과 스튜를 만들고 또 찬장 구석구석을 뒤지다니, 더구나 그런 일을 하면서 좋아하다니. 영국인들은 참으 로 이상하다. 아무리 그래도, 간식으로 통조림을 먹다니 이상하지 않은가. 뭐, 영국인들이 아침을 푸짐하게 먹는 건 사실이다. 간식도 마찬가지이리라. 대리인 위임 간식이라니, 그것도 이상하다. 하지 만 높은 사람들이 장례식이나 결혼식, 연회 때 대리인을 보낸다는 것은 알려진 사실이다, 신문에도 많이 나지 않는가. 그래도 그렇지, 위임이라면 어제저녁에 왔으면 좋았을 것을, 그랬으면 오늘처럼 즉석에서 차리는 게 아니라 제대로 준비된 상을 받을 수 있었을 것 아닌가. 그렇다, 그런 사람들은 워낙 일이 많으니까 뭐든지 급하게, 시간이 생길 때 하게 되는 거겠지. 앙뚜아네뜨가 냉장고 열쇠만 두고 갔어도 남은 캐비아를 내줄 수 있었을 텐데. 어쨌든 저 사람 하는 대로 그냥 둬야 한다. 무엇보다도 디디가 걸려 있다.

됨 씨가 내장 요리와 스튜 냄새가 나는 부엌으로 돌아오니, 훈장을 단 남자는 여전히 실크해트를 쓴 채 셔츠 바람으로 빵을 자르고 있었고, 냄비 두개를 지켜보며 사이사이 나무 주걱으로 내용물을 젓기도 했다. 식탁에는 꽃무늬를 넣어 짠 아름다운 식탁보가 깔려 있었다. 식기, 예쁘게 접은 냅킨, 크리스털 잔, 전채 접시에 담긴 정어리와 참치, 심지어 테이블 가운데 꽃, 그렇다, 거실에 있던 꽃까지, 모든 게 격식에 맞게 차려져 있었다! 세상에, 하나도 안 빠뜨렸네! 이렇게 빨리! 그런데 이러다 앙뚜아네뜨가 오면 난리가 나지 않을까?

— 빵을 짜를까요? 나리?

— 그냥 있으라, 시부여, 가만히 앉아 있으라. 괜히 정신없게 하지 말라, 어차피 다 했다. 일단 열두조각이면 충분하리라. 버터를 못 바른다니, 그 말도 안되는 자물쇠를 채워놓은 그대 아내의 탓이다.

— 아, 찐심으로 유감스럽습니다. 대리인 위임으로 죄인이 되어버린 됨 씨가 고개를 들지 못했다.

— 그 일은 덮어두자. 이 코코넛 비스킷은 너무 오래돼서 원래의 매력인 찰진 맛이 사라져버렸고, 이 딸기 잼은 물이 너무 많고

설탕은 부족해서 조금 묽다. 하지만 어쩌겠는가, 이 두가지가 우리의 민주적인 디저트가 될 터. 물론, 조지의 집에서 아침을 먹을 땐 이런 것이 나오지 않는다! 마늘 파스타, 고기를 다져 넣고 구운 가지, 양파를 넣고 다진 간, 턱수염버섯 샐러드! 내가 양파를 많이 넣고 발사믹 소스를 뿌린 턱수염버섯을 좋아한다는 걸 조지가 알고 있으니! 조지, 그러니까 영국의 고귀한 군주! 신의 가호를! 그대 일어서서 경의를 표하라! 됐다, 이제 앉으라. 조금 전에 내가 단호하고 길게 바람을 내뿜은 것은, 놀라지 말라, 영국 궁정에서 통용되는 관습이노라. 초대받은 집이 자기 집처럼 편안하다는 뜻이니라. 자, 냅킨을 들고, 해산물부터 시작하자!

— 하오나 차 마실 물부터 준비하겠습니다.

— 그대 아직 모르는구나. 망주끌루가 말했다. 이제 패셔너블한 상류사회에서는 다섯시에 차를 마시지 않는다. 요즈음 유행하는 것은 보르도이니! 저 흉한 찬장 안에 있는 것 중 한병을 따도록 하라! 나는 시작할 테니, 그대도 따라오라. 망주끌루가 빙그레 웃으며 말했고, 냅킨을 목에 두른 뒤 편안한 한숨을 내쉬었다. 오, 그대, 슈롭슈립셔의 봉건 영지로부터 멀고 먼 이곳까지 와서 이렇게 남루한 초가집에서 밥을 먹어보다니, 정녕 기쁘기 그지없도다!

망주끌루는 보르도 첫 잔을 마신 뒤 정어리와 참치를 큰 소리로 쩝쩝거리며 모두 먹어치웠다. 잠시 멈춰 다시 잔을 채운 다음에는 이제 벗이 된 됨에게 거북해하지 말고 조금 먹어보라고, 그리고 같이 마시자고, 어차피 앞으로 어떤 암이 몸속에 퍼질지 모르는데 그냥 마셔버리자고 했다. 용기가 난 됨 씨는 전채와 보르도를 먹었다. 그리고 레지옹 도뇌르 어깨띠에 뭐가 묻지 않도록 마르따의 앞치마를 허리에 묶은 수석 비서관이 김이 올라오는 냄비를 식탁에 옮겨놓고 손수 음식을 수프 접시에 덜어주자, 됨 씨는 자기 손으로 두번째 병을 땄다. 식탁에 앉은 두 남자는 환한 얼굴로 마음껏 마셨고, 스튜와 내장 요리를 번갈아 신나게 먹었다. 그들은 환한 미소를 주고받고 즐거운 노래를 부르며 영원한 우정을 맹세했다.

디저트를 먹는 동안 됨 씨는 입가에 잔뜩 잼을 묻힌 채로 흥분과 우울을 오가며 자기의 결혼 생활이 얼마나 처량한지 간접적으로 고백했다. 그러자 망주끌루는 아침마다 몽둥이질을 해주라고 충고했고, 이어 바다표범처럼 생긴 작은 남자가 숨을 쉬지 못할 정도로 재미있는 이야기를 들려주었고, 두 사람은 다시 앞다투어 건배하며 보르도를 마셨고, 친한 벗이 되어 서로 이름을 불렀다. 이뽈리뜨는 키득거리며 이유 없이 웃음을 터뜨렸고, 술잔이 비면 바로 채워가며 장광설을 늘어놓았고, 심지어 존귀한 나리의 겨드랑이를 두번 간질이기도 했다. 됨 씨는 지금껏 살아오면서 이렇게 신나게 즐긴 적이 없었으니, 마침내 그의 삶에 새로운 지평선이 열린 것 같았다. 지금 앙뚜아네뜨가 들어온다면 몽둥이질을 해주리라!

— 자, 벗이여. 망주끌루가 그를 얼싸안았다. 이제 용감하게 마시고, 살아 있는 시간을 마음껏 즐기자꾸나! 인종차별 따위는 꺼지라고 해! 난 말이야, 이뽈리뜨, 자네가 신의 벗인 모세의 영광을 외칠 준비가 되어 있다면, 나도 마리아의 아들인 주 예수의 영광을 외칠 준비가 되어 있네! 어쨌든, 기독교도 만세, 다들 선한 사람들이니까! 종교는 다르지만 우리는 죽음까지 함께하기로 한 벗이 아닌가! 신나게 마시고 노래 부르고 폼 나게 껴안아보세! 오늘은 잔칫날이고, 우정은 삶이 썩지 않게 해주는 소금이니까!

26

같은 날 오후, 국제연맹 사무국의 정보국 국장인 베네데띠가 한 달에 한번 여는 칵테일파티에는 오십여명의 소중한 친구가 모였다. 베네데띠의 작은 뇌 속에 박힌 생각 중에서도 가장 단단히 닻을 내린 것은, 바로 살아가는 데 가장 중요한 것은 인맥 쌓기, 초대를 받으면 꼭 답례로 초대하기, 적을 만들지 않기라는 생각이었다. 베네데띠가 매달 커다란 응접실에서 칵테일파티를 여는 것은 그 때문이었다. 정말 엄청나게 큰 응접실이고, 반면 어두운 안뜰로 창이 난 침실은 말도 안되게 작았다. 누가 뭐래도 남들에게 보이는 것이 중요한 것이다.

중요한 손님들은 손에 든 눈꽃 장식 잔 속의 얼음을 멍하니 바라보며 왔다 갔다 하다가 자기들보다 덜 중요한, 따라서 사교 생활이나 직업상의 신분 상승에 별 도움이 되지 않는 손님과 마주치게 되면 기질에 따라 화를 내거나 혹은 우울해했다. 상대는 높은 사람을 붙잡아 세운 데 신이 나서 매력적이고 호감 가는 모습을 보이려 애쓰며 지루한 이야기를 이어갔지만, 정작 그들은 초점 없는 눈길로 머릿속으로는 전략적인 성찰에 몰두하면서 그저 듣는 척할 뿐이었다. 생산성 없는 사람들과 함께하는 상황을 견딜 수 있는 것도 그나마 잠시뿐, 그러니까 더 나은 상대, 다시 말하면 자기보다 더 높은 사람이 나타날 때까지였다. 그때까지 견뎌주는 것은 일시적으로나마 자신의 힘을 느낄 수 있고 또 상냥한 경멸의 쾌감을 누릴 수 있기 때문이었고, 혹은 체면을 구기지 않을 수 있기 때문, 그러니까 혼자 있지 않을 수 있기 때문이었다. 아는 사람이 없다는 것은 사회적으로 가장 큰 죄악이기에, 아랫사람과 얘기하는 것보다 더 무서운 일, 즉 혼자 있는 모습을 보이지 않아야 했다. 게다가 보호자처럼 행동하되 상대의 말에 그다지 신경을 쓰지 않는 것처럼 보일 수만 있다면, 힘없는 사람과 얘기를 나눈다 해도 사람들은 그가 친절해서 그러는 걸로 알 테고, 그러니 평판에 금이 가지는 않았다. 물론 그것도 남용해서는 안된다. 빨리 끝낼 것, 지체 없이 자기보다 지위가 높은 사람과 대화를 시작함으로써 자신의 위치를 복원할 것. 그래서 상급자들은 알아듣기 힘든 소리로 "그래요, 그래요, 그렇지요"를 웅얼거리면서 초조한 듯 줄곧 눈길을 돌리고, 웅성거리는 사람들을 지켜보고, 또 안 그런 척하면서도 사실은 대어를 찾아, 보이기만 하면 즉시 작살을 꽂을 초거물이 나타나기를 기다리며, 마치 등대가 돌아가듯이 주기적으로 주위를 한바퀴 훑어보는 것이다.

겉으로는 웃음과 미소와 다정한 농담이 있지만, 그 밑에는 심오한 진지함이 깔려 있었다. 모두들 사교계에서 얻을 수 있는 이익을 쟁취하기 위해서 신경을 곤두세운 채 잔뜩 긴장하고 있었기 때문이다. 상급자들은 술잔 속 얼음을 젓거나 억지로 미소를 지었지만, 사실은 다가와 귀찮게 하는 하급자들 때문에 우울하고 짜증이 났다. 자신보다 더 높은 상급자, 초상급자가 눈에 띄기만 하면 다정한 얼굴로 재빨리 다가갈 태세를 갖추고 있었는데, 하지만 어쩌랴, 초상급자는 이미 지긋지긋하도록 증오스러운 경쟁자가 낚아채 갔고, 결국 다시 하찮은 하급자의 말을 듣는 척하면서 다른 먹이를 찾아 주위를 살펴야 했다. 그렇게 속으로는 이해득실을 따지느라 바쁘면서도 무심한 듯 보이는 눈길로, 누구든 눈에 띄길 기다리면서, 언제든 급하게 "그럼 또 봅시다"라고 인사를 한 뒤(상대가 아무리 대단찮은 사람이라 하더라도 절대 적으로 만들지는 말 것) 하급자를 버리고, 순식간에 기회를 잡은 능숙한 사냥꾼처럼 곧 자유의 몸이 될지 모르는 초상급자를 향해 재빨리 다가갈 태세를 갖추고 있었다. 그들의 눈은 계속 초상급자를 따라다녔고, 언제라도 쓸 수 있는 미소를 준비하고 있었다. 하지만 역시 바보가 아닌 초상급자들은 이미 위험을 감지했으니, 지금 자기 앞에 서서 귀찮게 떠들고 있는 자를 떨쳐내고, 그렇게 조금 떨어진 곳에서 자기를 쳐다보는 다른 상급자의 시선과 미소를, 그러니까 다정한 탐욕의 시선과 지금 막 형태를 갖추기 시작했지만 본격적으로 확장될 만반의 준비를 갖춘 복종의 미소를 못 본 척하면서, 주위 일에 별로 신경 쓰지 않는 척하면서, 그렇게 마시고 씹는 군중 속으로 슬그머니 사라져버렸다. 그 모습을 본 그냥 상급자는 실망하기는 했지만 용기를 잃지는 않은, 슬프지만 집요하고 단호한 태도로, 귀찮게 따라붙는 하급자를 피해 다시 새로운 먹이가 될 초상급자를 찾아 나섰다.

사회적 등급이 강등될 위기를 벗어난 초상급자는 능숙하게 자기보다 더 높은 상급자, 그러니까 초초상급자가 있는 쪽으로 다가갔다. 하지만 어쩌랴, 그 초초상급자는 이미 추종자 가신들에게 둘러싸여 있었다. 초상급자는 복종하는 자세로, 이미 촉촉해진 눈으로, 이미 열정을 다해 겸허하고 온화해진 얼굴로, 기회가 오면 무조건, 하지만 품위는 간직한 채 ── 물론 자존심 때문이 아니라, 그렇게 스스로의 가치를 떨어뜨리는 것은 결국 해가 될 수 있기에 ── 즉시 작살을 던질 준비를 하며 기회를 엿보았다. 그렇게 초초상급자를 포획할 기회를, 초초상급자가 환한 얼굴의 경배자들에게서 벗어날 순간을 기다렸고, 권력의 태양을 받아 달아오른 얼굴로 떠날 줄 모른 채 모여 있는 경쟁자들을 증오했다. 초상급자는 마치 얼음 구멍 앞에 쭈그리고 앉아 물고기가 나타나기를 기다리는 바다표범처럼 온화하고 끈기 있게 기다렸고, 자신의 사회적 두뇌를 총동원해서 흥미진진하고 즐거운 대화 주제를, 초초상급자의 관심을 끌고 공감을 얻어낼 만한 주제를 준비했다. 이따금 너무도 다가가고 싶은 초초상급자를 발견하면 그의 눈을 향해 자기 눈을 고정한 채 알아봐주기를, 멀리서라도 미소 지어주기를 기대했고, 그러면 자연스럽게 다가가서 쾌락에 젖은 여자 같은 얼굴로 가신들의 무리에 합류할 수 있으리라 기대해보았다. 하지만 상급자들이 하급자를 알아보는 일은 거의 없었다.

출세에 여념이 없는, 미래에는 결국 시체가 될 인간인 하급자들은, 상급자들의 마음을 끌어보려고 애쓰는 동안 상대가 왠지 거북해하고 있다는 것을, 친절하기도 하고("그래요? 그렇군요, 브라보,

축하합니다"), 혹은 무심하기도 하고("어쩌면, 그래요, 그렇죠, 더 생각해볼 일이군요"), 혹은 짜증스럽기도 하지만("모르겠네요, 시간이 없어서") 어쨌든 거북해하고 있다는 것을 느꼈다. 하지만 그 상급자들 역시 이미 다른 상급자들이 차지하고 있는 초상급자들과 대화를 시작하지 못한 터였다. 우선 잘 보이려고 혈안이 된 다른 미래의 시체들이 다음번 칵테일파티에 그 초상급자를 초대하려고 혈안이 되어 있었기 때문이고, 한편으로는 파티에 온 손님 중에 주요 인사들이 너무 없었기 때문이다(그날 손님들 중 몇몇은 집에 돌아가서 "베네데띠네 파티는 정말 한심하더군. 흥미로운 인물이 하나도 없었어. 다 귀찮은 인간들뿐이고. 이제 그자하고 관계를 끊어야겠어"라고 말했다). 결국 겉으로는 웃음과 다정한 담소가 아로새겨진 그날의 범선 안에는 은밀한, 하지만 아주 깊은 우울이 퍼져나가고 있었다. 입술들은 즐거웠지만, 눈들은 근심에 차서 다른 것을 찾고 있었다.

그렇지만 모두가 우울했던 것은 아니다. 동급자들끼리는 상대가 자신과 동급이라는 냄새를 맡으면서 대화를 통해 이익을 챙겼는데, 물론 사소한 이익일 뿐이고 상급자와 얘기를 나누었다면 얻을 수 있었을 이익에 비해 턱없이 모자라지만, 할 수 없지 않은가. 동급자로 추정되는 두 사람은 안테나를 작동하면서, 물론 겉으로는 안 그런 척하면서, 그냥 다른 얘기를 하다가 우연히 나온 말처럼, 자기가 어떤 주요 인사를 알고 지내는지 얘기하며 사교계에서 자신의 위치를, 그들의 용어를 그대로 옮기자면 스탠딩을 교환했다. 결과가 만족스러우면 둘 중에 급이 좀 떨어지는 자가 자신의 인맥 자원을 늘리기 위해 상대를 초대하거나 혹은 초대하려 시도했고,

사실 더 중요한 것은 상대방에게 초대를 받는 것, 그리고 사회적 관계란 절대 충족될 수 없는 것이기에, 초대받아 간 그곳에서 다른 동급자들, 나아가 상급자들을 만날 수 있게 되는 것이었다. 그렇게 되면 앞에서 말한 같은 이유로 다시 그 상급자들을 초대하거나 초대하려고 시도해볼 수 있기 때문이다.

말쑥하게 차려입고 모인 이들, 엄지손가락이 나머지 손가락들과 마주 보는 포유류 중에서 그 누구도 지혜나 애정을 찾지 않았다. 모두가 예외 없이 인맥의 양과 질로 측정되는 힘을 찾느라 혈안이 되어 있었다. 그렇게 해서, 다른 종교로 개종한 한 동성애자 유대인은(20년 동안 모든 전략을 동원하고, 아부하고, 독을 삼킨 끝에 드디어 유럽 상류사회에 발을 들여놓았고, 그 안에서 손꼽힐 만한 사람들의 모든 혈연과 인척 관계는 물론 무슨 병을 앓고 있는지까지 다 알게 된 사람이었다) 자기와 대화를 나누고 있는 상대방이 "너무도 훌륭하고 너무나 뛰어난 음악성을 지닌" 망명 중인 왕비의 초대를 받은 적이 있다는 사실을 머릿속에 기록하면서 신이 났다. 그는 새로 알게 된 사람을 이득이 되는 사람, 따라서 초대할 가치가 있는 사람으로 등급을 매긴 뒤 그를 초대했다. 땅 밑에서 악취를 풍기며 썩어가게 될 불쌍한 인간들이 이렇게 가련한 일에 시간을 바치는 것이다.

이 범선 안에서 성적인 것이 사회적인 것을 누르거나 제거하고 제일 중요해지는 경우도 있다. 그렇게 해서, 은밀한 구석에서 한 대머리 대사가(40년 동안 상급자들에게 종처럼 아부하면서 조금씩 올라가, 피부가 쭈글쭈글해지고 배 속이 대장균으로 가득 찬 지금

에야 드디어 중요한 인물이 된 사람이었다) 네가지 언어를 구사하지만 멍청한, 아직 처지지 않은 젖가슴을 달고서 짝 달라붙은 치마 차림으로 기괴한 엉덩이를 드러낸 여자 통역사에게 무언가를 열심히 얘기하고 있었다. 이 순간 일시적으로 누리는 힘에 취해 웃고 있는 귀여운 여인에게는 바로 이런 것이 삶의 목표였다. 원래 사회적인 것의 작용이 강력하고 지속적인 반면, 성적인 것의 작용은 일시적일 수밖에 없다.

인맥을 쌓고 영향력 있는 사람들을 사귀는 데 혈안이 된 그리스 여기자가 러시아 공주 같은 한 여자에게 재치 있고 날렵하게 다가가서 친한 척 안녕 친구 인사를 했고, 이어 『타임스』 특파원에게 안녕 멋쟁이 어제 기사 좋았어 인사를 한 뒤, 잘난 척 거드름을 피우는 공사 두명의 주위를 맴돌았다. 커다란 엉덩이를 지닌 여자에게서 결국 약속을 얻어낸 대머리 대사는 새끼 돼지처럼 생긴 전권공사 끄로치가 하는 얘기를 심각한 얼굴로 듣고 있었다. 대사는 뻔뻔하게 '각하' 소리를 듣는 인간을 증오했고, 그래서 일부러 주의를 기울이지 않는 척하면서 상대로 하여금 질문을 되풀이하게 만들었다. 그런 식으로 모욕을 안긴 다음엔 과장될 정도로 예의 바르게 대답을 했고, 혹은 대답 대신에 전혀 다른 주제에 대해 묻기도 했다. 두 사람 옆에서는 물컹거리는 적갈색 암소 같은 여자가 나지막한 목소리로, 그렇지만 미소 띤 얼굴로, 곱슬머리에 얼굴에는 근심이 어려 있는, 기다랗고 구부정한 원숭이처럼 생긴 남편을 질책하고 있었다. 고등판무관이 지금 크로퍼드 부인한테, 그러니까 미국의 억만장자이자 최고급 요리를 차려냄으로써 — 먹을 것만 잘 주면 거물들은 달려오게 되어 있다 — 몇달 만에 자기 응접실에 국제

정계의 거물들을 모으는 데 성공한 여자한테 잡혀 있는데 왜 빨리 그쪽으로 가지 않느냐는 것이었다. 그로닝 백작 부인은 사랑스러운 치아를 보여주며 고귀한 손을 내밀고는 목구멍에서 나오는 소리로 쏘아붙이듯 안녕하세요 인사를 했고, 비밀을 좋아하는 여자였기에 베네데띠에게 영국 대표단이 비공개 회의 때 주먹으로 탁자를 내리친 게 정말이냐고 물었고, 질문을 받은 베네데띠는 황홀해했고, 그렇다는 대답을 들은 백작 부인은 입안의 음식을 음미하면서 정치적 향락에 젖어 눈을 감았다. 멍청하지만 무스띠에 남작인 남편을 구매한 (그리고 품격 있는 인맥을 늘리기 위해 문학회를 세워서 그 회장직을 맡고 있는) 뚱뚱한 레바논 여인은 아카데미 회원인 한 공작의 강연에 대해 떠벌렸는데, 그녀가 그 자리에 간 것은 강연이 끝난 뒤 그 공작에게 접근하기 위해서였고, 그런 다음 자기가 너무도 소박하고 너무도 친절한 그 공작과 아는 사이라고, 그냥 별 뜻 없이 얘기하는 것처럼 자연스럽게 사람들에게 알리기 위해서였다. 무표정한 과스딸라 후작, 뒷배경이 좋지만 무능해서 그의 뒤를 봐주는 사람들이 애를 먹다가 결국 사무총장의 특별자문관으로 자리를 마련해준 인물과 함께 이야기를 나누고 있다는 사실에 감격한 페트레스코는 시나이아[62]에 있는 티툴레스쿠[63]의 집으로 휴가를 가게 될 것 같다고, 여러번 티툴레스쿠가 직접 초대했지만 여름철에는 너무 더운 곳이라 아직 망설이고 있다고 말했고, 그 말을 들은 상대의 입술에는 호의의 미소가 번졌다. 그러자 옆에서 참신한 모습을 보일 기회가 왔다고 생각한 페트레스코 부인은 명랑한 계집아이처럼 귀여운 척 손뼉을 치면서 자기는 티투의 집

---

62 루마니아의 휴양지.
63 Nicolae Titulescu(1882~1941). 루마니아의 정치가, 외교관.

으로 갈 거라고, 다른 곳은 싫다고, 시나이아가 더워도 상관없다고, 티투의 집이 아닌 다른 곳은 안 갈 거라고, 자기와 특별한 사이인 티투의 집으로 갈 거고 다른 곳은 싫다고 큰 소리로 말했고, 거물인 과스딸라의 마음을 끌기 위해 계속 손뼉을 치고 날카로운 목소리로 우리 티투 우리 티투를 외쳤다. 서로 미워하면서도 계층 상승을 위한 노력에서는 한편이 되는 부부는 다리 하나가 나무 의족인 덕에 정치 경력을 쌓을 수 있었던 상이군인회 회장이 자리를 뜨자 공동작전을 펴서 새로 세워진 작은 나라의 대사를 조사할 태세를 갖췄다. 원래 기자였다가 대사가 된 그 비듬 많은 사람은 거울을 보며 자기 눈을 믿지 못했다. 굵은 반지를 열개나 낀 영국의 늙은 여류 시인은 홀로 서서 사람들을 경멸했고, 많은 이를 독살한 대왕후 까트린 드 메디시스[64]가 썼을 법한 중세풍의 검은색 베일이 달린 모자를 매만지며 마음을 달랬다. 쏠랄을 발견한 끄로치는 재빨리 다가가 이렇게 친구와 얘기를 나누게 되어 기쁘다고 말했는데, 사실은 뭔가 정치적인 비밀을 낚을 수 있으리라는 희망 때문에, 그것을 로마에 전해주고 공을 세우기 위해서 달려온 것이었다. 두각을 나타내기, 대사 자리를 따내기, 모두들 땅에 파인 구덩이까지 굴러 떨어질 때 계단을 올라가기. 쏠랄은 끄로치를 떨쳐내기 위해 있지도 않은 은밀한 소식통을 만들어냈고, 새끼 돼지 같은 끄로치는 목젖을 요란하게 움직이며 정신없이 머릿속에 그 말을 새겨넣었다. 끄로치는 몇마디 상냥한 말을 더 떠든 다음 암덩이를 달고 가는 줄도 모른 채 좋아 어쩔 줄 모르며 자리를 떴다. 심지어 승강기가 빨

---

64 Catherine de Médicis(1519~89). 프랑스 발루아 왕가의 왕비. 남편인 앙리 2세가 죽고 나서 아들 프랑수아 2세의 섭정을 했고, 이후 정치에 개입하며 정적들을 독살했다고 알려져 있다.

리 오지 않자 자기가 얼마나 중요한 카드를 보았는지 한시라도 빨리 장관한테 알려주기 위해 계단으로 뛰어 올라갔다. 이제 대사 자리는 따놓은 셈이다! 당장 '극비'라고 써서 각하만 볼 수 있는 비밀 서한을 전보로 보낼 것이다! 아니다, 차라리 비행기를 타고 당장 로마로 날아가는 게 낫겠다! 최고 책임자와 독대할 수 있는 좋은 구실이 아닌가! 드디어 대머리 대사를 손에 넣은 무스띠에 남작 부인은 콧속에 용종이 많아 떨리는 목소리로, 너무도 단순하고 너무도 친절한 공작의 생각을, 그러니까 정원을 잘 가꾸는 것이 공작이나 중신이라는 신분 못지않게 중요하다는 말을 인용해 전해주었다. 너무도 아름다운, 너무도 진실한 생각이잖아요! 그녀는 대사를 향해 온 영혼을 다해 미소를 지어 보이며 침을 흘렸지만, 앞에서 떠드는 모사꾼 여인의 말에 넘어가지 않은 대사는 그녀를 버려둔 채 조심스레 갤러웨이 경에게 다가갔다. 루마니아 대표단의 여자는 사방을 조심스레 살펴본 뒤 갤러웨이 경에게 정확한 소식통에 따르면 모레 있을 위원회에서 이딸리아 대표단이 작년처럼 이딸리아의 요구 사항을 발표하는 대신 그냥 요망 사항을 발표할 거라고, 그 차이는 파시스트 정당의 정책이 달라지리라는 것을 예고하는 중대한 변화라고, 당당하고 단호한 얼굴로, 보따리 음식 장수 같은 손을 거대한 엉덩이에 댄 채, 은밀하게 알려주었다. 옆에서 귀를 세우고 있던 기자 하나가 그 말을 듣고 소스라치며 전화로 특종을 알리러 달려가다가 죽기 전에 레지옹 도뇌르 최고 훈장을 받고 싶어서 프랑스 대사관 문화 담당관의 동태를 살피던 취리히 대학의 노교수와 부딪쳤고, 페트레스코 부인은 그 문화 담당관에게 자신의 사회적 품격을 보여주기 위해서 프랑스어로 인사를 건네며 레이디 체인처럼 연음 없이 꼬망 알레 부?[65]라고 발음했다. 그리스 여기자

360

는 유쾌한 빠리 여자처럼 보이고 싶어서 무스띠에 남작 부인에게 저분은 누구한테 결혼했나요? 하고 어색한 프랑스어로 물었고, 무스띠에 남작 부인은 아무 가치 없는 이 모사꾼 같은 여자는 아랑곳하지 않고 오로지 다가갈 수 없는 레이디 체인만을 침울한 표정으로 쳐다보았다. 그로닝 백작 부인은 레이디 체인에게 밸푸어 경에 대해 떠들어댔다. 아서 밸푸어는 놀라운 인물이죠, 정말 훌륭한 사람이에요. 전 지난번에 스코틀랜드에 있는 아서의 집에서 일주일 동안 아주 즐거운 시간을 보냈답니다. 그래요, 오늘 저녁 그 사람과 같이 식사를 한답니다, 아나 드 노아유,[66] 천재이자 진정 훌륭한 벗인 아나도 함께!

자신들이 별 쓸모 없는 존재라는 사실을 알고 있는 네 사람은 다른 손님들과 관계를 맺을 엄두를 내지 못한 채, 불가촉천민끼리 모여서 나지막하게 얘기를 주고받았다. 그들은 스스로 영원한 천민임을 알면서도 절대 받아들이지 않았고, 그렇게 모여 환멸감 속에 빈정거렸다. 정신적으로는 자신들이 더 우월하다고 느끼기 위해 재앙과도 같은 구석 자리에 모여 부러움의 대상인 환하게 빛나는 손님들에게 야유를 보낸 것이다. 창가 구석진 곳에서 끼리끼리 종족을 이루어 나병 환자들처럼 격리된, 스스로도 깨닫지 못한 채 냉소적이 된 처량한 사람들, 즐거운 척하면서 샌드위치를 입에 쑤셔 넣는 그들은 모두 베네데띠의 하찮은 부하였다. 습진에 걸린 정보국의 여비서, 문서 관리를 맡은 뽀르뚜갈인, 서기 일을 하는 벨기에

---

65 프랑스어로 "어떻게 지내세요?"라는 뜻이다.
66 Anna de Noailles(1876~1933). 프랑스의 시인이자 소설가. 루마니아 귀족 가문 출신이다.

인, 그리고 사향 냄새를 풍기는 작고 뚱뚱한 쥐처럼 생긴 여자 타이피스트. 우두머리란 자신의 인기를 챙겨야 하고 아무리 하찮은 존재라도 같이 일하는 직원들의 사랑을 받아야 한다는 것이 베네데띠의 또다른 원칙이었으니, 그래서 그는 아무런 힘도 갖지 못한 이 네 사람을 1년에 딱 한번씩 초대했고, 그들이 오면 창가의 자기들 자리에 모여 있으리라는 것도 알고 있었다.

습진에 걸린 여비서는 마음을 달래기 위해 일본 어디에선가 영사를 지냈다는 아버지 얘기를 다시 꺼냈고, 그래서 파레르[67]라는 이름의 아카데미 회원이 자기 집에 묵고 간 적이 있으며 그 인연으로 자기가 파레르의 전집을 엮는 일을 했다고 말했다. 그녀는 일주일에 두세번씩 영사였던 아버지와 아버지가 알던 아카데미 프랑세즈 회원 파레르 얘기를 꺼냈다. 우리는 누구나 기회만 있으면 올라타는 사회적인 탈것이 있고, 틈만 나면 재빨리 꺼내 드는 구원의 월계관이 있다.

손님들 가운데 가장 불쌍한 이는 제이컴 핑켈스타인이었다. 사회과학 박사 학위를 가지고 있으며 영양실조에 걸린 사람처럼 자그마한 그는 거의 무급으로 일하는 유대 통신사의 특파원이었다. 모든 반유대주의자가 그렇듯이 미국에서 시오니스트의 영향력이 커지는 것을 병적으로 걱정하는 베네데띠는 시오니스트들과도 등지지 않기 위해 그 기자 역시 1년에 한번 초대했다. 이렇게 베네데띠는 칵테일파티를 열 때마다 모두가 싫어하는 사람을 하나씩 초

---

67 Claude Farrère(1876~1957). 프랑스의 군인이자 작가.

대했고, 그렇게 한번 보고 나면 1년 후에나 또 보는 것으로 희석했으니, 누구를 데려다놓든 문학적 소양을 지녔다고 자부하는 베네데띠가 자기 파티의 풍토라고 부르는 것을 망칠 수는 없었다.

어느 누구에게도 유용할 수 없고, 더 나쁘게는 어느 누구에게도 해를 끼칠 수 없는, 사회적으로 존재감이 전혀 없는 핑켈스타인에게 말을 거는 사람은 없었다. 위험하지 않은, 따라서 흥미롭지 않은, 신경 쓰지 않아도 되는, 좋아하거나 좋아하는 척할 필요가 없는 사람이었다. 창가에 모여 있는 네명의 천민마저도 품위를 떨어뜨리는 그 하층민에게 다가가지 않았다. 모든 사람에게 무시당하고 함께할 동류를 찾지 못한, 나병 환자같이 불쌍한 핑켈스타인은 체면을 차리기 위해서, 마치 모여서 재잘거리는 사람들 사이를 뚫고 지나다니는 것이 이 칵테일파티에 참석한 이유인 양, 일정한 시간 간격을 두고 사람들 사이를 바쁘게 왔다 갔다 했다. 코 때문에 머리가 무겁기라도 한 듯 고개를 숙인 채로 거대한 응접실을 이쪽 끝에서 저쪽 끝까지 허겁지겁 뚫고 지나갔고, 그러다 다른 사람과 부딪치면 미안합니다 인사를 했지만 상대에게서는 아무 대꾸가 없었다. 그렇게 마치 아는 사람이 저 반대편에서 기다리고 있기 때문에 급히 가야 한다는 듯 전광석화처럼 대각선을 그리며 지나가면서 핑켈스타인은 자기가 혼자라는 사실을 숨겼다. 하지만 그런 꾀에 속는 사람은 없었다. 중간에 그와 마주쳐서 못 본 척하기 힘든 상황이 된 베네데띠는 위험을 방지하기 위해 명랑하게 "괜찮죠?"라고 물으면서 다가오지 못하게 만든 뒤 이내 잰걸음으로 그의 곁을 벗어났다. 그러면 사회과학 박사 학위를 가졌으며 빠르게 돌아다니는 방랑하는 유대인은 다시 걸음을 옮겨 유배지에서 쓸모없는 여행길을 떠났고, 마음을 달래줄 음식대를 향해, 그의 유일한 사회적 접촉이자 이 파티에서 누릴 수 있는 유일한 권리인 샌드위치를 향해 조금 전과 똑같이 급하게 다가갔다. 6시부터 8시까지 두시간 동안 가엾은 핑켈스타인은 몇킬로미터를 걸었다. 하지만 그는 집에 돌아가 아내에게 이 일을 말하지 않았다. 그는 아내 레이철을 사랑했고, 그래서 자신의 슬픔을 혼자 감내했다. 그렇다면 무엇때문에 지치지 않고 이곳을 왔다 갔다 하고, 무엇 때문에 심술궂은 사람들 틈에 이렇게 오래 남아 있는가? 1년에 한번 칵테일파티에 참석할 권리가 중요했기 때문이고, 패배자가 되고 싶지 않았기 때문이고, 또 언젠가 한 인간 형제와 대화를 나누게 될 기적을 기다렸기 때문이다. 친애하는 핑켈스타인, 아무에게도 해를 끼치지 않고 다른 사람을 사랑할 준비가 되어 있는 이, 내 마음속에 자리 잡은 유대인이여, 바라노니, 그대가 지금 이스라엘 땅에, 동포들 사이에, 우리들 사이에 있기를, 그래서 사람들이 그대에게 다가가기를.

7시 30분에 국제연맹의 사무총장 존 체인 경이 살짝 취한 얼굴로 나타나자, 베네데띠는 순식간에 발레리나로 변신하여 사랑으로 환하게 빛나는 얼굴을 하고 달려갔다. 그 사랑은 거짓으로 지어낸 것이 아니었다. 베네데띠는 너무도 사회적인 사람이라 유익할 수 있는 모든 강자를 진심으로 찬미하고 사랑했다. 오로지 진실한 감정만이 효과적으로, 따라서 최대한의 이익을 얻는 방식으로 표현되는 법이다. 게다가 그래야 마음도 편하다. 지극히 비열한 인간이기에 정직하지 않을 수 없는 베네데띠는 거울 앞에 혼자 서 있을 때조차도 자기가 사무총장을 사랑하고 그를 훌륭한 인물이라 생각한다고 확신했다. 그는 전임 사무총장도 진심으로 사랑하고 떠받

들었다. 하지만 그가 사임한 순간, 존 체인 경을 향한 열정으로 가
득 차서 빈자리가 더이상 없었기에, 즉시 전임 사무총장을 잊어버
렸다. 그리고 사무실의 사진을 존 경의 사진으로 바꿔놓았다.

존 경은 베네데띠와 담소를 나누며 친한 사이처럼 그의 팔을 잡
았다. 거물의 손이 닿자 열광적인 감사의 마음이 부하의 온몸으로
퍼져나갔다. 몇주 전에 아드리앵 됨이 그랬던 것처럼, 베네데띠는
넋을 잃은 처녀 같은 얼굴로, 너무도 선량하고 겸허한 상사의 모습
에 어찌할 바를 모르며, 뿌듯하면서도 수줍게, 위엄 가득한 상사의
팔로 자신이 성스러워지기라도 한 것처럼, 이따금 상사를 종교적
숭배가 담긴 눈길로 올려다보며, 그렇게 경배하는 상사의 팔을 잡
고 걸었다. 힘 있는 상사를 향한 사심에서 우러난 사랑 밑에는 다
른 사랑이, 끔찍한 사랑, 사심에서 벗어난 진정한 사랑이 있었으니,
그것은 권력을 향한 비천한 사랑이며, 여자들이 힘에 바치는 찬미
이며, 그야말로 동물적인 숭배였다. 지겹다, 이런 무리들은 지긋지
긋하다, 볼 만큼 봤다.

27

자기 방에서, 여닫이 덮개가 달린 부인용 작은 책상 앞에 앉은 됨 부인은 딱딱한 비스킷을 잔인할 정도로 바삭바삭 씹어가며 편지 쓰기를 마쳤다. 로잔에 사는 친구 부부에게 보내는 편지를 "부부가 부부에게 다정한 인사를 전합니다"라는, 좋아하는 문구로 끝낸 뒤에 막 서명을 한 참이었다. (그녀는 랑빨 부인의 편지에서 "부부가 부부에게"라는 문구를 읽은 이후 자기도 그대로 써오고 있다. "독특하고, 간결하고, 의미를 정확히 전달하잖아요"라면서 말이다. 그러면 남편이 덧붙였다. "그리고 듣기 좋아, 운도 맞고.")

됨 부인은 조심스레 혀로 핥아 봉투를 붙인 다음 다시 뜨개질을 시작했고, 됨 씨는 거울 달린 옷장의 상단이 제대로 직각인지 확인하기 위해 의자 위에 올라서서 기포관 수준기를 가져다 댔다. 이런 쩨길, 아니잖아, 수직이 아니야! 빨리, 왼쪽 다리 밑에 굄목을 넣어야 해! 다시 내려온 됨 씨는 유용한 일거리를 찾은 것이 흐뭇하여

두 손을 비볐다. 뜨개질이 다루기 쉬운 직선 부분에 이른 터라, 됨 부인은 얘기를 좀 해도 될 것 같았다.

— 조금 전에 아래층에 뭐 하러 갔었어요? 왜 그렇게 오래 있었어요?

— 어제 쓴 물병 씻었어. 굵은소금하고 식초를 써서 더러운 물 때 낀 걸 씻어냈고, 그런 다음에 달걀 껍질을 부스러뜨린 것에 물을 쪼금 섞어서 흔들기! 한번 봐, 아주 예쁘게 반짝거려!

— 맞아요, 당신이 주부 같네요. 됨 부인이 우월감 어린 미소를 지으며 말했고, 자그마한 동반자의 손을 가볍게 한번 두드리고 나서 하품을 했다. 벌써 수요일이라니, 시간이 참 빨리 가죠? 카나키스 부부가 우리 집에 왔던 게 벌써 사흘 전이라니 말이에요. 그날 저녁식사는 아주 성공적이었어요, 그렇죠? 눈부신 추억으로 남을 거예요.

— 그럼그럼, 물론이야. 됨 씨가 공구 상자 위로 몸을 숙이고 무언가에 몰두한 채 대답했다.

— 다음 날 카나키스 부인이 식사가 정말 좋았다고, 그리고 날 알게 돼서 기쁘다고 전화를 했다니까요, 그래요, 사교계의 규칙에 정통한, 품격 있는 사람이더군요, 아름다운 영혼을 가지고 있다는 걸 느낄 수 있었어요, 아주 즐거운 시간을 보냈죠.

— 그렇고말고. 됨 씨가 말했다. (난 쩐혀 안 그렇던데. 거드름이 심한 여짜였어. 아무도 모르는 음악 얘기만 하고. 아, 쓸 만한 꺾 목이 있네, 두께가 딱 맞아.)

— 카나키스 씨는 또 어떻고요, 아주 예의 바르고 매력적인 사람이잖아요, 정말 고급 사교계에 어울리는 사람이죠. 그 사람이 내 손에 입 맞추는 거 봤어요?

──봤어. 옷장 앞에 무릎을 꿇은 됨 씨가 대답했다.

──정말 대단하더라고요, 그 사람한테서 빛이 나는 것 같았어요. 그리고 로시에서 가져온 그 음식들도, 푸아그라하고 캐비아가 조금 남은 것 빼고는 다 해치웠잖아요.

──그러게. 이렇게 대답하면서도 됨 씨는 굄목에 대고 마지막으로 몇번 가볍게 망치질을 하느라 정신이 없었다.

다시 의자 위에 올라서서 기포관 수준기를 옷장 위에 대본 그는 드디어 수직이 맞는 것을 확인했다. 됐어, 됐어. 그가 중얼거리고는, 전날 아끼는 망치 위에 인두로 새겨넣은 자기 이니셜을 쳐다보며 흐뭇해했다. 그는 의자에서 내려와 수준기를 침대 협탁의 대리석 상판 위에 놓았다. 이게 뭐야, 쩨기랄, 협탁도 기울었네! 그렇게 오랫동안 옆에 두고 살았으면서 어떻게 몰랐찌? 그래, 심각한 사고가 일어날 수 있는데, 침대 옆에 놓는 탁자짢아. 짜, 빨리, 굄목 하나 찾아야 해! 아니야, 굄목은 너무 두껍겠어.

──쩌기 앙뚜아네뜨, 협탁이 기울어 있는데 밑에 받칠 두꺼운 종이 같은 거 없을까?

──당신 때문에 어디까지 셌는지 잊었잖아요. 그녀가 뜨개질을 멈추며 말했다. 당신은 늘 내가 말하면 안될 때 말을 시켜요, 속상하게. 그녀는 남편을 응징하기 위해 덧붙였다. 없어요, 두꺼운 종이 없다고요.

됨 씨는 까치발로 나갔다. 잠시 후 까치발로 다시 들어온 그는 침대 협탁 다리 밑에 반으로 접은 마분지를 집어넣었고, 다시 수준기를 대보더니 흡족해했다. 너무도 빨리 성공하자 오히려 당황한 듯 뒷짐을 진 채 아내를 바라보았고, 그 아내는 뜨개질거리를 내려두고 '내적 자유'라는 제목의 책 페이지들을 종이칼로 미리 뜯어두는 편안한 즐거움을 — 준비된 사람, 내일이 불안하지 않은 사람들만이 누리는 즐거움이다 — 맛보고 있었다. 방트라두르 부인이 선물한 그 책을 오늘 저녁 차분하게 읽기 시작하리라는 생각에 그녀는 기분이 무척 좋았고, 에믈린이 말하길 정말 도움이 되는 책, 생각하게 하는 책이라니 더욱 그랬다. 그래, 오늘 저녁에 침대에 누워서 탕파를 끼고 읽어야지. 아내의 화가 풀린 듯하자 딤 씨가 용기를 내서 말을 걸었다.

— 있잖아, 앙뚜아네뜨, 아무 맛이 안 나는 그뤼예르는 어떻게 해?

— 식품점에 가져가봐요. 그녀가 계속 페이지를 뜯으면서 대답했다. 맛도 없는 그뤼예르를 1리브르나 가지고 있을 생각 없어요. 환불해달라고 해요, 2프랑 75예요.

— 그게, 환불해달라고 하면 화낼 텐데.

— 좀 강해져봐요, 이뽈리뜨. 제발요.

— 당신이 가면 안돼?

— 안돼요. 또 다리가 뻣뻣해졌어요. (그녀는 일하기 싫을 때, 아니면 하고 싶지 않은 일을 다른 사람에게 미룰 때, 진심으로 오른쪽 다리가 뻣뻣해지는 기분이 들었다.)

— 그럼 내일부터 오기로 한 가정부를 보내면 어때?

— 안돼요, 당신이 가요. 턱을 장식하는 점에 달린 털 몇가닥을 만지작거리던 그녀가 안도의 한숨을 내쉬었다. 사실 마르따를 내보내게 돼서 다행이에요. 허리가 아프다는데 앞으로 어떻게 될지도 모르잖아요.

— 그래도, 솔찍히 말하면, 나을 때까지는 있게 했으면 좋았을 텐데. 의사도 그렇고, 다른 것도.

— 말도 안되는 소리예요, 우리 집에 있으면 절대 낫지 않을 거예요. 그럴 땐 원래 가족이 필요해요. 그래요, 아껴주는 가족의 보살핌을 받으면서 쉬어야 한다고요, 불쌍한 것. 정신적인 게 육체적인 것보다 중요하잖아요. 정신적으로 행복하면 척추가 더 빨리 회복되겠죠. 그리고 혹시라도 수술을 받아야 한다면, 어쨌든 가족이 책임을 지는 게 옳아요. 속상한 건, 마리에뜨가 돌아올 때까지 다른 가정부를 써야 한다는 거예요. 정말이지 마리에뜨의 전보를 받고 어찌나 실망했는지 몰라요. 그래요, 여동생을 간호한다면서 7월 1일까지 길게 휴가를 내기는 했죠. 그래도 우리가 전보로 그리 큰 요구를 한 건 아니잖아요? 마르따의 척추가 탈이 난 상황이니까 부득이 약속한 날짜보다 20일 정도 미리 와달라고 했는데.

— 동생이 폐렴에 걸렸다잖아.

— 하녀들이란 다 똑같아요. 그래요, 눈치도 없고 헌신할 줄을 모르죠. 그래요, 아드리앵의 처한테 그렇게 충실하다면서, 그 발레리 도블의 집에 그렇게 오래 있었다면서, 그렇다면 좀더 마음을 써줄 수 있잖아요. 그 동생이 정말 그렇게 아픈지도 믿을 수 없어요. 신분이 낮은 인간들은 원래 엄살이 심해서 아픈 걸 못 참으니까. 나도 기관지염을 앓은 적이 있지만, 그렇게 법석을 떨지는 않았다고요.

— 마리에뜨의 동생은 양쪽 폐가 다 아프다잖아.

— 기관지염이나 폐렴이나 마찬가지예요. 그 얘긴 더 할 거 없어요. 그렇게 양심이 없다니 정말 할 말이 없네요. 그래요, 정말로, 다른 얘기를 해요. 쏠랄 씨가 보낸 그 편지 말이에요, 생각할수록 꺼림칙해요. 우선, 그애한테 쓰다니, 당연히 나한테 보냈어야 할 텐데, 좋아요, 그것도 접어둬요, 하지만 그것 말고도, 그 편지 스타일

이 마음에 안 들어요. 처음 시작하는 말 기억나요? 그냥 사과한다고 했죠, 원래 그럴 땐 진심으로 사과한다고 해야 하는데. 그리고 또 "주위 분들에게 전해주시기 바랍니다"라니, 나와 당신을 말하는 거잖아요. 내 이름을 분명히 말했어야 하는 것 아닌가요? 전화할 때 말해줬는데. 그리고 또, 갑자기 몸이 불편했다는데, 그 이상 정확한 얘기는 없잖아요. 무례해요, 당신 생각은 어때요?

— 사실인쪽 그렇지.

— 그리고 유감이라고 말할 때도 봐요, 심심한, 이라는 말도 안 붙였잖아요.

— 그건 쩡말 그래.

— 그리고 또, 진심을 담아, 라고도 안 붙이고 그냥 경의를 표한다고 했어요. 그래요, 젊은 여자한테 보내는 거긴 하지만, 아무리 그래도 그렇지. 그래놓고 저녁식사에 초대를 하는 것 좀 봐요, 아예 날짜를 정해버렸잖아요, 자기 호텔에서 6월 8일 금요일 8시, 그러니까 모레. 올 테면 오고 말 테면 말라는 거잖아요. 어떻게 생각해요?

— 높은 사람인데 어쩌겠어?

— 나도 알아요. 그녀가 한숨을 쉬었다. 아무리 그래도 예의라는 게 있죠. 우리를 초대하지 않다니, 당신은 그게 말이 된다고 생각해요?

— 우리가 디디와 같이 살고 있다는 걸 모르는 게 아닐까?

— 제대로 알고 있다고요! 그날 저녁에 내가 전화를 했잖아요, 얘기했단 말이에요, 심지어 나와 남편이라고, 그 비슷한 말까지 했다니까요. 그래요, 난 상관없어요, 나야 원래 희생하며 사는 데 익숙한 사람이니까, 또 어차피 모레면 우리는 집에 없을 테니까, 안 그래도 호텔 요리 따위 별생각도 없고요. 하지만 예의의 문제잖아

요. 어쨌든 그 사람이 사과를 했으니까 최소한 체면은 차린 셈이지만요.

─그리고 그 사람이 디디를 승찐시켰으니까.

─디디를 제대로 본 거죠, 이상 마침표, 이제 끝난 얘기예요. (자기 말에 마침표를 찍느라 그녀는 뜨개질거리를 움켜쥐고 다시 탐욕스럽게 바늘을 움직이기 시작했다. 하던 줄을 끝낸 다음에는 실에서 빼낸 바늘로 귓속을 긁었다.) 그리고 참, 디디의 처는 정말 변덕이 죽 끓듯 하네요! 훌륭한 결심을 하더니 어느새 다 사라졌잖아요, 날아가버렸다고요! 디디를 위해서 장을 보러 간다, 바지를 다린다, 법석을 떨더니 지금은 내가 언제 그랬냐 하잖아요! 어제는 오후 내내, 지나다니는 사람들이 다 쳐다보는데, 정원에서 일광욕을 했죠! 이웃 사람들이 우릴 뭘로 보겠어요? 그리고 내가 『바라보고 기도하라』책을 줬는데 아직 페이지도 안 뜯었더라고요. 기껏 아래층 작은방을 내줬더니 우리 귀부인께서는 자기 거실로 쓰시더군요! 그래요, 전용 거실로 말이에요! 그런 일을 할 때는 얼마나 부지런한지, 서둘러서 순식간에 해치웠죠, 그 고모가 쓰던 거라는, 정말 그냥 줘도 안 가져갈 것 같은 낡은 물건들을 갖다 채웠잖아요! 낡아빠진 카펫도 깔고! 피아노까지 내려다놓고! 물론 그 비용은 디디가 냈고! 그래놓고도 내가 영적인 관점에서 잘 지내고 있느냐고 상냥하게 묻는데 대답도 안하다니! 버르장머리 없이 새침 떠는 꼴이라니! 당신, 왜 아무 말도 안하죠?

그때 1층에서 전화벨이 울렸다. 뵘 씨는 아내와의 대화에서 벗어날 수 있게 된 것을 기뻐하며 부리나케 달려갔다. 다시 방으로 돌아온 그는 계단을 세단씩 올라오느라 숨이 차서 헐떡거리며 방트라두르 부인 전화라고 알렸다. 뵘 부인이 서둘러 내려갔다.

방문이 닫히자 됨 씨는 안락의자에 힘없이 주저앉았다. 저 전화는 정녕 신의 섭리이다. 통화가 조금만 길어진다면 앙뚜아네뜨는 다른 생각을 하게 될 테고, 아리안 얘기를 다시 꺼내지 않을 것이다. 앙뚜아네뜨의 비위를 맞추느라 아리안을 흉보다니, 안된다, 그럴 수는 없다! 어제 그 영국 남자가 떠난 직후 아리안이 돌아와서 얼마나 친절하게 상황을 해결해줬는데! 재빨리 빈 통조림 캔을 감추고, 순식간에 부엌을 정리하고, 얼른 택시를 타고 시내에 가서 똑같은 통조림과 똑같은 보르도를 사왔다! 그런 뒤에는 그냥 누가 편지를 가져왔다는 말만 하고 다른 얘기는 하지 말라고 충고도 해주었다. 다행히도 앙뚜아네뜨는 강떼 부인 집에서 늦게 돌아왔다. 만일 자기가 그 영국인과 함께 보르도와 스튜를 먹고 노래를 부르며 신나게 노는 모습을 앙뚜아네뜨가 봤다면 제대로 사달이 났을 것이다! 그 영국인은 참 친절했다. 즐거운 시간을 함께 보낸 뒤, 헤어지기 전에는 서로 껴안고 인사를 했다. 사실 됨 씨는 살아오면서 진정한 친구를 단 한번도 가져보지 못했다. 영국인을 다시 만나보고 싶었지만, 한가지, 그가 억만장자라는 게, 자기가 상대하기에는 너무 지위가 높다는 게 마음에 걸렸다. 어쨌든, 그 사람과 함께한 그날의 간식은 좋은 추억으로 남을 것이다. 그는 코를 풀고 나서 손수건을 처다보았고, 다른 일을 생각하려고 애썼다. 그래, 짜석 드라이버를 하나 사야겠어, 꽤 실용쩍일 거야. 앙뚜아네뜨는 방트라두르 부인한테 무슨 얘기를 하는 걸까? 그는 살며시 문을 열어 난간에 기대 몸을 숙이고 아내의 통화를 엿들었다.

―잔 강떼 부인 댁에서 담소를 나눴는데, 안 오셔서 섭섭했어요. 아주 지적인 분이시더군요, 대답이 재치 있게 반짝거리고. 그래요, 과학과 종교의 관계에 대해 얘기하셨고, 사람들이 미처 생각

하지 못한 온갖 것들에 대해서, 예를 들어 마음이 메마르고 위기가 닥쳤을 때 종교적으로 앞서가는 벗에게 영적 도움을 부탁할 수 있게 해주는 전화 얘기랄지, 기차 덕분에 종교회의가 열릴 수 있게 되었다든지, 그리고 우리에게 힘을 주는 라디오방송 얘기 같은 거죠! 모두들 강뎨 부인의 매력에 빠져들었답니다. 과학과 종교 사이에는 아무 관계가 없다고 주장하는 비신자들에게 대답하시는 것도 어찌나 훌륭하던지! 어쨌든 모든 일이 다 잘되신다니 다행이네요. 저희 집은 지난 며칠 동안 좀 떠들썩했답니다. 몇가지 일이 한꺼번에 닥치는 바람에 정신이 없었죠! 우선 부엌 개수대가 막혀버렸는데, 화학약품을 부어봐도 소용이 없어서 결국 배관공을 불렀어요. 그런 다음엔 마르따가 그저께 떠났죠. 네? 아뇨, 아니에요, 제가 쫓아낸 게 아니에요, 자기가 가겠다고 했어요. 액자를 걸다가 의자에서 떨어진 뒤로 척추가 안좋았거든요, 그래요, 여자애들이 어떤지 아시잖아요. 맞아요, 그러니까 지난번에 우리 아드리앵과 각별한 사이인 국제연맹 사무차장님께서 저녁 만찬을 하러 오시기로 되어 있던 날에 큰 액자를 걸었거든요. 그러더니 제대로 걷지를 못하더군요, 당연히 일을 제대로 못했죠. 불쌍해서 제가 집에 가서 좀 쉬는 게 어떠냐고, 가족 품에 가서 기운을 되찾는 게 낫지 않겠냐고 조언을 했답니다. 어차피 원래 있던 마리에뜨가 돌아올 때까지 임시로 고용한 거였으니까요. 뭐 그리 아쉽지는 않아요. 일이 어찌나 서툰지, 그렇게 공들여 일을 가르쳤는데도 워낙 배운 게 없는 애라 그런지 도무지 숙달이 되지 않더군요. 예를 들어보면요, 늘 거실에 들어오기 전에 노크를 한답니다. 불쌍하기도 하고, 그래서 가정교육이 된 사람들은 침실에 들어갈 때만 노크를 한다고 귀에 못이 박힐 정도로 얘기를 해줬지만 소용이 없더라고요. 눈치도 없어요! 하루는 그애가 울고 있길래 무슨 일이냐고 물으면서 안심시켜주려고 두 손을 잡아줬는데, 글쎄, 집에 있는 암소들이 걱정된다는 거예요! 오, 물론 기꺼이 용서해줬죠, 보잘것없는 계층 출신 아이라는 걸 알고 있으니까요. 저하고 진지하게 나눈 대화들이 그애에게 축복이 되길 바랄밖에요. 그 가련한 애는 종교적으로 거의 백지상태나 마찬가지거든요. 어쨌든 전 그애를 영적으로 키워주느라 최선을 다했어요, 특히 같이 기도를 하면서요. 내일부터 다른 하녀가 올 거예요, 그렇게 솜씨가 좋아 보이진 않고, 어차피 오후엔 다른 집에 가야 해서 오전밖에 못 쓴답니다. 사람 구하기가 이렇게 어려우니, 훌륭한 하인까지는 바라지도 않죠, 하느님이 우리에게 하인들을 보내주시는 것만 해도 감사해야죠. 마르따가 자기 집으로 가기로 하고 당연히 전 마리에뜨에게 바로 회신 부담 전보를 보냈죠. 지금 빠리에 있고 어차피 7월 1일에 다시 우리 집으로 오기로 했는데, 상황이 이러하니 즉시 와주면 안되겠느냐고 물었는데, 건물 관리인으로 일하는 여동생이 양쪽 폐가 다 폐렴에 걸려서 안된다고, 7월 초가 되어야 올 수 있다고 답장이 왔네요. 하녀들이란 다 똑같죠. 어쩌겠어요, 처분에 따를 수밖에요. 참, 잠깐만요, 정말 중요한 일이 있는데 아직 말씀 안 드렸네요! 저희는 모레 브뤼셀에 간답니다. 저희 친척인 판오펄가에서, 판오펄 저택에서 급하게 절 찾아서요! 맞아요, 어제 점심때 우편물이 왔답니다. 엘리서 판오펄이, 그러니까 젊은 안주인이 말 그대로 살려줘! 하고 편지를 보낸 거예요. 시어머니가 뇌졸중으로 쓰러지셨다네요, 반신불수가 왔고, 상태가 그러니 결국 모셔온 거죠. 그런데 빌헬미너 판오펄 노부인, 그러니까 환자분이 간호사마다 다 싫다고 하시면서 무조건 저만 찾으신다는 거예요, 이전에도 제가 간호해드린 적이 있거든요. 저야 당연히 마음의 소리만을 듣죠, 어제 당장이라도 떠나려고 했답니다. 물론 이뽈리뜨도 같이 가야죠, 제가 없으면 못 지내거든요. 그런데 기차 침대칸이 모레나 돼야 자리가 있더라고요. 밤차를 탈 때는 꼭 침대칸을 이용하는 게 우리 가문의 원칙이거든요. 그래서 금요일 저녁 기차로 두 자리를 예약했답니다. 19프랑 45, 아니, 19시 45분 기차고 브뤼셀에는 토요일 오전 8시 50분에 도착해요. 물론 언제든 예기치 못한 일이 일어날 수 있으니 모든 게 신의 뜻이지만요. 석달 정도 머물 것 같아요. 좀더 짧을 수도 있지만 모든 건 환자 상태에 달렸죠. 의사 말로는 아무리 오래 버텨도 8월 말이면 돌아가실 거라고 했다지만. 뭐, 확실한 건 없죠, 모든 걸 알고 계시는 분의 뜻이니까요. 어쨌든 저로선 제분업을 크게 하는 판데르묄런 가문의 따님인 엘리서가 곤란한 상황에 처해 있는데 모른 척할 수는 없네요. 그럼요, 간호사도 같이 있죠, 저는 그냥 환자에게 영적 위안을 주고, 간호사가 할 일을 알려주기 위해서 가는 거예요. 그렇게 가 있는 동안 뜨개질을 다 완성할 생각이에요, 특히 남편이 신을 양말들을요. 남편 양말이 참 빨리 닳거든요, 정말 심하답니다, 도대체 어떻게 하면 그렇게 되는지 모르겠어요. 네? 아뇨, 전 발꿈치를 먼저 뜨고 둘로 나눠서 원하는 길이만큼 뜨다가 코를 줄여요. 왜냐하면 발등은 별로 닳을 일이 없으니까, 대체로 밑부분과 코 줄어드는 부분만 다시 떠서 바닥을 바꾸죠. 그렇게 하면 시간도 덜 들고 털실도 덜 들거든요. 참, 그런데 갑자기 생각이 났는데, 한번 뵀으면 해요, 우리 캐비아, 아니 말이 헛나왔네요, 우리 출발 전에, 그러니까 내일 목요일에 점심 드시러 오시겠어요? 목요일은 힘드신가요? 그러면 금요일, 우리가 떠나는 날은 어떠세요? 점심 약속이 있으시다고요? 그럼 할 수 없죠, 저녁 드시러 오세요. 당연하죠, 전 좋아요! 하지만 아무리 그래도 얘기를 좀 나눌 수 있게 일찍 오세요, 기차가 19시 45분, 그러니까 8시 십오분 전에 출발하거든요. 4시 어때세요? 괜찮으세요? 정확히 5시 30분에 식사를 시작하면 간식 겸 저녁이 되겠네요. 저희 상황이 어쩔 수 없으니 그냥 집에 있는 걸로 간단히 먹으려고요. 그럼 금요일에 봬요, 정말 기쁘네요. 그리고 참, 지난번에 말씀해주신 거요, 약한 옷감들 빨래할 때 베갯잇을 사용하는 요령 알려주신 거 다시 한번 감사드려요. 벌써 실행에 옮겼답니다, 옷감이 정말로 상하지 않더군요! 참, 옆에서 이뽈리뜨가 안부 전해드리라네요. 아드리앵도 있었으면 그애의 안부 인사도 전해드렸을 텐데, 전 거짓말을 못한답니다. 그래요, 아드리앵이 있었으면 분명 진심으로 인사드린다고 했을 거예요. 그럼 이만 끊을게요, 모레 4시에 봬요, 정말 기쁘답니다, 그럼 그날 뵙도록 하고, 환한 미소만 우선 전해드릴게요.

방으로 돌아온 뒴 부인은 등받이가 높은 안락의자에 앉아 다시 뜨개질감을 들었다가, 곧바로 다시 내려놓더니 서슬 퍼런 눈으로 남편을 쳐다보았다. 남편은 전율하며 아무것도 모른다는 순진한 표정을 지었다.

— 오늘 아침에 디디 얼굴 봤어요? 오, 감추려고 애썼지만 엄마의 마음을 속일 수는 없죠! 왜 그런 얼굴이 됐는지 난 안다고요! 바로 그 아이가 어제 베네데띠 씨의 파티에 같이 안 가겠다고 해서 그런 거잖아요! 정말 테단한 애예요! (그녀는 공포스러운 자기애에 짓눌려 음산한 소리를 내면서 딱딱한 비스킷을 깨물었다.) 내가 장담해요, 좀 있다 우리 귀부인께서 식사하러 내려오시거든 봐요. 장담한다니까요, 모레 에믈린 방트라두르가 간식 겸 저녁을 먹으

러 우리 집에 온다는 얘기를 들어도 분명 아무 말 안할걸요? 공주마마는 그런 일에 관심이 없다는 걸 보여주려고 말이에요! (치아 사이에 낀 비스킷 조각을 꺼내기 위해 쯧쯧거리기.) 그래봤자 방트라두르 가문의 땅은 그 잘난 고모의 좁은 땅하고 비교가 안된다고요, 우리 손에 거의 다 들어왔는데 우리 디디한테 안 주려고 그애 삼촌이 상속해버린 그 땅 말이에요! 뻔뻔스럽게도 그애는 자기 보기에는 그게 옳은 일 같다고 말했었잖아요! 아, 그런데도 그애를 사랑해야 하고 그애를 위해 기도해야 한다니!

28

안에서 버튼을 누르자 미스 윌슨은 조건반사처럼 곧바로 움직여 정확히 안으로 들어와서 루이 16세 양식의 책상으로부터 2미터 떨어진 곳에 섰다. 단정하고, 엉덩이가 빈약하고, 자기 삶이 올바르다는 확신을 지니고 있고, 피어스 비누와 어우러진 지독한 라벤더 냄새를 풍기는 50대의 그녀는 수직으로 꼿꼿하게 그리고 유능하게, 두려움도 비난도 담기지 않은 꾸밈없는 녹색의 충성스럽고 우직한 눈길을 보내며, 말없이 서 있었다.

그 눈길, 합리적으로 행복한 삶을 살아가는 사람들의 눈길을 보기가 힘들어서 그는 고개를 숙인 채로 국장들을 불러달라고 말했다. 그녀는 정중하면서도 자율적인 간결한 동작으로 복종의 표시를 한 뒤, 뒤로 돌아서서 굽 낮은 구두로 걸음을 옮겼다. 근거는 없지만 나름의 신념으로 무장한 그녀는 자신이 믿는 신, 자신이 섬기는 왕에 대해 확신을 지니고 있었고, 자신이 완벽하게 성실하다고,

죽음 이후에는 하늘에 자리가 마련되어 있다고, 그리고 은퇴 후에는 이미 써리[68]에 사놓은 별장에서 설탕을 넣지 않은 진한 홍차를 마시면서, 날카로운 전지가위로 장미나무를 다듬으면서, 모두의 존경을 받으면서, 목사 부인과 친한 벗으로, 흠 없이 행복하게 살다가 처녀의 몸으로 성큼성큼 하늘나라로 걸어가리라 확신했다. 운이 좋은 여인, 그리고 믿음을 지닌 여인. 그는 전혀 그렇지 않았다. 고독한 인간, 아무것도 믿지 않는 인간. 결국에는 자살. 그때까지는, 매일 모여서 회의를 하는 한편의 소극.

회의실에 모인 여섯명의 국장이 메모지철을 앞에 두고, 담배를 피우면서, 서로 정중하게 고급 라이터를 내밀면서, 다정한 농담을 주고받으면서, 그리고 서로 증오하면서, 긴 테이블에 둘러앉아 있었다. 네덜란드의 작위 없는 귀족인 판프리스는, 자기와 달리 사회적 품격 같은 것을 찾아볼 수 없는 평민 동료들을 마음속으로 무시하며 대화에 거의 끼어들지 않았다. (무엇보다도 그는 사교계 일을 잘 안다는 자부심이 있었다. 예를 들어 브로이나 첨리 같은 대귀족 가문의 이름이 예외적으로 멋지게 발음된다는 것을 알고 있었고,[69] '공작령'이라는 단어가 여성형으로 쓰이기도 한다는 것도 알고 있었다. 게다가 "나의 턱시도"라고 말하지 않고 "나의 디너 재킷"이라고 말하면서 야릇한 우월감을 느끼기도 했다. 그런 하찮은 것 외에도, 늘 비실비실하지만 사회적 수완이 뛰어나고 손님들을 많이 초대하며 시를 쓰는 백작 부인을 알고 지내는 것, 그리고 유배 중

----

68 영국 남부의 주.

69 브로이(Broglie)는 프랑스의 귀족 가문, 첨리(Cholmondeley)는 영국의 귀족 가문으로, 철자상의 발음과 달리 소리 낸다.

인 멍청한 왕비의 집에 초대받아 가는 것이 눈이 튀어나오고 늘 러시아 가죽 냄새를 풍기는 이 불쌍한 남자의 존재 이유였다.)

쏠랄이 들어오자 국장들이 일어섰다. 쏠랄은 그들을 쳐다보았다. 모두 그가 잘 아는 사람들이다. 물밑에서 자기를 해칠 음모를 꾸미고 있는 베네데띠를 제외하고는 충성스러운 자들, 다시 말하면 누가 옆에서 자기 상사의 험담을 하면 그냥 조심스레 웃고 마는 자들, 이따금 모호하게 동의의 뜻을 담아 미소를 짓는 자들이다.

쏠랄은 국장들에게 앉으라고 말한 뒤, 오늘 지시 사항은 한가지뿐이라고, 사무총장님이 지시하고 명하신 대로 "국제연맹의 목적과 이상을 실현하기 위한 활동"이라고 말했다.

국장들은 하나같이 그 활동이 어떤 것이어야 하는지 알지 못했고, 자기가 원하는 것을 부하 직원들이 가르쳐주기를 기다리고 있는 존 경 역시 다르지 않았다. 하지만 가장 중요한 원칙은 절대 체면을 구기지 않는 것, 늘 능력 있게 보이는 것, 이해 못하겠다든지 잘 모르겠다든지 하는 말을 절대 하지 않는 것이었기에, 모두들 번갈아가며 많은 말을 했다.

그렇게 무엇이 문제인지 제대로 알지 못한 채로 국장들은 갈팡질팡하면서도 요령껏 능숙하게 말을 이어갔다. 자기를 제외한 다른 사람들의 말이 너무 길어서 짜증이 난 동료들이 메모지 위에 도형을 그리고 또 우울한 얼굴로 그림을 다듬는 동안에, 판프리스는 십분에 걸쳐 체계적일 뿐 아니라 구체적인 방안을 마련하는 일이 시급하다는 이야기를 했다. 이어 베네데띠가 두가지가 핵심이라고, 첫째로 겸허하게 자기 견해를 말하자면, 활동 계획보다는 활동 프로그램을 채택해야 한다고, 분명 프로그램이라고, 계획과 프로그램의 차이는 상당히 중요하다고, 적어도 자기 생각은 그렇다고 했고, 둘째로 활동 프로그램은, 단호히 말하자면, 특수한 계획이어야 한다고 의견을 피력했다.

다른 국장들이 동의했고, 특수한 계획이 절대적으로 필요하다는 것을 인정했다. 원래 사무국에서는 특수한 계획이 인기가 높았다. '계획'에 '특수한'이라는 말이 덧붙으면, 무엇을 가리키는지 정확히 아는 사람은 없었지만, 어쨌든 특수한 계획이라고 하면 그냥 계획보다 더 진지하고 확실해 보였다. 실제로, 계획과 특수한 계획의 차이를 아는 사람은 없었고, 그 중요한 형용사의 의미와 유용성에 관해 생각해보려는 사람도 없었다. 깊이 생각하지 않고 그저 그렇게 말하는 게 더 좋아 보였기 때문에 특수한 계획이라고 말했다. 특수한 것이라고 얘기되는 순간 그 계획에는 신비스러운 매력, 풍요로운 성과를 약속하는 위엄이 실렸다.

이어 문화국 국장인 바세가 관련된 무상 원조 기구들과 긴밀한 협조하에 계획이 진행되어야 한다고 강조했다. 하지만 감추지 말고 공개적이어야 하죠! 대외협력국 국장인 맥스웰이 특수한 계획을 수행하는 데 있어서 처음부터 사무국이 주도권을 쥐어야 한다는 입장을 밝히면서 말했다. 그렇지만 조심해야 합니다! 존슨이 큰 소리로 말했다. 신중할 필요가 있고, 회원국들의 전적인 동의를 구해야 합니다! 그러기 위해서는 여러 나라의 정부에 설문지를 돌려야 합니다. 활동 프로그램의 특수한 계획은 그쪽에서 응해주어야만 수립될 수 있으니까요. 오를란도는 여러 나라의 교육 장관과 협력하여 국제연맹의 목적과 이상에 관해 학교에서 강연회를 개최하는 프로그램을 수립하는 것이 제일 좋은 방법이라고 말했다.

다시 바세의 차례가 되었다. 그의 진짜 이름은 꼬엔, 그러니까 모세의 형제인 아론의 후손들과 같은 혈통이지만, 악취를 풍기는 이 역겨운 인간은 바세라는 이름으로 자기의 원래 모습을 숨겨버렸다. "특수한 계획은 체계적이고 구체적일 뿐 아니라 전체적으로 긴밀한 협조하에 진행되어야 합니다. 업무 혼선이나 관할 영역의 갈등 그리고 업무 중복을 피하기 위해서는 사무국 내 여러 국 사이뿐 아니라 정부 연계 기관들과 사무국 사이에 협조가 이루어져야 하며 이 특수한 계획의 최종 목적은 관계된 여러 정부 간의 협의에 그치지 않고 사무국 내에 국제연맹의 목표와 이상을 증진하는 업무를 담당할 새로운 국을 신설하는 것이 되어야 합니다. 이상이 제 생각입니다." 이어 그는, 자신이 바세[70]라는 사실에 자부심을 느끼는 것과 마찬가지로 자신의 발언에 자부심을 느끼며 고개를 숙였다. 국제연맹 사무국이 정기적인 구조 개편을 좋아한다는 사실을 알고 있는 동료들은 새로운 국을 설치한다는 원칙에 동의했다. 끝없이 분해했다 조립할 수 있는 메카노[71]를 손에 든 어린아이처럼 늙은 체인은 어떤 국은 없애고, 어떤 국은 둘로 나누고, 또 어떤 국은 신설했고, 그러다보면 결국 몇달 전의 체제로 돌아가기도 했지만, 그렇게 분해했다 다시 조립하는 것을 좋아했다.

말없이 앉아 있는 상사 앞에서 두각을 나타내려 혈안이 된 남자들은 점점 달아올랐고, 갑자기 열정적으로 달려들어 국제연맹 사무국에서 통용되는 이상한 언어를 사용해 "탐색해야 할 상황" "조직 구성 측면과 작업 수행 측면에서 책임 분배와 관련해 동의를 얻기 위한 방법들" "문제에 대한 다양한 접근 양태" "전문화된 기구의 완성" "각국 정부에 협조를 촉구함으로써 얻어내야 할 편익"

---

70 Basset. 프랑스어 보통명사로 바셋하운드, 즉 다리가 짧고 충성심이 강한 개를 말한다.
71 모형 조립 완구.

"구체적인 행동의 긴급한 필요성을 폭넓게 시사하는 과거의 경험" "고려 중인 프로그램의 유용성에 대하여 제시해야 할 증거들" "실제적으로 존재하지 않는 난점들" "최근 이사회에서 나온 고무적인 연설들" 등을 떠들어댔다. 그렇게 모호하고 모순되는 제안들이 뒤섞여버렸고, 머리가 나빠서 아무것도 이해하지 못하는 속기사는 모든 내용을 성실하게 받아 적었다.

갑자기 침묵이 흘렀다. 너무나 뒤죽박죽이 되어버리는 바람에 그래서 어떻다는 건지, 무엇이 결정된 건지 알 수 없는 상황이었다. 맥스웰이 늘 그러듯이 이도 저도 아닌 안이한 해결책을 제안하면서 상황을 구해냈다. 즉 "연구단을 구성해서 사태를 탐색하게 하고, 차후에 각국의 대표단으로 구성된 적절한 위원회를 구성해서 국제연맹의 목적과 이상을 위해 체계적이고 협력적인 활동을 수행하는 데 필요한 장기 프로그램의 윤곽을 세우기 위한 구체적인 제안들을 수렴할 수 있도록 구체적인 사전 계획안을 제출하게" 하자는 것이었다.

미처 이런 생각을 하지 못했다는 것이 속상하고, 또 어떡해서든 두각을 나타내고 싶었던 판프리스는 지금 토론하고 결정한 사항을 바탕으로 "앞으로 구성될 연구단에 지침을 제공하고 필요 시에 참조할 수 있도록" 개략적인 방향을 제시하는 지침서를 만들자고 말했다. 자르나끄의 한수 같은 공격을 해낸 것이 뿌듯하고 또 경쟁자에게 짜증스러운 일을 떠안길 수 있다는 것에 신이 난 판프리스는 맥스웰이 시급히 지침서를 작성해서 존 경에게 결재를 받는 것이 어떻겠냐고 말했다.

— 됐소, 모두 동의합니다. 쏠랄은 이렇게 말하고 다시 입술을 깨물었다. 맥스웰, 추진하시오. 자 여러분, 고맙습니다.

국장들이 나간 뒤 쏠랄은 앞으로 일어날 일을 머릿속에 그려보았다. 맥스웰은 임시로 대외협력국에 배치되어 있는 모신손을 부를 테고, 회의 내용을 적은 속기록에 지침서 작성에 필요한 사항이 모두 들어 있을 거라고, 그러니 이미 다 준비된 셈이고 정리해서 요약만 하면 된다고, 한두시간이면 끝낼 수 있는 일이라고 할 것이다. 자, 추진하시오. 다 준비된 거나 마찬가지요, 그래도 조심하시오, 그 문제가 갖는 정치적 측면들과 각 나라의 민감한 대응과 가변성에 주의하시오. 정부들이 싫어할 소지가 있는 내용은 절대로 넣지 말고 완화해서 쓰도록 하시오, 그렇게 내일 아침 출근하자마자 가져오시오. 그러면 불쌍한 모신손은 밤새 커피를 마시면서 그 일에 매달릴 것이다. 횡설수설이 그대로 담긴 속기록 전문을 읽으며 수렁에 빠질 테고, 도대체 무슨 말인지 알 수 없어 좌절할 테고, 결국에는 여섯 국장의 결정 사항을 자기가 직접 만들어낼 테고, 그렇게 해서 그의 머리로부터 쓸 만한 지침서가 나오게 될 것이다. 한마디로 말해서, 뒤를 봐줄 사람이 없는 자그마한 유대인, 한 달에 500프랑 받는 임시직 서기가 결정한 내용이 존 체인, K.C.B., K.C.V.O. 경에게 가게 될 것이다.

— 미스 윌슨, 판프리스를 불러주시오.

가운데 가르마를 탄, 신경쇠약에 시달리는 키 큰 적갈색 말처럼 생긴 위임통치국 국장이 구부정하게, 혹시 책망을 들을까봐 겁을 먹고서 죄인이 된 듯한 모습으로 들어섰다. 쏠랄은 의자를 가리켰고, 이어 눈은 다른 곳을 쳐다보면서 아드리앵 됨의 업무 능력이 마음에 드느냐고 물었다. 판프리스는 상대가 어떤 대답을 좋아할지 생각할 시간을 벌기 위해서 몇번 기침을 했다. 게으르고 제때 일을 해내지 못하는 것이 거슬릴 뿐 아니라 문학을 좋아하는 사람으로 통하는 것 때문에도 마음에 들지 않는 됨이 위에서 직접 내려온 지시로 인해 A급이 되었다. 그 말은 높은 사람들한테 잘 보였다는 뜻이다. 그러니까 좋게 말해야 한다.

—아주 만족합니다. 훌륭한 공무원이죠, 시간도 잘 지키고 적극적이고 관계도 아주 좋습니다.

—그렇다면 때때로 파견단 일을 맡기시오.

—안 그래도 오늘 그럴까 생각하고 있었습니다. 판프리스가 재빨리 거짓말을 찾아냈다. 빠리와 런던에 가서 관계 장관들을 만나보라고 할 생각이었죠. 서로를 신뢰하며 협력하기 위해서는 개별적으로 직접 접촉하는 것이 제일 좋은 방법이잖습니까. 게다가 중요한 자료들은 현장에 가면 더 손에 넣기 쉬우니까 그것도 좀 챙겨올 수 있을 테고요. 또 이어서, 특별히 민감한 문제들이 제기되고 있는 두 지역, 그러니까 시리아와 팔레스타인에 들렀다 오게 하면 어떨까 말씀드리려던 참이었습니다.

이렇게 말한 다음 판프리스는 공손히 기침을 하고서 헌신적인 눈길로 상대를 바라보며 기다렸다. 쏠랄이 좋다고 했고, 판프리스는 아무 탈 없이 자리를 벗어난다는 사실에 기뻐하며 방을 나섰다. 복도로 나온 그는 허리를 곧게 세웠고, 다시 중요한 인물이 되었다. 두달, 아니 석달 동안 됨을 안 봐도 된다니 좋은 일 아닌가. 대신 일 잘하는 임시직 모신손을 데려다놔야겠다.

29

 —그래, 됐어, 정말 성공이야. 그가 제일 좋아하는 화장실에서 구원의 함성이 울려 퍼지는 동안 그는 바지 단추를 채웠다. 그러고는 한마디를 덧붙였다. 축하해. 화장실을 나설 때 그는 마치 아침의 보드라운 풀밭을 달리는 의무를 수행하는 강아지처럼 신이 나서 당장이라도 깡충거리고 싶었다.

 그는 복도에 서서 이제 무엇을 할까 생각해보았다. 의무실에서 하루 한번 맞는 카코딜산염[72] 주사도 맞았고, 모닝커피도 마셨고, 일하는 것만 남았다. 덴마크 간호사는 정말 예뻤는데! 이제 일하는 것만 남았군. 일만 하면 돼. 그는 흥얼거리며 사무실의 문을 밀고 안으로 들어섰다. 그러고는 자리에 앉자마자 신문을 펼쳐 전날 선출된 새 교황의 얼굴을 물끄러미 쳐다보았다.

---

72 비소화합물. 20세기 초까지 강장제로 쓰였다.

─좋겠네, 멋지게 승진하셨어, 그렇지? 그가 교황에게 말했다. 뭐 나도 그렇다고 할 수 있지만.

신문을 접은 뒤 그는 A급 직원용 책상을 감탄 어린 눈으로 바라보았고, 페르시아산 카펫을 발로 문지르며 부드러운 감촉을 느껴보았다. 그리고 읽지도 않을 거면서 도서관에서 빌려온 호화 장정의 책들이 진열된, 열쇠가 있고 유리문이 달린 서가에 사랑 가득한 눈길을 던졌다.

─책을 반납하라고 하면 어쩌지, 빌어먹을. 계속 필요하다고 우겨야겠군! 여기서 살아남자면 스스로를 지킬 줄 알아야 해!

공짜로 카코딜산염 강장제를 맞은 것이 흡족하고 소화가 완벽하게 돼서 흥이 난 그는 책상 위 아내 사진이 들어 있는 커다란 액자를 살짝 돌려놓고 나니 더욱 흐뭇해졌다. 이렇게 하면 아내의 얼굴을 혼자만 보지 않고 다른 사람들과 함께 볼 수 있지 않은가. 이 방에 들어온 B급 직원에게 가죽 소파에 앉으라고 권하면, 자리에 앉는 순간 사진을 본 B급 직원이 아내의 아름다움을 찬탄하게 될 것이다. 오래된 은테 액자 속, 가슴이 살짝 파인 옷을 입은 아내는 무척이나 고고한 자태였다. 아름다운 여인, 그렇고말고. 저 여인을 마음대로 만질 수 있다니. 쿵, 쿵, 쿵, 그가 엄지와 검지로 코를 만지며 행복에 젖은 콧소리를 냈다. 사진을 가져다놓길 잘했다. 고위 관리 같은 느낌이 들지 않는가. 아이가 없는 게 아쉽기는 하다. 예쁜 옷을 입은 귀여운 어린 딸의 사진도 있었더라면 그야말로 최고 책임자의 분위기를 풍길 수 있었을 텐데. 뭐, 어쩔 수 없지. 어쨌든 A급이 된 뒤로 그는 사무실을 꾸미려고 애썼다. 벽에 걸린 비구상화는 예술적인 분위기를 요하는 교양 있는 관리에게 잘 어울렸다. 오래된 은제 담배합을 가져다놓은 것 역시 좋은 생각이었다. 중후해

보이지 않는가.

　―B급 직원이 찾아와서 존경의 눈길을 보내며 뭔가 물어볼 때 이걸 열어서 내미는 거야. 담배 피우겠나, 까르발류? 담배 피우겠나, 에르난데스? 여기에 사무차장의 사진까지 있다면 정말 근사할 텐데, 직접 싸인까지 받은 걸로 말이야. 아드리앵 됨에게, 진심을 담아. 아니면 우정을 담아, 이것도 좋네. 우정을 담아, 이게 더 멋지겠군. 베베가 들어왔다가 보면 어떤 표정을 지을까? 그래, 하지만 아직은 차장하고 그 정도로 친하진 않지. 이봐, 자네, 이럴 때일수록 조심해야 한다고, 실수하면 안돼. 성급하게 굴지 마, 기다려야 해! 알겠지? 싸인이 들어간 사진을 얻을 수 있을지는 앞으로 개인적인 친분을 얼마나 쌓느냐에 달려 있다. 그래, 내일, 6월 8일 금요일 저녁에 리츠에서 저녁식사를 하지 않는가! 그것도 차장의 숙소에서! 난 새 턱시도를 사고, 아리안은 연회용 드레스를 입는 거다! 정말이다, 국제연맹 사무차장의 거처에서 저녁식사를 하다니! 베베한테 말하고 싶은 걸 간신히 참았다! 그래, 자네 말이야, 차장하고 진짜로 친한 사이가 될 때까지는 기다려야 해, 그렇지? 베베가 알게 하는 건 상황이 좀더 확실해질 때까지 미뤄두라고, 그렇지? 그 사람이 아리안한테 보내온 편지는 썩 훌륭했어. 저의 사과를 주위 분들한테 전해주시기 바랍니다. 그런대로 괜찮은 표현이잖아. 안 그래? 그 정도면 경의를 표한 거지. 결국 내 앞길에도 도움이 된 거고. 쿵, 쿵, 쿵, 그가 다시 콧소리를 냈다. 내일밤 분위기를 봐서 칵테일파티를 연다고 말하면서 차장도 초대하자. 아니, 저녁식사가 낫겠군. 내일 저녁부터는 아빠 엄마가 한동안 집을 비울 테니까. 적어도 두달은 걸릴 거야. 어쩌면 차장이 지난번 초대에 못온 게 오히려 다행인지도 모르겠군. 그래, 저녁식사에 초대하는 거

야! 완벽해! 우리를 초대해준 데 대한 답례인 거지. 차장하고 아리 안 그리고 나, 이렇게 딱 셋이서만. 흰 장갑을 낀 호텔 지배인을 불러다놓고. 쿵, 쿵, 쿵. 하지만 중요한 건 우선 내일 좋은 인상을 주는 거야. 약속 시간 한시간 전에, 그러니까 7시에 맥시톤을 먹을 것, 그래, 최대한 괜찮은 모습을 보여야 하니까. 교양 있으면서도 재치가 넘치고 유쾌한 사람으로 보여야지. 그가 웃으면, 내 말에 흥미를 보이면, 그래, 그러면 다 끝난 거지. 무엇보다 제시간에 도착해야 해! 당연하지, 안 그래? 편지에 8시라고 했잖아. 그러니까 내일 20시 정각, A급 직원 됨 씨가 아름다운 아내를 앞세우고 입장하는 거야. 다행히도 아리안은 요새 기분이 좋아 보여. 그래, 얼마 전부터, 아주 좋아. 역시 여자가 좀 그래야지. 맞아, 자네 말대로 완벽해. 하지만 무엇보다 자네 존재가 빛나고 관심을 끌어야 한다는 거 잊지 마. 그래, 오후에 집에서 모차르트와 페르메이르와 프루스뜨에 관한 자료를 챙겨 와서 14시에서 18시 사이에 탐독하고 외워야겠어. 참고 자료에 근거한 독창적인 견해를 지닐 수 있어야지. 내 지식이 의외로 깊은 걸 보면 차장이 놀랄 거야. 이것 봐라, 하는 눈으로 쳐다보면서 생각하겠지. 괜찮은걸? 저 됨이란 자. 앞으로 관계를 다져나갈 것. 이렇게 말이야. 그리고 삐까소 전시회에 갔었는지도 잊지 말고 물어볼 것. 아는 걸 늘어놓을 기회를 얻을 수 있으니까. (그는 혼자 히죽거렸다. 삐까소에 관한 기사에서 근사한 문장 세개를 외워놓은 건 아주 기발한 생각이었다. 그걸 써먹으면 효과가 꽤 좋을 것이다.) 하지만 즉흥적으로 떠오른 것처럼, 내 안에서 나온 말인 것처럼, 천천히 말할 것. 그런데 맙소사, 혹시 그 사람이 삐까소를 좋아하지 않으면 어쩌지? 괜히 그 세 문장 때문에 망할 수도 있잖아! 우선 낌새부터 살필 것. 차장이 삐까소를 좋아하는지 아닌지 그것부터 확인할 것. 그래, 그게 좋겠어. 두고 봐, 잘될 거야. 품격 있는 대화가 될 거야. 그럼에도 불구하고, 명시하다, 우리의 조건을 수용하다, 이런 말들을 수시로 끼워넣을 것. 내 교양과 재치를 동시에 드러낼 수 있는 주제들을 찾아 미리 목록을 만들어놓을 것. 심오하면서도 흥미를 끌 수 있는 것들로. 그래, 그거야, 그를 웃게 만들 것. 무엇보다 우아한 재치로 웃길 것. 그가 웃어만 준다면 우린 제대로 친구가 될 거야! 그렇게만 되면 난 혜성처럼 등장하는 거지! 그가 싸인한 사진을 받고, 자문관으로 승진하고! 그래, 나라고 죽을 때까지 A급으로 썩으란 법은 없잖아, 안 그래? 페트레스코 같은 자도 어느날 갑자기 자문관이 되는데 나만 이러고 있자니 벌써 진력나는걸. 하기야 페트레스코가 승진할 줄 알고는 있었지. 그자의 책상에 티틀레스쿠의 사진이 놓여 있었잖아. 아무리 그래도 그렇지 그런 특혜를 받다니! 구역질 나네. 어떻게 그럴 수가, 나쁜 놈 같으니. 좋아, 이제 나도 이곳이 어떻게 돌아가는지 알겠어. 그래, 내 말 잘 들어, 자문관, 바로 그거야. 서둘러야 해! 하지만 그러자면 그 사람한테 좀더 인정을 받고 또 친해져야지. 그래, 인정받고 친해져야 해. 혹시라도 할 얘기가 생각나지 않을 때 참고하게 대화 주제들을 미리 써서 가져갈 것. 테이블 밑에 놓고 살짝 보는 거지. 자, 이봐, 너무 걱정하지 마, 잘해낼 거야. 거기다 아리안이 그 사람 마음을 사로잡고 제대로 몫을 해낼 거잖아. 그래, 맥시톤은 먹지 말자. 괜히 부작용이 있을지도 모르잖아. 그냥 처음에, 용기를 좀 내게 위스키만 몇모금 마시는 거야. 싸인이 들어간 커다란 사진이 생기면 여기 내 책상 위에 놓아야지. 그럼 베베가 날 건드리지 못할 거야. 이번 저녁식사 자리에서 진급 얘기는 꺼내지 않는 게 좋겠어. 넌지시 떠보는 것도 안돼. 그래야 잘 보일 수 있어. 사심 없어 보이는 게 결국 이익이 될 거라고. 자, 수다를 너무 많이 떨었지? 우리끼리니까 하는 말이지만, 자네 오늘 아침에 일 하나도 안했잖아.

그는 일을 미리 안한 것을 후회했고, 감춰둔 팽이를 멍하니 돌리다가, 홍옥수 구슬들을 만지작거리다가, 스테이플러를 슬로모션으로 찍다가 하면서 기분을 달랬지만, 무료함이 너무 고통스러워서 전혀 즐겁지 않았다. 그는 변명거리를 찾아보았다. 두말할 것도 없다. 목요일에 일하는 것이 끔찍하도록 지겹기 때문이다. 목요일은 사실상 일주일의 끝이나 다름없어 더 기운이 빠지는 것이다. 어쨌든 이제부터 족히 한시간은 일해야 하고, 먹고살자면 일할 수밖에 없다. 직업상의 양심이 걸린 문제가 아닌가. 그는 구슬과 팽이를 또다른 감미로운 소일거리 재산인 자석 두개 옆에 가져다놓은 뒤 마침내 카메룬 서류를 펼쳤다.

─오 노동, 세상의 성스러운 법칙이여, 그대의 신비가 이루어지리니. 그가 만년필 뚜껑을 열면서 장엄하게 말했다.

그때 전화벨이 울렸다. 그는 화를 내며 욕설을 내뱉고는 만년필 뚜껑을 다시 닫았다. 빌어먹을, 도대체 여기는 사람을 잠시도 그냥 두질 않는군! 그가 수화기를 들며 교만한 목소리로 말했다. 판프리스였다. 그는 부드럽게 대답했다. "알겠습니다, 바로 가겠습니다." 뭐야, 일을 시작하려는데, 이제 겨우 좀 제대로 해보려는데 방해를 하다니! 조용히 일을 하고 싶어도 이래서야 뭘 하겠어? 정말 고약한 곳이라니까!

─영벌 받은 지상의 인간들이여, 일어서라. 그는 중얼거리며 자리에서 일어섰다.

베베가 왜 날 찾는 걸까? 그는 복도를 걸어가며 생각했다. 또 무슨 질책을 하려는 걸까? 그는 걸음을 멈췄고, 재킷의 단추를 풀고 머리를 긁었다. 아까 카나키스와 까페떼리아에 가는 것을 본 게 분명하다. 뭐, 그럼 좀 어때! 내일 저녁이면 사무차장의 숙소에서 저녁식사를 할 몸인데! 그는 다시 재킷의 단추를 채운 뒤 옷깃을 아래로 힘껏 당기며 매무새를 가다듬었다. 뭘 어쩌겠는가. 이제 A급인데. 하지만 국장의 사무실 앞에 선 그는 조심스레 노크를 했고, B급 직원의 표정을 지으며 안으로 들어섰다.

　— 앉게. 판프리스가 재빨리 비스듬한 눈길을 던지고는 다시 고개를 숙인 채 계속 무언가를 쓰면서 말했다.

　판프리스는 늘 이런 식이었다. 그에게는 이것이 자신의 권위를 세우고, 가학적인 취향을 은근히 살리고, 상사들한테서 받은 굴욕을 부하 직원들에게 푸는 방식이었다. 또한 마음 놓고 무례하게 굴수 있는 이런 기회는 더 높이 출세하지 못한 실패를 위로해주기도 했다. (아! 외교관이 되었더라면 지금쯤 브로이와 첨리 가문의 사람들을 아무렇지도 않게, 굳이 애쓰지 않아도, 자연스럽게 만나고 있지 않겠는가!) 그는 위임통치국의 부하 직원을 불러놓고 이런 식으로 기다리게 하는 것을 즐겼다. 얼마 동안 기다리는지는 부하 직원의 성격에 따라, 두 사람의 관계에 따라 달랐다. 대부분의 경우 서류에 붙일 메모를 마무리한다는 핑계였다. (판프리스의 메모는 국장들에게는 찬탄의 대상이었고, 같은 국 사람들에게는 절망의 대상이었다. 그는 말을 하지만 사실상 아무것도 말하지 않는 술책의 대가로 꼽혔다. 병적일 정도로 용의주도한 관리자인 베베는 무언가 뜻이 있어 보이지만 자세히 읽어보면 아무 뜻도 없는, 결국 그 어떤 책임도 지지 않을 문장을 수십개도 넘게 늘어놓을 줄 알았다. 몇페이지에 걸쳐 잔뜩 써놓되, 아무 말도 하지 않을 수 있는 재능을 지닌 것이다.)

그날 아침 판프리스는 아드리앵 됨을 너무 오래 기다리게 하지 않는 것이 좋겠다고 판단했다. 높은 영역이라고 부르는 곳의 누군가로부터 도무지 알 수 없는 경로로 총애를 받는 이 모사꾼이 신경 쓰였기 때문이다. 그는 만년필을 내려놓은 뒤 고개를 들어 병든 눈으로 부하 직원을 쳐다보았다. 직속상관인 그가 있는데, 그가 선택하지도 않았는데, 그를 건너뛰어서, 그가 미처 알지도 못하는 사이에 진급을 해버리다니. 위에서 그의 의견을 한번 물어보기만 했더라도 이렇게 체면을 구기진 않았을 텐데. 그는 모욕을 안겨준 비열한 부하 직원에게 다정한 미소를 보내며 물었다.

— 별일 없나?

아드리앵은 별일 없다고 대답했고, 상사의 첫 질문에 마음을 놓으며 편하게 자리에 앉았다. 문이 열리더니 여직원이 바퀴 달린 둥근 이동 테이블을 밀고 들어왔다. 판프리스는 차 한잔을 권했고, 아드리앵은 감사 인사를 했다. 하지만 판프리스의 배려에도 불구하고 그는 슬픔을 억누를 수 없었다. 국장들에게는 이렇게 찻주전자까지 나오는데, 아래 직원들은 잔밖에 없다는 사실 때문이었다. 그는 당장 까스뜨로를 비롯한 다른 A급 직원들과 이 문제를 얘기해보리라 마음먹었다. 그렇다. A급 직원들이 집단으로 자재과에 요청해서 이런 불합리한 처사를 바로잡아야 한다. A급들에게도 찻주전자가 나오도록, 부득이 국장들보다 조금 나쁜 것이라 하더라도, 어쨌든 나오도록 해야 한다! 그런 식으로 다 함께 요청을 하다보면 아직 잘 모르는 A급들과도 접촉할 수 있을 테고, 그들을 집에 초대할 수도 있을 것이다.

직원이 다시 찻잔 하나를 가지고 들어와 차를 따르고 밖으로 나갔다. 판프리스는 평소와 전혀 다른 모습으로 부하 직원에게 유머가 실린 말을 건넸고, 그러자 부하 직원은 엄청나게 큰 웃음으로 답례했다. (아드리앵 됨은 원래 우렁차게 웃을 때가 많았다. 그 이유는 상대방에 따라 달랐다. 상급자와 이야기할 때는 상대의 재치가 뛰어나서 도저히 참을 수 없을 만큼 즐겁다는 것을 보여주기 위해 크게 웃었다. 동등한 지위의 상대 앞에서는 자신이 누구와도 친구로 지낼 수 있는 사람임을 보여주기 위해, 동료들 사이에서 속내를 감추지 않고 진심으로 대한다는 평판을 얻기 위해 크게 웃었다. 여자들 앞에서, 특히 아내 앞에서 갑자기 크고 힘차게 웃어젖히는 것은 남자답고 정력이 넘쳐 보이기 위해서였다.) 판프리스는 농담까지 건네며 화기애애한 분위기를 만들었다. 높은 사람들의 총애를 받는 자를 함부로 할 수는 없었기 때문이다. 판프리스는 의자를 앞뒤로 흔들었고, 두 발을 책상에 가져다 댔고, 스스럼없는 상사의 모습을 연출하기 위해서, 부하 직원들이 '동방 무희의 포즈'라고 부르는 자세를 취하며 두 손으로 뒷목을 받쳤다.

　—자네한테 임무를 하나 맡기기로 했네. 판프리스는 부하 직원이 상급자의 존재감을 느낄 수 있도록 거만한 목소리로 입을 열었다. (그러고는 잠시 고민. 사무차장과 이 일에 대해 얘기했었다는 걸 넌지시 알려줘야 할까? 아니다. 괜히 이번 일이 위에서 시작된 것을 알게 되면 자기가 뭐라도 되는 줄 알고 잘난 척을 할 것이고, 다루기 더 힘들어질 것이다. 더구나 스스로 결정하는 상사의 위엄을 잃지 말 것. 하지만 결국에는 다 알려질 수밖에 없음을 알았기에 신중하게 대처하자는 뜻에서 진실을 아주 조금 덧붙였다.) 윗분들과도 얘기해봤네. (윗분들이라는 말에 매혹되어 음미하느라 그는 잠시 말을 멈췄다.) 모두 동의하셨네. 그러니까 빠리와 런던에 다녀오게. 벨기에 위임통치는 자네 관할이 아니긴 하지만, 그래도

브뤼셀도 다녀오게. 자넨 벨기에인이니까 사람들과 접촉하는 데
도움이 되겠지. 그런 다음에 위임통치 지역 중에 제일 민감한 시리
아와 팔레스타인에 가서 심층적으로 연구해보게. 원칙적으로 전부
다 해서 12주 안에 끝내야 하네. 혹시 예기치 못한 일이 발생하면
적절한 절차에 따라 기간 내에 연장 신청을 하도록 하고. 그러니까
자네가 할 일은 빠리, 런던, 브뤼셀에서 관련 장관들을 만나고 시
리아와 팔레스타인에서 고등판무관들을 접촉하면서 우리 국에 필
요한 자료들을 공식적으로 수집하는 거네. 그리고 공식적인 임무
는 아니지만 역시 중요한 일은, 장관과 고등판무관 같은 지도층 인
사들과 개인적인 친분을 쌓도록 노력해서 앞으로 신뢰하며 협력할
수 있도록 하는 거네. 특히 요령껏 얘기를 꺼내서……

이러쿵저러쿵, 판프리스는 됨에게 아리송하고 모호한 말들을 늘
어놓으며 무엇보다도 각 나라의 실무 당국과 접촉하되 민감한 부
분은 건드리지 말라고, 그렇게 해서 국제연맹이 어렵고도 너그러
운, 한마디로 말해 문명의 발전에 기여하는 그 나라들의 신탁통치
를 지지하고 있음을 확인시키라고 말했고, 관계 당국과 정치적인
현안을 다룰 때에는 늘 상당히 중요하고 예측 불가능한 정책들을
고려하며 미묘한 차이들을 염두에 두고 에둘러 말하라고 충고했다.

─ 에둘러서, 에둘러서, 에둘러서 말하게.

십오분 뒤 관련한 모든 명령을 전한 판프리스는 스스로 지시 사
항 전달 혹은 브리핑이라고 부르는 것을 끝내고 자리에서 일어섰
다. 미소를 지으며, 마음속으로는 언젠가 다시 혼내주리라 다짐하
면서, 그는 부하 직원과 정겹게 악수를 나누었고, 임무를 성공적으
로 수행하고 오라고 인사를 했다.

30

─여보, 당신하고 통화가 돼서 정말 다행이야. 당신이 집에 없을까봐 얼마나 걱정했는데! 여보, 내 공직 인생에 최대 사건이 일어났어! 자그마치 12주 동안 출장이라니! 아무나 맡을 수 없는 중요한 정치적 임무를 수행하는 거야! 제일 중요한 건, 내일밤에 바로 떠나야 해! 안된다고 말할 수가 없었어. 어쩌겠어, 너무도 중요한 기회인데. 그 정도의 임무라면 앞으로 엄청난 도움이 될 거야, 내세울 만한 중요한 경력이 될 거라고. 무슨 말인지 알겠지? 그래, 그 얘긴 집에 가서 해. 일단 중요한 건, 내일밤에 바로 빠리로 떠나야 한다는 거야. 물론 0시 50분 출발이니까, 당연히 저녁식사 자리에는 참석할 수 있어. S.S.,[73] 그래 쒸잔의 S, 그 사람과 같이하는 자리 말이야. 리츠에서 0시 30분에만 떠나면 돼. 역이 바로 옆이니까

....
73 사무차장(sous-secrétaire)을 지칭한다.

충분할 거야. 이미 출장 지시는 다 받았어. 관리 부서에도 다녀왔고. 베, 아니 판프리스 씨가 이미 통지해놓았던걸. 아주 멋진 여행이 될 거야! 일등 침대칸, 그러니까 1인용 침대칸으로 벌써 예약이 되어 있더라니까! 조르주 쎙끄 호텔에 방도 잡아놓았고, 정치용 아니 개인용 욕실하고 화장실이 딸려 있는 걸로 말이야. 조르주 쎙끄는 최고급 호텔이야. 방이 409개나 있더군. 미슐랭 여행서에서 확인해봤어. 참, 판프리스 씨가 나더러 출장 준비를 해야 할 테니 내일은 출근을 안해도 된대. 가방 쌀 때 필요한 것들을 다행히 이미리스트로 만들어놓았잖아. 기억나지? 지난번에 내가 보여준 거, 출장 기간에 따라 각기 다르게 준비물 목록을 만들어놓았지. 또 한가지 다행인 건, 중동 지방에 갈 때는 특별히 주사를 맞지 않아도 된다는 거야. 그냥 내일 오후에 국제연맹에 들러서 존 경의 서명이 있는 공식 임명장만 받으면 돼. 그런 다음에 기차표를 챙겨야지. 그리고 라스트 벗 낫 리스트,[74] 회계과에서 긴급으로 끄레디 스위스 은행에 요청해놓은 신용장만 받으면 돼. 아, 여보, 할 말이 더 있는데, 내가 대충 모호하게 말해도 알아듣도록 해봐. 내 말 잘 들어. 내생각엔 말이야, 베베는 자기 결정이라고 말하지만, 이 정도 일을 그가 혼자 결정했을 리는 없어. 누굴 말하려는 건지 알겠지? 알파벳순서에서 뒤쪽에 있는 문자 중의 하나로 시작하는 이름 말이야. 내가 보기에 이건 아주 높은 데서 내려온 거야. 내 생각에 이 일은 분명 쒸잔한테서 내려온 거야. 누굴 말하는지 알지? 내일 저녁에 같이 식사할 사람 말이야. 그래, 이것도 나중에 얘기해. 참, 제일 중요한 걸 잊었네. 내일 그 사람이 묵는 방에서 식사를 할 것 같아. 왜

---

74 last but not least. 앞서 말한 내용 못지않게 중요한 내용을 마지막으로 언급할 때
사용하는 영어 표현.

그렇게 생각하냐고? 정통한 소식통에 따르면, 그래, K로 시작해, 절대 아무한테도 말하지 않겠다는 약속을 받고서 내일 저녁식사에 대해 말해줬거든, 그 소식통 말이, 그 사람은 리츠에 완전히 특별 거처를 가지고 있다는 거야. 침실하고 욕실만 있는 게 아니라 응접실이랑 다이닝 룸도 딸려 있대! 개인용 다이닝 룸이라니, 일주일 숙박 비용이 어마어마하겠지? 거기다 베트남인 하인까지 있다는 군. 호텔 직원이 아니라 그 사람이 개인적으로 데리고 있는 시종이래. 그 시종도 리츠에 묵을 것 같긴 한데, 그것까진 잘 모르겠다고 하더라구. 그러니까, 간단히 말해보면, 다이닝 룸과 개인 시종, 이 두 정보를 종합하면, 그 사람 개인 숙소에서 식사를 할 게 거의 확실해. 그래, 내일 저녁이면 알게 되겠지. 여보, 괜찮아? 그래, 다행이네. 어쨌든 당신 오늘은 일찍 자야 해. 그래야 내일 컨디션이 좋지. 그런데 여보, 혹시 나 출장 가는 데 같이 갈 마음은 없어? 빠리, 런던, 브뤼셀! 시리아하고 팔레스타인에선 이국적인 정취를 마음껏 즐길 수 있을 텐데! 나한테 나오는 체류 경비와 판공비만 가지고도 추가 비용 없이 둘이 갈 수 있을 거야. 싫다고? 그래, 알았어, 당신 뜻대로 해. 나야 당연히 같이 가면 좋지만, 당신 뜻대로 해. 그래, 그럼 이만 끊을게. 할 일이 굉장히 많거든. 그래서 점심은 여기서 먹어야 할 것 같아. 이따가 일찍 들어갈게, 가방 꾸려야 하니까. 판프리스 씨가 오늘은 남은 일만 처리해놓고 일찍 퇴근하랬어. 그럼 그만 끊을게. 이따 봐, 여보.

그는 수화기를 내려놓고 아이처럼 천진한 미소를 지었다. 이게 다 무슨 일인가! 왜 갑자기 운이 이렇게 좋은 걸까? 일주일 전에 A급이 됐고, 내일 저녁엔 차장과 저녁식사가 있고, 0시 50분에는 출장을 떠난다!

―일등 침대칸에선 턱시도를 벗어서 구겨지지 않게 옷 전용 가방에 넣어둬야지. 그런 다음 파자마를 입고 멋진 침대로 들어가는 거야! 1인용 특실이라잖아! 구질구질한 인간들은 감히 나타날 수 없는 곳이지! 그야말로 왕이 따로 없겠군!

그는 주머니 거울을 꺼내 왕의 얼굴을 응시하며 사랑스럽게 찡그려보고는 거울 속의 남자에게 말했다. 사랑스러운 아드리앵, 욕심쟁이 같으니. 자네 아주 제대로 성공했군. 마음에 걸리는 건 단 한가지, 12주 동안 아내 없이 지내야 한다는 것. 하루 일과를 마치고 호텔로 돌아왔을 때 그녀가 없어도 정말 괜찮을까? 뭐, 석달쯤이야, 금방 지나가리라! 그런 다음에는 멋지게 귀환! 근동 지역에서 돌아온 협상가의 위엄을 띠고 구릿빛 얼굴에 월계관을 쓴 그의 품으로 그녀가 달려와 안기리라! 우선은 빠리에서의 첫 밤, 그러니까 모레 조르주 쌩끄 호텔, 아예 8시에 탐정소설 하나를 챙겨 들고 침대에 눕는 거다. 그러고는 온갖 요리를 주문하자. 좋아하는 것들로만, 비르⁷⁵ 순대를 곁들인 풍성한 전채, 그다음엔 돼지고기, 채소로 속을 채워넣은 것도 좋고 그냥 구운 것도 좋다. 거기다 보들보들한 뿌레⁷⁶를 곁들이고, 겨자 소스까지. 그외에도 맛있는 것들을 푸짐하게 내오게 하자. 포도주 메뉴판에서 최고급 포도주를 고르고, 마지막으로 설탕에 절인 과일을 곁들인 맛있는 케이크를 먹어보자. 이 모든 걸 침대로 내오게 하는 거다. 그런 용도로 쓰는 테이블이 따로 있지 않겠는가. 산해진미를 음미하면서 탐정소설을 읽다니! 참으로 멋진 인생이 아닌가! 그는 자리에서 일어나, 자신에게

---

75 노르망디의 깔바도스 지역에 위치한 도시. 이 지역에서 만드는 순대는 돼지 창자만을 사용한다.
76 감자를 익혀서 으깬 것.

주어진 임무를 좀더 잘 느껴보기 위해 제자리서 두바퀴를 돌았다.

　─이제 뭣 좀 먹어야겠군. 배고파 죽겠어. 자, 나가보자.

　그는 세상의 주인이 된 기분으로 날아갈 듯 황홀한 기쁨에 젖어 복도에서 성큼성큼 걸음을 옮겼다. 그렇다! 고위급 인사가 직접 날 선택해서 A급으로 임명했고, 특별한 이유도 없는데 저녁식사에 초대했다. 여기서 뭘 더 주저한단 말인가. 분명 우리가 각별한 사이라는 증거 아닌가! 그러자 내일 저녁 화려한 식탁에, 재치 있고 매력적인 모습으로, 유쾌한 표정으로, 담배를 입에 문 채 차장 왼편에 앉아 있는 자신의 모습이 떠올랐다. 프루스뜨와 페르메이르에 대해 이야기하는 동안 상사가 찬탄 어린 눈길을 보낼 것이다. 그래, 불가능한 일은 아니지 않은가. 꼬냑 잔을 들고, 굵은 씨가를 입에 물고, 친근하게, 심지어 다른 호칭 없이 그를 그냥 쏠랄이라고 부르는 날이 오지 말라는 법도 없지 않은가! 어떤가, 쏠랄. 베베 따위는 끼지도 못할 것이다! 베베가 차장한테 저녁식사 초대를 받을 일은 없을 테니까! 이제 문학 따위 다 필요없다! 조르주 쌩끄 호텔에서 개인용 화장실을 쓰면서 외교 임무를 수행하는 게 훨씬 더 멋지지 않은가!

　구내식당에서 그는 흥분으로 입술을 바르르 떨면서도 동료들에게 차분하게 출장 소식을 알리려 애썼고, 두루 악수를 나누었다. 자기가 편안한 밤 기차를 타고 떠나 호화로운 곳에서 높은 사람들과 어울리며 맛있는 것을 먹을 동안 작은 사무실에 처박힌 채 고개를 숙이고 단조로운 일에 매달려 있을 불쌍한 인간들을 생각하니 깊은 연민이 밀려왔다. 무슨 일로 가느냐고 묻는 동료들에게는 심각한 어조로 그냥 정보 수집을 위해서라고 할 뿐, 더이상 말하지 않음으로써 비밀 임무이리라 짐작하게 유도했다. 출장에 관한 대화가 끝나자 그는 그날의 화젯거리, 그러니까 자기 나라의 국방 장관으로 임명되는 바람에 공석이 된 군비축소국 국장 자리가 누구한테 돌아갈 것인지에 관심을 기울였다.

책상 앞으로 돌아온 그는 새 임무를 자축하기 위해 산 비싼 씨가에 불을 붙이고는 큰 동작으로 연기를 한모금 내뿜었다. 그러곤 지금은 수령 통지 따위에 매달릴 때가 아니라고 결심했다. 협상가 아드리앵 뒴이 어떻게 일상적인 단순노동을 할 수 있단 말인가. 그는 호기롭게 그대로 끝내버리기로 했고, 결단력 있는 행동가처럼 씨가를 씹으며 카메룬 서류를 들고는 메모지 위에 "르 강데끄 씨. 처리할 것. s.v.p.A.D.[77]"라고 휘갈겼다. 됐다! 이제 몇시인가? 2시 40분. 퇴근하기에는 분명 이른 시간이다. 오! 제길! 짐 가방도 싸야 하는데! 빌어먹을! 내일 저녁에 사무차장과 저녁식사도 있는데!

—에잇! 그냥 가자!

그는 책상 서랍을 열쇠로 잠근 뒤 하나씩 손잡이를 당겨보며 확인했다. 특히 '나환자 수용소'와 '무덤'은 힘껏 당겨보았다. 출장을 떠나 있는 석달 동안 이런 귀찮은 일들을 하지 않아도 된다는 기쁨이 밀려왔고, 해방감을 좀더 오래 느끼기 위해서, 마치 스스로에게 확신을 주려는 듯, 그는 목청껏 외쳤다. 잠김, 확실히 잠김, 아래 서명한 본인이 보고 기록하고 확인했음! 그는 다시 머리를 매만지고 빗질을 한 다음, 허세를 부리며 모자를 비스듬히 썼다. 오후 2시 45분, 그러니까 출장 임무를 받지 못한 자들이 도형수들처럼 일터에 눌러앉아 서류를 들여다보며 땀 흘리는 시각에 혼자 퇴근을 한다! 너무 기뻤다. 그런데 빌어먹을, 영국 건 메모가 더 있었다!

---

77 's'il vous plaît(영어의 please에 해당) Adrien Deume'을 줄인 것이다.

―아주 내 등골을 빼먹을 작정이군!

어떡한다? 마저 르 강데끄한테 넘겨 의견을 달게 할까? 아니, 아무리 그래도 그건 심하다. 괜히 르 강데끄와 척질 수 있다. 그러면 어떡한다? 다시 자리에 앉아 수백페이지를 꾸역꾸역 읽으며 틀어박혀 있을 수는 없지 않은가. 바깥 날씨가 이렇게 좋은데! 그는 구부정하게 선 채 서류 위로 고개를 숙이고는 메모지 위에 써 내려갔다. "판프리스 국장님. 이 중요한 자료를 상당히 흥미롭게 읽었습니다. 팔레스타인의 상황이 완벽하고 만족스럽게 정리된 자료입니다. 따라서, 인 토토,[78] 위임통치국 상임위원회의 승인을 받을 수 있으리라 생각합니다. A. D."

그는 불미스러운 단어를 내뱉으며, 경쾌한 기분으로 영국 견해서를 '제출' 칸에 던져넣었다. 드디어 자유인이 되었다. 막중한 임무를 띤 그는 거만한 눈길로, 더할 나위 없는 행복을 만끽하며, 윗사람들의 총애 속에 끈끈한 사회적 관계를 누리며, 충만한 소속감에 젖어, 죽음이 기다리고 있음을 알지 못한 채, 굵은 지팡이를 옆구리에 끼고 문밖으로 나섰다.

---

78 in toto. 라틴어로 '전체적으로'라는 뜻.

31

땅딸막한 체구에 포동포동한 입술, 앵무새 같은 코와 생기 없는 눈을 가진 늙은 방트라두르 부인은 문을 열어준 아리안의 안내를 받으며 안으로 들어선 뒤, 곧장 앙뚜아네뜨에게 달려가 껴안으며 인사를 나누었다. 이어 됨 씨와는 힘없이, 왠지 위풍당당해 보이는 젊은 아드리앵과는 힘껏 악수를 했다. 자리에 앉은 그녀는 고래 뼈로 만든 살을 댄 가슴받이와 까메오 장식이 달린 블라우스를 매만지며 숨을 가다듬었다. 그러고는 늦어서 미안하다고 사과하며, 자신이 겪은 끔찍한 일에 대해 이야기했다.

우선 오전에, 정확히 9시 10분에 갑자기 시계가 고장났고, 그 바람에 평소에 잘 쓰지 않는 시계를 찾아야 했다. 또 잔 르뿔라가 매주 금요일 식사 전에 적어도 삼십분 동안 함께 종교적 명상을 하기 위해 정각 11시에 왔었는데, 하필이면 처음으로 늦어서, 물론 그녀의 잘못은 아니지만, 어쨌든 굉장히 늦게, 그러니까 12시 10분에 도착했고, 그 바람에 12시 15분에야 명상을 시작해서 결국 십분밖에 못했고, 그러느라 배가 너무 고프고 무척이나 당황스러웠다. 당연히 평상시처럼 12시에 식탁에 앉지 못하고 12시 30분, 정확히 말하면 28분에 식탁에 앉았고, 그 바람에 오븐에 들어 있던 감자가 딱딱하고 푸석해졌다. 결국, 평상시처럼 1시에 낮잠을 자지 못하고 1시 35분에야 누울 수 있었고, 그 바람에 모든 게 흐트러져서 일정이 꼬였고, 계획들이 엉망이 되고 전부 뒤죽박죽되었다. 단골 빵집에서 화요일과 금요일 아침마다 배달해주던 막대 빵을 가져오지 않는 바람에 제일 가까운 다른 빵집에 급히 사람을 보내 구해 오게 했고, 그런데 그 빵이 어찌나 맛이 없던지 먹다가 목이 멜 뻔했고, 해명을 듣기 위해 낮잠을 잔 뒤 직접 빵집을 찾아갔더니 주인은 없고 가게를 지키던 아가씨가 제대로 설명을 못하는 바람에 주인이 돌아올 때까지 기다려야 했고, 결국 밝혀진 바로는, 새로 들어온 점원, 그러니까 외국 여자, 입술에 루주를 바른 프랑스 여자가 실수를 했기 때문이고, 그 여자는 자기가 보는 앞에서 주인한테 톡톡히 혼이 났다는 것이었다.

　　—앙뚜아네뜨, 늦게 온 걸 정말 용서해주실 거죠?

　　—뭘요, 에믈린, 늦지도 않았는데요.

　　—아니죠, 늦었잖아요, 그렇고말고요. 4시에 오겠다고 약속해놓고 4시 40분에 왔잖아요. 약속을 어기다니 정말 창피하네요. 안 그래도 요새 집에서는 베른에서 온 쪼그만 하녀 때문에 골치가 아파 죽겠답니다.

　　방트라두르 부인의 말을 그대로 믿자면, 세상에는 난쟁이 하녀들밖에 없는 듯했다. 지금까지 모든 하녀가 하나같이 쪼그마했으니 말이다. 바느질 모임에서 됨 부인과 알게 된 이후, 방트라두르 부인의 집에는 차례로 쪼그만 에스빠냐 하녀, 쪼그만 이딸리아 하녀, 보주에서 온 쪼그만 하녀, 아르고비주에서 온 쪼그만 하녀가 있었고, 이어 가장 골치 아픈 하녀, 그러니까 오늘 늦게 오게 만든 베른 출신의 하녀 역시 쪼그마했다. 새 하녀가 어떤 잘못을 저질렀는지 이야기를 끝낸 뒤 그녀는 핸드백에서 냄새 맡는 약병을 꺼내 코에 대고 숨을 들이쉬었다. 아, 그녀는 하녀들 때문에 앓아누울 지경이었다!

— 애야. 됨 부인이 품위 있는 자태로 돌아보며 아드리앵에게 말했다. 우리 에믈린도 이해해주실 거다. 내가 설명을 드릴 테니 넌 네 처하고 어서 채비를 하렴. 가방도 싸고, 둘 다 옷도 갈아입어야지. 시간이 빠듯하잖니. 에믈린, 내가 설명드릴게요.

방트라두르 부인에게 놀랄 만큼 깊은 인상을 남기기 위해 아드리앵은 그녀의 손에 키스를 했고, 이어 됨 씨와 작별 인사를 나누었다. 됨 부인은 축 처진 가슴팍에 아들을 힘껏 껴안고는 되는대로 자주 편지를 보내라고 당부했다. "짧게라도 괜찮으니까, 우리 디디가 잘 지내는지 이 엄마가 알 수 있게 해주렴." 아리안이 두 부인과 됨 씨에게 인사를 건네자, 바로 그 순간 됨 씨는 며느리와 자신 단둘이서만 아는 비밀이 있다는 사실에 가슴이 뭉클했다. 그렇다, 두 사람은 이미 몰래 작별 인사를 나눈 것이다! 서로 껴안아주면서 다정하게! 심지어 아리안이 아무한테도 보여주지 말고 가지고 있으라고 자기 사진까지 한장 건네주었다! 됨 씨가 며느리와 함께했던 순간을 떠올리며 미소 짓고 있을 때, 됨 부인은 에믈린에게 아드리앵 부부가 아주 높은 사람의 "저녁 만찬"에 초대받았다고, 그런 다음에는 아드리앵이 곧장 "고관들과 문제를 논의하는 외교적인 임무를 띠고" 출장을 떠나야 한다고 설명했다.

— 그럼 이제, 좀 이상해 보일 수도 있겠지만, 식사를 시작하죠.

오! 물론 시간은 넉넉해요. 7시 45분 기차니까요. 하지만 오후 간식
겸 이른 저녁식사를 하기로 한 터라 간식을 건너뛰었더니 배가 고
프네요. 식사를 일찍 마치면 이뽈리뜨가 마지막 채비를 하는 동안
우리 여자들끼리 수다를 떨 수도 있고요. 지금 5시이고 택시는 7시
15분에 올 거니까, 두시간 동안 얘기할 수 있겠네요.

　—내 차를 쓰세요. 기사한테 두분을 역에 내려드리라고 할게
요. 어차피 지나는 길이라서 돌아가는 것도 아니에요. 짐 가방 때문
에 좌석의 시트가 상하지만 않는다면요. 아니, 그래도 할 수 없죠.
그럴 수도 있죠. 설사 그런다 해도 그 정도 희생은 기꺼이 받아들
여야겠죠. 그러도록 해볼게요.

　—고마워요, 진심으로 고마워요. 하지만 그건 제가 받아들일
수 없답니다. 게다가 너무 오래된 차라서 무게를 다 견디지 못할지
도 모르고요. 참, 우리 디디가 출장에서 돌아오면 새 캐딜락을 산다
고 하네요. 그래요, 멋진 차죠. 그럼 이제 식탁으로 갈까요? 시중들
하녀가 없는 걸 이해해주세요. 우리 집 상황은 이미 말씀드렸죠?
마르따가 떠났고, 마리에뜨는 발뺌하고, 임시로 쓴 하녀는 오전에
만 온답니다. 그래서 뽀따주만 빼고 이미 다 식탁에 차려놨어요. 이
뽈리뜨, 에믈린을 안내해드려요.

　다 괜찮으리라 기대하며 식탁에 앉은 방트라두르 부인은 식이
요법을 위해 직접 챙겨 온 빵, 단골 빵집에서 만든 믿을 수 있는 막
대 빵을 오른편에 놓고는 다정한 손길로 가볍게 두드렸고, 포동포
동한 입으로 살짝 미소를 지어 보이며 생기를 되찾은 눈으로 식탁
위에 차려진 맛있는 음식에 시선을 던졌다. 됨 부인은 거의 찬 음
식뿐이라 미안하다고, 워낙 특별한 상황이니 이해해달라고 다시
한번 양해를 구한 다음, 다정한 목소리로 남편에게 하녀 일을 대신

좀 맡아달라고 했다. 이미 모든 지시를 받아둔 됨 씨는 당연히 그 말을 알아듣고 서둘러 움직이기 시작했다.

김이 나는 그릇을 들고 온 됨 씨는 부인들을 위해 뽀따주를 덜었고, 신이 나서 눈을 동그랗게 뜬 채 자기 그릇에는 두 사람 몫을 덜었다. 하지만 그가 막 스푼을 그릇에 담그려는 순간 방트라두르 부인이 갑자기 가슴을 두드리더니 마치 치명상을 입은 새처럼 신음하기 시작했다. 즉시 알아차린 됨 씨는 당황해서 어쩔 줄 몰라 하며 고개를 떨구었다. 그렇다! 식사 기도를 잊었다! 사랑스러운 에플린이 언제나 그러듯이 충동적으로 사랑스러운 앙뚜아네뜨의 손을 잡았다.

— 오! 미안해요, 미안해요! 무례한 행동이었다면 용서하세요! 불편하시는 일을 억지로 하게 만들 생각은 없었어요!

— 천만에요, 우리도 매일 식사 기도를 하고, 그러니 전혀 불편하지 않다는 걸 아시잖아요. 오히려 그 반대죠. 됨 부인이 대답했다. 이뽈리뜨가 잠시 딴생각을 했나보네요.

— 오, 미안합니다, 미안해요! 방트라두르 부인이 됨 씨를 향해 고개를 돌리며 말했다. 무례한 행동을 용서하세요.

— 아니에요, 쩔대 그렇찌 않습니다.

— 아니에요, 용서한다고 말해주세요! 제가 잘못한 일이에요, 정말 제 잘못이에요! (그녀의 목소리는 치명적인 상처를 입은 듯 우수에 젖어 관능을 띠었다.) 하지만, 저는요, 오 주님, 당신과 이야기를 나누는 시간이, 정말입니다, 너무도 기쁩니다. (그녀는 자신의 말이 어느새 기도로 변하고 있다는 것을 알아차리고는 곧 원상태로 되돌렸다.) 그분이 마련해주신 음식을 먹기 전에 그분과 이야기를 나누는 건 정말로 기쁜 일이죠! 전 감사 기도를 드리는 순간

이 너무나 좋아요. 그녀가 촉촉한 목소리로 신음하듯 말했다. 오, 미안해요, 용서하세요. 저 때문에 놀라셨죠?

─아니에요. 용서할 게 뭐가 있다고 그러세요. 됨 부인이 말했다. 그녀는 에믈린이 조금 지나치다고 생각했다.

됨 씨는 식어가는 뽀따주를 바라보며 다시 한번 용서를 구했고, 방트라두르 부인은 괴로워하면서도 의연하게, 사소한 악행을 이어갔다. 절대 식사 기도를 건너뛸 수 없고, 성령을 만나는 일을 빠뜨릴 수는 없었던 것이다. 오, 미안해요, 용서하세요! 딸꾹질을 하면서 그녀는 안절부절못하는 됨 씨의 팔을 붙잡았고, 당장 죽을 것 같은 얼굴로 눈을 감았다.

─오, 몸이 좀 안 좋네요, 미안합니다. 제 흡입제 병 좀 가져다 주세요. 현관 작은 원탁 위에 있어요. 죄송해요, 작은 약병이에요, 미안합니다, 원탁 위에, 작은 약병, 미안합니다, 원탁, 약병.

작은 약병과 원탁을 질리도록 되풀이하고 나서, 그리고 녹색의 작은 약병을 코에 대고 원 없이 들이마시고 나서, 드디어 되살아난 방트라두르 부인이 됨 씨를 향해 회복기의 천사 같은 미소를 지어 보였다. 하지만 됨 씨는 침울한 눈길로 뽀따주만 쳐다보았다. ('기도 때문에 늘 식은 수프를 먹어야 하는 게 정말로 하느님의 뜻일까?') 됨 부인은 예의를 차리느라 에믈린에게 식사 기도를 하라고 권했다. 그때까지도 목소리가 갈라져 있던 방트라두르 부인은 못하겠다고, 감사 기도를 하는 큰 기쁨을 앙뚜아네뜨에게 넘기겠다고, 자기가 안해도 정말 괜찮다고 말했다. 그런데 그녀가 정말 괜찮다고 말할 때는 무조건 그 반대의 뜻으로 받아들여야 했다. 그 경우에 방트라두르 부인이 원하는 것은 바로 됨 부인이 예의를 차려 한번 더 사양하면서 다시 기회를 넘기는 것이었다. 하지만 앙뚜아네뜨는 그렇게 하지 않았다. 에믈린이 기도를 시작하면 언제 끝날지 알 수 없었기 때문이다. 원래 그녀의 기도는 설교나 다름없었고, 긴 한숨과 달콤한 다른 소리가 곁들여지는가 하면, 하루 종일 있었던 일들이 시시콜콜 열거되었다. 앙뚜아네뜨가 녹색의 밀 뽀따주 위로 뾰족한 코를 드리우고 눈을 감았고, 방트라두르 부인도 신비 속에 빠져들었다. 하느님과 나누는 대화에서 그리 즐거움을 느끼지 못하는 됨 씨는 좀더 집중하기 위해 두 손으로 이마를 감싸쥐었다. ('일요일에는 괜찮아, 그래, 좋다고 말할 수도 있어. 하찌만 하루에 세번은 너무해!') 가련한 됨 씨는 목덜미를 긁고 싶은 것을 간신히 참으면서 집중하려고 애썼지만, 두 눈은 손가락 사이로, 더이상 김이 나지 않는, 이제는 분명 미적지근해졌을 뽀따주로 향했다. ('속상해. 어차피 하느님은 우리가 계속 부탁 안해도 다 알아서 챙기실 텐데, 어차피 다 아시는데, 도대체 뭣 때문에 미쭈알고쭈알 다 얘기해서 골치만 썩여드린담!')

전문가의 눈길이 지켜보는 가운데 최대한 공들여 기도를 하는 동안 됨 부인의 목 멍울이 오르락내리락했다. 이분이 지난 뒤 됨 씨는 음식이 얼마나 식었는지 확인하려고 슬그머니 검지를 접시 밑에 찔러넣었다. 방트라두르 부인도 이유는 알 수 없지만 조바심이 났다. 기도를 시작하면 삼십분 안에 절대 끝내지 않는 완고한 신앙심을 지닌 그녀였지만 정작 다른 사람들의 기도는 늘 길게 느껴졌던 것이다. 됨 부인은 이제 쥘리에뜨 스꼬르뻼에게 닥친 시련에 대해 하느님께 보고를 올렸다. 늘 순간의 충동에 충실한 방트라두르 부인은 비극을 공연하는 배우 같은 비명을 지르며 한 손을 가슴에 가져다 댔다. 쥘리에뜨한테 시련이 닥쳤다니! 세상에! 그런 일을 전혀 모르고 있었다니!

410

──아, 미안해요, 용서하세요, 계속하세요.

그녀는 다시 눈을 감고는, 최선을 다해 기도에 귀를 기울이려 애썼다. 하지만 쥘리에뜨에게 무슨 일이 생겼는지 잊지 말고 꼭 물어봐야겠다는 생각이 떠나지를 않았다. 힘겹게 세속의 생각을 떨쳐내며 방트라두르 부인은 눈을 더욱 질끈 감고서 됨 부인의 기도에 집중하려 애썼다. 하지만 이내 또다른 생각이 떠올랐다. 앙뚜아네뜨는 기도할 때마다 늘 같은 문구를 사용한다. 그녀의 기도에는 방트라두르 부인이 좋아하는 것들, 예를 들어 즉흥적인 것, 예기치 못한 것, 자극적인 것이 없다. 종교적 미각이 무뎌진 방트라두르 부인에겐 무엇보다 자극적인 조미료가 필요했다. 예를 들어, 성경을 읽다가 위안을 주는 구절들을 찾아내면 바로 이거라고 고개를 끄덕이며 줄을 치는 즐거움이 필요했기 때문에 그녀는 5년마다 성경책을 새로 사야 했다. 스스로 깨닫지는 못했지만 그녀에게 종교는 이미 일상이 되어버렸고, 그래서 무료해진 것이다. 그녀는 목회를 처음 시작하는 목사의 설교나 흑인이 전하는 복음, 기독교로 개종한 힌두 왕자의 강연회, 이런 것에서 종교의 재미를 되찾아주는 양념을 얻으려 했다.

그때 갑자기 19시 45분에 떠날 기차에 생각이 미친 됨 부인이 서둘러 기도를 마무리했다. 일용할 양식, 그러니까 캐비아와 푸아그라 젤리, 로시에서 가져온 닭구이, 러시아 샐러드, 여러가지 치즈, 케이크, 과일까지 그날 저녁 메뉴를 재빨리 열거했고, 이 모든 것을 주신 하느님께 감사했다. 하느님은 정말 능력자이시다, 가끔은 그렇다.

──꽤 부자죠, 강떼 부부 말이에요. 방트라두르 부인이 말했다.

―꽤 부자가 아니라 엄청난 부자라고 해야겠죠. 됨 부인이 고
쳐 말했다. 거실이 두개 붙어 있잖아요. 닭고기 좀더 드시겠어요?
껍질이라도? 전 닭고기에서도 노릇노릇하게 구운 껍질을 제일 좋
아한답니다. 치즈는요? 치즈도 안 드신다고요? 그럼 디저트를 먹
을까요? 이쁠리뜨, 그 머랭그 빨리 먹고 날 좀 도와줘요. 난 다리가
뻣뻣하단 말이에요. 서둘러요, 벌써 6시네요. 한시간 십오분 안에
다 끝내야 해요. 택시를 기다리게 할 수는 없어요. 자, 여기 식탁 좀
치우고, 부엌 정리 좀 해요. 내일 아침 가정부가 왔을 때 엉망진창
이 되어 있지 않게요. 그 꼴을 보면 우릴 뭘로 알겠어요? 남은 음식
은 냉장고에 넣어요. 치즈만 빼고. 치즈는 절대 냉장고에 넣지 말아
요. 그냥 포일에 싸둬요. 부엌 덧창도 잘 닫고요. 다른 덧창들은 이
미 다 닫았어요. 가스도 잠그고, 가방도 빨리 챙겨요. 옷 가방만 빼
고. 옷 가방은 당신이 못할 테니 내가 이미 챙겨놨어요. 그러느라
힘이 다 빠졌다고요. 가져갈 다른 것들은 침대와 테이블에 꺼내놨
어요. 내 가방 두개에 제대로 정리해서 넣어요. 할 수 있죠? 자리를
잘 잡고, 눌리면 안되는 것들 조심하고, 여행용 모포 잘 개어놓는
거 잊지 말고, 우산 두개는 끈으로 묶어요. 참, 내가 두통 때문에 소
파와 의자 덮는 걸 잊었으니까 그것도 좀 해요. 가방 다 싸면 잘 잠
근 다음 밑에다 내려놓고요. 운전수들한테 내리게 했다간 괜히 팁
만 많이 달라고 하니까. 그러기 전에 밖에 내려놔요. 아니, 밖은 위
험하니까 그냥 현관에, 문 바로 옆에 내려놔요. 자, 서둘러요. 기운
좀 내요.

　　―그릇들 씻어놔야 해?

　　―제일 마지막에 해요, 할 일 다 하고 시간이 남거든 그때. 설거
지하다가 옷에 물 튀기지 않게 조심하고요.

—여보, 그거 알아? 여행 가방의 이름표들 말이야, 비 맞아도 괜찮게 내가 방수 처리 해놨어. 양초로 문찔러놨으니까 물이 닿아도 돼.

—잘했어요. 자, 이제 빨리 해요. 그렇게 빈둥대지 말고 좀 움직이라고요. 여자들끼리 조용히 이야기 좀 나누게 일단 식탁부터 빨리 치우고요. 디저트는 그대로 둬요. 어서 드세요. 일본 과자나 머랭그 좀더 드실래요? 전 럼주에 적신 까스펠라 먹으려고요. 제가 정말 좋아하는 거랍니다.

됨 씨가 식탁을 치우는 동안 두 여자는 미소 띤 얼굴로, 엄청난 양의 과자를 먹어치우면서, 지난 일요일 목사 두명이 합동으로 했던 설교에 대해 이야기했다. 젊은이들을 끌어들이는 방법으로 좋은 생각이었어요. 됨 부인이 말했다. 세개째 초콜릿 에끌레르[79]를 입에 넣은 방트라두르 부인이 맞는 말이라고, 과감한 시도이긴 했지만 합당한 개혁에 어긋나지는 않았다고 대꾸했다.

됨 씨가 세번째로 와서 접시와 식기를 들고 나간 뒤 두 여자는 흥미로운 여러 주제에 대해 대화를 나누었다. 우선 어마어마하게 넓고 매력적인 정원 안에 매력적인 저택을 가진 어느 매력적인 부인에 대해 얘기했다. 그런 다음 가난한 사람들에 대해, 뭘 해줘도 고마운 줄 모르고 늘 더 많은 것을 원하며 절대 겸손하게 받을 줄 모르는 배은망덕함에 대해서 이야기했다. 이어 젊은 세대 하인들의 무례함에 대해, 요즘 여자애들은 일요일에 쉬는 것도 모자라서 하루 오후도 쉬겠다고 한다고, 정작 하는 일도 없으면서 그런다고, 그애들을 가르치느라 오히려 우리가 너무 고생하는 거 아니냐고,

---

79 크림이 들어 있는 길쭉한 모양의 디저트용 빵.

더구나 요새는 하녀 일을 하겠다는 애들이 점점 줄어드는 바람에 찾기도 정말 힘들다고, 하녀 일을 하느니 차라리 공장에 가겠다고 한다고, 이웃 사랑이 뭔지 모르는 애들이라고, 아무리 형편이 좋은 사람도 정신적으로 보살핌을 받을 필요가 있는데 그런 사람도 이웃이라는 걸 모른다고 말했다.

이어 뫼 부인은 로잔에서 온 말라시스라는 아가씨에 대해 칭송을 늘어놓았다. 아주 훌륭한 혼처라고, 그 부모의 아파트가 정면 쪽으로 창문이 열넷, 아니 열여섯개라고, 당연히 덕성이 뛰어난 사람들이라고 했다. 그다음엔 카나키스 부부, 라세 부부, 이어 사무차장의 눈부신 화려함에 대해 늘어놓았다. 에믈린이 그 국제연맹의 거물을 초대했던 저녁식사 자리가 어땠냐고 묻자, 앙뚜아네뜨는 못들은 척하면서 상세한 내용에 대한 언급을 피했고, 그저 정말 빼어난 사람이더라고, 그와 나눈 대화가 아주 즐거웠다고만 했고, 물론 전화로 나눈 대화였다는 것은 말하지 않았다.

마지막으로 두 여자가 유별스럽게 관심을 갖는 주제인 왕비들에 대해, 하루 일정, 차림새, 기상 시간, 심지어 아침식사까지, 그러니까 자몽으로 시작되는 메뉴까지 시시콜콜 다 아는 왕비들의 행적에 대해 이야기했다. 그중에서도 두 여자가 가장 좋아하는, 심지어 그 자녀들까지 매력적이기 그지없는 마리 아델라이드 왕비 얘기부터 시작했다. 말과 경마에 관심이 많은 것도 매력적이고, 참 기품이 있는 왕비님이죠! 뫼 부인은 반의 반쯤 남은 사과를 마지막으로 지독히도 이기적인 작은 소리로 깨물었고, 이어 마리 아델라이드 왕비께서는 늘 미소 띤 얼굴에 꾸밈없이 자연스러운 모습이라고, 그러니 정말 마음이 끌릴 수밖에 없지 않느냐고 했다.

─이따금 커튼 한쪽을 들어 올리고 서민들이 지나가는 모습을

지켜보신다죠. 다른 계층의 사람들이 어떻게 사는지 상상해보면서 교감하시려는 것 같아요. 비천한 사람들한테 그렇게까지 관심을 기울이시다니! 데단하죠! 안 그래요? 그 아드님인 조르주에게도 데단한 일화가 있어요. 조르주, 그러니까 이제 여덟살인 맏아드님 말이에요. 세상에, 어쩌면 시간이 그렇게 빨리 갈까요! 왕가의 문장이 새겨진 화려한 요람에 누워 계시던 때가 엊그제 같은데. 그래요, 그 곱슬머리 어린 조르주 왕자님 말이에요. 성년이 되면 왕이 되실 분이죠. 왕이 서거하시고 지금은 어쩔 수 없이 왕비께서 섭정을 하고 계시지만요. 왕자님이 멋진 행궁으로 내려가느라 어느 날 역에서 기차를 기다리셨나봐요. 자기 신분을 까맣게 잊고 글쎄 서민 아이들과 똑같이 플랫폼을 마구 뛰어다녔다는군요. 아직 어린 왕자님인데, 데단하지 않아요? 잠시 후에는 깃발을 들고 기차에 출발신호를 하는 역장을 보더니 이렇게 말했다죠. 실례해요, 내가 그 깃발을 흔들어도 돼요? 이렇게요. 실례해요, 라니, 어린 왕자님이 그런 말을 쓰다니 데단하지 않아요? 역장은 놀라서 어쩔 줄 몰랐다네요. 무슨 일이 있어도 깃발을 다른 사람한테 넘겨줄 순 없으니까요. 규칙으로 금지되어 있잖아요. 하지만 할 수 없었죠. 어쩌겠어 왕자님이 달라는데. 이렇게 생각하고 깃발을 건네주었는데, 아마 왕자님이 제대로 흔들지 못했나봐요. 정말 가슴이 뭉클하잖아요. 모두들 눈물이 가득한 눈으로 바라보았다는군요. 다른, 정말로 데단한 사건이 또 있어요. 왕궁에서 나오는 길이었는데, 왕자님은 부모님을 닮아서 주위의 모든 것을 한눈에 살필 줄 안다는군요. 왜 흔히 주인의 눈이라고들 하잖아요. 그러니까 왕궁 근위대 병사 하나의 구두끈이 풀린 걸 보셨다네요. 그래서 말을 해주니까, 병사가 죄송합니다 저하, 하고 대답했다죠. 그래요, 여덟살밖에 안됐지만,

그분께 저하라고 했어요, 죄송합니다 저하, 전 몸을 숙이면 안됩니다. 차렷 자세로 서 있어야 합니다! 그랬더니 글쎄 왕자님이 직접 몸을 굽혀 무릎을 꿇고는 일개 병사의 구두끈을 손수 매어주셨다는 거예요! 왕가의 혈통이 아니고서야 어떻게 그리 자연스러운 소박함을 지닐 수 있겠어요! 너무 아름답잖아요! 왕자의 명령이라고 그냥 몸을 굽히라고 말하면 될 텐데 말이에요! 마리 아델라이드 왕비께선 왕자와 공주가 탄 차가 거리를 지날 때 밖에서 박수를 치지 못하게 하셨다죠. 공주님도 순박하지만 위엄이 있으시죠. 언젠가 대귀족 한명이 공주님의 아버님께서, 하고 말하니까 공주님이 국왕 전하 말씀이신가요, 라고 했다는군요. 그 귀족은 몹시 당황했고요! 뭐, 그래도 싸죠, 안 그래요? 아예 외면해버리고 제대로 혼내주셨어야 했는데! 참, 갑자기 생각나네요. 어제 신문에 난 어린 로레뜨 얘기 보셨어요?

—아뇨, 무슨 얘긴데요?

—제가 들려드릴게요. 정말 대단하거든요! 그래요, 열두살짜리 어린 여자애 얘기예요. 아버지는 그저 석공이라더군요. 그런데도 아주 명민한 애랍니다. 정말이에요! 그리스의 왕과 우아한 왕비가 멋진 전용기를 타고 주네브에 왔고, 당연히 잘나가는 최고 명사들이 모두 마중을 나왔는데, 글쎄 그 로레뜨라는 애도 소박한 원피스를 입고 장미 꽃다발을 들고 그 자리에 나왔잖아요! 어떻게 된 일인지 이제 들어보세요. 로레뜨는 당연히 그리스의 젊은 왕비를 흠모했는데, 왕가의 혈통을 이어갈 왕자의 탄생 소식을 듣고 어찌나 기뻤는지 용기를 내서 대단하게도 왕비 마마께 직접 편지를 썼다는군요. 자기가 얼마나 행복한지, 왕비 마마를 얼마나 흠모하는지 말이에요. 그 편지를 읽고 왕비 마마가 스위스에 올 때 꼭 만나자

고 약속했고요! 그렇게 해서 어린 로레뜨가 그리스의 왕비한테 꽃다발을 전하게 된 거죠. 데단하죠? 안 그래요? 천한 계층이면서도 고결한 정신을 지닌 아이잖아요! 오, 장래가 촉망되는 아이죠! 그리스 왕비가 안아주다니, 평생 간직할 소중한 추억이 될 테죠!

이어 두 여자는 에드워드 8세와 씸프슨 부인의 순애보에 대해 이야기했다. 평민 주제에 왕의 아내가 되려 하다니, 어쩜 그렇게 가증스러울 수 있죠? 됨 부인이 목소리를 높였다. 자기 자리를 알아야죠! 공주가 자라서 왕비가 되는 건 올바르고 정상적인 일이에요. 왕가의 피를 지녔으니까. 자신의 혈통에 맞는 일이죠. 하지만 평민 여자! 어쩜 그렇게 뻔뻔스러울 수 있을까요? 왕이 겨우 그런 여자한테 빠져서 허우적대다니요. 모후께서 얼마나 힘드시겠어요. 너무도 예의 바르고 고귀하신 분인데! 아! 남몰래 얼마나 눈물을 흘리셨을까요! 아, 민주주의 때문에 에우랄리아 공주도 얼마 전 평민 남자와 결혼을 했잖아요! 아! 그러고서 과연 오랫동안 행복할 수 있겠어요? 절대 그럴 수 없죠! 공주가 왕가의 피를 지니지 않은 사람하고 어떻게 행복하게 살 수 있겠어요! 실내장식가라니, 끔찍하네요! 하물며 이전에 보헤미안들과 어울리던 사람이라니! 어째서 공주가 평민과 결혼하려는 걸까요? 그런 결혼은 왕가에 대한 배신이라는 걸, 백성들, 그러니까 왕국의 신하들에 대한 배신이라는 걸 왜 모를까요? 공주님들의 의무는 왕가의 혈통을 잇고 하느님이 정해주신 자리를 지키는 건데! 그녀는 평민과 왕족의 결혼에 대해선 더이상 생각하지 않기로 했다. 너무도 마음이 아팠기 때문이다. 결국 마음을 달래줄 내용으로 화제를 바꾸기 위해, 됨 부인은 지난주에 왕위 계승자인 어느 공주의 감동적인 행동이 소개된 기사에 대해 물었다.

─안 읽으셨어요? 그럼 제가 얘기해드리죠. 대단한 일이거든요! 왕위를 이으실 마띨드 공주가 미국, 아니 잘 기억이 안 나는데 어쩌면 캐나다일 거예요, 아무튼 공식 방문을 위해 비행기를 타셨다죠. 당연히 특별실이 준비되었겠죠. 침대에 욕실까지 딸려 있고, 진짜 방을 옮겨놓은 것처럼 아주 화려했다죠. 그런데 마띨드 공주가 갑자기 나오더니 승무원 아가씨를 찾았다네요. 공주 마마 한분을 따로 모시는 특별 승무원이었죠. 공주님은 승무원 아가씨에게 자기 옷과 보석을 구경하지 않겠느냐고 물었다는군요. 승무원은 당연히 좋다고 했고, 흥분과 기쁨으로 벌게진 얼굴로 조심스레 공주님의 특별실에 들어섰겠죠. 공주 마마는 보석으로 장식된 연회복들과 진주 목걸이, 다이아몬드 목걸이, 보나 마나 수백년 전부터 왕가의 소장품이었을 멋진 에메랄드 왕관을 바로 앞에서 볼 수 있게 해주셨어요. 그냥 여자 대 여자로 마주 앉은 거죠! 승무원은 감사의 마음을 가누지 못하고 흐느꼈다는군요. 기사를 읽던 저도 눈물이 나던걸요! 너무 아름답잖아요. 왕가의 공주님이 자신이 가진 멋진 것들을 남김없이 보여주시다니. 가난한, 그러니까 그런 걸 한번도 본 적 없는 하녀나 다름없는 아가씨한테 말이에요. 그 아가씨는 평생 단 한번, 단 몇분 동안이지만, 그야말로 상류사회의 세련되고 화려한 분위기에 젖는 기쁨을 누릴 수 있었던 거죠. 오! 정말 아름다운 일이잖아요! 왕위를 계승할 공주의 고귀한 영혼이 아니고서야 어떻게 그리 도덕적으로 아름다운 생각을 할 수 있겠어요? 훌륭한 이웃 사랑을 몸소 실천하신 거죠!

됨 씨가 무거운 짐 가방들을 내려놓느라 숨을 헐떡이며 들어와서 택시가 왔다고 말하지 않았더라면, 됨 부인은 공주들의 영혼과 왕위 계승자들의 마음에 대해 끝없이 찬사를 늘어놓았을 것이다.

32

그가 새 턱시도의 단추를 채우고 방으로 들어섰을 때, 그녀는 무도회 드레스를 입은 너무도 아름다운 모습으로 전신 거울 앞에 서 있었다.

—경의를 표합니다, 고귀하신 부인. 자, 준비 다 끝났어. 짐 가방은 모두 0시 50분 기차에 싣게 해놓았고. 어때, 역에 미리 다녀온 건 좋은 생각이었지? 그러니까 지금 이렇게 여유가 있잖아. 안 그래? 출발 시각 앞두고 달려가서 급하게 가방을 싣지 않아도 되고. 수화물 담당자가 이렇게 일찍 오면 안된다고 거드름을 피우더라구. 그래서 국제연맹을 들먹였더니 조용해지더군. 세관에서 가방을 열어보지도 않았어, 공무 출장이라는 증명서를 보여줬더니 눈이 휘둥그레지던걸. 참, 한가지 잊었네. 짐 가방 말이야, 보험에 들었어. 잘한 것 같아. 천개에 두개꼴로 분실 사고가 일어난다니까 전혀 불가능한 일은 아니잖아. 15프랑이 들긴 했지만 그래도 신경 안

써도 되니 좋지 뭐. 참, 택시는 그냥 세워뒀어. 지금 밑에서 기다리고 있지. 운전수한테 우리가 곧 내려올 거라고 말해뒀거든. 그런데 말이야, 글쎄 아빠랑 엄마도 그 택시 탔던 거 알아? 역에서 막 나오는데 엄마 아빠가 택시에서 내리는 거야. 당연히 내가 그대로 잡아 탔지. 운이 좋았어. 주위에 그 택시밖에 없었거든. 그뿐 아니고, 내 가방을 나르고 온 포터가 또 엄마 아빠 짐을 날랐어! 우연치고는 정말 놀랍잖아, 안 그래? 그런데 여보, 당장 오늘밤부터 몇달 동안 밤에 당신 혼자 집에 있어야 한다는 게 자꾸 걱정이 돼. 집에 올 사람이라곤 가정부뿐이잖아. 그나마도 아침에나 오고. 밤에 괜찮을지 불안해. 그러니까 여보, 밤에는 덧문들 잘 잠가야 해. 알았지? 대문은 열쇠 잠근 다음 빗장도 꼭 걸고. 알았지? 약속해. 알았지?

—그래요, 약속할게요. (알았지? 하고 그녀는 조그맣게 중얼거렸다.)

—이런, 벌써 7시 35분이네! 뭐, 그렇게 늦지는 않았어. 그럼 이제 가자, 알았지? 늦는 것보다야 이른 게 낫잖아. 혹시 너무 일찍 도착하게 되면 로비에서 좀 기다리면 되니까. 참, 새 담뱃갑 들고 가는 거 잊지 마. 그거 꽤 좋은 거야, 알았지? 순금이야. 보석 가게에 있던 것 중 제일 좋은 거였어. 당신도 마음에 들지?

—맞아요, 아주 마음에 들어요. 고마워요. 그녀가 이마 위로 흘러내린 머리를 걷어 올리며 대답했다.

—이제 내려가자, 알았지?

—그래요, 조금만 있다가요. 그녀가 계속 거울을 들여다보면서 대답했다.

—당신은 완벽하게 아름다워. 아내가 거울을 그만 살피기를 기대하며 그가 말했다. 내 생각에는 딱 한가지, 그러니까 입술에 루주

를 아주 조금만 바르면 될 것 같아.

─난 그런 거 안 좋아해요. 그녀는 여전히 거울을 보며 대답했다. 원래 루주 안 발라요.

─오늘은 예외적이잖아. 저녁 외출을 하니까. 아주 조금만 발라봐.

─루주 없어요.

─그럴 줄 알고 내가 준비했어, 여보. 당신이 맘에 드는 걸 고를 수 있게 몇개 샀어. 자, 여기.

─괜찮아요. 그런데 드레스 허리가 너무 딱 붙어요.

─전혀 안 그래, 여보.

─더구나 이건 무도회 드레스예요. 저녁식사 자리에 안 맞아요.

─괜찮아, 정말 예쁜데 뭐. 왜 그동안 한번도 안 입었어? 이렇게 잘 어울리는데.

─불편해요.

─왜?

─가슴이 많이 파였잖아요. 너무 야해요.

─그렇지 않아. 드레스들은 원래 다 그래. 오히려 제대로 차려입은 분위긴데 뭘.

─좋아요, 당신이 시키니까 야한 드레스를 그냥 입도록 하죠.

─내 눈엔 지금 당신이 눈부시게 아름다워. 그가 아내의 비위를 맞추느라 말했다.

하지만 말없이 거울 앞에 서서 여자들 특유의 알 수 없는 몸짓을 하느라 여념이 없는 그녀의 귀에는 남편의 말이 들어오지 않았다. 그녀는 뒤로 물러섰다가 앞으로 다가갔다가, 두 손을 허리에 가져다 댔다가 무도회 구두를 신은 한 발을 앞으로 내밀어보았다. 그러더니 근심 어린 눈으로 입술을 샐쭉거리며 치마를 살짝 들어 올려서는 길이가 조금 짧아야 하는 게 아닌지 살폈고, 말없이 눈살을 찌푸린 채로 그렇지 않고, 이 길이가 적당하다고 결론을 내렸다. 그는 아내의 다리가 맨살인 것을 보았지만 아무 말도 하지 않는 것이 낫겠다고 생각했다. 무엇보다도 리츠에 늦어서는 안된다. 어차피 그녀의 미끈한 다리는 윤기가 흐르기 때문에 상사가 눈치채지 못할 것이다. 어쨌든 드레스를 입은 아내는 놀랄 만큼 아름다웠고, 가장 중요한 것은 외출 준비가 끝났다는 사실이다. 새로운 표현이 떠오르자 그는 곧장 사용했다.

— 당신 공주님 같아.

— 가슴이 절반은 드러났어요. 그녀가 여전히 등을 보인 채로, 하지만 거울을 통해 남편을 똑바로 쳐다보면서 말했다. 젖꼭지만 간신히 가렸네요. 그런데도 당신은 괜찮아요?

— 무슨 말을 그렇게 해, 여보, 우선 절반이 드러나진 않았어. 3분의 1이지.

— 몸을 숙이면 절반이에요.

— 숙이지 않으면 되지. 그리고 원래 야회복은 그렇게 많이 파였어.

— 그렇다면, 정말 다 보여도 되는 거라면, 당신은 괜찮다는 말이에요? 거울 속에서 그녀가 직설적이고 남성적인 눈길을 던졌다.

— 맙소사, 그게 무슨 소리야? 도대체 무슨 말을 듣고 싶은 거야?

— 진실이요. 그 사람 앞에 갔을 때 내가 가슴을 꺼내놓으면 좋겠어요?

— 아리안! 그가 질겁하며 외쳤다. 왜 그런 말도 안되는 소리를 해?

─좋아요. 위쪽 반만 보여주도록 하죠. 드러내도 괜찮은, 품위가 손상되지 않는 절반만요.

잠시 침묵이 흐른 뒤 그가 고개를 숙였다. 아리안이 왜 자꾸 내 눈을 똑바로 쳐다보는 걸까? 어쩌자는 걸까? 최고로 멋진 무도회에서 최고급 사교계의 여자들은 모두 가슴이 파인 옷을 입지 않는가. 어떻게 할까? 그는 대화 주제를 바꾸는 게 좋겠다고 생각했다. 어느새 7시 42분이다.

─내려갈까, 여보? 이제 시간이 빠듯해.

─그러죠. 가슴에 엎어놓은 공 두개 잘 챙겨서 내려갈게요.

─여보, 그 사람한테 상냥하게 대할 거지? 그가 헛기침을 하며 물었다.

─내가 뭘 해야 하죠?

─그냥 조금 상냥하기만 하면 돼. 대화에 참여하고, 그러니까 무뚝뚝하게 있지만 않으면 돼.

─아니, 싫어요. 난 안 갈래요. 전신 거울 속에서 그녀가 빙그레 웃음을 지어 보였다.

그러고는 드레스 자락을 휘날리며 돌아섰다. 남편은 입을 다물지 못한 채 소름이 돋은 표정으로 아내의 얼굴을 바라보았다. 2000프랑, 자그마치 2000프랑이나 하는 담뱃갑을 사줬는데, 도대체 왜 저런단 말인가!

─왜 그러는데? 말해봐. 왜 그러는 거야?

─조금 상냥하고 싶지 않아서요.

─여보! 제발! 내 말 들어! 오늘 저녁식사 자리를 망치면 안돼! 그 자리에 혼자 가면 내가 무슨 꼴이 되겠어? 여보 내 출셋길이 열리느냐 마느냐가 걸려 있단 말이야! 지금 8시 십사분 전이야. 약속

직전에 이러지 마! 제발, 이러지 마! 정신 차려!

그녀는 몸에 꽉 끼는 턱시도 차림의 남편을 바라보았다. 물론 일부러 그러는 걸 테지만, 그는 울먹이기 시작했다. 밑으로 처진 아랫입술이 경련하며 떨리는 모습이, 턱시도 차림에 수염을 반지르르 다듬은 이 남자는 흡사 울음을 터뜨리기 직전의 아기 같았다.

—안 갈 거예요. 그녀가 다시 한번 말했다. 그러고서 조금 전과 똑같이 가볍게 드레스 자락을 휘날리며 다시 거울을 향해 돌아섰다. 뭐 해요, 서둘러요. 그러다가 늦으면 그 사람한테 혼나잖아요! 자, 빨리 가서 친분을 쌓아요. 빨리 가야 그 사람이 등 한번 두드려주죠. 그래요, 당신 좋아하는 대로 아주 세게 두드려주겠죠. 인간적인 접촉 말이에요! 빨리 가서 당신 진급할 때 됐다고 넌지시 말해요, 넋이 나간 황홀한 눈으로.

—당신은 정말 나빠, 악랄해! 그가 거울 속에서 사악한 쾌락으로 환해진 얼굴을 하고 자신을 바라보는 아내를 향해 고함을 쳤다. 당신을 저주할 거야! 그는 다시 고함을 친 뒤, 문을 쾅 닫고 나가버렸다.

그녀는 이제 거울 속 얼굴에 미소를 지어 보이고는 한걸음 뒤로 물러서서 자기 전신을 살펴보았다. 앞이 상당히 대담하게 파여서 오른쪽 어깨, 왼쪽 어깨를 한번 들썩이기만 하면 가슴이 한쪽씩 옷밖으로 삐져나올 정도였다. 그녀는 눈을 가늘게 뜨고 자신의 가슴을 응시했다. 결의에 찬 두 가슴은 만반의 준비가 된 상태였다.

—황홀한 눈이네. 그녀가 혼자 중얼거렸다.

33

　　—이렇게 쿠션도 없이 바닥에 머리를 대고 누워 있는 게 좋아 침대에 누운 것보다 편해, 이대로 죽을 수 있을까, 이상해 바닥에 누워 입을 벌리고 천장을 쳐다보고 있는 게 너무 좋아 그러다가 미친 척하면서 헛소리도 하고 그래 너무 좋아, 밀물이 서서히 밀려왔다 빠져나가면 물기 없이 가볍던 흰모래가 물기 때문에 무거운 잿빛 모래가 되는 것처럼 눈물이 몰려와서 눈시울을 붉게 만들었다가 내려가면 내 마음은 젖은 모래처럼 무거워져, 정말 좋아 이 얘기도 써야 해, 흰색 크레이프 천에 가슴이 깊이 파이고 걸을 때마다 밑자락이 우아하게 살랑거리는 무도회 드레스가 멋져 순례자처럼 보이겠지, 그녀와 함께 엉켜 잘 땐 정말 감미로웠어, 난 언제까지나 나의 바르바라를 사랑할 거야 누군가를 한번 사랑하면 그 사랑은 영원한 거야 세멜 셈페르[80], 그래요 이봐요 난 라틴어도 할 줄 알아요 당신은 못하죠 아랍어나 터키어는 하겠군요, 그래 맞아

난 정말 못되게 굴었어 불쌍하게도 울먹이면서 애원했는데 난 독사 같았지 등 한번 두드려달라고 하라고 친분을 쌓으라고 그런 말만 했지, 아무리 그래도 자기를 비웃는 내 모습을 간직한 채 석달동안 떠나 있게 할 수는 없어 어떻게든 달래줘야지, 리츠로 가야해 무척 중요하게 생각하는 자리니까 내가 가면 좋아할 거야 두통이 가라앉았다고 하고 그 사람한테도 상냥하게 대하는 거야 옆자리에 앉아서 친절하게 대해줄 거야 아드리앵 때문에 가는 거야, 있잖아 여보 약속해 그렇지 기가 막힌 우연이지 그렇지, 방트라두르부인 말대로라면 하느님이 무슨 일이든 다 도와준다면서 어째서쓸 만한 하녀들을 보내주지 않는지 왜 뻔뻔한 하녀들만 보내서 계속 힘들게 하는지, 그녀는 하느님이 행복을 주면 감사 인사를 올리고, 불행을 주면 말없이 얌전히 있지, 속내를 알 수 없는 하느님은 방트라두르 부인한테도 불행을 안기니까, 앙뚜아네뜨가 "그런 경우에"라고 말해야 할 때 "그런 경우 때"라고 말하면 정말 목을 졸라버리고 싶어, 그래 그 비열한 남자한테 상냥하게 대할 거야 아드리앵 때문에 출세 어쩌고저쩌고 때문에, 내가 좀 심하게 굴었으니까 할 수 없어 희생하는 거야 상냥하지만 차갑게, 그 사람은 내가남편 때문에 왔다는 걸 알게 될 거야, 아드리앵을 역까지 배웅하고 담뱃갑 사줘서 고맙다고 해야지, 담뱃갑이 너무 무거워 하지만 아드리앵한테는 말하면 안돼, 열차에 오르기 전 플랫폼에서 몇번 키스를 해줘야지 기차가 떠나는 동안 플랫폼에 계속 서서 미소를 지으며 손을 흔들고 좋은 기억을 간직한 채 떠나게 하는 거야, 그러니까 이제 목욕을 하자 하지만 바닥에서 이러고 있으니까 너무 좋아 옷도 안 입고 혼잣말하면서 난 혼잣말하는 게 좋아, 어쨌든 잘 했어 잘 갈겼어 벌거벗은 등에 채찍을 날려 피가 흐르고 부어올라, 그 비열한 남자가 한 짓을 말하지 않았으니 잘 갈긴 거야 안 그랬으면 불쌍한 남편 나의 남편은 결투를 신청할 수밖에 없고 결국 불쌍한 디디만 죽게 되겠지 그건 옳지 않아, 파우더만 조금 바르고 다른 화장은 안할 거야 여자들은 어떻게 손톱에 빨간 매니큐어를 바를 수 있을까 추잡해, 두통이 가셨다고 말하고 그래도 그 남자한테는 냉랭하게 굴어야지, 그렇게 변장을 하고 찾아오다니 어떻게 그런 바보 같은 짓을 할 수 있지, 아니 다리를 그렇게 허공에 돌리지 마 보기 안 좋아, 불쌍한 사람 아내의 얼굴 될 씨의 아내 젊은 될 부인의 얼굴을 못 보고 그대로 출장을 떠나야 한다면 그 사람은 너무 낙심할 거야, 난 곱셈판을 못 외우겠어 난 어떨 땐 스위스 말을 써 프랑스에서는 구구단이라고 하지 그게 더 나아, 쉬운 부분은 알아 2 곱하기 3, 3 곱하기 4, 말도 안돼 왜 욕을 내뱉고 싶어지는 걸까 난 예절 바른 사람이기 때문이야, 정말 7 곱하기 8이나 9 곱하기 7 같은 건 못하겠어 하나씩 더해서 답을 찾아야 해, 그거 다 하다보면 저녁식사가 끝나겠지, 술레이만 황제[81] 같은 인사의 초대를 받았으니까 그럼 어쩌라고 안돼 정말 안돼, 남편 때문에 나의 남편 때문에 아까 잘못한 거 돌려놓으러 가야 해, 그 사람 눈에 상처를 입힌 건 지금 생각해도 기분이 좋아, 카나키스 부부의 저녁식사에 초대받은 날 시어머니는 품위 있는 척하려고 했지 하지만 사교계의 분위기가 몸에 밴 카나키스 부부의 위엄 앞에서 할 말을 찾지 못했어 문학에 대한 대화에는 낄 수도 없었고, 그러니까 미소 띤 얼

---

81 16세기 오스만튀르크의 황제.

굴로 접시를 향해 고개를 숙이고서 깨작거리며 먹기만 했지 세련된 자태로 뭔가 재미있는 생각을 한다는 표정으로 미소 지으면서, 세련된 미소 고급스러운 메뉴 최고의 품격 혼자 생각에 빠진 귀부인 같은 미소였지 너무 재미있고 너무 우스운 생각이라 대화에 낄 겨를이 없다는 듯 혼자서도 괜찮다는 듯 하지만 실제로는 모욕적이었겠지 다들 활발하게 나누는 대화에 끼지 못하는 게 죽도록 고통스러웠을 거야, 멍청하기 이를 데 없는 대화였지만 그 여자의 가슴은 미울 거야 자꾸 생각나, 항상 보들보들한 옷감으로 무늬 없는 단색을 골라야 해 그게 확실히 더 좋아, 검은색이나 진회색이나 회색이나 흰색으로 해야 해 갈색이나 베이지색은 절대 안돼, 그래 그러니까 빨리 목욕을 하자, 그런 다음에 채비를 하고 그를 위해 아름다운 모습이어야 해 그가 기뻐하도록 떠나가는 기차 안에서 좋은 기억을 떠올리게 해야지, 불쌍한 사람 그럴 자격이 있어 빨리 목욕을 해, 멀고 먼 스키티아에서 바람의 사랑을 받는 암말들도 당신만큼 슬프지 않아 화나지 않아 저녁에 삭풍이 잦아들면, 내가 좋아하는 문장이야, 그래 그가 좋은 기억을 가지고 떠나게 해야 해, 방향염을 풀어 목욕을 하고 흰색 실크 드레스를 입고 머리를 매만지고 그런 다음 전화를 걸어 택시를 부르는 거야, 엑상프로방스에는 이끼 가득한 오래된 분수에서 따뜻한 물이 나오는 데가 있어 여인상들이 세워져 있고 참나무 문들에는 조각이 새겨져 있고 홈이 팬 청동 빗물받이 끝에는 찡그린 얼굴이 있어, 어릴 때 엘리안과 같이 레리 고모의 정원에 구멍을 팠어 비밀 창고였지, 혹시 어딘지 잊어버릴까봐 아무도 모르게 표시를 해두고 성경책에다 써놓았어 모과나무에서 북쪽으로 몇센티미터 지점이라고, 우린 그 안에 유리 조각하고 초콜릿 포장지하고 낡은 열쇠하고 우리 둘이 찍은 사진하고 동전하고 공작 깃털하고 아마도 선원들이 배고플 때 먹는 비스킷하고 곰 모양 초콜릿하고 내가 크면 약혼반지로 쓸 커튼 고리를 넣었어, 비밀 창고를 닫은 뒤에 우리는 싸웠지 내가 엘리안을 주먹으로 때렸고 그런 다음 화해를 했어 서로 껴안았고 엘리안이 흘린 코피로 돛이 세개 달린 범선 상어호의 난파에 대해 비장한 문서를 썼어, 엘리안의 코피를 스푼에 받아서 잉크 삼아 펜을 찍었고 번갈아 썼어 난 결혼하는 날 무인도의 보물을 열어 반지를 남편에게 주겠다고 썼어 우리는 다른 사람이 읽지 못하도록 글자를 거꾸로 해서 우리의 결의를 썼어 이 단어는 영적으로 더 고양되겠다고 레리 고모가 늘 쓰던 말이라 우리도 알고 있었어, 그런 다음 비밀 창고를 열고 그 비장한 문서도 같이 묻었지, 아 지겨워, 아라비아에는 정말 큰 무지 큰 코끼리가 있대, 그리고 정말 작은 무지 작은 개미가 있대, 개미 나스트린이 인사를 했어 커다란 코끼리 꼬리가 짧고 귀가 큰 코끼리 기윰 이름이 기윰일 거야 코끼리가 말했어 아 꼬마야 정말 작은 꼬마야 피곤하지 올라가 내 등에 올라가 그래도 괜찮아 난 하나도 안 피곤해 정말이야 내가 집까지 데려다줄게 나스트린이 말했어 커다란 커다란 코끼리 오 고마워 정말 친절하구나 개미도 말했어 개미가 조그맣게 뭐라고 말했는지는 모르겠어 아마 유대인을 죽여라라고 했을 거야 오 채찍을 휘둘러 허리가 꺾이고 고개를 떨구고 손톱이 손바닥으로 파고들고 핏방울이 뚝뚝 떨어지고 스스로를 먹어치워, 증오 아마도 사랑일 증오 다리에 힘이 없어 끝없이 추락해 그만해 내가 무슨 말을 하고 있는지 모르겠어 이제 목욕을 해 그리고 모자는 쓰지 말고 흰색 드레스를 입고 여신 같은 모습으로 그래 길고 널찍하게 퍼지는 드레스 좁은 드레스보다 훨씬 우아하지 가슴은 아주 살짝 파인 심지어 근엄한 드레스가 단정해 물론 팔은 예외야 그냥 보여도 돼 감동적이겠지 팔의 황금빛과 대비를 이루는 흰색 긴 장갑을 끼는 거야 그리고 너무도 아름다운 흰색 공단 구두 간소하고 완벽한 모습 절대로 좁은 건 안돼 길고 널찍하게 퍼지는 걸로 공단이나 크레이프로 그래 불쌍한 디디는 날 보고 좋아할 거야 내가 너무 못되게 굴었어 내가 내가 흑옥처럼 기차가 떠날 때까지 같이 있는 거야 기차가 움직이기 시작하면 손으로 키스를 보내야지 안녕하신가요 그냥 인사만 할 거예요 시간이 없어요 남편을 만나러 국제연맹의 끔찍한 인간한테 가야 해요 안돼요 그러면 안돼요.

34

　—아무리 못해도 하루에 200프랑은 나올 거야, 어쩌면 더 비쌀지도 모르지. 아예 큰 거실까지 딸린 스위트룸이잖아, 카나키스 말로는 다이닝 룸도 있다고 하는데, 그건 아닐 거야, 괜히 아는 척하고 싶었던 거지, 어쨌든 제대로 다 갖춘 숙소야, 최고급 건물에, 분명 하루에 200프랑은 넘을 거고, 호화로운 호텔이니 추가 비용도 만만치 않겠지, 아침식사에 레스토랑 식사, 빨래, 이발, 세금, 팁 거기다 보증금도 있고, 개인 하인과 운전기사 비용까지, 멋들어진 흰색 아마 재킷을 입은 베트남 하인 말이야, 전부 다 하면 어림잡아도, 그래, 머리 좀 식히고 나중에 계산해봐야지, 물론 워낙 많이 버니까 충분하겠지, 아까 레스토랑 계산서 좀 봐, 얼마인지 확인도 안 하고 바로 싸인했잖아, 안 그래? 더구나 지배인한테 100달러짜리를 팁으로 줬어. 어쨌든 레스토랑에서 먹은 저녁식사는 정말 훌륭했어, 하지만 카나키스 말대로 다이닝 룸까지 있을지도 모르는데

왜 굳이 레스토랑으로 내려간 걸까, 둘이서 먹기는 그게 더 편하고 서비스가 빨라서 그랬을 수 있지, 개인 다이닝 룸은 공식적인 만찬에만 쓰는 것일 수도 있고, 어쨌든 저녁식사 자리는 아주 좋았어, 아리안이 두통이 심하다고 둘러대면서 못 와서 미안해한다고 전했을 때도 괜찮은 것 같았고, 기분이 상할 수도 있었을 텐데 그냥 날 쳐다보면서 미소를 지었잖아, 물론 그랬겠죠, 라고 했지, 무슨 뜻이었을까, 어쨌든 잘 지나갔어, 멋진 식사였고, 안 그래? 하지만 난 분위기를 마음껏 누릴 상태가 아니었어, 그 사람은 분명히 호의적으로 대해줬는데, 심지어 실내복을 입고 나올 테니 좀 기다려달라고까지 했는데, 드문 일이야, 그래 맞아, 어쨌든 친절하다고 할 수 있지 뭐, 서로 친한 사이 같잖아 날 친구로 대하는 거지, 거기다 조금 전에 레스토랑에서 나한테 이걸 좋아하는지 저걸 더 좋아하는지 계속 물어가면서 아주 정중했잖아, 훌륭한 식사였어 최고급 요리였고, 뭐 어차피 내가 다시 답례를 할 테니까 그 사람이 손해 보는 건 아니지만, 출장에서 돌아오면 최고로 멋진 만찬 자리를 마련해야지. 일단 그건 나중에 생각하자, 아직 시간이 넉넉하니까, 그건 그렇고 너무 많이 먹었는걸, 그 사람 때문이야, 요리를 너무 많이 시켰어, 오로지 나를 위해서 말이야, 자기는 거의 아무것도 입에 안 대고, 그냥 담배를 피우며 샴페인만 마셨어, 난 먹을 수밖에 없었어, 예의가 그렇잖아.

그렇다, 그는 속이 좋지 않았다. 캐비아에 이어 그라탱이 나왔고, 이어 소스에 조린 메추라기 고기와 노루 고기까지 나왔다. 사실 그가 계속 먹어댄 것은 침묵이 부담스러웠기 때문이다. 아리안이 같이 왔다면 적어도 식탁에서 대화를 나누는 데 도움이 됐을 텐데. 거기다 흥분해서 제대로 씹지도 못했다. 기차에 타자마자 응급

432

용품 가방에 넣어 온 중탄산염을 먹어야겠다. 그러고 승무원한테 250밀리리터짜리 비시 탄산수를 주문할 것이다. 아무리 화가 났어도 아리안한테 악랄하다고, 저주한다고까지는 말았어야 했다. 그건 심했다. 여자가 아닌가, 원래 성격이 그런 건데, 아마 컨디션이 좋지 않았을 거다. 그녀가 잘 쓰는 말마따나, 용이 나타난 거다. 그렇다, 빠리에 도착하면 다정한 편지를 써야겠다. 그렇다, 아래 레스토랑에 있을 때 그 사람은 정말 아무 말도 하지 않았다. 하지만 방으로 올라온 뒤로는 이야기도 잘하고 친절했다. 고향 얘기까지 했다. 케팔로니아에서 태어났다니 신기하지 않은가.

─그 사람이 자기와 같이 가보겠냐고 할 땐 정말 최고였지.

이 정도면 정말 대단한 인맥이 아닌가! 혹시라도 정말로 차장과 함께 케팔로니아에 가게 된다면 위임통치국의 조직 개편 문제에 대해서 넌지시 얘기를 꺼낼 수 있을 테고, 특히 자료 처리에 어떤 문제점이 있는지 말할 수 있을 것이다. 바다를 바라보며 같이 모래 사장에서 일광욕이라도 한다면 그야말로 모든 게 일사천리이리라. 그런 상태라면 베베에 대한 생각을 다 말할 수 있지 않겠는가. 그가 얼마나 활기 없는 인간인지 말해주고 그외 다른 문제점들도 속속들이 알려줄 것이다. 차장과 친구처럼 같이 누워 일광욕을 한다면! 공식적인 태도는 모두 사라지고 친밀함, 신뢰, 이런 것들만 남은 상태일 것이다! 개인 대 개인으로! 그렇다. 실내복으로 갈아입겠다고 들어갔는데 생각보다 시간이 많이 걸리는 것 같다. 차장이 다시 나오면, 자신감 있게 대하리라. 최대한 뛰어난 모습을 보여주자. 하지만 조심할 것, 삐까소 얘기는 서서히 접근할 것, 우선 눈치를 좀 살펴본 뒤에 좋은 점과 나쁜 점을 동시에 얘기하고, 그런 뒤 반응에 맞게 대처할 것. 경우에 따라 잡지에서 외운 내용 중에 마지막 세 문장은 버릴 것. 어쨌든 케팔로니아에서 함께 해수욕을 하자니, 그렇게 친절한 생각을 하다니! 최고 간부가 평범한 A급 직원과 함께 해수욕을! 서로 이름을 부르고 농담을 주고받으며! 그런 다음 친한 친구 사이처럼 함께 백사장에 누워서 손가락 사이로 모래를 흘려보내며 이야기를 나눌 것이다!

──그렇게 되면, 순식간에 자문관으로 승진하는 거야, 암 그렇고말고!

그는 검은색의 두꺼운 실크로 된 화려한 실내복의 위용에 눌려 벌떡 일어섰다. 쏠랄은 발목까지 내려오는 긴 가운 차림에 맨발에는 실내 슬리퍼를 신었고, 목 아래 벌어진 틈으로는 맨가슴을 조금 드러내고 있었다. 상사가 손짓을 하자 그는 다시 의자에 앉았다. 그는 넋이 나간 채로, 부자연스럽게, 조심스레 소리를 죽여가며 침을 삼켰고, 다리를 꼬았다가 다시 풀었다. 베트남인 하인은 미소를 띤 가무잡잡한 얼굴로 커피와 꼬냑을 내왔다. 아드리앵 됨은 침묵을 떨치기 위해 잔을 들어 소리를 내지 않으려 애쓰면서 공손히 마셨다. 이어 상대가 말없이 권한 담배를 받아 든 그는 손을 떨면서 불을 붙이고 연기를 내뿜었고, 앞에서 호박 묵주를 만지작거리는 상사를 힐끗거렸다. 무슨 일이야? 왜 또 말을 안하는 거지? 조금 전까지 그렇게 친절하더니 상사는 이제 한마디도 하지 않았다.

침묵이 곧 자기와 함께하는 자리가 지겨워졌다는 증거라고 생각하니 아드리앵은 그대로 굳어버린 듯 할 말을 찾지 못했고, 어색함을 떨치려고 빙그레 미소를 지었다. 경직된 가련한 미소, 상사의 마음에 들어 총애를 받고 싶은 약자들의 피난처이자 지원군인 미소, 본인은 의식조차 못하고 있지만 얼굴을 떠나지 않는 여성적인 미소, 복종의 증거인 동시에 준비된 선의의 징표이며, 또한 겉으로 말하지 않더라도 상대와 함께하는 자리가 기쁘기 그지없다고 표현하고 싶은 미소. 아드리앵 됨은 미소를 지었고 불행했다. 침묵을 쫓아내고 무엇이든 채워넣기 위해, 혹은 자연스럽고 편안해지기 위해, 혹은 용기를 내서 무슨 말이든 하기 위해, 그는 러시아 스타일로, 비극적으로, 꼬냑을 단숨에 들이켰고, 그 바람에 기침을 했다. 맙소사, 도대체 무슨 말을 한단 말인가? 프루스뜨, 이미 했다, 아까 레스토랑에서 했다. 모차르트와 페르메이르, 마찬가지다. 삐까소, 위험부담이 너무 커서 차마 얘기를 꺼낼 수가 없다. 작은 종이에 번호까지 매겨가며 정성스럽게 준비한 다른 주제들은 까맣게 잊어버렸다. 기억을 되살리기 위해 변비로 힘을 줄 때처럼 조심스럽게 인상을 찌푸려보았지만 소용이 없었다. 손을 허리춤에 가져다 대니 그를 구원해줄 종이가 턱시도 주머니 속에서 바스락거렸다. 하지만 어떻게 상대 모르게 꺼낸단 말인가? 손 좀 씻고 오겠다고 말하고 나가서 살짝 보고 올까? 아니, 거북하다, 천박해 보일 것이다. 지금의 침묵은 실로 끔찍했고, 모든 것이 자기 책임인 듯했다. 그는 심오한 표정으로 빈 잔을 살펴보고, 용기를 내서 소심한 눈길로 상사를 바라보았다.

─글을 쓰는 것 같던데, 그렇지요, 친구? 마침내 쏠랄이 물었다.

─조금 씁니다. 상사가 친구라고 불러주자 한껏 고무된 아드리앵 됨은 감사의 마음을 주체하지 못해 두 눈이 촉촉해졌고, 이내 남색男色의 기운이 감도는 미소를 지었다. 직무를 수행하고 남는 시간에 씁니다. 지금까지 제가 저지른 건(저질렀다고 말하면서 그는 살짝 미소를 지었다) 시 몇편이 전붑니다. 당연히 여가 시간에 쓴 거고요. 작년에 자그마한 한정판 비매품으로 출간했죠. 제 기쁨을

위한, 또 바라건대 벗들의 기쁨을 위한 것이었습니다. 무언가를 전하려는 건 아니고, 그냥 표현한 시입니다. (이토록 고귀한 표현을 찾아낸 데 스스로 감동을 받은 그는 다시 한번 고상한 침을 삼켰고, 드디어 제대로 한건 시도해보기로 했다.) 괜찮으시다면 일본산 고급 종이에 인쇄한 걸로 한부 드리고 싶습니다. (상대가 동의하자 그는 기회를 놓치지 말고 담금질을 계속하기로 했다.) 소설도 하나 쓸 계획입니다. 물론 일이 없을 때 써야죠. 아주 독특한 작품이 될 겁니다. 사건도 없고, 인물도 없다고 할 수 있죠. 꼬냑의 힘으로 과감해진 아드리앵이 단호하게 말한 뒤 혓바닥을 내밀었다가 다시 집어넣었다.

다시 침묵이 흘렀다. 조금 전까지 더없이 대담했던 아드리앵은 상사가 자기의 소설 계획에 별다른 감흥이 없다는 사실을 깨닫고는 잔을 들어 입으로 가져갔고, 잔이 비어 있다는 것을 깨닫고는 다시 테이블에 내려놓았다.

—사실 아직 완전히 결정한 건 아니고요, 좀더 고전적인 형태에 동조하게 될 수도 있습니다. 동 쥐앙에 대해서 쓸 생각이거든요. 오래전부터 계속 염두에 두고 있는, 강박관념처럼 떨쳐지지 않는, 말하자면 절 사로잡아버린 인물이지요. (이렇게 말하며 눈치를 살폈지만 상사의 얼굴은 무표정했다). 뭐니 뭐니 해도 제가 가장 관심을 가지고 있는 건 바로 위임통치국 내에서 맡고 있는 일이지만요. 정말 흥미진진하거든요. 그가 소심한 미소를 지어 보이며 덧붙였다.

—동 쥐앙에 관한 소설이라니, 아주 좋군요, 아드리앵.

아드리앵 됨은 전율했다. 이름을 불러주다니! 이번에는 진짜였다! 드디어 친분이 형성된 것이다!

─숙고하고 있습니다. 이미 메모도 꽤 많이 해두었죠. 자신이 준비한 주제가 갑자기 훌륭해졌다는 사실에 흥분한 미래의 소설가가 열정적으로 말했다.

그렇다, 드디어 됐다! 사무차장이 직접 싸인을 한 사진이 그의 눈앞에 어른거렸다. 이제 먼저 말하지 말고 질문을 받을 때까지 기다리자. 지금 동 쥐앙에 대해 생각 중일 테니 곧 질문을 할 것이다. 아드리앵은 느낄 수 있었다. 자문관, 물론 당장은 아니다. 어쩌면 내년쯤. 우선은 상사가 동 쥐앙에 관심을 보이고 있으니 그것만 파고들자. 출장 다녀온 뒤 몇장을 먼저 써서 가져다주는 거다. 그걸 기회로 친구처럼 대화하고, 각자 자신의 관점을 옹호하며 토론도 할 수 있으리라. 아뇨, 아닙니다, 제 생각은 다릅니다, 그건 동 쥐앙이라는 인물의 성격과 맞지 않아요, 이렇게 말이다. 한마디로 말해서 개인적 친분을 쌓기. 결론적으로 말해서, 좋다, 용케 잘해냈다.

─어떤 동 쥐앙을 생각하는지 말해봐요. 동 쥐앙을 어떻게 그릴 생각이죠? 드디어 쏠랄이 담배를 쥐면서 입을 열자, 아드리앵이 곧바로 라이터를 내밀어 불을 붙였다.

─여자들을 유혹해야죠. 아드리앵은 빈틈없이 대답했고, 대단한 대답을 해냈다는 사실에 스스로 뿌듯해했다. (혹시 대답이 너무 짧았나? 동 쥐앙의 성격에 대해 자세한 사항을 좀 덧붙여야 할까? 우아하고 재치 있고 냉소적이라고? 하지만 그랬다가 차장이 동 쥐앙에 대해 생각하고 있는 바와 맞지 않으면? 조금 전에 너무 경솔하게 대답한 게 아닐까?) 혹시라도 조언을 해주신다면 저로선 무척 감사하겠습니다. 예를 들어 동 쥐앙의 성격으로 중요하다고 생각하시는 점이 있으면 말입니다.

쏠랄은 자신에게 잘 보이기 위해 최선을 다하는 불쌍한 남자에게 미소를 지어주었다. 그래, 개한테 작은 뼈다귀 하나 던져주자.

— 당신이 그리는 동 쥐앙은 사전事前 경멸을 지닌 사람인가요?

— 아니라고 해야겠죠, 그렇진 않습니다. 아드리앵이 대답했다. (그는 묻고 싶었다. "사전 경멸이라는 게 정확히 무슨 뜻인가요?" 하지만 너무 무례한 질문 같아서 간접적인 방식을 택했다.) 사전 경멸이라고 말씀하신 것을 무슨 뜻으로 이해하면 좋을까요? 그는 무례해 보일 수도 있는 어조를 절대 드러내지 않기 위해 최대한 부드럽게 물었다.

— 동 쥐앙은 정숙한 여자들을 소개받을 때마다 그 여자들에 대해 배려심을 거의 느끼지 못하죠.

그런 다음 상사가 다시 말을 멈추고 콧날을 세우자 아드리앵은 열정적으로 경청하는 자세를 취했다. 상대의 입 밖으로 떨어질 진주를 좀더 잘 받아 들기 위해 목을 앞으로 내밀었고, 집중하고 말을 들이켤 준비가 되어 있음을 보여주기 위해 반쯤 감은 속눈썹 아래로 눈빛을 반짝였으며, 깊은 생각에 빠진 척하느라 오른손으로 턱을 받치고 두 다리는 지적으로 포갰다. 그렇게 주의력을 쏟는 것이 힘에 부쳐 부쩍 늙어버린 얼굴이었다. 어쨌든 그는 엄청난 집중력, 열정적인 기대, 이미 설득돼서 동의할 준비가 된 이해력, 곧 누리게 될 지적 즐거움을 향한 기쁨, 그리고 부하 직원으로서의 충성심까지, 모든 것을 한꺼번에 드러냈다.

— 배려심을 느끼지 못하죠. 쏠랄이 되풀이했다. 그가 원하기만 하면 제아무리 예의 바르고 사회의 칭송을 받는 여인이라도 안타깝게도 결국은 그의 것이 되어 침대 위에서 요분질하게 된다는 걸 알고 있으니까요. 어떻게 아는 걸까요? 그가 질문을 하자 아드리앵은 대답도 않은 채 조심스럽게 동의한다는 표정을 지었다. 그만하

죠. 끔찍한 얘기니까. 별로 중요한 것도 아니고.

아드리앵은 거북한 상황을 떨치기 위해 몇차례 목을 가다듬었다. 침대 위에서 요분질한다니, 좀 심하지 않은가. 분명 샴페인 때문일 것이다.

—아주 재미있는 얘기군요. 아드리앵이 최선을 다해 열정을 담아낸 목소리로 대답했다. 정말로 아주, 재미있습니다. 더 알맞은 말을 찾지 못한 그가 계속 덧붙였다. 해주신 말씀은 저한테 아주 소중한 도움이 될 겁니다.

그는 심심한 사의와 함께 조언을 받아들인다고 말할 뻔했다. 그의 머릿속에 박혀 있는 그 문구는 각국의 식민성으로부터 통계자료를 받고 나서 수령 통지문을 쓸 때마다 그가 지극히 흥미로운 통계라는 말과 함께 늘 사용하는 것이었다. 물론, 그런 다음에는 대부분 정확하지 않고 합산에 오류가 있는 그 통계자료들을 즉시 그리고 영원히 작은 무덤 속에 파묻어버렸다.

—별로 중요한 것도 아니죠. 쏠랄이 조금 전 한 말을 되풀이했다. 사실 여자가 왜 필요하죠? 가슴 때문에? 말도 안되는 소리. 어차피 처지게 될 텐데. 신문에서 보니 그 물건, 젖가슴을 받치는 거, 뭐라고 부르죠, 그걸?

—브래지어입니다.

—그래, 그걸 여자들마다 다 하고 있다니! 그런 식으로 믿음을 저버리다니! 당신은 어떻게 생각합니까, 아드리앵?

—그게, 저, 그러니까⋯⋯

—내 생각도 그래요. 거기다 챙 없는 작은 모자를 쓴 꼴이라니! 하이힐을 신고 엉덩이를 흔들며 폴짝거리질 않나! 또 모여서 옷 얘기를 할 때면 난리가 나죠! "글쎄 여자 재봉사한테 투피스를 맞췄

다네요! 정말 말도 안되잖아요! 내가 다 창피하네요! 옷 만드는 게
얼마나 힘든 일인데, 특히 상의 말이에요, 그건 남자가 할 일이에
요. 여자 재봉사는 제대로 자르지도 못하고, 나중에 옷을 입으면 여
기저기 핀이 그대로 꽂혀 있을걸요?" 새 드레스에 대해서 누가 아
주 작은 흠 하나라도 지적했다가는 날을 곤두세우고, 결국 원수 사
이가 되죠. 증오에 찬 눈으로 노려보든지, 아니면 상심해서 우울해
지든지, 아니면 죽네 마네 하잖아요. 그러니까, 난 여자 따위는 필
요 없어! 게다가 미까엘이 습관적인 일이라고 명명한 그 짓 이후
에도 계속 여자들 곁에 누워 있어야 하다니. 옆에서 여자가 감정에
취해 달콤한 말을 속삭이고 어깨를 어루만지게 둬야 한다니, 여자
들은 늘 그러니까, 이상한 버릇이지. 그런 다음엔 또 설탕같이 달
콤한 보상을, 그러니까 아주 좋았다고 고마운 마음으로 말해주길
기다리고. 조용히 치욕을 가라앉힐 수 있게 날 좀 그냥 내버려두면
좋을 텐데. 그러니까 이제 여잔 필요 없어! 치아까지 없애게 해버
리고는 날 거부하다니, 싫다고 밀쳐내다니! 어쩌겠어, 방법이 없는
데, 그런데도 그 여자 생각을 떨칠 수가 없다니. 쏠랄이 기지개를
켜듯 몸을 뻗으며 말했다. 아드리앵, 착한 아드리앵, 포도 먹고 버
티게 해주고, 사과 먹고 힘내게 해주게. 난 상사병을 앓고 있거든.
아니, 사랑은 아닌데, 하지만 그 여자를 떨칠 수가 없다네. (아드리
앵은 상사가 갑자기 친근하게 말을 놓는 게 너무도 기뻤지만, 포도
와 사과 얘기를 알아들을 수 없어서 어리둥절했다. 그는 그냥 무슨
말인지 알겠다는, 무슨 상황인지 느낄 수 있다는 표정을 지어 보였
다.) 그래, 아드리앵, 이렇게 불러도 되겠지?

　　—물론입니다, 그야 당연히…… 그러니까……

　　—존댓말 쓸 필요 없네, 그냥 형제라고 생각하게! 우린 죽을 수

밖에 없는 인간 형제인걸! 곧 땅속에 눕게 되겠지, 자네와 나, 나란히, 얌전히! 그가 유쾌한 목소리로 말했다. 자. 이 샴페인을 마시게, 자네처럼 무가공 상태에 그녀처럼 도도한 최고급이라네! 마시게, 그럼 내가 이 눈가에 상처를 낸 여자를 왜 떨쳐버리지 못하고 자꾸 생각하는지 말해주겠네. 긴 속눈썹이 별처럼 반짝이는 무서운 여자, 네이라아, 잔인하게도 이 자리에 오지 않은 여인 말이야. 마시게! 그가 명령하자 아드리앵이 그대로 마셨고, 급히 마시느라 목이 막혀 기침을 했다. 아니야, 친구, 아니야, 충성스러운 폴로니어스[82]여, 오로지 사랑에만 난 취했네! 사랑에 말이야. 얼마나 취했는지 자네 수염을 붙잡고 한시간 동안 자네 몸을 허공에 돌리고 싶네! 그 정도로 난 그녀를 사랑하고 자네도 사랑하지! 그래, 나도 알아, 내가 제대로 표현을 못하고 있다는 거, 귀화한 지 얼마 안됐으니까! 그러니까 난 사랑에 취했네. 그가 넋이 나간 표정으로 미소를 지었다. 사랑에 취했다고. 그런데 끔찍하게도, 그 여자한텐 남편이 있네. 가엾은 남자, 알겠나, 만일 내가 그녀를 빼앗아 온다면 그는 고통스럽겠지. 하지만 어쩌겠나? 아, 그녀에 대해 전부 얘기해야겠군, 그녀의 매력, 끝이 휜 속눈썹, 혼자 하는 넋두리, 그녀의 고향 히말라야까지. 자네한테 다 말해야겠어, 오로지 자네만이 날 이해할 수 있으니까. 오 하느님 제발! 그래, 자네한테 다 말해야겠네, 그녀와 나, 우리가 빠져들게 될 애정 행각에 대해, 다 말해야겠어. 하지만 우선 목욕을 좀 해야겠군, 더워서. 조금 있다가 보세, 착한 아드리앵.

혼자가 된 됨은 어린 학생처럼 히죽거렸다. 차장은 완전히 취했

---

82 「햄릿」에 등장하는 선왕의 충성스러운 신하로, 햄릿의 광기가 자신의 딸인 오필리아를 향한 상사병 때문이라고 생각한다.

다. 나란히 시체로 눕는다질 않나, 또 포도니 사과니, 다 무슨 소리인가. 샴페인 때문이다. 완전히 술에 취해버렸다! 도대체 눈가에 상처를 낸 여자 얘긴 뭐고, 폴로니어스 얘긴 또 뭐란 말인가.

— 거기다 또 수염을 잡고 날 돌리고 싶고, 그만큼 날 사랑한다니! 정말 우습잖아! 완전히 취했어! 어쨌든 중요한 건 날 좋아한다고 말한 거야. 친분을 쌓는 데 그 정도면 더 바랄 것이 없지!

아드리앵은 눈썹을 찌푸렸다. 히말라야가 그 여자 고향이라는 건가? 그렇다면 인도 대표의 아내인가보군! 그래, 분명해, 히말라야 한복판의 네팔에서 온 게 분명해! 아까 그 사람이 말한 이름도 인도식이었잖아. 그래그래, 분명 인도 대표단 단장의 부인이야! 매력적인 여자겠지, 눈이 아름답고, 속눈썹이 길다고 했잖아, 아름다운 네팔 여인! 뭐야, 그럼 인도 대표를 오쟁이 지게 만들겠다는 거야? 사실 매력으로 치자면 차장은 정말로 매력이 넘치는 남자지. 두말할 것도 없어. 인도 대표가 안됐군! 중요한 건 아드리앵 됨이라는 이름의 인간이 이제 차장과 친밀한 사이가 되었다는 거야! 그것도 아주 확실하게! 사랑에 빠진 얘기를 털어놓다니, 이제 조만간 진급하는 건 누워서 떡 먹기겠군! 오로지 자네만이 날 이해할 수 있다고 했지, 정말 듣기 좋은 말이야. 출장 다녀오면 이번에는 내가 최고급 레스토랑으로 초대해야지. 단둘이, 친구 사이로. 아리안은 없어도 돼, 그냥 남자들끼리의 식사 자리로 해야지. 그래! 스웨덴식 전채에 훈제 연어, 블롱[83]산 굴, 따뜻한 멧도요 파이, 아니면 푸아그라를 넣은 브리오슈, 아니면 마데이라[84]산 포도주로 요리한 오리고기 갈랑띤[85],

---

83 대서양으로 흘러드는 프랑스 브르따뉴 지방의 작은 강으로 굴이 유명하다.
84 대서양에 위치한 뽀르뚜갈의 섬.
85 고기를 양념과 함께 삶은 뒤 식혀 굳힌 요리.

아니면 바닷가재 수플레[86], 그래, 메뉴는 나중에 정하면 되고, 어쨌든 제일 마지막에는 쒜제뜨 크레쁘[87]를 먹어야지. 그러면서 은밀한 사랑 이야기를 들어줘야지! 그가 됐다고 할 때까지 브뤼뜨 앵뻬리알 로제를 계속 시키는 거야! 보이, 여기 큰 병으로 하나 더! 그리고 훌륭한 커피를 준비하자면 족히 이십분은 걸릴 테니까, 디저트 전에 커피를 주문해야지. 그런 다음 브뤼뜨 앵뻬리알의 작용을 완성해줄 섬세한 나뽈레옹 꼬냑을 마시고, 그동안 아주 재미있는 농담을 주고받고, 그러면서 나도 시험 삼아 말을 놓아봐야겠군. 서로 친구처럼 말을 놓는 사이가 되면 베베가 얼마나 무능한지야 당연히 마음 놓고 말할 수 있겠지. 형식적으로는 예의를 갖추면서 사실은 아주 지독한 비판을 하는 거야. 어차피 베베는 정년도 얼마 안 남았으니까. 그래! 이따 차장이 히말라야 여자 얘기를 끝내면, 그 자리에서 가장 최근에 베베가 저지른 실수를 넌지시 알려주자. 아니야, 너무 성급해. 끼 바 삐아노 바 싸노.[88] 출장 다녀온 다음에 해도 늦지 않아. 지금은 최대한 공감을 얻어내면서 기반을 다지는 게 중요해. 그러니까 이따 차장이 다시 와서 그 대단한 사랑 얘기를 하면 열심히 들어주자. 다 이해한다는 얼굴로, 상대에게 연민을 느낀 공범자의 표정으로, 여자를 잘 꾀어내보라고, 그런 일이야 누워서 떡 먹기 아니냐고 부추기면서 말이야. 하지만 계속 미소만 짓고 있는 건 안돼. 삼분이나 사분에 한번씩만, 독립적인 인간으로 동등한 위치를 지키면서 가볍게 미소 지어 보이고, 계속 듣고 있다고, 그 마음을 이해한다고 알려주면 된다. 어, 벌써 10시 십오분 전이

---

86 달걀흰자에 우유를 섞고 재료를 넣어 구운 요리.
87 버터와 캐러멜 소스와 술에 귤이나 오렌지를 더한 크레쁘로 디저트 요리이다.
88 '천천히 가는 자가 확실하게 간다'라는 뜻의 이딸리아 속담.

네! 곧 다시 실내복을 걸치고 나오겠군. 실내복이라, 나쁘지 않지, 친분이 생겼다는 뜻이잖아.

— 맙소사, 사무차장이 인도 대표단 단장을 오쟁이 지게 만들다니! 그는 살며시 웃음을 터뜨렸고, 콧방귀를 뀌며 바보처럼 히죽거렸다.

잠시 후 전화벨이 울리자 쏠랄이 바람처럼 나타나 수화기를 들었고, 여자를 올려 보내라고 대답했다. 수화기를 내려놓은 그는 웃었고, 기쁨으로 환한 얼굴로 한 손을 허리에 얹고 실내복 사이로 맨가슴을 드러낸 채, 춤을 추었다. 아이, 미 빨로마,[89] 그가 중얼거리고는 춤을 멈췄다. 이어 남편을 향해 돌아서서 그에게 다가가 두 팔을 붙잡았고, 환한 얼굴로 그의 어깨에 입을 맞췄다.

— 나의 히말라야 여인이 왔다네.

---

89 "이런, 나의 비둘기여!"라는 뜻의 에스빠냐어.

35

　　—남편은 어디 있죠? 그녀가 들어서며 물었다. 그는 한 손을 입술과 이마에 가져다 대며 인사를 했다.

　　—국제연맹으로 갔습니다. 모두 설명드리죠. 당신은 설명하지 않아도 됩니다. 내가 다 알고 있으니까. 날 만나는 일이 끔찍하게 싫었음에도 불구하고 남편을 위해서 여기까지 왔을 테고, 내가 저지른 짓을 남편한테 말하지 않은 건 추문이 퍼져서 남편의 직장 생활에 문제가 생기는 것을 피하기 위해서였겠지요. 여보, 있잖아, 상사하고는 아주 좋았어, 나한테 말을 놓았다니까, 아드리앵이라고 이름을 불렀어. 남편은 당신과 단둘이 있을 때 이렇게 말할 겁니다. 그러니 걱정하지 않아도 됩니다. 지금 무슨 생각을 하고 있죠?

　　—당신이 가증스럽다고요.

　　—맞는 말이군요. 그가 상냥한 미소를 지으며 대답했다. 이제 상황을 알려드리죠. 당신이 찾아왔다는 전갈을 듣더니 당신 남편

이 나더러 히말라야의 여인하고 단둘이 있는 게 낫지 않겠냐고 묻더군요. 괜찮다고 그냥 있으라고 했는데도, 상사의 비밀에 끼어들고 싶지 않았는지 급히 처리해야 할 일이 있다고 우겼죠. 계속 그냥 있으라고 했는데, 이번만은 내 말을 어길 수밖에 없다고 했습니다. 어쩔 수 없잖습니까? 내 하인 응우옌이 당신과 마주치지 않고 나갈 수 있도록 안내했죠. 이제 우리 둘뿐이니, 난 당신을 유혹할 겁니다.

——야비한 인간.

——맞아요. 그가 미소를 지었다. 하지만 지난번에 말한 대로 세 시간 뒤면 당신은 황홀한 눈으로 날 바라보고 있을 겁니다. 그래, 여자들이 좋아하는 방법이자 늙은 남자의 눈에 상처를 내는 당신 같은 여자한테 어울리는 천박한 방법으로 당신을 유혹해보죠. 노인으로 변장하고 찾아갔던 그날 난 밖에 말을 준비해놓았고, 당신과 함께 떠날 생각이었는데, 정작 오늘밤 당신은 아무런 매력도 없군요. 환한 데서 그 큰 코를 보니까 겁이 나기도 하고.

——천박한 인간.

——그렇다면, 내기합시다. 세시간 안에 당신이 사랑에 빠지지 않고 버텨낸다면, 당신 남편을 국장으로 임명하겠소. 신사의 명예를 걸고, 내 삼촌의 머리에 대고 맹세하지. 받아들이겠소? 지금 이 자리에서 그냥 가고 싶다면 그래도 좋고. 그는 잠시 말이 없다가 손으로 문을 가리키며 덧붙였다. 자, 저기 코가 들락거리는 문, 당신의 큰 코도 충분히 나갈 수 있소.

——상스러운 인간. 그녀의 턱뼈 근육이 튀어나왔다.

——지금 가겠소, 아니면 내기를 하겠소?

——좋아요, 내기해요. 그녀가 똑바로 쏘아보며 대답했다.

— 자신만만하군. 그가 미소를 지었다. 한가지 조건이 있소. 새벽 1시까지 당신은 아무 말도 할 수 없소. 알겠소?

— 그러죠.

— 명예를 걸고 약속하겠소?

— 그럴 필요 없어요. 난 한번 한다고 하면 해요.

— 한번 안한다고 하면 그것도 마찬가지겠지. 그러니까 새벽 1시에 당신은 황홀한 눈으로 날 바라보고 있을 거고, 1시 40분엔 사랑에 취해 태양 아래 펼쳐진 바다로 떠나기 위해 나와 함께 역에 가 있을 거요. 무슨 생각을 하고 있소? 결국 그렇게 될 거요. 하고 싶은 말이 있으면 하시오. 자, 빨리, 시간이 남아 있을 때 해요. 1시가 되면 당신은 황홀경에 빠진 눈으로 날 바라보고 있을 테니까. 자, 어서.

— 더러운 유대인. 그녀가 한순간 심술궂은 소녀 같은 눈길을 던지며 말했다.

— 당신네 예수그리스도의 이름으로 고맙소. 예수라는 자도 태어난 지 여드레째 되는 날 할례를 받았잖소. 뭐, 별로 중요한 건 아니지만. 당신들은 우릴 경멸하고 우리도 그런 당신들을 경멸한다오. 축복받으소서, 모든 민족 중에 우리를 선택하시고 그 어떤 나라보다도 높은 곳에 올려주신 분이시여. 유월절[90] 저녁에 우리는 그렇게 기도한다오. 내가 실내복을 입고 있어서 놀랐소? 이러고 있어도 늘 여자들이 받아주었소. 남자들보다 여자들이, 특히 젊은 여자들이 사회적인 격식에 덜 얽매이고 그래서 더 너그럽잖소. 그런 여

---

[90] 출애굽을 기념하는 유대교의 축일. 출애굽 당시 이집트에 내린 열가지 재앙 중 마지막 재앙인 장자의 죽음이 유대인들의 집을 피해 갔다는 뜻에서 '과월절(過越節)'이라고도 한다.

자들의 좋은 점이 뭐일 것 같소? 사랑의 열정이 타오르기 시작하면 유대인을 밀어내지 않고 오히려 더 사랑하게 된다는 거요. 두고 보면 알게 될 거요. 이제 곧. 일단 그때까지는 당신 코에 파우더 좀 발라요. 번들거리지 않게.

　잠시 후 그가 여전히 머리카락이 흐트러진 채로 크고 날렵한 몸에 흰색 실크 턱시도를 입고 나타났다. 그는 거울 앞으로 가서 꼬망되르 훈장을 맸고, 흡족해하며 자신의 모습이 그녀에게 어떤 영향을 주었는지 확인하기 위해 뒤를 돌아보았다. 그녀는 미동도 없었다. 그는 하품을 참는 척했고, 종이를 반으로 접어 원탁에 올려놓았다.
　—내가 질 경우 이 임명장을 당신 남편에게 전하시오. 군비축소국 국장 자리지. 어느 자리나 다 그렇듯이 할 일이 전혀 없는 자리요. 축하하오, 이제야 코가 번들거리지 않는군. 이 턱시도가 나한테 잘 어울리는 것 같지 않소? 그래, 어울리지, 고맙소.
　그는 장미꽃 한송이를 들고 심호흡을 하며 향내를 맡다가 등 뒤로 던져버렸다. 이어 백단향으로 만든 묵주를 들고 왔다 갔다 했고, 자기 가슴 여기저기를 만져보았다. 확실한 지점은 흉골 끝부분과 셋째 넷째 갈비뼈 늑간이 만나는 곳이다. 하지만 막상 방아쇠를 당기려면 마음이 동요되어 실수할 수 있다. 확실한 지점을 미리 표시해둘 것. 푸른색 점으로 문신을 새겨둘 것. 갑자기 전화벨이 울렸다. 그가 수화기를 들었다.
　—안녕하시오, 아드리앵. 아니, 얘기해도 괜찮소. 그래요, 당신 설명도 들어야겠군. 서두르지 않아도 되니까 전부 말해보시오. 아니, 말했잖소, 얘기해도 괜찮다니까. 그녀를 유혹하는 건 아직 시작

하지 않았소. 그건 그렇고 소설을 쓸 때 동 쥐앙의 사전 경멸을 잊지 말도록 하시오. 아까 말한 대로, 동 쥐앙이 그런 경멸을 품는 건 아무리 자신의 사회적 지위를 자랑스러워하며 안락의자에 기품 있게 앉아 있는 여자라도 그가 마음만 먹으면, 원하기만 하면, 사흘 아니 세시간 뒤에는 달콤하고 멍청한 말들을 쏟아내고 있으리라는 걸, 침대 위에서 평소의 기품과 어울리지 않는 자세들을 취하게 되리라는 걸 알기 때문이오. 결국 전략의 문제인 거지. 그러니까 시작 전에 이미 그는 상대를 존중할 마음이 없고, 설사 그 여자가 소파에 다소곳이 앉아 있어도, 어떻게 실내복을 입고 있을 수 있냐고 불쾌해해도, 우스울 뿐이오. 그래봤자 그가 마음만 먹으면 곧 밤의 하녀가 되어 가련한 동 쥐앙의 몸 밑에서 벌거벗고 숨을 헐떡이며 몸을 배배 꼴 테니까 말이오. 감미롭게 신음하기도 하고, 몸을 거칠게 뒤척이기도 하고, 두 눈은 늘 황홀경에 빠진 성녀처럼 흰자위밖에 보이지 않겠지. 오 유혹당하지 않는 여인이 있다면, 혹은 고귀한 이유로 내 것이 되는 여인이 있다면, 평생 내 이마를 땅의 먼지 위에 묻어두겠소! 결국 시작 전에 이미 경멸할 수밖에 없고, 하지만 그 댓가로 아물지 않는 상처를, 늘 피 흐르는 회한을 지녀야 하는 거요.

갑자기 당신한테 마음을 털어놓고 싶어지다니, 이상한 일이로군, 아드리앵. 오 사람들은 나더러 마음을 숨기고 연극을 하라고 강요한다오. 할 수 없잖소, 살아야 하니까, 얼빠진 사람처럼 욕해대며 초라하게 살 수는 없으니까. 사람들은 진실을 말하는 사람을 못 잡아먹어서 안달이니까. 만일 우리가 하는 일이 우스꽝스러운 연극일 뿐이고 그 잘난 국제연맹도 사실은 멍청한 짓거리의 소굴이라고 떠들었다가는, 결국 내 밥줄이 끊기고 말 거요. 난 돈이 필요한

데. 돈 좋아하는 은행가의 영혼을 지녔기 때문이 아니라, 너무도 허약하기 때문인데. 난 난방이 안된 방에서는 버텨낼 자신이 없고, 여름에도 찬물로 씻으면 손끝이 얼얼하다오. 무엇보다도 내 목을 그냥 내줄 순 없소. 다들 돈 없는 사람한테는 가혹하게 구니까 말이오. 난 잘 알고 있소, 직접 겪어보기도 했고. 결국 내가 광대 짓이나 하는 차장 자리에 남아 있는 건 가난해지기 싫어서, 가난뱅이의 영혼으로 사는 게 싫어서요. 비참한 삶은 인간을 비굴하게 만드니까. 가난한 사람은 추해지고, 버스를 타고 다녀야 하고, 씻기도 힘들고, 땀 냄새가 나고, 동전까지 세어가며 써야 하고, 위엄 같은 것과는 거리가 멀고, 더이상 진심으로 누군가를 경멸할 수 없게 되니까. 인간은 자신이 소유하고 지배하는 것만을 경멸할 수 있다오. 그런 경멸은 괴테가 루소보다 더 뛰어났지.

뭐라고? 동 쥐앙에 대해 더 말할 게 있냐고? 뭐, 예를 들자면, 동 쥐앙은 누가 자기한테 얘기를 하고 있어도 잘 듣지 않는다오, 그보다는 눈으로 보면서 알아가는 중이니까, 그게 더 흥미롭기 때문이지. 동 쥐앙은 다른 사람들과 어울리지 않고 늘 혼자 떨어져 있소. 좋아하는 사람이 있어도 마찬가지요. 자기 아닌 다른 사람은 자기 눈으로 직접 보고 있는 순간에도 실재하는 사람으로 느끼지 못한다오. 그에게는 모두가 상상의 인물, 꿈속의 인물들이오. 그래서 그는 늘 혼자인 거고. 다른 사람들과 절대 섞이지 못하고, 그냥 함께 있는 것처럼 연극을 할 뿐이오. 또다른 얘기 말이오? 동 쥐앙은 항상 자신의 죽음을 느끼고 있소. 그래서 마음이 평온하고, 새벽 3시쯤이면 죽음의 유혹이 밀려온다오. 그리고 실패의 매력도 있다오. 작년에 런던에서 젊은 공작 부인인지 아무튼 그런 비슷한 여자를 소개받았을 때, 첫눈에 그에게 반한 그 여자와 함께 대화를 나누려고, 그러니까 그렇게 시작해서 결국은 침대 위에서 끝나는 짓을 하려고 아무도 없는 별실로 갔다오. 그런데 갑자기 공작 부인의 척추 제일 아래쪽, 미저골이라 불리는 곳을 만지고 싶어졌고, 도저히 참을 수가 없어서 공작 부인이 자리에 앉으려 할 때 결국 만지고 말았다오. 공작 부인의 먼 선조들이 지녔던 꼬리의 흔적을 느껴보고 싶다고 하면서 말이오. 공작 부인은 별로 좋아하지 않았지.

또다른 얘기? 그는 여자들을 안 좋게 얘기하지만 그래도 여자들과 있을 때만 편안하다오. 남자들과 있을 땐 늘 경계 태세를 갖춰야 하고 분별력을 지녀야 하니까. 여자들은 그를 비난하지 않고 그대로 받아들여주는데 말이오. 여자들은 그가 실내복을 입고 있어도 묵주를 만지작거려도 아무렇지도 않소. 모성 본능이지. 여름에 며칠간 이졸데의 집에 가서 지내는 동안 정원을 거닐 때 더운 날씨 때문에 야잠견 실내복을 입고, 햇볕 때문에 사파리 모자를 쓰고, 모기가 무서워서 장화를 신고, 꼴 보기 싫은 등에 때문에 말총 파리채를 들고 있어도, 그녀는 놀라지 않는다오. 너그러운 여인. 그가 흡사 아프리카 추장 같은 우스꽝스러운 복장을 하고 있어도 이상하게 생각하지 않지. 하지만 모든 여인 중에서 그가 제일 사랑하는 건 바로 그의 친구 에드메, 다리가 휘고 난쟁이처럼 작은 구세군 여인이오.

그래요, 아드리앵, 여자들을 유혹하는 건 너무 쉽소. 젊었을 땐 심지어 내 여자를 내가 직접 유혹해낸 적도 있다오. 쌍둥이가 등장하는 좀 복잡한 얘기요. 난 말끔하게 면도한 남자이면서 동시에 가짜 수염을 잔뜩 붙인 남자이기도 했지. 내일 케팔로니아의 푸른 바다를 바라보며 그녀에게 이 얘기를 들려줄 생각이오.

동 쥐앙이 왜 그렇게 미친 듯이 여자들을 유혹하려 하는지 그 이

유도 설명해보시오. 사실 그는 순결한 사람이고 침대 위에서 뒹구
는 걸 그다지 좋아하지 않는데, 오히려 그런 건 초보적이고 단조롭
다고, 우스꽝스럽다고 생각하는데 말이오. 하지만 그런 것들이 있
어야만 여자들이 그를 사랑하는 게 문제요. 여자들이 원래 그렇소,
그런 것에 집착하고, 무엇보다 그는 사랑받아야만 한다오. 동 쥐앙
이 그러는 건 첫째, 죽음을 잊게 해주기 때문이오. 죽음 이후에 다
른 삶이 없다는 것을, 신이나 희망이나 의미 같은 건 존재하지 않
고 오로지 이유 없는 우주의 침묵뿐임을 잊게 해주니까. 간단히 말
해서, 여자의 사랑을 통해서 복잡한 생각을, 번뇌를 덮어버리는 거
요. 둘째, 위안을 얻을 수 있소. 주위에 남자들이 없어도 여자들의
열렬한 사랑을 받으면 위안이 되지. 원래 위대함은 고독이라는 이
름의 시녀 혹은 들러리를 데리고 다니는 법이라오. 셋째, 왕이 아니
라는 사실에 대해서도 여자들은 위로를 해준다오. 그는 원래, 그러
니까 날 때부터, 그 어떤 노력도 할 필요 없이, 그대로 왕이 되기 위
해 태어난 사람이오. 그런데 왕이 될 수 없었고, 정치 지도자는 될
마음이 없소. 대중의 선택을 받아야 하는데, 그러려면 대중, 그러니
까 평민들과 비슷해져야 하기 때문이오. 결국 그의 나라는 여자들
이고, 무엇보다 그는 고귀하고 순결한 여자들만을 고른다오. 순결
하지 못한 여자는 굴복시켜봐야 아무런 쾌락이 없으니까. 게다가
고귀하고 순결한 여인들이 침대 위에선 가장 훌륭한 시녀가 되니
까. 기분 나쁜 사람이야, 그녀가 생각했다. 차라리 좋은 징조였다.

하지만 동 쥐앙이 여자를 유혹해야 하는 가장 중요한 이유는 실
패를 경험할 수 있으리라는 희망, 유혹에 버텨내는 여자를 만날 수
있으리라는 희망 때문이오. 안타깝게도, 아직까지 실패한 적은 한
번도 없소. 그는 신을 갈망하지만, 성공을 거둘 때마다 우울해지고,

어쩌겠소, 신이 존재하지 않는다는 걸 확인하게 되는걸. 그토록 고결하고 순수한 여인들이 하나같이 너무도 손쉽게 드러누워버리니, 어제만 해도 성모마리아의 얼굴을 하고 있던 여자들이 오늘은 혀에 탐닉하니, 매번 절대적인 미덕은 존재하지 않는다는 증거를 볼 뿐이지. 다시 한번 말하지만, 그가 갈구하는 신은 별로 존재할 마음이 없다는 걸 알게 되는 거요. 달리 어쩌겠소? 자, 아드리앵, 그만 끊도록 합시다. 이젠 내 말을 듣고 있고 나를 증오하고 있는 여인을 유혹해야 하니까. 하지만 장담하리다, 그녀는 내 여자가 될 거요, 결국 나한테 오고 말 거요. 쏠랄가의 쏠랄 14세로, 쏠랄가 장자계의 모든 장자들이 그렇듯이 가문의 이름으로만 불리는 자로 태어난 게 나의 운명이라오. 그녀는, 정말로, 내 것이 될 거요. 열정이 한창 불타오를 때면 날 뭐라고 불러야 할지 몰라서 당혹스러울 테지. 그래, 뭠, 난 그녀를 유혹하면서 내 고통의 복수를 하는 기쁨을 누릴 거고, 그녀를 유혹할 거고, 열정적인 사랑에 빠져 함께 화려한 섬으로 떠나려 하오. 그녀와 내가 함께, 오늘밤에 당장, 그대가 침대칸에서 평화롭게 잠들어 있을 동안에. 그러니 이만 작별 인사를 합시다. 날 용서하길.

그는 수화기를 내려놓고 잠시 그대로 서 있었다. 주네브에서 문신을 해줄 사람을 찾을 수 없다면 마르세유로 가리라. 비외뽀르[91]의 아무 술집에나 들어가서 아무나 붙잡고 해달라고 하리라. 어차피 중요한 건 살다보면 언제든 갑작스럽게 죽을 수 있다는 사실이다. 그는 그녀를 돌아보았다.

─어쨌든 당신 남편은 운이 좋은 셈이오. 소속된 곳이 많으니

---

91 마르세유의 가장 오래된 항구 지역. '옛 항구'라는 뜻이다.

까. 진정한 조국이 있고, 친구들이 있고, 동포들이 있고, 신념들이 있고, 믿을 신도 있잖소. 난 언제나 혼자인데 말이오. 난 이방인이고, 늘 허공에서 위험하게 줄타기를 한다오. 모든 것을 내 손으로 해내야 하고, 기댈 곳이라곤 나의 유일한 동맹군, 지혜로운 유대인들뿐이라는 사실 때문에 맥이 빠지지. 문득 미칠 듯한 욕망에 사로잡히기도 하고. 보잘것없어도 어디엔가 확실하게 속한 사람, 어딘가의 일원이 되고 싶은 욕망, 어디에든 속하고 요람에서 무덤까지 정해진 제도 안에서 살 수 있는 사람이 되고 싶은 욕망 말이오. 마을의 우체부나 도로 인부가 돼서, 아니면 헌병이 돼서, 모든 사람이 날 알고 나한테 인사하고 날 좋아해주는, 저녁이면 친구들과 함께 블로뜨[92]를 하는 사람이 되고 싶단 말이오. 난 언제나 혼자요. 날 사랑해주는 건 여자들뿐이고, 그런 사랑이 난 수치스럽소.

나는 여자들이 날 사랑하는 게 잘생긴 외모 때문이라는 사실이 수치스럽소. 구역질 나는 내 아름다움 때문에 여자들의 눈꺼풀이 파르르 떨리는 게 싫소. 여자들이 나의 경멸스러운 아름다움을 두고 떠드는 말을 열여섯살 때부터 지겹도록 들어왔소. 내가 늙어서 코를 흘릴 때, 땅 아래 쪼개진 관 속에서, 푸르스름하게 말라비틀어진 채로, 나무뿌리들, 소리 없이 흐물거리는 벌레들을 벗 삼아 누워 있을 때, 내가 그만큼 많은 것을 가진 사람이 아니라는 걸 여자들도 알게 되겠지. 참 안됐지 않소? 난 생각만 해도 즐겁소. 나의 겉모습을, 고깃덩이의 길이와 무게를 살펴보시오. 그리고 치과에서 쓰는 손거울을 들고 입속에 작은 뼛조각이 서른두개 다 있는지 확인해보시오. 그런 다음에 황홀하게 바다로 떠납시다.

---

92 카드놀이의 일종.

길이가 맞고 무게가 맞고 치아가 다 있는 걸 확인하고 나면 그녀는 천사가 될 거요. 사랑을 섬기는 여사제, 성녀 말이오. 하지만 만일 그렇지 못하면 난 불행을 감내해야 하지! 내가 아무리 선하고 지혜롭다 해도, 내가 아무리 그녀를 열렬히 사랑한다 해도, 고깃덩이가 150센티미터 길이밖에 안된다면 그녀의 불멸의 영혼은 움직이지 않을 거요. 그 불멸의 영혼이 날 사랑하는 일은, 나의 천사가 온갖 희생을 감내할 준비가 된 여주인공이 되는 일은 없을 거란 말이오.

배우자를 찾는 신문광고들을 보시오. 젊은 여자가 남자를 찾을 때 상대가 몇센티미터인지를 얼마나 중요하게 생각하는지 알 수 있지. 그래! 남자의 고깃덩이가 적어도 170센티미터는 되어야 한다고, 구릿빛이어야 한다고 외치잖소! 짧은 고깃덩이밖에 줄 수 없는 남자는 필요 없지. 만일 내가 150센티미터밖에 안되면서 여자한테 진정으로 사랑한다고 말한다면, 그 말을 들은 여자는 경멸을 담은 눈길로 도도하고 매정하게 내 작은 키를 아래위로 훑어볼 테지!

그렇소, 내 고깃덩이가 35센티미터 모자라면 내 영혼은 쓸데없는 것이 되고, 강도가 총으로 위협해도 그 누구도 날 지켜주기 위해 앞을 막아서지 않을 거요. 제아무리 뛰어난 천재라 해도 입안에 치아가 부족하다면 마찬가지요! 영적인 것에 열광하는 여자들이 자그마한 뼛조각에 그토록 집착하다니! 보이지 않는 세계를 그토록 좋아하면서, 자그마한 뼛조각은 꼭 보여야 한다니! 그가 두 눈에 슬픔을 담고 경쾌한 음성으로 목청을 높였다.

정말 많은 것이 필요하다오! 최소한 앞니가 다 있어야 하지! 그중에 두세개만 빠져도 천사 같은 여인들은 나의 품성 따위엔 아랑곳 않을 거요. 그녀들의 영혼은 절대 움직이지 않을 거요! 몇밀리미터짜리 작은 뼛조각 두세개 부족하다고 그대로 끝이라니, 사랑을 얻지 못하고 혼자가 되다니! 혹시라도 용기를 내서 사랑 얘기를 꺼내면 여자는 날 애꾸눈으로 만들 작정을 하고 얼굴에 유리컵을 던지겠지! 그러고는 소리를 지르지. 어떻게, 입안에 뼛조각도 다 없으면서, 어떻게 감히 날 사랑한다는 거야? 당장 나가, 불쌍한 인간, 엉덩이를 걷어차줄 테야! 결국 착한 것도 필요 없고, 지혜도 필요 없소. 그런 척할 줄만 알면 되지. 더 중요한 건, 필요한 만큼 몸무게가 나가고 작은 어금니와 앞니를 다 가진 거요!

자, 이제 물어봅시다. 제일 길어봐야 2센티미터밖에 안되는 대여섯개의 작은 뼛조각이 좌우하는 감정이라면 도대체 뭐가 그리 중요한 거요? 뭐? 내 말이 모욕적이라고? 그럼 말해보시오. 만일 로미오에게 앞니 네개가 없었다면, 입 한가운데가 시커멓게 비어 있었다면, 그래도 줄리엣이 로미오를 사랑했을까? 그럴 리 없지! 치아가 없다 해도 로미오의 영혼은 그대로이고 품성도 그대로인데! 그럴 거면서 뭣 때문에 영혼과 품성이 중요하다고 허구한 날 떠들어대는지!

그래, 난 너무 순진해서 이런 주장을 하지! 여자들은 다 알고 있으면서 분명하게 말하지 않을 뿐인데. 뭐든 가짜로 만들어내고, 내가 끔찍이도 싫어하는 그 잘난 고상한 말들을 떠들면서. 180센티미터와 작은 뼛조각들 대신 고귀한 기품과 매혹적인 미소 얘기나 하지! 그러니 허튼소리 그만하고, 더이상 그런 걸로 날 경멸하지 마! 나더러 비천한 인간이라고, 유물론자라고 수군대지 말라고! 여기서 제일 비천한 인간은 절대 내가 아니니까!

앙큼한 여자들은 하나도 빠뜨리지 않지! 첫 만남에서, 아시시의 성 프란체스꼬가 썼다는 『작은 꽃들』[93]에 대해 이야기하면서도 사실은 남자를 뜯어보고 판단하는 중이지. 안 그러는 척하면서 다 확인한다니까, 전부 다, 입속의 작은 뼛조각이 몇개이고 어떤 상태인지. 그래서 하나라도 부족하면 끝장이야! 그대로 끝이라고! 반대로 그런대로 음미할 만하면, 눈동자가 갈색이고 심지어 갈색에 녹색이 섞이고 금빛의 점도 조금 있고, 당사자가 모르는 것까지 금방 다 파악해내지. 그야말로 최상급의 관찰자들이니까.

아직 더 있어. 여자들은 얼굴을 살피는 걸로 만족을 못하거든! 전부 다 봐야 직성이 풀리지! 여자의 천사 같은 푸른 눈길은 첫 만남에서 이미 옷을 벗겨내. 상대는 눈치채지 못하겠지. 심지어 여자들도 자각하지 못해. 그렇게 보고 있다는 걸 절대 스스로 인정하지 않으니까. 하나같이 처음 보는 순간 그 고운 눈으로 그렇게 남자의 옷을 벗기고 살피면서. 심지어 처녀들도 마찬가지지. 옷에 가려진 고깃덩이가 어떤 상태인지, 근육이 충분한지, 가슴이 넓은지, 배가 나오진 않았는지, 엉덩이가 처지지 않았는지, 지방이 많지 않은지, 전문가의 눈길로 금방 알아내. 그래서 살이 찐 것 같으면, 아주 조금인데도, 그대로 끝! 겨우 1~2킬로그램 많이 나가도, 아무것도 아닌 그 차이 때문에 여자들의 관심 밖으로 밀려나고 퇴짜를 맞는다고!

게다가 여자들은 끈질긴 예심판사와 같아서 완벽하게 확실하지 않으면 절대 믿지를 않아. 아주 자연스럽게 작은 새들이 수시로 등장하는 우아한 대화를 나누면서도, 안 그러는 척 이것저것 캐묻지. 몸을 격렬하게 움직일 수 있는지, 바깥에 나가서 하는 활동, 그러니까 스포츠를 좋아하는지 알아내려는 거야. 춤파리라 불리는 작은

---

93 로마가톨릭 수도사 성 프란체스꼬와 제자들의 언행과 일화를 기록한 책이다.

곤충의 암컷은 정말 수컷이 몸을 잘 쓰는지 확인해야만 믿는다더군! 자기 몸보다 세배 더 큰 공을 등에 지고 움직일 수 있는 수컷이어야 하니까! 정말이야! 만일 승마나 등산을, 혹은 수상스키를 즐긴다는 걸 알게 되면 여자들한테는 가장 확실한 보증이 되지. 싸움과 종족 보존에 능하다는 걸 확신하면서 행복하게 그를 음미할 테지. 하지만 당연히, 훌륭한 부르주아 가문에 고귀한 영혼까지 지닌 여자들이니까, 천박한 생각을 피하기 위해서 고귀한 말로 덮어버려. 배가 안 나왔고 생식력이 뛰어나다는 말 대신에 매력이 있다고 하는 거야. 고귀함은 결국 어떤 어휘를 사용하느냐로 결정되지.

가증스럽잖아. 모든 여자가 눈까풀을 파들거리면서 탐하는 아름다움, 결국은 키가 크고 근육이 단단하고 치아가 튼튼하다는 걸 뜻하는 남성적 아름다움, 그 아름다움은 결국 젊음과 건강이고, 말하자면 육체의 힘일 뿐이야. 다시 말해서 잘 싸우는 힘, 그리고 그 힘의 증거라 할 수 있는, 상대를 해칠 수 있는 힘. 그리고 그 필연적인 귀결, 최종적이고 은밀한 뿌리는 결국 상대를 죽일 수 있는, 석기시대 이래 존재해온 힘이지. 매혹적이고 신앙심 깊고 영적인 여인들의 무의식이 찾아 헤매는 힘은 바로 그거라고. 여자들이 제복을 입은 군인을 좋아하는 건 그 때문이야. 간단히 말해서 여자들은 잠재적으로 적을 죽일 수 있는, 그렇게 해서 자기들을 지켜줄 수 있는 힘을 확인해야만 사랑에 빠지지. 뭐? 할 말이 있소? 해보시오, 말해도 좋소.

─그렇게 생각한다면 어째서 당신이 좋아한다는 그 늙은 꼽추 여자를 찾아가서 사랑을 고백하지 않죠?

─오호! 제법 똑똑하군! 어째서냐고 했소? 난 형편없이 끔찍한 남자니까! 털 많은 남자들이 육식성이라는 건 받아들일 수 있소!

하지만 여자들이, 내가 믿는 순결한 여인들이 그러는 걸 어떻게 받아들인단 말이오! 그 눈길로, 그 고결한 몸짓으로, 그토록 정숙한 여인들이 어떻게 그럴 수 있는지! 여자들은 이 땅에서 유일하게 천상의 감정이라 할 수 있는 사랑을 주는 댓가로 나에게 늘 아름다움을 요구했소. 난 죽을 만큼 고통스러운데! 난 여자들을 존중할 수밖에 없고, 그런데 도저히 받아들일 수가 없소! 여자한테서 태어난 영원한 아들인 나는, 그래, 그래서 난 여자들이 날 쳐다보고 내 키와 몸무게를 가늠하고, 눈으로, 그래, 그 눈으로 내 단단한 살갗을 훑어보며 냄새를 맡는 것이 수치스럽소. 한순간 여자들의 눈길이 나를 향하면서 진지해지면, 그렇게 내 고깃덩이에 경의를 표하면, 난 너무 수치스럽소. 여자들이 겨우 죽어 해골이 될 내 몸에서 겉으로 보이는 작은 조각일 뿐인 나의 미소에 반한다는 것이 수치스럽단 말이오.

여자의 아름다움은 찬미할 수 있소, 감미롭고 다감한 모성을 약속하니까. 아픈 사람을 정성껏 보살피는 여인들, 전쟁 중에 부상한 사람을 간호하러 미친 듯이 달려가는 친절한 여인들은 감동적이잖소. 도덕적으로 그런 여인들의 고깃덩이를 사랑할 권리가 있소. 하지만 바로 그 여자들이 육체의 힘, 용맹함, 공격성, 한마디로 말해 동물적인 능력을 나타내는 남성적 아름다움에 대해 미친 듯한 매력을 느낀다니, 그걸 어찌 용서한단 말이오!

그래, 나도 알고 있소. 그대를 유혹한답시고 이런 얘기를 늘어놓다니 참으로 가련한 일이지. 남자의 몸이 어때야 하는지에 대해, 죽일 수 있는 능력에 대해 늘어놓다니, 실로 어처구니없군. 차라리 순수하게, 바흐와 하느님에 대해 말하면서 우리가 친구가 될 수 있겠냐고 묻는 게 더 영리한 짓일 텐데. 그러면 그대가 눈을 내리깔고 고귀한 자태로 좋다고 대답할지도 모르는데, 그대가 순결하게 나의 덫으로, 결국 침실로 이어질 덫으로 들어와줄 수도 있는데 말이오. 하지만 난 그럴 수 없소. 난 더이상 절대 여자들이 바라는 방식으로 유혹할 수 없소. 그런 불명예를 더이상 용납할 수 없단 말이오!

그는 자리에 앉아 그녀가 쳐다봐주기를 기대하며 기침을 했다. 하지만 그녀가 고개를 들지 않자 화가 났다. 그는 휘파람을 불었고, 여자들이 고릴라나 다름없는 남자를 좋아한다고 격렬하게 비난한 것은 어쩌면 여자들이 뻔뻔하게도 자기 아닌 다른 남자들에게 끌리는 게 싫어서일지 모른다는 생각을 했다. 그렇다, 그는 여자들이 자기만 사랑하기를 바랐다. 그는 어깨를 으쓱한 뒤 꼬망되르 훈장을 풀어 처량한 얼굴로 매만졌고, 앞에 앉은 여자가 일부러 자기를 쳐다보지 않는 이 상황에 대해 하늘이 증인이 되어주기를 바라며 허공을 올려다보았다. 그는 마음을 달래기 위해 앞에 놓인 작은 상자의 뚜껑을 손가락 두개가 들어갈 만큼 조금 열었다. 조용히 하렘에 들어서는 술탄 같네, 그녀가 생각했다. 그는 여전히 다른 곳을 쳐다보면서 손에 닿는 담배를 꺼내 들었다. 술탄이 함께 밤을 보낼 애첩을 예측 못한 즐거움을 맛보려고 얼굴도 안 보고 고르네, 그녀가 생각했다. 그는 성냥을 그었지만 담배에 불을 붙이는 것을 잊는 바람에 손가락을 데었고, 화가 나서 성냥을 던지고 이어 담배를 던졌다. 그녀는 신경질적인 웃음이 터져 나오려는 것을 참았다. 애첩을 쫓아냈네, 그녀가 생각했다.

　　―나를 사랑해줄 여인을 얻는 것이 내가 누리는 높은 자리 덕이라는 것, 술수를 동원하고 사정없이 남을 짓누르며 차지한 경멸스러운 자리 덕이라는 사실도 수치스럽소. 장관도 해봤고, 지금은 광대 짓이나 하는 차장이고, 뭔지 모르겠지만, 그래, 뭔지 모르겠

소, 아니 알고는 있지만 이렇게 말해야 더 멋지지, 아무튼 꼬망되르 훈장도 탔소. 배우나 다름없지. 그가 상냥한 미소를 지었다. 그렇소, 난 쏠랄가의 쏠랄 14세이고, 국제연맹의 불량스러운 사무차장이고, 국제연맹은 벌들이 달려들어 붕붕거리지만 꿀은 있지도 않은 엉터리 벌통이오. 텅 빈 벌통에 가짜 벌들이, 가짜 벌 부총장과 파리 부총장이 우글대는 곳이란 말이오. 그래, 공사니 대사니 정치한다고 거들먹대는 허수아비들 틈에서 내가 뭘 하는지 알고 싶소? 하나같이 영혼 없는 자들, 멍청한 모사꾼들, 실속 없이 설치기만 하는 자들, 강물 위의 코르크 마개처럼 떠다니면서 사람들이 뒤따라온다고 믿는 자들, 늘 복도와 로비에 모여 다정하게 재잘거리고, 끔찍하게 싫어하는 친구의 어깨를 두드리고 목을 껴안고, 어떻게 해서든 서로를 해치고 자기를 돋보이게 해서 더 높은 자리로 기어 올라가려는 자들, 곧 굴러떨어져서 거대한 수렁에 빠지고, 결국은 나무 관 속에 말없이 드러눕게 될 자들이오. 다들 심각한 표정으로 로까르노 의정서[94]와 켈로그 조약[95]에 관해 열띤 토론을 하면서 그 헛된 바보짓을 더없이 중요하게 생각하지. 단춧구멍에 장미꽃 장식을 끼우고, 재킷 윗주머니에 흰색 손수건을 꽂고, 두 손을 주머니에 넣고, 그렇게 거만하게 서 있는 멍청한 작자들은 자기가 하고 있는 정치적 업무가 대단한 일인 양 거들먹거리지만, 사실은 집안 일 혹은 별 볼 일 없는 동네의 지저분한 일이라오. 난 매일 우스꽝스러운 연극을 하고 있소. 매일 그자들과 한통속인 척하면서, 나 역

---

94 1925년 영국, 프랑스, 이딸리아, 독일이 주축이 되어 스위스 로까르노에서 체결한 유럽의 집단 안전보장조약. 1936년 히틀러에 의해 파기된다.

95 1928년 미국의 국방 장관 프랭크 켈로그와 프랑스 외무 장관 아리스띠드 브리앙의 발기로 빠리에서 15개국이 체결한 전쟁 규탄 조약.

시 심각하게 토론을 하고 나 역시 두 손을 주머니에 찔러넣고는 정치적이고 국제적인 눈길로 그야말로 형편없는 말들을 늘어놓지. 장터나 다름없는 그곳을 경멸하지만, 그런 마음을 절대 드러내지는 않는다오. 리츠에서 묵고 실크 셔츠를 입고 롤스로이스를 타고 하루 세번 목욕을 하기 위해서 난 이미 영혼을 팔았으니까. 그리고 절망하지, 지겨워하면서.

그는 창가로 다가가 부드러운 불빛에 잠긴 주네브를, 프랑스 쪽 연안에서 파들거리는 불빛들을, 검은색으로 펼쳐진 호수 위로 날렵한 백조들이 깃털 속에 머리를 감춘 채 잠들어 있는 정경을 바라보았다. 잠시 뒤 그는 그녀가 있는 자리로 돌아왔고, 한동안 그녀를 응시하며 죽음을 피하지 못할 가련한 여인을 향해 미소를 지었다.

—결국 죽어 시체가 될 자들이 종종거리며 급하게 거리를 걷고 있소. 자기들이 묻힐 땅이 준비되어 있다는 걸, 이미 기다리고 있다는 걸 모르고서 말이오. 결국은 시체가 될 거면서 그것도 모르고 신이 나서 즐기고 혹은 분노하고 혹은 자랑하느라 난리지. 생글거리면서 웃는, 하지만 죽음을 피할 수 없는 여인들도 마찬가지요. 어떻게든 가슴을 드러내 보이고 싶어서 멍청하게도 우둔한 젖통을 자랑스럽게 내밀고 다니지. 결국은 시체가 될 거면서, 얼마 살지 않는 동안 그렇게 독하게 굴고, 유대인을 죽여라 벽에 낙서를 하면서. 세상 곳곳을 돌아다니며 사람들한테 말해줘야 할까? 서로에게 연민을 가지라고 설득하고 죽음이 머지않았다고 알려줘야 하는 걸까? 소용없는 일이지. 사람들은 자신이 잔인하다는 걸 좋아하니까, 흡혈귀의 저주랄까. 2000년 전부터 이 땅에는 증오, 비방, 음모, 모함, 전쟁이 있었소. 30년 뒤에는 어떤 무기가 만들어질 것 같소? 말하는 똑똑한 원숭이들은 결국 서로를 다 죽일 거고, 인류는 그 잔

인함 때문에 멸망하고 말 거요. 결국 남자가 얻을 수 있는 위로는 결국 여인의 사랑뿐이라오. 하지만 여자가 날 사랑하게 하는 게 너무 쉬워서, 그래서 난 수치스럽소. 늘 똑같은 구닥다리 전술, 늘 똑같은 이유, 고깃덩이와 사회적 신분이니까.

그렇소, 사회적 신분 말이오. 물론 그녀는 너무 고결해서 속물이 될 수 없고, 스스로 내가 어릿광대 차장이라는 것에 의미를 두지 않는다고 믿고 있을 거요. 하지만 그녀의 무의식은 철저한 속물이라오. 원래 모든 무의식은 힘을 숭배하는 법이니까. 그녀는 마음속으로 항변하겠지, 나더러 저속한 인간이라고 하면서. 교양과 품격, 섬세한 감정, 정직성, 올바름, 너그러움, 자연에 대한 사랑, 이하 등등, 이런 것이 중요하다고 굳게 믿고 있겠지. 어리석은 여인이여, 그 모든 고귀함이 결국 그대가 강자들의 계층에 속해 있다는 징표임을 정녕 모른단 말이오. 스스로 깨닫지 못할 뿐 결국은 그런 은밀한 이유 때문에 고귀함에 집착한다는 것을. 여자들의 눈에는 강자들의 계층에 속한 남자만이 매력적으로 보인다는 것을. 물론 그녀는 내 말을 믿지 않소, 앞으로도 믿지 않을 거고.

바흐나 카프카에 대한 성찰 역시 강자들의 계층을 환기하는 암호가 될 수 있소. 그래서 사랑이 시작되는 초기에는 늘 고상한 대화를 하는 거요. 남자가 카프카를 좋아한다고 하면 어리석은 여자는 그대로 반해버리지. 똑똑한 남자라 반했다면서. 사실은 그의 사회적 신분이 맘에 들기 때문이면서. 카프카에 대해, 프루스뜨나 바흐에 대해 말한다는 건, 빵은 나이프를 쓰지 말고 손으로 잘라야 한다거나 씹을 때는 입을 벌리면 안된다는 식사 매너와 다름없다오. 정직성, 올바름, 너그러움, 자연에 대한 사랑, 이런 것 역시 강한 계층에 속한다는 징표일 뿐이오. 특권을 누리는 자들은 돈이 많고, 돈이 많으면 굳이 정직하지 않고 너그럽지 않을 이유가 없잖소. 요람에서 무덤까지 보호받는 그들에게 사회는 온화한 곳일 수밖에 없지. 그런 사람들이 뭣 때문에 속내를 감추고 거짓말을 한단 말이오. 자연을 사랑하는 것 역시 가난한 자들에게서는 쉽게 보기 어렵지. 돈이 드는 일이니까. 품격이라는 것 역시 강한 자들의 계급에서 사용하는 예법과 어휘를 뜻할 뿐이오. 만일 내가 "누구누구와 그 여편네"라고 말하면 천박한 사람이 될 테지. 몇 세기 전에는 품격 있는 말로 쓰이던 표현이 프롤레타리아들에게 넘어가면서 평범한 말이 되어버렸으니까. 만일 상류사회에서 통용되는 표현이 바로 그 '누구누구와 그 여편네'라면 이번에는 '누구누구와 그 아내분'이라는 말이 끔찍해질 거요. 결국 정직성, 올바름, 너그러움, 자연에 대한 사랑, 품격, 이런 아름다운 것들은 모두 사회의 지배 계층에 속해 있다는 증거일 뿐이지. 당신은 스스로 도덕적이라고 주장하면서 그런 것들을 중요하게 생각하지만 진짜 이유는 바로 그거요. 결국은 힘에 대한 숭배란 말이오!

그래, 힘. 사회적으로 영향력을 가진 사람들은 재산, 인척, 친구, 인맥을 통해서 해를 끼칠 수 있으니까. 내 결론은 이렇소. 그대가 숭배하는 교양이라는 건 강자 계급의 전유물이오. 결국, 본질적으로는, 죽일 수 있는 힘을 향한 은밀한 경의 같은 거요. 물론 미소를 짓겠지. 다들 이 말을 들으면 미소를 짓고 어깨를 으쓱할 거요. 거북한 진실이니까.

누구나 힘을 숭배한다오. 오 태양과도 같은 상사가 쏟아내는 빛에 눈을 뜨지 못하는 부하들, 오 강한 상사를 향한 그들의 눈길, 늘 미소가 준비되어 있는 얼굴, 멍청한 농담에도 진심 어린 웃음을 쏟아내지. 진심 어린, 그렇소, 바로 그래서 끔찍한 거요. 당신 남편이 사심을 품고 나한테 애정을 표하는 것 같지만, 사실 그 밑에는 아무런 사심 없는 진짜 애정, 힘을 향한 비굴한 애정이 깔려 있소. 해를 끼칠 수 있는 힘에 대한 숭배 말이오. 오! 당신의 남편은 영원히 사라지지 않을 것 같은 환한 미소를 띤 채, 내가 무슨 말만 하면 애정이 가득 담긴 관심을 표했지. 내 말을 듣는 내내 경의를 표하며 몸을 숙였고. 제일 몸집이 큰 수컷 개코원숭이가 우리에 들어서면 아직 어리거나 덩치 작은 수컷들이 네발로 기면서 수컷을 맞이하는 암컷의 자세로, 주인을 섬기는 신하의 자세로 몸을 숙이는 것과 마찬가지로. 몸집이 큰 무서운 대장 수컷이 우리에 들어서는 순간, 해를 끼치고 죽일 수 있는 힘을 향한 성적인 경배를 바치는 거요. 원숭이에 대한 책을 읽어보면 내 말이 진짜라는 걸 확인할 수 있을 거요.

개코원숭이들과 똑같은 일이 사방에서 일어나고 있소. 개코원숭이 짓, 힘에 대한 동물적 숭배 말이오. 죽일 수 있는 힘을 지닌 군인 족속에게 사람들이 쉽게 경의를 표하는 건 바로 그 때문이오. 거대한 탱크들이 지나갈 때 느끼는 경외심도, 승리를 눈앞에 둔 권투 선수를 향해 자, 빨리! 눕혀버려! 외치는 함성도 그렇소. 상대가 케이오로 쓰러지면 달려가 그의 손을 잡고 등을 두드리며, 자랑스럽게, 멋진 스포츠야! 외치는 것도, 싸이클 경주를 보며 열광하는 것도 모두 마찬가지요. 성질이 나쁘다던 어떤 자가 자기를 두들겨 팬 잭 런던[96]을 증오하기는커녕 오히려 맞고 나서 숭배하게 됐다는 얘기도 있잖소.

개코원숭이 짓은 사방에서 일어난다오. 마음대로 죽일 수 있는

---

96 Jack London(1876~1916). 미국의 소설가.

힘을 지닌 사각 턱 독재자 앞에서 오르가슴에 취해 전율하면서 열정적으로 섬기는 대중, 손을 뻗어 우두머리의 몸을 만져 축성받으려고 발버둥치는 자들이 그렇소. 조약에 서명하는 장관 뒤에 경건한 자세로 서 있다가 서명의 잉크를 말리는 성스러운 일을 영광스럽게 해내기 위해 압지를 들고 재빨리 앞으로 나서는 비서관들도 그렇지. 오! 헌신적인 초라한 개코원숭이들이여! 연회에서 어린 소녀를 안고 있는 왕비 곁에 선 채 다정한 미소를 짓는 공사들과 대사들은 어떻소. 지난번 6차 위원회 때 연설문을 읽는 체인 경을 바라보던 베네데띠의 미소라니! 비열한 인간의 기름진 얼굴 위에 번지던 그 미소는 주체하지 못하는 존경심 덕에 선하고 순결하고 우아해 보였지. 하지만 그 미소가 의미하는 건 바로 힘센 상사를 사랑하고, 지금 연설을 하고 있는, 자기가 숭배하는 힘에 스스로 참여한다고 느낀다는 것, 결국 자기 자신을 사랑한다는 뜻이라오.

이딸리아의 독재자를 만나고 와서는 그 짐승 같은 작자가 너무도 선하고 매혹적인 미소를 지었다고 떠벌리는 멍청이들도 모두 개코원숭이요. 오 강자 앞에서 여자들처럼 황홀해하는 꼴이라니. 나뽈레옹, 나를 위해 50만명이 죽었다 해도 어쩔 수 없는 일 아닌가, 하던 나뽈레옹이 작은 선행을 베풀었다고 흥분하는 자들은 또 어떻소. 모두들 강한 자에게 꼼짝 못하지. 강하고 엄하던 사람이 아주 조금 부드러운 구석을 드러내면 그 감미로움에 취해 허우적거리는 꼴이라니! 연극에서도 엄격한 늙은 대령이 갑자기 친절을 베푸는 장면에서 관객들이 눈시울을 붉히잖소. 노예와 뭐가 다르단 말이오! 정작 정말로 선한 사람들은 항상 바보 취급을 당하는데! 연극에서도 악한 자는 절대 안 그런데 선한 사람은 멍청하고 우스꽝스러울 때가 많잖소. 사실 선량한 사람, 호인이라는 말에는 이미 경멸

이 담겨 있는 셈이오. 하녀만 해도 착한 여자라고 부르지 않소.[97]

힘을 숭배하는 여자들도 개코원숭이와 똑같소. 미국의 아가씨들이 영국 왕세자가 탄 기차에 뛰어들어서 왕세자의 엉덩이가 닿았던 방석을 껴안았다는 얘기, 그리고 각자 한땀씩 바느질을 보태 잠옷을 만들어 선물했다는 얘기를 들었소? 개코원숭이와 똑같지. 지난번 의회에서도 영국 총리가 던진 농담 한마디에 모두들 미친 듯이 재미있어했지. 심지어 의장은 웃느라 숨이 넘어갈 것 같더군. 농담을 던진 사람의 신분이 높을수록 사람들은 그 농담을 재미있어하고, 결국 그때의 웃음은 힘에 대한 찬양일 뿐이오.

누구나 개코원숭이처럼 힘을 숭배하고, 속물근성, 그러니까 강자의 무리에 끼고 싶은 욕망이 있지. 조금 전에 말한 영국 왕세자가 만일 깜빡 잊고 조끼의 마지막 단추를 안 잠갔다든가, 비가 와서 바지 밑단을 접었다든가, 겨드랑이의 곪은 상처 때문에 악수할 때 팔을 좀 올리기라도 한다면, 멍청한 개코원숭이들도 덩달아 조끼 마지막 단추를 열어두고 바지 밑단을 접고 팔을 올리며 악수를 할 거요. 왕녀들의 멍청한 사랑 얘기에 관심을 갖는 것도 마찬가지지. 어느 왕비가 아이라도 낳으면 여자들은 너나없이 유충이나 다를 바 없는 그 갓난애가 몇킬로그램이나 나가는지, 어떤 칭호를 갖게 되는지 궁금해서 난리잖소. 죽음을 앞두고 마지막으로 왕비 마마를 보고 싶어 했다는 어리석은 병사도 있고.

유행, 그러니까 강자 계층을 흉내 내고 결국 강자 계층에 속하고 싶다는 욕망에 지나지 않는 걸 따라가느라 혈안이 된 여자들도 개코원숭이들이오. 왕, 장군, 외교관, 심지어 학술원 인사들까지 아무

---

97 프랑스어 bonne은 '착한'이라는 형용사의 여성형이며, 동시에 '하녀'를 뜻한다.

튼 사회에서 힘 좀 쓴다는 자들이 검을 차고 다니는 것도 그렇고. 검이란 결국 죽일 수 있는 힘의 징표이니 말이오. 특히, 제일 심한 건, 가장 존경스러운 대상을 향한 존경, 가장 사랑스러운 대상을 향한 사랑을 표할 때 쓰는, 그러니까 신을 지칭하는 그 '전능하신'이라는 말이라오. 인간들이 해를 끼칠 수 있는, 죽일 수 있는 힘을 얼마나 숭배하는지 보여주는 가증스러운 말이잖소.

우리가 사용하는 어휘들만 봐도 동물적인 숭배의 증거는 얼마든지 있소. 힘과 관련된 단어들은 모두 존중의 대상이니까. '우뚝 솟은' 작가, '강력한' 작품, '고양된' 감정, '강렬한' 영감이라고 하잖소. 언제든 상대를 죽일 수 있는 키 크고 건장한 잠재적 살인자의 이미지가 어른거리지. 반대로 약함을 연상시키는 형용사들은 언제나 경멸을 뜻하잖소. 마음이 '좁다'고 하고, '밑바닥의' 감정, '취약한' 작품이라고 하지. 무엇 때문에 '귀족적인' 혹은 '기사도적인'이란 말이 칭송을 뜻하겠소? 중세부터 이어진 존경이 담겨 있기 때문이오. 귀족과 기사는 실제적인 힘을 보유한 유일한 계층이었으니까. 무기의 힘을 누릴 수 있고, 맘에 들지 않는 사람을 해치고 죽일 수 있기 때문에 존경과 숭배의 대상이 된 거요. 인류가 개코원숭이와 똑같은 짓을 하고 있다는 걸 보여주는 생생한 증거인 셈이지! 인간의 삶에서 전쟁, 즉 살인이 최상의 영예이던 봉건 사회를 환기하는 형용사들로 숭배의 대상을 지칭하다니. 중세의 무훈시를 보면 귀족과 기사들은 쉬지 않고 사람을 죽인다오. 창자가 몸 밖으로 나오고, 두개골이 깨져서 뇌가 흘러내리고, 말에 탄 채로 몸이 둘로 잘리곤 하지. 귀족적으로! 기사도적으로! 그렇소, 인류가 개코원숭이 짓을 저지르는 현장이 아니고 뭐겠소! 육체적인 힘, 죽이는 힘이 도덕적 아름다움이라는 관념에 묶여서!

인간이 사랑하고 숭배하는 것은 전부 힘이오. 사회적 영향력도 힘이고 용기도 힘이고 돈도 힘이고 의연함도 힘이고 명성도 힘이지. 아름다움 역시 건강의 징표이자 담보이니까 결국 힘이고, 젊음도 힘이오. 늙음, 그러니까 약함은 증오의 대상이지. 원시인들은 늙은 사람들을 죽이기까지 했소. 그리고 결혼 상대를 못 구한 양갓집 아가씨들은 아예 노골적으로 알리잖소. 머지않아 직접 유산을 받게 된다고, 그러니까 다행히도 부모가 곧 세상을 떠날 거라고. 나? 나도 마찬가지요, 난 기차 탈 때 늙은 여자가 내 옆자리에 앉는 게 너무 싫소. 곰팡내 나는 마녀 하나와 같은 칸에 탄 날 이후로 그렇지. 늙은 여자들은 늘 나를 골라서 내 옆에 바짝 붙어 앉더군. 난 마음속으로 그 여자를 증오했고, 죽음 문턱에 가 있는 그 흉측한 몸에서 최대한 떨어지려고 애썼고, 자리에서 일어설 일이 생기면 실수인 척 일부러 발을 밟아버리기도 했소.

원죄라는 것은 결국 인간들이 개코원숭이와 똑같은 본성과 그로 인해 갖게 된 끔찍한 정서에 대해서 스스로 느끼는 막연한 수치심이오. 그 본성 중에서도 가장 훌륭한 증거는 바로 미소, 우리의 영장류 선조 시절부터 전해 내려온, 동물들처럼 표정으로 표현하는 수단이지. 한 영장류가 미소를 짓는 것은 앞에 있는 다른 영장류에게 자신이 평화를 원한다는 의미를, 이빨로 물지 않겠다는 의미를 전하려는 거고, 그것을 증명하기 위해 공격적이지 않은 이빨을 보여주는 거요. 이빨을 보여주고 이빨로 공격하지 않는 것, 신생대 4기의 야만적인 영장류의 후손들에게 그건 바로 평화의 인사, 선함의 징표라오.

오, 이제 그만합시다. 내가 뭣 때문에 이런 수고를 하는지 모르겠소. 그냥 유혹하면 될 것을. 아주 쉬운 일인데. 잘생긴 외모와 사회적 지위가 있으니 약간의 수단만 동원하면, 제대로 골라 쓰기만 하면 그대로 끝나버릴 텐데 말이오. 새벽 1시가 되기 전에 당신은 나를 사랑하게 될 거고, 1시 40분에 당신과 나는 사랑에 취해 태양 가득한 바다로 떠날 거요. 마지막 순간에 어쩌면 늙은이가 복수를 하려고, 당신을 찾아갔던 그 늙은이 말이오, 당신을 플랫폼에 버려 두고 떠날 수도 있소. 그날 입었던 긴 외투는 내가 밤에 이따금 입 고 돌아다니는 옷이라오. 수염을 달고, 애처로운 제의용 금줄을 어 깨에 걸치고, 모피 모자를 쓰고, 등을 구부정하게 굽힌 채 발을 끌 고, 우산을 아무렇게나 흔들고, 그렇게 내 마음속에 사는 유대인으 로 변장하는 거요. 유서 깊은 고귀한 가문의 늙은 유대인, 오 나의 사랑이여, 율법의 전승자여, 구원자 이스라엘이여, 난 밤거리로 나 가서 사람들한테 조롱당하며 자랑스러워한다오. 하지만 이번엔 전 략을 쓰겠소.

첫번째 전략, 여자에게 유혹을 미리 알릴 것. 이미 했소. 이건 여 자를 못 떠나게 만드는 좋은 방법이라오. 잘난 척하는 남자가 실패 하는 모습을 보기 위해서라도 남아 있게 만드는 일종의 도발이지. 두번째 전략, 남편이 사라지게 할 것. 이미 했소. 세번째 전략, 시적 으로 아름다운 분위기를 만들 것. 오만한 제왕처럼 행동하고 사회 적 지위를 벗어던진 낭만적인 남자처럼 보일 것. 화려한 실내복, 백 단 묵주, 검은색 외알 안경, 리츠의 스위트룸, 이런 것들을 갖추고, 혹시 배가 아파도 조심스럽게 감출 것. 이 모든 것이 멍청한 여인 의 눈에 놀랄 만큼 멋진 연인으로 보이기 위해서이며, 변비약을 먹 는 남편과 정반대라는, 숭고한 삶을 가져다줄 사람이라는 믿음을 주기 위해서요. 불쌍한 남편, 남편은 절대 시적일 수 없소. 하루 스 물네시간 연극을 하고 있을 수는 없으니까. 늘 아내가 지켜보고 있으니까 딱하기 이를 데 없는 진짜 모습을 드러낼 수밖에 없는 거요. 남자들은 모두 딱하다오. 여자를 유혹하는 남자도, 황홀해하는 멍청한 여자 앞에서 연극을 하고 있을 때가 아니면, 혼자가 되면, 모두 마찬가지라오. 모두 딱하지. 나부터도!

집으로 돌아가면 그녀는 조금 전에 헛소리를 쏟아내던 남자와 남편을 비교할 거고, 결국 멸시하게 될 거요. 남편이 뭘 하든 경멸스럽고, 남편이 벗어놓은 빨랫감까지 경멸스럽겠지. 동 쥐앙은 절대 빨랫감을 내놓지 않는 사람이라도 되는 것처럼! 동 쥐앙은 연극 중이니까, 유리한 상황, 그러니까 깨끗이 씻고 한껏 멋을 낸 그의 모습만 보면서 멍청한 여인은 그가 절대 셔츠를 더럽히지 않는, 치과 같은 데는 갈 일이 없는 남자라고 생각하게 되지. 동 쥐앙도 남편과 똑같이 치과에 가지만 단지 말을 하지 않을 뿐인데. 동 쥐앙은 늘 무대 위에 올라와 있고, 늘 변장하고, 그렇게 초라한 몸을 감추고, 남편이 드러내놓고 하는 짓을 몰래 하고 있을 뿐인데. 하지만 똑같은 짓이라도 몰래 하기 때문에, 상상력이라고는 찾아볼 수 없는 여자에게 동 쥐앙은 신적인 존재가 되는 거요. 오, 곧 남편을 배신하고 사랑에 빠질 멍청한 여자의 우수에 젖은 더러운 눈이라니. 오, 10미터짜리 창자를 가진 매혹적인 왕자의 고귀한 연설을 들으며 멍청하게 입을 벌릴 테지! 오, 마법에, 거짓말에 반해버리겠지! 결국 남편의 일거수일투족이 거슬리게 될 거요. 남편의 라디오까지, 남편이 하루에 세번 듣는 라디오 뉴스까지 말이오. 가엾은 인간, 남편의 슬리퍼, 남편의 류머티즘, 욕실에서 들리는 남편의 휘파람 소리, 양치질하는 소리, 작은 슈크림 작은 암탉 하며 아내를 앙증맞고 다정하게 부르는 말들, 혹은 그냥 걸핏하면 여보 하고 부르는 소리까지, 짜릿한 맛이 없고 그녀를 화나게 하는 모든 것이 그럴 테지. 우리 귀부인한테 필요한 건 바로 쉬지 않고 솟아오르는 숭고함이니까.

집으로 돌아가면, 조금 전까지 그녀를 유혹하려던 남자는 목에 화환을 걸어주며 숲의 여신이라고, 지상에 내려온 여신 디아나라고 불러줬는데 남편 때문에 다시 작은 암탉이 되어버렸으니 화가 날 수밖에 없지. 조금 전까지 감미로운 매혹에 빠져서 회화, 조각, 문학, 교양, 자연, 이런 고귀한 얘기를 들었고 자기도 매혹적으로 응답했는데, 한마디로 말하면 함께 연극을 했는데, 순진하기 이를 데 없는 착한 남편이 떠들어대는 말이라니. 남편은 두달 전에 저녁식사에 초대한 불리송 부부한테서 연락이 없다는 것에 대해, 그러니까 답례로 자기들을 초대하지 않는 것에 대해 어떻게 생각하는지 묻겠지. 정말 못 참겠는 건 말이야, 그 사람들이 브라쉬 부부는 벌써 초대했다니까! 우리 덕에 알게 된 거면서. 아무래도 절교해야 할 것 같아. 당신 생각은 어때? 그러고도 이러쿵저러쿵, 물론 감동적인 말도 섞여 있을 거요. 여보 그거 알아, 상사하고는 아주 좋았어, 나한테 말을 놓더라니까. 한마디로 말해서, 남편과는 숭고함이 있을 수 없고, 카프카를 좋아하는 공통된 취향을 즐길 수 없소. 멍청한 여자는 옆에 누워 코를 고는 남자가 자기 인생을 망쳤다고, 더 나은 삶을 살고 싶다고 생각할 거요. 멍청하고 허영심 많은 여자여.

제일 우스운 건, 그 여자가 남편이 시적이지 못하다고만 원망하는 게 아니고, 남편 앞에서 자신이 시적일 수 없다는 것까지 원망하는 거요. 스스로 깨닫지 못하지만, 그녀도 똑같이 자신의 보잘것없는 일상을 남편에게 늘 드러내 보이는 게 싫은 거지. 아침에 막 일어나 입내가 나고 산발한 광대처럼 혹은 멍청한 거지처럼 헝클어진 머리를 보이고, 나머지도 전부, 그러니까 자기 전에 먹은 파라 핀유[98]나 자두까지 보이는 거잖소. 실내 슬리퍼를 신고 칫솔을 들고 그렇게 함께 살면서 그녀는 모든 것을 빼앗긴 기분이 들 거고, 그 모든 것을 무능한 남편의 탓으로 돌리게 될 거요. 반대로, 오후 5시 에 외출을 할 때면, 완전히 깨끗하게 씻고 비듬 하나 없이 머리를 아름답게 꾸미고 사모트라케의 니케[99]보다 더 행복하고 더 의기양 양하게 한걸음에 달려갈 테지. 배가 아파도 내색하지 않는 남자를 만나기 위해. 잠시 후면, 대단한 창자를 가진 그 사람과 함께 아름 답고 숭고한 여인이 되는 영광을 누리고, 완벽하도록 멋지게 머리 를 매만진 흠 없는 공주가 되는 영광을 누리며 바흐의 성가를 부르 는 거요.

유대의 율법을 철저히 지키는 여인들은 결혼 첫날 머리를 밀고 가발을 쓴다오. 난 그게 좋소. 신의 뜻으로 아름다움을 버리는 거니 까. 은막의 스타인 여배우들은 수시로 엉덩이를 내밀고 매혹적인 포즈를 취하면서 그 어떤 남자도 자신의 매력에 저항하지 못하리 라 믿지만, 그 여자들은 그게 전부이고 더이상은 가진 게 없지. 빌 어먹을 그런 아름다움을 좇는 여자들을 혼내주고 싶어서 난 그런 여자한테 관장약을 먹이는 상상을 한다오. 배를 부여잡고 괴로워 하겠지. 곧 화려한 아름다움을 잃어버리고 그야말로 쓸모없는 여 자가 되는 꼴이라니! 계속 변기에나 앉아 있으라지! 하지만 가발을 쓴 유대의 여인은 그 위엄을 결코 잃지 않는다오. 육체적인 초라 함으로 인해 절대 허물어지지 않는 곳에 있으니까. 얘기가 딴 데로

---

98 변비 치료제로 쓰인다.
99 고대 그리스 승리의 여신인 니케의 조각상으로, 그리스 사모트라케섬에 있던 것을 루브르박물관으로 옮겼다.

빠졌군. 멍청한 여자 얘기를 어디까지 했는지 기억하오?

— 삶이 엉망이 되어버린 걸 깨닫는다고요.

— 훌륭하오. 그가 감사 인사를 했고, 마치 생각을 좀더 날카롭게 만들려는 듯 손가락 두개로 자기의 코, 그 고귀한 묘지를 매만지다가 문득 무언가에 감동을 받은 표정이 되었다. 이 세상에서 성스러운 결혼, 그러니까 발정 난 짐승들이 벌이는 수작과 다를 바 없는 덧없는 정념이 아니라 하느님의 형상을 따른 다정한 사랑으로 이어진 두 인간의 혼인보다 더 위대한 것은 없다오. 그래, 병들고 죽을 수밖에 없는 불행한 두 인간이 함께 늙어가는 감미로움을 얻기 위해서 서로에게 단 하나의 배우자가 되는 결혼 말이오. 너는 아내와 함께 서로 형제자매가 되어라, 『탈무드』에 나오는 말이오. (사실은 자기가 즉흥적으로 만들어낸 문장이라는 걸 깨달았지만, 그는 그대로 말을 이어갔다.) 진실로 진실로 이르노니 남편 몸의 곪은 상처에서 부드럽게 고름을 짜주는 아내는 허리를 돌리고 몸을 흔드는 안나 까레니나보다 더 장엄하고 더 아름답도다. 『탈무드』를 경배하라, 간음한 여인들에게, 동물과 같은 삶에 열광하며 불붙은 치마를 입고 바다로 뛰어드는 여인들에게 수치 있으라! 그래, 그건 동물 같은 삶이지. 안나는 멍청한 브론스끼의 육신을 좋아한 거고, 오직 그뿐이오. 아무리 아름다운 말을 해봐야 그것은 수증기처럼 공허한 것, 고깃덩이를 가려주는 레이스 장식일 뿐이오. 왜 이리도 어처구니없는 말을 하냐고 묻고 싶소? 내가 유물론자 같소? 생각해보시오. 만일 브론스끼가 내분비계 질환이 있어서 비만 상태였다면, 복부에 지방이 30킬로그램, 그러니까 100그램짜리 버터 300장이 들어 있었다면, 그래도 안나가 첫눈에 사랑에 빠졌을 것 같소? 결국 고깃덩이의 문제요! 그러니 아무 말 마시오.

네번째 전략, 강한 남자인 척 연극을 할 것. 오! 정말 지저분한 유혹술이지! 수탉은 자기가 만만한 상대가 아니라는 걸 보여주려고 암탉에게 요란스레 악을 써대고, 고릴라는 붐, 붐, 하면서 가슴을 두드리잖소. 군인들이 인기가 좋은 것도 그 때문이고. 빈에 사는 젊은 여자들은 디 오피치레 코멘!¹⁰⁰ 하고 탄성을 지르며 재빨리 머리를 매만진다오. 여자들은 늘 힘을 생각하고, 힘의 증거가 되는 것은 모두 기록해두니까. 남자가 던지는 눈길에 여자의 마음이 감미롭게 요동치고, 결국 그 달콤한 위협에 무너져 내리지. 여자들은 또 위엄 있는 자태로 안락의자에 앉은 남자를 숭배한다오. 과묵한 영국인 탐험가처럼 입에 물고 있던 파이프를 빼어 들며 남자가 예스, 라고 말하면, 여자는 그 예스 안에 깊고 깊은 무언가가 있는 것만 같아서 남자를 찬탄하고, 파이프를 깨물며 타다 남은 담배를 빨아들이는 지저분한 모습마저 찬탄한다오. 그런 모습이 남자다운 힘을 풍기고 여자를 흥분시키는 거요. 남자가 여자를 유혹하려고 말도 안되게 멍청한 얘기를 늘어놓아도 깊숙한 곳에서 울리는 남자다운 목소리로 자신감 있게 말하기만 한다면, 여자는 눈이 휘둥그레지고, 마치 남자가 더 일반적인 상대성이론이라도 창안해낸 양촉촉이 젖은 눈으로 바라볼 거요. 그의 거동을 하나하나 눈여겨 살피면서. 그가 갑자기 뒤를 돌아보면, 여자는 작고 귀여운 머리를 총동원해서 그가 공격적인 남자, 다행히도 위험한 남자라고 추론할거요. 사실 여자의 환심을 사려면, 모든 수치심과 연민을 떨쳐내고 무조건 여자의 남편을 누르고 모욕해야 하오. 그래, 조금 전에 난 그 남편의 전화를 받았고, 수치스러웠지만, 경멸스럽게도 우월한

---

100 "군인들이 온다!"라는 독일어.

내 지위를 과시했소. 당신 때문이었지. 내 지위로 당신 남편의 기를 죽이려고, 어리석은 여인이 보는 앞에서 무너뜨리기 위해서였소.

개를 유혹하려면 그저 잘 대해주기만 하면 되는데. 개들은 힘이란 것에 관심이 없으니까. 하지만 여자들은 다르다오. 힘을 요구하고 위험을 사랑하니까. 힘이 갖는 위험, 그러니까 죽일 수 있다는 것이 개코원숭이 암컷과 다를 바 없는 여자들을 유혹하고 흥분시킨단 말이오. 신앙심과 고결한 감정으로 무장한 훌륭한 가문 출신 아가씨가 있었는데, 그 순결한 아가씨가 키가 180센티미터인 어느 음악가에게 연정을 품게 되었다오. 그런데 애석하게도 남자는 온유하고 소심했고, 아가씨가 아무리 애를 써도 힘차고 과감한 남자로 바뀌지 않았소. 더 강렬한 사랑을 갈구한 아가씨는 사랑의 기쁨을 만끽하고 더 열정적으로 사랑하고 싶어서 연인에게 인위적으로 남자다움을 주입하려 노력했소. 예를 들어 그냥 산책을 하다가 "장, 좀더 자신감을 가져요!"라고 말한다든지, 선원들이나 영국 탐정들이 즐겨 무는 짧은 영국제 파이프를 선물하면서 자기와 같이 있을 땐 꼭 입에 물게 하고 늘 기쁘고 행복한 눈으로 바라본 거요. 입에 문 파이프가 가련한 여인을 타오르게 한 거지. 그런데 이튿날 사교 모임에서 어느 중위를 만나 그의 제복과 검을 보는 순간 그녀는 사랑의 번민에 빠져들었소. 영혼의 문이 열리면서 피가 뛰기 시작했고, 결국 조국을 지키는 일이 음악보다 더 훌륭하다는 것을 깨달았소. 검이 파이프보다 더 강렬했던 거요.

힘, 힘, 여자들은 이 말을 입에 달고 살잖소. 인간이 선사시대부터 지니고 있던 힘, 10만년 전 야생의 숲 한구석에서 동료를 죽일 수 있었던 그 힘 말이오. 힘, 죽일 수 있는 힘. 그래, 난 알고 있소. 조금 전에도 말했고, 지금 다시 한번 말하고, 앞으로 관 속에 드러누울 때까지 계속 말할 거요! 훌륭한 가문의 아가씨들이 남편감을 찾는 광고에서도, 그대로 옮기자면 머지않아 직접 유산을 상속하게 될 훌륭한 혼처라고 소개하잖소. 한번 읽어보시오. 그러니 여자들이 원하는 건 최대한 키가 큰 것만으로는 안되고 힘차고 기개 있는 사람이기도 해야 하는 거요. 그런 남자들 앞에서, 사실은 형편없는 자들인데, 여자들은 아름다운 것을 바라보듯이 넋을 잃고 좋아하지. 기개가 있다나! 그가 고통스럽게 외쳤다. 기개 있다, 여자들은 그렇게 말하지! 천사의 얼굴을 뒤집어쓴 뻔뻔스러운 여자들이 하고 싶은 말이 뭔지 알겠소? 턱을 단호하게 움직이며 말없이 추잉 껌을 씹는 힘센 남자, 건강하고 원기 왕성한 남자, 절대 뜻을 굽히지 않는 오만한 수탉 같은 남자, 단호하고 집요하고 흔들림 없이 냉혹하고, 그래서 상대를 해칠 수 있는, 다시 말해 죽일 수 있는 남자가 필요하다는 거요! 기개 있는 성격이라는 건 결국 육체적 힘을 말하지. 기개 있는 남자는 고릴라를 대신할, 문명화된 대용품일 뿐이오. 고릴라, 그래, 그래봤자 고릴라!

내가 이렇게 욕하면 여자들은 저항하면서 악을 쓰겠지. 늘 자기가 고른 고릴라가 육체적일 뿐 아니라 정신적이기를 원하니까! 건장한 고깃덩이에 기개 있는 고릴라, 잠재적으로 상대를 죽일 능력을 지닌 고릴라, 그런 고릴라가 또 고귀한 말까지 해주기를, 신에 대해 말하고 잠자리에 들기 전에 함께 성경을 읽기를 바라는 거요. 교묘하게 감춰진 악덕, 그야말로 악덕의 극치잖소! 그래서 교활한 여자들은 넓찍한 가슴과 후려칠 수 있는 주먹과 차가운 눈길과 파이프를 사랑하는 거요! 정육점 진열장에서처럼 휘핑크림을 바른 돼지 족발과 종이꽃과 종이 레이스로 장식한 양의 넓적다리 고기를! 언제든, 어디에든 위조품들뿐! 180센티미터라고 말하는 대신 아름답고 기품 있다고 말하고, 남편감을 구할 땐 준수한 용모라고 하고! 무섭게 생겼다거나 차가운 눈길이 감미로운 공포를 느끼게 하는 이상한 인간이라고 말하지 않고 원기 왕성하고 기개 있다고 말하지! 부유한 지배 계층이라고 말하지 않고 품격 있고 교양 있다고 말하고! 죽음에 대한 공포, 그 알량한 목숨이 영원하기를 바라는 이기적인 욕망은 재치, 하물며 영원한 삶이 되고! 당신이 날 증오한다는 거 알고 있소. 하지만 어쩔 수 없소, 진실에 영광 있으라!

어쩔 수 없지, 구석기시대부터 그랬으니까. 여자들이 구석기시대 그대로인 걸 어쩌겠소. 돌도끼를 든 작달막한 수컷을 졸졸 따라다니던, 눈두덩이 튀어나온 암컷들의 후손이란 말이오! 내 생각엔 그 위대하다는 예수도, 정작 눈이 슬픈 남자로 살아가던 시절에는 여자들의 사랑을 받지 못했을 거요. 남자다움이 부족해, 갈릴리의 아가씨들은 이렇게 조잘댔겠지. 다른 뺨까지 내주는 게 어디 있냐고 욕하기도 했을 거고. 그 아가씨들은 오히려 턱이 무지막지하게 큰 로마의 백부장들 앞에서 눈이 휘둥그레지고 입을 다물지 못했을 거요. 그런 자들을 찬미하는 여자들이라니 정말 딱하잖소. 조용하고 도덕적인 마틴 이든[101]이라니, 턱에 스트레이트 날리는 걸 전문으로 하는 자를 가증스럽게도 찬미하다니.

오 젊은 시절 여자들이 나에게 준 사랑도 정말 끔찍했소. 여자들이 기대했기에 내가 어쩔 수 없이 갖게 된 동물적인 남자다움, 바로 그것 때문에 여자들의 사랑을 받는다는 사실에 나는 화가 났다오. 추악한 수탉이 멍청한 암탉을 유혹할 수 있는 힘을 지녔다는 이유로 사랑받는 거니까. 여자들의 환심을 사기 위해 난 본모습

---

101 잭 런던의 자전적 소설의 제목이자 주인공 이름으로, 작가로서 기구하게 살다 자살로 생을 마감한다.

과 달리 오만하게 굴었고, 사실은 그렇지 않으면서 강한 남자인 척했소. 오 하느님 찬미받으소서. 여자들이 그런 걸 좋아했기 때문이오! 수치스러웠지만 어쩔 수 없었소. 아무리 잘못된 사랑이라도 난 여자들의 사랑이 필요했으니까.

강한, 강한, 여자들은 이 말을 입에 달고 살지. 귀에 딱지가 앉을 정도요! 당신은 참 강하네요, 여자들이 이렇게 말하면, 난 수치스러웠소. 유난히 들떠 있고 여성적이던 한 여자가 당신은 참 강한 남자로군요, 라고 했소. 그것이 날 더 강하게 만들었고, 그렇게 해서 난 덩치 큰 고릴라의 반열에 올랐소. 수치심과 혐오감 때문에 치통이 느껴질 정도였지만 말이오. 난 강한 남자라는 게 수치스럽고, 오히려 내가 이 땅에서 가장 약한 사람이라고 절규하고 싶었소. 하지만 그랬더라면 그 여자는 날 버렸을 거요. 난 그녀의 애정이 필요했는데. 여자들이 열정으로 타올라야만 줄 수 있는 애정, 사랑에 빠진 여인들의 성스러운 모성애가 필요했는데 말이오. 나에겐 오로지 그것만이 중요했고, 그 애정을 사기 위해 난 고릴라가 되었소. 수치심으로 가슴이 죄어와도 힘차게 활보했고, 단호하게 자리에 앉았고, 최대한 오만하게 다리를 꼬았고, 할 말이 있을 땐 지배자처럼 짤막하게 말했소.

모두 고릴라 짓이오. 내가 정말로 원한 건 그런 게 아니오. 난 그녀가 내 침대 곁으로 다가와 안락의자에 앉기를 바랐고, 침대에 누워 그녀의 손 혹은 치맛자락을 붙잡은 채 그녀가 불러주는 자장가를 듣고 싶었소. 하지만 그럴 순 없었소. 의지의 인간, 위험한 인간으로 보여야 했고, 늘 기개 있고 늘 힘차게 활보해야 했으니까. 나 자신이 우스꽝스러웠소. 여자들의 찬미가 날 우스꽝스럽게 만든 거요. 지금 말하면서도 마음이 좋지 않소. 사실 난 그런 애정을 남자들한테서 받고 싶었다오. 친구가 있었으면, 친구가 찾아왔으면, 반갑게 맞아 밤늦게까지 아니 동이 틀 때까지 함께 이야기를 나누었을 거요. 하지만 남자들은 날 좋아하지 않았소. 모두 날 거북해하고 경계했지. 그들과 함께일 수 없었고 늘 혼자였기에, 난 원하는 애정을 줄 사람이 있는 곳에서 구할 수밖에 없었소.

벽난로의 거울 앞에서 검은색 외알 안경을 벗은 그는 눈까풀의 상처를 살피면서, 아말렉족[102] 여인에게 교훈을 주기 위해 눈앞에서 3만 달러를 태워버릴까 생각했다. 아니다, 혼자 있을 때, 조만간 밤중에 그의 성전이자 조국, 푸른색 줄무늬와 술이 달린 탈리트를 쓰고 태우는 게 더 기쁠 것이다. 이리저리 오가던 그는 이교도의 딸에게, 속눈썹 끝이 휘어 올라간 아름다운 여인에게, 약속대로 말없이 자기를 바라보고 있는 여인에게 다가섰다.

─20년이 넘도록 여자들이 개코원숭이 짓으로 날 고통스럽게 했소! 그 순간 개코원숭이라는 말이 주문이라도 된 듯 갑자기 그의 눈앞에 원숭이들의 우리가 펼쳐졌고, 어리둥절해진 그는, 개코원숭이 짓으로, 하고 되풀이했다. 저기 우리 안에 개코원숭이 수컷이 암컷에게 잘 보이려고 힘을 과시하고 있군. 세차게 가슴을 두드리면서, 요란한 소리를 내면서, 낙하산부대의 장교처럼 머리를 쳐들고 걷고 있소. (그는 개코원숭이처럼 가슴을 치면서 이리저리 걸어다녔다. 고개를 치켜든 그의 모습은 우아하고 순진하고 젊고 유쾌했다.) 이젠 쇠창살을 흔들어대는군. 저 모습에 반한 암컷들은 강하고 단호하고 기개 있는 수컷이라고, 기대해도 되겠다고 생각하겠지. 수컷이 쇠창살을 거칠게 흔들수록 암컷은 그가 아름다운 영

---

102 중동 지방의 민족으로 구약성서에 이스라엘 민족과 아말렉족의 싸움이 등장한다.

480

혼을 가졌다고, 정신적으로 고결하다고, 기사도적이고 충성스럽고 명예롭다고 생각하잖소. 여성적 직관이라는 거지. 역시나 암컷이 황홀해하며 엉덩이를 흔들면서 다가가는군. 여자들은 늘 그렇지. 가장 정숙한 여자들까지도 어떻게든 엉덩이를 보여주려 하잖소. 그래서 딱 붙는 치마를 입는 거고. 이제, 수줍은 듯 두 눈을 순결하게 내리깔고 수컷 원숭이에게 묻는군. 바흐를 좋아하시나요? 당연히 그는 바흐를 싫어하오. 기곳덩어리 변주가 뛰어날 뿐, 비정하기 이를 데 없는 로봇 같은 음악가니까. 하지만 여자에게 잘 보이고 싶어서, 자신이 아름다운 영혼을 지닌 품격 있는 개코원숭이 계층에 속한다는 걸 보여주고 싶어서, 가련한 수컷은 짜증스럽기 그지없는 바흐를, 톱질 소리 같은 그의 음악을 좋아한다고 말할 수밖에 없소. 이런 얘기가 놀랍소? 나도 마찬가지요. 암컷은 눈을 내리깔며 온화하고 신심 가득한 목소리로 이렇게 말한다오. 바흐는 우리를 하느님께 다가가게 해줘요, 그렇죠? 당신과 내가 취향이 같아서 정말 다행이에요. 늘 취향이 같다는 데서 출발하지. 그래, 바흐, 모차르트, 신, 여자들은 늘 이런 걸로 시작하잖소. 정숙한 대화를 하게 해주고 도덕적인 알리바이를 만들어주는 주제들이니까. 보름 뒤면 침대에서 뒹굴고 있을 거면서.

개코원숭이 암컷은 호감을 품은 수컷과 고상한 대화를 이어가고 조각, 회화, 문학, 자연, 교양, 모든 방면에서 생각이 같다는 사실에 황홀해하오. 난 포크댄스도 좋아해요, 암컷이 재빨리 추파를 던지며 말하지. 포크댄스라는 게 뭐기에 도대체 여자들이 그렇게 좋아하는 거요? (빨리 상대를 설득시키려는 생각에 마음이 급해져 말이 꼬였다.) 결국 남자들이 힘차게 움직여도 지치지 않는다는 걸, 버틸 수 있다는 걸 보여주려는 거면서. 물론 여자들은 좋아하는 이유를 말하지 않고, 이번에도 역시 품격 있게 포장하지. 그 속에 담긴 민간전승, 전통, 조국, 프랑스 기병대, 농촌의 정경, 삶의 기쁨, 생명력 같은 게 좋다고 말이오. 생명력이라니, 그 무슨 말 같지 않은 소리! 생명력이 무슨 뜻인지는 뻔하지. 미까엘이 나보다 더 잘 설명해줄 거요.

이런, 지금은 키가 더 큰 수컷이 우리에 들어와서 좀더 세차게, 마치 우레처럼 세차게 가슴을 두드리고 있소. 조금 전까지 암컷들의 찬탄을 받던 개코원숭이는 그보다 덩치가 작고 두드리는 힘도 약하니까 이젠 기가 죽었군. 왕좌에서 쫓겨나 새로운 수컷을 향해 복종의 자세로 암컷처럼 네발로 기며 경의를 표하고 있소. 그 모습에 정이 떨어진 암컷은 그를 미친 듯이 증오하게 되지. 조금 전 당신 남편은 나와 마주 앉아 있는 내내 침묵이 이어질 때마다 유혹의 미소를 지어 보였고, 우아하고 겸허하게 침을 삼켰소. 그래, 내가 입을 열면 좀더 주의를 기울여 듣기 위해 몸을 숙이기도 했지. 이 모든 것은 해칠 수 있는 힘, 다시 한번 말하지만 궁극의 뿌리는 죽일 수 있는 힘에 바치는 여성적인 경의인데. 새로 초석을 세우는 왕을 바라보는, 순결하고 다정한, 심지어 사랑까지 담긴 미소들! 힘센 자가 뭔가 재치 있는 말을 던지면 전혀 재미있지 않은 그 말을 찬미하면서 웃어대는 것도 마찬가지고! 평화조약문 아래 장관이 서명한 자리의 잉크를 말리느라 섬세한 손동작으로 조심스레 압지를 가져다 대는 비서관의 가증스러운 경의 역시 마찬가지요! 오, 인간들 사이의 그 영원한 이중주, 구역질 나도록 지겹게 되풀이되는 개코원숭이들의 후렴구! 난 너보다 강해. 전 제가 당신보다 못하다는 걸 알고 있어요. 난 너보다 강해. 전 제가 당신보다 못하다는 걸 알고 있어요. 언제나, 어디서나, 똑같이 반복되지. 하나같이 개코원숭이들! 그래, 조금 전 말한 대로 당신 남편, 찬탄하는 웃음, 비서관들 말이오. 미안하오, 하지만 그런 하찮은 개코원숭이들이 날 미치게 한다오. 어딜 가나 교미 자세를 취하는 개코원숭이들!

저기서 제일 센 수컷이, 지금 나처럼 소리를 지르면서 생명력 넘치는 몸짓으로 지배자로서 말하고 있소. 반한 암컷이 황홀한 눈빛으로 말하는군. 매력 있네. 그러면서 옆에서 부채질하듯 손을 흔드는 다른 친한 암컷에게 소곤거린다오. 미소가 너무 부드러워, 아주 착한 것 같아. 거미들은 또 어떻고! 거미들의 습성을 알고 있소? 암컷 거미는 수컷이 힘이 있는지 확인하려고 팔짝팔짝 뛰게 한다오. 이렇게. (그는 두 발을 모으고 테이블을 뛰어넘었는데, 그러면서 왠지 수치스럽고 괜히 우스워진 것 같아 담배에 불을 붙이고는 거칠게 연기를 내뿜었다.) 정말이오, 책에 나온 걸 보여줄 수 있소. 수컷이 제대로 뛰지 못하면, 계속 움직여대지 못하면 그걸로 끝이오. 암컷의 마음은 다른 수컷을 향하게 되지. 그리고 사랑에 빠진 지 며칠밖에 안된 터라 아직 팔짝팔짝 뛰며 재주넘기를 할 수 있는, 자신을 황홀하게 하는 다른 수컷과 함께 바다로 떠나는 거요. 피부색이 검은 새 수컷과 함께! 암컷들은 피부색이 검은 수컷을 좋아하지. 밝은 밤에, 무리에서 떨어져 나와 자기들끼리 있을 때 속닥대는 비밀이지만 말이오. 결국 불쌍한 수컷은 비단결 같은 바다가 찰랑대는 것을 바라보면서 5센티미터, 6센티미터, 심지어 7센티미터까지 점프를 해야 하오. 그래야 사랑을 받을 수 있으니까!

그가 말을 멈추고는 그녀를 향해 선한 미소를 지어 보였다. 거미들 이야기에 몰두하느라 세번째 늑간을 잊은 것이다. 그는 기쁨에 젖어 꼬망되르 훈장을 높이 던져 올리고는 떨어질 때 낚아챘다.

─하지만 그러다 갑자기 비극이 일어난다오! 또다른 수컷이

달려와서 피부색 검은 수컷보다 더 많이 뛰는 거지! 그러면 암컷은 마침내 기적과도 같은 짝이, 온 영혼을 바쳐 사랑할 짝이 드디어 나타났다고 생각한다오! 그렇게 이전 짝과 또 갈라서는 거요! 세번째 결혼! 그렇게 다시 새로운 수컷 거미와 사랑에 취해 새로운 바다로 떠나겠지! 베네찌아에서 밀월을 보내는 동안 멍청한 암컷은 건축물과 그림을 보며 신나게 즐기고 예술가나 된 것처럼 흥을 낼 거요. 암송아지떼가 미학적 양분을 섭취하기 위해 풀을 뜯으며 주위를 돌아다니는 동안, 사랑에 취한 거미들은 눈을 가늘게 뜨고 화면 한쪽에 그려진 천재적인 노란색 벽면을, 경탄스러운 것들을 자세히 들여다보고 있는 거지. 베네찌아 여행은 순조로울 거요. 시詩가 있으니까. 그리고 그 시도 잘 이어질 거요. 지폐가 많고 제일 비싼 호화 호텔의 스위트룸이 있으니까.

하지만 여섯주만 지나면 세번째 짝 역시 기운이 빠지면서 움직임이 둔해지고, 그냥 남편이 될 거요. 그가 생리적인 것에 진력을 내고 사회적인 것을 생각하기 시작하면, 다시 일을 시작하고 판프리스 같은 자를 초대하고 진급과 류머티즘에 대해 말하기 시작하면, 암컷은 갑자기 그동안의 착각을 깨닫고 다시 영혼이 고양된다오. 늘 그러듯이, 잘못 생각했던 거지. 암컷은 남편에게 말하기로 결심하고, 엄숙해 보이기 위해 머리에 황금빛 터번을 두를 거요. 세번째 수컷 거미여, 암컷 거미가 털이 수북한 발들을 가지런히 모으고 말할 거요. 우리 이제 서로 품위를 지키면서, 쓸데없이 상대를 비난하지 말고, 고상하게 헤어져요. 괜히 서로 욕하면서 행복했던 시간의 고귀한 추억을 더럽히지 말아요. 어쨌든 진실을 말하지 않을 순 없잖아요. 난 더이상 당신을 사랑하지 않아요. 그래, 더이상 당신을 사랑하지 않는다는 말 역시 빠지지 않고 등장하오. 사랑하는 척하는 건 저열한 짓이에요. 어쩔 수 없어요. 내가 잘못 생각했어요. 난 정말 당신이 영원한 거미라는 걸 조금도 의심하지 않았어요. 어쩔 수 없어요! 이제 내 삶에는 네번째 수컷 거미가 중요해요. 그럴 때조차도 암컷 거미는 같이 잔다고 하지 않고 내 삶에 중요하다고 좀더 고귀하게 말한다오. 그렇게 점점 고양되면서 말을 이어갈 테지. 내 온 영혼을 바쳐 네번째 거미를 사랑해요. 거미 중에서도 가장 뛰어난 거미, 엘리트 거미이고, 최상급의 도덕적 자질을 지닌 거미니까요. 하느님이 내 삶에 그를 보내주셨어요. 아, 당신이 나 때문에 무척 힘들 거라는 거 알아요, 그래서 나도 고통스러워요! 하지만 다른 방법이 없잖아요! 진실을 저버리고 살아갈 수는 없어요. 난 거짓말 못해요. 내 영혼과 마찬가지로 내 입도 순결해야 해요. 그러니, 잘 가요. 이따금 당신이 사랑했던 앙띠네아를 생각해줘요. 어쩌면 긴 연설을 끝낸 암컷이 그동안 진실되게 사랑했다는 증거로, 아름다운 추억을 남겨주기 위해, 마지막으로 한번 더 자자고 할지도 모르겠소. 하지만 대부분은 이런 말로 끝난다오. 당신도 강해져요, 그리고 계속 친구처럼 지내요.

난 그런 여자가 싫소! 그가 소리를 지르며 주먹으로 테이블을 내리치는 바람에 잔들이 부딪쳤다. 정말 싫소. 절대 진심을 말하지 않는 그런 여자 말이오. 네번째 수컷이 새것이기 때문이라고, 그래서 세번째 수컷과 바꾸는 거라고 절대 말하지 않지. 여자들은 새로운 사랑을 시작할 때마다 운명이 정한 거라고, 피하려 해도 피할 수 없다고, 어쩔 수 없는 신비라고 온 영혼을 바쳐 말한다오! 그렇게 영혼을 흔들고 엉덩이를 흔들면서 네번째 수컷과 이집트로 떠나는 거지. 물론 그 네번째 역시 보통 남편과 똑같이 배가 아프고 설사를 한다는 걸 알게 되면 다시 실망하겠지만!

춤파리는 또 어떻고! 춤파리도 똑같소. 가엾게도 힘이 세다는 걸 보여줘야 하거든. 암컷이 요구하는 걸 어쩌겠소. 그래, 이미 말했잖소. 검은머리방울새는 어떨 것 같소? 방울새 암컷은 수컷이 힘을 보여주며 세차게 움직여야만 흥분을 하고 작은 알들을 쏟아낸다오. 다른 방울새 수컷보다 세게 악을 써야 하고, 불량배처럼 어깨를 흔들고 갱단처럼 몸을 휘젓고 날개를 위협적으로 펼치고 있어야 한단 말이오! 너무 가엾잖소! 조금만 부드러워지려고 하면 그녀가 미친 듯이 화를 내며 내 눈알을 파버리다니!

그가 말을 멈췄다. 검지로 백단향 묵주를 돌리면서 그는 마르세유의 허름한 가게에서 문신을 새기고 나오는 자신의 모습을 떠올렸다. 그런 다음 호텔 방으로 가서, 영원히 차갑게 식어서, 밤새 켜진 전등불 아래, 두 팔을 가슴에 포갠 채로 바닥에 누워 있을 것이다. 젖꼭지 위에 난 구멍 주위로 검은 화약 가루가 점점이 흩어질 테고. 아니, 방아쇠를 바로 앞에서 당길 테니 구멍은 안 나고, 발사할 때 생기는 가스가 상처 부위로 들어가 피부가 별 모양으로 찢어지리라. 그가 여자를 돌아보았다.

─내가 내뱉는 가증스러운 말들, 하고 나면 후회하는 말들, 구석기시대니 개코원숭이니 하는 말들, 내가 그런 말을 하는 건, 하고 또 하지 않을 수 없는 건, 여자들이 지녀야 마땅한 모습, 내 마음 깊은 곳에 있는 모습을 저버리는 게 미치도록 화가 나기 때문이오. 모두 천사인데, 난 알고 있소. 어째서 천사 뒤에 구석기시대의 개코원숭이가 있는 걸까? 내 비밀을 들어보겠소? 난 밤중에 자다가 화들짝 놀라 땀에 젖어 깨어날 때가 있소. 그토록 부드럽고 다정한 여인들, 나의 이상이자 나의 종교인 여인들, 그 여인들이 고릴라를 사랑하고 고릴라 짓을 사랑하다니! 날 놀라 깨어나게 하는 건 창조

의 기적인 여인들, 언제나 동정녀이고 어머니인 여인들, 수컷들에 비길 수 없이 우월하고 수컷들과 다른 세상에서 온 여인들, 미래의 성스러운 인류, 인간적인 인류에 대한 예고이자 예언인 여인들, 다소곳하게 고개를 숙인 아름다운 여인들, 우아하고 더없이 다정하고 성스러운 빛을 간직한 여인들, 바로 그 여인들이 힘에 매혹되고 죽이는 능력에 매혹되고 강한 자들을 찬미하면서 무너져 내리기 때문이오. 그 끔찍한 광경 때문에 놀라 잠을 깨는 거요. 절대 이해할 수 없고 절대 받아들일 수 없소! 거들먹거리며 유혹하는 가증스러운 남자들보다 훨씬 더 훌륭한 여인들인데! 무슨 말인지 알겠소? 이런 모순이, 나의 성스러운 여인들이 흉악한 털북숭이들한테 끌린다는 것이 바로 나의 고통이오! 성스러운 여인들! 몽둥이, 화살, 창, 검, 비잔티움의 화기, 포탄, 대포, 폭탄, 이런 것들을 여인들이 만들어냈소? 아니, 그것들은 모두 강한 자들, 여인들이 사랑하는 힘센 남자들의 작품이오! 더구나 여인들은 내 종족에 속한 그 위대하다는 사람, 슬픈 눈의 선지자를, 그러니까 사랑을 숭배한다면서! 도대체 어떻게 내가 이해할 수 있겠소?

그가 묵주를 들었고, 이해하고 싶다는 듯 묵주를 이리저리 살핀 뒤 테이블에 내려놓았다. 이어 미소를 지으며 누구를 향한 것인지 알 수 없는 인사를 했고, 유월절 성가를 흥얼거렸다. 그러다 여자가 자기를 지켜보고 있음을 깨닫고는 손을 들어 온유하게 인사를 건넸다.

─오드, 내 아내도 그랬소. 결혼 생활의 마지막에 말이오. 내가 사회적인 힘을 버리고 성공한 인물의 가면을 벗어버렸기 때문에, 그저 보잘것없는 장관에 지나지 않았기 때문에, 가난하고 기이한 수염을 기른 성자가 되어 강한 남자처럼 보이려는 연극을 그만두

었기 때문에. 난 그녀의 사랑이 사그라지는 것을 지켜보는 것이 너무 두렵다고, 날 하찮게 대하는 것이 고통스럽다고 말했소. 그녀가 온 영혼을 바쳐 왕처럼 사랑한 주인이었는데. 오, 내가 그렇게 말할 때 그녀의 침묵, 속내를 알 수 없는, 돌같이 굳어버린 얼굴이라니. 그녀의 사랑을 되찾기 위해 우리의 초라한 방에서 설거지를 할 때, 접시를 깨뜨리고 미안하다고 사과했을 때, 오, 왜 난 그토록 어리석었을까, 지쳐버린 그녀의 얼굴에 번지던 그 끔찍한 경멸이라니. 여자의 경멸. 나는 가난했고, 그러니까 약했고, 더이상 중요한 사람이 아닌 야비한 승리자에 지나지 않았소. 그럼에도 불구하고 터무니없는 희망을 저버리지 못한 나는 더이상 사랑받지 못하는 마음이 얼마나 찢어질 듯 아픈지 털어놓았소. 그녀가 날 이해하게 되면 품에 안아주리라 믿었으니까. 불행에 지쳐 멍하니 입을 벌린 채로 그녀가 따뜻한 말을 건네길 기다렸으니까. 그때까지도 희망을 버리지 못했던 거요. 그녀를 믿었으니까. 왜 아무 말도 안해, 여보? 할 얘기 없어요. 암컷이 가난한 수컷, 패배한 수컷에게 대답했소. 그녀는 돌처럼 굳어버렸다오. 내가 도움을 청했으니까, 그녀를 필요로 했으니까. 할 얘기 없어요. 그녀가 머나먼 제국의 황후 같고 백치 같은 표정으로, 사랑을 구걸하는 거지 때문에 짜증이 난 얼굴로 다시 똑같이 대답했소. 우리의 사랑이 처음 시작되었을 때 나를 그토록 숭배하던, 내가 눈부시게 빛나는 승리자이던 때 기꺼이 나의 노예가 되었던 여인이.

그가 담배에 불을 붙였고, 흐느낌을 억누르기 위해 한참 동안 연기를 들이마신 뒤 다시 온화한 미소를 지었다.

―다섯번째 전략, 잔인함. 여자들은 잔인함을 원하오. 꼭 필요로 하지. 아침에 눈을 뜨면 여자들은 침대에 누운 채로 나의 아름

답고 잔인한 미소를, 혹은 나의 사랑스러운 냉소를 보고 싶어서 괴롭혔소. 정작 내가 하고 싶은 건 정성껏 버터를 바른 빵을 차와 함께 그녀의 침대로 가져가는 거였는데. 그런 욕망은 당연히 억눌러야만 하오. 기이한 일이지만 내가 아침식사 쟁반을 들고 오는 순간 그녀의 열정이 사그라질 테니까. 결국 난, 불쌍하게도, 그녀를 만족시키기 위해 어쩔 수 없이 입술을 말아 올리고 치아를 드러내며 잔인한 미소를 지어 보이지. 가련한 쏠랄이여, 여자들은 날 너무 힘들게 했소! 때로는 밤에 여자들이 놀랄 만큼 관심을 기울이는 그 체조를 하고 나서, 나쁜 사람 어젯밤에 날 많이 괴롭혔죠, 이런 비슷한 말을 내 귀에 다정하게 속삭였다오. 물론, 고마워하면서 말이오. 알아듣겠소? 내가 마음을 바꿔 결국 잔인한 미소를 지어줬더니 바로 엘리자베스 밴스테드가 그렇게 고마워하더군. 내 맨어깨를 어루만지면서. 끔찍해라!

그가 말을 멈추고 우리에 갇힌 맹수처럼 사나운 눈길로 거친 숨을 몰아쉬었고, 그녀는 그 모습을 바라보았다. 엘리자베스 밴스테드, 밴스테드 경의 딸, 옥스퍼드에서 가장 우아한, 모두가 만나보고 싶어 했던 여학생, 너무 도도하고 너무 아름다워서 그녀는 말 한번 걸어보지 못했는데. 그 엘리자베스 밴스테드가 이 남자 옆에 벌거벗고 누웠다니!

─됐소, 너무 혐오스럽군. 더이상 못하겠소. 차라리 개를 유혹하는 게 낫겠어. 그래, 내가 지금 같은 말을 되풀이하고 있다는 거아오. 열정적인 종족, 진리를 사랑하는 내 종족이 원래 이렇다오. 선지자들의 말을 읽어보시오, 같은 말이 되풀이된다오. 개를 유혹하기 위해서는 수염을 바짝 깎을 필요도 없고, 아름다울 필요도 없고, 강한 척할 필요도 없고, 그저 착하게 잘해주면 되지. 자그마한

머리를 두드려주기만 하면, 착한 강아지로구나 말해주기만 하면, 나도 착하면, 그거면 충분하오. 강아지는 꼬리를 흔들면서 그 선한 눈으로 날 사랑할 거고, 설사 내가 못생기고 늙고 가난해도, 모두가 날 배척해도, 신분증도 없고 훈장도 없어도, 그래도 날 사랑할 거요. 입안에 서른두개의 뼛조각이 없어도 사랑할 거고, 오, 놀라워라, 내가 다정해져도, 사랑에 빠져 나약해져도 사랑할 거요. 그래서 난 개들을 존경한다오. 당장 내일부터 개를 유혹해서 내 인생을 바쳐야겠소. 아니면 동성애자가 되어볼까? 아니, 콧수염 덮인 입술에 키스하는 건 별로일 것 같소. 그래서 여자가 이상하다는 거요. 여자라는 놀라운 피조물이 남자한테 키스하는 걸 좋아하다니, 끔찍스럽지 않소?

그때 그의 눈빛이 불안해졌다. 벽걸이 양탄자 위에 파리 한마리가 앉아 있었는데, 그 불쾌하기 이를 데 없는 굵은 점, 금속성의 푸른색 때문에 겁이 났던 것이다. 조심스레 벽으로 다가가보니 파리가 아니라 얼룩이었다. 그제야 안심한 그는 여자에게 미소를 지어보였고, 팔짱을 낀 채 마치 춤을 추듯 발을 움직였다. 그러고는 갑자기 형언할 수 없는 행복에 젖어 다시 미소를 지었다.

—내가 얼마나 재주를 잘 부리는지 보겠소? 여섯가지 다른 물건을 한꺼번에 공중에 던지는 재주를 부릴 수 있다오. 무게와 부피가 다 다르기 때문에 쉬운 일이 아닌데 말이오. 예를 들어 바나나, 자두, 배, 오렌지, 사과, 파인애플, 이렇게. 지배인을 불러서 과일을 가져오라고 해도 되겠소? 싫소? 할 수 없지.

그는 민첩하게, 머리카락이 흐트러진 채로, 일부러 무심한 표정으로, 눈에 띄지 않게 자신의 매력을 드러내면서, 꼬망되르 훈장을 흔들며 방 안을 오갔다. 그러다 다시 그녀가 있는 쪽으로 와서 담배를 권했고, 그녀가 거절하자 퐁당 오 쇼콜라를 권했다. 그녀가 다시 거절하자 체념의 몸짓을 한 뒤, 다시 말을 시작했다.

— 나도 욕실에 누워 이야기를 지어낸다오. 오늘 아침엔 내 장례식 얘기를 했지. 즐거웠소. 많이들 왔으니까. 핑크빛 리본을 맨 새끼 고양이들, 서로 팔짱을 낀 다람쥐 두마리, 목에 레이스 장식을 단 검정 복슬개, 모피 토시로 날개를 감싼 새끼 오리들, 목동 모자를 쓴 암양들, 투명 크레이프 옷을 입은 새끼 염소들, 파스텔블루 빛깔의 비둘기들, 울고 있는 새끼 당나귀, 1880년대식 수영복을 입은 기린, 자기가 얼마나 선량한지 보여주기 위해 상추의 고갱이를 깨무는 다리 통통한 새끼 사자, 최고 품질의 솔직한 즐거움을 쏟아내는 사향소, 눈이 나빠 자개 박힌 안경을 쓰고 뿔을 황금빛으로 칠한 귀엽기 그지없는 새끼 코뿔소, 수프를 먹을 때 더러워질까봐 방수 앞치마를 입었지만 한번도 끝까지 먹지 못하는 새끼 하마. 그리고 잘 차려입은 강아지 일곱마리는 서로 친구 사이인데, 세일러복 셔츠와 줄로 매단 호루라기를 무척 자랑스러워한다오. 빨대로 산딸기 스쿼시를 마시고 한 발을 입에 올린 채 하품을 하지. 장례식이 지겨운가보오. 무도회 구두를 신은 제일 작은 강아지는 예쁜 소녀 모델처럼 치마 밑까지 내려오는 레이스 바지를 입고 줄넘기를 하면서 엄마가 봐주기를 기다리고, 하지만 엄마는 차가운 눈빛으로 연못의 물 생각에 빠져 있는 메뚜기 아가씨와 우아하게 담소를 나누고, 그 신심 돈독한 메뚜기는 왕비들의 대관식과 출산을 찬미한다오. 귀여운 강아지가 칭찬을 듣고 싶어서 팔짝팔짝 뛰고 헐떡거리며 시를 낭송하고, 낭송을 끝낸 다음 엄마 치마에 매달려 뚫어져라 쳐다보면서 엄마가 키스를 해주고 칭찬해주길 기다리는군. 하지만 옆에서 뜨개질하는 메뚜기가 늘어놓는 험담에 빠진 엄마는

눈길도 주지 않고 지금 바쁘다고 영어로 말한다오, 마더 이즈 비지 디어. 강아지는 다시 폴짝거리며 시를 낭송하고, 바로 옆에 있는 개미핥기 한마리도 질투가 나는지 아줌마에게 바치는 시를 낭송하기 시작했소. 내 장례식이니 당연히 유대인들의 코가 여기저기 작달막한 다리로 돌아다니고 있지. 일곱마리 새끼 고양이에 둘러싸인 난쟁이 나닌이 높이 뛰어 허공에서 두 발을 맞부딪고, 독신의 토끼가 기도문을 낭송하고, 새끼 사슴이 슬픔에 젖어 있고, 너무 꽉 끼는 실크해트를 쓰고 공단 옷을 입은 병아리들이 모형 버스 안에 서서 열심히 담소 중이라오. 랍비 무리지. 세겹 공단 옷을 입은 제일 성스러운 병아리가 바로 대랍비 역할을 맡고 있고. 계속해도 되겠소?

— 계속해요. 그녀가 눈길은 주지 않고서 대답했다.

— 발바리도 한마리 있는데, 주위의 존경을 받고 싶은지 이따금 "반박 불가능한" 혹은 "추측건대" 같은 말을 쓰고 있소. 또 비버 한마리가 내 심장을, 열정이란 죄를 저지른 내 심장을 땅에 묻기 위해 구덩이를 파고 있소. 또 티롤 모자[103]를 쓴 코알라가 날 애도하기 위해 추도사를 읽다가 뒤죽박죽이 되어버렸고, 내 새끼 고양이 띠미가 미망인 베일을 쓰고 앙증맞은 슬픔을 주체하지 못해 코를 풀고 있고, 보주에 갔을 때 본 적이 있는 고슴도치가 진심으로 눈물을 쏟고 있고, 그런데 그 몸의 가시에 띠미의 베일이 걸리고, 결국 베일을 벗어버린 띠미는 풀이 무성한 어느 무덤 위에 앉아 햇볕을 받으며 열심히 단장하고, 그러다가 갑자기 멈추더니 난쟁이 조랑말들을 응시하고, 깃털 옷을 입고 터번을 두른 조랑말은 엄숙한

---

103 티롤 지방(오스트리아와 이딸리아에 걸친 알프스 산간지대)에서 유래한 부드러운 펠트 천으로 만든 모자. 뒤쪽 챙이 휘어 올라가고, 리본이나 깃털 장식을 단다.

장례식을 치르려면 앞발의 나막신으로 땅을 긁고 뒷발로 일어서야 한다고 생각하고, 챙 없는 벨벳 모자를 쓴 새끼 원숭이도 오르간 대신 아코디언으로 폴카를 연주하고, 정신 나간 새끼 고양이 한 마리가 무슨 일이 일어나고 있는지 알지도 못한 채 주위의 이목을 끌겠다고 아라비아의 종마처럼 날뛰는데, 자기가 아주 사나운 말이며 용맹스럽게 누구든 어디로든 실어 나를 수 있다는 듯 두 귀를 호전적으로 쳐올리고 있소. 엉덩이에 깃털 장식을 달고, 새끼 오리들이 옆에서 정신없이 웃어대면서 사탕을 주고받는 걸 보고는 자기를 무서워하고 있다고 생각하지. 그래, 바로 내 심장을 땅에 묻기 위한 장례 행렬이오. 매혹적이고, 황홀하고, 아주 성공적이라오. 드디어 내 심장을 묻었소. 내 심장은 이제 더이상 나와 함께 있지 않소. 묘지는 텅 비었고 다들 떠나갔소. 파리 한마리만 내 무덤 위에서 흐뭇한 얼굴로 다리에 비누칠을 하고, 나는, 텅 빈, 창백한 나는 그대로 서 있소. 당신은 무슨 생각을 하고 있소?

— 강아지가 낭송하던 시는 어떤 거죠? 말없이 바라보던 그녀가 물었다.

— 강아지가 엄마한테 말했어, 어른이 되면 난 왕을 지킬 거야, 다리에 황금 견장을 차고, 머리엔 공단을 두르고, 파이푸를 이빨로 물고, 연기를 내뿜어야지, 착한 왕이 말할 거야, 용맹한 강아지에게, 뼈 세개 빵 세조각을 주거라. 그가 진지하게 강아지의 시를 낭송했다. 맞소, 강아지가 발음을 틀리기도 하지, 강아지, 라고 안하고 걍아지, 라고 하고. 파이프, 라고 안하고 파이푸, 라고.

— 개미핥기는 어떤 시를 낭송하죠?

— 어린 개미핥기가 아줌마한테 말했어, 아줌마 내 옷 안 좀 만져봐요, 우엉을 먹었거든요, 그랬더니 턱까지 아파요.

── 암고양이는 진짜 있는 건가요? 띠미 말이에요.

── 진짜 있소, 하지만 죽었지. 띠미를 위해 벨뷔의 별장까지 임대했는데. 띠미가 이곳 리츠를 좋아하지 않았거든, 그래, 오로지 띠미를 위해서 구한 별장이었소. 나무가 있으면 올라갈 수도 있고 발톱으로 긁어볼 수도 있을 테니까, 자연의 향기가 그윽한 풀밭에서 뛰어다니고 사냥도 할 수 있고. 띠미를 위해 거실에 가구까지 들여놓았소. 소파, 안락의자들, 페르시아산 카펫까지. 난 띠미를 사랑했소. 띠미는 까다롭고 오만한 부르주아, 푹신한 의자에 앉은 자본가 같았다오. 하지만 누워 있으라고 말해도 절대 복종하지 않는 무정부주의자이기도 했소. 남의 걸 훔쳐 오길 좋아하는 천사이기도 했고. 장난치며 까불 때조차도 사려 깊었고, 쉬지 않고 가르랑거렸고, 볼이 통통하고 털이 복슬복슬한 착한 여자, 콧수염이 난 조용한 부인이었소. 화롯불 앞에 평화롭고 온화하게 앉아 있다가 갑자기 너무도 먼 곳에 가버린 고귀한 전설의 여인이지.

띠미와 함께 있으면 난 거리낌 없이 다정할 수 있었고, 논리 같은 건 벗어던진 젊은 청년이 될 수 있었소. 나의 뽀송이 티미, 내 다정한 마음이 전해지면 갑자기 띠미의 머리가 작아지고 나와 똑같이 다정해져서 눈이 감겼소. 우리 띠미 착하구나 하면, 내가 백번도 넘게 해준 말인데, 띠미는 황홀한 듯 눈을 살짝 감고 털을 세우고 햇살을 꿈꾸고 작은 코를 햇볕에 내밀며 삶의 아름다움을 누렸소. 햇볕 아래서의 삶, 오 그 사랑스러운 멍한 눈빛이라니. 햇볕을 쬐며 단장을 할 때면 얼마나 꼼꼼했는지! 콘트라베이스 연주자처럼 뒤쪽 넓적다리를 들어 올려 핥고, 그러다 갑자기 멈추고는 어리둥절한 눈길로 날 쳐다보았소. 이해하려고, 아니 생각해보려고 애쓰면서, 햇볕 때문에 축 늘어진 명상가처럼 멍한 눈길이었다오. 사람들과 어울리다 돌아온 나는 검은 재킷과 줄무늬 바지를 입은 사나운 원숭이들과 멀어져서 띠미를 보는 게 작은 행복이었소. 언제든 날 따라올 수 있는, 날 믿어줄 수 있는, 내 무릎에 살을 비빌 수 있는, 그 무표정한 머리를 내 손에 문지르면서 애교를 떨 수 있는, 절대 나를 나쁘게 말할 수 없는, 절대 유대인을 배척하지 않는 내 사랑 띠미.

띠미가 알아들을 수 있는 말이 스무가지도 넘었소. 나가자, 사나운 개 조심해, 먹자, 생선 사료, 맛있는 간, 예쁜 짓 해봐, 인사해봐 같은 것 말이오 ── 인짜해봐, 이렇게 발음해야 했지, 그러면 띠미는 정말 인사를 하려고 내 손에 머리를 문질러댔다오. 띠미는 파리, 라는 말도 알았소. 띠미한테는 날개 달린 게 전부 다 파리였지. 사냥꾼 띠미는 파리를 잡겠다고 창문으로 돌진하기도 했다오. 제멋대로야, 라는 말도 알아서, 내가 그렇게 말하면 띠미는 아니라고 항변했소. 잡아, 이리 와, 이런 말도 알았지. 물론 워낙 독립적이었으니 오란다고 오지는 않았지만 말이오. 하지만 내가 잡아, 라고 말하면 사랑스러운 띠미는 마치 디자이너 숍의 판매 매니저처럼 즉시 달려왔다오. 너 때문에 힘들어, 하면 띠미는 비극의 주인공 같은 목소리로 야옹거렸소. 우리 사이는 이제 끝이야, 하면 소파 밑으로 들어가서 슬퍼했지. 지팡이를 집어넣어 끌어내서 달래주면 띠미는 까칠한 혀를 딱 한번 움직여 고양이식 키스를 해주었고, 그런 다음 우리는, 띠미와 나는, 함께 가르랑거렸소.

가엾은 띠미는 그 큰 별장에서 하루 종일 혼자 있었소. 정원사의 아내가 아침저녁으로 와서 밥만 챙겨주었지. 너무 무료해서 힘들어지면, 내가 보고 싶어 슬퍼지면, 띠미는 거실 테이블에 놓여 있는 성경책을 발톱으로 긁어버리는 등 말썽을 부렸소. 그러니까 그건 히브리 신비 철학의 제의 같은 거였다오. 말하자면 주문인 셈이지. 그러니까 나를 부르는, 당장 옆에 있어야 하는 친구를 불러내는 마법 말이오. 띠미는 그 작은 머리로 이렇게 생각한 거요. 내가 뭔가 나쁜 짓을 하면 그가 야단을 쳐야 할 거고, 그러자면 여기 와야 한다. 기도하는 것과 마찬가지로 당연한 일이었던 거요.

내가 광대 짓 차장의 하루 일과를 끝내고 돌아올 때, 띠미는 열쇠를 구멍에 밀어넣는 소리와 동시에 복도로 달려 나왔소. 그런 다음엔 마치 부부 싸움 장면 같았지. 내가 얼마나 힘들었는지 알아요? 꼰뜨랄또의 비장한 야옹 소리. 날 너무 혼자 두잖아요, 이렇게 살 순 없어요. 난 냉장고를 열어 날간을 꺼내서 가위로 썰어주고, 그러면 다시 모든 게 좋아진다오. 아름다운 순정이지. 그렇게 난 용서를 받았다오. 띠미는 조급함과 행복감으로 꼬리를 파르르 떨면서 최상급의 가르랑 소리를 냈고, 얼굴을 내 다리에 비비면서 자기가 얼마나 날 사랑하는지, 간을 써는 내 모습이 얼마나 멋진지 얘기했소. 난 일부러 찻잔 받침에 담은 간을 곧바로 주지 않았지. 일부러 거실을 이리저리, 이리 돌고 저리 돌며 천천히 움직였고, 그러면 들뜬 띠미가 날 졸졸 따라다녔다오. 후작 부인 같은 걸음걸이로, 마치 예식을 치르듯이, 연회복을 차려입고 아름다운 소녀 모델 혹은 궁정의 안주인이 된 것처럼, 곧게 세운 고상한 깃털 장식을 파르르 떨며, 귀엽기 이를 데 없는 발걸음 소리를 조심스레 죽여가며, 열심히 매혹적인 미뉴에트를 추면서 말이오. 탐욕과 애정에 휩싸인 띠미는 잰걸음으로 날 따라오면서 내 손에 들린 성스러운 찻잔 받침을 올려다보았다오. 너무도 충직하고 헌신적인, 나와 함께 세상 끝까지 갈 마음의 준비가 되어 있었던 나의 소중한 행복, 신기루 같은 행복이었지, 나의 암고양이 띠미.

퇴근하는 나를 밖에 나와 기다릴 때면 띠미는 멀리 풀밭에 있다가도 순식간에 달려왔소. 총알처럼 빠르게 언덕길을 내려온 거요. 그런 게 바로 사랑이잖소. 내 앞에까지 와서는 갑자기 멈춰 서서 고상한 자세를 취하고, 위엄 있고 요염하고 무표정하게, 화려한 털을 의기양양하게 세우고는 천천히 내 주위를 돌았소. 그렇게 두바퀴 돌고 나서야 나에게 다가왔고, 꼬리를 말아 내 신발 쪽에 가져다 댄 채 날 올려다보면서 등을 동그랗게 구부려 매혹적인 자세를 취했소. 그런 다음 빨리 먹을 걸 달라고 분홍색 작은 입을 조심스레 움직였지.

다 먹고 나면 띠미는 거실로 가서 낮잠을 잤고, 제일 편안한, 발톱 자국이 제일 많이 나 있는 안락의자에서 빛을 가리느라 보들보들한 발 하나를 눈에 대고서 잠이 들었소. 잠든 띠미의 귀가 갑자기 쫑긋 서며 창문 쪽을 향할 때가 있었지. 밖에서 무슨 소리가 난 거요. 몸을 일으킨 띠미는 순식간에 잠기운을 떨치며 신경을 곤두세웠고, 밖에서 나는 소리에 귀를 기울이며 무서우면서도 아름다운 모습으로 창 쪽으로 다가갔다오. 그러고는 창문턱에 꼼짝 않고 앉아서, 비장할 정도로 호기심에 가득 차서, 창살 너머에 있을 보이지 않는 먹잇감을 뚫어져라 바라보며 야옹거렸소. 중간중간 끊기는, 불평 섞인, 고양이의 욕망을 실은 희미한 울음 말이오. 그런 다음엔 허리를 흔들거리며 몸을 날릴 준비를 했고, 창틀 너머로 뛰쳐나갔소. 사냥을 떠나는 거지.

띠미는 나와 같이 자는 걸 좋아했소. 띠미한테는 그게 삶의 목표 중 하나였다오. 테라스에서 일광욕을 하거나 탐욕스럽게 입을 비죽거리며 참새의 움직임을 좇고 있다가도, 내가 거실 소파에 눕는 소리만 나면 띠미는 곧바로 열린 창문으로 몸을 날려 발톱이 바닥에 긁히는 날카로운 소리와 함께 안으로 들어왔소. 그러고서 내 품에 달려들어 두 발을 번갈아 조심스럽게 내 가슴에 가져다 대면서 자리를 잡았지. 그렇게 의례적인 꾹꾹이 춤, 아마도 그 조상들이 마른 나뭇잎을 침대 삼아 잠자던 선사시대의 숲에서 시작되었을 춤이 끝나면, 띠미는 더없는 행복에 젖어 내 가슴에 머리를 기대고는 도도하게 몸을 뻗었다오. 그러고서 잠시 뒤면 띠미의 가슴에서 작은 모터가 작동하고, 1단으로 시작한 기어가 서서히 올라가면, 우리가 함께하는 행복한 낮잠이 시작되는 거요. 띠미는 내가 없어질까봐 한 발을 내 손에 얹어놓았고, 참 착하구나, 하고 말해주면 발톱에 힘을 주며, 물론 아프진 않게, 내 손을 꽉 누른다오. 고맙다고, 전부 이해한다고, 우린 마음이 참 잘 맞는다고, 우린 친구라고 말하려는 거요. 자, 이제 끝이오. 이제 유혹을 끝내겠소.

　―그래요, 이제 유혹은 끝내요. 다른 걸로 해봐요. 내가 남자인 걸로.

　―남자인 걸로. 그는 순간적으로 경탄하듯 그녀의 말을 따라했다. 그래, 나보다 어린, 아주 잘생긴 사촌 형제로 합시다. 어떻게 하면 멍청한 여자의 마음을 뒤흔들어놓을 수 있는지 물어보려고 날 찾아온 걸로! 나땅, 그래, 이름은 나땅이오. 남자 대 남자로 말하면 더 좋겠군. 자, 시작합시다. 내가 어디까지 얘기했소?

　―잔인성.

　―그래, 잔인성. 자, 나땅, 나도 알아. 넌 그 여잘 사랑하고 또 그 여자가 널 사랑해주길 바라지. 개를 사랑하는 편이 낫다고 해서 개를 사랑할 수는 없으니까! 그렇다면 유혹을 해봐. 가증스러운 기술을 발휘하고 영혼은 버리는 거야. 능숙해지고 사악해지라고. 그녀는 반드시 널 사랑하게 될 거야. 착해빠진 됨 같은 자보다 수천배

는 더 많이. 그 대단한 사랑을 알고 싶으면 아무리 싫어도 댓가를 지불해야 해. 경이로운 사랑의 퇴비 더미를 휘저어보란 말이야.

하지만 조심해, 나땅. 처음엔, 그러니까 너의 모르모뜨가 사랑의 열정에 빠지기 전까지는 신중해야 해. 그녀의 마음속에 완전히 뿌리를 내리지 못한 상태에서 너무 노골적으로 굴면 싫어할 테니까. 처음엔 여자들한테 어느정도의 상식이라는 게 남아 있거든. 그러니까 요령과 절제가 필요하지. 네가 잔인해질 수 있는 남자라는 걸 그냥 느끼게만 해. 아주 정중하게 대하면서 사이사이 잔인성을 느끼게 해주는 거야. 지나치게 집요한 눈길을 보낸다든지, 그래, 왜 있잖아, 잔인한 미소를 짓는다든지, 순간적으로 짧게 비꼬는 말을 던진다든지, 아니면 당신 코가 번들거린다는 말을 하면서 사소한 무례를 범하는 것도 좋아. 여자는 화가 나겠지만 마음속 깊은 곳에서는 사랑이 싹틀 거야. 여자의 마음을 사로잡기 위해서 마음을 상하게 만들어야 한다니, 비통한 일이지. 갑자기 무표정한 얼굴로 정신이 딴 곳에 가 있는 것처럼, 아무것도 안 들리는 것처럼 구는 것도 괜찮아. 그녀가 뭘 물어도 딴생각을 하는 척하면서 대답을 안하면 당황스럽긴 하겠지만 싫진 않을 거야. 손으로 직접 때리지 않고 상징적인 따귀를 날리는 셈이니까. 잔인성을 살짝 드러낸 거고. 그렇게 성적으로 한걸음 들여놓고 남자다운 무심함을 드러내는 거야. 네가 무관심할수록 여자는 네 관심을 원할 거고 흥미를 끌려하고 네 마음에 들려 애쓰고 널 존중하게 될 거야. 아마 이렇게 생각할 테지, 이 남자는 주위 여자들의 말에 별로 귀를 기울이지 않네. 아니 생각한다기보다는 그냥 막연히 느낄 테지. 그럴수록 너한테 관심을 갖게 될 거야. 네가 정중하고 예의 바른, 하지만 언제든지 사나워질 수 있는 사람이라고 생각할 거야. 분명 좋아할 거라고.

여자들이 그렇게 생겨먹은 게 내 탓은 아니잖아. 잔인성, 그래 힘을 약속하는 잔인성의 매력은 정말 대단하거든. 잔인한 남자는 성적으로도 능력자가 되지. 상대를 고통스럽게 만들 수 있고 그러면서도 마음속 깊숙한 곳에서 쾌락을 느끼게 할 수 있으니까. 말하자면 여자들은 지옥의 제왕한테 끌리는 거야. 위험한 미소에 마음이 흔들리고. 여자들은 악마 같은 것을 숭배해, 매력을 느끼는 거지. 그래서 사악한 자가 놀라운 위엄을 갖게 되는 거야.

그러니까 여자를 유혹하려면 신중하게 서서히 나아가야 해. 일단 걸려들면 그때부터 제대로 달려들고. 이상하게도 사랑이라 불리는 것의 제1막이 끝나면, 물론 조건이 있지, 성공적이었어야 해, 가엾은 여자가 감격스러워하며 떨리는 목소리로 좋았다고 말해야 해, 그러고 나면, 당신은 나와 함께하면 고통스러울 거요, 하고 말해도 돼. 아니 말하는 편이 좋아. 그러면 미처 땀도 마르지 않은 여자는 너한테 몸을 기댄 채로 상관없다고, 당신과 함께하는 고통이라면 행복일 거라고 대답할 거야. 당신이 날 사랑하기만 한다면, 이라고, 진지한 눈으로 널 바라보면서, 그렇게 속삭일 거야. 용감하게 고통을 받아들이는 거지, 어떤 고통인지 겪기 전이니까.

여자가 열정으로 충만해지면 드디어 대놓고 잔인성을 드러낼 때가 온 거야. 하지만 양을 잘 조절하고 절제해야 해. 소금이 아무리 좋다 해도 너무 많이 먹으면 나쁜 것과 마찬가지. 냉혹했다 부드러웠다 해야 하고, 유쾌하게 장난을 치는 것도 꼭 필요하니까 잊지 말고. 그런 것이 섞여서 열정이라는 이름의 칵테일이 만들어지거든. 원수처럼 밉지만 사랑하는 사람이 될 것. 여자가 늘 사랑 속에 있도록, 언제나 불안해하도록, 재앙이 닥칠지도 모른다는 생각을 떨치지 못해 고통스럽고, 특히 질투 때문에 괴롭고, 희망을 품은 채 화해의 시간을 기다리고, 예기치 못했던 애정을 누리고, 그렇게 되도록 적당히 심술을 부릴 것. 한마디로 말해서, 지루할 틈을 주지 말 것. 헤어졌다 다시 화해하는 것이 얼마나 감미로운지도 알게 해줄 필요가 있지. 냉정하게 혹은 고약하게 굴고 나서 슬쩍 미소를 지어주면 여자는 속아 넘어가서 고마운 마음에 원망이 녹아내릴 거야. 절친한 친구한테 달려가서 네 얘기를 할 거고. 사실은 네가 무척 착한 사람이라고 떠들겠지. 남자가 고약한 짓을 해도 여자들은 알아서 사실은 착한 사람이라고 생각해주거든. 고약한 심술을 부린 것에 감사하면서 착한 사람으로 만들어준다고.

그러니까 여자가 열정적으로 널 계속 사랑하게 만들려면 스스로 행동을 살피고 조절하는 게 필요해. 약속 시간보다 늦게 도착해서 여자를 불안하게 하는 것도 좋아. 이따금은 여자가 정성껏 씻고 모든 채비를 갖추어 기다리고 있을 때, 치장을 망칠까봐 움직이지도 못하고 기다릴 때, 그러니까 약속 시간 직전에 전화를 걸어서, 진짜 마음은 여자가 너무 보고 싶더라도 오늘은 못 간다고 말해야 해. 아니, 더 좋은 건, 그냥 전화도 없이 안 가는 거야. 여자는 속상해 어쩔 줄 모르고 낙심할 거야. 머리를 감고 이렇게 예쁘게 꾸몄는데, 나쁜 사람, 어떻게 안 올 수가 있어. 이렇게 잘 어울리는 드레스까지 입었는데. 가엾은 여자는 눈물을 흘리겠지. 아무도 없으니 코도 마구 풀어댈 거고, 휴지를 잔뜩 쌓아놓고 코를 풀고 또 풀 거야. 그러면서, 울어서 부은 눈을 톡톡 닦아가며, 온갖 머리를 짜내겠지. 아마도 휴지 한장에 한가지 가설을 세울 거야. 왜 안 왔지? 아픈 걸까? 사랑이 식은 걸까? 혹시 그 여자 집에 간 걸까? 아! 재주 좋은 그 여자가 아양을 떠는 거야! 그 여자는 최고급 드레스도 입잖아! 그 여자한테 가 있는 게 분명해! 어떻게 그럴 수가 있지?

어제만 해도 나한테…… 아, 말도 안돼, 내 모든 걸 다 희생했는데! 이하 등등, 마음을 담은 시를 쏟아내겠지. 그러고선 다음 날이면 네 어깨에 기대 흐느낄 거야. 나쁜 사람, 밤새 울었잖아요. 오, 날 버리지 말아요, 난 당신 없인 살 수 없어요. 그래, 결국, 절대적으로 열정적인 사랑을 받기 위해서는 그러기 위해 해야만 하는 추잡한 일을 할 수밖에 없어.

주의할 건 말이야, 나땅, 여자가 그렇게 눈물을 흘리며 무너지더라도 절대 너의 선량한 본성에 빠지면 안돼. 잔인성을 포기하지 말라고. 그래야만 여자의 열정을 늘 생생하고 광채 나게 할 수 있으니까. 여자는 왜 이러냐고 비난하면서도 널 사랑할 거야. 하지만 반대로 네가 다 포기하고 착해지면, 여자는 널 비난하지는 않겠지만 사랑이 줄어들 거야. 첫째, 네 매력이 사라지니까. 둘째, 너와 함께 있는 게 남편과 함께 있는 것과 똑같이 지루해질 테니까. 사랑스러운 나쁜 남자와 함께 있을 땐 지루할 틈이 없거든. 애정이 소강상태에 빠진 게 아닌지 확인해야 하고, 멋지게 보이기 위해 아름답게 꾸며야 하고, 애원하는 눈길로 쳐다봐야 하고, 내일은 친절하게 대해주길 기대해야 하니까. 한마디로 말해서 고통스러울수록 마음이 더 끌리는 법이지.

그래, 그러고 나서 다음 날은 정말로 감미로워져봐. 여자는 그런 천국을 좋아해. 언제나 즐거운 곳, 희미하게라도 권태의 꽃이 피어날 틈이 없는 곳이지. 여자는 천국이 사라져버릴까봐 노심초사하고 있어야 해. 한마디로 말해서, 다채로운 삶, 고통스러운 삶. 돌풍이 불고 싸이클론이 닥치고 그러다가 갑자기 잔잔해지면서 무지개가 뜨는 삶이 필요해. 물론 기쁨을 누리지만, 기쁨보다 고통이 더 커야 해. 그래, 성스러운 사랑은 바로 그렇게 만들어지는 거야.

오, 나땅, 제일 대단한 건 말이야, 그토록 비열한 댓가를 치러야만 얻을 수 있는 성스러운 사랑이 이 세상에서 가장 경이로운 것이라는 사실이야. 그런 사랑을 위해선 악마와 계약을 맺어야 하지. 영혼을 버려야만 얻을 수 있는 성스러운 사랑이니까. 여자들의 강요 때문에 어쩔 수 없이 나쁜 사람이 되는 거야. 절대 용서할 수 없는 일이지! 어쩔 수 없었어. 난 여자들이 필요했으니까. 잠자는 모습이 너무도 아름다운 여자들, 잠잘 때면 갓 구운 빵 냄새가 나는 여자들, 흡사 남자 같기도 한 그 아름다운 몸짓이, 정숙함이, 정숙함에 곧바로 이어지는 놀라운 순종이, 어슴푸레한 밤에 사랑을 위해서라면 그 어떤 것도 놀라워하지도 두려워하지도 않으면서 순종하는 그런 여자들이 필요했지. 들어서는 나를 바라보는 그녀의 눈길, 장미 덩굴 아래 현관에 서서 떨리는 마음으로 날 기다리는 그녀! 오 밤이여, 오 행복이여, 오 내 손에 와 닿는 그녀의 입맞춤, 그 경이로움이여. (그는 자기 손에 입을 맞췄고, 자기를 응시하고 있는 여인을 바라보며 온 영혼을 다해 미소를 지었다.) 그 무엇보다도, 오 천사들이 건네주는 양식이여. 열정의 불길에 휩싸인 여인들만이 줄 수 있는, 그 여자들이 나쁜 남자들한테만 주는 경이로운 애정이 난 정말 필요했어. 결국 잔인성이 있어야 열정을 얻을 수 있고, 열정을 얻어야 애정을 얻을 수 있지!

그는 미까엘이 선물로 준 다마스쿠스산 금세공 주머니칼을 만지작거리다가 테이블 위의 장미꽃 옆에 내려놓았다. 이어 젊은 여인을 바라보다가 문득 연민으로 가슴이 뭉클해졌다. 찬란한 젊음과 힘을 지니고, 봉긋하게 솟은 두 젖가슴이 너무도 화려하고, 하지만 조금 있으면 땅에 묻혀 움직이지 못할 여인. 더이상 봄의 즐거움을, 제일 먼저 피어난 꽃을, 나뭇가지 사이에서 시끄럽게 떠들어대는 새들을 보지 못하게 되리라. 갑갑한 관 속, 이미 어디선가 존재했던 나무로 만든 상자 안에 갇혀, 뻣뻣하게 굳은 몸으로, 더이상 아무것도 즐기지 못하리라. 죽음을 피해 갈 수 없는 그대여, 그가 중얼거렸다. 그는 서랍을 열어 예쁜 벨벳 곰 인형을 꺼냈다. 박차 달린 장화를 신고 멕시코 모자를 쓴, 어딘가 우수에 젖은 듯한 곰이었다. 그는 인형을 그녀에게 건네주었다. 그녀는 싫다고 고개를 저었고, 이어 들릴락 말락, 고맙지만 괜찮다고 했다.

—유감이로군. 진심으로 주고 싶었는데. 여섯번째 전략, 나약함. 그래, 물론이야, 나땅, 남자답게 강하고 잔인해야 하지만, 완벽한 사랑을 얻기 위해서는 그녀의 마음속에 모성애가 싹트게 하는 것도 필요해. 네 힘 아래 감춰진 약간의 연약함이 드러나야 하는 거지. 거만하고 명랑한 남자이되 그 아래 어린아이가 있을 것. 이따금 보이는 약한 모습은, 물론 지나치면 안되지만, 여자들을 무척 기쁘게 만들고 애정이 샘솟게 하거든. 한마디로 말하면, 9할은 고릴라, 1할은 어린 고아, 이러면 여자들이 정신을 못 차리지.

일곱번째 전략, 사전 경멸. 최대한 빨리 드러내는 게 중요하지만 그렇다고 말로 해서는 안돼. 여자들은, 특히 초기에는 말에 굉장히 민감하거든. 하지만 억양이나 미소에 경멸을 담으면 여자들이 바로 느끼면서도 좋아하고 마음이 흔들리지. 마음속 깊은 곳에서 외칠 거야. 이 남자가 날 경멸하는 건, 사랑을 받는 데 워낙 익숙하고 여자를 대수롭지 않게 여기는 버릇이 들어서야. 모든 여자를 무너뜨릴 수 있는 대단한 남자라서! 그래, 나도 그렇게 되고 싶어! 이렇게 말이야. 내가 만일 내일 당장 어떤 개를 유혹해서 매일 함께 외출을 한다고 생각해봐. 개는 나와 함께 걷는 게 너무 좋아서 앞장서서 갈 거야. 내가 오고 있는지 확인하려고 계속 뒤를 돌아볼 거고. 그러다가 갑자기 달려와서 앞다리를 들면서 안아달라고 하겠지. 내 옷을 더럽히면서. 어떤 여자가 그렇게 할까?

여덟번째 전략, 존중과 칭찬. 여자들의 무의식은 경멸당하는 것을 좋아하지만, 의식은 반대로 존중받기를 원해. 이 전략은 특히 초반에 써먹고 나중엔 잊어버려도 돼. 적어도 처음 유혹하는 동안은 여자들은 다른 여자 전부를 경멸하는 남자가 자기만 치켜세우는 걸 좋아해. 혼자만 사랑받는 기분이 되니까. 그러니 경멸은 겉으로 드러내지 말고, 반대로 칭송은 말로 해야 해. 그러면 여자는 드디어 자기를 이해해주는 사람을 만났다고 생각하겠지! 원래 구체적으로 무슨 문제인지는 여자들한테 중요하지 않고, 아무튼 상대가 자기를 이해해준다는 게 제일 중요하거든. 만일 여자가 고귀한 슬픔에 젖은 얼굴로 남편이 자기를 이해해주지 않는다는 상투적인 말을 꺼내거든, 꼭 물어봐. 도대체 이해받는 게 뭐라고 생각하는지. 분명 어처구니없는 대답밖에 안 나올 거야.

그러니까 처음엔 칭찬을 쏟아부어. 지나칠까봐 걱정하지 않아도 돼. 여자들은 꾸역꾸역 다 삼켜낼 테니까. 허영심에 호소하는 건 좋은 미끼가 되지. 여자들이 허영심이 크냐고? 맞아, 하지만 그보다도 스스로에 대한 자신감이 없는 거야. 그러니 자신이 괜찮다는 걸 어떻게든 확인받아야 하지. 여자들은 아침에 거울을 보며 수없이 많은 결점을 찾아내. 머리카락이 푸석거리고 윤기가 없다고, 비듬이 지독히도 안 없어진다고, 모공이 너무 커졌다고, 발가락이 예쁘지 않다고, 특히 좁은 새끼발가락은 발톱도 거의 없이 기형적이라고. 그런 여자를 여신으로 만들어준다는 게 어떤 일인지 알겠지? 여자들은 자신감이 없고, 그래서 그렇게 병적으로 새 드레스를 탐하는 거야. 새 드레스를 입으면 다른 사람이 되어 환심을 살 수 있다고 믿지. 오, 손톱은 왜 그렇게 길러서 매니큐어를 바르는지, 눈썹은 왜 또 뽑아버리는지, 유행이라면 왜 그렇게 사족을 못 쓰는지! 올해는 뒤쪽 아래 커다란 구멍이 있는 치마가 유행한다는 말을 들으면, 다들 앞다투어 구멍 난 치마를 입고 맨살을 드러낼 거야. 그러니까 뭐든 칭찬을 해. 정말 눈 뜨고 못 봐줄 것 같은 작은 모자를 머리에 얹어놓았더라도 칭찬을 하라고. 여자들한테 칭찬은 새 드레스와 마찬가지로 산소 같은 거거든. 깊이 들이마셔서 새로 꽃을 피우지. 그러니까 여자에게 자신감을 주는 남자가 되어야 해. 그러면 첫 만남에서 완전하게 유혹하지 못했더라도 결국 여자는 너 없이 살 수 없게 될 거야. 아침마다 잠에서 깨어나면 널 생각할 거고, 덥수룩한 머리카락을 매만지는 동안 네가 했던 칭송의 말을 되새길 거고, 그러면서 집중력이 강해지겠지. 참고로, 가끔씩 노골적인 말을 하는 것도 좋아. 빗장을 풀어주는 효과가 있거든. 남들이 모르는 곳에 난 털의 존재를 네가 알고 있다는 걸 알게 되면, 그 털이 황금색일까 밤색일까 갈색일까 네가 상상하고 있다는 걸 알게 되면, 그 순간 여자의 방어가 약해지지.

아홉번째 전략, 일곱번째와 연결된 것, 은근한 성욕. 처음 만나는 순간부터, 너한테서 암컷 앞에 선 수컷을 느낄 수 있게 해야 해. 아주 사소하게, 그러니까 여자가 뭐라 반항할 여지조차 없게, 예법을 어긴 게 아니니까 불쾌하게 느낄 것도 없게, 아주 살짝 범하는 거야. 예를 들면 정중한 말을 하다가 사이에 갑자기 실수처럼 반말을 하고 곧 사과를 한다든가. 무엇보다도 약간의 경멸 그리고 약간의 선함, 약간의 욕망, 약간의 무관심, 약간의 잔인성, 이런 것들이 섞인 눈길을 보내는 거야. 별로 힘들지도 않으면서 효과는 아주 좋지. 간단히 말해서, 희미한 듯 무서운 눈빛, 살짝 장난스럽고 무례한, 빈정거리는 듯 평온한, 상대를 휘어잡는 눈빛. 정중하게 말하면서 은밀하게, 장난스러움과 무례함이 담긴, 은근한 친근감을 발산하는 눈빛. 그러면, 호산나! 여자의 무의식이 환호할 거야. 이 남자는 진짜 동 쥐앙이야! 날 존중하지 않아! 능숙한 사람이야! 할렐루야! 난 감미로운 혼돈에 빠졌고 이 남자한테 저항할 수 없어! 한마디로 모순덩어리인 거지. 강하지만 쉽게 상처받아야 하고, 경멸하면서 칭찬을 쏟아내야 하고, 정중하지만 성적이어야 하고. 어떤 전략이든 결국 그 반대쪽을 빛나게 하고 매력을 키워줘야 해.

한가지 더 있어, 나땅. 여자의 젖가슴을 뚫어지게 쳐다봐도 되는지 고민할 거 없어. 겉으로 말만 하지 않으면 괜찮아. 그러면 여자가 네 욕망을 짐작하게 될 거고, 그렇다고 널 나무라지는 않을 거야. 물론 말로 하면 모욕이 되겠지만. 그러니까 뭔가 점잖은 주제에 대해 이야기를 나누는 동안에도 마음속으로는 말없이 네 욕망의 성가聖歌를 부르도록 해.

그래, 가슴을 탐하는 노래를 눈으로 부르란 말이야. 오, 이토록 대단한 가슴이 내 앞에 있다니, 여인들이 누리는 영광이여, 놀라운 풍요여, 혼란스럽게, 낯설고 야릇하게, 손 닿은 적 없이, 눈앞에 있지만 다가갈 수 없이, 그저 잔인하게 보여주기만 하다니, 너무 많이 혹은 너무 조금 보여주다니. 천사 같은 둥근 가슴이여, 알 수 없는 신기한 힘을 지니고 봉긋 솟은 보드라운 제단이여, 내가 거두어들이고 싶구나. 고통스러운 경이이자 젊음의 자부심이여, 오른쪽에 하나 왼쪽에 하나, 오 너의 고통이여. 오, 친절한 누이가 건네주는, 오, 네 손에 이토록 가까이 있는 즙 가득한 과실이여.

그래, 나땅, 제발 가슴을 꺼내라고 눈으로 말해. 눈으로, 제발 꺼내라고 말하라고. 여자들이 보여주지 않으면서 사실은 보여주고 있잖아. 제대로 숨기지 못하지. 일부러 그러는 거야. 오, 잔인한 여인, 왜 그렇게 숨을 깊이 들이쉬지? 그래야 가슴이 솟아오르니까, 적당히 부푼 풍성한 가슴이, 오 저주스러운 여인, 사랑스러운 여인이여. 오 가슴을 꺼내, 죽기 전에 한번 살아보고 싶잖아, 제발 가슴을 꺼내, 숭고하게 솟아오른 유두를 해방해봐. 좀 만져보게 더 내밀어봐. 무게가 얼마나 나가는지 알 수 있게. 그 축복을 누려보게. 옷 좀 벌려봐. 이렇게 눈으로 말하는 거야. 제발, 완전무장한 화려한 옷자락, 가리면서 사실은 드러내는 그 위선의 옷자락을 좀 벌려봐. 그냥 보여주기만 해, 딱 한번만이라도. 감추지 말고 제대로 보여줘. 보라고 유혹하면서 못 보게 하는, 미치게 만드는 그 옷자락좀 치워보라고. 치워, 제발 속임수는 그만둬. 네 눈에 보이는 저 나무들과 호수는, 그러니까 저승사자가 와서 널 품에 안고 숨 막히는 축축한 왕국으로, 돌아올 수 없는 길로 데려간 이후에도, 저 나무와 호수는 영원히 남을 거야. 그러니까 빨리 입술을 달라고 해, 눈으로 말해. 그녀의 몸을 만지고, 그녀의 몸 위에 누워 그녀를 알고 싶다고. 그녀의 몸 안에서 살고 황홀하게 죽고 싶다고, 그녀의 입술 위에서 같이 죽고 싶다고 말이야.

넌 이 세상에 혼자야, 나땅, 동포 하나 없지. 나땅, 이제 그녀는 네 거야, 고결한, 햇볕 가득한 젊음이여. 오, 그녀의 매끈한 복부, 감미롭게도 배꼽 위쪽이 살짝 파였지. 오, 배가 홀쭉한 젊은 여인이여, 감미로운 다리, 오 길고 그윽하구나, 오 여인의 힘이여, 오 치워버리고 싶은 치마 밑으로 느껴지는 단단한 허벅지여, 그녀가 또 치마를 당기는군, 정말 지독한 버릇이지. 오 꽃처럼 환하게 피어난 엉덩이여, 오 고통스러운 곡선이여, 오 무릎이 있구나, 온화한 피난처여, 오 끝이 휘어 올라간 긴 속눈썹이여, 오 그녀는 곧 나른해져 복종하리라, 그대, 사랑하는 여인이여. 이렇게 눈으로 말하라고. 그래, 난 그대를 원하노라, 그대를 원하는 것이 나의 전부이노라. 그대를 향해, 그대의 옷자락 안에 감추어진, 옷자락 밑에 존재하는 비밀을 향해 다가가노라.

이 모든 걸 눈으로 말하는 거야. 아니 더 심하게 해도 돼. 말로는 점잖게 바흐 얘기를 하고 있어도 상관없어. 함께 춤을 출 땐 걱정 말고 그녀의 아름다움에 말없이 경의를 표해. 정중하게 말하기만 하면 절대 여자들의 마음을 상하게 하지 않으니 걱정 마. 미까엘이 말했지. 어차피 훌륭한 여자들은 무슨 일이 일어났는지 깊이 알려고 하지도 않아. 춤이 끝나면 다시 바흐 얘기를 할 거라고.

전화벨이 울렸다. 그는 수화기를 들어 마치 권총을 가져다 대듯 관자놀이에 댔다가 이어 귀에다 댔다.

— 아, 엘리자베스. 잘 있었소? 춤추러 가자고? 뭐, 그럽시다. 도농[104]에서 기다려요. 아니, 혼자 있지 않소. 지난번에 내가 말했잖소. 당신하고 옥스퍼드에 같이 다닌 여자. 천만에, 나한텐 당신밖에 없다는 거 알지 않소. 이따 봅시다.

그가 수화기를 내려놓고 다시 그녀를 향해 돌아섰다.

— 잘 들어, 사랑하는 나의 사촌, 열번째 전략은 경쟁이야. 처음 만난 저녁부터 지체하지 말고 여자가 알아차리도록 만들어야 해. 첫째, 널 사랑하는 다른 여자가 있다는 걸, 그 여자가 엄청나게 아름답다는 걸. 둘째, 그 여자와 사랑에 빠질 뻔했지만 이제 당신을 만났고, 오로지 당신을, 경이로운 어리석은 여인만을 사랑한다는 걸. 뭐, 그건 진실이니까. 그러면 잘될 거야. 그 여자도 다른 여자들

---

104 16세기에 지어진 빠리 마레 지구의 저택으로 19세기 이후 상업적인 용도로 사용되었다.

과 마찬가지로 남의 걸 훔쳐 오길 좋아하니까.

이제 마지막 전략, 고백. 모든 준비가 끝났으니 고백해야지. 흔해빠진 상투어를 써도 괜찮아. 목소리에 신경을 쓰고 열정을 담기만 하면 돼. 좀 굵은 목소리가 좋겠지. 여자가 자신의 공식적인 수컷 거미와 함께 살면 인생을 망치게 될 거라고, 스스로 그런 삶을 살아서는 안되는 사람이라고 느끼게 만드는 거야. 그녀는 순교자 같은 한숨을 내쉴 거야. 콧구멍으로 내쉬는 그 특별한 한숨이 무슨 뜻이겠어. 내가 그 남자와 사느라 무슨 일을 겪었는지 알아요? 당신한테 말하진 않을래요. 나는 기품 있고 더없이 신중한 여자니까요. 이런 거지. 넌 당연히, 당신은 나에게 유일한 여자요, 단 하나뿐인 여자, 이렇게 말해야 해. 여자들은 그런 걸 중요하게 생각하니까. 당신의 두 눈은 성스러운 세계로 열린 창문과 같다고 말해봐. 알아듣진 못하겠지만, 어쨌든 여자는 그 말이 너무 아름다워서 결국 두 눈을 감을 거야. 너와 함께하면 결혼의 굴레를 벗어나 살 수 있다고 믿게 될 거고. 좀더 나아가려면, 그대는 라일락 향기이고 밤의 감미로움이고 정원에 내리는 비의 노랫소리라고 말해줘. 비싸지 않은, 하지만 향이 진한 향수가 될 거야. 늙은이가 진지하게 말하는 것보다 훨씬 더 마음을 흔들겠지. 허접하기 이를 데 없는 말이라도 첼로의 선율 같은 목소리로 말하면 여자들은 다 받아들이거든. 너와 함께 있으면 영원한 육욕의 낙원이, 여자들이 강렬한 삶이라 부르는 것이 펼쳐질 거라고 느낄 수 있도록 거침없이 말해야 해. 사랑에 취해 함께 바다로 떠나자는 말도 잊지 말고. 여자들이 무척 좋아하는 말이지. 사랑에 취해 함께 바다로 떠나자. 잘 기억해. 기적같이 놀라운 효과가 있을 테니까. 가련한 여자가 전율할 테니까. 뜨거운 고장, 풍요로운 곳, 태양을 골라야 해. 간단히 말해서, 머릿속에서 육체적 관계의 쾌락과 호화로운 삶이 이어지게 해야 해. 떠난다는 말이 제일 중요하지. 여자들에겐 떠나는 게 방탕을 의미하거든. 네가 떠나자는 말을 꺼내는 순간 여자는 눈을 감고 입을 벌릴 거야. 이제 다 익었어, 넌 슬픔이라는 소스를 뿌려서 먹기만 하면 돼. 자, 끝났소. 여기, 당신 남편의 임명장이오. 남편을 사랑하시오. 예쁜 자식들도 낳아주고. 그럼, 이만, 작별합시다.

─그래요, 작별해요. 그녀가 나지막하게 말했고, 움직이지 않았다.

─가련한 늙은이로 찾아가 말도 안되는 소리를 해댄 것 기억하오? 오 그녀에게로, 날 기다리고 있을 그녀에게로, 별처럼 반짝이는 긴 속눈썹에게로 데려다줄 차 안에서 부르게 될 노래여. 오 내가 오는 것을 보는 순간 그녀의 눈빛은 어떨까. 흰옷을 입은 날씬한 몸으로, 날 위해 채비를 한 아름다운 모습으로 현관에 서서 기다리리라. 혹시 내가 늦으면 아름다움이 망가질까봐 거울을 보러 가서 여전히 완벽하게 아름다운 모습을 확인하고는 다시 현관으로 돌아와, 사랑에 취해 날 기다리리라. 현관 장미 덩굴 아래 서서 떨리는 마음으로 기다리리라. 오 감미로운 밤이여, 오 되찾은 젊음이여. 오 그녀 앞에 선 순간이 얼마나 경이로울까. 오 그녀의 눈길, 오 우리의 사랑. 그녀는 고개를 숙여 내 손에 입 맞추며 인사하리라, 오 내 손에 와 닿을 그녀의 입맞춤이여. 그녀가 고개를 들고, 우리의 눈길은 서로를 사랑하리라. 서로를 너무도 사랑하며 미소 지으리라. 그대와 나, 신께 영광.

─신께 영광. 그녀가 말했다.

그녀가 고개를 숙였고, 그녀의 입술이 주인의 손에 닿았다. 다시 고개를 든 그녀는 순결한 처녀가 되어 그를 응시했고, 태양을 바라보듯 성스럽게 황금과 밤의 얼굴을 바라보았다. 그는 그녀의 입술이 손에 닿는 순간 떨리는 입술 위로 넋 잃은 미소를 지었고, 키스를 받은 손을 들어 눈으로 가져다 댔다. 어떻게 해야 그녀에게 증명할 수 있을까? 미까엘의 주머니칼, 그걸로 찔러서 피로써 맹세할까? 하지만 턱시도가 더러워질 것이다. 그가 가진 가장 아름다운 옷이고, 또 그녀를 혼자 두고 갈아입으러 가는 것도 내키지 않는다. 할 수 없다. 주머니칼은 쓰지 말자. 그녀와 함께 있어야 한다. 영원히, 영원히, 신께 영광, 신께 영광.

그녀는 그를 바라보았고, 하지만 말은 하지 못했다. 말이 이 장엄한 순간을 망칠까 두려웠고, 입을 열면 목이 쉰 소리가 나올까 두려웠다. 경건한 믿음을 지닌 젊은 여인은 엄숙한 눈길로 넋을 잃은 채 주인을 바라보았고, 사랑의 공포로 몸을 떨었고, 입술에 번지는 행복의 통증을 느끼며 얼음처럼 차가운 얼굴로 힘겹게 숨을 쉬었다.

무도회장에서 올라오는 소리, 하와이 기타가 마지못해 내뱉는 순결한 흐느낌, 심장에서 나오는 흐느낌, 길게 늘어진 감미로운 흐느낌. 영혼을 죽이는 액체. 한없는 작별의 흐느낌. 그가 여자의 손을 잡았고, 두 사람은 밖으로 나가 천천히 내려갔다. 오 장엄한 걸음이여.

36

사랑 없이 짝을 지어 마주 선 사람들 사이에서 그들은 엄숙하게 춤을 추었고, 다른 사람들이 눈에 들어오지 않았고, 조심스레, 심오하게, 서로에게 마음을 빼앗긴 채, 서로를 음미했다. 그녀는 그가 이끄는 춤이 너무도 황홀했고, 세상이 존재하지 않았고, 혈관 속으로 행복이 흐르는 소리가 들렸다. 그녀는 벽에 붙은 전신 거울로 우아하고 감동적이며 특별한 자신의 모습을, 사랑받는 여인의 모습을 보며 감탄했고, 그의 얼굴을 잘 보기 위해 고개를 살짝 젖혔다. 그는 경이로운 말들을 속삭였고, 그녀는 그를 쳐다보느라 다 알아듣진 못했지만 온 영혼을 다해 그 말들을 맞아들였다. 그는 우리가 사랑하고 있다고 속삭였고, 그녀의 얼굴이 살짝 떨리며 희미한 웃음이 번졌다. 그렇다, 사랑에 빠진 연인이란 이런 것이다. 그가 키스하고 싶다고, 끝이 휘어 올라간 그대의 속눈썹을 축복하고 싶다고, 하지만 여기서 말고 나중에, 단둘이 있을 때 그러고 싶다고 속삭였다. 그녀는 평생 얼마든지 시간이 있다고 속삭였고, 그러다 너무 자신 있게 말한 것이 그의 기분을 상하게 했을까봐 덜컥 겁이 났고, 아니, 오 행복이여, 그는 미소를 지어 보였고, 여전히 그녀를 안은 채로, 매일 저녁, 그렇다, 매일 저녁 만날 수 있다고 속삭였다. 흔들리는 침대칸에서 그는 자신이 왜 그렇게 거칠었을까, 어쩌자고 악랄하다고까지 말해버린 걸까 자책했다. 사무차장이 마음에 안 드는 걸 어쩌겠는가, 그녀의 잘못은 아니지 않은가. 그녀도 착하고 좋을 때가 있다. 얼마 전 양복점에서 옷감을 고를 때는 정말 다정하게 관심을 쏟으며 잘 도와주었다. 지금쯤 그녀는 자고 있겠지. 그녀가 잠자는 모습은 정말 곱다. 잘 자, 여보, 그가 흔들리는 침대 위에서 속삭였고, 아내를 향해 미소를 지어 보이며 아내와 함께 잠들기 위해 눈을 감았다. 보헤미아의 오케스트라가 음악을 멈추었고, 다른 사람들이 손을 놓고 공허한 박수를 치는 동안에도 그들은 손을 잡고 있었다. 쏠랄이 눈길을 보내자 천연두 자국이 난 제1바이올린 주자 임레가 보일락 말락 공모의 미소를 건넸고, 땀을 닦았고, 장중한 음악을 연주하기 시작했다. 두 이방인은 이미 자리에 앉은 사람들의 시선을 받으며 다시 사랑의 중력으로 빨려들어갔고, 쏠랄이 준 지폐를 입에 문 임레는 팔을 크게 휘저으며 현란한 연주를 펼쳤다. 그녀는 색색의 해초처럼 흐느적대는 긴 드레스 자락을 끌며 춤을 추었고, 이따금 그와 마주 잡은 손을 놓고 머리를 매만졌고, 하지만 흡족하지 않았고, 오 할 수 없다, 잠시 후에는 코가 번들거리는 것 같았고, 오 할 수 없다, 그대로도 아름답다, 그가 그렇다고 하지 않았는가. 주군의 여인, 그녀가 천사들을 향해 미소 지으며 생각했다. 그는 잠들지 못했고, 아내가 가스를 제대로 잠갔을까 걱정했다. 그녀가 집 안에 혼자 있게 된다는 게, 마리에뜨는 한달쯤 뒤에야 다시 올 테니 아침에 가정부가 올 때 말고는 늘 혼자 있어야 한다는 게 걱정이었고, 가스 말고도 자기 전에 현관문 빗장을 걸어야 하는데 분명 잊을 테고, 아침마다 비타민을 먹어야 하는데 분명 챙겨 먹지 못할 테고, 아, 걱정할 게 너무 많았다. 그와 그녀는 뺨을 맞대고, 은밀하게, 천천히, 옆으로 돌았다. 오, 이 여인은 어찌도 이리 매력적인가, 그가 생각했다. 스코틀랜드 베레모를 쓰고 히말라야를 오르는 여인, 동물 사기 인형들의 여왕, 오 혼자 있을 때의 어설픈 미소라니, 오 일부러 멍청해 보이려고 안짱다리로 방 안을 이리저리 오가는 모습이라니. 그가 일부러 우스꽝스러운 자기 모습을 즐기듯이, 그녀 역시 천상의 얼굴에 일부러 주름을 잡으며 광대 짓을 했고, 욕조에 누워 몽상에 빠졌고, 올빼미를 친구 삼고 두꺼비의 보호자를 자처하고, 오 나의 미친 누이여. 주군의 어깨에 뺨을 기댄 그녀가 더 말해달라고 했고, 눈을 감았고, 그녀는 영혼의 벗이 비웃음과 칭송을 동시에 담아 자기를 알아주는 것이, 자기 자신보다 더 잘 알아주는 것이 행복했다. 이것이 바로 멋진 사랑, 남자의 사랑이리라. 바르바라는 아무것도 아니었고, 더이상 아무것도 아니고, 이제 초라하게 사라져버렸다. 고개를 젖힌 그녀는 그가 황금빛 반점이 있는 청록색 눈동자를 가졌음을 알았고, 그을린 피부 위의 그 눈이 눈부셨고, 그 눈이 바다와 태양을 닮았다고 생각했고, 그가 그런 눈을 가진 데 감사하며 그에게 몸을 기댔다. 공식 출장이라니, 세상에, 별도 수당이 나오고, 세상에, 기후 수당까지, 세상에, 이제 곧 조르주 쌩끄 호텔이라니, 세상에, 외교관 지위라니, 세상에. 빠리에 도착하는 대로 전화를 걸어 당부를 해야지, 가스 잠그고 빗장 걸고 덧창 닫고 비타민 먹고 등등, 아니 도착하자마자 전화하는 건 안된다, 자고 있는 걸 깨울지도 모른다. 그래,

11시까지 기다리자, 그리고 편지를 써서 한번 더 당부하자. 종이 한 장에 잊지 말아야 할 것들을 써서 번호를 매기고 빨간색 밑줄을 긋고 표로 만들어서 방에 붙여놓으라고 하자. 아니면 마리에뜨가 올 때까지 괜찮은 호텔에, 리츠 같은 데 가서 지내라고 할까. 비싸긴 하지만 할 수 없지. 그러면 혼자 집에 있지 않아도 되고 빗장 거는 걸 잊을 염려도 없다. 아니, 리츠는 안된다, 차장을 만날 수도 있는데, 안 그래도 탐탁지 않아 하는데 괜히 마주쳤다가 인사도 안할지 모른다. 춤에 실린 사랑의 속삭임. 그래요, 살아가는 내내 저녁마다요, 그녀가 말했고, 저녁마다 그를 위해 단장하는 기쁨을 생각하느라 입가에 미소가 번졌다. 매일 저녁 기적처럼 행복하리라, 현관 장미 덩굴 아래 서서 그를 기다리고, 아름다운 새 드레스를 입고 기다리고, 매일 저녁, 큰 키에 흰옷을 입은 그가 오면 달려가 그의 손에 입을 맞추리라. 아름다운 그대여, 그가 말했고, 두려울 정도로 아름다운 그대여, 그가 말했고, 눈길이 바다 안개 같은, 후광이 비치는 태양처럼 아름다운 그대여, 그가 말했고, 이어 그녀를 안았고, 그녀는 눈을 감았다. 우스꽝스럽고 매력 가득한 그녀는 두려울 정도로 아름답다는 말에 홀렸고, 태양처럼 아름답다는 말에 취했다. 왜 이렇게 못 자겠지, 그라땡 때문이야. 너무 많이 먹었어. 11시에 전화해야지, 더 일찍은 안돼, 자는 걸 깨울지 몰라. 안녕, 여보, 잘 잤어? 저녁 자리는 아주 좋았어. 우선 식사는, 캐비아하고 이하 등등 아주 많이 먹었어. 자세히 말해줄까? 그러니까 캐비아하고 에드워드 7세식 바닷가재 그라땡하고 소스에 조린 메추라기 고기하고 노루 다리 고기하고 리츠식으로 속을 채운 크레쁘까지, 그래, 전부 최고급이었어. 기적의 팔에 몸을 내맡긴 채 빙글빙글 돌아가면서 그녀는 매일 저녁 몇시에 올 거냐고 물었다. 9시에 가겠소. 그가 그

516

녀의 향기를 맡기 위해 몸을 숙이며 대답했고, 그녀는 좋다고 했고, 그녀는 자기가 죽게 된다는 것을 알지 못했다. 9시라니, 놀라워라, 8시에 긴 목욕을 하고 빨리 옷을 입으면 되겠네. 오 그를 위해 아름답게 꾸미는 일은 얼마나 매혹적일까. 도대체 나에게 무슨 일이 일어난 걸까. 조금 전 그의 방에 들어서며 몹시도 불쾌한 말을 던졌는데 지금은 오로지 저 사람밖에 존재하지 않게 되다니. 처음에 건넨 그 불쾌한 말들을 사과해야 할까? 아니, 춤을 추면서 하긴 좀 그래. 지금 말고, 이따가 설명하면 돼. 뭘 설명하지? 오, 할 수 없어, 할 수 없어. 그녀는 그를 바라보았고, 그의 눈 속에 빠져 허우적거렸다. 그라땡과 메추라기 고기를 좀 많이 먹었어, 노루 고기도, 맞아, 캐비아도 정말 많이 먹었고. 내가 맛있게 먹는다는 걸 보여줘야 했으니까, 예의의 문제잖아, 그래, 그리고 그 사람이 줄곧 입을 다물고 있으니 난 정말 먹기라도 해야 했어. 그리고 무엇보다도, 그 사람은 음식에 거의 손도 대지 않았어, 반이나 남은 음식을 웨이터가 그냥 내갈 생각을 하니까 어찌나 속이 상하던지, 너무 귀한 음식들인데. 정말 푸짐했거든, 세상에, 소스에 조린 메추라기라니, 그 귀한 송로를 잔뜩 채웠더라니까, 정말이야, 그래서 많이 먹을 수밖에 없었어. 그들은 갑자기 번져나가는 푸르스름한 미광 속에서 장엄하게 빙글빙글 돌았고, 그녀는 모르는 남자의 손을 자기 입에 가져다 대면서 자신의 대담한 행동에 뿌듯해했다. 조금 전 내가 힘에 대해, 원숭이 짓에 대해 말하는 동안 이 여인은 내 힘과 내 안에 있는 원숭이를 찬미했으리라, 그가 문득 생각했다. 할 수 없다, 할 수 없다, 우린 모두 동물인 것을 어쩌겠는가. 하지만 난 그녀를 사랑하고 난 행복하다, 그가 생각했다. 오 그대를 사랑하는 것이 이토록 경이로운가, 그가 말했다. 언제가 처음이었죠? 그녀가 용기를 내어

물었다. 브라질 연회, 그가 속삭였다. 그날 처음 보고 곧바로 사랑에 빠졌소. 비천한 인간들 틈에서 오로지 그대만이 고귀했고, 그 떠들썩한 사람들, 성공에 혈안이 되고 더 큰 힘을 향한 탐욕에 가득 찬 자들 틈에서 우리 둘만 유배지에 와 있는 것 같았고, 그대만이 나와 같았고, 나처럼 슬펐고, 도도한 표정으로, 오로지 자기 자신만을 벗 삼아, 그 누구와도 이야기를 나누지 않았고, 그대의 눈까풀이 한번 깜빡이던 순간, 그 첫 순간에 난 그대를 알아보았소, 바로 그대인 것을, 예기치 않게 나타난, 하지만 내가 계속 기다려왔던 여인, 그 운명의 밤에 내가 선택한 여인, 끝이 휘어 올라간 긴 속눈썹이 처음 깜빡이던 그 순간 내가 선택한 여인, 그대, 성스러운 부하라, 행복한 사마르칸트, 고결한 그림이 수놓인 자수여, 오 강 건너에 펼쳐진 정원이여. 너무 아름다워요, 그녀가 말했다. 세상 누구의 입에서도 나온 적이 없는 말이에요, 그녀가 말했다. 늙은이로 찾아갔을 때도 똑같은 말을 했는데, 그가 생각했고, 그녀에게 미소를 지었고, 그녀는 그 미소가 좋았다. 똑같은 말이었는데, 노인은 이가 없었고, 그대는 들으려 하지 않았지, 그가 생각했다. 오 우습구나, 오 가련하구나, 하지만 그녀는 날 사랑하고 난 그녀를 사랑하니, 내 서른두개의 뼛조각에 영광 있으라, 그가 생각했다. 그래, 말한 대로야, 체해버렸어. 어쩔 수 없었어, 그런 음식을 남길 수가 없었는걸, 더구나 리츠가 얼마나 바가지가 심한데. 참, 글쎄, 그 사람은 계산서를 보지도 않고 싸인을 했어, 그래, 단골손님들한테는 원래 계산서에 싸인을 받거든, 그렇게 해서 한달에 한번 정산을 하지, 아마 그럴 거야, 전부 얼마가 나왔는지 보지는 못했어, 그 사람 팔꿈치에 가려 안 보였거든. 여하튼 엄청나게 나왔을 텐데, 모에 브뤼뜨 앵뻬리알 로제 큰 병 하나만 해도 얼만데, 정말이야, 최고급이었거든,

겨우 따기만 하고 그대로 남기다니, 그래도 당연히 다 계산서에 올라가지, 마셨건 안 마셨건, 먹었건 안 먹었건 말이야. 거기다 더 기가 막힌 건 지배인한테 100달러짜리를 팁으로 주더라니까, 그래, 그 사람한테 100달러쯤은 대수롭지 않은 거지, 정말이야, 내가 봤어, 내 눈으로 직접 봤다니까, 원 헌드레드 달러였어, 어찌나 놀랍던지, 100달러라니, 그만한 돈을 그렇게 쉽게 쓸 수 있다니, 그래, 워낙 많이 벌기는 하지만, 아무리 그래도 그렇지, 어쨌든, 그래서 내가 에드워드 7세식 그라땡을 전부, 아니 거의 전부 먹었어, 크레쁘도 조금 많이 먹었고, 그랬더니 소화가 안돼서 고생했지, 신물이 넘어오더라니까. 다행히 중탄산염을 챙겨 왔지, 여행 갈 때 챙길 물건을 미리 목록으로 만들어놓은 건 탁월한 생각이었어, 그렇게 하니까 빠뜨릴 일이 없잖아. 다른 사람들은 사랑에 빠지려면 몇주가 걸리고, 그나마도 제대로 사랑하는 것도 아니고, 대화를 나누고 공통의 취향을 발견하고 감정이 결정結晶될 때까지 기다려야 하잖소. 하지만 난 눈까풀 한번 깜빡일 시간이면 충분했소. 날 미치광이라고 불러도 좋지만, 내 말은 믿어주시오. 그대 눈까풀이 한번 깜빡일 시간, 나를 쳐다본 건 아니었지만 내 쪽으로 눈길을 보냈을 때, 그 순간은 영광이었고 봄이었고 태양이었고 따스한 바다였고 되찾은 젊음이었소. 그렇게 세상이 생겨났지, 난 알 수 있었소, 그대 이전의 그 누구도, 아드리엔도 오드도 이졸데도, 찬란했던 나의 젊음을 거쳐간 그 어떤 여인도, 결국은 그대가 올 것을 예고했을 뿐이고 그대를 섬기기 위해 존재했을 뿐이오. 그렇소, 그대 이전에 그 누구도 오지 않았고, 그대 이후에 그 누구도 오지 않을 거요. 성스러운 율법서, 유대교회당에서 앞을 지나갈 때 내가 입을 맞추는, 황금과 벨벳으로 장식된 그 율법서를 두고, 내가 믿지는 않지만 더없이 자랑스러운 마음으로 경배하는 나의 신, 이스라엘의 신, 그 이름과 말씀을 들으며 내가 뼛속까지 전율하는 신의 성스러운 계율을 두고 맹세하겠소. 중탄산염 먹으려고 침대칸 종업원한테 에비앙 생수 작은 거 하나 달라고 했어, 참 편해, 밤 몇시든 상관없이 무슨 일이든 다 시킬 수 있거든. 그냥 벨을 누르기만 하면 돼, 물론 나중에 내릴 때 팁을 줘야지, 하지만 그럴 만해. 중탄산염을 세번 먹었어, 속이 쓰리고 신물이 넘어왔으니까. 정말 대단한 식사였지. 물론 중요한 건 그게 아니지만, 저녁 자리는 처음부터 아주 좋았어. 내내 활기찬 대화가 오갔고 나도 아주 편안했어. 프루스뜨, 카프카, 삐까소, 페르메이르, 그래, 일부러 얘기를 꺼낸 건 아닌데 그렇게 됐어. 페르메이르 얘기를 할 때는 내가 제대로 실력을 발휘했지, 그의 삶, 성격, 주요 작품, 그리고 전문적인 비평과 미술관에 쓰여 있는 말까지 다 동원했거든, 내가 꽤 조예가 깊다는 걸 알아챘을 거야. 부드러운 불빛 아래 식탁에 앉은 그들은 서로를 바라보며 미소를 지었고, 세상에 오로지 그들만이 존재했다. 그를 바라보는 동안 그녀는 손가락을 그의 눈썹에 대고 그 곡선을 따라 그려보고 그의 가느다란 손목을 잡아 느껴보고 싶었지만, 사람들이 보는 데서 그럴 수는 없었다. 그녀는 그를 바라보며, 그가 거역하기 힘든 손짓으로 지배인을 부르는 모습을 바라보며 경탄했다. 뚱뚱한 지배인이 날듯이 가볍게 달려와 매혹에 빠진 얼굴로 그의 말을 듣더니 얼음 통에서 포도주를 꺼냈고, 마치 아이를 돌보는 어머니처럼 정성스레 냅킨으로 싸서 코르크 마개를 따고는 성찬식의 포도주를 따르는 사제처럼 잔 두개를 채웠고, 뒷짐을 지고 주의 깊은 눈으로 모든 것을 살핀 뒤 정중한 태도로 물러났다. 그동안 임레가 오케스트라를 이끌고 승리자처럼 당당하게 고개를 흔들며 천박한 탱고를 연주했고, 자리에 앉아 있던 남녀들이 하나둘 고결한 감정에 휩싸여 몽상의 아름다운 푸른 강으로 올라갔다. 그녀는 그를 바라보았고, 일본 대표단장의 인사를 받고도 별 미동이 없는 그의 모습에 경탄했고, 일본 대표단장은 사랑하는 비서의 허벅지에 조심스럽게 슬개골을, 이어 대퇴골을 가져다 대며 홀 안을 돌았고, 기쁨에 취한 비서는 시적인 미소를 지었다. 그녀는 그의 모든 것이, 소맷자락의 두꺼운 실크까지도 경탄스러웠다. 개코원숭이와 똑같군, 그가 생각했고, 하지만 무슨 상관이란 말인가, 어쨌든 그는 행복했다. 손을 주시오, 그가 말했다. 고귀한 노예가 된 그녀가 손을 내밀었고, 그 순간 자기의 손이 너무도 아름답다고 생각했다. 손을 움직여봐요, 그가 말했다. 그녀가 그의 말대로 했고, 그가 기쁨의 미소를 지었다. 훌륭하다, 손은 살아 있다. 아리안, 그가 말했고, 그녀는 눈을 감았다. 오, 이제 그들은 친밀한 사이가 되었다. 그런데 말이야, 워들도 리츠에 와 있었어, 누군지는 모르겠는데 아무튼 꽤 잘나가는 사람하고 식사를 하고 있더라고, 적갈색 머리에 키가 큰 게 아마 영국 대표단이었을 거야, 돌아가면 카나키스한테 물어봐야지. 워들은 배경이 아주 든든한 자거든, 당연히 특별 비서관이지, 정말로 아무 일도 안하는 자리야, 게다가 생활 방식도 역시 특별하지, 무슨 말인지 알겠지? 대단한 속물이란 말이야. 내가 사무차장과 식사를 하면서 심지어 친구처럼 다정하게 담소를 나누는 걸 보고 나자빠졌을걸? 두고 봐, 워들이 얼마나 수다스러운데, 내일이면 국제연맹에서 모르는 사람이 없을 거야. 우리 베베 전하께서도 새파랗게 질리겠지. 다들 날 질투하느라 난리일걸, 오브 코스, 하지만 뭐, 이제 나도 제대로 폼을 잡을 수 있게 되는 거니까. 그가 일어서며 선물을 가져오겠다고 했다. 그녀는 입술을 모아 내밀며 살짝 샐쭉거렸다. 그녀가 잘 짓는 뾰로통한 표정을 그에게 처음 보여준 것이다. 빨리 와요, 그녀가 말했고, 그가 나가는 모습을 지켜보았고, 오케스트라에서 악기용 톱이 마치 사람 목소리 같은, 미쳐버린 여인의 부드러운 목소리 같은 혹은 버림받은 쎄이렌의 목소리 같은 절망의 선율을 쏟아내는 동안 그녀는 그가, 이 땅에 남은 유일한 행복인 그가 멀어지는 것을 바라보았다. 끝이 휘어 올라간 속눈썹을 한번 깜박거리는 순간에 선택된 여인, 그가 말했지. 내 속눈썹이 예쁘긴 해, 그녀가 중얼거렸다. 그러다 갑자기 눈을 찌푸렸다. 그날 브라질 연회 때 무슨 드레스를 입었지? 맞아, 검은색 긴 드레스. 그녀는 안도의 한숨을 내쉬었다. 다행히 빠리 디자이너의 옷이었다. 그녀는 잘 어울리는 그 드레스를 입은 자신의 모습을 그려보며 미소를 지었다. 식사를 하면서 계속 신나게 대화했어, 워들이 계속 힐끗거리더군, 놀라서 숨이 턱 막혔을걸? 받아들이기 힘들었겠지, 안 그래? 그 사람은, 그래 차장 말이야, 정말 멋지고 기품 있고 아주 정중했어, 메뉴를 고를 때도 내 의견을 물었고, 그다음에도 계속 그랬어, 말할 수 없이 매력적인 사람이야, 묵주를 만지작거리는 모습도 멋졌지, 아마 오리엔트 지역 사람들의 습관일 거야. 있잖아, 집에 가면 나도 그 사람이 입은 것 같은 흰색 턱시도를 맞출까봐, 요새 여름용이 유행이거든, 그 사람이 잘 알지 않겠어? 그가 선물을 내려놓았다. 그의 에메랄드 묵주, 반지들, 쏨브레로[105]를 쓴 아기 곰이었다. 그대를 위한 거요, 흥분한 그가 기쁨으로 떨며 말했고, 그 모습에 그녀는 모성의 연민을 느꼈다. 그녀는 핸드백을 열었고, 금과 백금이 섞인, 남편이 선물해준 아름다운 담뱃갑을 건네주었다. 가져요, 그녀

---

[105] 에스빠냐와 중남미에서 쓰는 챙 넓은 펠트 모자.

가 말했고, 그가 담뱃갑을 자기 볼에 가져다 대며 미소를 지었다. 선물을 주고받은 그들은 행복했다. 디저트를 먹고 나서 차장 방으로 올라갔는데, 세상에, 당신도 봤어야 해, 최고급 가구들에 정말 멋진 응접실이었어, 개인 시종이 커피를 내왔고, 카나키스 말로는 그 시종이 운전도 한다더군. 내가 계획 중인 글에 대해 얘기했더니 상당히 관심을 보였어. 동 쥐앙에 관한 소설인데, 내가 좀 생각해놓은 게 있거든, 당신한테도 말해줄게. 동 쥐앙에 대해 근사한 주제들을 찾아서, 사전 경멸, 그리고 왜 동 쥐앙이 그렇게 미친 듯이 여자를 유혹하려 하는지, 그래, 다 설명해줄게, 좀 복잡해, 하지만 새롭고 독창적일 거야. 그 사람은 내 말에 제대로 귀를 기울였어, 질문도 하면서, 나와 각별한 사이가 된 거지, 아주 친해졌다니까, 내 이름을 직접 부르며 말을 놓기도 했지, 정말이야, 내가 아주 제대로 해낸 거야, 그 사람이 베베가 아니라 이 아드리앵 됨 나리한테 친하게 말을 놓는다니까! 게다가, 글쎄, 인도 대표단장의 아내를 사랑한다는 고백까지 했어, 분명하게 말하진 않았지만 몇가지 작은 정보를 듣고 알아챌 수 있었지, 분위기가 어땠는지 알겠지? 중간에 얘기가 좀 이상해지긴 했어, 그 사람이 아름다운 인도 여인을 유혹하지 않겠다고 했고, 내가 왜 그러냐고 그냥 하라고 부추겼거든. 인도 대표는 별로 대단치 않은 인물이라 차장이 원한다면 오쟁이 지게 만들어도 돼. 메스꺼운 왈츠를 추면서 그들이 주고받는 사랑의 속삭임. 그녀를 향해 고개를 숙이고 그녀의 향기를 맡으면서 그가 그녀에게 말해보라고, 목소리를 듣고 싶다고 했다. 두 사람의 영혼이 하나가 된 취기에서 깨어난 그녀가 놀랍도록 거대한 그를 향해 온순한 암캐 같은 눈을 들었고, 그의 아름다운 치아를 올려다보며 경탄했다. 특별한 말을 해봐요, 그가 말했다. 우리 둘, 그의 앞니와 송곳니에 넋을 잃은 그녀가 말했다. 더 해봐요, 그가 말했다. 내 눈은 지금 황홀해하죠, 그녀가 미소를 지으며 모르는 남자의 품에 더욱 바싹 다가갔다. 그런데 갑자기 호텔 안내인한테 아름다운 인도 여인을 올려 보내도 되냐고 전화가 온 거야. 불상사가 일어난 거지. 난 지체 없이 나서서 영국 건 메모 때문에 급히 국제연맹에 가봐야 한다고 말했어. 그 메모, 내가 지난번에 말한 거 있잖아, 양이 워낙 많아서 다 못 끝냈거든, 그동안 할 일이 너무 많았잖아. 그랬더니 그 사람이 말리더라고, 국제연맹에 가지 말고 그냥 있으라면서, 예의상 하는 말이었지, 그렇잖아, 그래서 이번에는 명을 어길 수밖에 없다고 우겼어, 내가 자리를 비워주니까 좋아하는 것 같았지. 더 해봐요, 그가 말했다. 떠나요, 우리 둘이, 라고 말하며 그녀는 기사의 어깨에 고개를 얹었고, 두 사람은 그렇게 천천히 돌며 춤을 추었다. 어디로 가고 싶소? 그가 물었다. 멀리, 그녀가 탄식하며 말했다. 내가 태어난 곳으로 가겠소? 이 사람이 태어난 곳, 그녀가 행복을 그려보며 미소를 지었다. 좋아요, 당신이 태어나서 다행이에요. 언제 떠날까요, 우리 둘이? 그녀가 물었다. 오늘 아침, 그가 말했다. 비행기에 우리 둘만 타고 오후면 당신과 나는 케팔로니아에 가 있을 거요. 그녀가 눈까풀을 깜박이며 그를 바라보았고 기적을 바라보았다. 오늘 오후면 손을 잡고 바다를 보리라, 그녀는 숨을 들이마셨고, 바다 냄새와 바다가 풍기는 삶의 냄새를 맡았다. 사랑에 취해 함께 바다로 떠나기, 그녀는 자신에게 주어진 도피처에 고개를 기댔고, 빙글빙글 돌며 미소를 지었다. 그래서 인도 여인과 마주치지 않으려고 비상문으로 나왔어, 워낙 큰 방이라 비상문이 있었거든. 그런 다음에 급히 택시를 타고 국제연맹으로 갔고, 걸작품을 만들어 그 사람한테 남겨주고 왔지. 활활 타오르는 영감을 받아 기가 막히게 훌륭한 개요문을 써냈고 거기다 그럴싸한 견해까지 덧붙였으니까. 내 미래를 건설하는 기분으로 아주 열심히 했거든. 상당히 정치적인 견해들, 반향, 완곡한 표현, 암시, 이하 등등, 한마디로 말하자면, 난 기회를 제대로 잡은 거야, 놀라운 사건이지. 첫째, 훌륭한 견해서를 써냈으니까 다들 내 실력을 알게 될 테고, 둘째, 사랑하는 여자하고 단둘이 보낼 수 있게 해줬으니 차장이 나한테 신세를 진 셈이라 고마움과 우정을 느낄 수밖에 없고, 셋째, 라스트 벗 낫 리스트, 직속상관을 건너뛰고 직접 고위급 인사를 위해 일을 했으니까, 그건 말이야, 고위층과 직접적인 관계를 맺은 거잖아, 베베라도 할 말이 없지, 그게 바로 핵심이야, 알아, 오, 만만치 않은 자로군, 아드리앵이란 인간, 아주 제대로 해내고 있어. 인심 후한 고객의 부름에 임레가 테이블로 다가왔고, 하지만 자유인 임레는 서두르지 않고 여기저기 걸음을 멈추면서 왔고, 그들의 자리 앞에서 바이올린 활을 들어 인사를 한 뒤 신나게 즉흥연주를 시작했다. 처음에는 격정적이던 선율이 중간중간 대귀족처럼 느긋해지고 애달파지며 절대적인 사랑을 추구했고, 바이올린에 볼을 바짝 대고 성적 쾌감에 젖은 듯 두 눈을 지그시 감은 임레는 악기에서 흘러나오는 스러져가는 사랑의 선율에 취했다. 그만 깨, 임레, 연주도 그만 끝내고. 쏠랄이 말했다. 임레가 그렇게 했고, 하지만 마지막까지 바이올린 현을 몇번 손가락으로 튕기는 것을 잊지 않았다. 임레, 잘 들어, 난 이 부인을 납치할 거야. 보헤미아의 악사가 단호한 몸짓으로 움직이기 시작한 활이 천천히 현 위를 미끄러지면서 새로운 소식을 환영했고, 임레는 흥미로운 여인을 향해 몸을 숙여 인사했다. 그는 턱으로 바이올린을 받친 채 활로 자기 콧수염을 말아 올리면서 고귀하신 부인께서 원하시는 게 있냐고 물었다. 가장 아름다운 왈츠를 연주해, 쏠랄이 말했다. 물론입니다! 임례가 말했다. 그런데 한가지 문제가 있었어, 완성한 걸작품을 리츠로 가져가서 직접 건네줄 수가 없잖아, 아쉬웠지, 그랬더라면 더 친해질 수 있었을 텐데. 하지만 당연하지, 방해할 수는 없잖아, 사랑하는 다정한 여인이 와 있는데. 그래서 개요문과 견해서를 내부 검토용 봉투에 넣어서 수신인 이름을 쓰고 봉한 다음 '수신자 외 열람 금지' 라벨을 붙였어. 그러고도, 좀더 확실하게 하느라, 결재 서류함에는 넣지 않았어. 베베가 여기저기 뒤지고 다닐지도 모르고, 내가 차장한테 뭘 보내는지 궁금해서 열어볼 수 있으니까. '수신자 외 열람 금지' 라벨을 붙여놓았는데도, 아니 그걸 붙여놓았기 때문에 더 열어보고 싶겠지. 보나 마나, 워낙 샘이 많은 작자니까 분명 빼돌릴 거야. 하지만 나라고 바보같이 그냥 당하고 있겠어, 시치미 뚝 떼고 쏠니에, 그러니까 차장 집무실 수위가 관리하는 서류함에다 살짝 넣어두고 왔지. 아무도 못 보고 알지도 못할 거야, 베베가 가로챌 위험이 없는 거지. 뭐, 정당방위잖아. 장중한 욕망에 몸을 내맡긴 그들은 하늘을 도는 별처럼 홀 안을 돌았다. 케팔로니아엔 어떤 나무가 있죠? 부유한 가문의 딸로 자연의 아름다움을 감상할 줄 아는 그녀가 물었다. 그가 다른 곳을 쳐다보며 다른 여인들에게도 수없이 불러주었던 나무들의 이름을 읊어 내려갔다. 실편백나무, 오렌지나무, 레몬나무, 올리브나무, 석류나무, 씨트론나무, 도금양나무, 유향나무. 아는 이름이 다 나온 뒤에도 계속 이어갔고, 마음대로 지어내서 레모넬라나무, 튜바나무, 씨르까시아나무, 미로보란나무, 심지어 뽀쁠리에나무까지 알려주었다. 황홀경에 빠진 그녀는 신기한 나무들에서 풍기는 바닐라 향을 들이쉬었다. 그래, 내일 아침에 전화해서 혹시라도 차장을 만나거든 상냥하게 대하라고 말해둬야겠어.

내 말 들어봐, 여보, 혹시 카나키스 부부가 초대하거든 말이야, 그럴 확률이 높아, 우리가 초대했던 데 답례를 해야 할 테니까. 그런데 혹시라도 차장이 올지 모르니까, 지난번에 카나키스가 그리스 대사하고 같이 차장을 초대하고 싶다고 했었거든, 카나키스도 꾀가 있으니까, 차장한테 너무 싫은 내색 하지 마, 얘기 좀 나누고, 많이 할 수 있으면 더 좋고, 아무튼 상냥하게만 해, 매력적이면 더 좋고. 차장이 나한테 정말 잘해줬어, 장담하는데 이제 1년 뒤면 나도 자문관이 될 거야. 정말 운이 좋은 거지, 그렇잖아, 그가 미소를 지으며 배꼽 위의 사마귀를 흐뭇한 눈으로 바라보았고, 좁은 잠자리 안에서 몸을 웅크리고 코를 베개에 파묻으며 공식적인 행복으로 실어 가는 공짜 일등 침대칸을 음미했다. 단 위에 올라선 임레가 땀을 흘리며 일부러 수심에 잠긴 표정을 지었고, 옆에서 제2바이올린 주자가 짧고 비굴하게 기계적인 연주를 이어가며 상사가 멋지게 소리를 높이기를, 절정부에 이르러 턱을 들고 화려한 연주를 뽐내기를 기다렸다. 그녀는 빙글빙글 돌면서 주네브에서 여름옷을 살 시간이 없겠다고 속삭였고, 그 섬은 여름에 굉장히 더울 텐데, 멋진 분과 함께 지내자면 적어도 하루에 두번은 갈아입어야 할 텐데 걱정했다. 케팔로니아 농부 아낙들의 옷이 당신한테 잘 어울릴 거요, 그가 말했다. 그녀가 감탄했다. 이 남자는 뭐든지 다 알고 있고 다 해결한다. 서른여섯벌을 삽시다, 그가 말했다. 서른여섯벌, 오 놀라워라, 너무도 멋진 남자! 어떤 집에 머물 거죠? 그녀가 물었다. 보랏빛 바다가 보이는 흰색 집, 그가 말했다. 집안일은 늙은 그리스인 하녀가 전부 해줄 거요. 전부, 그녀가 기뻐하며 그의 품에 더 다가갔다. 감동적일 정도로 우아한 자태로, 떨어지는 눈송이처럼 가볍게 돌면서, 그녀는 한번 더 고개를 들어 높이 달린 거울 속

에서 춤추는 자기 모습을 바라보았다. 주군의 여인, 빨간색과 검은
색으로 수놓은 시골 아낙의 옷을 입은 우아한 여인, 맨발에 늙고
친절한 그리스인 하녀의 시중을 받으며, 너무도 아름다운 섬에서,
도금양나무와 유향나무와 씨르까시아나무가 가득한 섬에서 사는
여인.

37

그날밤, 그들의 첫날밤, 그녀가 보여주고 싶어 했던 작은 거실, 정원을 향해 열린 창문 앞에 서서, 그들은 별들이 반짝이는 밤의 공기를 들이마셨고, 나뭇잎들이 자그맣게 바스락거리는 소리를, 사랑의 속삭임을 들었다. 벨벳처럼 보드라운 피가 혈관을 흐르는 동안 그들은 손을 꼭 잡고 숭고한 하늘을 응시했고, 저 높이 그들의 사랑을 축복하는, 파르르 떨리는 별들 속 자신들의 사랑을 응시했다. 영원히, 그를 집으로 데려왔다는 사실에 덜컥 겁이 난 그녀가 나지막하게 말했다. 나무 안에서 나이팅게일 한마리가 모습을 드러내지 않은 채 행복의 공모자가 되어 격정적이면서도 애절한 노래를 불렀고, 그녀는 그들의 사랑을 목 놓아 외치는 이름 모를 새와 함께하기 위해 그의 손을 잡은 손에 힘을 주었다. 갑자기 새가 노래를 멈췄고, 그렇게 무수한 밤의 침묵이 찾아왔고, 이따금 귀뚜라미의 떨리는 울음소리가 들렸다.

그녀가 살며시 손을 놓았고, 고결하고 우스꽝스럽고 순결한 처녀의 자태로 피아노에 다가갔다. 그를 위해, 처음으로 단둘이 보내는 시간을 바흐의 성가로 축성하기 위해, 연주를 하고 싶었던 것이다. 그녀는 흰색과 검은색의 건반 앞에서 고개를 숙인 채로, 이제 곧 나오게 될 소리에 경의를 표하며 잠시 앉아 있었다. 그녀가 그렇게 등을 돌리고 있는 사이 그는 원탁에 놓인 은제 손잡이 거울을 들었고, 그녀가 사랑하는 남자의 얼굴을 바라보며 미소를 지었다. 오, 완벽한 젊음의 치아여.

오 눈부신 치아여, 오 살아가는 행복이여, 오 사랑에 빠진 젊은 여인과 그녀가 제물로 바치는 지루한 음악이여. 그녀는 신의 발현을 목격하기라도 한 듯 확신에 찬 표정으로, 경건하게, 그를 위해 연주했다. 순결한 연주가 이어지는 동안 피아노 의자에 앉은 그녀의 풍만한 엉덩이가 움직였고, 그의 마음이 움직였고, 그에게 약속된 엉덩이가 부드럽게 흔들렸다.

그는 그녀를 바라보았고, 그녀가 부끄러워한다는 걸, 제대로 자각하지는 못하겠지만 조금 전 리츠에서 너무 바짝 붙어 춤을 추었기 때문에, 바다로 떠나는 것에 황홀해했기 때문에, 부끄러워한다는 걸, 그리고 이 거실로 들어와서는 부끄러웠던 행동을 갚아줄 속죄를 막연하게 원하고 있다는 걸 알았고, 알기에 속상했다. 속죄, 하늘을 바라보기, 영원히, 순결하게 손을 잡기, 리츠에서는 그의 몸에 바짝 달라붙어 있었으면서, 여기선 사람들이 호들갑 떨며 좋아하는 지겹도록 진부한 나이팅게일의 노래를 듣다니. 속죄, 성가, 갑자기 솟아오른 사랑을 정화하기 위해서, 그 사랑에 영혼을 담기 위해서, 자신이 영혼으로 충만함을 확인하기 위해서, 그러고 나서 후회 없이 육체의 쾌락에 빠져들기 위해서.

마지막 화음을 누른 그녀가 건반을 내려다보면서 사라진 선율에 경의를 표하면서 그대로 앉아 있었다. 그 시간, 하늘에서 땅으로 내려오는 그 시간이 흐른 뒤 그녀가 돌아보았고, 그는 희미하게 번지는 근엄한 미소로 다시 사랑을 확인해주었다. 조금 어리석은 여인이여, 그가 생각했다. 몸을 일으킨 그녀는 그의 곁에 놓인 색 바랜 실크 소파에 앉고 싶은 욕망을 억누르며 안락의자에 앉았고, 그가 바흐의 성가에 대해 말하길 기다렸다. 정원에서 야행성인 딱따구리 소리가 들렸다. 쏠랄은 바흐를 싫어하기 때문에 말이 없었고, 그녀는 바흐의 음악이 너무 좋아서 그가 차마 말로 표현하지 못한다고 생각했다.

그녀는 침묵이 두려웠고, 날렵하고 큰 키에 흰색 턱시도를 입은 그의 모습이 너무도 우아했고, 그녀는 발을 꼬면서 드레스 자락을 내린 뒤 시적인 자세로 앉아 꼼짝하지 않았다. 그대여, 환심을 사려고 애쓰는 여자의 모습이 측은하고 애처롭고 숭배하듯 바라보는 눈길이 불편해진 그가 시선을 떨구었고, 그의 눈가에 난 상처를 본 그녀가 전율했다. 오, 저 눈까풀에 입을 맞추어 상처를 지우고 용서를 구해야 할까. 그녀는 완벽한 목소리를 위해 목을 가다듬었다. 하지만 그가 미소를 지었고, 그녀는 일어섰다.

그녀가 드디어 그의 옆에 앉았고, 황금빛 반점이 있는 그의 눈으로, 그녀의 안식처인 어깨로 다가갔고, 드디어 그가 그녀를 안았다. 그녀는 그의 얼굴을 더 잘 보기 위해 고개를 젖혔고, 다가온 그녀의 얼굴에서 꽃송이가 피어나듯 경건하게 입술이 열렸고, 고개를 젖히고 눈빛이 꺼진 그녀가 황홀경에 빠진 성녀처럼 행복에 젖었다. 성가와 나이팅게일이 끝났군, 그가 생각했다. 이제 견고해진 거야, 영혼을 채웠으니까, 이렇게 생각하며 그는 자기 안에 있는 악마를 원망했다. 그래, 물론이지, 만일 앞니 네개가 없었다면 당연히 온 마음을 바친 영원히도, 나이팅게일도, 성가도 없었다. 아니면, 치아가 다 있다 해도 만일 허름한 옷을 입은 실업자였다면, 영원히, 나이팅게일, 성가는 없었으리라. 나이팅게일과 성가는 가진 자들의 전유물이다. 어쩌겠는가, 사랑하는 여인인 것을, 그만, 그만, 남의 마음을 읽어내는 자여, 저주받으라!

색 바랜 실크 소파, 레리 고모의 소파에 앉아 입을 맞추며 그들은 서로를 음미했고, 눈을 감고 천천히 깊게 빠져들었고, 조심스럽게 끝없이 음미했다. 이따금 그녀가 그를 보기 위해 그리고 그를 알기 위해 입을 뗐고, 경탄 어린 강렬한 눈길로 그를 바라보며 마음속으로 러시아어, 바르바라를 위해 배운 언어, 이제 한 남자에게 자신이 그의 아내임을 말하기 위해 쓰이는 언어로 뜨바야 제나[106]라고 말했다. 모르는 남자의 얼굴을 두 손으로 감싸고 마음속으로 말하면서 그녀는 그에게 다가가 자신을 내맡겼다. 밖에서는 수고양이 한마리가 암컷과 함께 목 쉰 소리로 사랑의 노래를 불렀다. 뜨바야 제나, 그녀가 그의 것임을, 그의 것이고 그에게 종속되었음을

---

106 '당신의 여자'라는 뜻의 러시아어.

잘 느끼기 위해, 더 겸허하게 느끼기 위해, 맨발의 농부 아낙이 되어 흙냄새를 맡으며 원초적으로 느끼기 위해, 그녀가 그의 여자이며 첫눈에 몸을 굽혀 그의 손에 입을 맞춘 하녀임을 느끼기 위해, 그녀가 마음속으로 말했다. 뜨바야 제나, 그녀는 다시 자신을 내맡겼고, 그들은 혹은 젊음의 열기에 휩싸여 격정적으로, 혹은 짧게 반복적으로, 혹은 사랑의 정성을 쏟으며 천천히, 그렇게 키스를 했다. 키스를 멈추고 서로를 바라보며 미소를 지었고, 숨을 헐떡이며, 촉촉이 젖어, 다정한 연인이 되어, 질문을 주고받았고, 그렇게 끝없이 이어졌다.

끝없이 이어진 성스럽고 어리석은 말들이여, 경탄스러운 노래여, 죽음이 기다리는 가련한 인간들이 누리는 기쁨이여, 영원한 이중창, 이 땅을 비옥하게 만드는 불멸의 이중창이여. 그녀가 사랑한다고 말하고 또 말했고, 기적과도 같은 답을 알고 있으면서 사랑하느냐고 그에게 묻고 또 물었다. 이어 그가 사랑한다고 말하고 또 말했고, 기적과도 같은 답을 알고 있으면서 사랑하느냐고 그녀에게 묻고 또 물었다. 사랑의 시작은 원래 이런 것이다. 다른 사람들의 눈에 단조롭기 이를 데 없지만, 당사자들한테는 너무도 중요한 것이다.

그들은 지치지 않는 이중창으로 사랑한다고 말했고, 가련한 말들이 그들을 흥분시켰다. 서로 붙어 앉아 서로에게 미소를 혹은 살짝 행복 어린 웃음을 지었고, 서로의 입술을 맞댔고, 기적 같은 행복의 소식을 전하기 위해 입술을 뗐고, 이내 입술의 일, 격렬하게 서로를 찾아 헤매는 혀의 작업이 다시 시작되었다. 입술과 혀가 하나 되는 일, 젊음의 언어여.

오 사랑의 시작, 막 시작하는 사랑의 키스, 운명의 낭떠러지여,
오 이제는 모두 고인이 된 근엄한 세대로부터 전해진 소파 위에서
막 시작하는 사랑의 키스여, 입술에 새겨진 죄악이여, 오 아리안
의 눈, 하늘을 향한 성녀의 눈, 신앙심 깊은 여인의 감긴 눈, 아무것
도 모르는, 하지만 한순간에 능숙해지는 그녀의 혀. 그녀는 키스가
끝난 뒤에도 입을 다물지 않았고, 그를 보기 위해 그리고 그를 알
기 위해, 이 낯선 남자, 인생의 남자를 보기 위해 그를 뒤로 밀었다.
당신의 여자, 난 당신의 아내예요, 뜨바야 제나, 그녀가 더듬거리
며 말했고, 그가 뒤로 물러서는 척했고, 그녀가 매달렸다. 가지 말
아요, 그녀가 더듬거렸고, 그들은 삶을 위해 서로를 마셨다. 하나가
된 둘의 삶을 위해.

오 사랑의 시작이여, 오 입맞춤이여, 오 남자의 입에서 맛보는
여자의 쾌락이여, 젊음의 체액, 갑자기 멈추고, 흥분해서 서로를 바
라보고, 서로를 알아보고, 뺨과 이마와 손 위에 쏟아지는 애정 어린
키스여. 말해봐요, 이건 신의 뜻이죠? 그렇죠? 넋이 나간 그녀가 미
소 지으며 물었다. 말해봐요, 날 사랑하나요? 말해봐요, 나만 사랑
하는 거죠? 그렇죠? 다른 여자는 아무도 사랑하지 않는 거죠? 그녀
가 물었고, 그의 마음을 얻기 위해, 더 많이 사랑받기 위해, 황금빛
억양으로 물었다. 그러고는 모르는 남자의 손에 입을 맞추었고, 그
의 어깨를 만졌고, 천상의 아름다움을 담은 샐쭉거리는 입술로 사
랑하기 위해 그를 밀어냈다.

오 사랑의 시작이여, 사랑을 시작하는 키스의 밤이여. 그녀는 잠시 그를 혼자 두고 방에 올라가서 그에게 줄 선물을 가져오고 싶었다. 하지만 어떻게 그를, 이 눈을, 이 짙은 입술을 두고 갈 수 있단 말인가. 그가 그녀를 안았고, 세게 안아서 그녀가 아팠고, 아픈 게 좋았고, 그녀는 한번 더 자신이 그의 여자라고 말했다. 당신의 여자, 당신의 아내예요, 그녀는 미친 여자처럼 영광스러워하며 말했고, 밖에서는 나이팅게일이 여전히 멍청한 노래를 불렀다. 그의 여자가 된 기쁨으로 그녀의 두 뺨이 눈물로 환해졌고, 뺨 위를 흐르는 눈물에 그가 입을 맞췄다. 아니, 입에 해줘요, 그녀가 말했고, 키스해줘요, 그녀가 말했고, 그렇게 두 사람의 입이 하나가 되며 격렬해졌고, 그녀가 다시 그를 바라보기 위해 고개를 젖혔다. 나의 대천사, 치명적인 매력, 그녀는 자기가 무슨 말을 하고 있는지 알지 못한 채 말했고, 멜로드라마처럼 천박한 미소를 지었다. 대천사와 치명적인 매력, 원한다면 얼마든지, 하지만 대천사와 치명적인 매력은 결국 치아 서른두개를 다 가지고 있기 때문임을 잊을 수 없으니, 그가 생각했다. 하지만 그대를 사랑하니, 서른두개의 치아를 찬양하라, 그가 생각했다.

오 사랑의 시작이여, 젊음의 입맞춤, 사랑의 요구, 터무니없고 단조로운 요구. 사랑한다고 말해요, 그가 말했고, 그녀의 입술을 더 강하게 좇아 그녀에게 몸을 기댔고, 한쪽으로 몸을 기울였고, 그녀의 무릎이 다가왔고, 남자 앞에서 그녀는 다시 무릎을 오므렸다. 사랑한다고 말해요, 중요한 요구를 포기 못한 그가 다시 말했다. 그래요, 그래요, 그녀가 대답했고, 다른 대답은 할 수 없어요, 그녀가 말했고, 그래요, 그래요, 지금껏 누군가를 이렇게 사랑할 수 있으리라 생각해본 적이 없을 만큼 당신을 사랑해요, 키스 사이에 숨을 헐떡이며 그녀가 말했고, 그는 그녀의 숨결을 들이마셨다. 그래요, 그래요, 옛날에도, 지금도, 영원히 사랑해요, 영원히는 지금이 될 거예요, 사랑에 빠져 무모해진, 위험해진 그녀가 목 쉰 소리로 말했다.

오 사랑의 시작이여, 알지 못하던 두 사람이 경이롭게도 서로를 알게 되었고, 서로의 입술을 탐했고, 결코 충족되지 못한 혀가 쉬지 않고 움직였고, 서로를 찾고 서로 섞였고, 다정한 증오로 뒤엉켜 싸움을 했다. 남자와 여자가 함께하는 성스러운 일이여, 입의 체액이여, 두 입이 서로에게서 젊음의 양식을 찾았고, 두 혀가 불가능한 것을 갈구하며 섞였다. 눈길, 도취, 죽을 수밖에 없는 두 인간의 살아 있는 미소. 젖은 목소리로 더듬거리고, 다정하게 서로를 부르고, 아이 같은 입맞춤, 입가를 적시는 순진한 입맞춤. 다시 시작되고, 갑자기 격렬하게 탐하고, 체액을 교환하고, 가져요, 줘요, 또 줘요, 행복의 눈물, 눈물을 마시고, 사랑을 달라고 말하고, 사랑한다고 말한다. 경이로운 단조로움이여.

오 내 사랑, 세게 안아줘요, 난 온전히 당신 거예요, 그녀가 말했다. 당신은 누구죠, 어떻게 했기에 이렇게 내 전부를 가진 거죠, 내 영혼을 가지고 내 몸을 가진 거죠. 꼭 안아줘요, 더 세게 안아줘요, 하지만 오늘밤은 그냥 보내요, 그녀가 말했다. 마음은 이미 당신의 여자예요, 하지만 오늘밤은 하지 말아요, 그녀가 말했다. 그만 가요, 혼자 있게 해줘요, 혼자 당신을 생각하고, 나에게 무슨 일이 일어났는지 생각하게 해줘요, 그녀가 말했다. 말해줘요, 말해줘요, 날 사랑한다고 말해줘요, 그녀가 더듬거렸다. 오 내 사랑, 행복에 겨운 그녀가 눈물을 흘리며 말했고, 오 내 사랑, 당신 이전에 그 누구도 없었고 당신 이후에 그 누구도 없을 거예요. 가요, 내 사랑, 가요, 혼자 있게 해줘요, 당신과 더 많이 함께 있기 위한 거예요, 그녀가 말했다. 아니, 가지 말아요, 그녀가 두 손으로 그를 잡으며 애원했고, 이 세상에 당신밖에 없어요, 당신 없인 안돼요, 그녀가 넋 나간 듯 매달리며 간절하게 말했다.

  사랑, 그리고 사랑의 무모한 용기. 그가 갑자기 램프를 껐고, 그녀는 겁이 났고, 무엇 때문에, 무얼 하려는 걸까? 어둠속에 젖가슴이 드러났고, 가슴의 부드러운 빛이여, 달빛으로 빛나는 가슴 위에 남자의 손이 닿았고, 여자는 부끄러움과 감미로움에 젖었고, 그녀의 벌어진 입술이 기다렸고, 그에게 복종하는 것이 두렵고 행복했고, 두렵고 감미로웠고, 남자가 고개를 숙였고, 어둠속에서 용기를 냈고, 사랑이 남자에게 용기를 주었고, 그녀가 그 용기를 받아들였고, 몸을 내맡겼고, 이내 적극적이 되어, 오 길게 늘어진, 타액 가득한 그녀의 거친 숨결이여, 아마도 숨을 거두는 순간에도 이런 숨결이리라. 오 죽어가는 여인의 미소여, 달빛으로 창백해진 얼굴이여, 넋을 잃은 살아 있는 죽은 여인이여. 자신의 모습을 본, 혼란과 행복에 허우적거리는 여인이여, 자기 가슴 위로 고개를 숙인 남자의 머리카락 속을 헤매는 손, 행복을 따라가며 조심스레 애무하는 손, 감사하고 사랑하는, 더 원하는 손이여. 사랑이여, 이 밤 그대의 태양이 빛나노라, 그들의 첫날밤.

제3부

38

　오 그들의 사랑이 시작되고, 그녀는 아름다워지고자 치장하고, 그를 위해 미친 듯이 치장하고, 기다림의 희열이여, 9시가 되면 연인이 오고, 그가 좋아하는 루마니아 드레스, 폭 넓은 소매가 손목에서 조여드는 흰색 드레스를 입은 그녀가 현관 장미 덩굴 아래 서서 기다리고, 오 사랑의 시작이여, 다시 만나는 순간의 흥분, 사랑 가득한 저녁이여. 그들은 한참 동안 서로를 쳐다보고, 서로에게 말하고, 오 서로 쳐다보고 말하고 키스하는 희열이여. 그리고 밤늦게, 수없이 많은 키스 후에 헤어지고, 한시간 뒤 혹은 몇분 뒤에 그가 되돌아오니, 그녀를 다시 만나는 경이로움이여.

　오 미친 듯이 되돌아온 그가 그대 없이는 안되겠다고 말하고, 사랑의 힘으로 그녀 앞에 무릎 꿇고, 그녀도 사랑의 힘으로 그의 앞에 무릎 꿇고, 그렇게 미친 듯이 숭고하게 키스를 하고, 하고 또 하고, 날갯짓하는 검은 키스여, 끝날 줄 모르는 깊은 키스여, 오 그들이 눈을 감고, 그대 없이는 안되겠소, 키스 사이에 그가 말하고, 도저히 떠날 수가 없어서, 그녀를 두고 갈 수가 없어서, 새벽 동이 틀 때까지 몇시간 더 머물고, 조잘대는 작은 새들처럼 쉬지 않고 이야기를 나누고, 그것이 사랑이니, 그는 승리자처럼 그녀 안에 들어가고, 그녀는 영혼을 다해 받아들인다.

이어지는 날들, 소중한 기다림, 그를 위해 치장하고 그녀를 위해 치장하는 새롭고 경이로운 기쁨, 오 다시 만나는 순간, 환희의 순간, 함께 있고, 끝없이 이야기를 나누고, 완벽한 모습으로 찬탄받는 즐거움, 그러다 욕망이 거칠게 솟구치면 싸움을 앞둔 적처럼 상대를 살피는 다정한 연인들.

흰색 아마 드레스를 입고 현관에 서서 그를 기다리는 아름다운 아리안, 여신과도 같은 자태, 연인을 주눅 들게 하는 그녀의 신비로운 아름다움, 대천사처럼 날씬한 얼굴, 생각에 잠긴 듯한 입매, 도도한 코, 걸음걸이, 그녀의 자부심이자 도전인 가슴, 연인을 바라볼 때의 샐쭉거리는 다정한 표정, 갑자기 돌아서서 입술을 내밀며 그를 향해 달려갈 때, 날 사랑하느냐고 묻기 위해 달려갈 때 휘날리는 드레스 자락.

오 기쁨, 그들의 모든 기쁨, 단둘이 있는 기쁨, 다른 이들과 함께 있는 기쁨, 다른 이들 앞에서 서로를 바라보는 기쁨, 둘의 관계를 모르는 이들 앞에서 연인을 알아보는 공모의 기쁨, 함께 외출하는 기쁨, 영화를 보러 가고, 극장의 어둠속에서 손을 잡고, 다시 환해

질 때 서로의 얼굴을 보는 기쁨, 그런 다음 더 잘 사랑하기 위해 그
녀의 집으로 가고, 그는 그녀를 얻은 것이 자랑스럽고, 그들이 지나
갈 때 모두가 돌아보고, 노인들은 그런 사랑과 그런 아름다움을 갖
지 못한 것을 한탄한다.

사랑을 섬기는 수녀 아리안, 사냥의 여신의 다리, 그녀의 가슴,
그에게 주는, 주고 싶어 하는 가슴. 그녀는 그가 주는 감미로움에
빠져들었고, 새벽 3시에 전화를 걸어 나를 사랑하느냐고 물었고,
그를 사랑한다고 말했고, 그들은 지치지 않고 사랑을 쏟아냈다. 그
녀가 그를 배웅했고, 그가 다시 그녀를 배웅했고, 그녀가 또 그를
배웅했고, 그들은 헤어지지 못했고, 도저히 헤어질 수가 없었다. 사
랑의 침대가 행운에 취한 아름다운 연인들을 기다렸고, 널찍한 침
대에서 그녀는 당신 이전에 그 누구도 당신 이후에 그 누구도 없다
고 말했고, 그의 몸 밑에서 기쁨의 눈물을 흘렸다.

그대는 아름답소, 그가 말했다. 난 주군의 여인이에요, 그녀가 미
소를 지었다. 아리안, 그가 더 많이 사랑받기 위해서 일부러 냉정한
척하면, 그 순간 쫓기듯 불안해지는 그녀의 눈길. 그녀는 그를 나의
기쁨, 나의 고통이라 불렀고, 나쁜 사람, 기독교인을 괴롭히는 사
람이라 불렀고, 하지만 영혼의 벗이라고 불렀다. 아리안, 생기 넘치
고 소용돌이치고 햇빛처럼 빛나는 여인. 그녀는 놀랍게도 단어 백
개를 채운 사랑의 전보를 보냈다. 여행 중인 그가 한시간 뒤 그녀
가 여전히 사랑하고 있다는 걸 알 수 있게 하려는 전보였고, 한시
간 뒤 그가 전보를 읽을 시각에 그와 함께 있기 위해, 사랑하는 남
자의 행복과 경탄을 함께 음미하기 위해, 그녀는 정확히 같은 시각

에 조금 전 전보로 보낸 글의 초고를 읽었다.

그녀의 질투, 영원한 이별, 재회, 두 혀가 엉키는 진한 입맞춤, 기쁨의 눈물, 편지. 오 사랑이 시작될 때의 편지, 보낸 편지와 받은 편지, 편지는 연인을 맞을 준비를 하고 기다리는 시간과 함께 사랑에서 가장 소중한 것이니, 그녀가 수없이 미리 써보면서 정성을 다한 편지, 그에게 가는 모든 것이 훌륭하고 완벽할 수 있도록 정성을 다한 편지. 그는 봉투에 쓰인 그녀의 글씨를 보는 순간 가슴에서 피가 솟구쳤고, 어디를 가든 늘 편지를 가지고 다녔다.

편지, 오 사랑이 시작될 때의 편지, 여행 떠난 연인의 편지를 기다리기, 우체부를 기다리기. 그녀는 우체부가 오는지 보려고, 편지를 빨리 받아보려고 밖에 나가 기다렸다. 그녀는 저녁에 잠들기 전 편지를, 잠자는 동안 곁에 있도록, 아침에 눈을 떴을 때 바로 눈에 띄도록, 머리맡 협탁에 놓았다. 그녀는 매일 눈을 뜨면 편지를 읽고 또 읽었고, 조금 있다가 새로운 느낌으로 다시 읽기 위해, 다시 느끼기 위해, 용기를 내서 내려놓고는 몇시간 동안 손대지 않았다. 소중한 편지에 묻어 있는 연인의 향내를 맡았고, 봉투와 그 위에 쓰인 주소를 자세히 살폈고, 그가 붙인 우표까지, 오른쪽에 똑바로 붙어 있는 사랑의 증거까지 자세히 살폈다.

쏠랄과 그의 연인 아리안, 거센 바람 몰아치는 사랑의 뱃머리에 알몸으로 선 연인들, 태양과 바다의 제후들, 사랑의 뱃머리에 우뚝 선 불멸의 조각상들처럼, 그들은 시작되는 사랑의 숭고한 광기 속에서 끝없이 서로를 바라보았다.

544

39

기다림, 오 그 감미로운 희열, 아침부터 그리고 오후 내내 이어지는 기다림, 저녁의 기다림, 그가 오늘 저녁 9시에 오리라는 것을 늘 알고 있는 희열. 그것은 이미 행복이었다.

잠에서 깬 그녀는 곧바로 달려가 덧창을 열고 저녁 날씨가 괜찮을지 확인했다. 그래, 날씨는 좋을 테고, 더운 밤, 별이 많은 밤에 함께 별을 바라볼 테고, 처음 함께했던 그날밤처럼 그의 곁에서 나이팅게일의 노래를 들을 것이다. 그런 다음 함께 가서, 숲으로 가서 손 잡고 산책을 할 것이다. 그 순간을 미리 음미하기 위해 그녀는 한쪽 팔을 둥글게 굽히고 방 안을 혼자 거닐었다. 라디오를 틀기도 했고, 아침 일찍부터 군가가 흘러나오면 병사들과 함께, 한 손을 관자놀이에 댄 절도 있는 군인의 경례를 하며 행진을 했다. 오늘 저녁에 그가, 너무도 훤칠하고 너무도 날렵한 그가 올 것이다. 오 그의 눈길.

이따금 그녀는 덧창을 닫았고, 커튼을 쳤고, 방문을 열쇠로 잠
갔고, 바깥에서 나는 소리, 아름답고 현학적인 그녀가 적대적 감속
장치라고 이름 붙인 소리를 듣지 않기 위해 밀랍 귀마개를 꽂았다.
암흑과 침묵 속에 누워 눈을 감고 미소를 지었고, 어젯밤의 일을,
그들이 한 말과 한 일을 되새기며 혼자 하는 이야기에 빠져들었다.
몸을 바짝 웅크리고, 하나씩 자세히, 설명을 곁들여 되새기며 혼자
이야기했고, 남김없이 이야기하기라고 이름 붙인 그 향연을 만끽
하며 마음껏 떠들었고, 그런 다음에는 다가올 저녁에 일어날 일을
미리 이야기했고, 이따금 자기 가슴을 만졌다.

때로 침대에서 일어나기 전 하녀가 듣지 못하도록 베개에 대고
나지막하게 바흐의 성신강림 성가를 불렀고, 예수의 이름 대신 연
인의 이름을 넣어 부르는 것이 조금 거북했지만 즐겁기도 했다. 죽
은 아버지에게 행복하다고, 내 사랑을 축복해달라고 말하기도 했
다. 검지를 들어 공중에 연인의 이름을 열번, 스무번 쓰기도 했다.
아침식사를 하기 전 배에서 꼬르륵 소리가 나면 그녀는 무슨 짓이
나며 화를 냈다. 집어치워! 추하잖아! 조용히 해! 난 지금 사랑에
빠졌단 말이야! 물론 그녀는 자신이 바보 같다는 걸 알고 있었지
만, 혼자 있을 때, 완전히 자유로울 때 이렇게 바보가 되는 것은 그
윽한 기쁨이었다.

어떨 때는 남김없이 바라보기를 시행했다. 그러자면 정결해져
야 했고, 의식을 위해 꼭 필요한 목욕을 해야 했다. 하지만 조심할

것, 명예를 걸고 약속할 것, 욕조에 누워 저녁에 일어날 일을 이야기하는 건 이제 안된다. 그랬다가는 끝없이 이어질 테고, 늦을지 모른다. 빨리 목욕을 하고, 빨리 그와 함께해야 한다, 빨리 바라보기 의식을 행해야 한다! 행복에 젖은 그녀가 한 다리로 팔짝거리며 욕실로 갔다. 그러고는 천천히 물이 차오르는 욕조 앞에서 온 영혼을 다해 성신강림 성가를 불렀다.

오 믿음 충만한 내 영혼이여,
자랑스럽고 기쁘도다,
하늘의 왕께서 너에게 오시리라.

목욕이 끝나면 이야기하기 때와 똑같은 의식이 시작된다. 덧창을 닫고 커튼을 치고 머리맡의 전등을 켜고 밀랍 귀마개를 꽂는다. 바깥세상이 존재하지 않으니 이제 의식이 시작될 수 있다. 그녀는 침대 위에 사진을 늘어놓되, 미리 보지 않기 위해 뒤집어놓는다. 침대에 누운 채로 제일 좋아하는 사진, 해변 모래사장에 누워 있는 연인의 사진을 든다. 손으로 사진을 가리고, 그렇게 바라보기 향연이 시작된다. 처음엔 그의 맨발을 본다. 당연히 아름답기는 하지만 강렬한 끌림은 없다. 손을 조금 올리면 다리가 보인다. 좀 낫다, 훨씬 낫다. 더 올라갈까? 아니, 서두르면 안된다. 더이상 참을 수 없을 때까지 기다릴 것. 그녀의 손이 조금씩 움직이면서 그의 몸이 조금씩 드러나고, 그녀는 행복에 젖는다. 나의 연인, 오늘 저녁이면 올 사람. 오 얼굴, 이제 얼굴이다. 행복을 주는 자리, 얼굴, 그녀의 아름다운 고통. 조심할 것, 너무 많이 보면 안된다. 너무 많이 보면 더이상 느낄 수 없게 된다. 그렇다, 어쨌든 얼굴이 가장 중요하다. 나머지, 나머지 전부도, 그러니까, 어쨌든 그렇다. 그, 그의 전부, 그녀는 그의 전부를 섬기는 수녀였다.

그녀가 가운을 벗었고, 그녀의 남자가 벗고 있는 사진을, 이어 그녀의 남자의 여자가 벗은 모습을 보았다. 오 쏠, 이리로 와요, 그녀가 탄식했다. 그녀는 머리맡 전등을 껐고, 오늘 저녁을, 그가 올 순간을, 그들의 입을 생각했다. 하지만 그녀는 자신이 사랑하는 것이 무엇보다 그 사람이라는 것을, 그리고 그의 눈길이라는 것을 잊지 않았고, 잊고 싶지 않았다. 그러고 나면, 있어야 할 것이 있을 것이다. 남자와 여자, 축복받은 몸의 무게, 오 그 사람, 그녀의 남자. 입술을 벌리고, 입술이 젖고, 그녀는 눈을 감았고, 무릎을 오므렸다.

기다림, 오 희열이여. 목욕을 마치고 아침식사를 한 뒤 잔디밭에 누워 그를 떠올리며 몽상에 젖는 황홀한 시간, 포근한 담요를 덮고, 혹은 볼이 풀에 닿고 코가 땅에 닿도록 엎드린 채로 그의 목소리와 두 눈과 치아를 그려보는 황홀한 시간, 풀 냄새를 맡으며 마음껏 빈둥거리고 멍청해 보이도록 눈을 휘둥그레 뜨고 노래를 부르는 황홀한 시간. 마치 연극 무대처럼 오늘 저녁 그가 도착할 순간을 이야기하고 그가 할 말과 자기가 할 말을 이야기해보는 황홀한 시간. 가장 감미로운 순간은 그가 곧 도착하고 그녀는 기다리는 시간 그리고 그가 떠나고 그녀는 함께 있던 때를 되돌아보는 시간이다. 그녀가 벌떡 일어서서 기쁨을 주체하지 못해 정원으로 달려갔고, 길게 행복의 비명을 지르며 장미나무 울타리를 뛰어넘었다. 쏠랄! 한번 뛸 때마다 그녀가 미친 듯이 외쳤다.

아침에 혼자 몰두해서 무언가를 하고 있을 때, 버섯이나 산딸기를 따느라, 혹은 바느질을 하느라, 혹은 그를 위해 교양을 쌓기 위해 지겹기 이를 데 없는 철학 책을 읽느라, 혹은 창피하기도 하고 재미있기도 한 연애편지를 읽느라, 혹은 여성 주간지의 점성술 운세를 읽느라 집중하고 있을 때, 문득, 그를 생각하지도 않았는데, 자기도 모르게 혼잣말을 했다. 내 사랑, 다정하게 속삭이는 자기 목소리가 들렸다. 봤죠, 그대, 그녀가 함께 있지 않은 연인에게 말했다, 봤죠, 내가 당신 생각을 안해도 내 안에서 당신 생각이 저절로 피어올라요.

다시 집 안으로 들어온 그녀는 이따 어떤 드레스를 입을지 고르기 위해 하나씩 입어보았고, 거울을 보며, 오늘 저녁 그가 경탄할 것을 생각하며 기쁨에 젖었다. 그녀는 여신 같은 자태로, 지금 이 옷이 연인의 눈에 어떻게 보일까 상상하기 위해 그의 눈으로 자기를 바라보았다. 말해줘요, 날 사랑하나요? 그녀가 거울 앞에 서서 물었고, 귀엽게 입을 샐쭉거렸다. 애석하게도 그에게 이미 몇번 보여준 표정이다. 용건 없이 편지를 쓰기도 했다. 그저 그와 함께 있기 위해서, 무언가를 해주고 싶어서, 아름답고 지적인 말을 건네고 싶어서, 그의 찬탄을 받고 싶어서였다. 그녀는 편지를 특급 우편으로 보냈고, 혹은 택시를 타고 국제연맹으로 가서 수위에게 건네주며 말했다. 굉장히 급한 거예요.

혹은, 그의 목소리를 듣지 않고는 견딜 수 없는 순간이 오면, 목소리를 가다듬고 황금빛 억양을 몇번 연습한 뒤 아름다운 선율 같은 목소리로 전화를 했다. 날 사랑하느냐고, 곁에 지키고 선 하녀를 피해 영어로 물었다. 그러고는, 여전히 영어로, 천상의 목소리로, 오늘 저녁 9시를 잊지 말라고 안해도 되는 말을 다시 한번 했고, 말 타면서 찍은 사진을 가져올 수 있느냐고, 멋진 꼬망되르 훈장을 빌려줄 수 있느냐고 물었다. 생크스 오플리. 그녀는 그를 사랑한다고 말했고, 날 사랑하느냐고 다시 물었고, 흡족한 대답을 듣고 나면 수화기에 입을 바짝 붙인 채로 크리스마스 선물을 받았을 때처럼 미소를 지었다. 대화가 끝나고 수화기를 내려놓을 때면 여전히 머리카락을 쥐고 있는 왼손으로 어린 시절 어른들의 질문에 쭈뼛거릴 때처럼 머리카락을 잡아당겼다. 머리카락을 놓은 뒤, 흥분의 파도가 가라앉은 뒤, 그녀는 다시 미소를 지었다. 그렇다, 쉰 목소리도 아니었고, 수줍어서 얼버무리지도 않았다. 아주 잘해냈다. 그렇다, 그가 좋아했다! 야호! 야호!

어느 일요일, 리츠로 전화를 걸다가 갑자기 목 쉰 소리가 나왔고, 마른기침으로 목소리를 가다듬고 싶었지만 그 불쾌한 소리 때문에 격이 떨어질까봐, 그의 사랑이 식을까봐, 차마 그렇게 하지 못했다. 그대로 전화를 끊어버렸고, 한참 동안 마른기침으로 목소리를 가다듬은 뒤에, 몇마디 소리를 내며 천사 같은 목소리로 돌아왔는지 확인한 뒤에, 다시 전화를 걸어서 조금 전에 전화가 끊어졌다고 설명했다. 그런데 아침에 일어나서 내 사진을 보았나요? 지금 당신은 무슨 옷을 입고 있죠? 아, 실내복을 입었나요? 어떤 거죠? 날 사랑하나요? 고마워요, 오 고마워요, 나도 그래요, 그런데 그거 알아요? 조금 전에 교회에 가서 당신 생각을 했어요, 집중이 잘될 것 같아서 가톨릭교회로 갔어요. 오늘 저녁엔 루마니아 드레스를 입을까요? 천연 실크 드레스를 입을까요? 루마니아 드레스? 알았어요. 지난번에 좋아했던 그 붉은 드레스도 좋을 것 같아요. 루마니아 드레스가 나아요? 정말? 많이 봐서 지겹지 않아요? 알았어요, 루마니아 드레스를 입을게요. 말해줘요, 날 사랑해요?

통화가 끝나면 수화기를 손에 든 채로, 그의 매력에 젖고 자신의 매력에 젖어서, 그녀는 한참 동안 그대로 있었다. 문득 떠오르는 기억 하나. 언젠가 전화를 건 그녀가 재채기를 참는 것 같았고, 격을 떨어뜨리는 재채기 소리를 감추기 위해 그대로 전화를 끊어버렸다.

기다림은 조금도 지루하지 않았다. 그를 위해 해야 할 일이 많았고, 오후가 시작될 때쯤 멍청한 하녀가 일을 마치고 돌아가 감시가 사라지면 그때부터 준비해야 할 것이 너무도 많았다. 혼자가 되어 마음 놓고 움직일 수 있게 되면 사랑에 빠진 여인은 곧장 어제저녁 그가 와 있던 작은 거실로, 멍청한 하녀가 단 한번도 흡족하게 치워놓지 못하는 그곳으로 달려갔다. 수영복 차림으로 일을 시작한 그녀는 비질과 걸레질과 왁스칠을 하고, 머리가 헝클어진 주부가 되어 안락의자와 소파를, 특히 오늘 저녁 사랑의 자리가 될 소파를 솔로 문지르고, 눈에 보이는 곳마다 있지도 않은 먼지를 털고, 동방의 색 바랜 핑크빛 카펫 위로 청소기를 밀고, 꽃들을 예쁘게 매만진 뒤 잠시 쳐다보고, 소파 위에 『보그』대신 하이데거나 키르케고르나 카프카 같은 지루한 고급 책을 두세권 얹어놓고, 벽난로에 장작을 자연스럽게 던져놓고는 잘 타는지 확인하기 위해 불을 붙여보고, 다정한 분위기에 어울리도록 조명을 조절하고, 안락의자의 자리를 바꾸고, 부엌으로 가서 멍청한 하녀가 오늘 저녁을 위해 다려놓은 드레스를 다시 다렸다. 그렇게 왔다 갔다 하다가 이따금 남편의 편지에 한번도 답장을 하지 않았다는 생각이 떠오르면 마치 말파리를 귀찮아하는 암말처럼 고개를 저었고, 라디오에서 들은 멍청한 후렴구를 흥얼거렸다. 빠를레 무아 다무르, 르디뜨 무아 데 쇼즈 땅드르,[1] 그녀가 일부러 소녀 같은 목소리로 노래를 했다. 오, 할 수 없어, 할 수 없어, 좋은 걸 어떡해, 난 이제 백치가 되었어, 뭐, 우린, 여자들은, 이럴 수밖에 없는걸.

라디오에서 어떤 남자가 솔직하고 진지한 대화를 통해서 국제적 긴장이 완화될 수 있으리라는 정치적 전망을 표명하는 것을 들으며 그녀는 입을 다물지 못했다. 정말 저런 일에 관심을 가지고 저런 일을 하며 사는 사람들이 있네! 백치 같아! 이렇게 말하며 그녀는 라디오 속 남자의 입을 막아버렸다. 그렇다, 필요한 건 오로지 한가지, 그를 위해 그가 좋아하는 모습으로 준비할 것. 라디오의 일요일 설교에서 목사가 우리 모두 '그분'을 위해 헌신해야 한다고 말할 때 그녀는 진심으로 동의했다. 그래그래, 그분을 위해 헌신해야 해, 내 사랑! 그녀가 외쳤고, 더 열심히 꽃들을 정돈했다.

그녀가 서랍을 뒤지다가 갑자기, 정말 뜬금없이 말했다. 이봐, 자기, 이 정도면 괜찮지? 이어 자신이 연인한테 무슨 말을 했는지 깨달은 그녀는 깜짝 놀라 불경스러운 입을 가렸고, 하지만 뿌듯하기도 했다.

----

1 "사랑 얘기를 해줘요, 다정한 얘기를 더 해줘요"라는 뜻으로, 프랑스 가수 뤼시엔 부아예(Lucienne Boyer, 1901~83)가 1930년에 발표한 「사랑 얘기를 해줘요」의 가사이다.

하던 일을 멈춘 그녀는 잠시 놀기로 하고 작은 책상 앞에 앉았다. 연인의 이름을 스무번 혹은 서른번 썼고, 이어 다른 이름으로 랄로, 알솔, 로살도 썼다. 또 거울 앞에 서서 그에게 사랑한다고 말했고, 오늘 저녁에 써먹을 제일 좋은 억양을 고르기 위해 이렇게 저렇게 바꿔가며 연습해보았다. 그리고 그와 함께 있기 위해 검은색 실크 가운 차림에 붉은색 꼬망되르 훈장을 목에 매고 마치 그가 된 것처럼 해보았다. 사랑하오, 아리안, 그녀가 남자 목소리로 말했고, 거울에 대고 그가 오늘 저녁 키스할 입술에 키스를 했다.

그녀는 어제 그가 피우다 남긴 담배에 불을 붙였고, 성스러운 꽁초를 빨아 연기를 내뿜으며 달콤한 쾌감을 느꼈다. 문득 어제 그의 손에 입을 맞출 때 자기 얼굴이 어땠는지, 그가 좋아했을지 보고 싶어졌다. 거울 앞에 서서 고개를 숙여 자기 손에 입술을 가져다 댔다. 거울을 보기 힘들었고, 곁눈질로만 간신히 볼 수 있었다. 그렇게 서서 전날 자기가 했던 말들을 다시 해보았다. 가지 말아요, 영원히 가지 말아요, 말하려니 가슴이 뭉클했다. 이어 가운을 벌려 거울에 비친 자기 가슴을, 오늘 저녁 그가 입을 맞출 가슴을 보았다. 축하해, 그녀가 두 젖가슴에게 말했다. 너희가 나의 영광이고, 날 지켜주는 힘이야. 그 사람은 운이 좋은 거지. 그녀는 가운을 흘러내리게 해서 거울에 비친 자기 알몸을 보았다. 정말 멋지네. 당신이 어떤 특권을 누리고 있는지 알고는 있나요? 그녀가 손가락으로 코를 잡고 말했다. 목소리가 레리 고모와 비슷해졌다.

어느날 오후, 앞면 전체에 단추가 달린 표백하지 않은 마섬유 원피스를 입은 날, 덧창을 닫았다. 어슴푸레 스며든 달콤한 불빛 속에서 허리까지 단추를 풀고 치맛자락을 날개처럼 흔들며 사모트라케의 니케가 되어 이리저리 거닐었다. 그래, 난 네가 좋아, 그녀가 거울에 대고 말했다. 내가 그 사람 다음으로 가장 사랑하는 건, 바로 너야. 그녀는 이내 후회하며 다시 정숙해졌고, 영국의 왕에게 절한 뒤 안락의자를 권하고 자기도 앉았다. 다리를 꼬고, 국왕 전하와 담소를 나누며 종달새의 깃털을 뽑는다는 그 끔찍한 캐나다 노래를 금지해달라고 청했다. 그런 다음 하품을 했고, 자신의 치아가 곱다고 생각했고, 상반신 단추를 풀어 풍만한 가슴 하나를 옷 밖으로 꺼내 그 위에 만년필로 연인의 이름을 썼다.

갑자기 이대로는 안된다는 생각에 심각해진 그녀가 미용 마스크라 불리는 잿빛 진흙을 얼굴과 목에 발랐고, 마른 진흙이 깨지지 않도록 말도 안하고 노래도 안하고 사랑을 위해 꼼짝하지 않았다. 그런 다음 손톱을 다듬었고, 매니큐어는 천박하고 가톨릭 교인들이나 하는 거라고 생각해서 칠하지 않았다. 그런 다음 머리를 감았다. 오늘 저녁, 오늘 저녁, 눈을 감고 손가락으로 샴푸 거품을 문지르며 말했다.

저녁 8시, 마지막 목욕, 그가 왔을 때 기적처럼 완벽한 상태를 유지하기 위해 최대로 늦게 하는 목욕이었다. 그녀는 욕조에 누워 발가락을 물 밖으로 꺼내 꼼지락거리며 장난을 쳤고, 열 발가락이 열 명의 자식이라며, 왼쪽 다섯은 아들이고 오른쪽 다섯은 딸이라며 아이들을 야단쳤고, 빨리 가서 목욕하고 자라고 말한 뒤 따뜻한 물속으로 모두 들여보냈다. 그런 다음 다시 혼자 이야기를 했다. 한 시간 뒤면 그가 올 테고, 키가 크고 눈이 멋진 그가 올 테고, 그녀는 그를 쳐다볼 테고, 그는 그녀를 쳐다보고 그녀를 향해 미소 지을 것이다. 오, 산다는 건 정말 좋은 것이다!

목욕을 조금만 더 할래, 하지만 오분 이상은 안돼, 알았지? 알았어, 그렇게 할게, 오분, 약속할게, 그런 다음 빨리 옷을 입을 거야. 지금 그 사람은 면도를 하고 있을 거야, 그만해도 돼요, 지금 그대로도 아름다워요, 베이지 않게 조심해요. 서둘러요, 빨리 와요, 자, 어서, 욕조로 들어와요, 자리 있어요, 좁아도 둘이 있을 수 있어요, 한가지 방법이 있죠.

욕조에서 나온 그녀는 옷도 입지 않고 전화기로 달려가서 그에게 늦지 말라고 말했다. 당신이 늦게 오면 난 정말 힘들어요, 사고가 났을까봐 걱정되고, 그것 말고도, 기다리는 동안에 얼굴이 엉망이 된단 말이에요. 부탁이에요, 알았죠? 그녀는 그를 향해 미소를 지었고, 전화를 끊고 나서 마지막으로 양치질을 했다. 마음이 급해 미처 입을 헹구지도 않아 치약 거품이 묻은 상태로, 칫솔을 손에 들고 성신강림 성가를, 하늘에서 오신 왕을 찬미하는 노래를 불렀다.

이제 가장 중요하고 고민이 많은 일, 옷 입기가 남았다. 장식 없는 주름 드레스가 낫지 않을까, 이 방의 은근한 조명에 빨간 드레스가 더 잘 어울리지 않을까? 문득 실크 투피스가 생각났다. 그래, 어떤 옷을 입느냐에 따라 마음 상태가 달라지는 법이니까. 지난번에 입었을 때 그가 예쁘다고 하기도 했고, 그러면 블라우스도 입을 수 있고, 블라우스는 더 편하고, 블라우스는 그냥, 바보야, 주름 드레스는 목둘레가 너무 조금 파여 있고 단추도 등에 있어서 번거로운데, 블라우스는 편하잖아, 그러니까, 그래, 블라우스는 단추가 앞에 있으니까.

오, 그가, 그래, 그가 오래, 거기다 오래 키스를 하면 너무 좋아, 그대로 녹아버리는 것 같아. 다른 여자들도, 당신들도, 그런 키스를 받나요? 아니라면 뭐 할 수 없죠, 약 오르고 화가 나겠네요, 난 정말 좋아요. 그래, 단추가 등에, 더구나 위쪽에만 있으면 불편해, 벗어야 하니까, 내가 직접 벗어야 하잖아, 의사한테 진찰받는 것도 아니고, 당황스럽고 창피해. 블라우스는, 혹은 셔츠블라우스는, 두가지가 뭐가 다른지 잘 모르겠지만, 그가 단추를 푸는 걸 미처 느끼지 못할 때도 있어, 훨씬 편해, 특히 별로 밝지 않을 때, 하지만 그래도, 혹시 레리 고모가 날, 어쨌든, 난 여성성에 흠뻑 빠져 있어, 할수 없지, 그렇게 된걸.

그녀는 옷을 입고 난 뒤 냉정한 눈길로 마지막 점검을 하기 위해 몇걸음 거울 쪽으로 다가가 자연스럽게 서보았고, 이어 뒤로 물러나 살피며 당당하게 손등을 허리에 대보았고, 자세를 바꿔가며 미소를 지어보았고, 이어 얼굴 표정에 어울리는 목소리를 내보았고, 그럴 때 가장 자주 쓰는 문장은 자신감 있고 살짝 거만하게 느껴지는 "아뇨, 내 생각은 달라요"였다. 이어 완벽한 상태를 망치지 않기 위해 의자에 앉아 움직이지 않으려고 애썼다. 그런 상태로 신경을 곤두세워 밖에서 나는 차 소리에 귀를 기울였고, 태연해 보이도록 담배에 불을 붙였다. 하지만 이에 담배 흔적이 남을까봐, 숨결에 담배 냄새가 남을까봐 그대로 꺼버렸다. 계속 앉아 있기가 힘들고 치마가 구겨질까봐 걱정이 되자 차라리 밖에 나가 기다리기로 했다.

후덥지근한 밤에 현관에 서서, 땀이 나면 어쩌나, 코가 번들거릴 텐데, 절대 안되는데, 걱정하면서 기다렸다.

40

지금쯤 그녀도 비누칠을 하고 있겠지, 그가 욕조에 누워 생각했다. 그녀를 만날 시간이 다가온다는 사실에 흥분되기도 했고, 같은 시각 서로 3킬로미터 떨어진 곳에서 가련한 두 인간이 상대의 환심을 사기 위해 설거지를 하듯 자기 몸을 문지르고 있다는 사실이 우스꽝스럽게 느껴지기도 했다. 무대에 오를 채비를 하는 배우들 같다. 배우, 그렇다, 우스꽝스러운 배우들. 그는 배우가 되어 지난 저녁 그녀 앞에 무릎을 꿇었다. 그녀는 배우가 되어 봉건시대의 귀부인처럼 그를 일으켜 세웠고, 셰익스피어의 여주인공처럼 뿌듯해하며 당신은 나의 고귀한 주인이에요, 하고 선포했다. 귀족 놀음을 해야 하는 가련한 연인들, 기품 있는 인간이 되고 싶은 가련한 욕망, 그가 악마를 쫓기 위해 고개를 저었다. 그만해! 날 괴롭히지 마! 내 사랑에 재 뿌리지 마! 그녀를 순수하게 사랑할 수 있게 내버려둬! 그냥 행복하게 두라고!

그녀를 만나기까지 기다림의 시간을 줄이기 위해 오래오래 목욕을 하고 나온 그는 옷을 입기 전에 그녀를 위해 바싹 면도를 했고, 이어 곧 그녀를 만난다는 기쁨에 춤을 추었다. 한 손을 허리에 얹고 다른 손으로는 손가락을 튕겨 소리를 내며, 기품 있고 섬세하게 발을 움직이며, 그렇게 에스빠냐 춤을 추며, 그러다가 갑자기 발을 굴렸고, 멀리 있는 어느 사랑하는 여인의 모습을 보려는 듯 한 손을 눈앞에 가져다 댔다. 이어 쭈그려 앉아 한 다리씩 힘차게 뻗었다가 다시 몸을 일으키고, 박수를 치며 전사의 함성 같은 소리를 내지르고, 펄쩍 뛰어오르며 빙글 돌고, 내려오면서 다리를 쫙 벌렸다가 다시 몸을 일으키고, 그렇게 러시아 춤을 추었다. 조금 있으면 그녀를 만난다는 기쁨에 취해 탄성을 지르고 미소를 지었다. 그는 자기 자신을 사랑했고, 그녀를, 사랑하는 그 여인을 사랑했다. 오! 그는 진정으로 살아 있고, 영원히 살아 있다!

그녀에게로 가는 택시 안에서 그는 차의 엔진 소리에 묻혀 들리지 않는 노래를 미친 듯이 불렀다. 운전수에게 더 빨리 가달라고, 전속력으로 달리라고 재촉했고, 후하게 쳐주겠다고, 심지어 도착하면 안아주겠다고 했다. 그러고 나서는 다시 노래를, 그녀에게 간다고, 악마에게 사로잡힌 사람처럼 미친 듯이 노래를 불렀다. 하루는 제일 아름다운 반지를 차창 밖 밀밭으로 던져버리기도 했다. 그는 노래했고, 노래했고, 그녀에게 간다고 끝없이 노래했고, 오 행복에 겁먹고 불안해진 노래여, 정신 나간 성가, 젊음의 성가여, 노래했고, 노래했고, 사랑을 쟁취했다고 노래했다. 택시의 창유리에 비친 사랑받는 남자의 얼굴을, 고운 치아와 잘생긴 얼굴을, 그녀를 위한 잘생긴 얼굴을 바라보며 영광스러워했고, 기다리고 있는 여인에게 간다는 사실에 의기양양해했다. 드디어 멀리 현관 장미 덩굴 아래 서서 기다리는 그녀가 보인다. 오 영광이여, 그녀가 보이고, 사랑하는 여인, 이 세상에 하나뿐인 여인, 은총 가득한 여인, 영원하신 신께 영광, 내 안에 있는 영원한 신께 영광, 그가 중얼거렸다.

41

사랑이 시작되던 저녁들, 끝없이 이어진 키스 사이 순결한 막간에 주고받은 황홀한 대화, 자기 이야기를 들려주고, 상대의 모든 것을 듣고, 서로의 마음을 얻는 것은 너무도 벅찬 희열이었다. 그녀는 신이 나서 어린 시절 이야기를 했고, 엘리안과 하던 놀이, 그녀가 만들어서 엘리안과 학교 가는 길에 불렀던 노래, 삼촌과 고모와 바르바라, 올빼미 마갈리와 암고양이 무송, 그러니까 그녀가 진심으로 사랑했는데 하느님이 너무 일찍 거두어 간 매력적인 두 영혼에 대해 이야기했다. 또한 옛날 사진들과 어릴 때 했던 숙제들, 심지어 일기까지 꺼내 건네주면서 자기의 모든 것을 알려주고 보여주며 행복해했고, 엄숙한 목소리로 아버지 얘기도 했다. 그녀의 깊은 숨결이 좋았던 그는 경의를 표하며 주의 깊게 들어주었고, 그러한 경의가 자랑스러웠던 그녀에게는 그것이 두 사람의 사랑을 정당화해주고 허락해주는 것만 같았다.

그와 이야기를 나누는 동안 거울에 함께 비치는 모습을 보는 일, 그를 정말로 갖는 일, 그가 그녀의 것임을 아는 일은 경이로웠다. 모든 것을 그와 함께 하는 것, 가장 은밀한 것, 학생 시절의 열정, 혼자만의 몽상, 이제는 죽어버린 옛날의 은자, 그녀가 쏜 총을 맞고 눈밭에 쓰러진 신사, 흥분을 가라앉히느라 벽에 몸을 부딪는 버릇, 이 모든 것을 마치 제물을 바치듯 그에게 건네주는 일은 경이로웠다. 오, 그가 나의 모든 것을 이해하는, 심지어 나 자신보다 나를 더 잘 이해하는 영혼의 형제라는 느낌은 진정 경이로웠다. 그렇다. 서로 오누이가 되는 것, 함께 웃는 일은 경이로웠다.

그녀는 자기가 좋아하는 음악 얘기를 했고, 이따금 일어나서 그를 위해 피아노를 연주했다. 연주가 끝난 뒤 그가 좋아한 것 같으면 안도하며 그를 바라보고 그의 손에 키스를 했다. 그가 별로 좋아한 것 같지 않으면 그가 옳다고 생각하며 그녀 역시 그 음악이 덜 아름답게 느껴졌다. 오 그와 하나 되고 싶었고, 그가 사랑하는 것만 사랑하고 그가 좋아하는 책을 알아내서 함께 읽고 함께 좋아하고 싶었다.

끝없는 대화, 그녀를 안심시키는, 그들의 관계가 육체적인 것만이 아니고 정신적인 것이기도 하다는 증거가 되어주는 휴전협정, 자기 얘기를 하는 늘 새로운 기쁨, 환하게 빛나고 지혜롭고 아름답고 고귀하고 완벽한 존재라는 희열. 다시 한번 그는 두 사람이 무대에 올라 뽐내는 배우들처럼 서로의 마음에 들기 위해 애쓰고 있다는 생각이 들었지만, 그렇다 해도 상관없었다. 이대로 감미로웠고, 그녀의 모든 것이 그를 매혹했다. 심지어 아름다움에 찬사를 보내면 그녀의 얼굴에 번지는 미소, 사진사 앞에 선 어린 소녀 같은 미소까지, 쎕땅뜨, 노낭뜨[2] 하는 주네브식 어법까지 매혹적이었다. 그는 그녀를 사랑했다.

어느날 아침 그녀는 저녁을 먹으러 8시까지 와달라고 했다. 처음으로 함께하는 식사였다. 그녀는 혼자서 모든 걸 준비했다는 게 뿌듯했고, 특히 참소리쟁이 수프가 자랑스러웠다. 그녀는 근엄한 표정으로 참소리쟁이 수프를 식탁에 놓으며 말했다. 알아요? 처음부터 끝까지 전부 나 혼자 했어요, 정원에서 오늘 아침에 내가 딴 참소리쟁이로요. 그녀는 사랑하는 남자를 위해 음식을 만드는 기쁨에 젖었고, 한 손에 국자를 들고 얌전히 수프를 뜨는 아내이자 하녀가 되는 감동에 취했다. 그가 먹는 모습을 보는 것도 좋았다. 집안일을 즐기는 주부가 된 기분이었고, 그런 자기 모습이 경탄스러웠다. 그가 먹는 모습도 경탄스러웠다. 굿 테이블 매너, 그의 모습을 바라보며 생각했다. 분별 있는 아내의 역할을 하는 것도 좋았다. 그가 초콜릿 케이크를 세조각째 달라고 했을 때, 안돼요, 너무 많이 먹지 말아요, 훈계하듯 말했다. 바로 그날 저녁 그가 아주 살짝 손가락을 베었다. 그녀는 그의 상처를 치료해주는 것이, 다정한 어머니처럼 소독약을 발라주고 반창고를 붙여주고 그 위에 키스를 해주는 것이 좋았다.

---

2 프랑스어 70(soixante-dix)과 90(quatre-vingt-dix)을 스위스에서는 septante와 nonante로 간결하게 표현한다.

42

그들의 사랑이 아직 젊던 어느날 저녁에 그가 그녀에게 무슨 생각을 하고 있냐고 물었고, 그녀는 치맛자락이 날리도록, 그런 자기 모습이 매력적이리라 생각하며, 갑자기 돌아보면서 대답했다. 당신을 알게 돼서 황홀할 정도로 행복하다는 생각을 했어요. 정말 황홀할 정도로 행복해요. 그녀는 황홀하다는 감미로운 말에 취해 되풀이했다. 그녀는 웃어 보였고, 경탄하며 바라보는 시선을 느꼈고, 자기 옷이 몸의 필요한 부위를 잘 드러내준다는 것을 느꼈다. 지금은 뭘 생각하오? 그가 물었다. 내가 불쌍하다는 생각을 해요. 평생을 당신 마음에 들려고 애쓰면서 굽 높은 구두와 몸에 꽉 끼는 치마를 입고, 조금 전처럼 소설책에 나오는 라몰가家의 아가씨같이 치맛자락을 날려야 하잖아요. 속상해요, 싫어요, 여자가 된다는 건 끔찍해요. 그녀가 무릎을 꿇고 그의 손에 키스를 했다. 이렇게 무릎을 꿇어야 하는 것도 싫어요. 말해봐요, 내 곁에 있을 거죠? 영원히 내 곁에 있어줘요, 그녀가 말했다.

　무릎을 꿇은 채 두 팔을 벌려 사랑하는 남자의 감동적일 정도로 날렵한 허리를 감싸 안고서 기도하듯 올려다보는 그녀의 모습이 너무도 아름다웠다. 보고 있게 해줘요, 그녀가 말했고, 이어 그의 전신을 보기 위해 뒤로 물러나서 하나하나 뜯어보았고, 그를 향해 미소를 건넸다. 오 완전 무구한 젊음의 치아여. 이 여인은 60킬로그램이고 그중 40킬로그램은 물이다, 그가 생각했다. 나는 40킬로그램의 물을 사랑한다, 그가 생각했다. 무슨 생각을 하고 있어요? 그녀가 물었다. 띠미 생각을 했소, 그가 대답했다. 매력적인, 안타깝게도 이제는 죽고 없는 암고양이 띠미 얘기를 좋아하는 그녀가 다시 얘기해달라고 했다. 그는 생각나는 대로 아무 얘기나 했다. 띠미는 뚱뚱하고 토라질 때도 있었다고, 어떨 땐 날씬하고 천사처럼 다정했다고, 어떨 땐 밥그릇에 고개를 박고 먹으면서도 계속 가르랑거렸다고, 어떨 땐 그림처럼 위쪽을 쳐다보며 인내심 있게, 흠잡을 데 없이 얌전히 있었다고, 어떨 땐 멀고 먼 태곳적의 시간을 생각했다고 말했다. 더 해줘요, 그녀가 말했다. 자기가 쓰다듬어주면 참 좋아했다고, 위험을 두려워하는 건 유전적이지만 쓰다듬어주면 마음이 놓였던 거라고, 띠미에게 쓰다듬는 주인의 손길은 위험하지 않다는 뜻이었다고 했다. 나도 위험하지 않다고 마음 놓게 해줘요, 그녀가 말했고, 그에게 다가갔다. 그에게 안겨서 고개를 젖힌 그녀의 입술이 피어나는 꽃봉오리처럼 살짝 열렸고, 그들은 조심스럽게, 깊게, 모든 것을 잊고 서로를 마셨다. 갑자기 격렬해진 젊음의 혀가 축축하게 젖은 긴 싸움을 했고, 두 입술과 두 혀가 하나가 되었다. 이제 더 아래요, 용기를 낸 그녀가 들릴락 말락 한 소리로 속삭였다.

더 아래요, 이따금 키스 뒤에 용기를 낸 그녀가 수치심을 누르며 자그맣게 속삭였다. 스스로 드레스 위쪽을 벌릴 때도 있었고, 그렇게 한쪽 가슴이 드러나면 그가 고개를 숙였고, 그녀는 수치심을 이기려고 눈을 감았다. 그녀는 아무것도, 마법의 밤을 제외한 그 어떤 것도 알고 싶지 않았다. 공중에 달콤한 기운이 떠다녔고, 그녀는 그 밤으로 들어섰고, 오 그녀는 흐물거리며 녹아내렸다. 그녀는 감미로운 신음에 말없이 귀를 기울였고, 이따금 침묵을 깨고 헐떡임으로 답했고, 이따금 주저하며 고마워하며 천천히 그의 머리카락을 애무했고, 이따금 한번 더 용기를 내서 다른 쪽을 만져달라고 말했다. 그러고 나면 곧바로, 추락한 자신을 다시 세우기 위해, 그들의 사랑에 육신이 아니라 영혼을 불어넣기 위해, 사랑해요, 라고 말했다. 그러고는 다시 눈을 감고 아무것도 생각하지 않았고, 다른 쪽 가슴 위로 고개를 숙인 그가 희열에 젖는 동안 그녀는 짐승이 되어 침이 고인 가쁜 숨을 내쉬며 헐떡였다. 오, 오래도록 이러고 있었으면, 너무 빨리 나머지로 가지 말았으면.

그가 그녀를 보기 위해 몸을 떼어내면, 그의 눈에 그대로 드러난 너무도 아름다운 그녀는 입을 벌리고 고개를 젖힌 상태로 움직이지 않았다. 그에게 모든 것을 맡겨버린 무력한 행복에 젖어 멍청한 미소를 지으며, 다시 시작되기를 기다렸다. 이어 벨벳처럼 보드라운 밤이, 그녀의 가슴 위로 고개를 숙인 사랑하는 남자의 감미로운 고문이 다시 시작되었다. 그녀가 갑자기 그의 어깨를 끌어내리며 자기 안에 들어오라고 말했다.

처음의 밤들, 더듬거리던 길고 긴 밤, 욕망이 끝없이 되살아나던 밤, 서로 껴안고 비밀을 속삭이던 밤, 빠르고 무겁게 부딪치던 격정적인 정념의 밤. 노예가 된, 제단이자 제물이 된 아리안이 신음하며 연인의 목을 깨물었다. 오 흰자위만 남은, 황홀경에 빠진 성녀의 눈이여. 그녀는 내 안에 있는 것이 행복하냐고, 좋으냐고 물었고, 가지 말라고, 영원히 함께 있자고 말했다. 처음의 밤들, 치명적인 육신의 싸움, 성스러운 리듬, 원초적인 리듬, 허리를 올렸다 내리고, 깊게 빠르게 냉정하게 찌르고, 그는 냉혹하게 집요했고, 미친 듯이 취해 있던 그녀는 한순간 활처럼 휜 몸으로 그에게 가닿았다.

열정을 전부 쏟아내고 나면, 눈가가 거무스레해진 그녀가 남자의 맨어깨를 부드럽게 애무했고, 그들의 결합이라고 부르는 것에 대해, 그가 준 쾌락에 대해 나지막하게 이야기했고, 더 나지막하게 그녀로 인해 그도 행복했는지 물었다. 그러고 나면 그가, 이런 서정적인 주해가 얼마나 어리석은지 알고 있지만 상관없었기에, 지금껏 이토록 사랑스러운 여인이 없었기에, 그녀가 준 행복에 대해 말했다. 그는 이 부드러운 휴전 기간이, 애무가, 다정한 대화가, 오누이처럼 나누는 다정한 키스가 좋았다. 다시 인간이 됐군, 그가 생각했고, 그녀의 품에 파고들었고, 그녀는 조심스럽게 그의 머리카락에 마법을 걸었다.

그 휴전 기간 동안 그들은 즐거웠고, 별것 아닌 것도 재미있었다. 그녀는 싸부아3의 농촌에 사는 앙젤린이라는 여자와 그녀가 키우는 암소 이야기를, 앙젤린이 암소한테 불쌍하다고 말해주면 그

똑똑한 짐승이 비통하게 음매 하며 울었다는 이야기를 했다. 아리안이 1인 2역으로 우선 앙젤린이 되어 "가엾은 디아망, 누가 때렸구나?"라고 말했고(제대로 재미있으려면 "가업쓴 디아망"이라고 해야 했다), 이어 암소가 되어 순교자처럼 비통하게 음매 하고 울었다. 이 이야기에서 가장 중요한 것은 바로 암소가 대답하는 대목이었다. 그들은 함께 영리한 암소가 되어 같이 음매 하기도 했다. 보다시피 그들은 까다롭게 굴지 않았다. 늘 즐거웠고, 다정했고, 아무것도 아닌 것에 웃었다. 그의 얘기에도, 의자 때문에 겁먹은 척하며 장난을 치는 아기 고양이 얘기, 번들거리는 금속성의 녹색으로 붕붕거리며 나는 커다란 파리를 무서워한 얘기, 날아다니는 애벌레일 뿐이고 밟으면 징그럽게 물컹거리고 역겨운 림프액이 가득한 나비, 날개가 옛날 노처녀들이 칠해놓은 것처럼 촌스러운 나비를 사람들이 무턱대고 예쁘다고 생각하는 게 화가 난다는 얘기에도 함께 웃었다. 오 그들은 오누이처럼 즐기며, 얌전히 볼에 입을 맞추며, 너무도 행복했다. 어느날 저녁 나란히 누웠을 때 그녀가 "아름다운 나라를 안다네"로 시작하는 시를 하나 지어달라고 했고, 그가 즉석에서 시를 지었다. 아름다운 나라를 안다네, 황금과 들장미꽃으로 된 나라, 그곳에선 모두가 미소를 짓는다네, 아 너무도 아름다운 모험이라네, 호랑이가 비겁하고 양들이 자신만만한 나라, 아리안이 늙은 거지들에게 빵을 주었다네. 그러면 그녀가 경탄하며 그의 손에 입을 맞췄고, 그는 아리안의 경탄이 부끄러웠다.

열정이 지나간 뒤 그가 담배에 불을 붙이면, 그녀는 무시당한 것

3 프랑스 동부 스위스 국경 지역.

같은 기분에, 심지어 모욕당한 것 같은 기분에 슬퍼졌다. 하지만 아무 말 없이 받아들였다. 여자들은 원래 이렇게 세심하다.

그가 옆에 누워 그녀를 믿고 잠들면, 그녀는 그 모습이 측은하게 느껴져 가슴이 뭉클했다. 그녀는 그런 연인을 바라보는 것이, 잠든 연인을 지켜보는 것이 좋았다. 모르는 남자였는데 이제는 삶의 전부가 되어버린 남자의 잠든 모습을 보며 야릇한 연민을 느끼는 게 좋았다. 내 마음 안에 낯선 사람이 들어와 있어, 그녀가 생각했다. 그녀는 조용히 많은 말을, 더없이 미친, 더없이 경건한 말을, 그는 절대 알지 못할 말들을 했다. 나의 아들, 나의 주인, 나의 메시아, 그녀가 용기를 내서 마음속으로 말했다. 그가 깨어나면 그녀는 뛸 듯이 좋았다. 오 여자의 우월함이여. 그녀가 그를 안았고, 그가 아직 살아 있다는 게 좋아서 너무 세게 껴안았고, 그러면 그는 불현듯 아름다운 두 뺨 아래 느껴지는 해골 때문에 겁에 질려 미친 듯이 그녀를 안았고, 죽고 나면 굳어버릴 젊은 가슴에 다시 입을 맞추었다. 그렇게 욕망이 되살아났고, 그녀는 반가이 맞아들였고, 그의 욕망을 경배했다. 당신의 여자를 가져요, 그녀가 말했다.

나의 주인님, 밑에 누운 그녀가 경건하게 말했고, 그를 받아들이며 행복으로 울었다. 나의 주인님, 그녀가 놀랍도록 천박하게 다시 말했고, 그는 그렇게 들뜬 그녀의 찬미가 창피했고, 하지만 살아 있다는 것이 기뻤다. 당신의 여자, 난 당신의 아내예요, 그녀가 말했고, 그의 손을 잡았다. 당신의 여자, 그녀가 다시 말했고, 그의 여자임을 확인하기 위해, 자기를 마음대로 하라고 했다. 당신의 여자를 마음대로 해요, 그녀가 말했고, 그렇게 말하며 좋았다. 그의 밑에서 땀을 흘리며, 그의 밑에서 흐느끼며, 당신의 여자이고 당신의 하녀라고, 풀처럼 낮고 물길처럼 부드러우리라고 말했고, 사랑한다고 말하고 또 말했다. 이전에도, 지금도, 그리고 영원히. 당신을 영원히 사랑해요, 영원히는 바로 지금이에요, 그녀가 말했다. 하지만 리츠에서 마주 앉았던 그날 저녁에 만일 내 입안에 치아가 두개 부족했다면, 가련한 뼛조각이 두개 없었다면, 그래도 그녀는 지금처럼 내 밑에서 나를 숭배할까? 하나에 3그램, 그러니까 6그램의 뼛조각. 그녀의 사랑의 무게는 6그램이다, 그가 생각했다. 그녀를 향해 몸을 숙인 그가 그녀를 만졌고, 그녀를 찬미했다.

처음의 밤들, 오 그들의 고귀하고 거친 결합, 사랑에 취한 격정이여, 오 그의 밑에서 한순간 딴사람이 되어버린, 발작에 빠진 듯 넋을 잃은 아리안이여. 다가오는 쾌락에 신경을 집중하고 조심스레 기다리며 거친 신음을 내뱉는 아리안. 그가 오는 시간을 재촉하기 위해서 눈을 감는 아리안, 가까이 온 쾌락을 알리는 그녀의 비장한 알림, 연인을 향한 호소. 같이, 내 사랑, 기다려요, 내 사랑, 지금, 지금, 내 사랑, 딴사람이 된 그녀가 말했다. 그는 검은 하늘로 혼자, 혼자 떨어졌고, 죽음이 골수에 사무쳤고, 마침내 생명이 요동치며 분출했고, 승리의 오열, 그의 생명이 경이로운 죽음으로 흘러가 마침내 그녀에게로 갔고, 그녀 안에서 그 풍요를 받아들이며 채워졌고, 그녀 안에서 행복했다. 분출의 순간 그는 좀더 강렬하게 느끼기 위해 힘을 주었고, 그의 아래 피어 있는 피처럼 붉은 꽃 위로 무너져 내렸다. 오, 더, 더, 감미롭고 기묘한 여인이 애원했다. 그대로 있어요, 그녀가 그를 꽉 껴안았고, 그를 들이마셨고, 그대로 있게 하려고, 붙잡으려고, 감미롭게, 마술을 부리듯, 세게 껴안았다.

43

어느날 밤에 그가 이제 그만 가야 할 시간이라고 말했을 때, 그녀가 매달리며 늦지 않았으니 더 있으라고 애원했고, 프랑스어로 이어 러시아어로 난 당신의 여자라고 말했다. 더 있어요, 더 있어요, 금빛 목소리가 애절하게 말했다. 그는 더 있고 싶은 마음이 간절했지만, 그녀가 늘 그를 갈망하게 해야, 그래서 함께 있는 시간이 피로하거나 지겹게 느껴지지 않도록 해야 했다. 벌써 치졸한 수를 동원해야 한다는 것이 수치스러웠지만 어쩔 수 없었다. 늘 아쉬워하며 그를 그리워하게 해야 했고, 때가 되면 떠나는 사람이 되어야 했다. 결국 그는 더 중요한 그들의 사랑을 위해 자신의 행복을 포기하기로 했고, 일어서서 담뱃불을 붙였다.

그녀의 입술이 여전히 벌어져 있었고, 그녀는 쳐다보지 말라고 말하며 벽난로 거울 앞으로 갔다. 옷매무새를 가다듬고 머리를 매만진 뒤 이제 됐다고, 대담함이 모두 사라진 품격 있는 사교계의 미소를 지어 보였다. 그가 경의의 표시로 그녀의 손에 키스를 했고, 그녀는 고마워하며 받았다. 여자들은 원래 헐떡거림과 침에 젖어 주고받는 다정한 말이 끝나면 존중받기를 원하기 때문이다. 그녀는 다시 한번 지배 계층다운 미소를 지어 보인 뒤, 러시아에서는 헤어지기 전에 한번 더 앉았다 간다고 말했다. 그가 앉았고, 그녀는 그의 무릎에 앉아서 눈을 감고 입술을 살짝 벌렸다.

현관에서 그녀가 일분만 더 있다 가라고 했다. 그럴 수 없소, 그가 미소 지으며 말했다. 너무도 차분하게 거절하는 그 인상적인 모습을 그녀는 찬탄 어린 고통스러운 눈으로 바라보았다. 그녀는 얌전히 배웅했고, 택시까지 따라가서 문을 열어주었다. 운전수가 보든 말든 몸을 굽혀 그의 손에 키스를 했다. 내일 저녁 9시예요, 그녀가 나지막하게 다시 다짐하고는 문을 닫았다. 택시가 출발했고, 그녀가 서라고 외치며 따라왔다. 그가 창문을 내리자 그녀가 숨을 헐떡이며 말했다. "미안해요, 잘못 말했어요, 조금 전에 내일 저녁이라고 했는데, 지금이 새벽 4시니까 이미 내일이 됐잖아요, 그러니까 오늘 저녁에, 오늘 저녁 9시에 만나는 거예요, 알겠죠?" 달빛을 받아 푸르스름한 거리에서, 구겨진 옷을 입고 몸을 떨면서, 그녀는 자신의 운명이 멀어지는 것을 바라보았다. 신께서 당신을 지켜주시길, 그녀가 중얼거렸다.

작은 거실로 돌아온 그녀는 혼자 있지 않기 위해 거울 앞으로 갔다. 그렇다, 벌써 오늘 저녁이다. 저녁은 매일 올 것이고, 매일 저녁 그와 함께하는 내일이 있을 것이다. 거울 앞에 선 그녀는 거울 속

주군의 여인에게 정중히 인사를 했고, 지난밤이 끝날 즈음 자기 얼굴이 어땠을지 확인하고 싶어서 표정을 여러번 바꾸어보았다. 그녀는 한번 더 그가 된 상상을 하면서 애원하는 얼굴, 또 입술을 내미는 얼굴을 바라보았고, 만족했다. 괜찮네, 정말 괜찮아. 말까지 같이 해보면 더 잘 알 수 있을 것이다. 당신의 여자, 난 당신의 아내예요. 황홀경에 빠져 흥분한 그녀가 거울 속 얼굴에게 말했다. 그래, 표정이 정말 괜찮아. 베르니니의 성녀 떼레사[4]와 비슷해. 그 사람이 보기에도 근사했을 거야. 눈을 감고 격정적인 키스를, 정말 깊고 깊은 키스를 할 때 내 모습은 어땠을까? 그녀는 입을 벌리고 왼쪽 눈을 감은 채로 오른쪽 눈만으로 보았다. 잘 모르겠다. 매력이 드러나지 않는 애꾸의 모습뿐이다. 할 수 없지, 그 작업을 할 때 얼굴이 어땠는지는 알 방법이 없다. 세상에, 작업이라니. 조금 전 그 사람과 함께 있을 땐 얼마나 진지했는데. 깊숙한 키스를 할 때 내 모습이 어떤지 알려면 눈을 아주 살짝 뜨고 속눈썹 사이로 보는 수밖에 없어. 아니야, 그럴 필요 없어, 어차피 그런 상황에서는 머리가 서로 코앞에 와 있으니까 그 사람도 날 볼 수 없어, 그러니 굳이 애쓰지 않아도 돼.

그녀는 자리에 앉아서 꽉 끼는 구두를 벗고 발가락을 움직였고, 안도의 한숨을 내쉬며 하품을 했다. 후유, 이제 휴식, 끝났어. 그 사람이 갔으니 이젠 매력적으로 보이려고 애쓰지 않아도 돼, 그래, 그 사람, 그자, 뤼스뛰크뤼,[5] 그래요, 맞아요, 당신 얘기예요. 미안해요,

4 17세기 이딸리아의 조각가 베르니니의 대리석 조각상 「성 떼레사의 환희」를 말한다.
5 17세기 프랑스 민담에 등장하는 인물로, 아내의 얼굴이 마음에 들지 않는 남편

그냥 농담이에요. 당신이 와 있을 땐 내가 노예나 마찬가지가 돼서 그런 것 같아요. 복수를 하는 거라고요, 알겠죠? 내가 무조건 순순히 당하지만은 않는다는 걸 보여주려고, 자존감을 지키려고요. 혼자 있는 것도 정말 좋네요.

그녀가 일어섰고, 긴장을 풀기 위해 얼굴을 찡그려보며 어슬렁거렸다. 구두를 벗고, 아무것도 신지 않은 맨발로, 조금 줄어든 키로 바닥에 붙어서 걷는 것이 감미로웠고, 발가락을 움직이는 게, 늘 숭고하게 클레오파트라처럼 두려울 정도로 아름다운 여인으로 있지 않아도 되는 게 감미로웠다. 좋아, 이제 먹으러 가야지! 사실 난 지금 배가 고파 죽을 것 같거든요. 몸은 마음대로 못하는 거잖아요. 당신도 알고 있겠지만요. 그녀가 미소를 지었고, 경쾌한 걸음으로 작은 거실을 나섰다.

부엌에서 냉장고를 열었다. 대황[6] 파이를 먹을까? 아니지, 그건 여드름 난 여자들이 채식 식당에서 먹는 거야. 단백질이 필요해! 이런 쌩그리의 배[7]를 채워야지! 앙리 4세의 연인 꼬리장드[8] 도블은 이렇게 말했을 거야. 그러니까 소시지를 먹어야겠어, 자르지 말고

─────────────

이 아내를 뤼스뛰크뤼에게 끌고 가면 망치와 집게로 얼굴을 고쳐준다.
6 마디풀과의 식물로 뿌리는 약재로 쓰고 줄기는 요리 재료로 쓴다.
7 16세기 나바르의 왕으로 프랑스의 왕이 된 앙리 4세는 라틴어로 '예수의 피 흐르는 배'(ventre sangue christi)라는 욕을 잘 썼는데, '상궤 크리스티'가 빠리 사람들의 귀에 '쌩그리'(saint-gris, 성스러운 회색의)로 들렸고, 이로부터 '쌩그리의 배'라는 표현이 유행했다고 한다.
8 아리안의 처녀 시절 이름인 '아리안 까상드르 꼬리장드 도블'에서 '꼬리장드'는 앙리 4세의 정부 디안 당두앵의 별칭이기도 했다.

그냥 먹을까? 아니, 아무리 그래도, 이런 밤을 보내놓고 그럴 순 없어. 빵에다 잼을 발라 먹는 게 어울려. 좀더 시적이고, 조금 전에 있었던 일과도 더 잘 어울리잖아. 하지만 씹을 게 부족해. 그녀는 결국 두가지를 절충해서 커다란 햄 샌드위치를 만들어 먹기로 했다.

샌드위치를 만든 그녀는 정원에서 먹으려고 들고 나갔다. 새벽 기운을 느끼면서, 잠에서 깨어난 작은 새들하고 같이 먹어야지. 그녀는 도도한 엉덩이와 더없이 아름다운 다리를 으스대듯 움직이며 정원을 거닐었다. 튼튼한 치아로 허겁지겁 씹어 삼켰고, 그러다 햄 샌드위치를 마치 검처럼 휘두르며 태양을 향해 선포했다. 난 주군의 여인이다. 그러고는 환한 미소를 지으며 이슬에 젖은 풀 위를 맨발로 성큼성큼 걸었다. 높이 치켜든 샌드위치는 행복의 깃발, 사랑의 깃발이었다,

그녀는 작은 거실로 돌아와서 재채기를 했다. 그가 없으니 상관없다. 두번째 재채기는 일부러 크게, 에이춰! 하고 극적으로, 확실하게 소리를 냈다. 심지어 재채기를 하고 난 뒤에 감기 걸린 불행한 여인의 표정을 지으며 거울 앞에서 자기 얼굴을 바라보기도 했다. 이제 급히 올라가서 코를 풀어야 한다! 방으로 올라간 그녀는 자신 있는 자기 모습을 지켜보기 위해 전신 거울 앞에 서서 마음껏 코를 풀었다. 좋았지만, 콧물은 별로 나오지 않았다. 그가 있을 때는 절대 코를 풀지 말 것.

휘파람을 불며 서둘러 계단을 내려가 바람같이 작은 거실로 뛰어든 그녀는 무언가를 발견하고 얼굴이 환해졌다. 소파 밑 바닥에

담뱃갑이, 대천사의 황금 상자가 떨어져 있었다! 그녀는 알겠다는 듯 미소를 지었다. 그러니까 어제 소파 위에서 너무 심하게 움직인 것이다. 정말 굉장했어! 그녀는 담뱃갑을 주워 들며 같이 자자고 했고, 그를 위해 무엇인가를 한다는 행복을 느끼며 담배를 채워넣었다. 어느새 오늘 저녁을 위한 준비를 시작할 시간이었다. 재떨이에 그가 피우고 난 꽁초 세개! 그녀는 하나를 주워 들고 입에 갖다 댔다. 아리안 꼬리장드 까상드르 도블, 차 문을 열어주고 담배꽁초를 주워 피우는 여자! 그녀가 선언했다.

성스러운 꽁초를 입에 문 채로, 연인이 앉았던 안락의자를 살폈고, 그의 무게로 움푹해진 곳을 사랑스럽게 바라보았다. 감동적이기는 했지만, 몇시간 후면 멍청한 하녀가 와서 청소할 테니 그대로 보존할 수는 없었다. 할 수 없지, 또 생길 거니까. 새로 시작하는 삶에는 이렇게 움푹해진 자리가 가득할 거야. 소파가 있고, 소파에서 이루어지는 그 모든 일이 있으니! 소파 위에서 그의 흔적을 찾아낼 수는 없었다. 두 몸이 뒤엉켜 사랑의 전투를 벌이는 동안 그들의 바다 위로 파도가 수없이 올라갔다 내려갔다 하면서 흔적이 모두 뒤섞인 것이다. 오, 평생 무인도에서 그 사람과 단둘이 살 수 있다면 얼마나 좋을까! 그녀는 사랑의 제단인 소파 앞에서 살짝 무릎을 꿇었다. 이제 진짜 담배를 피우러 가야겠다. 그 사람처럼 중지와 약지 사이에 담배를 끼고서!

담배를 피우고 나서 마지막으로 한번 더 거울을 보았다. 사랑스러운 몸, 너무도 중요해진 몸. 오 내 사랑, 그녀가 자기 몸에게 말했다. 내가 정말 잘 보살펴줄게, 두고 봐! 그녀는 한바퀴 돌았고, 난 남편 말고 애인이 있는 여자야, 하고 소리쳤다. 문득 방트라두르 부인에게 전화를 걸고 싶어졌다. 그녀는 목소리를 바꿔서 그 늙은 여자에게 난 애인이 있어요, 하고 말한 뒤 곧장 전화를 끊었다. 자, 이제 빨리 목욕을 하고, 빨리 침대로!

빨리 해, 멍청이, 그녀는 따뜻한 물에 몸을 담그며 자기 자신을 꾸짖었다. 빨리 해, 곧 아침 6시잖아, 자야 한다고, 아니면 내일은 서른살 난 늙은 여자처럼 보기 싫어질 거야, 카드 점을 치는 여자처럼 주름살이 가득할 거라고. 그럼 그 사람이 놀라서 뒷걸음치겠지. 자, 이제 좀 보자, 좀 정리해보자고. 멍청한 하녀한테 깨우지 말라고 쪽지를 써놓고, 문을 열쇠로 잠그고, 이 소중한 거실의 덧창도 닫아야 해, 강도들이 들어와서 내 목을 조르면 안되니까. 꼭 살아야 해, 이제 내 목숨은 소중해, 내 몸이 쓰일 곳이 있잖아. S하고 할 땐 아무 의미가 없었고, 우리 집 남자하고 할 땐 슬펐는데. 당신 전에 그 누구도, 당신 후에 그 누구도 없어요. 내가 내 가슴을, 이 젊은 가슴을 이렇게 사랑하게 되다니. 이 정도면 난 아름다운 여자야. 그래, 다리에 털이 많고 심지어 수북한 여자들도 있다는데. 불쌍해라, 정말 안됐어, 뭐, 알아서 하라지. 어때? 여기서 잠시 이야기를 해볼까? 아니, 안돼, 침대로 가서 이불 덮고 편안하게 해. 할 일이 더 있는지 한번 살펴볼까? 밑에서 필요한 건 다 챙겨 왔어. 대천사의 담뱃갑, 침대에서 급하게 필요할 때를 위한 손거울. 이제 가서 내일 저녁 아니 오늘 저녁에 있을 일을 얘기해봐야지. 아주 상세하게. 무슨 옷을 입을 건지, 그에게 무슨 말을 할 건지, 그리고 그가 나한테 뭘 할 건지. 나처럼 훌륭한 가문의 여자가 이렇게 에로틱한 상상을 하다니. 전혀 도덕적이지 못한 건 말할 것도 없고. 더구나 디디가 준 그 아름다운 순금 담뱃갑을 그에게 주다니. 그래, 불쌍한 디디, 맞아, 하지만 어쩌겠어, 내 잘못은 아니야, 그리고 디디가 오려면 아직 멀었어, 아직 시간 넉넉해.

그녀는 일어서서 재빨리 비누칠을 했다. 그렇지 않은가, 남편과 결혼한 건 그가 너무 졸랐기 때문이고, 그때 그녀가 너무 불행했기 때문이고, 또 자살하려고 먹은 약 기운으로 정신이 온전하지 않았기 때문이다. 그러니 결혼을 약속한 것 자체가 무효다. 디디가 그렇게 졸라서는 안되는 거였다. 내가 약해진 틈을 이용했으니까. 그래, 그런 셈이다. 그래, 오늘 저녁 9시!

그녀는 잠옷 상의를 걸치고 빨간색 실내 슬리퍼를 신은 발부터 허리까지는 맨살을 드러낸 채 급히 방으로 달려갔고, 고모가 쓰던 기도대에 무릎을 꿇었다. 전신 거울에 비친 자기 모습이 거북했다. 상의가 좀 짧았지만 바지를 입을 시간이 없었다. 할 수 없지, 하느님이 이런 것까지 일일이 살피진 않으실 거야, 그리고 어차피 하느님은 내가 어떤지 다 아시잖아. 아멘, 으로 기도를 끝내고 나서 그녀는 곰 인형 장 자끄가 기다리는 침대로 달려갔다. 어릴 때부터 가지고 놀았고 늘 데리고 자던 장 자끄는 털이 다 빠졌고, 뚱뚱하고, 눈도 하나밖에 남지 않았다. 침대로 올라간 그녀는 대천사의 담뱃갑을 입에 물고 마음껏 이야기를 시작했다.

이리 와, 장 자끄, 그런 얼굴 하지 말고, 제발, 너에 대한 내 마음이 변함없다는 거 알잖아, 그러니까 제발 투정 부리지 마, 탕파를 데울 걸 그랬나봐, 춥진 않지만 그래도 있으면 좋을 텐데, 얘기도 더 잘 나오고. 뭐 할 수 없지, 그가 남긴 담배를 이제 꽁초라고 부르지 않을 거야. 좀 상스럽게 들리잖아, 영어로 해야지, 스터브라고 부를 거야. 그 사람이 남긴 담배에는, 끝까지 다 피운 것까지도, 이 이름이 훨씬 잘 어울려, 내 곰의 진짜 이름을 당신한테만 알려준 거라고 꼭 말해야지. 다른 사람들한텐 전부 빠트리스라고 했는데, 하지만, 내 사랑, 당신하고 나 사이에 비밀을 만들 수는 없어요. 그 사람이 들으면 좋아하겠지. 물론, 절대로 말할 수 없는 비밀이 하나 있긴 하지만. 참, 그런데 처음 우리 집에 왔던 날 그를 위해 바흐 음악을 연주할 때, 그가 내 옆모습을 보고 있었는데, 그때 어땠을까? 자, 한번 확인해보자.

다시 불을 켜고 침대에서 일어난 그녀는 전신 거울 앞에 피아노 의자 대신 작은 원탁을 놓고 그 위에 맨살이 드러난 엉덩이를 걸쳤다. 그러고서 곰곰 생각해보았다. 그가 내 오른쪽에 있었으니까 오른쪽 옆모습을 본 거다. 그녀는 상상의 건반을 그려보며 한 손으로 가볍게 연주하면서 다른 손으로는 거울을 들었고, 그런 불편한 자세로 전신 거울에 비친 자기 옆모습을 힐끗거렸다. 됐어, 괜찮았네. 사실 그녀는 오른쪽 옆모습이 더 예뻤다. 오른쪽에서 보면 코도 흠 잡을 데 없이 완벽했다. 이어 그녀는 돌아앉아 고개만 돌린 채로 거울에 비친 엉덩이를 확인했다. 건반을 두드릴 때 등 아래쪽이 너무 많이 움직이는 것만 빼면 나쁘지 않았다. 그래, 엉덩이를 너무 많이 움직여, 신경을 써야 해. 하지만 그 사람은 좋아했을지도 몰라. 그래, 아마 그럴 거야. 이제 자러 가야지. 침대로 가면서 그녀는 쏠랄이 선물로 준 멕시코 곰 인형을 오만한 손짓으로 한번 두드렸다. 안녕, 뻬드로?

그래, 이제 침대 밖으로 안 나갈 거야, 거들을 하나 사야 할까봐, 아니 그건 감옥이나 마찬가지야. 사실 조금 포동포동한 것도 나쁘지 않아, 하느님이 그렇게 만드신 건 다 쓸데가 있어서일 테니까. 그래 얘기해봐, 다 얘기해봐, 우리끼리, 아무도 못 끼어들게, 여자들끼리 말이야, 하지만 이번엔 뒤에서부터 시작하는 거야, 뒤에서 앞으로 가는 거지, 그러니까 제일 끝에서 시작해, 갑자기, 그러니까 한창 희열을 느끼는 중에 그가 내 몸에서 떨어졌어, 난 애원했고, 그러지 마, 그러지 마, 거리낌 없이 말도 놓으면서. 그런 상황에선 할 수 없잖아. 난 타락한 여자인 걸까, 아니 난 이제 막 눈을 뜬 여자야, 사실 어떻게 보자면 난 처녀나 마찬가지였잖아. 그런데 그렇게 매혹적으로 애원했는데도 소용없었어, 흔들림이 없는 사람이야. 결국 난 일어서서 옷매무새를 가다듬었어. 다행히 가슴을 여미는 동안 그가 쳐다보지 않았어, 봤다면 수치스러웠을 텐데. 러시아의 풍습을 들먹인 건 꽤 괜찮았어, 이분 더 같이 있는 건 언제나 좋아. 마지막으로 안락의자에 앉아서 키스를 했지, 세번, 아주 길고, 동굴을 탐사하듯 아주 깊은 키스. 그런 다음에 택시 타는 걸 배웅했지. 기사 딸린 롤스가 있는데 왜 굳이 택시를 타는 걸까. 워낙 중요한 인물이라서 그럴 거야, 택시를 타는 게 남의 눈에 덜 띌 테니까, 그는 이 세상을 호령하는 제후야, 운전수를 몇시간이고 기다리게 하잖아, 어젯밤엔 9시부터 4시까지 무려 일곱시간이었어, 내가 상관할 일은 아니지. 어쨌든 내가 차 문을 열어주고 정중하게 손에 키스했으니까 그도 기분이 좋았을 거야. 그런 다음에 떠나는 택시를 쫓아가며 내일 저녁 9시가 아니라 오늘 저녁 9시라고 말했지.

갑자기 그녀가 말을 멈췄다. 가슴이 쿵쾅거리고 얼굴이 화끈 달아오르면서 숨을 쉴 수가 없었다. 실수가 많았다는 걸 문득 깨달은 것이다. 급히 달려가 차 문을 열다니, 실수였다. 떠나는 차를 잡느라 뛰다니, 정신 나간 하녀처럼 달려가다니, 실수였다. 차가 속력을 늦추는 동안에도 비굴하게 걸어서 따라가다니, 차가 완전히 서지도 않았는데 숨을 헐떡이며 말하다니, 실수였다. 구걸하는 거지와 다름없지 않은가. 왜 그랬을까? 난 워낙 똑똑해서 오늘이 사실은 내일이라는 걸 알아냈다고 말해주고 싶어서? 그는 절대 잊지 않을 것이다. 오, 세상에, 그러지 말았어야 했다. 세상에, 그냥 아침까지 기다렸다가 전화를 걸면 될 일인데, 말도 안된다. 정신 나간 여자처럼 난리 법석을 떨다니, 아예 서커스를 벌이지 않았는가. 나의 왕관은 이제 땅에 떨어졌다. 나는 더이상 찬미받지 못할 것이다. 함께 하늘을 바라보면서, 당신은 나의 주군이에요, 라고 거창하게 말했는데, 그 모든 고귀한 것이 팔짝거리며 뛰어오는 하녀로 끝나다니. 아니야, 그렇지 않아, 과장하지 마, 말도 안되는 생각이야. 그토록 많은 사랑의 말을 주고받았는데, 그가 얼마나 열정적이었는데, 우리가 얼마나 많은 키스를 했는데, 그렇잖아. 그렇긴 하지만, 그 경이로운 것들은 모두 서커스를 벌이기 전의 일이었어. 그러니 소용없어. 서커스 때문에 다 망쳤어. 아, 난 정말 어쩔 수 없는 여자야. 너무 쉽게 흥분하고, 행복을 빨리 얻으려고 너무 조급해하고, 너무 미숙해. 그 헝가리 백작 부인이라면 떠나는 차를 잡으려고 뛰어가는 짓은 하지 않았을 텐데.

아니야, 아니야, 정신 차려, 기원하듯 말하며 일어선 그녀는 침대 끝에 걸터앉아 자기의 다리와 자기의 불행을 바라보았다. 그래, 냉정하게 생각해봐. 사실, 망친 건 없어. 살다보면 좋을 때도 있고 나쁠 때도 있지. 어떤 인상을 받았든 어차피 일시적이야, 나쁜 인상을 지우고 그 자리에 좋은 것을 채워넣으면, 그러니까 그 사람이 다시 날 좋게 보도록 만들면 되는 거야. 오늘 저녁엔 더없는 매력과 품격을 보여야 해. 차를 내올 때도 우아한 동작으로 하고, 좀 멀리 떨어져 있고, 아주 아름답게 입어야 해. 그래, 원래대로 돌려놓자. 그녀가 벌떡 일어서서 손을 꼬았다. 아니야, 아니야, 다 끝났어! 그녀가 전율했다. 그러고는 마른 입술을 적시며 현관에서 울리는 전화를 향해 미친 듯이 달려갔다.

방으로 돌아온 그녀는 거울 앞으로 달려가 자기 입술에 입을 맞췄다. 오 내 목소리가 듣고 싶어서 전화를 했어! 그리고 내가 택시 뒤를 쫓아오는 모습이 무척 사랑스러웠다고 먼저 말했어! 그래, 잘 생각해보면, 그렇게 뛰는 것도 매력이 없지는 않아, 사랑스러운 소녀 같잖아, 충동적인 여자 같고. 그러니 난 망신한 게 아니야. 이제 다시 이불 속으로! 그녀는 단숨에 침대로 올라갔고, 이불 속으로 파고들어 고개만 밖으로 내밀었다.

너무 사랑스러웠다고 했어, 들었지, 쓸데없는 생각이라니까, 내 말이 맞잖아, 이제 그의 모습을 한번 그려볼까, 그래 한번 해봐, 기다려 이불부터 잘 덮고, 자 이제 됐어, 우선 키가 커, 나보다 커, 당연히 그래야겠지만, 사실 우린 모두 감상적인 소녀야, 그런데 오늘 밤에 그 사람은 왜 날 갖지 않은 걸까, 왜 그냥 키스만 한 걸까, 설명해봐, 키스만 했다니까, 내 젊은 가슴에도 했어, 난 정숙한 여자니까 당연히 아무 말도 못했지, 하지만 기대해, 내일 저녁 아니 오늘 저녁엔, 어쨌든 같이 교회에 한번 갈 거야, 무릎 꿇고 손을 맞잡고 있어야지, 말도 탈 거야, 수상스키도, 그 사람이 수상스키를 타는 모습은 감탄스러울걸, 그렇지? 그래 그럴 거야, 그래도, 그 대신에, 그저께 저녁엔 축성식이 두번 있었어, 두번 있었다고, 그래, 세고 있다니 창피해, 작은 거실을 깨끗이 치워줘요, 청소기도 꼼꼼히 돌리고, 소꿉친구가 올 거라서, 오스트레일리아에서 와요, 엿보면서 궁금해하면 안되니까, 마음 놓고 다 할 수 있게, 점심 먹고 나면 바로 보내야 해, 그리고 거실을 완벽하게 준비해야 해, 정말로 미용실에 다녀와볼까, 아냐 안돼, 잔뜩 화장한 얼굴로 약삭빠르게 이것저것 해주겠다고 달려드는 여자들이 난 정말 싫어, 괜히 그 여자들 때문에 더 이상해질 수 있잖아, 혹시 나중에 그가 출장을 가게 되면 그때 한번 해봐야지, 망쳐도 원상회복할 시간이 있으니까, 치우자, 없애자, 절대 안돼, 그 반대야, 거실에 과일을 가져다놓아야지, 아니야 너무 공들여 준비한 티가 나서 안돼, 너무 비굴해 보여, 그냥 과일 좀 먹겠냐고 물어보고 그런다고 하면 가져오는 게 나아, 과일이 있으면 깊고 진한 키스를 하기 직전에 살짝 먹어서 혀를 달콤하고 상큼하고 맛있게 만들 수 있어서 좋아, 물론 내 혀는 과일이 없을 거라도 맛있지만, 아냐 없을 거라도, 가 아니라 없어도, 라고 해야 해, 혹시 날이 덥거든 목이 사각형으로 파이고 줄무늬가 있는 시골풍 원피스를 입어야지, 아니 앞면 전체에 단추가 달린 리넨 원피스가 낫겠어, 구겨지지 않게 8시 50분에 입어야지, 아니야 그랬다간 아침에 막 일어난 사람 같을지도 몰라, 차라리 여름용 이브닝드레스로, 하지만 디자인이 아주 단순한 걸로, 그게 아니면 차려입은 티가 많이 안 나게 가벼운 정장으로 원피스 위에 재킷을 걸치든지, 그러면 재킷을 벗을 수 있어서 좋아, 안의 원피스는 목이 파인 걸로 입고, 그래도 너무 많이 파인 건 안돼, 하지만 고개를 약간 숙일 때는, 그래도, 그래, 백작 부인 문제를 확실히 해야해, 그 여자가 정말로 떠난 걸까, 지난번에 리츠에서 새로 산 면도솔을 나한테 보여줄 때, 털이 빠지지 않는다는 최고급 면도솔에 대해 설명할 때 그 사람의 눈빛이 어린애 같았어, 정말 흥분했고, 옆에 있는 내가 너무 어른처럼 느껴졌어, 난 절대적으로 그를 사랑해, 하지만 왠지 왠지 왠지 두렵고 반감도 생겨, 그래, 남자의 욕망에, 늘 그런 건 아니고, 그럴 때가 있어, 그 사람이 강압적으로 느껴져, 냉혹한 지혜에 놀라 기가 죽은 것 같아, 난 저런 걸 절대 알 수 없었으리라는 생각이 들어, 착한 여자들은 원래 좀 아둔한 데가 있잖아, 하지만 마음속으로 지적을 하기도 해, 잘난 척하는군요, 틀렸어요, 라고 할 때도 있어, 바르바라하고는 한번도 그런 적이 없었는데, 바르바라한테는 한번도 화가 난 적이 없었어, 그 사람을 더 좋아하지만, 바르바라하고는 마음이 잘 맞았어, 그가 내 옷을 벗기는게 좋아, 난 욕망이 강할수록 수줍어하게 돼, 수줍어하면서 그냥 구석에서 움츠리고 있어, 그는 아무렇지도 않게 떨어져 앉아 있는데, 난 그의 입술을 간절히 원할 때도 있고, 그가 옷을 입고 있을 때 그의 재킷 안으로 두 팔을 집어넣고 꽉 껴안는 게, 그가 내 거라는 걸 알도록 세게 껴안는 게 좋아, 특히 좋은 건, 하지만 소리 내서 말할수 없어, 그러니까 사실은, 밤에 침대에서 벌어지는 일에 관해서, 난 도덕관념이란 게 없나봐, 정숙한 여자들은 아마 그럴 때, 난 밤에 그가 뭘 하라고 하든 다 할 수 있을 것 같아, 물론 말로 할 수는, 오 내가 불쌍해, 난 불쌍하게도 굽 높은 구두를 신고 꽉 끼는 치마를 입고 항상 기다려야 해, 나보다 더한 여자들도 있지만, 작은 모자까지 쓰고 귀걸이를 치렁치렁 달고 말이야, 이런 굴욕이 필요하다는 게 끔찍해, 역겨워, 그렇지만 오늘 저녁에 그가 오면 바로 달려갈 거야, 암캐처럼 뛰어가서 암캐처럼 그의 손을 핥을 거야, 오늘 저녁엔 당신이 너무 오래 있지 않았으면 좋겠어요 당신하고 있으면 기운이 하나도 안 남거든요, 이렇게 말하면 얼마나 좋을까, 오 그리고, 내가 생각해낸 숭배의 키스, 다른 예쁜 여자들도 그렇게 할지도 몰라, 하지만 제일 좋은 건 그가 곧 도착하고 나는 기다리는 시간, 그가 떠나고 나는 함께 있던 때를 되돌아보는 시간이야, 수치스러운 입맞춤이 또 있지, 마치 원숭이처럼 그의 냄새를 맡을 때야, 아니야 하나도 수치스럽지 않아, 원숭이 같지 않다고, 오 이제 그만해, 이제 자야 해, 피아노를 칠 때 의자 위에서 엉덩이를 너무 많이 움직여, 좀 일부러 그러는 것도 있어, 사실은 난 못난 여자야, 오 난 큰 안경을 쓴 슈베르트의 삼중주 1번 B플랫 장조가 너무 좋아, 그래 휘파람을 불 줄 아는지 물어봐야겠어, 이봐, 휘파람 불 줄 알아? 난 늘 그가 필요해, 그의 팔에 안겨서 황홀해하는 멍청한 여자가 되고 싶어, 자꾸 전화를 걸어 귀찮게 할 거야, 밤에 잘 때 내 생각을 한다고 했어, 그게 진정한 사랑이잖아, 리츠에서 처음 얘기할 때 여자들의 가슴이 엉터리고 흐물거린다고 말한 거, 어떻게 그런 끔찍한 말을 할 수 있냐고 책망하니까 그 사람이 미안하다고 했어, 내 가슴은 세상에서 제일 아름답다고 했고, 사실 맞는 말이야, 아무리 친한 친구라도 이런 가슴은 나 혼자인 게 좋아, 그러니 다 끝난 문제니까 더 말하지 말자, 오 사실 친한 친구 같은 거 없잖아, 그리고 또, 여자들이 좋아하는 체조, 동 쥐앙의 눈에 코미디처럼 보인다고 말한 그 체조 얘기도 하니까 아주 맘에 들게 대답해줬어, 용서받지 못할 죄는 없다고, 등에 채찍을 날려 붉은 줄이 생기고 조금 있으면 허옇게 살이 부어오르고 그랬으면 좋겠어, 그리고 또 리츠에서, 하고 난 다음에 여자가 어깨를 애무하는 게 싫다고 말하지 않았나니까 그때도 완벽한 대답을 했어, 사실 다른 여자들의 애무를 싫어한다니 나야 좋지, 하지만 내가 하는 건 정말로 좋아하는 걸까, 그럼 물론이야 분명해, 그가 말을 타고 온 날 밖에 맞이하러 나갔을 때 말에서 내린 그가 내 걸음걸이를 지켜보는 게 거북했어, 사실 말하자면 그 사람과 하는 키스는 S하고 하는 것과는 달라, 불쌍한 S와의 키스는 아무 느낌이 없었어, 그래도 사랑한다는 말을 너무 자주 하면 안돼, 난 여자다운 신비를 간직하는 법을, 남자의 마음을 흔드는 법을 몰라, 무심한 척하고 약속도 잊어버려야 하는데, 아쉽지만 내일은 만나기 힘들겠다고 말하고 안녕하세요 잘 지내죠 무심하게 인사해야 하는데, 어떻게 하면 사랑을 받는지 아는 여자들, 멀찌감치 떨어져서 황후처럼 군림하는 여자들, 약간 질린 표정으로 잘은 모르겠지만 그럴 수도 있겠네요 하고, 지루하다는 듯 거만하게 대답하고, 기다란 녹색 궐련 파이프를 들고 눈을 지그시 감은 채로 몽상에 빠진 듯 수수께끼 같은 표정을 짓는 도도한 여자들 말이야, 좋았어, 채택, 사랑하는 남자를 내가 어떻게 다루는지 두고 봐, 그래 완전히 바꿀 거야, 하지만 오늘 저녁은 말고 내일 저녁부터, 난 휘파람을 잘 못 불어, 남자애들은 어떻게 하나 몰라, 그가 나를 접어서 가방에 넣었으면, 그러다가 내가 필요해지면 꺼내서 펼쳐주면 얼마나 좋을까, 숲가의 낡은 집에 혼자 사는 아가씨가 되고 싶어, 불긋불긋한 반점이 난 개머루덩굴이 덮인 나지막한 집에서 나도 개머루처럼 순결하고 싶어,[9] 하지만 붉은 반점은 없어야지, 그 사람한테 집 구경을 시켜줄 거야, 난간이 둘린 테라스를 보여주고

---

9 프랑스어로 '개머루'를 뜻하는 vigne vierge를 직역하면 '처녀 포도'이다.

작은 연못 돌 벤치 잔디 중국식 정자 둘레에 신기한 나무들이 심긴 연못, 전부 당신께 드릴게요, 그대, 이거 전부 당신 거예요, 그리고 나도요, 우리가 살아갈 평생 동안, 내 사랑.

그녀는 그의 모습을 떠올리기 위해 눈을 감았고, 함께 잠들기 위해 그의 손을 잡았고, 오늘 저녁 9시를 생각하며 미소를 지었다. 그녀는 금제 담뱃갑을 입에 문 채 검은 물속으로 들어갔고, 그녀의 다리가 사라졌다. 행복의 시간, 죽게 될 여인의 행복의 시간.

44

어느날 저녁, 연인을 맞이할 준비를 마친 그녀가 처음 입는 드레스 차림으로 기다리고 있을 때 그가 전화를 걸어 갑자기 회의가 잡히는 바람에 국제연맹에 남아 있어야 한다고, 내일 저녁에는 꼭 가겠다고 했다. 그녀는 소파에 엎드려 흐느꼈다. 지금껏 단장했는데, 심지어 드레스도 이렇게 잘 어울리는데, 이 모든 게 헛수고였다니. 오늘 저녁 이토록 아름다운데!

그녀는 벌떡 일어서서 아름다운 드레스를 거칠게 벗었고, 마구 찢어 밟아버렸고, 소파를 발로 찼다. 나쁜 인간, 일부러 그러는 거야, 내가 매달리게 하려고. 분명해! 내일 만날 수 있는지 없는지는 중요하지 않았다. 오늘 저녁에 봐야 했다! 오, 내일 복수할 거야. 똑같이 해줄 거야! 나쁜 인간!

옷을 입는 둥 마는 둥 부엌으로 간 그녀는 마음을 달래기 위해 수프 스푼으로 검정버찌 잼을 떠서 입에 넣었다. 물리도록 먹고 나서 울음을 터뜨렸고, 코를 훌쩍이며 3층으로 올라갔다. 불행을 버텨내기 위해 추해지기로 마음먹은 그녀가 욕실 거울 앞에 서서 일부러 머리카락을 헝클어뜨렸고, 광대처럼 얼굴에 잔뜩 분을 발랐고, 립스틱을 볼에 문질러댔다.

10시에 그가 다시 전화를 걸어 회의가 생각보다 일찍 끝났다고, 이십분이면 갈 수 있다고 했다. 알았어요, 나의 주인님, 기다릴게요, 그녀가 말했다. 수화기를 내려놓은 그녀는 뱅글뱅글 돌며 자기 손에 입을 맞췄다. 빨리 목욕을 하고, 빨리 화장을 지우고, 다시 머리를 하고, 다시 아름다워지고, 아까 입었던 것만큼 멋진 옷을 입어야 한다. 조금 전에 찢어버린 옷은 눈에 안 띄게 치워야 한다. 내일 태워버릴 것이다. 아니 타는 냄새가 날지도 모르니 그냥 정원에 묻어버려야겠다! 빨리, 나의 주인님이 오실 거야, 나는 그분의 아름다운 여인!

45

어느날 저녁, 9시가 되기 직전이었다. 문득, 매일 밖에 나가 현관 앞에 서서 기다리는 것이 지나치게 비굴해 보일지 모른다는 생각이 들었다. 그래, 그냥 기다렸다가 문을 열어주는 거야. 달려가지 말고, 여유 있게 숨을 가다듬은 뒤 침착하게 문을 여는 거야. 내가 누구인지 잊지 말아야 하고 헐떡거리지 말아야 해. 그래, 자제력을 잃지 말고 기품 있게 거실로 안내하는 거야. 그런 다음엔 몇마디 나누고, 차 한잔 하자고 권하자. 거실에 미리 다 준비해놓기를 잘했어. 그가 보는 앞에서 하녀처럼 쟁반을 들고 오지 않아도 되잖아. 그래, 다 가져다놨어, 뚜껑 달린 찻주전자, 찻잔, 우유, 레몬까지. 적당한 때 일어나서 천천히 차를 따르며 우유와 레몬 중에 어떤 걸 넣겠느냐고 묻는 거야. 비굴하지 않게. 그녀는 한번 말해보았다. 우유와 레몬, 어떤 걸로 할래요? 아니야, 이건 별로야, 너무 씩씩하고 꼭 걸스카우트 단장 같아. 그녀는 다시 해보았다. 우유와 레몬, 어떤 걸로 할래요? 그래, 이렇게 하자. 사랑스럽게, 하지만 예속되지는 않은 것처럼.

초인종이 울리자 그녀는 달려 나갔다. 현관 앞까지 다 갔다가 그제야 돌아섰다. 얼굴의 파우더를 잘 지웠나? 거실로 돌아온 그녀는 그대로 거울 앞에 서 있었다. 관자놀이가 뛰었다. 마침내 결심을 한 그녀가 현관으로 달려가다 넘어질 뻔했고, 마침내 문을 열었다. 잘 있었어요? 그녀가 대사를 읊조리는 오페라 가수의 어조로 자연스럽게 물었다.

그녀는 가쁜 숨을 간신히 참으며 그를 거실로 안내했고, 굳은 미소를 지으며 안락의자를 권했다. 그러고는 자기도 앉았고, 치맛자락을 잡아당겨 내렸고, 기다렸다. 저 사람은 왜 말을 안하는 걸까? 내 모습이 마음에 안 드나? 얼굴에 파우더 자국이 남은 걸까? 코를 만지면서 그녀는 왠지 자신이 매력 없는 여자가 된 기분이었다. 뭐라고 말을 걸어볼까? 목쉰 소리가 나올지도 모른다. 그렇다고 목을 가다듬으려고 흉한 소리를 낼 수는 없었다. 그가 지금 그녀의 서툰 태도를 찬미하고 있다는 것을, 계속 보고 싶어서 일부러 아무 말도 안하고 있다는 것을 그녀는 알지 못했다.

그녀가 입술을 떨며 차를 마시겠냐고 물었다. 그는 무표정하게 좋다고 했다. 너무도 어색한 상황에 얼굴이 달아오른 그녀가 차를 따르다가 원탁 위에, 잔 받침에 쏟았다. 그녀는 황급히 사과를 했고, 이어 한 손으로 우유 용기를, 다른 손으로 레몬 조각을 내밀었다. 모毛와 면綿,[10] 어떤 걸로 할래요? 그가 웃었고, 그녀는 용기를 내서 그를 쳐다보았다. 그가 미소를 지었고, 그녀가 두 손을 내밀었다. 그는 그녀가 내민 손을 잡고 무릎을 꿇었다. 그녀도 무릎을 꿇었고, 너무도 우아한 동작으로 그렇게 하느라 찻잔과 우유 용기와 레몬 조각이 전부 쏟아졌다. 무릎을 꿇고 마주 앉은 두 사람은 서로를 바라보았고, 눈부신 젊음의 치아를 드러내며 서로를 향해 미소를 지었다. 함께 무릎을 꿇은 그들은 우스꽝스러웠고, 그들은 자랑스럽고 아름다웠고, 산다는 것은 숭고했다.

---

10 프랑스어로 '우유'(lait)와 '모섬유'(laine), '레몬'(citron)과 '면섬유'(coton)는
소리가 비슷하다.

46

또 어느날 저녁, 그가 말을 하지 않는 동안 그녀는 그의 침묵을 방해하지 않으려고 가만히 있었다. 그러다 그가 빈 담뱃갑을 열었다 닫았다 하는 것을 보고는 몸을 일으켜 유려하기 이를 데 없는 자태로 장미나무로 만든 책상을 향해 천천히 걸어갔다. 그녀는 완벽하게 아름답고 싶었다.

그녀는 책상에 있던 담뱃갑을 들고 엉덩이가 거의 흔들리지 않는 엄숙한 걸음으로 그의 곁으로 돌아왔다. 가련한 그대여, 그가 생각했고, 눈길을 떨군 채 그녀를 바라보았다. 그녀는 보일 듯 말 듯 희미한 미소를 지으며 압둘라[11] 한갑을 그의 앞에 놓았고, 이어 우아한 노예처럼 그를 위해 뚜껑을 열었다. 그가 한개비를 꺼냈고, 그

---

11 20세기 초반 영국의 Abdulla & Company에서 생산하던 담배.

녀는 두 사람이 처음 함께했던 날 그가 선물한 금제 라이터로 불을 붙였다. 그녀는 그를 섬기는 행복에 젖어 엉덩이를 흔들며 천천히 자기 자리로 돌아갔다. 그러고는 다시 의자에 앉아 고귀한 두 다리를 우아하게 꼬았고, 치맛자락을 살짝 잡아당겨 내린 뒤 시적인 자세로 앉아 있었다. 진정 그대를 사랑하오, 비장할 정도로 우아해 보이려 애쓰는 그녀의 모습에 측은한 마음이 든 그가 생각했다.

자신의 아름다운 두 손을 응시하며, 한번 더 잡아당겨 매끄럽게 편 치맛자락을 응시하며, 그녀는 완벽하게 아름다운 자태로 앉아 있었다. 하지만 불행하게도, 모든 것이 완벽한 그 상황에 갑자기 코가 간지러웠고, 곧 재채기가 나올 것 같았다. 잠깐 나갔다 올게요, 그녀가 말했다. 그러고서 후다닥 일어선 뒤 엉덩이는 까맣게 잊고 허겁지겁 달려 나갔다.

재앙과도 같은 재채기를 참느라 엄지와 검지로 코를 움켜쥔 그녀는 한번에 몇단씩 계단을 뛰어 올라갔고, 회오리바람처럼 순식간에 2층의 시부모 방으로 들어가 문을 잠근 뒤 네번 재채기를 했다. 이어 서랍을 열어 바둑판무늬 손수건 하나를 꺼내 들고 그가 듣지 못하도록 몇번에 걸쳐 조심스레 코를 푼 뒤 손수건은 침대 밑에 던져놓았다. 왜 나갔다 왔다고 말할까? 코를 풀고 왔다고? 차라리 죽는 게 낫다! 그녀는 쫓기는 짐승 같은 불안한 눈길로 제자리를 맴돌았다. 마침내 테이블 위에 놓인 『상황에 대처하는 1001가지 방법』이라는 책 앞 작은 가죽 액자에 들어 있는 자기 사진을 보았다. 그녀는 사진을 챙겨 들었고, 옷장 거울로 자신의 상태를 살핀 뒤 방을 나섰다.

"내 사진이에요." 그녀가 말했다. "이따 가지고 가요. 하지만 집에 다 갈 때까진 보면 안돼요. 안 그러면 차를 돌려서 다시 이리로 오게 될 테니까요." 그녀는 자기가 한 말에 흡족해하며 천천히 숨을 들이쉬었다. 힘찬 재채기 소리가 그에게까지 들렸다는 것을 눈치채지 못한 그녀는 자신의 명예에 아무 문제가 없다고 믿었고, 다시 시적인 기분에 젖어 자리에 앉았다.

47

리츠에 있는 그의 거처에서 저녁 시간을 보낼 때도 있었다. 그녀는 그를 보러 가는 게 좋았고, 그가 기다리고 있는 게 좋았고, 그러면 그가 늦게 올까봐 걱정하지 않아도 되는 게 좋았다. 그에게로 향하는 택시 안에서 그녀는 할머니의 눈을 피해 늑대를 만나러 가는 빨간 모자가 되는 몽상에 빠졌다.

이른 아침 그녀는 옷을 입었고, 사랑의 피로에 젖은 그가 잠들어 있는 침대 발치에 무릎을 꿇고서, 그녀의 표현대로 하자면 순결한 애무로, 그의 맨발을 오래오래 규칙적으로 어루만지며 마법을 걸었고, 왕의 침전 앞에 무릎을 꿇은 노예가 되는 감동에 젖었다. 그녀는 그가 잠든 것을 확인한 뒤 방을 나서면서 늘 몇줄 정도의 메모를 남겼다. 어두운 데서 썼기 때문에 글씨가 엉망이었지만 그가 깨어나서 바로 읽을 수 있도록 늘 머리맡 협탁에 두고 왔다.

——당신에게 마법을 거는 동안에, 내 손이 잠자리처럼 당신의 등 위를 스쳐 날아가는 동안에, 난 당신의 어머니가 된 듯 마음이 푸근하고 뿌듯해져요. 당신한테 마구 입을 맞추고 싶은 것을 간신히 참았어요. 이따금 드는 생각이지만, 내가 당신을 얼마나 사랑하는지 당신은 아마 모를 거예요. 잘 자요, 내 사랑.

——제발 부탁이에요, 내일은 담배를 좀 줄여요. 스무개비 이상은 안돼요, 제발요. 차라리 묵주를 하나 골라서 마음껏 만지작거리려요. 그리고, 화내지 말고 들어요, 점심식사는 꼭 12시 정각에 하도록 해요. 전채만 먹지 말고 좀더 챙겨 먹고요. 제발요. 어떻게 해야 사랑하는 남자가 정신을 차리게 할 수 있을지, 마치 아기 염소가 허공에 대고 헛발질을 하는 기분이네요. 잘 자요, 내 사랑.

——그대에게 꼭 하고 싶은 말이 있어요. 당신이 내게 주는 사랑은 깊은 하늘, 볼 때마다 새로운 별들이 나타나는 깊은 하늘이에요. 앞으로도 계속 새 별들을 볼 거예요, 영원히, 영원히 그럴 거예요. 잘 자요, 내 사랑.

——당신은 날 진정한 여자로 만들었어요. 쓸데없는 것, 뿌리 없는 것은 모두 떨어져 나갔고, 난 이제 단 하나의 마음뿐이에요. 내 말을 믿어줘요. 머리를 땋아 늘어뜨린 루마니아의 시골 아낙네도 나만큼 남편을 무한히 신뢰하며 찬미하지는 않을 거예요. 오 쏠, 쏠, 당신 아낙네의 가슴에, 당신 아이의 가슴에 당신을 향해 가는 얼마나 격정적인 애정이 있는지 알아줘요. 잘 자요, 내 사랑.

48

어느날 밤, 되돌아가 그녀를 보고 싶은 너무도 강렬한 욕망. 안 된다, 그러면 안된다. 그녀를 자게 두고 이 사진, 더없이 아름다운 이 사진으로 만족해야 한다. 오 그녀의 두 다리, 영원히 그를 향해 달려올, 사랑으로 몸을 던질 디아나 여신의 긴 다리. 오 아랫단과 허리에는 가로로, 소매에는 세로로 루마니아 수 장식이 달린 드레스. 조금 전 서로를 마실 때 그의 어깨를 살며시 잡고 있던 그녀의 손. 오 서로를 마시는 남자와 여자라니, 사랑의 신비여. 그리고 다른 사람들은 볼 수 없는 오로지 그만을 위한 것, 옷 아래 가려진 그녀의 가슴. 할렐루야, 그녀의 얼굴, 그녀의 영혼, 그녀, 파르르 떨리는 콧구멍, 그가 마음껏 헤쳐놓은 그녀의 입술. 그래, 날이 밝는 대로 벨보이를 불러 고배율 돋보기를 사오라고 해서, 내 입술을 맞이하는 그녀의 입술을 자세히 들여다봐야겠다. 그래, 그런데 그때까지 무엇을 할까? 잠을 잘 수가 없다. 그녀를 너무 사랑하기 때문이다. 혼자 있기 힘들다. 그녀를 너무 사랑하기 때문이다. 뽕세아르로 가서 이졸데를 만나야겠다. 이졸데, 커뇨 백작 부인, 그가 일부러 자랑스러운 척하며 이졸데의 이름을 불러보았고, 이어 헝가리어로 다시 말했다. 커뇨 그로프뇌.

그는 이졸데의 무릎에 앉아서 그녀의 얼굴에 손가락을 대고 눈가의 잔주름을 만졌다. 사랑하는 여인은 늙어가고 있다. 편안한 여인, 사려 깊은 여인, 그는 지금 그녀 곁에 있다. 그녀의 머리카락을 애무했고, 입술에는 다가가지 않았다. 살짝 벌어진 가운 사이로 드러난 그녀의 가슴이 조금 거슬려서 고개를 돌려 외면했다. 아 그는 너무도 아름다운 아리안 이야기를 해주고 싶었고, 그녀와 함께 아리안의 이야기를 하고 싶었다. 이졸데는 착한 여인이니 그가 자신의 행복을 털어놓더라도 언쟁은 없을 것이다. 하지만 더 나쁜 것이 기다리고 있다. 그가 이미 알고 있는 눈길, 엘리자베스 밴스테드 이야기를 털어놓았을 때 보였던 그 눈길, 부드러운 책망과 무력한 슬픔으로 타오르는 눈길, 태양 가득한 밝은 곳으로 차마 나서지 못하는 마흔다섯살 여자의 가련한 미소와 눈길. 안된다, 아리안 얘기를 하면 안된다.

이졸데의 품에 안겨 그는 자는 척 눈을 감고서 아리안을 생각했고, 그녀는 손가락으로 그의 머리카락을 쓰다듬으며 너무도 애틋한 자장가를 속삭였다. 잘 자렴, 나의 행복, 나의 가련한 행복, 그녀가 속삭였다. 언젠가 그가 떠나리라는 것을, 자신이 늙었다는 것을 알고 있는 그녀는 다가올 불행으로 약해져서, 무력하게, 그에게 미소를 지어 보였다. 그러나 아직은 떠나지 않은 나쁜 남자를 향한 마음은 온전한 애정이었다. 그를 바라보던 그녀가 문득 행복감에 취했다. 이렇게 잠들어 있는 동안은 마음 놓고 이 남자를 사랑할 수 있었다.

그가 눈을 떴고, 잠에서 깬 척하며 하품을 했다. 미노스와 파시파에의 딸이여, 그가 몽롱한 목소리로 시구를 읊었다. 난 이 구절이 좋소. 누가 쓴 거지? ―라신이죠, 그녀가 대답했다. 그래요. 아리안, 나의 언니, 어떤 상처 받은 사랑으로 인해……[12] ―그래, 아리안, 맞소, 위선자가 말했다. 아리안, 천상의 요정 같은 여인이지, 테제의 연인. 무척 아름다웠고, 아리안, 그렇잖소? 날씬하고, 순결하고, 위대한 사랑 이야기에 등장하는 여인들처럼 코가 대단히 크고. 아리안, 정말 멋진 이름이로군, 난 그 이름과 사랑에 빠졌다오. 조심할 것, 이졸데가 눈치챌 수 있다. 그래서 그는 모호한 몸짓을 하며 도농에서 영국 대표단과 샴페인을 많이 마셨다고 설명했다. 그래, 조금 취했소, 꼴로니에 잠들어 있을 여인을 생각하며 그는 흐뭇하고 다정한 미소를 지어 보였다. 그녀가 키스를 하려 했고, 겁이 난 그가 입술을 피했다. 피곤해 보여요, 그녀가 말했다. 옷 벗겨줄게요, 침대에 누우면 발 마사지해줄게요. 괜찮죠?

------

12 그리스신화에서 아리안(아리아드네)은 크레타의 왕 미노스와 파시파에의 딸이다. 미노타우로스를 가둔 미궁에 들어간 테제(테세우스)를 도와준 뒤 그와 함께 크레타섬을 떠나지만, 결국 낙소스섬에 혼자 버려진다. 이후 디오니소스의 아내가 된 것으로 나오기도 하고, 디오니소스의 질투 때문에 아르테미스의 화살을 맞고 죽은 것으로 나오기도 한다. 라신의 희곡 「페드르」(Phèdre)에는 두번째 이야기를 바탕으로 "아리안, 나의 언니여, 어떤 상처 받은 사랑으로 인해, 버림받았던 그 섬에서 죽게 되었나요?"라는 구절이 나온다.

그녀는 침대 발치에 앉아 그의 발을 마사지했다. 그는 침대에 누워서 반쯤 감긴 눈으로 그녀를 바라보았다. 도도한 이졸데, 커뇨 백작 부인이 초라하게도 발을 주무르며 행복해하다니. 그녀는 실내복 차림으로 정성을 다해 마사지를 했고, 전문 마사지사처럼 동작을 바꿔가면서 주무르고 문지르다 어루만졌고, 이어 발가락을 하나씩 돌렸다. 이렇게 할 줄 안다는 것이 그를 더 잘 섬기기 위해 마사지까지 배운 이 불행한 여인의 자부심 중 하나였다.

하녀는 파우더를 묻히느라 멈추는 때를 빼고는 열심히 손을 움직이며 마사지를 하고 또 했다. 다시 눈을 감은 그는 아름다운 아리안을 그려보았다. 싱그럽게 소용돌이치는, 햇살처럼 환한 여인. 문득 후회가 밀려와 입술을 깨물었다. 이졸데에게 그만하라고, 옆에 와서 눕고 입술에 키스를 해달라고 말할까? 그녀는 마사지사가 아니지 않은가. 아니, 조금만 있다가 말하자, 당장은 용기가 나지 않았다. 착하고 불쌍한 여인, 그렇다, 그는 그녀가 어머니처럼 좋았고, 어머니처럼 싫었다. 물론 그녀를 원한 적이 있었다. 가련한 여인, 지금은 마흔다섯, 아니 그보다 더 들었을 것이다. 목 주위로 늘어지기 시작한 피부가 울룩불룩하고, 가슴도 처졌다. 마사지 괜찮아요? — 물론이오, 아주 좋아. (너무 좋다고 덧붙일까? 아니, 아주 좋아, 이 정도면 충분하다. 너무 좋다는 말은 아껴두자.) — 더 세게 할까요? — 그래, 너무 좋을 거요.

제일 힘껏 하는 마사지가 시작됐다. 그녀는 왼손으로 발목을 잡고 오른손으로는 쓸데없이 교묘하게 발을 이리저리 비틀었다. 그러는 사이 그녀의 입술에 저절로 미소가 번졌다. 힘을 쓰느라 그런 것일 수도 있고, 너무 좋다는 말에 자부심을 느꼈을 수도 있다. 문득 그는 수치심에 휩싸였고, 마사지를 받고 있는 자기 발이 싫었고, 자기 몸 끝에 붙어 있는 짜증스러운 부위, 그 발가락 다섯개에 매달려 있는 여인, 숭배할 가치가 없는 멍청한 부위 위로 몸을 숙인 채 열심히 마사지를 하고 있는 여인의 고귀한 얼굴에 진한 연민을 느꼈다. 명예를 잃어버린 가련한 여인은 고운 드레스에 파우더가 묻는 것도 모르고 쉬지 않고 손을 움직였다. 그만하라고 할까? 하지만 지금 그만두면 둘이서 무엇을 한단 말인가.

그녀가 아몬드 같은, 약간 동양적인, 너무도 부드럽고 너무도 선량한 두 눈을 들었다. 다른 쪽도 할까요? ―좋소, 나의 그대여, 여자가 자기 소유임을 암시하는 '나의'라는 말에 행복을 느끼며 그가 말했고, 심지어, 내 사랑, 이라고까지 덧붙였다. 그녀는 '나의 그대' 보다 '내 사랑'이 더 좋아서 감사의 미소를 지었다. 작은 부스러기도 좋아서 덥석 물고 그 부스러기에서 힘을 얻는 불쌍한 여인. 아, 입술에 맴도는 사랑의 말을 그녀에게 해줄 수 있으면 좋으련만! 하지만 그럴 수 없었다. 그녀는 조용히 마사지를 하면서 사랑의 말을 기다렸다. 받아야 할 빚을 어서 갚으라고 요구하지 못하고 그저 기다렸다. 그는 그럴듯한 말을 찾지 못했다. 아, 그녀를 가지고 싶다는 욕망이 있다면 간단할 텐데. 그렇다면 말이 필요 없을 텐데. 말없이 그녀의 몸을 다루면 되고, 그것은 그녀가 불안을 떨칠 수 있는 제일 좋은 방법이기도 했다. 애석하게도 그가 줄 수 있는 것은 말뿐이었다. 남자라는 종족은 참으로 부실하다. 마침내 결심을 한 그가 엄숙한 표정으로 말했다. 내 사랑, 할 말이 있소. (그녀가 마사지를 멈췄고, 주인이 던져줄 설탕을 기다리는 개보다 더 기쁜 표정으로 고개를 들었다.) 내 사랑, 그대를 더 많이, 이전보다 더 많이 사랑하오. 그는 수치심에 휩싸여 눈길을 떨구었고, 그 모습에 감동한 이졸데는 그가 진심이라고 믿었다. 그녀는 고개를 숙였고, 그의 맨발에 입을 맞췄고, 행복해하며 다시 마사지를 시작했다. 배신당한 가련한 여인이여. 오, 불쌍한 이졸데는 온 힘을 다해 그의 발을 주무르며 그가 자기로 인해 기쁘다고 믿었다. 그렇다, 그녀는 지금 행복하다. 하지만 말의 효과는 그다지 오래가지 않는다. 내일은 또 다른 말을, 좀더 강렬한 말을 찾아내야 하리라. 어차피 말은 그녀가 기다리고 있는 것, 말이 아닌 나머지를 대신할 수 없다. 저주스러운 그것, 반박할 수 없는 유일한 증거. 하지만 목살이 늘어진 여자와 어떻게 그것을 한단 말인가? 고깃덩이의 저주여, 그렇다, 그 역시 고깃덩이를 사랑했다.

고개를 든 이졸데가 무슨 생각을 하느냐고 물었다. 당신 생각을 하고 있소, 이즈. 또 무슨 말을 할까? 그녀가 마사지를 멈추고 그의 손을 잡았다. 위험하다. 그는 발을 앞으로 내밀었다. 그녀가 다시 마사지를 시작했고, 잠시 후 그녀의 손이 장딴지를 향했다. 위험하다. 어떻게 해야 할까? 정치 얘기를 꺼낼까? 지금은 아니다, 새벽 2시가 아닌가. 그녀의 손이 무릎까지 올라왔다. 그녀는 원하는 것이 있다. 이 희극은 비극적이다. 무엇보다도 희극적인 것은 지금 이 순간 그녀의 성적인 손짓이 사실은 가장 정신적인 것이라는 사실이다. 그녀는 그가 자기를 사랑하는지 확실히 알고 싶은 것이다. 남자라는 저주스러운 종족이여! 아무리 선한 마음으로 무언가를 해주고 싶어도 절대 되지 않았다. 발을 좀더 만져주시오, 나의 그대여, 그래 발을 좀더 만져줘. 정말로 피로가 가시는 것 같소. (다가

오는 위험을 물리치기 위해 또 무슨 방법이 있을까? 그래, 소설을 읽자. 새벽 2시에 소설을 읽다니 실로 기이하지만 할 수 없지 않은가.) 내 사랑, 지난번에 읽던 소설을 마저 읽어주면 좋겠소, 정말 재미있었어. 그리고 난 그대가 읽어주는 게 너무 좋소. 당신은 참 잘 읽거든. 그가 좀더 후하게 베풀기 위해 덧붙였다.

원손에 책을 들고 오른손으로 그의 맨발을 주무르면서, 그녀는 헝가리어 억양을 감추고 잘 읽어내려 애썼고, 대화가 나올 때는 인물마다 목소리를 바꿔가면서 진짜 말하는 것처럼 했다. 그는 짜증이 났다. 그만하라고 할까? 하지만 그랬다간 다시 위험해질 것이다! 지나치게 공들인 영어 억양이 헝가리어 억양에 섞인 그녀의 말은 듣고 있기가 힘들었다. 물론 다른 여인이라면 헝가리어 억양으로 말해도 사랑스러울 것이다. 극장에 가자고 해볼까? 하지만 극장에 간다 해도 어차피 막간에는 말을 해야 한다. 그리고 새벽 2시에 극장에 갈 수는 없다. 저녁 시간은 아무것도 모르고 있는 다른 여인을 위해 남겨두어야 했기에 가엾은 이졸데는 오후에 만나야 했고, 그렇게 이졸데를 보러 올 때마다 같은 상황이 되풀이됐다. 극장, 말을 할 수밖에 없는 막간, 아니면 발 마사지, 소설 읽기, 새로운 사랑의 말을 찾아내기, 아무리 해도 그녀를 갖고 싶은 욕망이 솟아나지 않는다는 고뇌, 그녀가 무엇을 원하는지, 말없이 초라하게 요구하는 것이 무엇인지를 늘 알고 있기. 그는 늘 죄의식을 느꼈고, 늘 연민을 느꼈다. 그녀가 노래를 부를 때도, 하도 많이 들어서 이미 다 외워버린 헝가리 노래들을 부르는 모습에서도 연민을 느꼈다. 오후 5시, 그녀가 하녀에게 차를 내오라고 하겠다고 말할 때, 마치 그 차가 죽음을 피하게 해줄 기적의 생명수라도 되는 양 순진하게도 너무나 낙천적인 희망을 품고 말할 때, 그는 또다시 연민을 느꼈다. 그녀가 명랑한 척하면서 쓰는 표현을 그대로 옮기자면, "담소를 나누면서" 같이 차를 마시면 기적이 일어나리라 여기는 허무맹랑하고도 가련한 믿음이라니. 도대체 무슨 담소를 나누자는 걸까. 그는 그녀에 관해 모든 것을 알고 있었다. 그녀가 영국의 여류 소설가들을, 몽상적이고 정숙하고 고상하고 둔하고 느리고 매력적이고 짜증 나는, 한마디로 말해 상류 부르주아지, 어퍼 미들 클래스의 작가들을 좋아한다는 것을 알고 있었다. 또한 이름도 모르는 꽃들을 좋아한다는 것을, 요한 제바스티안 바흐가 아니라 그냥 로봇이나 다름없는 바흐를 좋아한다는 것을 알고 있었다.

이제 다른 발도 좀 만져주시오, 나의 그대. 그렇다, 착하고 부드러운, 하지만 재능 없는 우중충한 여자. 오 나의 아리안은 유쾌하고, 약간 정신이 나간 것 같고, 어디로 튈지 알 수 없는 여자인데. 어제만 해도 암탉을 두고 뻔뻔하고 의심 많고 남 욕하기 좋아하고 늘 종신연금만 생각한다고 말했다. 다쳐 있는 것을 보고 지하실로 데려와 보살펴주던 두꺼비 얘기는 또 어떤가. 그녀가 두꺼비에 대해 한 말을 그는 다 기억했다. 비침무늬가 있는 듯한 황금빛 아름다운 눈, 수줍어하면서도 신뢰를 듬뿍 담은 매혹적인 눈길의 두꺼비가 그녀가 건네는 말에 무척 고마워했다고, 손가락을 써서 뭔가를 먹는 모습이 너무 귀여웠다고 했다. 또 영혼의 호소인 듯 심금을 울리는 우수 젖은 노래를 불렀다고도 했다. 어느날 참새 한마리가 별장의 피뢰침 위에 앉아 목청껏 노래하는 모습이 소파에 편안히 앉은 것처럼 좋아 보였다고도 했다. 그리고 그녀와 나눈 열정적인 키스. 이 여자, 책을 읽어주는 이 여자는 그가 연민을 이기지 못하고 살짝 만지기만 하면 곧바로 동정녀 마리아의 눈이 된다. 그는 이 여자가 얼굴의 각질을 제거하기 위해 미용실에 다닌다는 것도 알고 있었다. 각질 제거라는 게 도대체 뭘까? 아마도 모공의 불순물을 꺼내는 것이리라. 아리안, 그녀의 두 뺨은 더없이 깨끗하다. 이 여자는 피 묻은 맹수의 발톱처럼 잔뜩 매니큐어를 바른 손으로 쉼 없이 그의 발을 주물럭거리고 있지만, 아리안은 고운 곡선을 그리는 입술에 루주도 바르지 않는다. 아리안, 아름다움을 칭송해주면 아이처럼 좋아하고, 그럴 때 그녀의 입은 사진사 앞에 선 소녀처럼 완벽하게 아름답다. 참소리쟁이 수프를 먹던 날 그녀는 그를 위해 음식을 했다는 사실에 너무도 자랑스러워했다. 그가 예고 없이 말을 타고 찾아갔던 날 그녀는 기쁜 나머지 너무 환하고 우스꽝스럽기까지 한 미소를 띤 얼굴로 달려 나왔다. 익살스럽게 보일 정도로 온 얼굴에 퍼졌던 그 솔직한 미소라니. 그것은 천사를 보고 좋아 어쩔 줄 모르는 아이의 미소, 위엄을 간직할 자제력을 갖지 못한 서툰 천사의 미소였다. 이졸데는 내 발을 괴롭히는 저 손을 언제쯤 멈출까?

계속 읽을까요? ─좋소, 나의 그대. ─마사지도요? ─좋소, 내 사랑. 그녀의 손길이 너무 깊어질 때 피할 수 있는 방법. 제일 좋은 방법은 배가 아픈 척하는 것이다. 그러면 그를 위해 다시 무언가를 할 수 있게 된 그녀는 활기를 되찾고 허겁지겁 달려가서 습포를 가져왔고, 수시로 욕실을 오가며 그 끔찍하게 뜨거운 습포를 덮혀 왔다. 화상을 입은 것처럼 살이 벌게진 그가 더이상 견디지 못하고 이제 아프지 않다고 말할 때면 그녀는 의기양양해했다. 어쨌든 그가 줄 수 있는 유일한 행복은 바로 그녀가 그에게 필요한 존재라는 믿음이었다. 그래서 매번 아픈 척해야 했고, 그가 아프면 그녀는 해야 할 일 혹은 소일거리가 생겼고, 그로서는 위험이 사라졌다. 다음에는 좀 바꿔서 류머티즘 때문에 어깨가 쑤신다고 해야겠다. 그녀가 약국으로 달려가 숨을 헐떡이며 류머티즘용 크림을 구해 오는 모습이 눈에 선했다. 오 걱정 없이 그녀의 뺨에 키스를 하고 아리안에 대해 말할 수 있다면, 모든 걸 털어놓을 수 있다면, 아리안을 함께 나눌 수 있다면. 불가능한 일이다. 그녀는 오로지 자기 혼자만이 그를 가질 수 있기를, 그를 독점하기를 바랐다. 이젠 그만. 그의 발은 충분히 혹사당했다.

그가 발을 빼자 그녀가 물었다. 이제 그만할까요? —그렇소, 됐소. —이제 자야 하죠? 너무 늦었네요. 쉬어야 하니까 여기서 혼자 자요. 난 작은방에 가서 잘게요. 그 마지막 문장은 그의 입에서 그러지 말라는, 그냥 같이 자자는 말이 나오길 기대하는 뜻임을 그는 잘 알았다. 하지만 그럴 수 없었다. 이제는 절대 안된다. 하지만 혼자 자게 두면 그녀는 밤새 슬픔에 젖을 테고, 내일 아침이면 눈이 퉁퉁 부을 것이다. 그러니 가야 했다. 어디로 갈까. 사랑하는 에드메를 찾아가서 아리안 얘기를 할까? 아니다, 가난한 난쟁이 구세군 여인에게 아름다운 사랑 얘기를 하는 것은 너무 잔인한 일이다. 할 수 없다, 리츠로 돌아가는 수밖에. 다시 혼자가 되기. 가련하고 불쌍한 쏠랄이 되기. 그는 빨리 마무리해서 존 경에게 보고해야 하는 일이 있다고 말했다. 사실 택시도 기다리고 있었다. 그는 옷을 입고 그녀의 뺨에 입을 맞췄다. 그녀가 한번 더 키스해주기를 기다리고 있음을 느낀 그는 상황을 모면하기 위해 갑자기 기침을 했다. 그런 다음 펠트 모자를 눌러쓰고 죄인처럼 그녀의 집을 나섰다.

택시를 타고 가던 중 문득 그녀의 눈가에 잡혀 있던 잔주름이 떠올랐다. 처음 그들의 관계가 시작될 때만 해도 그토록 아름답던 여인이 이제는 시들어버렸다. 나이 탓이기도 하고, 뽕세아르에 혼자 살면서 하루 또 하루 저녁마다 그를 기다리느라 시들어버린 탓이기도 하다. 곧 늙은 여자가 될 것이다. 그래, 그녀를 데리고 오늘밤 당장 어디로든 떠나버릴까? 그래, 아리안을 포기할까? 그래, 이졸데와 평생을 같이할까? 그는 창을 두드리며 운전수에게 뽕세아르로 돌아가자고 했다. 이졸데가 얼마나 행복해하겠는가.

몇분 뒤 그는 다시 창을 두드렸고, 창을 내렸다. 그러고는 운전수에게 말했다. 형제여, 내 사랑하는 여인이 꼴로니에서 숨 쉬고 있네. 그리로 가주게, 난 사랑에 취해버렸는걸, 죽는다 한들 어쩌겠나? 오 어느날 저녁 처음으로 그녀를 보았을 때, 대학에서 계단을 내려오는 그녀를 보았을 때, 그 치명적인 매력이라니. 그녀는 여신이었고, 나에게 약속된 여인이었고, 꿈속에서 내가 따라가던 여인이었다네. 그러니 형제여, 전속력으로 달려서 사랑하는 여인에게 데려다주게. 지금껏 누린 적이 없는 행복을 맛보게 해주겠네. 쏠랄이라는 이름을 열네번째 이어받은 자, 이 쏠랄의 약속이네! 그는 차창 너머로 흔들리는 별들을 향해 미친 듯이 노래를 불렀다. 이제 그녀를 다시 만나게 될 테니까, 죽는다 한들 어떠리.

49

그녀는 질투를 이기지 못했고, 영원히 헤어지기로 했고, 그런데도 자꾸 그를 생각하는 자기 자신을 벌주기 위해 밤이면 자기 몸에 채찍질을 했고, 그렇게 며칠 동안 모든 연락을 끊었다. 그는 기다렸고, 도무지 울릴 생각을 하지 않는 끔찍한 전화기 앞에서 내내 기다렸다. 리츠의 4층에 엘리베이터 멈추는 소리가 날 때면 가슴이 방망이질 쳤고, 어쩌면 그녀가 왔으리라 생각했지만 그녀는 결코 오지 않았고, 마침내 전화벨이 울렸고, 오늘밤에 그녀가 올 것이다. 그는 아름다워 보이기 위해서 말도 안되는 치장을 했다.

그녀는 들어오자마자 나쁜 사람이라며 달려들었고, 그의 입술을 탐했다. 하지만 열정이 지나고 나면 문득 그가 다른 여자와 함께 있는 모습이 떠올랐고, 질문을 퍼부었다. 그는 이졸데를 버릴 수는 없다고, 그냥 친구 사이일 뿐이라고 대답했다. 거짓말! 그녀가 외쳤고, 증오 어린 눈길을 던졌다. 오, 그 여자하고도 나와 하는 것과 똑같은 키스를 할 거면서! 그녀가 외쳤다. 오, 저주스러워, 나쁜 사람! 그녀가 외쳤다. 오, 당신은 하느님이 두렵지도 않나요! 그녀가 러시아식으로 외쳤다.

갑자기 정숙한 여인이 된 그녀가 당신은 여자 때문에 파멸하게 될 거라고 예언한 뒤 침대에서 일어섰고, 행동력 있는 여인이 되어 단호하게 옷을 입었고, 이제는 정말 끝이라고, 다시는 오지 않을 거라고 말하면서, 냉정한 결심을 되새기며 장갑을 꼈다. 계속 머무를, 하지만 명예를 더럽히지 않으면서 머무를 수 있는 구실을 얻기 위해 시간을 끄는, 단호한 준비였다. 그녀는 영원히 떠나겠다는 굳은 의지를 표하기 위해 웃옷의 단추를 힘껏 잠갔고, 그런 다음 옷자락을 당겼고, 마음에 들지 않는다는 듯 매번 당기고 또 당겼다. 그러고 나서도 그녀는 자기가 정말 떠나려 하면, 그렇게 한참 동안 떠날 준비를 하면, 그가 제발 가지 말라고 애원하리라 기대했다. 하지만 그는 연극을 완성하기 위해 그녀의 결별 의지를 거부하지 않았고, 결국 떠날 수밖에 없게 만들었다. 두 사람은 혹시 상대가 이번에는 진심으로 결심했을지도 모른다는 두려움에 떨면서 허세를 부렸고, 하지만 그와 동시에, 역설적으로, 절대 결별하지 않으리라 확신했고, 바로 그런 확신이 이번에는 진짜로 헤어지겠다고 굳게 마음먹고 상대를 협박할 수 있는 힘을 주었다.

마지막 단추까지 잠그고 옷자락을 잡아당기며 정돈하는 일이 끝나면, 거울 앞에 서서 대리석 같은 얼굴에 정성껏 파우더를 바르는 일이 끝나면, 이제 정말 떠나야 했다. 문 앞까지 간 그녀가 손잡이를 잡고, 그가 정말 심각한 상황이라는 걸 깨닫고서 가지 말라며 애원할지도 모른다는 희망의 끈을 놓지 못한 채 천천히 손잡이를 돌렸다. 그는 말이 없다. 그녀는 그를 고통스럽게 하려고, 고통스러워서 마침내 애원하게 하려고, 어두운 목소리로 작별 인사를 했다. 잘 있어요. 혹은, 어떤 말이든 효과가 오래가지 못하므로, 좀 더 충격을 주기 위해서 엄숙한 어조로 "잘 있어요, 쏠랄 쏠랄!"이라고 작별을 고했다. 정중하고도 간결하게 진지한 결심을 알릴 때도 있었다. "나한테 편지도 쓰지 말고 전화도 하지 말아요." 드디어 그가 고통스러워하면 그녀는 떠날 수 있었고, 그때부터 며칠 동안 아무 연락도 하지 않을 수 있었다. 하지만 그가 미소 띤 얼굴로 정중하게 그녀의 손에 입을 맞추면서 그동안 함께해주어서 고맙다고 인사한 뒤 문을 열어주면, 그녀는 그의 두 뺨을 갈겼다. 한편으로는 고통스러워하지 않고 가지 말라고 잡지 않는 그를 증오했기 때문이고, 그와 동시에, 무엇보다도, 떠나고 싶지 않았기에, 그렇게 따귀를 갈기면 상황을 조금 더 길게 끌 수 있고 결국 화해할 수 있기 때문이었다. 그러니까 따귀를 때린 데 대해 사과를 하느라 가지 않고 남을 수 있는 명예로운 가능성이 생기고, 혹은 그녀가 바라는 대로 그가 거칠어지고, 그 거친 태도는 그녀로 하여금 여자의 눈물이라는 무기를 쓰게 해주고, 여자의 눈물은 남자가 용서를 비는 상황을 불러오고, 결국 다시 진한 애정을 쏟아낼 수 있게 되는 것이다.

어떨 때 그녀는 쾅 소리가 나도록 문을 세게 닫았고, 그러고는 곧 되돌아와서 매달리며 울었고, 안된다고, 당신 없이는 살 수 없다고 흐느끼며 코를 풀었다. 하지만 대부분의 경우 되돌아온 것을 정당화하기 위해 욕을 퍼부으며 분노로 어깨를 들썩였고, 그러는 동

안 매력적인 가슴이 그의 눈을 끌었다. 그녀는 야멸찬 말들을 쏟아
냈고, 그것은 그녀가 아주 잘하는 일이었다. 하지만 그런 분노 아래
에는 다시 그의 곁에 있을 수 있다는 기쁨이 자리했다.

　어떨 때는 정신을 잃고 쓰러지기도 했다. 그 얘기를 해보자. 떠
나지 않고 그의 곁에 남아 있기 위해, 갑자기 모든 문제가 해결되
는 순간을 위해, 그가 떠나지 말라고 애원하고 심지어 다시는 백작
부인을 만나지 않겠다고 약속하는 기적을 얻기 위해, 그녀는 갑자
기 정신이 희미해지며 주저앉았고, 다시 일어났고, 당신을 사랑하
지 않는다고, 혹은 약간은 변화를 주어 이제는 사랑하지 않는다고,
당신을 사랑했다는 게 수치스럽다고 말했고, 연약하고 가련한 소
녀처럼 어찌할 바를 모르다가, 다시 주저앉았다.

　오 젊음이여, 오 사랑을 위해 쓰러질 수 있는 고결함이여, 오 그
토록 아름다운 드레스를 입은 너무도 아름다운 여인이 쓰러지고
일어나고 다시 쓰러진다. 그런 그녀를 보며 그는 경탄했고, 바닥에
무거운 추가 있어서 넘어져도 계속 일어나는 오뚝이 인형을 떠올
렸다. 여자는 사랑을 사수하려는 호랑이처럼 상처 입고 쓰러지고
일어나고 또 쓰러졌다. 여자는 차라리 죽고 싶었다. 무너져 내린,
고양이 같은 여자는 우는 모습이 너무도 아름다웠고, 목소리가 황
금빛이었고, 눈부신 맨다리가 드러났고, 흐느꼈고, 그녀의 화려한
엉덩이가 규칙적인 리듬으로 오르락내리락했고, 결국 일어나야 할
일이 일어났다. 윤곽이 선명한, 남자 같기도 하고 여자 같기도 한
얼굴, 황홀경에 취한 순결한 얼굴, 그리고 쾌락의 하늘을 경건하게
바라보는 두 눈. 당신의 여자예요, 그녀가 헐떡이며 말했다.

50

희미한 불행의 미소를 띠고, 꿈을 꾸듯 멍하니, 그녀는 대충 싸놓은 여행 가방을 바라보았다. 3년 전, 그들의 관계가 시작되던 초기에 그를 만나러 빠리로 가기 위해 짐을 쌌을 때, 너무도 기쁜 마음으로 떠났던 그때도 저 가방이었다. 자, 일어나, 이제 가방을 닫아. 그녀는 그럴 수가 없었고, 병자처럼 힘없이 흐느꼈다. 결국 잠금 끈을 조이기 위해 가방 위에 앉았지만, 다시 일어설 기운이 없어 두 손을 늘어뜨린 채 그대로 앉아 있었다. 왼쪽 스타킹에 구멍이 보였지만 어깨만 들썩이고 말았다. 할 수 없어, 용기가 안 나.

거울에 비친 늙은 여자를 마주 보고 선 늙은 이졸데, 그가 연민 때문에 떠나보내려 하지는 않지만 더이상 몸에 손을 대지 않는 가엾은 여인은 얼굴을 찌푸리며 단추를 풀었다. 브래지어를 벗으려 당기는데 끈이 끊어졌다. 그래, 너희도 낡았구나. 그녀는 처진 가슴을 만져보았고, 두 손으로 눌러 일부러 더 늘어지게 했다. 그래, 이제 탄력이 없어, 다 끝났어. 3~4센티미터는 처진 것 같아, 끝이야, 더이상 사랑은 없어. 무너졌어, 더이상 사랑은 없어. 그녀는 정말로 가슴이 처졌는지 확인하려고 두 손을 내렸고, 상반신을 움직이며 가슴이 이리저리 흔들리는 모습을 절망적으로 즐겼다. 저녁마다 그가 올지 모른다고 기대하며 기다렸고, 올지 모른다고 기대하며 저녁마다 그를 위해 옷을 차려입었고, 올지 모른다고 기대하며 저녁마다 집을 깨끗이 치웠고, 올지 모른다고 기대하며 저녁마다 창가에 서 있었다. 이유가 뭘까? 가슴에 달린 이 주머니 두개가 다른 여자의 것보다 처졌기 때문이다. 그가 아플 때마다 침대 밑 카펫에 누워 그를 보살피며 지낸 밤이 얼마였는데. 그 여자는 그가 아플 때 잘 보살필까? 그 여자에게 전화를 해서 그가 해열진통제 중에 피라미돈과 안티피린에 알레르기가 있다는 걸 알려줘야 할까? 그럴 수는 없다. 둘이 알아서 하겠지. 물론 그는 여전히 그녀에게 애정을 품고 있다. 아주 이따금이지만 그녀를 찾아오면 우아하다고 칭송을 해주었고, 입고 있는 드레스에 관심을 표했고, 눈이 아름답다고 했다. 늙은 여자들은 모두 눈이 아름답고, 아름다운 눈은 늙은 여자들의 특징이다. 이따금 그녀의 볼에, 때로는 그녀의 어깨에, 물론 입은 옷 위에 입을 맞췄다. 옷감은 아무것도 아니고 그저 옷감일 뿐이니까 싫을 게 없는 것이다. 그것은 늙은 여자들을 위한 입맞춤, 늙은 여자들을 위한 애무였다. 한마디로 그는 싫증이 난 것이다. 가엾게도 그 사람은 다른 여자 이야기를 털어놓으며 너무도 힘들어했고, 그녀를 아프게 하는 것 때문에 몹시 슬퍼했다. 슬퍼했고, 하지만 바로 그날밤 다른 여자에게 진짜 입맞춤을 했으리라.

그녀는 다시 거울 앞에 서서 가슴을 이리저리 밀어보았다. 자, 오른쪽으로, 자, 왼쪽으로! 흔들려봐, 늙은 것들! 나는 너무 일찍 태어난 거야. 아버지는 뭐가 그리 급하셨을까? 어느새 눈 밑이 처지고 턱살이 늘어지고 머리카락에 윤기가 없어지고 피부가 울퉁불퉁해졌다. 그외에도 선하신 신의 뜻을 말해주는 많은 증거가 있다. 그녀는 단추를 잠근 다음 다시 여행 가방 위에 앉았고, 지나간 소녀 시절을 향해 미소를 지었다. 그때는 피부가 매끈하고 완전히 새것 같았지. 상으로 받은 비싼 책에 나온 사진, 어떤 흑인이 나무 뒤에 숨어 엿보고 있는 사진을 보고 무서워할 만큼 겁이 많았지. 그녀는 저녁에 침대에 누워 책을 읽다가 그 사진이 나오면 눈을 질끈 감고 책장을 빨리 넘겨버렸다. 어린 소녀는 앞날에 무엇이 기다리고 있는지 알지 못했다. 결국, 지금 그녀에게 닥친 일은 이전에도 이미 있었다. 미래의 그녀를 만나려고 기다리고 있었던 것이다.

그녀는 두 손으로 가슴을 들어 올렸다. 그래, 옛날엔 이랬었지. 그러고 손을 떼자 다시 늘어져버린 가슴을 향해 미소를 지었다. 불쌍해라, 그녀가 중얼거렸다. 그 사람은 아마도 내가 선물한 만년필로 그 여자에게 편지를 쓰겠지. 아리안, 내 하나뿐인 여인. 당연히 하나뿐인 여인이겠지, 가슴이 아름다울 테니까. 하지만 너에게도 이런 날이 올 거야. 늙어버린 몸은 추하지, 내가 봐도 그래. 혐오스러운 늙은 몸은 묘지의 구덩이 속으로 갈 테지! 그녀가 거울을 향해 말했다. 추하게 늙어버렸어! 왜 이렇게 늙은 거야! 말해봐, 늙은 여자! 머리카락을 염색해도 아무도 속지 않아! 그녀는 코를 풀었고, 거울에 비친, 영광을 잃어버린 자신의 모습을 바라보았다. 불현듯 알 수 없는 만족감이 밀려왔고, 그녀는 그렇게 가방 위에 앉아 코를 풀었다. 자, 이제 일어나자, 아직도 살아 있음을 보여줘야지. 전화를 걸자.

택시 안에서 이리저리 흔들리면서 그녀는 자기 손을 바라보았다. 목욕을 하지 않고 외출하기는 처음이었다. 추해라, 그녀가 미소를 지으며 말했다. 기운이 없었어, 비누칠을 할 때, 말릴 때, 너무 혼자잖아. 사실 씻을 이유도 없고. 그래, 드디어 닥친 거야, 불행이 시작되는 거야. 늙어버린 죄에 대한 벌. 그녀가 창 쪽으로 다가앉았다. 베르수아.[13] 차창 밖의 사람들, 벌써 하루를 시작하며 걸음을 재촉하는, 깨끗이 씻고 나온, 목표가 있는 사람들. 그 젊은 여자도 목표가 있겠지, 오늘 저녁 그를 만날 테니까. 자, 오늘 저녁을 위해 준비해야지, 냄새나면 안되니까 비누칠을 하고. 나도 그를 위해 3년 동안 매일 그렇게 했어. 편지를 읽으면서 그는 슬퍼하겠지. 하지만 그 슬픔이 오늘 저녁을 방해하지는 않을 거야. 두 혀가 움직일 거고, 더러워라. 그녀는 질척거리는 쓰라림을 느껴보려고 입을 벌렸다 닫았고, 차 한잔을 마시고 싶다는 생각을 했다. 아직도 내 삶에 하고 싶은 게 남아 있구나. 차 한잔, 좋은 책, 음악. 거짓말. 오, 사랑받고 싶은 욕망, 나이와 관계없는 모두의 욕망. 이제 뽕세아르는 어떻게 될까? 가구들, 물건들을 누가 챙겨줄까?

크뢰드장또.[14] 거리의 비둘기들. 두마리가 다정하게 사랑하고 있다. 초등학교 때 프랑스인 여선생님이 멍청한 시들을 읽어줬다. 그

---

13 스위스 주네브주 북동부에 위치한 도시. 다음 면에 나오는 장또벨뷔도 인접 지역이다.
14 주네브 외곽 지역의 도시 장또의 한 구역.

녀의 이름은 마드무아젤 데샹이었다. 버들가지야 버들가지야, 광주리 좀 만들게 버티지 마, 부드럽게 휘어야지. 우리 집 외양간엔 커다란 소 두마리가 있다네, 갈색 얼룩이 있는 흰색 소. 마드무아젤 데샹과 아버지 사이에 무슨 일이 있었다. 아버지의 집사였던 유대인은 흉악한 얼굴에 헝겊 모자를 손에 들고 늘 굽신거리는 사람이었다. 벨러 쿤[15]도 유대인이었다. 그자가 이슈트번 삼촌을, 장군이자 커뇨 백작인 삼촌을 총살시켰다. 아버지라면 절대 유대인을 집에 들여놓지 않았으리라.

장또벨뷔. 곧 주네브이고, 곧 역이다. 사랑의 초기에 그를 만나러 빠리로 갔을 때, 그가 역으로 마중을 나왔다. 큰 키에 모자도 쓰지 않고 머리카락이 흐트러진 어처구니없는 모습으로 검표원 옆에 서 있었다. 그녀를 본 순간 그의 얼굴에 미소가 번졌고, 그녀가 내리는 동안 팔을 잡아주었다. 역까지 나오다니! 원래 여자를 맞으러 역으로 나오는 사람이 아닌데. 호텔에서, 플라자 호텔이었다, 그는 곧바로 그녀에게 달려들어 옷을 벗겼고, 그러느라 옷 위쪽이 찢어졌다. 그는 그녀를 안고 침대로 갔고, 마흔둘의 바보 같은 여자는 너무 행복하고 너무 자랑스러웠다. 그런데 벌써 늙다니, 지금은 벌써 늙었다니, 왜 그런 걸까? 차라리 날 그냥 내버려두었으면 좋았을 걸. 지난 3년 동안 아름다워지기 위해 얼마나 애썼는데. 미용실이 다 무슨 소용이람. 사람은 죽고 나서도 며칠 동안 다리털이 자란다지. 그래, 자라든 말든 상관없다. 역이다. 어디로든 떠나자. 살아 있으니 무엇이라도 해야 한다.

---

15 Béla Kun(1886~1938). 헝가리 쏘비에뜨사회주의공화국을 이끈 정치가.

푸짐한 팁을 받아 든 운전수는 좋아 어쩔 줄 몰랐고, 계급적 동지애를 발휘해서 가까이 있는 짐꾼에게 공모의 눈짓을 했다. 돈줄이 나타났음을 알게 된 짐꾼이 황급히 달려와서 짐 가방을 들고는 어떤 기차를 타느냐고 물었다. 그녀는 대답할 말을 찾지 못한 채 입술을 적셨다. 마르세유인가요? —맞아요. —7시 20분이니까 시간이 딱 맞겠네요. 표는 있으신가요? —아니요. —그럼 서두르셔야 합니다, 자, 부인, 빨리 가세요, 기차에서 기다리겠습니다. 일등칸이죠? —맞아요. —자, 뛰어가세요, 부인, 사분밖에 안 남았습니다. 제일 끝 창구예요. 서두르세요! 이 세상에 홀로 남은 그녀는 올라오는 헛구역질을 간신히 참으면서, 모자를 비스듬히 쓴 채로, 마르세유, 마르세유, 되뇌면서 달려갔다.

마르세유에 도착한 지 한시간, 그녀는 호텔을 나섰고, 깐비에르[16] 길을 건너느라 뛰어가다가 차에 치일 뻔했다. 이어 작은 길로 접어든 그녀는 복슬개 한마리가 철책에 묶여 있는 것을 보고 멈춰 섰다. 바로 옆 잡화상에 들어간 주인을 기다리는 개는 지루해했고 불안해했다. 네발을 계속 움직였고, 가게 안을 들여다보려고 줄을 끝까지 당겼다. 이제 올 건가? 왜 늦는 거지? 날 잊어버린 걸까? 오, 복슬개는 너무도 고통스러웠다! 잔뜩 긴장해서는, 불안해서 어쩔 줄 모르는 사람처럼 신음 소리를 냈다. 앞으로 가보려 했고, 계속 줄을 당겼고, 사랑하는 주인, 잔인한 주인에게 다가가기 위해, 빨리 나오게 하기 위해 줄을 당겼고, 기다렸고, 기대했고, 고통스러워했다.

---

16 마르세유의 중심 구역.

그녀가 몸을 숙여 복슬개를 쓰다듬어주었다. 너도 불행하구나. 다시 길을 건넌 그녀는 약국으로 들어가 수면제 베로날을 달라고 했다. 안경을 낀 남자가 머리카락이 흐트러진 여자를 자세히 쳐다보면서 처방전이 있느냐고 물었다. 없다고요? 그렇다면 베로날을 드릴 수 없습니다. 그녀는 고맙다고 인사를 하고 약국을 나왔다. 왜 고맙다고 인사를 한 걸까? 패배자였기 때문이다. 뿌아들라파린 거리. 헝가리로 돌아가겠다고 편지를 쓴 것은 잘한 일이다, 그 사람이 걱정하지 않을 것이다. 프랭시빨 약국, 역시 거절당했다. 흰 가운을 입은 여자가 식물에서 추출한 빠시플로린을 권했다. 그럴게요. 그녀가 돈을 냈고, 약국을 나섰고, 양쪽을 두리번거리다가 빠시플로린을 벽 쪽으로 내동댕이쳤다. 차라리 날 그냥 내버려두었으면 좋았을걸. 의사를 찾아가 처방을 받을까? 기운이 없다, 너무 피곤하다. 가스레인지가 있는 가구 딸린 아파트를 구할까? 죽기 위해서도 삶이 필요하다니. 영국의 시골 호텔에는 가스버너가 있는데. 영국으로 갈까?

그녀는 걸음을 멈췄다. 진열장 안쪽에 깔아놓은 짚 위에, 철책 사이로, 귀여운 바셋하운드 강아지가 보였다. 강아지는 지루한 듯 혹은 슬픈 듯 자기 발을 깨물고 있었다. 한살도 안돼 보였다. 그녀가 진열장 유리를 어루만지자 강아지가 홀린 듯 벌떡 일어섰고, 앞다리를 유리에 올린 채로, 관심을 가져주는 여자의 손이 닿은 곳을 혀로 핥았다. 가게 안에는 앵무새, 원숭이 그리고 작은 새가 많았고, 머리카락을 들쑥날쑥하게 자른 노파 하나와 앞머리를 내리고 흰색 실크 스카프를 걸치고 슬리퍼를 신은 여성스러운 청년 하나가 있었다. 그녀는 들어가서 바셋하운드와 예쁜 목걸이와 줄을 산 뒤, 벌써 사랑으로 몸을 떠는 작은 강아지를 안고 밖으로 나왔다.

또 약국이다. 그녀는 걸음을 멈췄다. 그렇다, 강아지를 안고 있는 여자를 의심하지는 않을 것이다. 강아지는 신뢰감을 주고, 즐거운 느낌을 줄 거다. 강아지를 쓰다듬고, 잠을 못 자서 그런다고 효과 좋은 수면제 하나만 달라고 하자. 하지만 조심해야 한다, 신중한 척할 것. 위험하진 않은가요? 몇알까지 먹어도 괜찮죠? 한알 다 먹으면 너무 세지 않은가요? 시골에 살아서 스무알을 사고 싶어요. 우선 파우더부터 살 것, 색조를 어떤 걸로 할지 망설일 것, 그녀가 색조를 고르느라 망설인다면 약사는 절대 의심하지 않을 것이다.

바셋하운드를 줄에 매어 끌고 밖으로 나온 그녀는 약국을 향해 살짝 혀를 내밀었다. 성공이다! 너희만 약은 줄 알았지? 원래 처방전이 있어야 하는데, 문제를 일으킬 분 같진 않으니 그냥 드리겠습니다. 그래도 아주 센 약이니 조심하셔야 합니다. 한번에 한알 이상은 안되고, 하루에 두알 이내로 드셔야 합니다. 그녀는 미소를 지어 보이며 죽고 싶지는 않다고 대답했다. 용연향 화장수를 산 것도 큰 도움이 되었다. 성공했어. 네 덕이야, 귀여운 강아지야. 줄을 벗겨줄 테니 마음껏 뛰어다녀보렴, 예쁜 불리누. 줄에서 풀려나 신이 난 강아지는 목걸이마저 벗고 싶다는 듯 고개를 털었다. 앞으로 뛰어갔다가 다시 그녀에게 돌아왔고, 사랑받는다는 사실에 뿌듯해하면서, 이제 누구를 믿어야 하는지 알고 있다고 확신하며, 진지하게 그녀를 따라왔다. 오 보잘것없는 작은 강아지들의 위대한 마음이여.

부당한 자리였던 진열장을 벗어나 자유를 얻은 강아지는 부르주아적인 작은 행복에 꼬리를 흔들었고, 폴짝거리며 앞으로 뛰어 가면서 소중한 여인이 그대로 있는지 확인하기 위해 계속 뒤를 돌아보았다. 그녀가 없으면 어떻게 살겠는가. 강아지가 달려오면 그녀는 이마를 한번 쓰다듬어주었고, 그러면 강아지는 신나서 혀를 내밀고는 다시 달려가 뛰어놀았다. 여기저기 냄새를 맡다가 제일 마음에 드는 냄새를 발견하면, 아 삶은 참으로 아름다워라, 그녀에게도 알려주고 싶어 뒤를 돌아보았고, 그런 다음 어떤 냄새였는지 알려주려고, 자기 자신에 대해 그리고 세상에 대해 만족한 기분으로 그녀를 향해 달려왔다. 그런 다음 다시 가서, 그녀가 계속 따라오고 있다는 것을 알기에 아무 문제 없으니까, 그러니까, 오줌을 싸면 어떨까, 그래, 안될 게 뭐 있어, 항상 좋지, 더구나 딱 적합해 보이는 나무를 찾았는데, 그런 다음 사랑하는 여인에게, 가장 완벽한 여인에게, 조금 전 어떤 위업을 완수했는지 알려주러 달려왔고, 열정이 가득 담긴 진지한 눈길로 그녀를 바라보았고, 기대에 가득 차 꼬리를 흔들며 그녀의 앞쪽으로 갔고, 고개를 숙인 채 걷고 있던 그녀는 그 바람에 옆을 지나던 어린애와 부딪쳤다. 뭐 이런 여자가 다 있어! 아이의 엄마가 소리를 지르자 그녀는 겁에 질려 뛰어갔고, 새로운 놀이에 신이 난 강아지가 그녀를 따라갔다. 오, 저 여인과 함께 있는 건 참으로 재미있구나!

메이앙 거리. 그녀는 벤치에 앉았다. 머리 위의 플라타너스 잎들은 미동도 없다. 내가 사라진 뒤에도 이 모든 것이 그대로 계속되겠지. 나무들도, 꽃들도 그대로이고 오로지 나 혼자만 이 땅에서 사라지겠지. 그 어떤 것에도 신경 쓰지 않고 그대로 죽는 게 제일 좋다. 신경 쓰게 되면 그 순간부터 죽도록 힘들어진다. 사람들이 와서 보고 죽는 게 얼마나 쉬운가를 알게 되길. 내 이름이 신문에 날까? 오 아마도 마르세유 신문에만 날 거고, 그러니 그는 알지 못할 것이다. 그녀는 코를 풀고 나서 손수건을 바라보았다. 이것, 이 콧물은 살아 있다는 흔적이다. 그녀는 요의를 느꼈다. 그렇다. 여전히 몸이 작동하고 있다. 그녀는 자기 배에, 삶의 의무를 계속하고 있는, 이제 곧 만져볼 수 없을 가련한 몸에 손을 가져다 댔다. 맞은편에는 연인들이 앉아 있었다. 키스해, 어서 키스하라고, 어리석은 여자여, 뒤늦게 깨닫게 되겠지. 불리누는 헌신의 열정으로 꼬리를 흔들었고, 다정한 말을 기대하며 필사적으로 주인을 바라보았다. 그녀가 아무 말도 하지 않자 벤치 위로 뛰어올라 옆에 앉았고, 그녀의 팔 안쪽으로 코를 밀어넣었다. 내 사랑, 그녀가 말했다.

노아유[17]의 방. 웨이터가 냉육 요리가 담긴 쟁반을 놓고 갔다. 햄, 닭고기, 로스트비프. 음식 냄새를 맡은 불리누는 우러러보듯 쳐다보았고, 한조각 얻어먹을 수 있는 자격을 얻으려는 듯 의자 위에 얌전히, 엄숙하게, 주의 깊게, 경건하게 앉아 있었다. 모범적인 강아지가 되지 못할까봐 두려워하며, 귀부인과 고기를 번갈아 우러러보았고, 그러면서도 앞발을 살짝 움직여서 배고픔을 강렬하고도 고상하게 표시했다. 뭐야, 안 줄 건가? 자기가 안 먹는 거야 상관없다, 알아서 할 일이니까. 하지만 나한테까지 안 주는 건 심하지 않은가. 배고파 죽겠는데! 강아지는 주인의 눈에 나지 않기 위해 달려들어 직접 먹고 싶은 욕망을 간신히 억눌렀고, 그저 오른발을 내밀며 애원해보았다. 좋아, 알아들었군, 이제야 알아듣다니! 불리누

---

17 마르세유 중심부에 위치한 구역.

는 그녀가 내민 햄 조각을 덥석 물고는 두세번 씹어서 삼켜버렸다. 그러고도 세조각을 더 먹었다. 불리누는 이제 닭고기와 로스트비프를 먹을 준비가 되었음을 알리기 위해 한쪽 발을 내밀고 이어 다른 쪽 발을 내밀면서 또다시 뚫어져라 쳐다보았다. 그녀가 벨을 눌렀다. 웨이터가 들어와 쟁반을 내갔다. 깜짝 놀란 불리누가 흥분해서 날뛰며 눈으로 그러지 말라고 했다. 이봐요, 웨이터 양반, 로스트비프에다가 심지어 내가 좋아하는 닭고기가 그대로 있는데! 그런 짓을 하면 안되죠! 도대체 왜 이러는 거지? 어떻게 이럴 수가 있어! 뭐, 할 수 없지, 자기가 주문한 거니까. 이제 불리누는 조용히 낑낑거리며 주인을 바라보았다. 물론 얻어먹었고, 고맙게 생각한다. 하지만 강아지의 영혼은 만족하지 못했다. 불리누는 주인이 자기를 쓰다듬어주기를 바랐다. 그게 아니라면 무슨 낙으로 산단 말인가? 햄만으로 살 수는 없지 않은가. 그는 사랑하는 여인의 몸에 앞발을 대고 일어섰다. 그녀가 뒤로 물러섰다. 이제 날 사랑해주는 건 강아지 하나뿐이로구나. 그녀는 강아지를 욕실에 가두었다.

소스라쳐 잠에서 깨어난 그녀가 여전히 켜져 있는 전등을 쳐다보았다. 어제저녁에 강아지를 다시 가게에 데려다준 것이 생각났다. 멍한 상태로 일어나 침대 가장자리에 앉았고, 옷장 거울에 비친 자기 모습을, 옷을 그대로 입고 모자를 비스듬히 쓴 모습을 바라보았다. 침대 옆 협탁에 풀어놓은 손목시계가 7시를 가리켰다. 그냥 누워 있자, 아무리 불행할 때도 침대는 편안하다. 하지만 그녀는 곧 일어나서 커튼을 열었다. 밖에서는 삶이 이어지고, 행복한 사람들이 살아간다. 거울에 비친 늙은 여자, 눈가에 주름이 지고 광대뼈가 튀어나오고 머릿결이 거칠어지고 치아는 아말감으로 덮이고 제

일 안쪽에 의치까지 있는 여자. 우시[18]에서 보낸 그 일주일, 그들의
사랑이 막 시작되던 때, 일요일 오후 호숫가를 산책하던 때, 심지어
그의 입맞춤을 거절하고 웃으면서 도망가기도 했다. 그런데 정신
나간 늙은 여자가 되어 홀로 마르세유에 와서 모자까지 쓴 채로 잠
이 들다니. 어떻게 이럴 수가, 그녀가 외쳤다.

그녀는 모자를 벗었고, 테이블 앞에 앉았고, 호텔에 비치된 종
이를 들어 반으로, 이어 또 반으로 접었다가 펼쳤고, 만년필을 꺼
내 뚜껑을 열었다. 그래, 그 사람한테 편지를 남기자. 자책하지 말
라고, 당신 잘못이 아니라고, 당신은 얼마든지 행복할 권리가 있다
고. 아니, 편지는 안돼, 그 사람이 곤란해질 수 있어. 그녀는 약상자
를 열어 전부 몇알인지 세어보았고, 다시 만년필을 들어 종이에 십
자가를 그린 뒤 그 위에 다시 선을 그어 마름모를 만들고 다시 마
름모의 선을 톱니처럼 만들었다. 문득 다시 살고 싶어졌다. 그래,
스위스로 돌아가서 산장을 하나 빌려 조용히 사는 거야. 바셋하운
드도 다시 데려오고, 함께 살면 좋을 테니까. 주네브로 가는 기차를
타야 해, 하지만 주네브에는 최대한 짧게 머무르자. 괜히 그 사람을
만나면 안되니까, 은행에서 돈만 찾고 바로 가는 거야. 그런 다음
로잔에 가서 부동산 중개소를 찾고 산장을 빌리자. 책, 음반, 라디
오를 사고. 다 잘될 거야, 두고 봐. 안락한 산장, 착한 강아지, 책이
있으니까. 정원도 가꿔야지. 이제 사랑 따위는 필요 없어, 귀찮은
걸 잘 치워냈어, 이제는 다리에 푸른 핏줄이 도드라져도 신경 쓰지
않아도 돼. 이제 목욕을 하고, 삶으로 되돌아가자. 그녀는 수면제를

18 보주의 도시 로잔의 한 구역.

변기에 던져넣고 물을 내렸다.

　욕조에서 나온 그녀는 거울을 보지 않으려 애쓰며 몸을 말리고 화장수를 발랐다. 편안하고 상쾌한 느낌에 기분이 좋아졌다. 삶으로 되돌아온 증거이리라. 그녀는 가운을 걸쳤고, 창문을 열고 좁은 발코니로 나가서 난간에 팔꿈치를 괴었다. 그런데 그녀 앞에, 키가 크고 모자를 쓰지 않고 머리카락이 흐트러진 그가 나타났다. 그가 웃으며 그녀를 따라왔고, 키스를 하려고 따라왔다. 그녀는 몸을 숙였고, 그를 피하느라 더 숙였고, 난간 앞 선반 때문에 배가 아팠고, 팔을 앞으로 내민 채 허공에 대고, 흑인 하나가 서서 엿보고 있는 허공에 대고 비명을 질렀다. 그리고 거리의 아스팔트로 떨어진 또 한번의 비명이 가판대의 신문 위로 튀었다.

51

그녀는 완벽한 편지를 쓰기 위해 두세번, 혹은 더 여러번 초고를
써보았다. 드디어 만족스러운 편지가 준비되면 독피지 편지지에
아무것도 묻지 않도록 손을 씻었다. 마치 제의를 올리기 전에 몸을
정결하게 하는 무녀가 된 듯 매혹에 젖어서 한참 동안 씻고 또 씻
었다.

그녀는 좋아하는 만년필을 들고 테이블 앞에 거의 무릎을 꿇다
시피, 편하지는 않지만 두근거리는 자세로 앉아 만년필을 바라보
았다. 촉이 뾰족해서 이걸로 쓰면 남자의 필체와 비슷해졌다. 아주
고상한, 하지만 읽기 쉬운 글씨체로 몇번 연습을 해본 다음 오른손
에 편지지 보호용 압지를 깔고 쓰기 시작했고, 글자를 써나가면서
는 줄곧 혀를 살짝 내밀었다. 조그마한 홈에도 속이 상했고, 한페이
지를 거의 다 마친 상태에서도 단어 하나를 잘못 쓰거나 아주 작은

점 하나라도 잘못 찍으면 그대로 찢어버렸다. 심지어 똑같은 내용을 두세번 써서 그중 제일 좋아 보이는 것으로 고르기도 했다. 여러번 사전을 찾아가면서 마침내 작품을 완성하고 나면 그 내용을 잘 느껴보기 위해서 소리 내어 황홀한 억양으로 읽어보았다. 공들여 찾아내 쓴 단어가 나오는 대목에서는 저절로 달콤한 기분에 젖었고, 제대로 음미하기 위해 호흡을 조절하면서 읽었고, 특히 잘 쓴 듯한 문장이 나오면 무대에서 앙꼬르를 받은 사람처럼 한번 더 읽었고, 편지를 받은 그의 마음을 짐작해보기 위해 그가 된 것처럼 상상하며 읽었다.

한번은 소파에 다리를 길게 편 불편한 자세로 쓰기로 했다. "우리의 소파에 달콤하게 누워 이 편지를 써요"라는 말로 시작하기 위해서, 그래서 관능적인 느낌과 레까미에 부인[19] 같은 분위기를 풍기기 위해서였다. 그가 보는 앞에서 편지를 쓴 뒤 리츠로 가져가서 읽게 할 때도 있었다. 그럴 때면 천박해 보일지도 모른다는 생각에 봉투의 접착 부분을 혀로 핥아 붙이지 못했고, 그 대신 검지를 얌전히 혀에 대서 적셔 봉투의 접착 부분에 문지르는 훌륭한 꾀를 생각해냈다. 불과 몇분 전까지만 해도 그 소파 위에서 품위 같은 것에는 신경도 쓰지 않았으면서.

출장을 떠난 연인에게 편지를 부칠 때마다 그녀는 그 편지를 써내기 위해 연습한 종이를 버리지 않고 두었다가 그가 편지를 받는

19 Juliette Récamier(1777~1849). 프랑스의 귀부인으로, 그녀의 쌀롱에는 당시 가장 영향력 있는 정치가, 문인, 예술가 들이 모여들었다. 소파에 반쯤 누운 그녀를 그린 다비드의 그림이 유명하다.

날 같은 시각에 같이 읽어보았다. 그렇게 하면 그와 함께 있는 기분을 느낄 수 있고, 그가 편지를 읽으며 쏟아낼 경탄을 함께 맛볼 수 있었다. 어느날 저녁, 역시 그와 함께하기 위해 편지를 읽을 때, 특히 잘 썼다고 생각했던 편지의 끝부분에 이르러("난 당신과 함께 있고, 느낄 수 있어요, 우리의 두 심장이 맞닿아 하나가 되어 뛰는 것을"이라는 구절이었다) 그녀는 마치 자신의 작품에 흡족해하는 장인처럼 깊은숨을 들이쉬었다. 두 심장이 맞닿아 하나가 되다니, 정말 멋지지 않은가. 백작 부인은 이런 문장을 쓰지 못했을 것이다. 그리고 다행히 그녀는 헝가리로 돌아갔다. 느낄 수 있어요, 라는 말을 뒤에 두지 않고 앞으로 빼놓은 것도 나쁘지 않았다. 그때였다. 그녀가 갑자기 입술을 깨물었다. 좋긴 뭐가 좋아, 서로 마주 보고 있는데! 심장은 왼쪽에 있잖아. 그의 심장은 내 오른쪽에, 그러니까 간이 있는 자리에 닿을 텐데, 어떻게 두 심장이 맞닿는다는 거야. 이 이미지가 성립하려면 내 심장이 왼쪽이니까 그의 심장은 오른쪽에 있어야 해. 말도 안되잖아. 그도 정상적인 사람인데 이게 뭐야. 어떻게 하지? 전보를 보내서 고쳐야 할까? 아니, 그건 너무 이상해. 오 난 왜 이렇게 늘 실수만 하는 걸까! 천천히 궁리해보기 위해서 그녀는 엄지손가락으로 코를 밀어 올렸고, 드디어 안심할 수 있는 결론을 찾아냈다. 그러니까 그와 내가 완전히 마주 보고 있는 것이 아니라고, 그래, 그러니까 둘이 맞닿아 있기는 하지만 옆으로 살짝 비껴 있는 거라고 생각하면 된다. 그러면 서로 왼쪽 가슴이, 그러니까 심장끼리 닿을 수 있다. 불가능한 자세가 아니다. 그래, 그렇게 생각하면 돼. 그러니까 우리 걱정하지 말자꾸나, 그녀가 기도대에 무릎을 꿇고 있는 곰 인형에게 마치 고집 센 신자를 다루듯 말했고, 이어 곰 인형을 안아 들어 안락의자로 옮겨놓았다.

뭐? 나랑 자고 싶다고? 안돼. 그 사람이 있어서 이젠 안돼. 정말 안될 것 같아. 그 의자에서 편하게 자. 그래, 편히 쉬어. 잘 자, 푹 자.

하루 세번 우체부가 올 시간이면 그녀는 길에 나가 기다렸다. 그의 편지가 없으면 죽음 같은 슬픔을 느끼며 우체부에게 미소를 지어 보였다. 편지가 있으면 곧바로 뜯어 훑어 내려갔다. 편지에 담긴 것을 완전하게 받아들이는 일은 뒤로 미루고, 일단 눈으로, 표면만 먼저 읽기 위해서였다. 그러니까 나쁜 일이 생기지 않았고, 그가 아프지 않고, 주네브로 돌아오는 일정이 미루어지지 않았다는 것만 확인하면 된다. 진짜 읽는 건 조금 뒤에 집에 들어가서 하면 된다. 아무 일 없다는 사실에 마음을 놓은 그녀는 집으로 달려 들어가 진짜 읽기 시작했고, 젖가슴이 살짝 흔들리도록 뛰어다니면서 행복의 탄성을 질러댔다. 사랑하는 그대, 그녀가 편지를 향해 혹은 자기 자신을 향해 속삭였다.

방으로 들어오면 늘 행하는 의식이 있다. 문을 열쇠로 잠근 뒤 덧창을 닫고 커튼을 치고, 밖에서 나는 소리, 사랑이 아닌 모든 소리를 없애기 위해 밀랍 귀마개를 꽂는다. 머리맡의 전등을 켜고, 침대에 누워 베개를 똑바로 벤다. 아니야, 아직 읽지 마, 이 기쁨을 좀더 누리는 거야. 우선 봉투부터 보면 되잖아. 쓸데없이 속지를 댈 필요 없이 튼튼한 종이로 만든 아름다운 봉투였다. 좋아. 우표도 정성스럽게 붙어 있다. 비뚜름하지 않고 똑바로, 딱 정확한 자리에, 사랑하는 마음을 담아 붙였네. 그래, 확실해, 이건 사랑의 증거야. 그녀는 여전히 읽기 시작하지 않은 채로 편지를 든 손을 뻗어 최대한 멀리서 쳐다보았다. 어렸을 때 쁘띠뵈르 비스킷을 먹기 전에 늘 이렇게 했는데. 아직 안돼, 읽지 마, 좀더 기다려. 언제든 마음대로 읽을 수 있지만, 읽고 싶어 죽을 것 같을 때까지 기다려야 했다. 주소를 보자. 내 이름을 쓰면서 내 생각을 했을 거야, 이름 뒤에 부인, 이라고 점잖고 예의 바른 말을 붙였지만 마음속으로는 옷을 입지 않은, 너무도 아름다운, 이미 온전히 다 본 내 몸을 생각했을 거야. 이제 편지지를 좀 보자. 글씨가 없는 뒷면을 봐야 해. 아주 좋은 종이네, 일본 종이인가봐. 아무 냄새도 안 나. 깨끗함, 절대적인 청결이 느껴져, 남성성이 느껴지는 종이.

그렇게 버티다 더이상 참을 수가 없어지면 그녀는 천천히, 세밀하게, 편지를 읽어나갔다. 한 글자 한 글자 살펴가면서, 읽기를 멈추고 상념에 빠지면서, 눈을 감고 입가에는 약간 멍청하며 약간 경건한 미소를 띠고, 그렇게 읽어 내려갔다. 특히 더 다정하고 열정적인 대목이 나오면 너무도 아름다운 그 문장만 남기고 나머지를 손으로 가렸다. 그렇게 자기 자신에게 최면을 걸었다. 그 문장을 더 잘 느끼기 위해서 낭송을 했고, 손거울을 들고 나지막한 목소리로 고백하듯 읽었고, 그녀가 없어서 슬프다는 문장이 나오면 기분이 좋아 웃었다. 슬프대, 슬프다잖아, 좋아! 이렇게 외쳤다. 그렇게 편지를 다시 읽었고, 너무 많이 읽어서 더이상 내용을 알 수 없고 단어들도 의미를 잃어버릴 때까지 읽었다.

대부분은 유혹을 이겨냈다. 편지를 너무 많이 읽으면 오히려 그 아름다움을 망치게 된다는 걸, 더이상 느낄 수 없다는 걸 알았기 때문이다. 그래서 다시 봉투에 넣으며 쉬게 하겠다고, 내일밤이 되기 전에는 절대 다시 꺼내지 않겠다고 맹세했다. 내일밤이면 편지가 다시 체액을 회복해서 되살아날 테고, 그렇게 기다린 노력이 보상받을 때쯤 침대에 파묻혀서 다시 읽으면 된다. 그녀는 미소를 지었고, 몽상에 빠졌고, 치마를 살짝 들어 올리고는 자기 다리를 흐뭇하게 바라보았다. 사랑하는 그대, 조금 더 보고 싶나요? 전부 다 당신 거예요. 그녀는 치마를 조금 더 올렸고, 내려다보았다.

어느날 저녁 편지를 읽던 그녀는 손가락으로 가리기가 여의치 않자 재빨리 침대에서 일어나 흰 종이를 찾아 왔다. 가위로 가운데 작은 직사각형 구멍을 뚫어 편지에 대고 다시 읽기 시작했다. 그렇다, 아주 좋은 방법이었다. 그렇게 만든 종이 창문을 대고 읽으려면 한번에 서너 단어밖에 보이지 않았고, 그렇게 하니 단어 하나하나가 더 아름답고 더 생생하게 느껴졌다. "세상에서 가장 아름다운 여인"이라는 대목에서는 황급히 일어나 전신 거울 앞으로 달려가서는 그가 말하는 아름다운 여인의 모습을 바라보기도 했다. 맞아, 맞는 말이야. 하지만 그가 없으니 아름다움도 아무 소용이 없었다. 연인의 부재로 상심한 마음을 달래기 위해 그녀는 거울 앞에서 일부러 찡그리며 미운 표정을 지어보았다. 그만, 너무 많이 찡그리면 피부에 안 좋을 수 있고 피부 밑 근육이 상할지도 모른다. 혹시 있었을지 모를 나쁜 영향을 되돌리기 위해 그녀는 천사 같은 미소를 지었다.

52

젊은이들이여, 흐트러진 갈기 같은 머리카락에 완벽한 치아를 가진 그대들이여, 이 기슭으로 와서 즐기라. 모두가 영원히 사랑하는 곳, 그 누구라도 영원히 사랑할 수밖에 없는 곳, 네마리 말이 끄는 열광의 마차에 오른 선택받은 이들이여, 연인들이 웃고 연인들이 불멸하는 이곳으로 와서, 아직 시간이 있을 때 마음껏 취해 즐기라, 아리안과 쏠랄처럼 행복해지라. 하지만 늙은 자들을, 그대들도 곧 늙을 터이니, 콧물이 흐르고 손이 떨리는 자들을, 굵은 핏줄이 불거지고 떨어진 나뭇잎처럼 슬픈 붉은 반점투성이 손을 떠는 자들을, 그들을 불쌍히 여기라.

8월의 이 밤은 너무도 아름답고 여전히 젊은데 나는 그렇지 않구나, 내가 아는, 한때 젊었던 사람이 말한다. 젊었던 그가 알던 그 밤들은 어디로 갔는가, 그와 그녀가 함께한 밤은 어디에 있는가, 어느 하늘에, 어느 미래에, 어떤 시간의 날개에 올라타 있는가, 가버린 밤들이여.

그 밤들에 우리는, 젊었던 그가 말하니, 사랑으로 의기양양했던 우리는 그녀의 정원으로 갔고, 그녀가 나를 바라보았고, 젊음으로 눈부시던 우리는 천천히 우리 사랑의 화음을 향해 갔다. 신이시여, 왜 그 향기롭던 정원이 사라지고, 나이팅게일이 사라지고, 내 팔에 기대던 그녀의 팔이 사라지고, 나를 바라보고 하늘을 바라보던 그녀의 눈길이 사라졌나이까.

사랑이여, 사랑이여, 그녀가 매일 건네주던 꽃과 과일, 사랑이여, 사랑이여, 매일 함께 포도를 먹던, 한알씩 함께 먹던 젊음의 어리석음이여, 사랑이여, 사랑이여, 내일 만나요, 사랑하는 그대여, 사랑이여, 사랑이여, 키스를 하고 헤어지고, 그녀가 배웅하느라 그의 집까지 따라오고, 그가 다시 그녀를 집까지 데려다주고, 다시 그녀가 그를 데려다주고, 그 끝은 결국 사랑의 향기 가득한 커다란 침대였으니, 오 사랑이여, 그 밤들, 나이팅게일, 새벽 여명이여, 그칠 줄 모르고 울던 나이팅게일이여, 입술에 자국을 남기던 키스, 다문 입술 사이로 찾던 신, 쾌락의 눈물, 사랑해요, 사랑해요, 사랑한다고 말해줘요, 오 사랑하는 여인의 전화, 다정한 혹은 호소하는 황금빛 억양, 사랑이여, 사랑이여, 꽃, 편지, 기다림, 사랑이여, 사랑이여, 수없이 탔던 택시, 사랑이여, 사랑이여, 전보, 사랑에 취해 바다로 떠나던 길, 사랑이여, 사랑이여, 더없이 기발하던 그녀, 놀라운 애정, 당신의 심장, 나의 심장, 우리의 심장, 놀라운 어리석음이여. 아 사랑이여, 내가 사랑하던 여인이여, 지금 나는 그대를 위해 우는가 나의 젊음을 위해 우는가, 한때 젊었던 남자가 묻는다. 어느 마녀가 나에게 어둠의 성가를 바쳐서, 먼 옛날 사랑하던 여인을 다시 만나되 더이상 사랑하지는 않게 해줄까? 마녀는 없고, 젊음은 돌아오지 않는구나. 아, 우스워 죽겠구나.

다른 사람들은 명예에서, 정치나 문학에 관한 대화에서 위안을 얻는다. 혹은, 그 어리석은 자들은, 명성을 얻는 데서, 혹은 명령을 내리는 데서, 혹은 무릎에서 뛰는 손자들을 보는 데서 위안을 얻는다. 나는, 한때 젊었던 내가 말하니, 난 지혜로움 같은 건 필요 없다. 내가 원하는 건 젊음이다, 기적이다, 사랑하는 여인이 나에게 주는 과일과 꽃이다. 절대 피곤하지 않고 싶고, 어둠의 성가를 왕관으로 쓰고 싶다. 뻔뻔스러운 노인이로군. 자, 새 관을 짜서 그 안에 처넣자!

재스민 향내 나는 너의 숨결은, 오 나의 젊음이여, 내가 젊던 시절보다 더 거칠구나, 한때 젊었던 남자가 말한다. 너는 되돌아오지 않겠지, 나의 젊음이여, 과거가 되어버린 나의 젊음이여. 이제 난 허리가 아프구나, 아마도 종말을 예고하는 통증이리라. 허리가 아프고 열이 나고 무릎에 기운이 없으니, 의사를 불러야겠다. 이제 나의 일을 끝내고 싶구나, 한때 젊었던 남자가 말한다. 서두르라, 서두르라, 그가 말한다. 게으르고 유순한 일꾼이여, 불행을 수확하는 진실한 일꾼이여, 서두르라, 저 민감한 새들이 곧 노래를 그칠 터이니, 서두르라, 피곤해도 이겨내라, 밤이 내려앉지 않느냐, 거둬들인 다발을 집어넣으라. 힘을 내라, 그가 그의 어머니 목소리 같은 가녀린 소리로 말한다. 그대들, 남자들이여, 잘 있으라, 그가 말한다. 눈부신 자연이여, 잘 있으라, 이제 곧 나는 영원한 땅굴 속으로 들어가리니, 잘 있으라. 이것저것 다 생각해보니, 이곳이, 그렇게 재미있지는 않았구나.

나의 빙산에 나 홀로 있으니, 한때 젊었던 남자가 말한다, 나의 빙산이 어두운 밤 어딘가로, 이미 몸을 움직이지 못하고 이미 죽어가는 나를 실어가는구나. 간신히 손을 들어, 오늘밤 별빛 아래 영원히 속삭이는 음악 속에서 사랑의 고백에 취하는 젊은이들을 축복하리라. 차가운 빙산에 홀로 누운 나는 여전히 봄의 노래를 듣는다. 늙은 나는 혼자 빙산 위에 있고, 이제 밤이로구나, 한때 젊었던 남자가 말한다.

잘 있으라, 늙어가는 남자의 눈앞에 펼쳐진 젊음의 기슭이여, 신의 눈길이 잠자리들로 날아다니는 곳, 금지된 기슭이여. 오 그대, 그가 말하니, 아름답고 고귀하고 아리안만큼 정열적이던 그대여, 내 그대 이름을 말하지 않으리, 우리는 이 기슭에서 함께 살았고 우리는 형제자매였고, 오 내가 사랑한 여인이여, 그대, 더없이 부드럽고 더없이 고집 세던, 더없이 고귀하고 더없이 날렵하던 그대, 생기 넘치게 빙글빙글 돌며 환하게 햇빛을 받던 그대, 오만하고 도도하던 그대, 기발한 그대, 노예이던 그대, 바람의 목소리를 모두 내 것 삼아 숲마다 모두 이야기하고 싶구나. 난 사랑했다고, 내가 사랑하던 그 여인을 사랑했다고, 한때 젊었던 남자가 말한다.

사랑했던 남자들과 여자들이 잠들어 있는 묘지에 침묵이 흐른다. 가련하게도 이제는 모두 얌전하구나. 편지를 기다리는 시간도 끝났고, 흥분으로 달아오르던 밤도 끝났고, 축축해진 젊은 육신들의 흔들림도 끝났구나. 모든 것이, 거대한 숙소에 함께 잠들었다. 모두 함께 누워서, 생기 넘치는 연인이던 그들이, 이제 뼈만 남아, 소리 없이, 모두 함께 잠들었다. 사랑했던 남자들과 그들의 아름다운 여인들이 처량하고 외롭게 누워 있다. 황홀한 쾌락에 헐떡이며 파도치듯 몸을 흔들던 여인, 성녀처럼 치켜든 눈길, 쾌락을 음미하느라 조용히 감은 눈, 그녀가 너에게 주던 고귀한 가슴, 이 모든 것이 흙 속에 있구나. 연인들이여, 모두 흙 속의 굴 안에 있구나.

자정의 묘지, 소굴에서 나온 자들, 해골들이 춤을 춘다. 비쩍 마른 소리 없는 남자들, 코가 없고, 입을 히죽거리고, 하지만 턱뼈와 커다란 눈구멍에는 아무런 표정 없이, 얌전히 춤을 춘다. 코가 없는 자들이 느릿느릿, 하지만 지치지 않고 계속 몸을 흔들며, 발목뼈와 아래팔뼈를 서로 부딪치며 춤을 추고, 깃털 장식이 달린 챙 없는 노란 모자를 쓰고 반짝이는 보석으로 장식한 무도회 구두를 신은 어느 자그마한 망자가 입이 있던 구멍에 물고 있는 목동의 피리 소리에 박자를 맞추어 틀니 소리를 내며 춤을 춘다.

「스케이터의 왈츠」에 맞춰 남자와 여자들이 춤을 추고, 팔짝 뛰고, 턱뼈끼리 눈구멍끼리 치아끼리 맞부딪으며, 사랑스럽게, 비쩍 마른 자들이 춤을 춘다. 손가락뼈가 다른 이의 쇄골에 가 있고, 갑자기 나오는 「올드 랭 싸인」 작별 노래에 소리 없이 즐기고, 장교 모자를 쓴 남자 하나가 위팔뼈로 사랑하는 여인의 갈비뼈 스물네 개를 껴안아 자기 흉골에 가져다 대고, 부엉이 한마리가 마치 연극 무대에서처럼 웃음을 터뜨리고, 여자 해골이, 디아나였던 해골이

빙글빙글 돌아간다. 환하게 햇빛을 받던, 가장 부드럽고 가장 고집 세던 여인, 오만하던 여인, 사랑으로 신음하던 순간에는 노예가 되던 여인, 디아나, 이제는 장미 화관을 쓴 뼈만 남은 여인, 가련한 여인, 덤불숲 뒤에서 메마른 몸으로, 덜걱거리며, 삐걱거리며, 우아하게 춤을 추는구나.

(2권으로 이어집니다)

고전의 새로운 기준, 창비세계문학

오늘날 우리는 인간의 존엄과 개성이 매몰되어가는 시대를 살고 있다. 물질만능과 승자독식을 강요하는 자본주의가 전지구적으로 확산되면서 현대사회는 더 황폐해지고 삶의 질은 크게 훼손되었다. 경제성장만이 최고의 선으로 인정되고 상업주의에 물든 문화소비가 삶을 지배할수록 문학은 점점 더 변방으로 밀려나고 있다. 삶의 본질을 성찰하는 문학의 자리가 위축되는 세계에서는 가진 자와 못 가진 자 할 것 없이 모두가 불행할 수밖에 없다.

이 시대야말로 인간답게 산다는 것의 의미가 무엇인지 근본적인 화두를 다시 던지고 사유의 모험을 떠나야 할 때다. 우리는 그 여정에 반드시 필요한 벗과 스승이 다름 아닌 세계문학의 고전이라는 점을 강조한다. 고전에는 다양한 전통과 문화를 쌓아올린 공동체의 경험이 녹아들어 있고, 세계와 존재에 대한 탁월한 개인들의 치열한 탐색이 기록되어 있으며, 새로운 세상을 꿈꾸는 아름다운 도전과 눈물이 아로새겨 있기 때문이다. 이 무궁무진한 상상력의 보고이자 살아 있는 문화유산을 되새길 때만 개인의 일상에서 참다운 인간적 가치를 실현하고 근대적 삶의 의미와 한계를 성찰하는 지혜를 얻을 수 있을 것이다.

'창비세계문학'은 이러한 문제의식에서 출발한다. 세계문학의 참의미를 되새겨 '지금 여기'의 관점으로 우리의 정전을 재구성해야 할 필요성이 그 어느 때보다 절실하다. '정전'이란 본디 고정된 목록으로 존재하는 것이 아니라 그때그때 주어진 처소에서 새롭게 재구성됨으로써 생명을 이어가는 것이다. 우리는 먼저 전세계 문학들의 다양성과 차이를 존중하면서 국가와 민족, 언어의 경계를 넘어 보편적 가치에 기여할 수 있는 가능성에 주목하고자 한다. 근대를 깊이 성찰한 서양문학뿐 아니라 아시아와 라틴아메리카, 중동과 아프리카 등 비서구권 문학의 성취를 발굴하고 재평가하는 것 역시 세계문학의 지형도를 다시 그리려는 창비의 필수적인 작업이 될 것이다.

여러 전집들이 나와 있는 세계문학 시장에서 '창비세계문학'은 세계문학 독서의 새로운 기준이 되고자 한다. 참신하고 폭넓으면서도 엄정한 기획, 원작의 의도와 문체를 살려내는 적확하고 충실한 번역, 그리고 완성도 높은 책의 품질이 그 기초이다. 독서시장을 왜곡하는 값싼 유행과 상업주의에 맞서 문학정신을 굳건히 세우며, 안팎의 조언과 비판에 귀 기울이고 독자들과 꾸준히 소통하면서 진정 이 시대가 요구하는 세계문학이 무엇인지 되묻고 갱신해 나갈 것이다.

1966년 계간 『창작과비평』을 창간한 이래 한국문학을 풍성하게 하고 민족문학과 세계문학 담론을 주도해온 창비가 오직 좋은 책으로 독자와 함께해왔듯, '창비세계문학' 역시 그러한 항심을 지켜나갈 것이다. '창비세계문학'이 다른 시공간에서 우리와 닮은 삶을 만나게 해주고, 가보지 못한 길을 걷게 하며, 그 길 끝에서 새로운 길을 열어주기를 소망한다. 또한 무한경쟁에 내몰린 젊은이와 청소년들에게 삶의 소중함과 기쁨을 일깨워주기를 바란다. 목록을 쌓아갈수록 '창비세계문학'이 독자들의 사랑으로 무르익고 그 감동이 세대를 넘나들며 이어진다면 더없는 보람이겠다.

2012년 가을
창비세계문학 기획위원회
김현균 서은혜 석영중 이욱연 임홍배 정혜용 한기욱

창비세계문학 60

주군의 여인 1

초판 1쇄 발행／2018년 6월 29일

지은이／알베르 꼬엔
옮긴이／윤진
펴낸이／강일우
책임편집／양재화 홍상희
조판／박지현 황숙화
펴낸곳／(주)창비
등록／1986년 8월 5일 제85호
주소／10881 경기도 파주시 회동길 184
전화／031-955-3333
팩시밀리／영업 031-955-3399 편집 031-955-3400
홈페이지／www.changbi.com
전자우편／lit@changbi.com

한국어판 ⓒ (주)창비 2018
ISBN 978-89-364-6460-8 03860